Gaston Leroux

Le Mystère de la chambre jaune

et sa suite

Le Parfum de la dame en noir

Atlantic Editions

ISBN 978-1984368416

Gaston Leroux (1868-1927)

Sommaire

Le Mystère de la chambre jaune

I

Où l'on commence à ne pas comprendre

Ce n'est pas sans une certaine émotion que je commence à raconter ici les aventures extraordinaires de Joseph Rouletabille. Celui-ci, jusqu'à ce jour, s'y était si formellement opposé que j'avais fini par désespérer de ne publier jamais l'histoire policière la plus curieuse de ces quinze dernières années.

J'imagine même que le public n'aurait jamais connu toute la vérité sur la prodigieuse affaire dite de la *Chambre Jaune*, génératrice de tant de mystérieux et cruels et sensationnels drames, et à laquelle mon ami fut si intimement mêlé, si, à propos de la nomination récente de l'illustre Stangerson au grade de grand-croix de la Légion d'honneur, un journal du soir, dans un article misérable d'ignorance ou d'audacieuse perfidie, n'avait ressuscité une terrible aventure que Joseph Rouletabille eût voulu savoir, me disait-il, oubliée pour toujours.

La *Chambre Jaune* ! Qui donc se souvenait de cette affaire qui fit couler tant d'encre, il y a une quinzaine d'années ? On oublie si vite à Paris.

N'a-t-on pas oublié le nom même du procès de Nayves et la tragique histoire de la mort du petit Menaldo ? Et cependant l'attention publique était à cette époque si tendue vers les débats, qu'une crise ministérielle, qui éclata sur ces entrefaites, passa complètement inaperçue. Or, le procès de la *Chambre Jaune*, qui précéda l'affaire de Nayves de quelques années, eut plus de retentissement encore. Le monde entier fut penché pendant des mois sur ce problème obscur, – le plus obscur à ma connaissance qui ait jamais été proposé à la perspicacité de notre police, qui ait jamais été posé à la conscience de nos juges. La solution de ce problème affolant, chacun la chercha. Ce fut comme un dramatique rébus sur lequel s'acharnèrent la vieille Europe et la jeune Amérique.

C'est qu'en vérité – il m'est permis de le dire *puisqu'il ne saurait y avoir en tout ceci aucun amour-propre d'auteur* et que je ne fais que transcrire des faits sur lesquels une documentation exceptionnelle me permet d'apporter une lumière nouvelle – c'est qu'en vérité, je ne sache pas que, dans le domaine de la réalité ou de l'imagination, même chez l'auteur du *double assassinat, rue morgue,* même dans les inventions des sous-Edgar Poe et des truculents Conan-Doyle, on puisse retenir quelque chose de comparable, QUANT AU MYSTÈRE, *au naturel mystère de la Chambre Jaune.*

Ce que personne ne put découvrir, le jeune Joseph Rouletabille, âgé de dix-huit ans, alors petit reporter dans un grand journal, le trouva ! Mais, lorsqu'en cour d'assises il apporta la clef de toute l'affaire, il ne dit pas toute la vérité. Il n'en laissa apparaître que ce qu'il fallait pour expliquer l'inexplicable et pour faire acquitter un innocent. Les raisons qu'il avait de se taire ont disparu aujourd'hui. Bien mieux, mon ami doit parler. Vous allez donc tout savoir ; et, sans plus ample préambule, je vais poser devant vos yeux le problème de la *Chambre Jaune,* tel qu'il le fut aux yeux du monde entier, au lendemain du drame du château du Glandier.

Le 25 octobre 1892, la note suivante paraissait en dernière heure du *Temps* :

« Un crime affreux vient d'être commis au Glandier, sur la lisière de la forêt de Sainte-Geneviève, au-dessus d'Épinay-sur-Orge, chez le professeur Stangerson. Cette nuit, pendant que le maître travaillait dans son laboratoire, on a tenté d'assassiner Mlle Stangerson, qui reposait dans une chambre attenante à ce laboratoire. Les médecins ne répondent pas de la vie de Mlle Stangerson. »

Vous imaginez l'émotion qui s'empara de Paris. Déjà, à cette époque, le monde savant était extrêmement intéressé par les travaux du professeur Stangerson et de sa fille. Ces travaux, les premiers qui furent tentés sur la radiographie, devaient conduire plus tard M. et Mme Curie à la découverte du radium.

On était, du reste, dans l'attente d'un mémoire sensationnel que le professeur Stangerson allait lire, à l'académie des sciences, sur sa nouvelle théorie : *La Dissociation de la Matière.* Théorie destinée à ébranler sur sa base toute la science officielle qui repose depuis si longtemps sur le principe : rien ne se perd, rien ne se crée.

Le lendemain, les journaux du matin étaient pleins de ce drame. *Le Matin,* entre autres, publiait l'article suivant, intitulé : « Un crime surnaturel » :

« Voici les seuls détails – écrit le rédacteur anonyme du *matin* – que nous ayons pu obtenir sur le crime du château du Glandier. L'état de désespoir dans lequel se trouve le professeur Stangerson, l'impossibilité où l'on est de recueillir un renseignement quelconque de la bouche de la victime ont rendu nos investigations et celles de la justice tellement difficiles qu'on ne saurait, à cette heure, se faire la moindre idée de ce qui s'est passé dans la *Chambre Jaune*, où l'on a trouvé Mlle Stangerson, en toilette de nuit, râlant sur le plancher. Nous avons pu, du moins, interviewer le père Jacques – comme on l'appelle dans le pays – un vieux serviteur de la famille Stangerson. Le père Jacques est entré dans la *Chambre Jaune* en même temps que le professeur. Cette chambre est attenante au laboratoire. Laboratoire et *Chambre Jaune* se trouvent dans un pavillon, au fond du parc, à trois cents mètres environ du château.

« Il était minuit et demi, nous a raconté ce brave homme (?), et je me trouvais dans le laboratoire où travaillait encore M. Stangerson quand l'affaire est arrivée. J'avais rangé, nettoyé des instruments toute la soirée, et j'attendais le départ de M. Stangerson pour aller me coucher. Mlle Mathilde avait travaillé avec son père jusqu'à minuit ; les douze coups de minuit sonnés au coucou du laboratoire, elle s'était levée, avait embrassé M. Stangerson, lui souhaitant une bonne nuit. Elle m'avait dit : « Bonsoir, père Jacques ! » et avait poussé la porte de la *Chambre Jaune*. Nous l'avions entendue qui fermait la porte à clef et poussait le verrou, si bien que je n'avais pu m'empêcher d'en rire et que j'avais dit à monsieur : « Voilà mademoiselle qui s'enferme à double tour. Bien sûr qu'elle a peur de la *Bête du Bon Dieu* ! » Monsieur ne m'avait même pas entendu tant il était absorbé. Mais un miaulement abominable me répondit au dehors et je reconnus justement le cri de la *Bête du Bon Dieu* ! ... que ça vous en donnait le frisson... « Est-ce qu'elle va encore nous empêcher de dormir, cette nuit ? » pensai-je, car il faut que je vous dise, monsieur, que, jusqu'à fin octobre, j'habite dans le grenier du pavillon, au-dessus de la *Chambre Jaune*, à seule fin que mademoiselle ne reste pas seule toute la nuit au fond du parc. C'est une idée de mademoiselle de passer la bonne saison dans le pavillon ; elle le trouve sans doute plus gai que le château et, depuis quatre ans qu'il est construit, elle ne manque jamais de s'y installer dès le printemps. Quand revient l'hiver, mademoiselle retourne au château, car dans la *Chambre Jaune*, il n'y a point de cheminée.

« Nous étions donc restés, M. Stangerson et moi, dans le pavillon. Nous ne faisions aucun bruit. Il était, lui, à son bureau. Quant à moi, assis sur une chaise, ayant terminé ma besogne, je le regardais et je me disais : « Quel homme ! Quelle intelligence ! Quel savoir ! » J'attache de l'importance à ceci que nous ne faisions aucun bruit, car *à cause de cela, l'assassin a cru certainement que nous étions partis*. Et tout à coup, pendant que le coucou faisait entendre la

10

demie passé minuit, une clameur désespérée partit de la *Chambre Jaune*. C'était la voix de mademoiselle qui criait : « À l'assassin ! À l'assassin ! Au secours ! » Aussitôt des coups de revolver retentirent et il y eut un grand bruit de tables, de meubles renversés, jetés par terre, comme au cours d'une lutte, et encore la voix de mademoiselle qui criait : « À l'assassin ! ... Au secours ! ... Papa ! Papa ! »

« Vous pensez si nous avons bondi et si M. Stangerson et moi nous nous sommes rués sur la porte. Mais, hélas ! Elle était fermée et bien fermée « à l'intérieur » par les soins de mademoiselle, comme je vous l'ai dit, à clef et au verrou. Nous essayâmes de l'ébranler, mais elle était solide. M. Stangerson était comme fou, et vraiment il y avait de quoi le devenir, car on entendait mademoiselle qui râlait : « Au secours ! ... Au secours ! » Et M. Stangerson frappait des coups terribles contre la porte, et il pleurait de rage et il sanglotait de désespoir et d'impuissance.

« C'est alors que j'ai eu une inspiration. « L'assassin se sera introduit par la fenêtre, m'écriai-je, je vais à la fenêtre ! » Et je suis sorti du pavillon, courant comme un insensé !

« Le malheur était que la fenêtre de la *Chambre Jaune* donne sur la campagne, de sorte que le mur du parc qui vient aboutir au pavillon m'empêchait de parvenir tout de suite à cette fenêtre. Pour y arriver, il fallait d'abord sortir du parc. Je courus du côté de la grille et, en route, je rencontrai Bernier et sa femme, les concierges, qui venaient, attirés par les détonations et par nos cris. Je les mis, en deux mots, au courant de la situation ; je dis au concierge d'aller rejoindre tout de suite M. Stangerson et j'ordonnai à sa femme de venir avec moi pour m'ouvrir la grille du parc. Cinq minutes plus tard, nous étions, la concierge et moi, devant la fenêtre de la *Chambre Jaune*. Il faisait un beau clair de lune et je vis bien qu'on n'avait pas touché à la fenêtre. Non seulement les barreaux étaient intacts, mais encore les volets, derrière les barreaux, étaient fermés, comme je les avais fermés moi-même, la veille au soir, comme tous les soirs, bien que mademoiselle, qui me savait très fatigué et surchargé de besogne, m'eût dit de ne point me déranger, qu'elle les fermerait elle-même ; et ils étaient restés tels quels, assujettis, comme j'en avais pris le soin, par un loquet de fer, *à l'intérieur*. L'assassin n'avait donc pas passé par là et ne pouvait se sauver par là ; mais moi non plus, je ne pouvais entrer par là !

« C'était le malheur ! On aurait perdu la tête à moins. La porte de la chambre fermée à clef *à l'intérieur*, les volets de l'unique fenêtre fermés, eux aussi, *à l'intérieur*, et, par-dessus les volets, les barreaux intacts, des barreaux à travers lesquels vous n'auriez pas passé le bras... Et mademoiselle qui appelait au secours ! ... Ou plutôt non, on ne l'entendait plus... Elle était peut-être morte... Mais j'entendais encore, au fond du pavillon, monsieur qui essayait d'ébranler la porte...

« Nous avons repris notre course, la concierge et moi, et nous sommes revenus au pavillon. La porte tenait toujours, malgré les coups furieux de M. Stangerson et de Bernier. Enfin elle céda sous nos efforts enragés et, alors, qu'est-ce que nous avons vu ? Il faut vous dire que, derrière nous, la concierge tenait la lampe du laboratoire, une lampe puissante qui illuminait toute la chambre.

« Il faut vous dire encore, monsieur, que la *Chambre Jaune* est toute petite. Mademoiselle l'avait meublée d'un lit en fer assez large, d'une petite table, d'une table de nuit, d'une toilette et de deux chaises. Aussi, à la clarté de la grande lampe que tenait la concierge, nous avons tout vu du premier coup d'œil. Mademoiselle, dans sa chemise de nuit, était par terre, au milieu d'un désordre incroyable. Tables et chaises avaient été renversées montrant qu'il y avait eu là une sérieuse *batterie*. On avait certainement arraché mademoiselle de son lit ; elle était pleine de sang avec des marques d'ongles terribles au cou – la chair du cou avait été quasi arrachée par les ongles – et un trou à la tempe droite par lequel coulait un filet de sang qui avait fait une petite mare sur le plancher. Quand M. Stangerson aperçut sa fille dans un pareil état, il se précipita sur elle en poussant un cri de désespoir que ça faisait pitié à entendre. Il constata que la malheureuse respirait encore et ne s'occupa que d'elle. Quant à nous, nous cherchions l'assassin, le misérable qui avait voulu tuer notre maîtresse, et je vous jure, monsieur, que, si nous l'avions trouvé, nous lui aurions fait un mauvais parti. Mais comment expliquer qu'il n'était pas là, qu'il s'était déjà enfui ? ... Cela dépasse toute imagination. Personne sous le lit, personne derrière les meubles, personne ! Nous n'avons retrouvé que ses traces ; les marques ensanglantées d'une large main d'homme sur les murs et sur la porte, un grand mouchoir rouge de sang, sans aucune initiale, un vieux béret et la marque fraîche, sur le plancher, de nombreux pas d'homme. L'homme qui avait marché là avait un grand pied et les semelles laissaient derrière elles une espèce de suie noirâtre. Par où cet homme était-il passé ? Par où s'était-il évanoui ? N'oubliez pas, monsieur, qu'il n'y a pas de cheminée dans la *Chambre Jaune*. Il ne pouvait s'être échappé par la porte, qui est très étroite et sur le seuil de laquelle la concierge est entrée avec sa lampe, tandis que le

12

concierge et moi nous cherchions l'assassin dans ce petit carré de chambre où il est impossible de se cacher et où, du reste, nous ne trouvions personne. La porte défoncée et rabattue sur le mur ne pouvait rien dissimuler, et nous nous en sommes assurés. Par la fenêtre restée fermée avec ses volets clos et ses barreaux auxquels on n'avait pas touché, aucune fuite n'avait été possible. Alors ? Alors... je commençais à croire au diable.

« Mais voilà que nous avons découvert, par terre, « mon revolver ». Oui, mon propre revolver... Ça, ça m'a ramené au sentiment de la réalité ! Le diable n'aurait pas eu besoin de me voler mon revolver pour tuer mademoiselle. L'homme qui avait passé là était d'abord monté dans mon grenier, m'avait pris mon revolver dans mon tiroir et s'en était servi pour ses mauvais desseins. C'est alors que nous avons constaté, en examinant les cartouches, que l'assassin avait tiré deux coups de revolver. Tout de même, monsieur, j'ai eu de la veine, dans un pareil malheur, que M. Stangerson se soit trouvé là, dans son laboratoire, quand l'affaire est arrivée et qu'il ait constaté de ses propres yeux que je m'y trouvais moi aussi, car, avec cette histoire de revolver, je ne sais pas où nous serions allés ; pour moi, je serais déjà sous les verrous. Il n'en faut pas davantage à la justice pour faire monter un homme sur l'échafaud ! »

Le rédacteur du *Matin* fait suivre cette interview des lignes suivantes :

« Nous avons laissé, sans l'interrompre, le père Jacques nous raconter grossièrement ce qu'il sait du crime de la *Chambre Jaune*. Nous avons reproduit les termes mêmes dont il s'est servi ; nous avons fait seulement grâce au lecteur des lamentations continuelles dont il émaillait sa narration. C'est entendu, père Jacques ! C'est entendu, vous aimez bien vos maîtres ! Vous avez besoin qu'on le sache, et vous ne cessez de le répéter, surtout depuis la découverte du revolver. C'est votre droit et nous n'y voyons aucun inconvénient ! Nous aurions voulu poser bien des questions encore au père Jacques – Jacques-Louis Moustier – mais on est venu justement le chercher de la part du juge d'instruction qui poursuivait son enquête dans la grande salle du château. Il nous a été impossible de pénétrer au Glandier, – et, quant à la Chênaie, elle est gardée, dans un large cercle, par quelques policiers qui veillent jalousement sur toutes les traces qui peuvent conduire au pavillon et peut-être à la découverte de l'assassin.

« Nous aurions voulu également interroger les concierges, mais ils sont invisibles. Enfin nous avons attendu dans une auberge, non loin de la grille du château, la sortie de M. de Marquet, le juge d'instruction de Corbeil. À cinq heures et demie, nous l'avons aperçu avec son greffier. Avant qu'il ne montât en voiture, nous avons pu lui poser la question suivante :

« – Pouvez-vous, Monsieur De Marquet, nous donner quelque renseignement sur cette affaire, sans que cela gêne votre instruction ?

« – Il nous est impossible, nous répondit M. de Marquet, de dire quoi que ce soit. Du reste, c'est bien l'affaire la plus étrange que je connaisse. Plus nous croyons savoir quelque chose, plus nous ne savons rien !

« Nous demandâmes à M. de Marquet de bien vouloir nous expliquer ces dernières paroles. Et voici ce qu'il nous dit, dont l'importance n'échappera à personne :

« – Si rien ne vient s'ajouter aux constatations matérielles faites aujourd'hui par le parquet, je crains bien que le mystère qui entoure l'abominable attentat dont Mlle Stangerson a été victime ne soit pas près de s'éclaircir ; mais il faut espérer, pour la raison humaine, que les sondages des murs, du plafond et du plancher de la *Chambre Jaune*, sondages auxquels je vais me livrer dès demain avec l'entrepreneur qui a construit le pavillon il y a quatre ans, nous apporteront la preuve qu'il ne faut jamais désespérer de la logique des choses. Car le problème est là : nous savons par où l'assassin s'est introduit, – il est entré par la porte et s'est caché sous le lit en attendant Mlle Stangerson ; mais par où est-il sorti ? Comment a-t-il pu s'enfuir ? Si l'on ne trouve ni trappe, ni porte secrète, ni réduit, ni ouverture d'aucune sorte, si l'examen des murs et même leur démolition – car je suis décidé, et M. Stangerson est décidé à aller jusqu'à la démolition du pavillon – ne viennent révéler aucun passage praticable, *non seulement pour un être humain, mais encore pour un être quel qu'il soit*, si le plafond n'a pas de trou, si le plancher ne cache pas de souterrain, « il faudra bien croire au diable », comme dit le père Jacques ! »

Et le rédacteur anonyme fait remarquer, dans cet article –article que j'ai choisi comme étant le plus intéressant de tous ceux qui furent publiés ce jour-là sur la même affaire – que le juge d'instruction semblait mettre une certaine intention dans cette dernière phrase : il faudra bien croire au diable, comme dit le père Jacques.

L'article se termine sur ces lignes :

« Nous avons voulu savoir ce que le père Jacques entendait par : *le cri de la Bête du Bon Dieu*. On appelle ainsi le cri particulièrement sinistre, nous a expliqué le propriétaire de l'auberge du Donjon, que pousse, quelquefois, la nuit, le chat d'une vieille femme, la mère *Agenoux*, comme on l'appelle dans le pays. La mère *Agenoux* est une sorte de sainte qui habite une cabane, au cœur de la forêt, non loin de la *grotte de Sainte-Geneviève*.

« La *Chambre Jaune*, la *Bête du Bon Dieu*, la mère Agenoux, le diable, sainte Geneviève, le père Jacques, voilà un crime bien embrouillé, qu'un coup de pioche dans les murs nous débrouillera demain ; espérons-le, du moins, pour la raison humaine, comme dit le juge d'instruction. En attendant, on croit que Mlle Stangerson, qui n'a cessé de délirer et qui ne prononce distinctement que ce mot : « Assassin ! Assassin ! Assassin ! ... » ne passera pas la nuit... »

Enfin, en dernière heure, le même journal annonçait que le chef de la Sûreté avait télégraphié au fameux inspecteur Frédéric Larsan, qui avait été envoyé à Londres pour une affaire de titres volés, de revenir immédiatement à Paris.

II

Où apparaît pour la première fois Joseph Rouletabille

Je me souviens, comme si la chose s'était passée hier, de l'entrée du jeune Rouletabille, dans ma chambre, ce matin-là. Il était environ huit heures, et j'étais encore au lit, lisant l'article du *matin*, relatif au crime du Glandier.

Mais, avant toute autre chose, le moment est venu de vous présenter mon ami.

J'ai connu Joseph Rouletabille quand il était petit reporter. À cette époque, je débutais au barreau et j'avais souvent l'occasion de le rencontrer dans les couloirs des juges d'instruction, quand j'allais demander un « permis de communiquer » pour Mazas ou pour Saint-Lazare. Il avait, comme on dit, *une bonne balle*. Sa tête était ronde comme un boulet, et c'est à cause de cela, pensai-je, que ses camarades de la presse lui avaient donné ce surnom qui devait lui rester et qu'il devait illustrer. « Rouletabille ! – As-tu vu Rouletabille ? – Tiens ! Voilà ce *sacré* Rouletabille ! » Il était toujours rouge comme une tomate, tantôt gai comme un pinson, et tantôt sérieux comme un pape. Comment, si jeune – il avait, quand je le vis pour la première fois, seize ans et demi – gagnait-il déjà sa vie dans la presse ? Voilà ce qu'on eût pu se demander si tous ceux qui l'approchaient n'avaient été au courant de ses débuts. Lors de l'affaire de la femme coupée en morceaux de la rue Oberkampf – encore une histoire bien oubliée – il avait apporté au rédacteur en chef de *l'Époque*, journal qui était alors en rivalité d'informations avec *Le Matin*, le pied gauche qui manquait dans le panier où furent découverts les lugubres débris. Ce pied gauche, la police le cherchait en vain depuis huit jours, et le jeune Rouletabille l'avait trouvé dans un égout où personne n'avait eu l'idée de l'y aller chercher. Il lui avait fallu, pour cela, s'engager dans une équipe d'égoutiers d'occasion que l'administration de la ville de Paris avait réquisitionnée à la suite des dégâts causés par une exceptionnelle crue de la Seine.

Quand le rédacteur en chef fut en possession du précieux pied et qu'il eut compris par quelle suite d'intelligentes déductions un enfant avait été amené à le découvrir, il fut partagé entre l'admiration que lui causait tant d'astuce policière dans un cerveau de seize ans, et l'allégresse de pouvoir exhiber, à la *morgue-vitrine* du journal, *le pied gauche de la rue Oberkampf*.

« Avec ce pied, s'écria-t-il, je ferai un article de tête. »

Puis, quand il eut confié le sinistre colis au médecin légiste attaché à la rédaction de *L'Époque*, il demanda à celui qui allait être bientôt Rouletabille ce qu'il voulait gagner pour faire partie, en qualité de petit reporter, du service des *faits divers*.

« Deux cents francs par mois », fit modestement le jeune homme, surpris jusqu'à la suffocation d'une pareille proposition.

« Vous en aurez deux cent cinquante, repartit le rédacteur en chef ; seulement vous déclarerez à tout le monde que vous faites partie de la rédaction depuis un mois. Qu'il soit bien entendu que ce n'est pas vous qui avez découvert *le pied gauche de la rue Oberkampf*, mais le journal *L'Époque*. Ici, mon petit ami, l'individu n'est rien ; le journal est tout ! »

Sur quoi il pria le nouveau rédacteur de se retirer. Sur le seuil de la porte, il le retint cependant pour lui demander son nom. L'autre répondit :

« Joseph Joséphin.

– Ça n'est pas un nom, ça, fit le rédacteur en chef, mais puisque vous ne signez pas, ça n'a pas d'importance... »

Tout de suite, le rédacteur imberbe se fit beaucoup d'amis, car il était serviable et doué d'une bonne humeur qui enchantait les plus grognons, et désarma les plus jaloux. Au café du Barreau où les reporters de faits divers se réunissaient alors avant de monter au parquet ou à la préfecture chercher leur crime quotidien, il commença de se faire une réputation de débrouillard qui franchit bientôt les portes mêmes du cabinet du chef de la Sûreté ! Quand une affaire en valait la peine et que Rouletabille –il était déjà en possession de son surnom – avait été lancé sur la piste de guerre par son rédacteur en chef, il lui arrivait souvent de « damer le pion » aux inspecteurs les plus renommés.

C'est au café du Barreau que je fis avec lui plus ample connaissance. Avocats, criminels et journalistes ne sont point ennemis, les uns ayant besoin de réclame et les autres de renseignements. Nous causâmes et j'éprouvai tout de suite une grande sympathie pour ce brave petit bonhomme de Rouletabille. Il était d'une intelligence si éveillée et si originale ! Et il avait une qualité de pensée que je n'ai jamais retrouvée ailleurs.

À quelque temps de là, je fus chargé de la chronique judiciaire au *Cri du Boulevard*. Mon entrée dans le journalisme ne pouvait que resserrer les liens d'amitié qui, déjà, s'étaient noués entre Rouletabille et moi. Enfin, mon nouvel ami ayant eu l'idée d'une petite correspondance judiciaire qu'on lui faisait signer *Business* à son journal *L'Époque*, je fus à même de lui fournir souvent les renseignements de droit dont il avait besoin.

Près de deux années se passèrent ainsi, et plus j'apprenais à le connaître, plus je l'aimais, car, sous ses dehors de joyeuse extravagance, je l'avais découvert extraordinairement sérieux pour son âge. Enfin, plusieurs fois, moi qui étais habitué à le voir très gai et souvent trop gai, je le trouvai plongé dans une tristesse profonde. Je voulus le questionner sur la cause de ce changement d'humeur, mais chaque fois il se reprit à rire et ne répondit point. Un jour, l'ayant interrogé sur ses parents, dont il ne parlait jamais, il me quitta, faisant celui qui ne m'avait pas entendu.

Sur ces entrefaites éclata la fameuse affaire de la *Chambre Jaune*, qui devait non seulement le classer le premier des reporters, mais encore en faire le premier policier du monde, double qualité qu'on ne saurait s'étonner de trouver chez la même personne, attendu que la presse quotidienne commençait déjà à se transformer et à devenir ce qu'elle est à peu près aujourd'hui : la gazette du crime. Des esprits moroses pourront s'en plaindre ; moi j'estime qu'il faut s'en féliciter. On n'aura jamais assez d'armes, publiques ou privées, contre le criminel. À quoi ces esprits moroses répliquent qu'à force de parler de crimes, la presse finit par les inspirer. Mais il y a des gens, n'est-ce pas ? Avec lesquels on n'a jamais raison...

Voici donc Rouletabille dans ma chambre, ce matin-là, 26 octobre 1892. Il était encore plus rouge que de coutume ; les yeux lui sortaient de la tête, comme on dit, et il paraissait en proie à une sérieuse exaltation. Il agitait *Le Matin* d'une main fébrile. Il me cria :

– Eh bien, mon cher Sainclair... Vous avez lu ? ...

– Le crime du Glandier ?

– Oui ; la *Chambre Jaune* ! Qu'est-ce que vous en pensez ?

– Dame, je pense que c'est le *diable* ou la *Bête du Bon Dieu* qui a commis le crime.

– Soyez sérieux.

– Eh bien, je vous dirai que je ne crois pas beaucoup aux assassins qui s'enfuient à travers les murs. Le père Jacques, pour moi, a eu tort de laisser derrière lui l'arme du crime et, comme il habite au-dessus de la chambre de Mlle Stangerson, l'opération architecturale à laquelle le juge d'instruction doit se livrer aujourd'hui va nous donner la clef de l'énigme, et nous ne tarderons pas à savoir par quelle trappe naturelle ou par quelle porte secrète le bonhomme a pu se glisser pour revenir immédiatement dans le laboratoire, auprès de M. Stangerson qui ne se sera aperçu de rien. Que vous dirais-je ? C'est une hypothèse ! ... »

Rouletabille s'assit dans un fauteuil, alluma sa pipe, qui ne le quittait jamais, fuma quelques instants en silence, le temps sans doute de calmer cette fièvre qui, visiblement, le dominait, et puis il me méprisa :

– Jeune homme ! Fit-il, sur un ton dont je n'essaierai point de rendre la regrettable ironie, jeune homme... vous êtes avocat, et je ne doute pas de votre talent à faire acquitter les coupables ; mais, si vous êtes un jour magistrat instructeur, combien vous sera-t-il facile de faire condamner les innocents !... Vous êtes vraiment doué, jeune homme. »

Sur quoi, il fuma avec énergie, et reprit :

« On ne trouvera aucune trappe, et le mystère de la *Chambre Jaune* deviendra de plus, plus en plus mystérieux. Voilà pourquoi il m'intéresse. Le juge d'instruction a raison : on n'aura jamais vu quelque chose de plus étrange que ce crime-là...

18

– Avez-vous quelque idée du chemin que l'assassin a pu prendre pour s'enfuir ? demandai-je.

– Aucune, me répondit Rouletabille, aucune pour le moment... Mais j'ai déjà mon idée faite sur le revolver, par exemple... Le revolver n'a pas servi à l'assassin...

– Et à qui donc a-t-il servi, mon Dieu ? ...

– Eh bien, mais... *à Mlle Stangerson*...

– Je ne comprends plus, fis-je... Ou mieux je n'ai jamais compris... »

Rouletabille haussa les épaules :

« Rien ne vous a particulièrement frappé dans l'article du *Matin* ?

– Ma foi non... j'ai trouvé tout ce qu'il raconte également bizarre...

– Eh bien, mais... et la porte fermée à clef ?

– C'est la seule chose naturelle du récit...

– Vraiment ! ... Et le verrou ? ...

– Le verrou ?

– Le verrou poussé à l'intérieur ? ... Voilà bien des précautions prises par Mlle Stangerson... Mlle Stangerson, quant à moi, savait qu'elle avait à craindre quelqu'un ; elle avait pris ses précautions ; *elle avait même pris le revolver du père Jacques* , sans lui en parler. Sans doute, elle ne voulait effrayer personne ; elle ne voulait surtout pas effrayer son père... *Ce que Mlle Stangerson redoutait est arrivé*... et elle s'est défendue, et il y a eu bataille et elle s'est servie assez adroitement de son revolver pour blesser l'assassin à la main – ainsi s'explique l'impression de la large main d'homme ensanglantée sur le mur et sur la porte, de l'homme qui cherchait presque à tâtons une issue pour fuir – mais elle n'a pas tiré assez vite pour échapper au coup terrible qui venait la frapper à la tempe droite.

– Ce n'est donc point le revolver qui a blessé Mlle Stangerson à la tempe ?

– Le journal ne le dit pas, et, quant à moi, je ne le pense pas ; toujours parce qu'il m'apparaît logique que le revolver a servi à Mlle Stangerson contre l'assassin. Maintenant, quelle était l'arme de l'assassin ? Ce coup à la tempe semblerait attester que l'assassin a voulu assommer Mlle Stangerson... Après avoir vainement essayé de l'étrangler... L'assassin devait savoir que le grenier était habité par le père Jacques, et c'est une des raisons pour lesquelles, je pense, il a voulu opérer avec une *arme de silence* , une matraque peut-être, ou un marteau...

– Tout cela ne nous explique pas, fis-je, comment notre assassin est sorti de la *Chambre Jaune* !

19

– Èvidemment, répondit Rouletabille en se levant, et, comme il faut l'expliquer, je vais au château du Glandier, et je viens vous chercher pour que vous y veniez avec moi...

– Moi !

– Oui, cher ami, j'ai besoin de vous. *L'Èpoque* m'a chargé définitivement de cette affaire, et il faut que je l'éclaircisse au plus vite.

– Mais en quoi puis-je vous servir ?

– M. Robert Darzac est au château du Glandier.

– C'est vrai... son désespoir doit être sans bornes !

– Il faut que je lui parle... »

Rouletabille prononça cette phrase sur un ton qui me surprit :

« Est-ce que... Est-ce que vous croyez à quelque chose d'intéressant de ce côté ? ... demandai-je.

– Oui. »

Et il ne voulut pas en dire davantage. Il passa dans mon salon en me priant de hâter ma toilette.

Je connaissais M. Robert Darzac pour lui avoir rendu un très gros service judiciaire dans un procès civil, alors que j'étais secrétaire de maître Barbet-Delatour. M. Robert Darzac, qui avait, à cette époque, une quarantaine d'années, était professeur de physique à la Sorbonne. Il était intimement lié avec les Stangerson, puisque après sept ans d'une cour assidue, il se trouvait enfin sur le point de se marier avec Mlle Stangerson, personne d'un certain âge (elle devait avoir dans les trente-cinq ans), mais encore remarquablement jolie.

Pendant que je m'habillais, je criai à Rouletabille qui s'impatientait dans mon salon :

« Est-ce que vous avez une idée sur la condition de l'assassin ?

– Oui, répondit-il, je le crois sinon un homme du monde, du moins d'une classe assez élevée... Ce n'est encore qu'une impression...

– Et qu'est-ce qui vous la donne, cette impression ?

– Eh bien, mais, répliqua le jeune homme, le béret crasseux, le mouchoir vulgaire et les traces de la chaussure grossière sur le plancher...

– Je comprends, fis-je ; on ne laisse pas tant de traces derrière soi, *quand elles sont l'expression de la vérité* !

– On fera quelque chose de vous, mon cher Sainclair ! » conclut Rouletabille.

III

« Un homme a passé comme une ombre à travers les volets »

Une demi-heure plus tard, nous étions, Rouletabille et moi, sur le quai de la gare d'Orléans, attendant le départ du train qui allait nous déposer à Épinay-sur-Orge. Nous vîmes arriver le parquet de Corbeil, représenté par M. de Marquet et son greffier. M. de Marquet avait passé la nuit à Paris avec son greffier pour assister, à la Scala, à la répétition générale d'une revuette dont il était l'auteur masqué et qu'il avait signé simplement : « Castigat Ridendo. »

M. de Marquet commençait d'être un noble vieillard. Il était, à l'ordinaire, plein de politesse et de *galantise*, et n'avait eu, toute sa vie, qu'une passion : celle de l'art dramatique. Dans sa carrière de magistrat, il ne s'était véritablement intéressé qu'aux affaires susceptibles de lui fournir au moins la nature d'un acte. Bien que, décemment apparenté, il eût pu aspirer aux plus hautes situations judiciaires, il n'avait jamais travaillé, en réalité, que pour *arriver* à la romantique Porte Saint-Martin ou à l'Odéon pensif. Un tel idéal l'avait conduit, sur le tard, à être juge d'instruction à Corbeil, et à signer *Castigat Ridendo* un petit acte indécent à la Scala.

L'affaire de la *Chambre Jaune*, par son côté inexplicable, devait séduire un esprit aussi... littéraire. Elle l'intéressa prodigieusement ; et M. de Marquet s'y jeta moins comme un magistrat avide de connaître la vérité que comme un amateur d'imbroglios dramatiques dont toutes les facultés sont tendues vers le mystère de l'intrigue, et qui ne redoute cependant rien tant que d'arriver à la fin du dernier acte, où tout s'explique.

Ainsi, dans le moment que nous le rencontrâmes, j'entendis M. de Marquet dire avec un soupir à son greffier :

« Pourvu, mon cher monsieur Maleine, pourvu que cet entrepreneur, avec sa pioche, ne nous démolisse pas un aussi beau mystère !

– N'ayez crainte, répondit M. Maleine, sa pioche démolira peut-être le pavillon, mais elle laissera notre affaire intacte. J'ai tâté les murs et étudié plafond et plancher, et je m'y connais. On ne me trompe pas. Nous pouvons être tranquilles. Nous ne saurons rien. »

Ayant ainsi rassuré son chef, M. Maleine nous désigna d'un mouvement de tête discret à M. de Marquet. La figure de celui-ci se renfrogna et, comme il vit venir à lui Rouletabille qui, déjà, se découvrait, il se précipita sur une portière et sauta dans le train en jetant à mi-voix à son greffier : « surtout, pas de journalistes ! »

M. Maleine répliqua : « Compris ! », arrêta Rouletabille dans sa course et eut la prétention de l'empêcher de monter dans le compartiment du juge d'instruction.

« Pardon, messieurs ! Ce compartiment est réservé...

– Je suis journaliste, monsieur, rédacteur à *l'Époque*, fit mon jeune ami avec une grande dépense de salutations et de politesses, et j'ai un petit mot à dire à M. de Marquet.

– M. de Marquet est très occupé par son enquête...

– Oh ! Son enquête m'est absolument indifférente, veuillez le croire... Je ne suis pas, moi, un rédacteur de chiens écrasés, déclara le jeune Rouletabille dont la lèvre inférieure exprimait alors un mépris infini pour la littérature des « faits diversiers » ; je suis courriériste des théâtres... Et comme je dois faire, ce soir, un petit compte rendu de la revue de la Scala...

– Montez, monsieur, je vous en prie... », fit le greffier s'effaçant.

Rouletabille était déjà dans le compartiment. Je l'y suivis. Je m'assis à ses côtés ; le greffier monta et ferma la portière.

M. de Marquet regardait son greffier.

« Oh ! Monsieur, débuta Rouletabille, n'en veuillez pas *à ce brave homme* si j'ai forcé la consigne ; ce n'est pas à M. de Marquet que je veux avoir l'honneur de parler : c'est à M. *Castigat Ridendo* ! ... Permettez-moi de vous féliciter, en tant que courriériste théâtral à *l'Époque*... »

Et Rouletabille, m'ayant présenté d'abord, se présenta ensuite.

M. de Marquet, d'un geste inquiet, caressait sa barbe en pointe. Il exprima en quelques mots à Rouletabille qu'il était trop modeste auteur pour désirer que le voile de son pseudonyme fût publiquement levé, et il espérait bien que l'enthousiasme du journaliste pour l'œuvre du dramaturge n'irait point jusqu'à apprendre aux populations que M. *Castigat Ridendo* n'était autre que le juge d'instruction de Corbeil.

« L'œuvre de l'auteur dramatique pourrait nuire, ajouta-t-il, après une légère hésitation, à l'œuvre du magistrat... surtout en province où l'on est resté un peu routinier...

– Oh ! Comptez sur ma discrétion ! » s'écria Rouletabille en levant des mains qui attestaient le Ciel.

Le train s'ébranlait alors...

« Nous partons ! fit le juge d'instruction, surpris de nous voir faire le voyage avec lui.

– Oui, monsieur, la vérité se met en marche... dit en souriant aimablement le reporter... en marche vers le château du Glandier... Belle affaire, monsieur De Marquet, belle affaire ! ...

– Obscure affaire ! Incroyable, insondable, inexplicable affaire... et je ne crains qu'une chose, monsieur Rouletabille... c'est que les journalistes se mêlent de la vouloir expliquer... »

Mon ami sentit le coup droit.

« Oui, fit-il simplement, il faut le craindre... Ils se mêlent de tout... Quant à moi, je ne vous parle que parce que le hasard, monsieur le juge d'instruction, le pur hasard, m'a mis sur votre chemin et presque dans votre compartiment.

– Où allez-vous donc, demanda M. de Marquet.

– Au château du Glandier », fit sans broncher Rouletabille.

M. de Marquet sursauta.

« Vous n'y entrerez pas, monsieur Rouletabille ! ...

– Vous vous y opposerez ? fit mon ami, déjà prêt à la bataille.

– Que non pas ! J'aime trop la presse et les journalistes pour leur être désagréable en quoi que ce soit, mais M. Stangerson a consigné sa porte à tout le monde. Et elle est bien gardée. Pas un journaliste, hier, n'a pu franchir la grille du Glandier.

– Tant mieux, répliqua Rouletabille, j'arrive bien. »

M. de Marquet se pinça les lèvres et parut prêt à conserver un obstiné silence. Il ne se détendit un peu que lorsque Rouletabille ne lui eut pas laissé ignorer plus longtemps que nous nous rendions au Glandier pour y serrer la main « d'un vieil ami intime », déclara-t-il, en parlant de M. Robert Darzac, qu'il avait peut-être vu une fois dans sa vie.

« Ce pauvre Robert ! continua le jeune reporter... Ce pauvre Robert ! il est capable d'en mourir... Il aimait tant Mlle Stangerson...

– La douleur de M. Robert Darzac fait, il est vrai, peine à voir ... laissa échapper comme à regret M. de Marquet...

– Mais il faut espérer que Mlle Stangerson sera sauvée...

– Espérons-le... son père me disait hier que, si elle devait succomber, il ne tarderait point, quant à lui, à l'aller rejoindre dans la tombe... Quelle perte incalculable pour la science !

– La blessure à la tempe est grave, n'est-ce pas ? ...

– Evidemment ! Mais c'est une chance inouïe qu'elle n'ait pas été mortelle... Le coup a été donné avec une force ! ...

– Ce n'est donc pas le revolver qui a blessé Mlle Stangerson », fit Rouletabille... en me jetant un regard de triomphe...

M. de Marquet parut fort embarrassé.

« Je n'ai rien dit, je ne veux rien dire, et je ne dirai rien ! »

Et il se tourna vers son greffier, comme s'il ne nous connaissait plus...

Mais on ne se débarrassait pas ainsi de Rouletabille. Celui-ci s'approcha du juge d'instruction, et, montrant *le Matin*, qu'il tira de sa poche, il lui dit :

« Il y a une chose, monsieur le juge d'instruction, que je puis vous demander sans commettre d'indiscrétion. Vous avez lu le récit du *Matin* ? Il est absurde, n'est-ce pas ?

– Pas le moins du monde, monsieur...

– Eh quoi ! La *Chambre Jaune* n'a qu'une fenêtre grillée *dont les barreaux n'ont pas été descellés, et une porte que l'on défonce...* et l'on n'y trouve pas l'assassin !

– C'est ainsi, monsieur ! C'est ainsi ! ... C'est ainsi que la question se pose ! ... »

Rouletabille ne dit plus rien et partit pour des pensers inconnus... Un quart d'heure ainsi s'écoula.

Quant il revint à nous, il dit, s'adressant encore au juge d'instruction :

– Comment était, ce soir-là, la coiffure de Mlle Stangerson ?

– Je ne saisis pas, fit M. de Marquet.

– Ceci est de la dernière importance, répliqua Rouletabille. *Les cheveux en bandeaux, n'est-ce pas ? Je suis sûr qu'elle portait ce soir-là, le soir du drame, les cheveux en bandeaux !*

– Eh bien, monsieur Rouletabille, vous êtes dans l'erreur, répondit le juge d'instruction ; Mlle Stangerson était coiffée, ce soir-là, les cheveux relevés entièrement en torsade sur la tête... Ce doit être sa coiffure habituelle... Le front entièrement découvert..., je puis vous l'affirmer, car nous avons examiné longuement la blessure. Il n'y avait pas de sang aux cheveux... et l'on n'avait pas touché à la coiffure depuis l'attentat.

– Vous êtes sûr ! Vous êtes sûr que Mlle Stangerson, la nuit de l'attentat, n'avait pas *la coiffure en bandeaux* ? ...

– Tout à fait certain, continua le juge en souriant... car, justement, j'entends encore le docteur me dire pendant que j'examinais la blessure : « C'est grand dommage que Mlle Stangerson ait l'habitude de se coiffer les cheveux relevés sur le front. Si elle avait porté la coiffure en bandeaux, le coup qu'elle a reçu à la tempe aurait été amorti. » Maintenant, je vous dirai qu'il est étrange que vous attachiez de l'importance...

– Oh ! Si elle n'avait pas les cheveux en bandeaux ! gémit Rouletabille, où allons-nous ? où allons-nous ? Il faudra que je me renseigne.

Et il eut un geste désolé.

« Et la blessure à la tempe est terrible ? demanda-t-il encore.

– Terrible.

– Enfin, par quelle arme a-t-elle été faite ?

– Ceci, monsieur, est le secret de l'instruction.

– Avez-vous retrouvé cette arme ? »

Le juge d'instruction ne répondit pas.

« Et la blessure à la gorge ? »

Ici, le juge d'instruction voulut bien nous confier que la blessure à la gorge était telle que l'on pouvait affirmer, de l'avis même des médecins, que, « si l'assassin avait serré cette gorge quelques secondes de plus, Mlle Stangerson mourait étranglée ».

« L'affaire, telle que la rapporte *Le Matin*, reprit Rouletabille, acharné, me paraît de plus en plus inexplicable. Pouvez-vous me dire, monsieur le juge, quelles sont les ouvertures du pavillon, portes et fenêtres ?

– Il y en a cinq, répondit M. de Marquet, après avoir toussé deux ou trois fois, mais ne résistant plus au désir qu'il avait d'étaler tout l'incroyable mystère de l'affaire qu'il instruisait. Il y en a cinq, dont la porte du vestibule qui est la seule porte d'entrée du pavillon, porte toujours automatiquement fermée, et ne pouvant s'ouvrir, soit de l'intérieur, soit de l'extérieur, que par deux clefs spéciales qui ne quittent jamais le père Jacques et M. Stangerson. Mlle Stangerson n'en a point besoin puisque le père Jacques est à demeure dans le pavillon et que, dans la journée, elle ne quitte point son père. Quand ils se sont précipités tous les quatre dans la *Chambre Jaune* dont ils avaient enfin défoncé la porte, la porte d'entrée du vestibule, elle, était restée fermée comme toujours, et les deux clefs de cette porte étaient l'une dans la poche de M. Stangerson, l'autre dans la poche du père Jacques. Quant aux fenêtres du pavillon, elles sont quatre : l'unique fenêtre de la *Chambre Jaune*, les deux fenêtres du laboratoire et la fenêtre du vestibule. La fenêtre de la *Chambre Jaune* et celles du laboratoire donnent sur la campagne ; seule la fenêtre du vestibule donne dans le parc.

– *C'est par cette fenêtre-là qu'il s'est sauvé du pavillon !* s'écria Rouletabille.

– Comment le savez-vous ? fit M. de Marquet en fixant sur mon ami un étrange regard.

– Nous verrons plus tard comment l'assassin s'est enfui de la *Chambre Jaune*, répliqua Rouletabille, mais il a dû quitter le pavillon par la fenêtre du vestibule...

– Encore une fois, comment le savez-vous ?

– Eh ! mon Dieu ! c'est bien simple. Du moment qu'*il* ne peut s'enfuir par la porte du pavillon, il faut bien qu'il passe par une fenêtre, et il faut qu'il y ait au moins, pour qu'il passe, une fenêtre qui ne soit pas grillée. La fenêtre de la *Chambre Jaune* est grillée, parce qu'elle donne sur la campagne ; les deux fenêtres du laboratoire doivent l'être certainement pour la même raison. *Puisque l'assassin s'est enfui*, j'imagine qu'il a trouvé une fenêtre sans barreaux, et ce sera celle du vestibule qui donne sur le parc, c'est-à-dire à l'intérieur de la propriété. Cela n'est pas sorcier ! ...

– Oui, fit M. de Marquet, mais ce que vous ne pourriez deviner, c'est que cette fenêtre du vestibule, qui est la seule, en effet, à n'avoir point de barreaux, possède de solides volets de fer. *Or, ces volets de fer sont restés fermés à l'intérieur par leur loquet de fer, et cependant nous avons la preuve que l'assassin s'est, en effet, enfui du pavillon par cette même fenêtre !* Des traces de sang sur le mur à l'intérieur et sur les volets et des pas sur la terre, des pas entièrement semblables à ceux dont j'ai relevé la mesure dans la *Chambre Jaune*, attestent bien que l'assassin s'est enfui par là ! Mais alors ! Comment a-t-il fait, *puisque les volets sont restés fermés à l'intérieur ?* Il a passé comme une ombre à travers les volets. Et, enfin, le plus affolant de tout, n'est-ce point la trace retrouvée de l'assassin au moment où il fuit du pavillon, quand il est impossible de se faire la moindre idée de la façon dont l'assassin est sorti de la *Chambre Jaune, ni comment il a traversé forcément le laboratoire pour arriver au vestibule !* Ah ! oui, monsieur Rouletabille, cette affaire est hallucinante... C'est une belle affaire, allez ! Et dont on ne trouvera pas la clef d'ici longtemps, je l'espère bien ! ...

– Vous espérez quoi, monsieur le juge d'instruction ? ... »

M. de Marquet rectifia :

– « ... Je ne l'espère pas... Je le crois...

– On aurait donc refermé la fenêtre, à l'intérieur, après la fuite de l'assassin ? demanda Rouletabille...

– Évidemment, voilà ce qui me semble, pour le moment, naturel quoique inexplicable... car il faudrait un complice ou des complices... et je ne les vois pas... »

Après un silence, il ajouta :

« Ah ! Si Mlle Stangerson pouvait aller assez bien aujourd'hui pour qu'on l'interrogeât... »

Rouletabille, poursuivant sa pensée, demanda :

« Et le grenier ? Il doit y avoir une ouverture au grenier ?

– Oui, je ne l'avais pas comptée, en effet ; cela fait six ouvertures ; il y a là-haut une petite fenêtre, plutôt une lucarne, et, comme elle donne sur l'extérieur de la propriété, M. Stangerson l'a fait également garnir de barreaux. À cette lucarne, comme aux fenêtres du rez-de-chaussée, les barreaux sont restés intacts et les volets, qui s'ouvrent naturellement en dedans, sont restés fermés en dedans. Du reste, nous n'avons rien découvert qui puisse nous faire soupçonner le passage de l'assassin dans le grenier.

– Pour vous, donc, il n'est point douteux, monsieur le juge d'instruction, que l'assassin s'est enfui – sans que l'on sache comment – par la fenêtre du vestibule !

– Tout le prouve...

Je le crois aussi », obtempéra gravement Rouletabille.

Puis un silence, et il reprit :

– Si vous n'avez trouvé aucune trace de l'assassin dans le grenier, comme par exemple, ces pas noirâtres que l'on relève sur le parquet de la *Chambre Jaune*, vous devez être amené à croire que ce n'est point lui qui a volé le revolver du père Jacques...

– Il n'y a de traces, au grenier, que celles du père Jacques », fit le juge avec un haussement de tête significatif...

Et il se décida à compléter sa pensée :

« Le père Jacques était avec M. Stangerson... C'est heureux pour lui...

– Alors, *quid* du rôle du revolver du père Jacques dans le drame ? Il semble bien démontré que cette arme a moins blessé Mlle Stangerson qu'elle n'a blessé l'assassin... »

Sans répondre à cette question, qui sans doute l'embarrassait, M. de Marquet nous apprit qu'on avait retrouvé les deux balles dans la *Chambre Jaune*, l'une dans un mur, le mur où s'étalait la main rouge – une main rouge d'homme – l'autre dans le plafond.

« Oh ! oh ! dans le plafond ! répéta à mi-voix Rouletabille... Vraiment... dans le plafond ! Voilà qui est fort curieux... dans le plafond ! ...

Il se mit à fumer en silence, s'entourant de tabagie. Quand nous arrivâmes à Epinay-sur-Orge, je dus lui donner un coup sur l'épaule pour le faire descendre de son rêve et sur le quai.

Là, le magistrat et son greffier nous saluèrent, nous faisant comprendre qu'ils nous avaient assez vus ; puis ils montèrent rapidement dans un cabriolet qui les attendait.

« Combien de temps faut-il pour aller à pied d'ici au château du Glandier ? demanda Rouletabille à un employé de chemin de fer.

– Une heure et demie, une heure trois quarts, sans se presser », répondit l'homme.

Rouletabille regarda le ciel, le trouva à sa convenance et, sans doute, à la mienne, car il me prit sous le bras et me dit :

« Allons ! ... J'ai besoin de marcher.

– Eh bien ! lui demandai-je. Ça se débrouille ? ...

– Oh ! fit-il, oh ! il n'y a rien de débrouillé du tout ! ... *C'est encore plus embrouillé qu'avant !* Il est vrai que j'ai une idée...

– Dites-la.

– Oh ! Je ne peux rien dire pour le moment... Mon idée est une question de vie ou de mort pour deux personnes au moins...

– Croyez-vous à des complices ?

– Je n'y crois pas... »

Nous gardâmes un instant le silence, puis il reprit :

« C'est une veine d'avoir rencontré ce juge d'instruction et son greffier... Hein ! que vous avais-je dit pour le revolver ? ...

Il avait le front penché vers la route, les mains dans les poches, et il sifflotait. Au bout d'un instant, je l'entendis murmurer :

« Pauvre femme ! ...

– C'est Mlle Stangerson que vous plaignez ? ...

– Oui, c'est une très noble femme, et tout à fait digne de pitié ! ... C'est un très grand, un très grand caractère... j'imagine... j'imagine...

– Vous connaissez donc Mlle Stangerson ?

– Moi, pas du tout... Je ne l'ai vue qu'une fois...

– Pourquoi dites-vous : c'est un très grand caractère ? ...

– Parce qu'elle a su tenir tête à l'assassin, parce qu'elle s'est défendue avec courage, *et surtout, surtout, à cause de la balle dans le plafond.* »

Je regardai Rouletabille, me demandant *in petto* s'il ne se moquait pas tout à fait de moi ou s'il n'était pas devenu subitement fou. Mais je vis bien que le jeune homme n'avait jamais eu moins envie de rire, et l'éclat intelligent de ses petits yeux ronds me rassura sur l'état de sa raison. Et puis, j'étais un peu habitué à ses propos rompus... rompus pour moi qui n'y trouvais souvent qu'incohérence et mystère jusqu'au moment où, en quelques phrases rapides et nettes, il me livrait le fil de sa pensée. Alors, tout s'éclairait soudain ; les mots qu'il avait dits, et qui m'avaient paru vides de sens, se reliaient avec une facilité et une logique telles *que je ne pouvais comprendre comment je n'avais pas compris plus tôt* .

IV

« Au sein d'une nature sauvage »

Le château du Glandier est un des plus vieux châteaux de ce pays d'Île-de-France, où se dressent encore tant d'illustres pierres de l'époque féodale. Bâti au cœur des forêts, sous Philippe le Bel, il apparaît à quelques centaines de mètres de la route qui conduit du village de Sainte-Geneviève-des-Bois à Montlhéry. Amas de constructions disparates, il est dominé par un donjon. Quand le visiteur a gravi les marches branlantes de cet antique donjon et qu'il débouche sur la petite plate-forme où, au XVIIe siècle, Georges-Philibert de Séquigny, seigneur du Glandier, Maisons-Neuves et autres lieux, a fait édifier la lanterne actuelle, d'un abominable style rococo, on aperçoit, à trois lieues de là, au-dessus de la vallée et de la plaine, l'orgueilleuse tour de Montlhéry. Donjon et tour se regardent encore, après tant de siècles, et semblent se raconter, au-dessus des forêts verdoyantes ou des bois morts, les plus vieilles légendes de l'histoire de France. On dit que le donjon du Glandier veille sur une ombre héroïque et sainte, celle de la bonne patronne de Paris, devant qui recula Attila. Sainte Geneviève dort là son dernier sommeil dans les vieilles douves du château. L'été, les amoureux, balançant d'une main distraite le panier des déjeuners sur l'herbe, viennent rêver ou échanger des serments devant la tombe de la sainte, pieusement fleurie de myosotis. Non loin de cette tombe est un puits qui contient, dit-on, une eau miraculeuse. La reconnaissance des mères a élevé en cet endroit une statue à sainte Geneviève et suspendu sous ses pieds les petits chaussons ou les bonnets des enfants sauvés par cette onde sacrée.

C'est dans ce lieu qui semblait devoir appartenir tout entier au passé que le professeur Stangerson et sa fille étaient venus s'installer pour préparer la science de l'avenir. Sa solitude au fond des bois leur avait plu tout de suite. Ils n'auraient là, comme témoins de leurs travaux et de leurs espoirs, que de vieilles pierres et de grands chênes. Le Glandier, autrefois *Glandierum*, s'appelait ainsi du grand nombre de glands que, de tout temps, on avait recueillis en cet endroit. Cette terre, aujourd'hui tristement célèbre, avait reconquis, grâce à la négligence ou à l'abandon des propriétaires, l'aspect sauvage d'une nature primitive ; seuls, les bâtiments qui s'y cachaient avaient conservé la trace d'étranges métamorphoses. Chaque siècle y avait laissé son empreinte : un morceau d'architecture auquel se reliait le souvenir de quelque événement terrible, de quelque rouge aventure ; et, tel quel, ce château, où allait se réfugier la science, semblait tout désigné à servir de théâtre à des mystères d'épouvante et de mort.

Ceci dit, je ne puis me défendre d'une réflexion. La voici :

Si je me suis attardé quelque peu à cette triste peinture du Glandier, ce n'est point que j'aie trouvé ici l'occasion dramatique de *créer* l'atmosphère nécessaire aux drames qui vont se dérouler sous les yeux du lecteur et, en vérité, mon premier soin, dans toute cette affaire, sera d'être aussi simple que possible. Je n'ai point la prétention d'être un auteur. Qui dit : auteur, dit toujours un peu : romancier, et, Dieu merci ! Le mystère de la *Chambre Jaune* est assez plein de tragique horreur réelle pour se passer de littérature. Je ne suis et ne veux être qu'un fidèle *rapporteur*. Je dois rapporter l'événement ; je situe cet événement dans son cadre, voilà tout. Il est tout naturel que vous sachiez où les choses se passent.

Je reviens à M. Stangerson. Quand il acheta le domaine, une quinzaine d'années environ avant le drame qui nous occupe, le Glandier n'était plus habité depuis longtemps. Un autre vieux château, dans les environs, construit au XIVe siècle par Jean de Belmont, était également abandonné, de telle sorte que le pays était à peu près inhabité. Quelques maisonnettes au bord de la route qui conduit à Corbeil, une auberge, l'auberge du *Donjon*, qui offrait une passagère hospitalité aux rouliers ; c'était là à peu près tout ce qui rappelait la civilisation dans cet endroit délaissé qu'on ne s'attendait guère à rencontrer à quelques lieues de la capitale. Mais ce parfait délaissement avait été la raison déterminante du choix de M. Stangerson et de sa fille. M. Stangerson était déjà célèbre ; il revenait d'Amérique où ses travaux avaient eu un retentissement considérable. Le livre qu'il avait publié à Philadelphie sur la *Dissociation de la matière par les actions électriques* avait soulevé la protestation de tout le monde savant. M. Stangerson était français, mais d'origine américaine. De très importantes affaires d'héritage l'avaient fixé pendant plusieurs années aux États-Unis. Il avait continué, là-bas, une œuvre commencée en France, et il était revenu en France l'y achever, après avoir réalisé une grosse fortune, tous ses procès s'étant heureusement terminés soit par des jugements qui lui donnaient gain de cause, soit par des transactions. Cette fortune fut la bienvenue. M. Stangerson, qui eût pu, s'il l'avait voulu, gagner des millions de dollars en exploitant ou en faisant exploiter deux ou trois de ses découvertes chimiques relatives à de nouveaux procédés de teinture, avait toujours répugné à faire servir à son intérêt propre le don merveilleux d'*inventer* qu'il avait reçu de la nature ; mais il ne pensait point que son génie lui appartînt. Il le devait aux hommes, et tout ce que son génie mettait au monde tombait, de par cette volonté philanthropique, dans le domaine public. S'il n'essaya point de dissimuler la satisfaction que lui causait la mise en possession de cette fortune inespérée qui allait lui permettre de se livrer jusqu'à sa dernière heure à sa passion pour la science pure, le professeur dut s'en réjouir également, *semblait-il*, pour une autre cause. Mlle Stangerson avait, au moment où son père revint d'Amérique et acheta le Glandier, vingt ans. Elle était plus jolie qu'on ne saurait l'imaginer, tenant à la fois toute la grâce parisienne de sa mère, morte en lui donnant le jour, et toute la splendeur, toute la richesse du jeune sang américain de son grand-père paternel, William Stangerson. Celui-ci, citoyen de Philadelphie, avait dû se faire naturaliser français pour obéir à des exigences de famille, au moment de son mariage avec une française, celle qui devait être la mère de l'illustre Stangerson. Ainsi s'explique la nationalité française du professeur Stangerson.

Vingt ans, adorablement blonde, des yeux bleus, un teint de lait, rayonnante, d'une santé divine, Mathilde Stangerson était l'une des plus belles filles à marier de l'ancien et du nouveau continent. Il était du devoir de son père, malgré la douleur prévue d'une inévitable séparation, de songer à ce mariage, et il ne dut pas être fâché de voir arriver la dot. Quoi qu'il en soit, il ne s'en enterra pas moins, avec son enfant, au Glandier, dans le moment où ses amis s'attendaient à ce qu'il produisît Mlle Mathilde dans le monde. Certains vinrent le voir et manifestèrent leur étonnement. Aux questions qui lui furent posées, le professeur répondit : « C'est la volonté de ma fille. Je ne sais rien lui refuser. C'est elle qui a choisi le Glandier. » Interrogé à son tour, la jeune fille répliqua avec sérénité : « Où aurions-nous mieux travaillé que dans cette solitude ? » Car Mlle Mathilde Stangerson collaborait déjà à l'œuvre de son père, mais on ne pouvait imaginer alors que sa passion pour la science irait jusqu'à lui faire repousser tous les partis qui se présenteraient à elle, pendant plus de quinze ans. Si retirés vivaient-ils, le père et la fille durent se montrer dans quelques réceptions officielles, et, à certaines époques de l'année, dans deux ou trois salons amis où la gloire du professeur et la beauté de Mathilde firent sensation. L'extrême froideur de la jeune fille ne découragea pas tout d'abord les soupirants ; mais, au bout de quelques années, ils se lassèrent. Un seul persista avec une douce ténacité et mérita ce nom *d'éternel fiancé,* qu'il accepta avec mélancolie ; c'était M. Robert Darzac. Maintenant Mlle Stangerson n'était plus jeune, et il semblait bien que, n'ayant point trouvé de raisons pour se marier, jusqu'à l'âge de trente-cinq ans, elle n'en découvrirait jamais. Un tel argument apparaissait sans valeur, évidemment, à M. Robert Darzac, puisque celui-ci ne cessait point sa cour, si tant est qu'on peut encore appeler *cour* les soins délicats et tendres dont on ne cesse d'entourer une femme de trente-cinq ans, restée fille et qui a déclaré qu'elle ne se marierait point.

Soudain, quelques semaines avant les événements qui nous occupent, un bruit auquel on n'attacha pas d'abord d'importance – tant on le trouvait incroyable – se répandit dans Paris ; Mlle Stangerson consentait enfin à *couronner l'inextinguible flamme de M. Robert Darzac !* Il fallut que M. Robert Darzac lui-même ne démentît point ces propos matrimoniaux pour qu'on se dît enfin qu'il pouvait y avoir un peu de vérité dans une rumeur aussi invraisemblable. Enfin M. Stangerson voulut bien annoncer, en sortant un jour de l'Académie des sciences, que le mariage de sa fille et de M. Robert Darzac serait célébré dans l'intimité, au château du Glandier, sitôt que sa fille et lui auraient mis la dernière main au rapport qui allait résumer tous leurs travaux sur la *Dissociation de la matière*, c'est-à-dire sur le retour de la matière à l'éther. Le nouveau ménage s'installerait au Glandier et le gendre apporterait sa collaboration à l'œuvre à laquelle le père et la fille avaient consacré leur vie.

Le monde scientifique n'avait pas encore eu le temps de se remettre de cette nouvelle que l'on apprenait l'assassinat de Mlle Stangerson dans les conditions fantastiques que nous avons énumérées et que notre visite au château va nous permettre de préciser davantage encore.

Je n'ai point hésité à fournir au lecteur tous ces détails rétrospectifs que je connaissais par suite de mes rapports d'affaires avec M. Robert Darzac, pour qu'en franchissant le seuil de la *Chambre Jaune*, il fût aussi documenté que moi.

V

Où Joseph Rouletabille adresse à M. Robert Darzac une phrase qui produit son petit effet

Nous marchions depuis quelques minutes, Rouletabille et moi, le long d'un mur qui bordait la vaste propriété de M. Stangerson, et nous apercevions déjà la grille d'entrée, quand notre attention fut attirée par un personnage qui, à demi courbé sur la terre, semblait tellement préoccupé qu'il ne nous vit pas venir. Tantôt il se penchait, se couchait presque sur le sol, tantôt il se redressait et considérait attentivement le mur ; tantôt il regardait dans le creux de sa main, puis faisait de grands pas, puis se mettait à courir et regardait encore dans le creux de sa main droite. Rouletabille m'avait arrêté d'un geste :

« Chut ! Frédéric Larsan qui travaille ! ... Ne le dérangeons pas !

Joseph Rouletabille avait une grande admiration pour le célèbre policier. Je n'avais jamais vu, moi, Frédéric Larsan, mais je le connaissais beaucoup de réputation.

L'affaire des lingots d'or de l'hôtel de la Monnaie, qu'il débrouilla quand tout le monde jetait sa langue aux chiens, et l'arrestation des forceurs de coffres-forts du Crédit universel avaient rendu son nom presque populaire. Il passait alors, à cette époque où Joseph Rouletabille n'avait pas encore donné les preuves admirables d'un talent unique, pour l'esprit le plus apte à démêler l'écheveau embrouillé des plus mystérieux et plus obscurs crimes. Sa réputation s'était étendue dans le monde entier et souvent les polices de Londres ou de Berlin, ou même d'Amérique l'appelaient à l'aide quand les inspecteurs et les détectives nationaux s'avouaient à bout d'imagination et de ressources. On ne s'étonnera donc point que, dès le début du mystère de la *Chambre Jaune*, le chef de la Sûreté ait songé à télégraphier à son précieux subordonné, à Londres, où Frédéric Larsan avait été envoyé pour une grosse affaire de titres volés : « Revenez vite. » Frédéric, que l'on appelait, à la Sûreté, le grand Fred, avait fait diligence, sachant sans doute par expérience que, si on le dérangeait, c'est qu'on avait bien besoin de ses services, et, c'est ainsi que Rouletabille et moi, ce matin-là, nous le trouvions déjà à la besogne. Nous comprîmes bientôt en quoi elle consistait.

Ce qu'il ne cessait de regarder dans le creux de sa main droite n'était autre chose que sa montre et il paraissait fort occupé à compter des minutes. Puis il rebroussa chemin, reprit une fois encore sa course, ne l'arrêta qu'à la grille du parc, reconsulta sa montre, la mit dans sa poche, haussa les épaules d'un geste découragé, poussa la grille, pénétra dans le parc, referma la grille à clef, leva la tête et, à travers les barreaux, nous aperçut. Rouletabille courut et je le suivis. Frédéric Larsan nous attendait.

« Monsieur Fred », dit Rouletabille en se découvrant et en montrant les marques d'un profond respect basé sur la réelle admiration que le jeune reporter avait pour le célèbre policier, « pourriez-vous nous dire si M. Robert Darzac est au château en ce moment ? Voici un de ses amis, du barreau de Paris, qui désirerait lui parler.

— Je n'en sais rien, monsieur Rouletabille, répliqua Fred en serrant la main de mon ami, car il avait eu l'occasion de le rencontrer plusieurs fois au cours de ses enquêtes les plus difficiles... Je ne l'ai pas vu.

— Les concierges nous renseigneront sans doute ? fit Rouletabille en désignant une maisonnette de briques dont porte et fenêtres étaient closes et qui devait inévitablement abriter ces fidèles gardiens de la propriété.

« Les concierges ne vous renseigneront point, monsieur Rouletabille.

— Et pourquoi donc ?

— Parce que, depuis une demi-heure, ils sont arrêtés ! ...

— Arrêtés ! s'écria Rouletabille... Ce sont eux les assassins ! ...

Frédéric Larsan haussa les épaules.

« Quand on ne peut pas, dit-il, d'un air de suprême ironie, arrêter l'assassin, on peut toujours se payer le luxe de découvrir les complices !

— C'est vous qui les avez fait arrêter, monsieur Fred ?

— Ah ! non ! par exemple ! je ne les ai pas fait arrêter, d'abord parce que je suis à peu près sûr qu'ils ne sont pour rien dans l'affaire, et puis parce que...

— Parce que quoi ? interrogea anxieusement Rouletabille.

— Parce que... rien... fit Larsan en secouant la tête.

— « Parce qu'il n'y a pas de complices ! » souffla Rouletabille.

Frédéric Larsan s'arrêta net, regardant le reporter avec intérêt.

« Ah ! Ah ! Vous avez donc une idée sur l'affaire... Pourtant vous n'avez rien vu, jeune homme... vous n'avez pas encore pénétré ici...

– J'y pénétrerai.

– J'en doute... la consigne est formelle.

– J'y pénétrerai si vous me faites voir M. Robert Darzac... Faites cela pour moi... Vous savez que nous sommes de vieux amis... Monsieur Fred... je vous en prie... Rappelez-vous le bel article que je vous ai fait à propos des *Lingots d'or*. Un petit mot à M. Robert Darzac, s'il vous plaît ? »

La figure de Rouletabille était vraiment comique à voir en ce moment. Elle reflétait un désir si irrésistible de franchir ce seuil au-delà duquel il se passait quelque prodigieux mystère ; elle suppliait avec une telle éloquence non seulement de la bouche et des yeux, mais encore de tous les traits, que je ne pus m'empêcher d'éclater de rire. Frédéric Larsan, pas plus que moi, ne garda son sérieux.

Cependant, derrière la grille, Frédéric Larsan remettait tranquillement la clef dans sa poche. Je l'examinai.

C'était un homme qui pouvait avoir une cinquantaine d'années. Sa tête était belle, aux cheveux grisonnants, au teint mat, au profil dur ; le front était proéminent ; le menton et les joues étaient rasés avec soin ; la lèvre, sans moustache, était finement dessinée ; les yeux, un peu petits et ronds, fixaient les gens bien en face d'un regard fouilleur qui étonnait et inquiétait. Il était de taille moyenne et bien prise ; l'allure générale était élégante et sympathique. Rien du policier vulgaire. C'était un grand artiste en son genre, et il le savait, et l'on sentait qu'il avait une haute idée de lui-même. Le ton de sa conversation était d'un sceptique et d'un désabusé. Son étrange profession lui avait fait côtoyer tant de crimes et de vilenies qu'il eût été inexplicable qu'elle ne lui eût point un peu *durci les sentiments*, selon la curieuse expression de Rouletabille.

Larsan tourna la tête au bruit d'une voiture qui arrivait derrière lui. Nous reconnûmes le cabriolet qui, en gare d'Épinay, avait emporté le juge d'instruction et son greffier.

« Tenez ! fit Frédéric Larsan, vous vouliez parler à M. Robert Darzac ; le voilà ! »

Le cabriolet était déjà à la grille et Robert Darzac priait Frédéric Larsan de lui ouvrir l'entrée du parc, lui disant qu'il était très pressé et qu'il n'avait que le temps d'arriver à Épinay pour prendre le prochain train pour Paris, quand il me reconnut.

Pendant que Larsan ouvrait la grille, M. Darzac me demanda ce qui pouvait m'amener au Glandier dans un moment aussi tragique. Je remarquai alors qu'il était atrocement pâle et qu'une douleur infinie était peinte sur son visage.

« Mlle Stangerson va-t-elle mieux ? demandai-je immédiatement.

– Oui, fit-il. On la sauvera peut-être. Il faut qu'on la sauve. »

Il n'ajouta pas « ou j'en mourrai », mais on sentait trembler la fin de la phrase au bout de ses lèvres exsangues.

Rouletabille intervint alors :

« Monsieur, vous êtes pressé. Il faut cependant que je vous parle. J'ai quelque chose de la dernière importance à vous dire. »

Frédéric Larsan interrompit :

« Je peux vous laisser ? demanda-t-il à Robert Darzac. Vous avez une clef ou voulez-vous que je vous donne celle-ci ?

– Oui, merci, j'ai une clef. Je fermerai la grille. »

Larsan s'éloigna rapidement dans la direction du château dont on apercevait, à quelques centaines de mètres, la masse imposante.

Robert Darzac, le sourcil froncé, montrait déjà de l'impatience. Je présentai Rouletabille comme un excellent ami ; mais, dès qu'il sut que ce jeune homme était journaliste, M. Darzac me regarda d'un air de grand reproche, s'excusa sur la nécessité où il était d'atteindre Épinay en vingt minutes, salua et fouetta son cheval. Mais déjà Rouletabille avait saisi, à ma profonde stupéfaction, la bride, arrêté le petit équipage d'un poing vigoureux, cependant qu'il prononçait cette phrase dépourvue pour moi du moindre sens : *« Le presbytère n'a rien perdu de son charme ni le jardin de son éclat. »*

Ces mots ne furent pas plutôt sortis de la bouche de Rouletabille que je vis Robert Darzac chanceler ; si pâle qu'il fût, il pâlit encore ; ses yeux fixèrent le jeune homme avec épouvante et il descendit immédiatement de sa voiture dans un désordre d'esprit inexprimable.

« Allons ! Allons ! » dit-il en balbutiant.

Et puis, tout à coup, il reprit avec une sorte de fureur :

« Allons ! monsieur ! Allons ! »

Et il refit le chemin qui conduisait au château, sans plus dire un mot, cependant que Rouletabille suivait, tenant toujours le cheval. J'adressai quelques paroles à M. Darzac... mais il ne me répondit pas. J'interrogeai de l'œil Rouletabille, qui ne me vit pas.

VI

Au fond de la chênaie

Nous arrivâmes au château. Le vieux donjon se reliait à la partie du bâtiment entièrement refaite sous Louis XIV par un autre corps de bâtiment moderne, style Viollet-le-Duc, où se trouvait l'entrée principale. Je n'avais encore rien vu d'aussi original, ni peut-être d'aussi laid, ni surtout d'aussi étrange en architecture que cet assemblage bizarre de styles disparates. C'était monstrueux et captivant.

En approchant, nous vîmes deux gendarmes qui se promenaient devant une petite porte ouvrant sur le rez-de-chaussée du donjon. Nous apprîmes bientôt que, dans ce rez-de-chaussée, qui était autrefois une prison et qui servait maintenant de chambre de débarras, on avait enfermé les concierges, M. et Mme Bernier.

M. Robert Darzac nous fit entrer dans la partie moderne du château par une vaste porte que protégeait une *marquise*. Rouletabille, qui avait abandonné le cheval et le cabriolet aux soins d'un domestique, ne quittait pas des yeux M. Darzac ; je suivis son regard, et je m'aperçus que celui-ci était uniquement dirigé vers les mains gantées du professeur à la Sorbonne.

Quand nous fûmes dans un petit salonet garni de meubles vieillots, M. Darzac se tourna vers Rouletabille et assez brusquement lui demanda :

« Parlez ! Que me voulez-vous ? »

Le reporter répondit avec la même brusquerie :

« Vous serrer la main ! »

Darzac se recula :

« Que signifie ? »

Évidemment, il avait compris ce que je comprenais alors : que mon ami le soupçonnait de l'abominable attentat. La trace de la main ensanglantée sur les murs de la *Chambre Jaune* lui apparut...

Je regardai cet homme à la physionomie si hautaine, au regard si droit d'ordinaire et qui se troublait en ce moment si étrangement. Il tendit sa main droite, et, me désignant :

« Vous êtes l'ami de M. Sainclair qui m'a rendu un service inespéré dans une juste cause, monsieur, et je ne vois pas pourquoi je vous refuserais la main... »

Rouletabille ne prit pas cette main. Il dit, mentant avec une audace sans pareille :

« Monsieur, j'ai vécu quelques années en Russie, d'où j'ai rapporté cet usage de ne jamais serrer la main à quiconque ne se dégante pas. »

Je crus que le professeur en Sorbonne allait donner un libre cours à la fureur qui commençait à l'agiter, mais au contraire, d'un violent effort visible, il se calma, se déganta et présenta ses mains. Elles étaient nettes de toute cicatrice.

« Êtes-vous satisfait ?

– Non ! répliqua Rouletabille. Mon cher ami, fit-il en se tournant vers moi, je suis obligé de vous demander de nous laisser seuls un instant. »

Je saluai et me retirai, stupéfait de ce que je venais de voir et d'entendre, et ne comprenant pas que M. Robert Darzac n'eût point déjà jeté à la porte mon impertinent, mon injurieux, mon stupide ami... Car, à cette minute, j'en voulais à Rouletabille de ses soupçons qui avaient abouti à cette scène inouïe des gants...

Je me promenai environ vingt minutes devant le château, essayant de relier entre eux les différents événements de cette matinée, et n'y parvenant pas.

Quelle était l'idée de Rouletabille ? Était-il possible que M. Robert Darzac lui apparût comme l'assassin ? Comment penser que cet homme, qui devait se marier dans quelques jours avec Mlle Stangerson, s'était introduit dans la *Chambre Jaune* pour assassiner sa fiancée ?

Enfin, rien n'était venu m'apprendre comment l'assassin avait pu sortir de la *Chambre Jaune* ; et, tant que ce mystère qui me paraissait inexplicable ne me serait pas expliqué, j'estimais, moi, qu'il était du devoir de tous de ne soupçonner personne.

Enfin, que signifiait cette phrase insensée qui sonnait encore à mes oreilles : « *Le presbytère n'a rien perdu de son charme ni le jardin de son éclat !* » J'avais hâte de me retrouver seul avec Rouletabille pour le lui demander.

À ce moment, le jeune homme sortit du château avec M. Robert Darzac. Chose extraordinaire, je vis au premier coup d'œil qu'ils étaient les meilleurs amis du monde.

38

« Nous allons à la *Chambre Jaune*, me dit Rouletabille, venez avec nous. Dites-donc, cher ami, vous savez que je vous garde toute la journée. Nous déjeunons ensemble dans le pays...

– Vous déjeunerez avec moi, ici, messieurs...

– Non, merci, répliqua le jeune homme. Nous déjeunerons à l'auberge du *Donjon* ...

– Vous y serez très mal... Vous n'y trouverez rien.

– Croyez-vous ? ... Moi j'espère y trouver quelque chose, répliqua Rouletabille. Après déjeuner, nous retravaillerons, je ferai mon article, vous serez assez aimable pour me le porter à la rédaction...

– Et vous ? Vous ne revenez pas avec moi ?

– Non ; je couche ici... »

Je me retournai vers Rouletabille. Il parlait sérieusement, et M. Robert Darzac ne parut nullement étonné...

Nous passions alors devant le donjon et nous entendîmes des gémissements.

Rouletabille demanda :

« Pourquoi a-t-on arrêté ces gens-là ?

– C'est un peu de ma faute, dit M. Darzac. J'ai fait remarquer hier au juge d'instruction qu'il est inexplicable que les concierges aient eu le temps d'entendre les coups de revolver, *de s'habiller*, de parcourir l'espace assez grand qui sépare leur loge du pavillon, tout cela en deux minutes ; car il ne s'est pas écoulé plus de deux minutes entre les coups de revolver et le moment où ils ont été rencontrés par le père Jacques.

– Èvidemment, c'est louche, acquiesça Rouletabille... Et ils étaient habillés... ?

– Voilà ce qui est incroyable... ils étaient habillés... *entièrement*, solidement et chaudement... Il ne manquait aucune pièce à leur costume. La femme était en sabots, mais l'homme avait *ses souliers lacés* . Or, ils ont déclaré s'être couchés comme tous les soirs à neuf heures. En arrivant, ce matin, le juge d'instruction, qui s'était muni, à Paris, d'un revolver de même calibre que celui du crime (car il ne veut pas toucher au revolver-pièce à conviction), a fait tirer deux coups de revolver par son greffier dans la *Chambre Jaune*, fenêtre et porte fermées. Nous étions avec lui dans la loge des concierges ; nous n'avons rien entendu... on ne peut rien entendre. Les concierges ont donc menti, cela ne fait point de doute... Ils étaient prêts ; ils étaient déjà dehors non loin du pavillon ; ils attendaient quelque chose. Certes, on ne les accuse point d'être les auteurs de l'attentat, mais

39

leur complicité n'est pas improbable... M. de Marquet les a fait arrêter aussitôt.

– S'ils avaient été complices, dit Rouletabille, *ils seraient arrivés débraillés*, ou plutôt ils ne seraient pas arrivés du tout. Quand on se précipite dans les bras de la justice, avec sur soi tant de preuves de complicité, c'est qu'on n'est pas complice. Je ne crois pas aux complices dans cette affaire.

– Alors, pourquoi étaient-ils dehors à minuit ? Qu'ils le disent ! ...

– Ils ont certainement un intérêt à se taire. Il s'agit de savoir lequel... Même s'ils ne sont pas complices, cela peut avoir quelque importance. *Tout est important de ce qui se passe dans une nuit pareille...* »

Nous venions de traverser un vieux pont jeté sur la Douve et nous entrions dans cette partie du parc appelée *la Chênaie*. Il y avait là des chênes centenaires. L'automne avait déjà recroquevillé leurs feuilles jaunies et leurs hautes branches noires et serpentines semblaient d'affreuses chevelures, des nœuds de reptiles géants entremêlés comme le sculpteur antique en a tordu sur sa tête de Méduse.

Ce lieu, que Mlle Stangerson habitait l'été parce qu'elle le trouvait gai, nous apparut, en cette saison, triste et funèbre. Le sol était noir, tout fangeux des pluies récentes et de la bourbe des feuilles mortes, les troncs des arbres étaient noirs, le ciel lui-même, au-dessus de nos têtes, était en deuil, charriait de gros nuages lourds. Et, dans cette retraite sombre et désolée, nous aperçûmes les murs blancs du pavillon.

Étrange bâtisse, sans une fenêtre visible du point où elle nous apparaissait. Seule une petite porte en marquait l'entrée. On eût dit un tombeau, un vaste mausolée au fond d'une forêt abandonnée...

À mesure que nous approchions, nous en devinions la disposition. Ce bâtiment prenait toute la lumière dont il avait besoin, au midi, c'est-à-dire de l'autre côté de la propriété, du côté de la campagne. La petite porte refermée sur le parc, M. et Mlle Stangerson devaient trouver là une prison idéale pour y vivre avec leurs travaux et leur rêve.

« Je vais donner tout de suite, du reste, le plan de ce pavillon. Il n'avait qu'un rez-de-chaussée, où l'on accédait par quelques marches, et un grenier assez élevé qui ne nous occupera en aucune façon ».

C'est donc le plan du rez-de-chaussée dans toute sa simplicité que je soumets au lecteur.

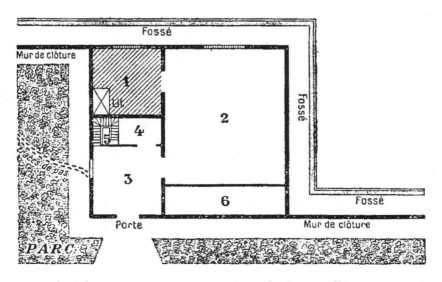

1. *Chambre Jaune, avec son unique fenêtre grillée et son unique porte donnant sur le laboratoire.*

2. *Laboratoire, avec ses deux grandes fenêtres grillées et ses portes ; donnant l'une sur le vestibule, l'autre sur la Chambre Jaune.*

3. *Vestibule, avec sa fenêtre non grillée et sa porte d'entrée donnant sur le parc.*

4. *Lavatory.*

5. *Escalier conduisant au grenier.*

6. *Vaste et unique cheminée du pavillon servant aux expériences de laboratoire.*

Il a été tracé par Rouletabille lui-même, et j'ai constaté qu'il n'y manquait pas une ligne, pas une indication susceptible d'aider à la solution du problème qui se posait alors devant la justice. Avec la légende et le plan, les lecteurs en sauront tout autant, pour arriver à la vérité, qu'en savait Rouletabille quand il pénétra dans le pavillon pour la première fois et que chacun se demandait : « Par où l'assassin a-t-il pu fuir de la *Chambre Jaune* ? »

Avant de gravir les trois marches de la porte du pavillon, Rouletabille nous arrêta et demanda à brûle-pourpoint à M. Darzac :

« Eh bien ! Et le mobile du crime ?

– Pour moi, monsieur, il n'y a aucun doute à avoir à ce sujet, fit le fiancé de Mlle Stangerson avec une grande tristesse. Les traces de doigts, les profondes écorchures sur la poitrine et au cou de Mlle Stangerson attestent que le misérable qui était là avait essayé un affreux attentat. Les médecins experts, qui ont examiné hier ces

41

traces, affirment qu'elles ont été faites par la même main dont l'image ensanglantée est restée sur le mur ; une main énorme, monsieur, et qui ne tiendrait point dans mon gant, ajouta-t-il avec un amer et indéfinissable sourire...

– Cette main rouge, interrompis-je, ne pourrait donc pas être la trace des doigts ensanglantés de Mlle Stangerson, qui, au moment de s'abattre, aurait rencontré le mur et y aurait laissé, en glissant, une image élargie de sa main pleine de sang ?

– il n'y avait pas une goutte de sang aux mains de Mlle Stangerson quand on l'a relevée, répondit M. Darzac.

– On est donc sûr, maintenant, fis-je, que c'est bien Mlle Stangerson qui s'était armée du revolver du père Jacques, puisqu'elle a blessé la main de l'assassin. *Elle redoutait donc quelque chose ou quelqu'un ?*

– C'est probable...

– Vous ne soupçonnez personne ?

– Non... », répondit M. Darzac, en regardant Rouletabille.

Rouletabille, alors, me dit :

« Il faut que vous sachiez, mon ami, que l'instruction est un peu plus avancée que n'a voulu nous le confier ce petit cachottier de M. de Marquet. Non seulement l'instruction sait maintenant que le revolver fut l'arme dont se servit, pour se défendre, Mlle Stangerson, mais elle connaît, mais elle a connu tout de suite l'arme qui a servi à attaquer, à frapper Mlle Stangerson. C'est, m'a dit M. Darzac, un *os de mouton*. Pourquoi M. de Marquet entoure-t-il cet os de mouton de tant de mystère ? Dans le dessein de faciliter les recherches des agents de la Sûreté ? Sans doute. Il imagine peut-être qu'on va retrouver son propriétaire parmi ceux qui sont bien connus, dans la basse pègre de Paris, pour se servir de cet instrument de crime, le plus terrible que la nature ait inventé... Et puis, est-ce qu'on sait jamais ce qui peut se passer dans une cervelle de juge d'instruction ? » ajouta Rouletabille avec une ironie méprisante.

J'interrogeai :

« On a donc trouvé un *os de mouton* dans la *Chambre Jaune* ?

– Oui, monsieur, fit Robert Darzac, au pied du lit ; mais je vous en prie : n'en parlez point. M. de Marquet nous a demandé le secret. (Je fis un geste de protestation.) C'est un énorme os de mouton dont la tête, ou, pour mieux dire, dont l'articulation était encore toute rouge du sang de l'affreuse blessure qu'il avait faite à Mlle Stangerson. C'est un vieil os de mouton *qui a dû servir déjà à quelques crimes*, suivant les apparences. Ainsi pense M. de Marquet, qui l'a fait porter à Paris, au laboratoire municipal, pour qu'il fût analysé. Il croit, en effet, avoir relevé sur cet os non seulement le sang frais de la dernière victime, mais encore des traces roussâtres qui ne seraient autres que des taches de sang séché, témoignages de crimes antérieurs.

– Un os de mouton, dans la main d'un *assassin exercé*, est une arme effroyable, dit Rouletabille, une arme *plus utile* et plus sûre qu'un lourd marteau.

– Le misérable l'a d'ailleurs prouvé, fit douloureusement M. Robert Darzac. L'os de mouton a terriblement frappé Mlle Stangerson au front. L'articulation de l'os de mouton s'adapte parfaitement à la blessure. Pour moi, cette blessure eût été mortelle si l'assassin n'avait été à demi arrêté, dans le coup qu'il donnait, par le revolver de Mlle Stangerson. Blessé à la main, il lâchait son os de mouton et s'enfuyait. Malheureusement, le coup de l'os de mouton *était parti et était déjà arrivé...* et Mlle Stangerson était quasi assommée, après avoir failli être étranglée. Si Mlle Stangerson avait réussi à blesser l'homme de son premier coup de revolver, elle eût, sans doute, échappé à l'os de mouton... Mais elle a saisi certainement son revolver trop tard ; puis, le premier coup, dans la lutte, a dévié, et la balle est allée se loger dans le plafond ; ce n'est que le second coup qui a porté... »

Ayant ainsi parlé, M. Darzac frappa à la porte du pavillon. Vous avouerai-je mon impatience de pénétrer dans le lieu même du crime ? J'en tremblais, et, malgré tout l'immense intérêt que comportait l'histoire de l'os de mouton, je bouillais de voir que notre conversation se prolongeait et que la porte du pavillon ne s'ouvrait pas.

Enfin, elle s'ouvrit.

Un homme, que je reconnus pour être le père Jacques, était sur le seuil.

Il me parut avoir la soixantaine bien sonnée. Une longue barbe blanche, des cheveux blancs sur lesquels il avait posé un béret basque, un complet de velours marron à côtes usé, des sabots ; l'air bougon, une figure assez rébarbative qui s'éclaira cependant dès qu'il eut aperçu M. Robert Darzac.

« Des amis, fit simplement notre guide. Il n'y a personne au pavillon, père Jacques ?

– Je ne dois laisser entrer personne, monsieur Robert, mais bien sûr la consigne n'est pas pour vous... Et pourquoi ? Ils ont vu tout ce qu'il y avait à voir, ces messieurs de la justice. Ils en ont fait assez des dessins et des procès-verbaux...

– Pardon, monsieur Jacques, une question avant toute autre chose, fit Rouletabille.

– Dites, jeune homme, et, si je puis y répondre...

– Votre maîtresse portait-elle, *ce soir-là*, les cheveux en bandeaux, vous savez bien, les cheveux en bandeaux sur le front ?

– Non, mon p'tit monsieur. Ma maîtresse n'a jamais porté les cheveux en bandeaux comme vous dites, ni ce soir-là, ni les autres jours. Elle avait, comme toujours, les cheveux relevés de façon à ce qu'on pouvait voir son beau front, pur comme celui de l'enfant qui vient de naître ! ... »

Rouletabille grogna, et se mit aussitôt à inspecter la porte. Il se rendit compte de la fermeture automatique. Il constata que cette porte ne pouvait jamais rester ouverte et qu'il fallait une clef pour l'ouvrir. Puis nous entrâmes dans le vestibule, petite pièce assez claire, pavée de carreaux rouges.

« Ah ! voici la fenêtre, dit Rouletabille, par laquelle l'assassin s'est sauvé...

– Qu'ils disent ! monsieur, qu'ils disent ! Mais, s'il s'était sauvé par là, nous l'aurions bien vu, pour sûr ! Sommes pas aveugles ! ni M. Stangerson, ni moi, ni les concierges qui-z-ont mis en prison ! Pourquoi qui ne m'y mettent pas en prison, moi aussi, à cause de mon revolver ? »

Rouletabille avait déjà ouvert la fenêtre et examiné les volets.

« Ils étaient fermés, à l'heure du crime ?

– Au loquet de fer, en dedans, fit le père Jacques... et moi j'suis bien sûr que l'assassin a passé au travers...

– Il y a des taches de sang ? ...

– Oui, tenez, là, sur la pierre, en dehors... Mais du sang de quoi ?...

– Ah ! fit Rouletabille, on voit les pas... là, sur le chemin... la terre était très détrempée... nous examinerons cela tout à l'heure...

– Des bêtises ! Interrompit le père Jacques... L'assassin n'a pas passé par là ! ...

– Eh bien, par où ? ...

– Est-ce que je sais ! ... »

Rouletabille voyait tout, flairait tout. Il se mit à genoux et passa rapidement en revue les carreaux maculés du vestibule. Le père Jacques continuait :

« Ah ! vous ne trouverez rien, mon p'tit monsieur. Y n'ont rien trouvé... Et puis maintenant, c'est trop sale... Il est entré trop de gens ! Ils veulent point que je lave le carreau... mais, le jour du crime, j'avais lavé tout ça à grande eau, moi, père Jacques... et, si l'assassin avait passé par là avec ses *ripatons*, on l'aurait bien vu ; il a assez laissé la marque de ses godillots dans la chambre de mademoiselle !... »

Rouletabille se releva et demanda :

« Quand avez-vous lavé ces dalles pour la dernière fois ? »

Et il fixait le père Jacques d'un œil auquel rien n'échappe.

« Mais dans la journée même du crime, j'vous dis ! Vers les cinq heures et demie... pendant que mademoiselle et son père faisaient un tour de promenade avant de dîner ici même, car ils ont dîné dans le laboratoire. Le lendemain, quand le juge est venu, il a pu voir toutes les traces des pas par terre comme qui dirait de l'encre sur du papier blanc... Eh bien, ni dans le laboratoire, ni dans le vestibule qu'étaient propres comme un sou neuf, on n'a retrouvé ses pas... à l'homme ! ... Puisqu'on les retrouve auprès de la fenêtre, *dehors*, il faudrait donc qu'il ait troué le plafond de la *Chambre Jaune*, qu'il ait passé par le grenier, qu'il ait troué le toit, et qu'il soit redescendu juste à la fenêtre du vestibule, en se laissant tomber... Eh bien, mais, y n'y a pas de trou au plafond de la *Chambre Jaune*... ni dans mon grenier, bien sûr ! ... Alors, vous voyez bien qu'on ne sait rien... mais rien de rien ! ... et qu'on ne saura, ma foi, jamais rien ! ... C'est un mystère du diable !

Rouletabille se rejeta soudain à genoux, presque en face de la porte d'un petit lavatory qui s'ouvrait au fond du vestibule. Il resta dans cette position au moins une minute.

« Eh bien ? lui demandai-je quand il se releva.

– Oh ! rien de bien important ; une goutte de sang.

Le jeune homme se retourna vers le père Jacques.

« Quand vous vous êtes mis à laver le laboratoire et le vestibule, la fenêtre du vestibule était ouverte ?

– Je venais de l'ouvrir parce que j'avais allumé du charbon de bois pour monsieur, sur le fourneau du laboratoire ; et, comme je l'avais allumé avec des journaux, il y a eu de la fumée ; j'ai ouvert les fenêtres du laboratoire et celle du vestibule pour faire courant d'air ; puis j'ai refermé celles du laboratoire et laissé ouverte celle du vestibule, et puis je suis sorti un instant pour aller chercher une lavette au château et c'est en rentrant, comme je vous ai dit, vers cinq heures et demie que je me suis mis à laver les dalles ; après avoir lavé, je suis reparti, laissant toujours la fenêtre du vestibule ouverte. Enfin pour la derniére fois, quand je suis rentré au pavillon, *la fenêtre était fermée* et monsieur et mademoiselle travaillaient déjà dans le laboratoire.

– M. ou Mlle Stangerson avaient sans doute fermé la fenêtre en entrant ?

– Sans doute.

– Vous ne leur avez pas demandé ?

– Non ! ... »

Après un coup d'œil assidu au petit lavatory et à la cage de l'escalier qui conduisait au grenier, Rouletabille, pour qui nous semblions ne plus exister, pénétra dans le laboratoire. C'est, je l'avoue, avec une forte émotion que je l'y suivis. Robert Darzac ne perdait pas un geste de mon ami...

Quant à moi, mes yeux allèrent tout de suite à la porte de la *Chambre Jaune*. Elle était refermée, ou plutôt poussée sur le laboratoire, car je constatai immédiatement qu'elle était à moitié défoncée et hors d'usage... les efforts de ceux qui s'étaient rués sur elle, au moment du drame, l'avaient brisée...

Mon jeune ami, qui menait sa besogne avec méthode, considérait, sans dire un mot, la pièce dans laquelle nous nous trouvions... Elle était vaste et bien éclairée.

Deux grandes fenêtres, presque des baies, garnies de barreaux, prenaient jour sur l'immense campagne. Une trouée dans la forêt ; une vue merveilleuse sur toute la vallée, sur la plaine, jusqu'à la grande ville qui devait apparaître, là-bas, tout au bout, les jours de soleil. Mais, aujourd'hui, il n'y a que de la boue sur la terre, de la suie au ciel... et du sang dans cette chambre...

Tout un côté du laboratoire était occupé par une vaste cheminée, par des creusets, par des fours propres à toutes expériences de chimie. Des cornues, des instruments de physique un peu partout ; des tables surchargées de fioles, de papiers, de dossiers, une machine électrique... des piles... « Un appareil », me dit M. Robert Darzac, employé par le professeur Stangerson « pour démontrer la dissociation de la matière sous l'action de la lumière solaire », etc.

Et, tout le long des murs, des armoires, armoires pleines ou armoires-vitrines, laissant apercevoir des microscopes, des appareils photographiques spéciaux, une quantité incroyable de cristaux...

Rouletabille avait le nez fourré dans la cheminée. Du bout du doigt, il fouillait dans les creusets... Tout d'un coup, il se redressa, tenant un petit morceau de papier à moitié consumé... Il vint à nous qui causions auprès d'une fenêtre, et il dit :

« Conservez-nous cela, Monsieur Darzac. »

Je me penchai sur le bout de papier roussi que M. Darzac venait de prendre des mains de Rouletabille.

Et je lus, distinctement, ces seuls mots qui restaient lisibles :

presbytère   rien perdu   charme,
ni le jar   de son éclat.

Et, au-dessous : « 23 octobre. »

Deux fois, depuis ce matin, ces mêmes mots insensés venaient me frapper, et, pour la deuxième fois, je vis qu'ils produisaient sur le professeur en Sorbonne le même effet foudroyant. Le premier soin de M. Darzac fut de regarder du côté du père Jacques. Mais celui-ci ne nous avait pas vus, occupé qu'il était à l'autre fenêtre... Alors, le fiancé de Mlle Stangerson ouvrit son portefeuille en tremblant, y serra le papier, et soupira : « Mon Dieu ! »

Pendant ce temps, Rouletabille était monté dans la cheminée ; c'est-à-dire que, debout sur les briques d'un fourneau, il considérait attentivement cette cheminée qui allait se rétrécissant, et qui, à cinquante centimètres au-dessus de sa tête, se fermait entièrement par des plaques de fer scellées dans la brique, laissant passer trois tuyaux d'une quinzaine de centimètres de diamètre chacun.

« Impossible de passer par là, énonça le jeune homme en sautant dans le laboratoire. Du reste, s'*il* l'avait même tenté, toute cette ferraille serait par terre. Non ! Non ! ce n'est pas de ce côté qu'il faut chercher...

Rouletabille examina ensuite les meubles et ouvrit des portes d'armoires. Puis, ce fut le tour des fenêtres qu'il déclara infranchissables et *infranchies*. À la seconde fenêtre, il trouva le père Jacques en contemplation.

« Eh bien, père Jacques, qu'est-ce que vous regardez par là ?

– Je r'garde l'homme de la police qui ne cesse point de faire le tour de l'étang... Encore un malin qui n'en verra pas plus long qu'les autres !

– Vous ne connaissez pas Frédéric Larsan, père Jacques ! dit Rouletabille, en secouant la tête avec mélancolie, sans cela vous ne parleriez pas comme ça... S'il y en a un ici qui trouve l'assassin, ce sera lui, faut croire ! »

Et Rouletabille poussa un soupir.

« Avant qu'on le retrouve, faudrait savoir comment on l'a perdu !... répliqua le père Jacques, têtu.

Enfin, nous arrivâmes à la porte de la *Chambre Jaune*.

« Voilà la porte derrière laquelle il se passait quelque chose ! » fit Rouletabille avec une solennité qui, en toute autre circonstance, eût été comique.

VII

Où Rouletabille part en expédition sous le lit

Rouletabille ayant poussé la porte de la *Chambre Jaune* s'arrêta sur le seuil, disant avec une émotion que je ne devais comprendre que plus tard : « Oh ! Le parfum de la dame en noir ! » La chambre était obscure ; le père Jacques voulut ouvrir les volets, mais Rouletabille l'arrêta :

« Est-ce que, dit-il, le drame s'est passé en pleine obscurité ?

– Non, jeune homme, je ne pense point. Mam'zelle tenait beaucoup à avoir une veilleuse sur sa table, et c'est moi qui la lui allumais tous les soirs avant qu'elle aille se coucher... J'étais quasi sa femme de chambre, quoi ! quand v'nait le soir ! La vraie femme de chambre ne v'nait guère que le matin. Mam'zelle travaille si tard... la nuit !

– Où était cette table qui supportait la veilleuse ? Loin du lit ?

– Loin du lit.

– Pouvez-vous, maintenant, allumer la veilleuse ?

– La veilleuse est brisée, et l'huile s'en est répandue quand la table est tombée. Du reste, tout est resté dans le même état. Je n'ai qu'à ouvrir les volets et vous allez voir...

– Attendez ! »

Rouletabille rentrant dans le laboratoire, alla fermer les volets des deux fenêtres et la porte du vestibule. Quand nous fûmes dans la nuit noire, il alluma une allumette-bougie, la donna au père Jacques, dit à celui-ci de se diriger avec son allumette vers le milieu de la *Chambre Jaune*, à l'endroit où brûlait, cette nuit-là, la veilleuse. Le père Jacques, qui était en chaussons (il laissait à l'ordinaire ses sabots dans le vestibule), entra dans la *Chambre Jaune* avec son bout d'allumette, et nous distinguâmes vaguement, mal éclairés par la petite flamme mourante, des objets renversés sur le carreau, un lit dans le coin, et, en face de nous, à gauche, le reflet d'une glace, pendue au mur, près du lit. Ce fut rapide.

Rouletabille dit :

« C'est assez ! Vous pouvez ouvrir les volets.

– Surtout n'avancez pas, pria le père Jacques ; vous pourriez faire des marques avec vos souliers... et il ne faut rien déranger... C'est une idée du juge, une idée comme ça, bien que son affaire soit déjà faite... »

Et il poussa les volets. Le jour livide du dehors entra, éclairant un désordre sinistre, entre des murs de safran. Le plancher – car si le vestibule et le laboratoire étaient carrelés, la *Chambre Jaune* était planchéiée – était recouvert d'une natte jaune, d'un seul morceau, qui tenait presque toute la pièce, allant sous le lit et sous la table-toilette, seuls meubles qui, avec le lit, fussent encore sur leurs pieds. La table ronde du milieu, la table de nuit et deux chaises étaient renversées. Elles n'empêchaient point de voir, sur la natte, une large tache de sang qui provenait, nous dit le père Jacques, de la blessure au front de Mlle Stangerson. En outre, des gouttelettes de sang étaient répandues un peu partout et suivaient, en quelque sorte, la trace très visible des pas, des larges pas noirs, de l'assassin. Tout faisait présumer que ces gouttes de sang venaient de la blessure de l'homme qui avait, un moment, imprimé sa main rouge sur le mur. Il y avait d'autres traces de cette main sur le mur, mais beaucoup moins distinctes. C'est bien là la trace d'une rude main d'homme ensanglantée.

Je ne pus m'empêcher de m'écrier :

« Voyez ! ... voyez ce sang sur le mur... L'homme qui a appliqué si fermement sa main ici était alors dans l'obscurité et croyait certainement tenir une porte. Il croyait la pousser ! C'est pourquoi il a fortement appuyé, laissant sur le papier jaune un dessin terriblement accusateur, car je ne sache point qu'il y ait beaucoup de mains au monde de cette sorte-là. Elle est grande et forte, et les doigts sont presque aussi longs les uns que les autres ! Quant au pouce, il manque ! Nous n'avons que la marque de la paume. Et si nous suivons la *trace* de cette main, continuai-je, nous la voyons, qui, après s'être appuyée au mur, le tâte, cherche la porte, la trouve, cherche la serrure...

– Sans doute, interrompit Rouletabille en ricanant, *mais il n'y a pas de sang à la serrure, ni au verrou !* ...

– Qu'est-ce que cela prouve ? Répliquai-je avec un bon sens dont j'étais fier, *il* aura ouvert serrure et verrou de la main gauche, ce qui est tout naturel puisque la main droite est blessée...

– Il n'a rien ouvert du tout ! s'exclama encore le père Jacques. Nous ne sommes pas fous, peut-être ! Et nous étions quatre quand nous avons fait sauter la porte ! »

Je repris :

« Quelle drôle de main ! Regardez-moi cette drôle de main !

– C'est une main fort naturelle, répliqua Rouletabille, dont le dessin a été déformé *par le glissement sur le mur*. L'homme *a essuyé sa main blessée sur le mur !* Cet homme doit mesurer un mètre quatre-vingt.

– À quoi voyez-vous cela ?

– À la hauteur de la main sur le mur... »

Mon ami s'occupa ensuite de la trace de la balle dans le mur. Cette trace était un trou rond.

« La balle, dit Rouletabille, est arrivée de face : ni d'en haut, par conséquent, ni d'en bas. »

Et il nous fit observer encore qu'elle était de quelques centimètres plus bas sur le mur que le stigmate laissé par la main.

Rouletabille, retournant à la porte, avait le nez, maintenant, sur la serrure et le verrou. Il constata « qu'on avait bien fait sauter la porte, du dehors, serrure et verrou étant encore, sur cette porte défoncée, l'une fermée, l'autre poussé, et, sur le mur, les deux gâches étant quasi arrachées, pendantes, retenues encore par une vis. »

Le jeune rédacteur de *L'Èpoque* les considéra avec attention, reprit la porte, la regarda des deux côtés, s'assura qu'il n'y avait aucune possibilité de fermeture ou d'ouverture du verrou *de l'extérieur*, et s'assura qu'on avait retrouvé la clef dans la serrure, *à l'intérieur*. Il s'assura encore qu'une fois la clef dans la serrure à l'intérieur, on ne pouvait ouvrir cette serrure de l'intérieur avec une autre clef. Enfin, ayant constaté qu'il n'y avait, à cette porte, « aucune fermeture automatique, bref, qu'elle était la plus naturelle de toutes les portes, munie d'une serrure et d'un verrou très solides qui étaient restés fermés », il laissa tomber ces mots : « ça va mieux ! » Puis, s'asseyant par terre, il se déchaussa hâtivement.

Et, sur ses chaussettes, il s'avança dans la chambre. La première chose qu'il fit fut de se pencher sur les meubles renversés et de les examiner avec un soin extrême. Nous le regardions en silence. Le père Jacques lui disait, de plus en plus ironique :

« Oh ! mon p'tit ! Oh ! mon p'tit ! Vous vous donnez bien du mal !... »

Mais Rouletabille redressa la tête :

« Vous avez dit la pure vérité, père Jacques, votre maîtresse n'avait pas, ce soir-là, ses cheveux en bandeaux ; c'est moi qui étais une vieille bête de croire cela ! ... »

Et, souple comme un serpent, il se glissa sous le lit.

Et le père Jacques reprit :

« Et dire, monsieur, et dire que l'assassin était caché là-dessous !
Il y était quand je suis entré à dix heures, pour fermer les volets et
allumer la veilleuse, puisque ni M. Stangerson, ni Mlle Mathilde, ni
moi, n'avons plus quitté le laboratoire jusqu'au moment du crime. »

On entendait la voix de Rouletabille, sous le lit :

« À quelle heure, monsieur Jacques, M. et Mlle Stangerson sont-
ils arrivés dans le laboratoire pour ne plus le quitter ?

– À six heures ! »

La voix de Rouletabille continuait :

« Oui, il est venu là-dessous... c'est certain... Du reste, il n'y a que
là qu'il pouvait se cacher... Quand vous êtes entrés, tous les quatre,
vous avez regardé sous le lit ?

– Tout de suite... Nous avons même entièrement bousculé le lit
avant de le remettre à sa place.

– Et entre les matelas ?

– Il n'y avait, à ce lit, qu'un matelas sur lequel on a posé Mlle
Mathilde. Et le concierge et M. Stangerson ont transporté ce matelas
immédiatement dans le laboratoire. Sous le matelas, il n'y avait que
le sommier métallique qui ne saurait dissimuler rien, ni personne.
Enfin, monsieur, songez que nous étions quatre, et que rien ne
pouvait nous échapper, la chambre étant si petite, dégarnie de
meubles, et tout étant fermé derrière nous, dans le pavillon. »

J'osai une hypothèse :

« Il est peut-être sorti avec le matelas ! Dans le matelas, peut-
être... Tout est possible devant un pareil mystère ! Dans leur trouble,
M. Stangerson et le concierge ne se seront pas aperçus qu'ils
transportaient double poids... *et puis, si le concierge est complice !* ...
Je vous donne cette hypothèse pour ce qu'elle vaut, mais voilà qui
expliquerait bien des choses... et, particulièrement, le fait que le
laboratoire et le vestibule sont restés vierges des traces de pas qui se
trouvent dans la chambre. Quand on a transporté mademoiselle du
laboratoire au château, le matelas, arrêté un instant près de la
fenêtre, aurait pu permettre à l'homme de se sauver...

– Et puis quoi encore ? Et puis quoi encore ? Et puis quoi
encore ? » me lança Rouletabille, en riant délibérément, sous le lit...

J'étais un peu vexé :

« Vraiment on ne sait plus... Tout paraît possible... »

Le père Jacques fit :

« C'est une idée qu'a eue le juge d'instruction, monsieur, et il a fait
examiner sérieusement le matelas. Il a été obligé de rire de son idée,
monsieur, comme votre ami rit en ce moment, car ça n'était bien sûr

pas un matelas à double fond ! ... Et puis, quoi ! s'il y avait eu un homme dans le matelas on l'aurait vu ! ... »

Je dus rire moi-même, et, en effet, j'eus la preuve, depuis, que j'avais dit quelque chose d'absurde. Mais où commençait, où finissait l'absurde dans une affaire pareille !

Mon ami, seul, était capable de le dire, et encore ! ...

« Dites donc ! s'écria le reporter, toujours sous le lit, elle a été bien remuée, cette carpette-là ?

— Par nous, monsieur, expliqua le père Jacques. Quand nous n'avons pas trouvé l'assassin, nous nous sommes demandé s'il n'y avait pas un trou dans le plancher...

— Il n'y en a pas, répondit Rouletabille. Avez-vous une cave ?

— Non, il n'y a pas de cave... Mais cela n'a pas arrêté nos recherches et ça n'a pas empêché M le juge d'instruction, et surtout son greffier, d'étudier le plancher planche à planche, comme s'il y avait eu une cave dessous... »

Le reporter, alors, réapparut. Ses yeux brillaient, ses narines palpitaient ; on eût dit un jeune animal au retour d'un heureux affût... Il resta à quatre pattes. En vérité, je ne pouvais mieux le comparer dans ma pensée qu'à une admirable bête de chasse sur la piste de quelque surprenant gibier... Et il flaira les pas de l'homme, de l'homme qu'il s'était juré de rapporter à son maître, M le directeur de *L'Époque*, car il ne faut pas oublier que notre Joseph Rouletabille était journaliste !

Ainsi, à quatre pattes, il s'en fut aux quatre coins de la pièce, reniflant tout, faisant le tour de tout, de tout ce que nous voyions, ce qui était peu de chose, et de tout ce que nous ne voyions pas et qui était, paraît-il, immense.

La table-toilette était une simple tablette sur quatre pieds ; impossible de la transformer en une cachette passagère... Pas une armoire... Mlle Stangerson avait sa garde-robe au château.

Le nez, les mains de Rouletabille montaient le long des murs, *qui étaient partout de brique épaisse*. Quand il eut fini avec les murs et passé ses doigts agiles sur toute la surface du papier jaune, atteignant ainsi le plafond auquel il put toucher, en montant sur une chaise qu'il avait placée sur la table-toilette, et en faisant glisser autour de la pièce cet ingénieux escabeau ; quand il eut fini avec le plafond où il examina soigneusement la trace de l'autre balle, il s'approcha de la fenêtre et ce fut encore le tour des barreaux et celui des volets, tous bien solides et intacts. Enfin, il poussa un ouf ! de satisfaction et déclara que, « maintenant, il était tranquille ! »

« Eh bien, croyez-vous qu'elle était enfermée, la pauvre chère mademoiselle quand on nous l'assassinait ! Quand elle nous appelait à son secours ! ... gémit le père Jacques.

– Oui, fit le jeune reporter, en s'essuyant le front... la *Chambre Jaune était, ma foi, fermée comme un coffre-fort...*

– De fait, observai-je, voilà bien pourquoi ce mystère est le plus surprenant que je connaisse, *même dans le domaine de l'imagination.* Dans le *Double Assassinat de la rue Morgue*, Edgar Poe n'a rien inventé de semblable. Le lieu du crime était assez fermé pour ne pas laisser échapper un homme, mais il y avait encore cette fenêtre par laquelle pouvait se glisser l'auteur des assassinats qui était un singe ! ... Mais ici, il ne saurait être question d'aucune ouverture d'aucune sorte. La porte close et les volets fermés comme ils l'étaient, et la fenêtre fermée comme elle l'était, *une mouche ne pouvait entrer ni sortir !*

– En vérité ! En vérité ! acquiesça Rouletabille, qui s'épongeait toujours le front, semblant suer moins de son récent effort corporel que de l'agitation de ses pensées. En vérité ! C'est un très grand et très beau et très curieux mystère ! ...

– La *Bête du Bon Dieu*, bougonna le père Jacques, la *Bête du Bon Dieu* elle-même, si elle avait commis le crime, n'aurait pas pu s'échapper... Écoutez ! ... L'entendez-vous ? ... Silence ! ... »

Le père Jacques nous faisait signe de nous taire et, le bras tendu vers le mur, vers la prochaine forêt, écoutait quelque chose que nous n'entendions point.

« Elle est partie, finit-il par dire. Il faudra que je la tue... Elle est trop sinistre, cette bête-là... mais c'est la *Bête du Bon Dieu* ; elle va prier toutes les nuits sur la tombe de sainte Geneviève, et personne n'ose y toucher de peur que la mère Agenoux jette un mauvais sort...

– Comment est-elle grosse, la *Bête du Bon Dieu* ?

– Quasiment comme un gros chien basset... c'est un monstre que je vous dis. Ah ! Je me suis demandé plus d'une fois si ça n'était pas elle qui avait pris de ses griffes notre pauvre mademoiselle à la gorge... Mais *la Bête du Bon Dieu* ne porte pas des godillots, ne tire pas des coups de revolver, n'a pas une main pareille ! ... s'exclama le père Jacques en nous montrant encore la main rouge sur le mur. Et puis, on l'aurait vue aussi bien qu'un homme, et elle aurait été enfermée dans la chambre et dans le pavillon, aussi bien qu'un homme ! ...

– Èvidemment, fis-je. De loin, avant d'avoir vu la *Chambre Jaune*, je m'étais, moi aussi, demandé si le chat de la mère Agenoux...

– Vous aussi ! s'écria Rouletabille.

– Et vous ? demandai-je.

– Moi non, pas une minute... depuis que j'ai lu l'article du *Matin*, *je sais qu'il ne s'agit pas d'une bête !* Maintenant, je jure qu'il s'est passé là une tragédie effroyable... Mais vous ne parlez pas du béret retrouvé, ni du mouchoir, père Jacques ?

– Le magistrat les a pris, bien entendu », fit l'autre avec hésitation.

Le reporter lui dit, très grave :

« Je n'ai vu, moi, ni le mouchoir, ni le béret, mais je peux cependant vous dire comment ils sont faits.

– Ah ! vous êtes bien malin... », et le père Jacques toussa, embarrassé.

« Le mouchoir est un gros mouchoir bleu à raies rouges, et le béret, est un vieux béret basque, comme celui-là, ajouta Rouletabille en montrant la coiffure de l'homme.

– C'est pourtant vrai... vous êtes sorcier... »

Et le père Jacques essaya de rire, mais n'y parvint pas.

« Comment qu'vous savez que le mouchoir est bleu à raies rouges ?

– Parce que, s'il n'avait pas été bleu à raies rouges, on n'aurait pas trouvé de mouchoir du tout ! »

Sans plus s'occuper du père Jacques, mon ami prit dans sa poche un morceau de papier blanc, ouvrit une paire de ciseaux, se pencha sur les traces de pas, appliqua son papier sur l'une des traces et commença à découper. Il eut ainsi une semelle de papier d'un contour très net, et me la donna en me priant de ne pas la perdre.

Il se retourna ensuite vers la fenêtre et, montrant au père Jacques, Frédéric Larsan qui n'avait pas quitté les bords de l'étang, il s'inquiéta de savoir si le policier n'était point venu, lui aussi, *travailler dans la Chambre Jaune.*

« Non ! répondit M. Robert Darzac, qui, depuis que Rouletabille lui avait passé le petit bout de papier roussi, n'avait pas prononcé un mot. Il prétend qu'il n'a point besoin de voir la *Chambre Jaune*, que l'assassin est sorti de la *Chambre Jaune* d'une façon très naturelle, et qu'il s'en expliquera ce soir !

En entendant M. Robert Darzac parler ainsi, Rouletabille – chose extraordinaire – pâlit.

« Frédéric Larsan posséderait-il la vérité que je ne fais que pressentir ! murmura-t-il. Frédéric Larsan est très fort... très fort... et je l'admire... Mais aujourd'hui, il s'agit de faire mieux qu'une œuvre de policier... *mieux que ce qu'enseigne l'expérience ! ... il s'agit d'être logique,* mais logique, entendez-moi bien, comme le bon Dieu a été logique quand il a dit : 2 + 2 = 4 ... ! IL S'AGIT DE PRENDRE LA RAISON PAR LE BON BOUT ! »

Et le reporter se précipita dehors, éperdu à cette idée que le grand, le fameux Fred pouvait apporter avant lui la solution du problème de la *Chambre Jaune* !

Je parvins à le rejoindre sur le seuil du pavillon.

« Allons ! lui dis-je, calmez-vous... vous n'êtes donc pas content ?

– Oui, m'avoua-t-il avec un grand soupir. *Je suis très content.* J'ai découvert bien des choses...

– De l'ordre moral ou de l'ordre matériel ?

– Quelques-unes de l'ordre moral et une de l'ordre matériel. Tenez, ceci, par exemple. »

Et, rapidement, il sortit de la poche de son gilet une feuille de papier qu'il avait dû y serrer pendant son expédition sous le lit, et dans le pli de laquelle il avait déposé *un cheveu blond de femme.*

VIII

Le juge d'instruction interroge Mlle Stangerson

Cinq minutes plus tard, Joseph Rouletabille se penchait sur les empreintes de pas découvertes dans le parc, sous la fenêtre même du vestibule, quand un homme, qui devait être un serviteur du château, vint à nous à grandes enjambées, et cria à M. Robert Darzac qui descendait du pavillon :

« Vous savez, monsieur Robert, que le juge d'instruction est en train d'interroger mademoiselle. »

M. Robert Darzac nous jeta aussitôt une vague excuse et se prit à courir dans la direction du château ; l'homme courut derrière lui.

« Si le cadavre parle, fis-je, cela va devenir intéressant.

– Il faut savoir, dit mon ami. Allons au château. »

Et il m'entraîna. Mais, au château, un gendarme placé dans le vestibule nous interdit l'accès de l'escalier du premier étage. Nous dûmes attendre.

Pendant ce temps-là, voici ce qui se passait dans la chambre de la victime. Le médecin de la famille, trouvant que Mlle Stangerson allait beaucoup mieux, mais craignant une rechute fatale qui ne permettrait plus de l'interroger, avait cru de son devoir d'avertir le juge d'instruction... et celui-ci avait résolu de procéder immédiatement à un bref interrogatoire. À cet interrogatoire assistèrent M. de Marquet, le greffier, M. Stangerson, le médecin. Je me suis procuré plus tard, au moment du procès, le texte de cet interrogatoire. Le voici, dans toute sa sécheresse juridique :

Demande. – Sans trop vous fatiguer, êtes-vous capable, mademoiselle, de nous donner quelques détails nécessaires sur l'affreux attentat dont vous avez été victime ?

Réponse. – Je me sens beaucoup mieux, monsieur, et je vais vous dire ce que je sais. Quand j'ai pénétré dans ma chambre, je ne me suis aperçue de rien d'anormal.

D. – Pardon, mademoiselle, si vous me le permettez, je vais vous poser des questions et vous y répondrez. Cela vous fatiguera moins qu'un long récit.

R. – Faites, monsieur.

D. – Quel fut ce jour-là l'emploi de votre journée ? Je le désirerais aussi précis, aussi méticuleux que possible. Je voudrais, mademoiselle, suivre tous vos gestes, ce jour-là, si ce n'est point trop vous demander.

R. – Je me suis levée tard, à dix heures, car mon père et moi nous étions rentrés tard dans la nuit, ayant assisté au dîner et à la réception offerts par le président de la République, en l'honneur des délégués de l'académie des sciences de Philadelphie. Quand je suis sortie de ma chambre, à dix heures et demie, mon père était déjà au travail dans le laboratoire. Nous avons travaillé ensemble jusqu'à midi ; nous avons fait une promenade d'une demi-heure dans le parc ; nous avons déjeuné au château. Une demi-heure de promenade, jusqu'à une heure et demie, comme tous les jours. Puis, mon père et moi, nous retournons au laboratoire. Là, nous trouvons ma femme de chambre qui vient de faire ma chambre. J'entre dans la *Chambre Jaune* pour donner quelques ordres sans importance à cette domestique qui quitte le pavillon aussitôt et je me remets au travail avec mon père. À cinq heures, nous quittons le pavillon pour une nouvelle promenade et le thé.

D. – Au moment de sortir, à cinq heures, êtes-vous entrée dans votre chambre ?

R. – Non, monsieur, c'est mon père qui est entré dans ma chambre, pour y chercher, sur ma prière, mon chapeau.

D. – Et il n'y a rien vu de suspect ?

M. STANGERSON. – Èvidemment non, monsieur.

D. – Du reste, il est à peu près sûr que l'assassin n'était pas encore sous le lit, à ce moment-là. Quand vous êtes partie, la porte de la chambre n'avait pas été fermée à clef ?

Mlle STANGERSON. – Non. Nous n'avions aucune raison pour cela...

D. – Vous avez été combien de temps partis du pavillon à ce moment-là, M. Stangerson et vous ?

R. – Une heure environ.

D. – C'est pendant cette heure-là, sans doute, que l'assassin s'est introduit dans le pavillon. Mais comment ? On ne le sait pas. On trouve bien, dans le parc, des traces de pas *qui s'en vont* de la fenêtre du vestibule, on n'en trouve point qui *y viennent*. Aviez-vous remarqué que la fenêtre du vestibule fût ouverte quand vous êtes sortie avec votre père ?

R. – Je ne m'en souviens pas.

M. STANGERSON. – Elle était fermée.

D. – Et quand vous êtes rentrés ?

Mlle STANGERSON. – Je n'ai pas fait attention.

M. STANGERSON. – Elle était encore fermée..., je m'en souviens très bien, car, en rentrant, j'ai dit tout haut : « Vraiment, pendant notre absence, le père Jacques aurait pu ouvrir ! ... »

D. – Ètrange ! Ètrange ! Rappelez-vous, monsieur Stangerson, que le père Jacques, en votre absence, et avant de sortir, l'avait ouverte. Vous êtes donc rentrés à six heures dans le laboratoire et vous vous êtes remis au travail ?

Mlle STANGERSON. – Oui, monsieur.

D. – Et vous n'avez plus quitté le laboratoire depuis cette heure-là jusqu'au moment où vous êtes entrée dans votre chambre ?

M. STANGERSON. – Ni ma fille, ni moi, monsieur. Nous avions un travail tellement pressé que nous ne perdions pas une minute. C'est à ce point que nous négligions toute autre chose.

D. – Vous avez dîné dans le laboratoire ?

R. – Oui, pour la même raison.

D. – Avez-vous coutume de dîner dans le laboratoire ?

R. – Nous y dînons rarement.

D. – L'assassin ne pouvait pas savoir que vous dîneriez, ce soir-là, dans le laboratoire ?

M. STANGERSON. – Mon Dieu, monsieur, je ne pense pas... C'est dans le temps que nous revenions, vers six heures, au pavillon, que je pris cette résolution de dîner dans le laboratoire, ma fille et moi. À ce moment, je fus abordé par mon garde qui me retint un instant pour me demander de l'accompagner dans une tournée urgente du côté des bois dont j'avais décidé la coupe. Je ne le pouvais point et remis au lendemain cette besogne, et je priai alors le garde, puisqu'il passait par le château, d'avertir le maître d'hôtel que nous dînerions dans le laboratoire. Le garde me quitta, allant faire ma commission, et je rejoignis ma fille à laquelle j'avais remis la clef du pavillon et qui l'avait laissée sur la porte à l'extérieur. Ma fille était déjà au travail.

D. – À quelle heure, mademoiselle, avez-vous pénétré dans votre chambre pendant que votre père continuait à travailler ?

Mlle STANGERSON. – À minuit.

D. – Le père Jacques était entré dans le courant de la soirée dans la *Chambre Jaune* ?

R. – Pour fermer les volets et allumer la veilleuse, comme chaque soir...

D. – Il n'a rien remarqué de suspect ?

R. – Il nous l'aurait dit. Le père Jacques est un brave homme qui m'aime beaucoup.

D. – Vous affirmez, monsieur Stangerson, que le père Jacques, ensuite, n'a pas quitté le laboratoire ? Qu'il est resté tout le temps avec vous ?

M. STANGERSON. – J'en suis sûr. Je n'ai aucun soupçon de ce côté.

D. – Mademoiselle, quand vous avez pénétré dans votre chambre, vous avez immédiatement fermé votre porte à clef et au verrou ? Voilà bien des précautions, sachant que votre père et votre serviteur sont là. Vous craigniez donc quelque chose ?

R. – Mon père n'allait pas tarder à rentrer au château, et le père Jacques, à aller se coucher. Et puis, en effet, je craignais quelque chose.

D. – Vous craigniez si bien quelque chose que vous avez emprunté le revolver du père Jacques sans le lui dire ?

R. – C'est vrai, je ne voulais effrayer personne, d'autant plus que mes craintes pouvaient être tout à fait puériles.

D. – Et que craigniez-vous donc ?

R. – Je ne saurais au juste vous le dire ; depuis plusieurs nuits, il me semblait entendre dans le parc et hors du parc, autour du pavillon, des bruits insolites, quelquefois des pas, des craquements de branches. La nuit qui a précédé l'attentat, nuit où je ne me suis pas couchée avant trois heures du matin, à notre retour de l'élysée, je suis restée un instant à ma fenêtre et j'ai bien cru voir des ombres...

D. – Combien d'ombres ?

R. – Deux ombres qui tournaient autour de l'étang... puis la lune s'est cachée et je n'ai plus rien vu. À cette époque de la saison, tous les ans, j'ai déjà réintégré mon appartement du château où je reprends mes habitudes d'hiver ; mais, cette année, je m'étais dit que je ne quitterais le pavillon que lorsque mon père aurait terminé, pour l'académie des sciences, le résumé de ses travaux sur *la Dissociation de la matière*. Je ne voulais pas que cette œuvre considérable, qui allait être achevée dans quelques jours, fût troublée par un changement quelconque dans nos habitudes immédiates. Vous comprendrez que je n'aie point voulu parler à mon père de mes craintes enfantines et que je les aie tues au père Jacques qui n'aurait pu tenir sa langue. Quoi qu'il en soit, comme je savais que le père Jacques avait un revolver dans le tiroir de sa table de nuit, je profitai d'un moment où le bonhomme s'absenta dans la journée pour monter rapidement dans son grenier et emporter son arme que je glissai dans le tiroir de ma table de nuit, à moi.

D. – Vous ne vous connaissez pas d'ennemis ?

R. – Aucun.

D. – Vous comprendrez, mademoiselle, que ces précautions exceptionnelles sont faites pour surprendre.

M. STANGERSON. – Èvidemment, mon enfant, voilà des précautions bien surprenantes.

R. – Non ; je vous dis que, depuis deux nuits, je n'étais pas tranquille, mais pas tranquille du tout.

M. STANGERSON. – Tu aurais dû me parler de cela. Tu es impardonnable. Nous aurions évité un malheur !

D. – La porte de la *Chambre Jaune* fermée, mademoiselle, vous vous couchez ?

R. – Oui, et, très fatiguée, je dors tout de suite.

D. – La veilleuse était restée allumée ?

R. – Oui ; mais elle répand une très faible clarté...

D. – Alors, mademoiselle, dites ce qui est arrivé ?

R. – Je ne sais s'il y avait longtemps que je dormais, mais soudain je me réveille... Je poussai un grand cri...

M. STANGERSON. – Oui, un cri horrible... À l'assassin ! ... Je l'ai encore dans les oreilles...

D. – Vous poussez un grand cri ?

R. – Un homme était dans ma chambre. Il se précipitait sur moi, me mettait la main à la gorge, essayait de m'étrangler. J'étouffais déjà ; tout à coup, ma main, dans le tiroir entrouvert de ma table de nuit, parvint à saisir le revolver que j'y avais déposé et qui était prêt à tirer. À ce moment, l'homme me fit rouler à bas de mon lit et brandit sur ma tête une espèce de masse. Mais j'avais tiré. Aussitôt, je me sentis frappée par un grand coup, un coup terrible à la tête. Tout ceci, monsieur le juge, fut plus rapide que je ne le pourrais dire, et je ne sais plus rien.

D. – Plus rien ! ... Vous n'avez pas une idée de la façon dont l'assassin a pu s'échapper de votre chambre ?

R. – Aucune idée... Je ne sais plus rien. On ne sait pas ce qui se passe autour de soi quand on est morte !

D. – Cet homme était-il grand ou petit ?

R. – Je n'ai vu qu'une ombre qui m'a paru formidable...

D. – Vous ne pouvez nous donner aucune indication ?

R. – Monsieur, je ne sais plus rien ; un homme s'est rué sur moi, j'ai tiré sur lui... Je ne sais plus rien...

Ici se termine l'interrogatoire de Mlle Stangerson. Joseph Rouletabille attendit patiemment M. Robert Darzac. Celui-ci ne tarda pas à apparaître.

Dans une pièce voisine de la chambre de Mlle Stangerson, il avait écouté l'interrogatoire et venait le rapporter à notre ami avec une grande exactitude, une grande mémoire, et une docilité qui me surprit encore. Grâce aux notes hâtives qu'il avait prises au crayon, il put reproduire presque textuellement les demandes et les réponses.

En vérité, M. Darzac avait l'air d'être le secrétaire de mon jeune ami et agissait en tout comme quelqu'un qui n'a rien à lui refuser ; mieux encore, quelqu'un « qui aurait travaillé pour lui ».

Le fait de la *fenêtre fermée* frappa beaucoup le reporter comme il avait frappé le juge d'instruction. En outre, Rouletabille demanda à M. Darzac de lui répéter encore l'emploi du temps de M. et Mlle Stangerson le jour du drame, tel que Mlle Stangerson et M. Stangerson l'avaient établi devant le juge. La circonstance du dîner dans le laboratoire sembla l'intéresser au plus haut point et il se fit redire deux fois, pour en être plus sûr, que, seul, le garde savait que le professeur et sa fille dînaient dans le laboratoire, et de quelle sorte le garde l'avait su.

Quand M. Darzac se fut tu, je dis :

« Voilà un interrogatoire qui ne fait pas avancer beaucoup le problème.

– Il le recule, obtempéra M. Darzac.

– Il l'éclaire », fit, pensif, Rouletabille.

IX

Reporter et policier

Nous retournâmes tous trois du côté du pavillon. À une centaine de mètres du bâtiment, le reporter nous arrêta, et, nous montrant un petit bosquet sur notre droite, il nous dit :

« Voilà d'où est parti l'assassin pour entrer dans le pavillon. »

Comme il y avait d'autres bosquets de cette sorte entre les grands chênes, je demandai pourquoi l'assassin avait choisi celui-ci plutôt que les autres ; Rouletabille me répondit en me désignant le sentier qui passait tout près de ce bosquet et qui conduisait à la porte du pavillon.

« Ce sentier est garni de graviers, comme vous voyez, fit-il. *Il faut* que l'homme ait passé par là pour aller au pavillon, puisqu'on ne trouve pas la trace de ses pas du *voyage aller*, sur la terre molle. Cet homme n'a point d'ailes. Il a marché ; mais il a marché sur le gravier qui a roulé sous sa chaussure sans en conserver l'empreinte : ce gravier, en effet, a été roulé par beaucoup d'autres pieds puisque le sentier est le plus direct qui aille du pavillon au château. Quant au bosquet, formé de ces sortes de plantes qui ne meurent point pendant la mauvaise saison – lauriers et fusains – il a fourni à l'assassin un abri suffisant en attendant que le moment fût venu, pour celui-ci, de se diriger vers le pavillon. C'est, caché dans ce bosquet, que l'homme a vu sortir M. et Mlle Stangerson, puis le père Jacques. On a répandu du gravier jusqu'à la fenêtre – presque – du vestibule. Une empreinte des pas de l'homme, *parallèle* au mur, empreinte que nous remarquions tout à l'heure, et que j'ai déjà vue, prouve qu'*il* n'a eu à faire qu'une enjambée pour se trouver en face de la fenêtre du vestibule, laissée ouverte par le père Jacques. L'homme se hissa alors sur les poignets, et pénétra dans le vestibule.

– Après tout, c'est bien possible ! fis-je...

– Après tout, quoi ? après tout, quoi ? ... s'écria Rouletabille, soudain pris d'une colère que j'avais bien innocemment déchaînée... Pourquoi dites-vous : après tout, c'est bien possible !... »

Je le suppliai de ne point se fâcher, mais il l'était déjà beaucoup trop pour m'écouter, et il déclara qu'il admirait le doute prudent avec lequel certaines gens (moi) abordaient de loin les problèmes les plus simples, ne se risquant jamais à dire : « ceci est » ou « ceci n'est pas », de telle sorte que leur intelligence aboutissait tout juste au même résultat qui aurait été obtenu si la nature avait oublié de garnir leur boîte crânienne d'un peu de matière grise. Comme je paraissais vexé, mon jeune ami me prit par le bras et m'accorda « qu'il n'avait point dit cela pour moi, attendu qu'il m'avait en particulière estime ».

« Mais enfin ! reprit-il, il est quelquefois criminel de ne point, *quand on le peut*, raisonner à coup sûr ! ... Si je ne raisonne point, comme je le fais, avec ce gravier, il me faudra raisonner avec un ballon ! Mon cher, la science de l'aérostation dirigeable n'est point encore assez développée pour que je puisse faire entrer, dans le jeu de mes cogitations, l'assassin qui tombe du ciel ! Ne dites donc point qu'une chose est possible, quand il est impossible qu'elle soit autrement. Nous savons, maintenant, comment l'homme est entré par la fenêtre, et nous savons aussi à quel moment il est entré. Il y est entré pendant la promenade de cinq heures. Le fait de la présence de la femme de chambre *qui vient de faire la Chambre Jaune*, dans le laboratoire, au moment du retour du professeur et de sa fille, à une heure et demie, nous permet d'affirmer qu'à une heure et demie, l'assassin n'était pas dans la chambre, sous le lit, à moins qu'il n'y ait complicité de la femme de chambre. Qu'en dites-vous, Monsieur Robert Darzac ? »

M. Darzac secoua la tête, déclara qu'il était sûr de la fidélité de la femme de chambre de Mlle Stangerson, et que c'était une fort honnête et fort dévouée domestique.

« Et puis, à cinq heures, M. Stangerson est entré dans la chambre pour chercher le chapeau de sa fille ! ajouta-t-il...

– Il y a encore cela ! fit Rouletabille.

– L'homme est donc entré, dans le moment que vous dites, par cette fenêtre, fis-je, je l'admets, mais pourquoi a-t-il refermé la fenêtre, ce qui devait, nécessairement, attirer l'attention de ceux qui l'avaient ouverte ?

– Il se peut que la fenêtre n'ait point été refermée « tout de suite », me répondit le jeune reporter. *Mais, s'il a refermé la fenêtre, il l'a refermée à cause du coude que fait le sentier garni de gravier, à vingt-cinq mètres du pavillon, et à cause des trois chênes qui s'élèvent à cet endroit.*

– Que voulez-vous dire ? » demanda M. Robert Darzac qui nous avait suivis, et qui écoutait Rouletabille avec une attention presque haletante.

« Je vous l'expliquerai plus tard, monsieur, quand j'en jugerai le moment venu ; mais je ne crois pas avoir prononcé de paroles plus importantes sur cette affaire, *si mon hypothèse se justifie.*

– Et quelle est votre hypothèse ?

– Vous ne la saurez jamais si elle ne se révèle point être la vérité. C'est une hypothèse beaucoup trop grave, voyez-vous, pour que je la livre tant qu'elle ne sera qu'hypothèse.

– Avez-vous, au moins, quelque idée de l'assassin ?

– Non, monsieur, je ne sais pas qui est l'assassin, mais ne craignez rien, monsieur Robert Darzac, *je le saurai.* »

Je dus constater que M. Robert Darzac était très ému ; et je soupçonnai que l'affirmation de Rouletabille n'était point pour lui plaire. Alors, pourquoi, s'il craignait réellement qu'on découvrît l'assassin (je questionnais ici ma propre pensée), pourquoi aidait-il le reporter à le retrouver ? Mon jeune ami sembla avoir reçu la même impression que moi, et il dit brutalement :

« Cela ne vous déplaît pas, monsieur Robert Darzac, que je découvre l'assassin ?

– Ah ! je voudrais le tuer de ma main ! s'écria le fiancé de Mlle Stangerson, avec un élan qui me stupéfia.

– Je vous crois ! fit gravement Rouletabille, mais vous n'avez pas répondu à ma question. »

Nous passions près du bosquet, dont le jeune reporter nous avait parlé à l'instant ; j'y entrai et lui montrai les traces évidentes du passage d'un homme qui s'était caché là. Rouletabille, une fois de plus, avait raison.

« Mais oui ! fit-il, mais oui ! ... Nous avons affaire à un individu en chair et en os, qui ne dispose pas d'autres moyens que les nôtres, et il faudra bien que tout s'arrange ! »

Ce disant, il me demanda la semelle de papier qu'il m'avait confiée et l'appliqua sur une empreinte très nette, derrière le bosquet. Puis il se releva en disant : « Parbleu ! »

Je croyais qu'il allait, maintenant, suivre à la piste *les pas de la fuite de l'assassin*, depuis la fenêtre du vestibule, mais il nous entraîna assez loin vers la gauche, en nous déclarant que c'était inutile de se mettre le nez sur cette fange, et qu'il était sûr, maintenant, de tout le chemin de la fuite de l'assassin.

« Il est allé jusqu'au bout du mur, à cinquante mètres de là, et puis il a sauté la haie et le fossé ; tenez, juste en face ce petit sentier qui conduit à l'étang. C'est le chemin le plus rapide pour sortir de la propriété et aller à l'étang.

– Comment savez-vous qu'il est allé à l'étang ?

– Parce que Frédéric Larsan n'en a pas quitté les bords depuis ce matin. Il doit y avoir là de fort curieux indices. »

Quelques minutes plus tard, nous étions près de l'étang.

C'était une petite nappe d'eau marécageuse, entourée de roseaux, et sur laquelle flottaient encore quelques pauvres feuilles mortes de nénuphar. Le grand Fred nous vit peut-être venir, mais il est probable que nous l'intéressions peu, car il ne fit guère attention à nous et continua de remuer, du bout de sa canne, quelque chose que nous ne voyions pas...

« Tenez, fit Rouletabille, voilà à nouveau *les pas de la fuite de l'homme* ; ils tournent l'étang ici, reviennent et disparaissent enfin, près de l'étang, juste devant ce sentier qui conduit à la grande route d'Épinay. L'homme a continué sa fuite vers Paris...

– Qui vous le fait croire, interrompis-je, puisqu'il n'y a plus les pas de l'homme sur le sentier ? ...

– Ce qui me le fait croire ? Mais ces pas-là, ces pas que j'attendais ! s'écria-t-il, en désignant l'empreinte très nette d'une « chaussure élégante »... Voyez ! ... »

Et il interpella Frédéric Larsan.

– Monsieur Fred, cria-t-il... *ces pas élégants* sur la route sont bien là depuis la découverte du crime ?

– Oui, jeune homme ; oui, ils ont été relevés soigneusement, répondit Fred sans lever la tête. Vous voyez, il y a les pas qui viennent, et les pas qui repartent...

– Et cet homme avait une bicyclette ! » s'écria le reporter...

Ici, après avoir regardé les empreintes de la bicyclette qui suivaient, aller et retour, les pas élégants, je crus pouvoir intervenir.

« La bicyclette explique la disparition des pas grossiers de l'assassin, fis-je. L'assassin, aux pas grossiers, est monté à bicyclette... Son complice, *l'homme aux pas élégants*, était venu l'attendre au bord de l'étang, avec la bicyclette. On peut supposer que l'assassin agissait pour le compte de l'homme aux pas élégants ?

– Non ! non ! répliqua Rouletabille avec un étrange sourire... J'attendais ces pas-là depuis le commencement de l'affaire. Je les ai, je ne vous les abandonne pas. Ce sont les pas de l'assassin !

– Et les autres pas, les pas grossiers, qu'en faites-vous ?

– Ce sont encore les pas de l'assassin.

– Alors, il y en a deux ?

– Non ! Il n'y en a qu'un, et il n'a pas eu de complice...

– Très fort ! très fort ! cria de sa place Frédéric Larsan.

– Tenez, continua le jeune reporter, en nous montrant la terre remuée par des talons grossiers ; l'homme s'est assis là et a enlevé les godillots qu'il avait mis pour tromper la justice, et puis, les emportant sans doute avec lui, *il s'est relevé avec ses pieds à lui* et, tranquillement, a regagné, au pas, la grande route, en tenant sa bicyclette à la main. Il ne pouvait se risquer, sur ce très mauvais sentier, à courir à bicyclette. Du reste, ce qui le prouve, c'est la marque légère et hésitante de la bécane sur le sentier, malgré la mollesse du sol. S'il y avait eu un homme sur cette bicyclette, les roues fussent entrées profondément dans le sol... Non, non, il n'y avait là qu'un seul homme : L'assassin, à pied !

– Bravo ! Bravo ! » fit encore le grand Fred...

Et, tout à coup, celui-ci vint à nous, se planta devant M. Robert Darzac et lui dit :

« Si nous avions une bicyclette ici... nous pourrions démontrer la justesse du raisonnement de ce jeune homme, monsieur Robert Darzac... *Vous ne savez pas* s'il s'en trouve une au château ?

– Non ! répondit M. Darzac, il n'y en a pas ; j'ai emporté la mienne, il y a quatre jours, à Paris, la dernière fois que je suis venu au château avant le crime.

– C'est dommage ! » répliqua Fred sur le ton d'une extrême froideur.

Et, se retournant vers Rouletabille :

« Si cela continue, dit-il, vous verrez que nous aboutirons tous les deux aux mêmes conclusions. Avez-vous une idée sur la façon dont l'assassin est sorti de la *Chambre Jaune* ?

– Oui, fit mon ami, une idée...

– Moi aussi, continua Fred, et ce doit être la même. Il n'y a pas deux façons de raisonner dans cette affaire. J'attends, pour m'expliquer devant le juge, l'arrivée de mon chef.

– Ah ! Le chef de la Sûreté va venir ?

– Oui, cet après-midi, pour la confrontation dans le laboratoire, devant le juge d'instruction, de tous ceux qui ont joué ou pu jouer un rôle dans le drame. Ce sera très intéressant. Il est malheureux que vous ne puissiez y assister.

– J'y assisterai, affirma Rouletabille.

– Vraiment... vous êtes extraordinaire... pour votre âge ! répliqua le policier sur un ton non dénué d'une certaine ironie... Vous feriez un merveilleux policier... si vous aviez un peu plus de méthode... Si vous obéissiez moins à votre instinct et aux bosses de votre front. C'est une chose que j'ai déjà observée plusieurs fois, monsieur

Rouletabille : vous raisonnez trop... Vous ne vous laissez pas assez conduire par votre observation... Que dites-vous du mouchoir plein de sang et de la main rouge sur le mur ? Vous avez vu, vous, la main rouge sur le mur ; moi, je n'ai vu que le mouchoir... Dites...

– Bah ! fit Rouletabille, un peu interloqué, *l'assassin a été blessé à la main* par le revolver de Mlle Stangerson !

– Ah ! observation brutale, instinctive... Prenez garde, vous êtes trop *directement* logique, monsieur Rouletabille ; la logique vous jouera un mauvais tour si vous la brutalisez ainsi. Il est de nombreuses circonstances dans lesquelles il faut la traiter en douceur, *la prendre de loin* ... Monsieur Rouletabille, vous avez raison quand vous parlez du revolver de Mlle Stangerson. Il est certain que *la victime* a tiré. Mais vous avez tort quand vous dites qu'elle a blessé l'assassin à la main...

– Je suis sûr ! » s'écria Rouletabille...

Fred, imperturbable, l'interrompit :

« Défaut d'observation ! ... défaut d'observation ! ... L'examen du mouchoir, les innombrables petites taches rondes, écarlates, impressions de gouttes que je retrouve sur la trace des pas, *au moment même où le pas pose à terre*, me prouvent que l'assassin n'a pas été blessé.

« *L'assassin, monsieur Rouletabille, a saigné du nez ! ... »*

Le grand Fred était sérieux. Je ne pus retenir, cependant, une exclamation.

Le reporter regardait Fred qui regardait sérieusement le reporter. Et Fred tira aussitôt une conclusion :

« L'homme qui saignait du nez dans sa main et dans son mouchoir, a essuyé sa main sur le mur. La chose est fort importante, ajouta-t-il, *car l'assassin n'a pas besoin d'être blessé à la main pour être l'assassin !* »

Rouletabille sembla réfléchir profondément, et dit :

« Il y a quelque chose, monsieur Frédéric Larsan, qui est beaucoup plus grave que le fait de brutaliser la logique, c'est cette disposition d'esprit propre à certains policiers qui leur fait, en toute bonne foi, *plier en douceur cette logique aux nécessités de leurs conceptions*. Vous avez votre idée, déjà, sur l'assassin, monsieur Fred, ne le niez pas... et il ne faut pas que votre assassin ait été blessé à la main, sans quoi votre idée tomberait d'elle-même... Et vous avez cherché, et vous avez trouvé autre chose. C'est un système bien dangereux, monsieur Fred, bien dangereux, que celui qui consiste à partir de l'idée que l'on se fait de l'assassin pour arriver aux preuves dont on a besoin ! ... Cela pourrait vous mener loin... Prenez garde à l'erreur judiciaire, Monsieur Fred ; elle vous guette ! ... »

Et, ricanant un peu, les mains dans les poches, légèrement goguenard, Rouletabille, de ses petits yeux malins, fixa le grand Fred.

Frédéric Larsan considéra en silence ce gamin qui prétendait être plus fort que lui ; il haussa les épaules, nous salua, et s'en alla, à grandes enjambées, frappant la pierre du chemin *de sa grande canne.*

Rouletabille le regardait s'éloigner ; puis le jeune reporter se retourna vers nous, la figure joyeuse et déjà triomphante :

« Je le battrai ! nous jeta-t-il... Je battrai le grand Fred, si fort soit-il ; je les battrai tous... Rouletabille est plus fort qu'eux tous ! ... Et le grand Fred, l'illustre, le fameux, l'immense Fred... l'unique Fred raisonne comme une savate ! ... comme une savate ! ... comme une savate ! »

Et il esquissa un entrechat ; mais il s'arrêta subitement dans sa chorégraphie... Mes yeux allèrent où allaient ses yeux ; ils étaient attachés sur M. Robert Darzac qui, la face décomposée, regardait sur le sentier, la marque de ses pas, à côté de la marque *du pas élégant.* IL N'Y AVAIT PAS DE DIFFÉRENCE !

Nous crûmes qu'il allait défaillir ; ses yeux, agrandis par l'épouvante, nous fuirent un instant, cependant que sa main droite tiraillait d'un mouvement spasmodique le collier de barbe qui entourait son honnête et douce et désespérée figure. Enfin, il se ressaisit, nous salua, nous dit d'une voix changée, qu'il était dans la nécessité de rentrer au château et partit.

« Diable ! » fit Rouletabille.

Le reporter, lui aussi, avait l'air consterné. Il tira de son portefeuille un morceau de papier blanc, comme je le lui avais vu faire précédemment, et découpa avec ses ciseaux les contours de « pieds élégants » de l'assassin, dont le modèle était là, sur la terre. Et puis il transporta cette nouvelle semelle de papier sur les empreintes de la bottine de M. Darzac. L'adaptation était parfaite et Rouletabille se releva en répétant : « Diable » !

Je n'osais pas prononcer une parole, tant j'imaginais que ce qui se passait, dans ce moment, dans les bosses de Rouletabille était grave.

Il dit :

« Je crois pourtant que M. Robert Darzac est un honnête homme... »

Et il m'entraîna vers l'auberge du *Donjon*, que nous apercevions à un kilomètre de là, sur la route, à côté d'un petit bouquet d'arbres.

X

« *Maintenant, il va falloir manger du saignant* »

L'auberge du *Donjon* n'avait pas grande apparence ; mais j'aime ces masures aux poutres noircies par le temps et la fumée de l'âtre, ces auberges de l'époque des diligences, bâtisses branlantes qui ne seront bientôt plus qu'un souvenir. Elles tiennent au passé, elles se rattachent à l'histoire, elles continuent quelque chose et elles font penser aux vieux contes de la Route, quand il y avait, sur la route, des aventures.

Je vis tout de suite que l'auberge du *Donjon* avait bien ses deux siècles et même peut-être davantage. Pierraille et plâtras s'étaient détachés çà et là de la forte armature de bois dont les X et les V supportaient encore gaillardement le toit vétuste. Celui-ci avait glissé légèrement sur ses appuis, comme glisse la casquette sur le front d'un ivrogne. Au-dessus de la porte d'entrée, une enseigne de fer gémissait sous le vent d'automne. Un artiste de l'endroit y avait peint une sorte de tour surmontée d'un toit pointu et d'une lanterne comme on en voyait au donjon du château du Glandier. Sous cette enseigne, sur le seuil, un homme, de mine assez rébarbative, semblait plongé dans des pensées assez sombres, s'il fallait en croire les plis de son front et le méchant rapprochement de ses sourcils touffus.

Quand nous fûmes tout près de lui, il daigna nous voir et nous demanda d'une façon peu engageante si nous avions besoin de quelque chose. C'était, à n'en pas douter, l'hôte peu aimable de cette charmante demeure. Comme nous manifestions l'espoir qu'il voudrait bien nous servir à déjeuner, il nous avoua qu'il n'avait aucune provision et qu'il serait fort embarrassé de nous satisfaire ; et, ce disant, il nous regardait d'un œil dont je ne parvenais pas à m'expliquer la méfiance.

« Vous pouvez nous faire accueil, lui dit Rouletabille, nous ne sommes pas de la police.

– Je ne crains pas la police, répondit l'homme ; je ne crains personne. »

Déjà je faisais comprendre par un signe à mon ami que nous serions bien inspirés de ne pas insister, mais mon ami, qui tenait évidemment à entrer dans cette auberge, se glissa sous l'épaule de l'homme et fut dans la salle.

« Venez, dit-il, il fait très bon ici. »

De fait, un grand feu de bois flambait dans la cheminée. Nous nous en approchâmes et tendîmes nos mains à la chaleur du foyer, car, ce matin-là, on sentait déjà venir l'hiver. La pièce était assez grande ; deux épaisses tables de bois, quelques escabeaux, un comptoir, où s'alignaient des bouteilles de sirop et d'alcool, la garnissaient. Trois fenêtres donnaient sur la route. Une chromo-réclame, sur le mur, vantait, sous les traits d'une jeune Parisienne levant effrontément son verre, les vertus apéritives d'un nouveau vermouth. Sur la tablette de la haute cheminée, l'aubergiste avait disposé un grand nombre de pots et de cruches en grès et en faïence.

« Voilà une belle cheminée pour faire rôtir un poulet, dit Rouletabille.

– Nous n'avons point de poulet, fit l'hôte ; pas même un méchant lapin.

– Je sais, répliqua mon ami, d'une voix goguenarde qui me surprit, *je sais que, maintenant, il va falloir manger du saignant.* »

J'avoue que je ne comprenais rien à la phrase de Rouletabille. Pourquoi disait-il à cet homme : « Maintenant, il va falloir manger du saignant... ? » Et pourquoi l'aubergiste, aussitôt qu'il eut entendu cette phrase, laissa-t-il échapper un juron qu'il étouffa aussitôt et se mit-il à notre disposition aussi docilement que M. Robert Darzac lui-même quand il eut entendu ces mots fatidiques : « Le presbytère n'a rien perdu de son charme, ni le jardin de son éclat » ... ? Décidément, mon ami avait le don de se faire comprendre des gens avec des phrases tout à fait incompréhensibles. Je lui en fis l'observation et il voulut bien sourire. J'eusse préféré qu'il daignât me donner quelque explication, mais il avait mis un doigt sur sa bouche, ce qui signifiait évidemment que non seulement il s'interdisait de parler, mais encore qu'il me recommandait le silence. Entre temps, l'homme, poussant une petite porte, avait crié qu'on lui apportât une demi-douzaine d'œufs et *le morceau de faux filet.* La commission fut bientôt faite par une jeune femme fort accorte, aux admirables cheveux blonds et dont les beaux grands yeux doux nous regardèrent avec curiosité.

L'aubergiste lui dit d'une voix rude :

« Va-t'en ! Et si l'homme vert s'en vient, que je ne te voie pas ! »

Et elle disparut, Rouletabille s'empara des œufs qu'on lui apporta dans un bol et de la viande qu'on lui servit sur un plat, plaça le tout précautionneusement à côté de lui, dans la cheminée, décrocha une poêle et un gril pendus dans l'âtre et commença de battre notre omelette en attendant qu'il fît griller notre bifteck. Il commanda encore à l'homme deux bonnes bouteilles de cidre et semblait s'occuper aussi peu de son hôte que son hôte s'occupait de lui. L'homme tantôt le couvait des yeux et tantôt me regardait avec un air d'anxiété qu'il essayait en vain de dissimuler. Il nous laissa faire notre cuisine et mit notre couvert auprès d'une fenêtre.

Tout à coup je l'entendis qui murmurait : « Ah ! le voilà ! »

Et, la figure changée, n'exprimant plus qu'une haine atroce, il alla se coller contre la fenêtre, regardant la route. Je n'eus point besoin d'avertir Rouletabille. Le jeune homme avait déjà lâché son omelette et rejoignait l'hôte à la fenêtre. J'y fus avec lui.

Un homme, tout habillé de velours vert, la tête prise dans une casquette ronde de même couleur, s'avançait, à pas tranquilles sur la route, en fumant sa pipe. Il portait un fusil en bandoulière et montrait dans ses mouvements une aisance presque aristocratique. Cet homme pouvait avoir quarante-cinq ans. Les cheveux et la moustache étaient gris-sel. Il était remarquablement beau. Il portait binocle. Quand il passa près de l'auberge, il parut hésiter, se demandant s'il entrerait, jeta un regard de notre côté, lâcha quelques bouffées de sa pipe et d'un même pas nonchalant reprit sa promenade.

Rouletabille et moi nous regardâmes l'hôte. Ses yeux fulgurants, ses poings fermés, sa bouche frémissante, nous renseignaient sur les sentiments tumultueux qui l'agitaient.

« Il a bien fait de ne pas entrer aujourd'hui ! siffla-t-il.

– Quel est cet homme ? demanda Rouletabille, en retournant à son omelette.

– _L'homme vert_ ! gronda l'aubergiste... Vous ne le connaissez pas ? Tant mieux pour vous. C'est pas une connaissance à faire... Eh ben, c'est l'garde à M. Stangerson.

– Vous ne paraissez pas l'aimer beaucoup ? demanda le reporter en versant son omelette dans la poêle.

– Personne ne l'aime dans le pays, monsieur ; et puis c'est un fier, qui a dû avoir de la fortune autrefois ; et il ne pardonne à personne de s'être vu forcé, pour vivre, de devenir domestique. Car un garde, c'est un larbin comme un autre ! n'est-ce pas ? Ma parole ! on dirait que c'est lui qui est le maître du Glandier, que toutes les terres et tous les bois lui appartiennent. Il ne permettrait pas à un pauvre de déjeuner d'un morceau de pain sur l'herbe, _sur son herbe_ !

– Il vient quelquefois ici ?

– Il vient trop. Mais je lui ferai bien comprendre que sa figure ne me revient pas. Il y a seulement un mois, il ne m'embêtait pas ! L'auberge du *Donjon* n'avait jamais existé pour lui ! ... Il n'avait pas le temps ! Fallait-il pas qu'il fasse sa cour à l'hôtesse des *Trois Lys*, à Saint-Michel. Maintenant qu'il y a eu de la brouille dans les amours, il cherche à passer le temps ailleurs... Coureur de filles, trousseur de jupes, mauvais gars... Y a pas un honnête homme qui puisse le supporter, cet homme-là... Tenez, les concierges du château ne pouvaient pas le voir en peinture, *l'homme vert* ! ...

– Les concierges du château sont donc d'honnêtes gens, monsieur l'aubergiste ?

– Appelez-moi donc père Mathieu ; c'est mon nom... Eh ben, aussi vrai que je m'appelle Mathieu, oui m'sieur, j'les crois honnêtes.

– On les a pourtant arrêtés.

– Què-que ça prouve ? Mais je ne veux pas me mêler des affaires du prochain...

– Et qu'est-ce que vous pensez de l'assassinat ?

– De l'assassinat de cette pauvre mademoiselle ? Une brave fille, allez, et qu'on aimait bien dans le pays. C'que j'en pense ?

– Oui, ce que vous en pensez.

– Rien... et bien des choses... Mais ça ne regarde personne.

– Pas même moi ? » insista Rouletabille.

L'aubergiste le regarda de côté, grogna, et dit :

« Pas même vous... »

L'omelette était prête ; nous nous mîmes à table et nous mangions en silence, quand la porte d'entrée fut poussée et une vieille femme, habillée de haillons, appuyée sur un bâton, la tête branlante, les cheveux blancs qui pendaient en mèches folles sur le front encrassé, se montra sur le seuil.

« Ah ! vous v'là, la mère Agenoux ! Y a longtemps qu'on ne vous a vue, fit notre hôte.

– J'ai été bien malade, toute prête à mourir, dit la vieille. Si quelquefois vous aviez des restes pour la *Bête du Bon Dieu* ... ?

Et elle pénétra dans l'auberge, suivie d'un chat si énorme que je ne soupçonnais pas qu'il pût en exister de cette taille. La bête nous regarda et fit entendre un miaulement si désespéré que je me sentis frissonner. Je n'avais jamais entendu un cri aussi lugubre.

Comme s'il avait été attiré par ce cri, un homme entra, derrière la vieille. C'était *l'homme vert*. Il nous salua d'un geste de la main à sa casquette et s'assit à la table voisine de la nôtre.

« Donnez-moi un verre de cidre, père Mathieu. »

Quand *l'homme vert* était entré, le père Mathieu avait eu un mouvement violent de tout son être vers le nouveau venu ; mais, visiblement, il se dompta et répondit :

« Y a plus de cidre, j'ai donné les dernières bouteilles à ces messieurs.

– Alors donnez-moi un verre de vin blanc, fit *l'homme vert* sans marquer le moindre étonnement.

– Y a plus de vin blanc, y a plus rien ! »

Le père Mathieu répéta, d'une voix sourde :

« Y a plus rien !

– Comment va Mme Mathieu ? »

L'aubergiste, à cette question de *l'homme vert*, serra les poings, se retourna vers lui, la figure si mauvaise que je crus qu'il allait frapper, et puis il dit :

« Elle va bien, merci. »

Ainsi, la jeune femme aux grands yeux doux que nous avions vue tout à l'heure était l'épouse de ce rustre répugnant et brutal, et dont tous les défauts physiques semblaient dominés par ce défaut moral : *la jalousie.*

Claquant la porte, l'aubergiste quitta la pièce. La mère Agenoux était toujours là debout, appuyée sur son bâton et le chat au bas de ses jupes. *L'homme vert* lui demanda :

« Vous avez été malade, mère Agenoux, qu'on ne vous a pas vue depuis bientôt huit jours ?

– Oui, m'sieur l'garde. Je ne me suis levée que trois fois pour aller prier sainte Geneviève, notre bonne patronne, et l'reste du temps, j'ai été étendue sur mon grabat. Il n'y a eu pour me soigner que la *Bête du Bon Dieu !*

– Elle ne vous a pas quittée ?

– Ni jour ni nuit.

– Vous en êtes sûre ?

– Comme du paradis.

– Alors, comment ça se fait-il, mère Agenoux, qu'on n'ait entendu que le cri de la *Bête du Bon Dieu* toute la nuit du crime ? »

La mère Agenoux alla se planter face au garde, et frappa le plancher de son bâton :

« Je n'en sais rien de rien. Mais, voulez-vous que j'vous dise ? Il n'y a pas deux bêtes au monde qui ont ce cri-là... Eh bien, moi aussi, la nuit du crime, j'ai entendu, au dehors, le cri de la *Bête du Bon Dieu* ; et pourtant elle était sur mes genoux, m'sieur le garde, et elle n'a pas miaulé une seule fois, je vous le jure. Je m'suis signée, quand j'ai entendu ça, comme si j'entendais l'diable ! »

Je regardais le garde pendant qu'il posait cette dernière question, et je me trompe fort si je n'ai pas surpris sur ses lèvres un mauvais sourire goguenard. À ce moment, le bruit d'une querelle aiguë parvint jusqu'à nous. Nous crûmes même percevoir des coups sourds, comme si l'on battait, comme si l'on assommait quelqu'un. *L'homme vert* se leva et courut résolument à la porte, à côté de l'âtre, mais celle-ci s'ouvrit et l'aubergiste, apparaissant, dit au garde :

« Ne vous effrayez pas, m'sieur le garde ; c'est ma femme qu'a mal aux dents ! »

Et il ricana.

« Tenez, mère Agenoux, v'là du mou pour vot'chat. »

Il tendit à la vieille un paquet ; la vieille s'en empara avidement et sortit, toujours suivie de son chat.

L'homme vert demanda :

« Vous ne voulez rien me servir ? »

Le père Mathieu ne retint plus l'expression de sa haine :

« Y a rien pour vous ! Y a rien pour vous ! Allez-vous-en ! ... »

L'homme vert, tranquillement, bourra sa pipe, l'alluma, nous salua et sortit. Il n'était pas plutôt sur le seuil que Mathieu lui claquait la porte dans le dos et, se retournant vers nous, les yeux injectés de sang, la bouche écumante, nous sifflait, le poing tendu vers cette porte qui venait de se fermer sur l'homme qu'il détestait :

« Je ne sais pas qui vous êtes, vous qui venez me dire : « Maintenant va falloir manger du saignant. » Mais si ça vous intéresse : l'assassin, le v'là ! »

Aussitôt qu'il eût ainsi parlé, le père Mathieu nous quitta. Rouletabille retourna vers l'âtre, et dit :

« Maintenant, nous allons griller notre bifteck. Comment trouvez-vous le cidre ? Un peu dur, comme je l'aime. »

Ce jour-là, nous ne revîmes plus Mathieu et un grand silence régnait dans l'auberge quand nous la quittâmes, après avoir laissé cinq francs sur notre table, en paiement de notre festin.

Rouletabille me fit aussitôt faire près d'une lieue autour de la propriété du professeur Stangerson. Il s'arrêta dix minutes, au coin d'un petit chemin tout noir de suie, auprès des cabanes de charbonniers qui se trouvent dans la partie de la forêt de Sainte-Geneviève, qui touche à la route allant d'Épinay à Corbeil, et me confia que l'assassin avait certainement passé par là, *vu l'état des chaussures grossières*, avant de pénétrer dans la propriété et d'aller se cacher dans le bosquet.

« Vous ne croyez donc pas que le garde a été dans l'affaire ? interrompis-je.

– Nous verrons cela plus tard, me répondit-il. Pour le moment, ce que l'aubergiste a dit de cet homme ne m'occupe pas. Il en a parlé avec sa haine. Ce n'est pas pour *l'homme vert* que je vous ai emmené déjeuner au *Donjon*.

Ayant ainsi parlé, Rouletabille, avec de grandes précautions, se glissa – et je me glissai derrière lui – jusqu'à la bâtisse, qui, près de la grille, servait de logement aux concierges, arrêtés le matin même. Il s'introduisit, avec une acrobatie que j'admirai, dans la maisonnette, par une lucarne de derrière restée ouverte, et en ressortit dix minutes plus tard en disant ce mot qui signifiait, dans sa bouche, tant de choses : « Parbleu ! »

Dans le moment que nous allions reprendre le chemin du château, il y eut un grand mouvement à la grille. Une voiture arrivait, et, du château, on venait au-devant d'elle. Rouletabille me montra un homme qui en descendait :

« Voici le chef de la Sûreté ; nous allons voir ce que Frédéric Larsan a dans le ventre, et s'il est plus malin qu'un autre... »

Derrière la voiture du chef de la Sûreté, trois autres voitures suivaient, remplies de reporters qui voulurent, eux aussi, entrer dans le parc. Mais on mit à la grille deux gendarmes, avec défense de laisser passer. Le chef de la Sûreté calma leur impatience en prenant l'engagement de donner, le soir même, à la presse, le plus de renseignements qu'il pourrait, sans gêner le cours de l'instruction.

XI

Où Frédéric Larsan explique comment l'assassin a pu sortir de la Chambre Jaune.

Dans la masse de papiers, documents, mémoires, extraits de journaux, pièces de justice dont je dispose relativement au *Mystère de la Chambre Jaune*, se trouve un morceau des plus intéressants. C'est la narration du fameux interrogatoire des intéressés qui eut lieu, cet après-midi-là, dans le laboratoire du professeur Stangerson, devant le chef de la Sûreté. Cette narration est due à la plume de M. Maleine, le greffier, qui, tout comme le juge d'instruction, faisait, à ses moments perdus, de la littérature. Ce morceau devait faire partie d'un livre qui n'a jamais paru et qui devait s'intituler : *Mes interrogatoires*. Il m'a été donné par le greffier lui-même, quelque temps après le *dénouement inouï* de ce procès unique dans les fastes juridiques.

Le voici. Ce n'est plus une sèche transcription de demandes et de réponses. Le greffier y relate souvent ses impressions personnelles.

La narration du greffier :

Depuis une heure, raconte le greffier, le juge d'instruction et moi, nous nous trouvions dans la *Chambre Jaune*, avec l'entrepreneur qui avait construit, sur les plans du professeur Stangerson, le pavillon. L'entrepreneur était venu avec un ouvrier. M. de Marquet avait fait nettoyer entièrement les murs, c'est-à-dire qu'il avait fait enlever par l'ouvrier tout le papier qui les décorait. Des coups de pioches et de pics, çà et là, nous avaient démontré l'inexistence d'une ouverture quelconque. Le plancher et le plafond avaient été longuement sondés. Nous n'avions rien découvert. Il n'y avait rien à découvrir. M. de Marquet paraissait enchanté et ne cessait de répéter :

« Quelle affaire ! monsieur l'entrepreneur, quelle affaire ! Vous verrez que nous ne saurons jamais comment l'assassin a pu sortir de cette chambre-là ! »

Tout à coup, M. de Marquet, la figure rayonnante, parce qu'il ne comprenait pas, voulut bien se souvenir que son devoir était de chercher à comprendre, et il appela le brigadier de gendarmerie.

« Brigadier, fit-il, allez donc au château et priez M. Stangerson et M. Robert Darzac de venir me rejoindre dans le laboratoire, ainsi que le père Jacques, et faites-moi amener aussi, par vos hommes, les deux concierges. »

Cinq minutes plus tard, tout ce monde fut réuni dans le laboratoire. Le chef de la Sûreté, qui venait d'arriver au Glandier, nous rejoignit aussi dans ce moment. J'étais assis au bureau de M. Stangerson, prêt au travail, quand M. de Marquet nous tint ce petit discours, aussi original qu'inattendu :

« Si vous le voulez, messieurs, disait-il, puisque les interrogatoires ne donnent rien, nous allons abandonner, pour une fois, le vieux système des interrogatoires. Je ne vous ferai point venir devant moi à tour de rôle ; non. Nous resterons tous ici : M. Stangerson, M. Robert Darzac, le père Jacques, les deux concierges, M. le chef de la Sûreté, M. le greffier et moi ! Et nous serons là, tous, *au même titre* ; les concierges voudront bien oublier un instant qu'ils sont arrêtés. *Nous allons causer !* Je vous ai fait venir *pour causer*. Nous sommes sur les lieux du crime ; eh bien, de quoi causerions-nous si nous ne causions pas du crime ? Parlons-en donc ! Parlons-en ! Avec abondance, avec intelligence, ou avec stupidité. Disons tout ce qui nous passera par la tête ! Parlons sans méthode, puisque la méthode ne nous réussit point. J'adresse une fervente prière au dieu hasard, le hasard de nos conceptions ! Commençons ! ... »

Sur quoi, en passant devant moi, il me dit, à voix basse :

« Hein ! croyez-vous, quelle scène ! Auriez-vous imaginé ça, vous ? J'en ferai un petit acte pour le Vaudeville. »

Et il se frottait les mains avec jubilation.

Je portai les yeux sur M. Stangerson. L'espoir que devait faire naître en lui le dernier bulletin des médecins qui avaient déclaré que Mlle Stangerson pourrait survivre à ses blessures, n'avait pas effacé de ce noble visage les marques de la plus grande douleur.

Cet homme avait cru sa fille morte, et il en était encore tout ravagé. Ses yeux bleus si doux et si clairs étaient alors d'une infinie tristesse. J'avais eu l'occasion, plusieurs fois, dans des cérémonies publiques, de voir M. Stangerson. J'avais été, dès l'abord, frappé par son regard, si pur qu'il semblait celui d'un enfant : regard de rêve, regard sublime et immatériel de l'inventeur ou du fou.

Dans ces cérémonies, derrière lui ou à ses côtés, on voyait toujours sa fille, car ils ne se quittaient jamais, disait-on, partageant les mêmes travaux depuis de longues années. Cette vierge, qui avait alors trente-cinq ans et qui en paraissait à peine trente, consacrée tout entière à la science, soulevait encore l'admiration par son impériale beauté, restée intacte, sans une ride, victorieuse du temps et de l'amour. Qui m'eût dit alors que je me trouverais, un jour prochain, au chevet de son lit, avec mes paperasses, et que je la verrais, presque expirante, nous raconter, avec effort, le plus monstrueux et le plus mystérieux attentat que j'ai ouï de ma carrière ? Qui m'eût dit que je me trouverais, comme cet après-midi-là, en face d'un père désespéré cherchant en vain à s'expliquer comment l'assassin de sa fille avait pu lui échapper ? À quoi sert donc le travail silencieux, au fond de la retraite obscure des bois, s'il ne vous garantit point de ces grandes catastrophes de la vie et de la mort, réservées d'ordinaire à ceux d'entre les hommes qui fréquentent les passions de la ville?

« Voyons ! monsieur Stangerson, fit M. de Marquet, avec un peu d'importance ; placez-vous exactement à l'endroit où vous étiez quand Mlle Stangerson vous a quitté pour entrer dans sa chambre. »

M. Stangerson se leva et, se plaçant à cinquante centimètres de la porte de la *Chambre Jaune*, il dit d'une voix sans accent, sans couleur, d'une voix que je qualifierai de morte :

« Je me trouvais ici. Vers onze heures, après avoir procédé, sur les fourneaux du laboratoire, à une courte expérience de chimie, j'avais fait glisser mon bureau jusqu'ici, car le père Jacques, qui passa la soirée à nettoyer quelques-uns de mes appareils, avait besoin de toute la place qui se trouvait derrière moi. Ma fille travaillait au même bureau que moi. Quand elle se leva, après m'avoir embrassé et souhaité le bonsoir au père Jacques, elle dut, pour entrer dans sa chambre, se glisser assez difficilement entre mon bureau et la porte. C'est vous dire que j'étais bien près du lieu où le crime allait se commettre.

— Et ce bureau ? interrompis-je, obéissant, en me mêlant à cette « conversation », aux désirs exprimés par mon chef, ... et ce bureau, aussitôt que vous eûtes, monsieur Stangerson, entendu crier : « À l'assassin ! » et qu'eurent éclaté les coups de revolver... ce bureau, qu'est-il devenu ? »

Le père Jacques répondit :

« Nous l'avons rejeté contre le mur, ici, à peu près où il est en ce moment, pour pouvoir nous précipiter à l'aise sur la porte, m'sieur le greffier... »

Je suivis mon raisonnement, auquel, du reste, je n'attachais qu'une importance de faible hypothèse :

« Le bureau était si près de la chambre qu'un homme, sortant, courbé, de la chambre et se glissant sous le bureau, aurait pu passer inaperçu ?

— Vous oubliez toujours, interrompit M. Stangerson, avec lassitude, que ma fille avait fermé sa porte à clef et au verrou, *que la porte est restée fermée*, que nous sommes restés à lutter contre cette porte dès l'instant où l'assassinat commençait, *que nous étions déjà sur la porte alors que la lutte de l'assassin et de ma pauvre enfant continuait, que les bruits de cette lutte nous parvenaient encore et que nous entendions râler ma malheureuse fille sous l'étreinte des doigts dont son cou a conservé la marque sanglante.* Si rapide qu'ait été l'attaque, nous avons été aussi rapides qu'elle et nous nous sommes trouvés immédiatement derrière cette porte qui nous séparait du drame. »

Je me levai et allai à la porte que j'examinai à nouveau avec le plus grand soin. Puis je me relevai et fis un geste de découragement.

« Imaginez, dis-je, que le panneau inférieur de cette porte ait pu être ouvert *sans que la porte ait été dans la nécessité de s'ouvrir*, et le problème serait résolu ! Mais, malheureusement, cette dernière hypothèse est inadmissible, après l'examen de la porte. C'est une solide et épaisse porte de chêne constituée de telle sorte qu'elle forme un bloc inséparable... C'est très visible, malgré les dégâts qui ont été causés par ceux qui l'ont enfoncée...

– Oh ! fit le père Jacques... c'est une vieille et solide porte du château qu'on a transportée ici... une porte comme on n'en fait plus maintenant. Il nous a fallu cette barre de fer pour en avoir raison, à quatre... car la concierge s'y était mise aussi, comme une brave femme qu'elle est, m'sieur l'juge ! C'est tout de même malheureux de les voir en prison, à c't'heure ! »

Le père Jacques n'eut pas plutôt prononcé cette phrase de pitié et de protestation que les pleurs et les jérémiades des deux concierges recommencèrent. Je n'ai jamais vu de prévenus aussi larmoyants. J'en étais profondément dégoûté. Même en admettant leur innocence, je ne comprenais pas que deux êtres pussent à ce point manquer de caractère devant le malheur. Une nette attitude, dans de pareils moments, vaut mieux que toutes les larmes et que tous les désespoirs, lesquels, le plus souvent, sont feints et hypocrites.

« Eh ! s'écria M. de Marquet, encore une fois, assez de piailler comme ça ! et dites-nous, dans votre intérêt, ce que vous faisiez, à l'heure où l'on assassinait votre maîtresse, sous les fenêtres du pavillon ! Car vous étiez tout près du pavillon quand le père Jacques vous a rencontrés...

– Nous venions au secours ! » gémirent-ils.

Et la femme, entre deux hoquets, glapit :

« Ah ! si nous le tenions, l'assassin, nous lui ferions passer le goût du pain ! ... »

Et nous ne pûmes, une fois de plus, leur tirer deux phrases sensées de suite. Ils continuèrent de nier avec acharnement, d'attester le bon Dieu et tous les saints qu'ils étaient dans leur lit quand ils avaient entendu un coup de revolver.

« Ce n'est pas un, mais deux coups qui ont été tirés. Vous voyez bien que vous mentez. Si vous avez entendu l'un, vous devez avoir entendu l'autre !

– Mon Dieu ! m'sieur le juge, nous n'avons entendu que le second. Nous dormions encore bien sûr quand on a tiré le premier...

– Pour ça, on en a tiré deux ! fit le père Jacques. Je suis sûr, moi, que toutes les cartouches de mon revolver étaient intactes ; nous avons retrouvé deux cartouches brûlées, deux balles, et nous avons entendu deux coups de revolver, derrière la porte. N'est-ce pas, monsieur Stangerson ?

– Oui, fit le professeur, deux coups de revolver, un coup sourd d'abord, puis un coup éclatant.

– Pourquoi continuez-vous à mentir ? s'écria M. de Marquet, se retournant vers les concierges. Croyez-vous la police aussi bête que vous ! Tout prouve que vous étiez dehors, près du pavillon, au moment du drame. Qu'y faisiez-vous ? Vous ne voulez pas le dire ? Votre silence atteste votre complicité ! Et, quant à moi, fit-il, en se tournant vers M. Stangerson... quant à moi, je ne puis m'expliquer la fuite de l'assassin que par l'aide apportée par ces deux complices. Aussitôt que la porte a été défoncée, pendant que vous, monsieur Stangerson, vous vous occupiez de votre malheureuse enfant, le concierge et sa femme facilitaient la fuite du misérable qui se glissait derrière eux, parvenait jusqu'à la fenêtre du vestibule et sautait dans le parc. Le concierge refermait la fenêtre et les volets derrière lui. *Car, enfin, ces volets ne se sont pas fermés tout seuls !* Voilà ce que j'ai trouvé... Si quelqu'un a imaginé autre chose, qu'il le dise ! ...

M. Stangerson intervint :

« C'est impossible ! Je ne crois pas à la culpabilité ni à la complicité de mes concierges, bien que je ne comprenne pas ce qu'ils faisaient dans le parc à cette heure avancée de la nuit. Je dis : c'est impossible ! parce que la concierge tenait la lampe et n'a pas bougé du seuil de la chambre ; parce que, moi, sitôt la porte défoncée, je me mis à genoux près du corps de mon enfant, *et qu'il était impossible que l'on sortît ou que l'on entrât de cette chambre par cette porte sans enjamber le corps de ma fille et sans me bousculer, moi !* C'est impossible, parce que le père Jacques et le concierge n'ont eu qu'à jeter un regard dans cette chambre et sous le lit, comme je l'ai fait en entrant, pour voir qu'il n'y avait plus personne, dans la chambre, que ma fille à l'agonie.

– Que pensez-vous, vous, monsieur Darzac, qui n'avez encore rien dit ? » demanda le juge.

M. Darzac répondit qu'il ne pensait rien.

« Et vous, monsieur le chef de la Sûreté ? »

M. Dax, le chef de la Sûreté, avait jusqu'alors uniquement écouté et examiné les lieux. Il daigna enfin desserrer les dents :

« Il faudrait, en attendant que l'on trouve le criminel, découvrir le mobile du crime. Cela nous avancerait un peu, fit-il.

– Monsieur le chef de la Sûreté, le crime apparaît bassement passionnel, répliqua M. de Marquet. Les traces laissées par l'assassin, le mouchoir grossier et le béret ignoble nous portent à croire que l'assassin n'appartenait point à une classe de la société très élevée. Les concierges pourraient peut-être nous renseigner là dessus ... »

Le chef de la Sûreté continua, se tournant vers M. Stangerson et sur ce ton froid qui est la marque, selon moi, des solides intelligences et des caractères fortement trempés.

« Mlle Stangerson ne devait-elle pas prochainement se marier ? »

Le professeur regarda douloureusement M. Robert Darzac.

« Avec mon ami que j'eusse été heureux d'appeler mon fils... avec M. Robert Darzac...

– Mlle Stangerson va beaucoup mieux et se remettra rapidement de ses blessures. C'est un mariage simplement retardé, n'est-ce pas, monsieur ? insista le chef de la Sûreté.

– Je l'espère.

– Comment ! Vous n'en êtes pas sûr ? »

M. Stangerson se tut. M. Robert Darzac parut agité, ce que je vis à un tremblement de sa main sur sa chaîne de montre, car rien ne m'échappe. M. Dax toussotta comme faisait M. de Marquet quand il était embarrassé.

« Vous comprendrez, monsieur Stangerson, dit-il, que, dans une affaire aussi embrouillée, nous ne pouvons rien négliger ; que nous devons tout savoir, même la plus petite, la plus futile chose se rapportant à la victime... le renseignement, en apparence, le plus insignifiant... Qu'est-ce donc qui vous a fait croire que, dans la quasi-certitude, où nous sommes maintenant, que Mlle Stangerson vivra, ce mariage pourra ne pas avoir lieu ? Vous avez dit : « j'espère. » Cette espérance m'apparaît comme un doute. Pourquoi doutez-vous ? »

M. Stangerson fit un visible effort sur lui-même :

« Oui, monsieur, finit-il par dire. Vous avez raison. Il vaut mieux que vous sachiez une chose qui semblerait avoir de l'importance si je vous la cachais. M. Robert Darzac sera, du reste, de mon avis. »

M. Darzac, dont la pâleur, à ce moment, me parut tout à fait anormale, fit signe qu'il était de l'avis du professeur. Pour moi, si M. Darzac ne répondait que par signe, c'est qu'il était incapable de prononcer un mot.

« Sachez donc, monsieur le chef de la Sûreté, continua M. Stangerson, que ma fille avait juré de ne jamais me quitter et tenait son serment malgré toutes mes prières, car j'essayai plusieurs fois de la décider au mariage, comme c'était mon devoir. Nous connûmes M. Robert Darzac de longues années. M. Robert Darzac aime ma fille. Je pus croire, un moment, qu'il en était aimé, puisque j'eus la joie récente d'apprendre de la bouche même de ma fille qu'elle consentait enfin à un mariage que j'appelais de tous mes vœux. Je suis d'un grand âge, monsieur, et ce fut une heure bénie que celle où je connus enfin qu'après moi Mlle Stangerson aurait à ses côtés, pour l'aimer et continuer nos travaux communs, un être que j'aime et que j'estime pour son grand cœur et pour sa science. Or, monsieur le chef de la Sûreté, deux jours avant le crime, par je ne sais quel retour de sa volonté, ma fille m'a déclaré qu'elle n'épouserait pas M. Robert Darzac. »

Il y eut ici un silence pesant. La minute était grave. M Dax reprit :

« Et Mlle Stangerson ne vous a donné aucune explication, ne vous a point dit pour quel motif ? ...

– Elle m'a dit qu'elle était trop vieille maintenant pour se marier... qu'elle avait attendu trop longtemps... qu'elle avait bien réfléchi... qu'elle estimait et même qu'elle aimait M. Robert Darzac... mais qu'il valait mieux que les choses en restassent là... que l'on continuerait le passé... qu'elle serait heureuse même de voir les liens de pure amitié qui nous attachaient à M. Robert Darzac nous unir d'une façon encore plus étroite, mais qu'il fût bien entendu qu'on ne lui parlerait jamais plus de mariage.

– Voilà qui est étrange ! murmura M Dax.

– Étrange », répéta M. de Marquet.

M. Stangerson, avec un pâle et glacé sourire, dit :

« Ce n'est point de ce côté, monsieur, que vous trouverez le mobile du crime. »

M Dax :

« En tout cas, fit-il d'une voix impatiente, le mobile n'est pas le vol !

– Oh ! nous en sommes sûrs ! », s'écria le juge d'instruction.

À ce moment la porte du laboratoire s'ouvrit et le brigadier de gendarmerie apporta une carte au juge d'instruction. M. de Marquet lut et poussa une sourde exclamation ; puis :

« Ah ! voilà qui est trop fort !

– Qu'est-ce ? demanda le chef de la Sûreté.

– La carte d'un petit reporter de *L'Époque*, M. Joseph Rouletabille, et ces mots : « L'un des mobiles du crime a été le vol ! »

Le chef de la Sûreté sourit :

« Ah ! Ah ! le jeune Rouletabille... j'en ai déjà entendu parler... il passe pour ingénieux... Faites-le donc entrer, monsieur le juge d'instruction. »

Et l'on fit entrer M. Joseph Rouletabille. J'avais fait sa connaissance dans le train qui nous avait amenés, ce matin-là, à Épinay-sur-Orge. Il s'était introduit, presque malgré moi, dans notre compartiment et j'aime mieux dire tout de suite que ses manières et sa désinvolture, et la prétention qu'il semblait avoir de comprendre quelque chose dans une affaire où la justice ne comprenait rien, me l'avaient fait prendre en grippe. Je n'aime point les journalistes. Ce sont des esprits brouillons et entreprenants qu'il faut fuir comme la peste. Cette sorte de gens se croit tout permis et ne respecte rien. Quand on a eu le malheur de leur accorder quoi que ce soit et de se laisser approcher par eux, on est tout de suite débordé et il n'est point d'ennuis que l'on ne doive redouter. Celui-ci paraissait une vingtaine d'années à peine, et le toupet avec lequel il avait osé nous interroger et discuter avec nous me l'avait rendu particulièrement odieux. Du reste, il avait une façon de s'exprimer qui attestait qu'il se moquait outrageusement de nous. Je sais bien que le journal *L'Époque* est un organe influent avec lequel il faut savoir *composer*, mais encore ce journal ferait bien de ne point prendre ses rédacteurs à la mamelle.

M. Joseph Rouletabille entra donc dans le laboratoire, nous salua et attendit que M. de Marquet lui demandât de s'expliquer.

« Vous prétendez, monsieur, dit celui-ci, que vous connaissez le mobile du crime, et que ce mobile, contre toute évidence, serait le vol ?

– Non, monsieur le juge d'instruction, je n'ai point prétendu cela. Je ne dis pas que le mobile du crime a été le vol *et je ne le crois pas*.

– Alors, que signifie cette carte ?

– Elle signifie que *l'un des mobiles* du crime a été le vol.

Qu'est-ce qui vous a renseigné ?

– Ceci ! si vous voulez bien m'accompagner. »

Et le jeune homme nous pria de le suivre dans le vestibule, ce que nous fîmes. Là, il se dirigea du côté du lavatory et pria M. le juge d'instruction de se mettre à genoux à côté de lui. Ce lavatory recevait du jour par sa porte vitrée et, quand la porte était ouverte, la lumière qui y pénétrait était suffisante pour l'éclairer parfaitement. M. de Marquet et M Joseph Rouletabille s'agenouillèrent sur le seuil. Le jeune homme montrait un endroit de la dalle.

« Les dalles du lavatory n'ont point été lavées par le père Jacques, fit-il, depuis un certain temps ; cela se voit à la couche de poussière qui les recouvre. Or, voyez, à cet endroit, la marque de deux larges semelles et de cette cendre noire qui accompagne partout les pas de l'assassin. Cette cendre n'est point autre chose que la poussière de charbon qui couvre le sentier que l'on doit traverser pour venir directement, à travers la forêt, d'Épinay au Glandier. Vous savez qu'à cet endroit il y a un petit hameau de charbonniers et qu'on y fabrique du charbon de bois en grande quantité. Voilà ce qu'a dû faire l'assassin : il a pénétré ici l'après-midi quand il n'y eut plus personne au pavillon, et il a perpétré son vol.

– Mais quel vol ? Où voyez-vous le vol ? Qui vous prouve le vol ? nous écriâmes nous tous en même temps.

– Ce qui m'a mis sur la trace du vol, continua le journaliste...

– C'est ceci ! interrompit M. de Marquet, toujours à genoux.

– Évidemment », fit M. Rouletabille.

Et M. de Marquet expliqua qu'il y avait, en effet, sur la poussière des dalles, à côté de la trace des deux semelles, l'empreinte fraîche d'un lourd paquet rectangulaire, et qu'il était facile de distinguer la marque des ficelles qui l'enserraient...

« Mais vous êtes donc venu ici, monsieur Rouletabille ; j'avais pourtant ordonné au père Jacques de ne laisser entrer personne ; il avait la garde du pavillon.

– Ne grondez pas le père Jacques, je suis venu ici avec M. Robert Darzac.

– Ah ! vraiment... » s'exclama M. de Marquet mécontent, et jetant un regard de côté à M. Darzac, lequel restait toujours silencieux.

« Quand j'ai vu la trace du paquet à côté de l'empreinte des semelles, je n'ai plus douté du vol, reprit M. Rouletabille. Le voleur n'était pas venu avec un paquet... Il avait fait, ici, ce paquet, avec les objets volés sans doute, et il l'avait déposé dans ce coin, dans le dessein de l'y reprendre au moment de sa fuite ; *il avait déposé aussi, à côté de son paquet, ses lourdes chaussures ;* car, regardez, aucune trace de pas ne conduit à ces chaussures, et les semelles sont à côté l'une de l'autre, *comme des semelles au repos et vides de leurs pieds.* Ainsi comprendrait-on que l'assassin, quand il s'enfuit de la *Chambre Jaune*, n'a laissé aucune trace de ses pas dans le laboratoire ni dans le vestibule. Après avoir pénétré *avec ses chaussures* dans la *Chambre Jaune*, il les y a défaites, sans doute parce qu'elles le gênaient ou parce qu'il voulait faire le moins de bruit possible. La marque de son passage *aller* à travers le vestibule et le laboratoire a été effacée par le lavage subséquent du père Jacques, ce qui nous mène à faire entrer l'assassin dans le pavillon par la fenêtre ouverte du vestibule lors de la première absence du père Jacques, avant le lavage qui a eu lieu à cinq heure et demie !

« L'assassin, après qu'il eut défait ses chaussures, qui, certainement le gênaient, les a portées à la main dans le lavatory et les y a déposées du seuil, car, sur la poussière du lavatory, il n'y a pas trace de pieds nus ou enfermés dans des chaussettes, *ou encore dans d'autres chaussures.* Il a donc déposé ses chaussures à côté de son paquet. Le vol était déjà, à ce moment, accompli. Puis l'homme retourne à la *Chambre Jaune* et s'y glisse alors sous le lit où la trace de son corps est parfaitement visible sur le plancher et même sur la natte qui a été, à cet endroit, légèrement roulée et très froissée. Des brins de paille même, fraîchement arrachés, témoignent également du passage de l'assassin sous le lit...

– Oui, oui, cela nous le savons... dit M. de Marquet.

– Ce retour sous le lit prouve que le vol, continua cet étonnant gamin de journaliste, *n'était point le seul mobile de la venue de l'homme.* Ne me dites point qu'il s'y serait aussitôt réfugié en apercevant, par la fenêtre du vestibule, soit le père Jacques, soit M. et Mlle Stangerson s'apprêtant à rentrer dans le pavillon. Il était beaucoup plus facile pour lui de grimper au grenier, et, caché, d'attendre une occasion de se sauver, *si son dessein n'avait été que de fuir.* Non ! Non ! *Il fallait que l'assassin fût dans la Chambre Jaune...*

Ici, le chef de la Sûreté intervint :

« Ça n'est pas mal du tout, cela, jeune homme ! mes félicitations... et si nous ne savons pas encore comment l'assassin est parti, nous suivons déjà, pas à pas, son entrée ici, et nous voyons ce qu'il y a fait : il a volé. Mais qu'a-t-il donc volé ?

– Des choses extrêmement précieuses », répondit le reporter.

À ce moment, nous entendîmes un cri qui partait du laboratoire. Nous nous y précipitâmes, et nous y trouvâmes M. Stangerson qui, les yeux hagards, les membres agités, nous montrait une sorte de meuble-bibliothèque qu'il venait d'ouvrir et qui nous apparut vide.

Au même instant, il se laissa aller dans le grand fauteuil qui était poussé devant le bureau et gémit :

« Encore une fois, je suis volé... »

Et puis une larme, une lourde larme, coula sur sa joue :

« Surtout, dit-il, qu'on ne dise pas un mot de ceci à ma fille... Elle serait encore plus peinée que moi... »

Il poussa un profond soupir, et, sur le ton d'une douleur que je n'oublierai jamais :

« Qu'importe, après tout... *pourvu qu'elle vive !* ...

– Elle vivra ! dit, d'une voix étrangement touchante, Robert Darzac.

– Et nous vous retrouverons les objets volés, fit M Dax. Mais qu'y avait-il dans ce meuble ?

– Vingt ans de ma vie, répondit sourdement l'illustre professeur, ou plutôt de notre vie, à ma fille et à moi. Oui, nos plus précieux documents, les relations les plus secrètes sur nos expériences et sur nos travaux, depuis vingt ans, étaient enfermés là. C'était une véritable sélection parmi tant de documents dont cette pièce est pleine. C'est une perte irréparable pour nous, et, j'ose dire, pour la science. Toutes les étapes par lesquelles j'ai dû passer pour arriver à la preuve décisive de l'anéantissement de la matière, avaient été, par nous, soigneusement énoncées, étiquetées, annotées, illustrées de photographies et de dessins. Tout cela était rangé là. Le plan de trois nouveaux appareils, l'un pour étudier la déperdition, sous l'influence de la lumière ultra-violette, des corps préalablement électrisés ; l'autre qui devait rendre visible la déperdition électrique sous l'action des particules de matière dissociée contenue dans les gaz des flammes ; un troisième, très ingénieux, nouvel électroscope condensateur différentiel ; tout le recueil de nos courbes traduisant les propriétés fondamentales de la substance intermédiaire entre la matière pondérable et l'éther impondérable ; vingt ans d'expériences sur la chimie intra-atomique et sur les équilibres ignorés de la matière ; un manuscrit que je voulais faire paraître sous ce titre : *Les Métaux qui souffrent*. Est-ce que je sais ? est-ce que je sais ? L'homme qui est venu là m'aura tout pris... Ma fille et mon œuvre... mon cœur et mon âme...

Et le grand Stangerson se prit à pleurer comme un enfant.

Nous l'entourions en silence, émus par cette immense détresse. M. Robert Darzac, accoudé au fauteuil où le professeur était écroulé, essayait en vain de dissimuler ses larmes, ce qui faillit un instant me le rendre sympathique, malgré l'instinctive répulsion que son attitude bizarre et son émoi souvent inexpliqué m'avaient inspirée pour son énigmatique personnage.

M Joseph Rouletabille, seul, comme si son précieux temps et sa mission sur la terre ne lui permettaient point de s'appesantir sur la misère humaine, s'était rapproché, fort calme, du meuble vide et, le montrant au chef de la Sûreté, rompait bientôt le religieux silence dont nous honorions le désespoir du grand Stangerson. Il nous donna quelques explications, dont nous n'avions que faire, sur la façon dont il avait été amené à croire à un vol, par la découverte simultanée qu'il avait faite des traces dont j'ai parlé plus haut dans le lavatory, et de la vacuité de ce meuble précieux dans le laboratoire. Il n'avait fait, nous disait-il, que passer dans le laboratoire ; mais la première chose qui l'avait frappé avait été la forme étrange du meuble, sa solidité, sa construction en fer qui le mettait à l'abri d'un accident par la flamme, et le fait qu'un meuble comme celui-ci, destiné à conserver des objets auxquels on devait tenir par-dessus tout, avait, sur sa porte de fer, *sa clef*. « On n'a point d'ordinaire un coffre-fort pour le laisser ouvert... » Enfin, cette petite clef, à tête de cuivre, des plus compliquées, avait attiré, paraît-il, l'attention de M. Joseph Rouletabille, alors qu'elle avait endormi la nôtre. Pour nous autres, qui ne sommes point des enfants, la présence d'une clef sur un meuble éveille plutôt une idée de sécurité, mais pour M. Joseph Rouletabille, qui est évidemment un génie –comme dit José Dupuy dans *Les cinq cents millions de Gladiator.* « Quel génie ! Quel dentiste ! » – la présence d'une clef sur une serrure éveille l'idée du vol. Nous en sûmes bientôt la raison.

Mais, auparavant que de vous la faire connaître, je dois rapporter que M. de Marquet me parut fort perplexe, ne sachant s'il devait se réjouir du pas nouveau que le petit reporter avait fait faire à l'instruction ou s'il devait se désoler de ce que ce pas n'eût pas été fait par lui. Notre profession comporte de ces déboires, mais nous n'avons point le droit d'être pusillanime et nous devons fouler aux pieds notre amour-propre quand il s'agit du bien général. Aussi M. de Marquet triompha-t-il de lui-même et trouva-t-il bon de mêler enfin ses compliments à ceux de M Dax, qui, lui, ne les ménageait pas à M. Rouletabille. Le gamin haussa les épaules, disant : « il n'y a pas de quoi ! » Je lui aurais flanqué une gifle avec satisfaction, surtout dans le moment qu'il ajouta :

« Vous feriez bien, monsieur, de demander à M. Stangerson qui avait la garde ordinaire de cette clef ?

– Ma fille, répondit M. Stangerson. Et cette clef ne la quittait jamais.

– Ah ! mais voilà qui change l'aspect des choses et qui ne correspond plus avec la conception de M. Rouletabille, s'écria M. de Marquet. Si cette clef ne quittait jamais Mlle Stangerson, l'assassin aurait donc attendu Mlle Stangerson cette nuit-là, dans sa chambre, pour lui voler cette clef, et le vol n'aurait eu lieu qu'*après l'assassinat !* Mais, après l'assassinat, il y avait quatre personnes dans le laboratoire ! ... Décidément, je n'y comprends plus rien ! ... »

Et M. de Marquet répéta, avec une rage désespérée, qui devait être pour lui le comble de l'ivresse, car je ne sais si j'ai déjà dit qu'il n'était jamais aussi heureux que lorsqu'il ne comprenait pas :

« ... plus rien !

– Le vol, répliqua le reporter, ne peut avoir eu lieu qu'*avant l'assassinat.* C'est indubitable pour la raison que vous croyez *et pour d'autres raisons que je crois. Et, quand l'assassin a pénétré dans le pavillon, il était déjà en possession de la clef à tête de cuivre.*

– Ça n'est pas possible ! fit doucement M. Stangerson.

– C'est si bien possible, monsieur, qu'en voici la preuve. »

Ce diable de petit bonhomme sortit alors de sa poche un numéro de *L'Époque* daté du 21 octobre (je rappelle que le crime a eu lieu dans la nuit du 24 au 25), et, nous montrant une annonce, lut :

« Il a été perdu hier un réticule de satin noir dans les grands magasins de la Louve. Ce réticule contenait divers objets dont une petite clef à tête de cuivre. Il sera donné une forte récompense à la personne qui l'aura trouvée. Cette personne devra écrire, poste restante, au bureau 40, à cette adresse : M.A. T.H.S.N.

« Ces lettres ne désignent-elles point, continua le reporter, Mlle Stangerson ? Cette clef à tête de cuivre n'est-elle point cette clef-ci ?... Je lis toujours les annonces. Dans mon métier, comme dans le vôtre, monsieur le juge d'instruction, il faut toujours lire les petites annonces personnelles... Ce qu'on y découvre d'intrigues ! ... et de clefs d'intrigues ! Qui ne sont pas toujours à tête de cuivre, et qui n'en sont pas moins intéressantes. Cette annonce, particulièrement, par la sorte de mystère dont la femme qui avait perdu une clef, objet peu compromettant, s'entourait, m'avait frappé. Comme elle tenait à cette clef ! Comme elle promettait une forte récompense ! Et je songeai à ces six lettres : M.A.T.H.S.N. Les quatre premières m'indiquaient tout de suite un prénom.

« Évidemment, faisais-je, Math, Mathilde ... » la personne qui a perdu la clef à tête de cuivre, dans un réticule, s'appelle Mathilde !... » Mais je ne pus rien faire des deux dernières lettres. Aussi, rejetant le journal, je m'occupai d'autre chose... Lorsque, quatre jours plus tard, les journaux du soir parurent avec d'énormes manchettes annonçant l'assassinat de Mlle MATHILDE STANGERSON, ce nom de Mathilde me rappela, sans que je fisse aucun effort pour cela, machinalement, les lettres de l'annonce. Intrigué un peu, je demandai le numéro de ce jour-là à l'administration. J'avais oublié les deux dernières lettres : S N. Quand je les revis, je ne pus retenir un cri « Stangerson! ... » Je sautai dans un fiacre et me précipitai au bureau 40.

« Je demandai : « Avez-vous une lettre avec cette adresse : M.A.T.H.S.N ! » L'employé me répondit : « Non ! » Et comme j'insistais, le priant, le suppliant de chercher encore, il me dit : « Ah ! çà, monsieur, c'est une plaisanterie ! ... Oui, j'ai eu une lettre aux initiales M.A.T.H.S.N. ; mais je l'ai donnée, il y a trois jours, à une dame qui me l'a réclamée. Vous venez aujourd'hui me réclamer cette lettre à votre tour. Or, avant-hier, un monsieur, avec la même insistance désobligeante, me la demandait encore ! ... J'en ai assez de cette fumisterie... »

« Je voulus questionner l'employé sur les deux personnages qui avaient déjà réclamé la lettre, mais, soit qu'il voulût se retrancher derrière le secret professionnel – il estimait, sans doute, à part lui, en avoir déjà trop dit – soit qu'il fût vraiment excédé d'une plaisanterie possible, il ne me répondit plus... »

Rouletabille se tut. Nous nous taisions tous. Chacun tirait les conclusions qu'il pouvait de cette bizarre histoire de lettre poste restante. De fait, il semblait maintenant qu'on tenait un fil solide par lequel on allait pouvoir suivre cette affaire *insaisissable*.

M. Stangerson dit :

« Il est donc à peu près certain que ma fille aura perdu cette clef, qu'elle n'a point voulu m'en parler pour m'éviter toute inquiétude et qu'elle aura prié celui ou celle qui aurait pu l'avoir trouvée d'écrire poste restante. Elle craignait évidemment que, donnant notre adresse, ce fait occasionnât des démarches qui m'auraient appris la perte de la clef. C'est très logique et très naturel. *Car j'ai déjà été volé, monsieur !*

– Où cela ? Et quand ? demanda le directeur de la Sûreté.

– Oh ! Il y a de nombreuses années, en Amérique, à Philadelphie. On m'a volé dans mon laboratoire le secret de deux inventions qui eussent pu faire la fortune d'un peuple... Non seulement je n'ai jamais su qui était le voleur, mais je n'ai jamais entendu parler de l'objet du *vol* sans doute parce que, pour déjouer les calculs de celui qui m'avait ainsi pillé, j'ai lancé moi-même dans le domaine public ces deux inventions, rendant inutile le larcin. C'est depuis cette époque que je suis très soupçonneux, que je m'enferme hermétiquement quand je travaille. Tous les barreaux de ces fenêtres, l'isolement de ce pavillon, ce meuble que j'ai fait construire moi-même, cette serrure spéciale, cette clef unique, tout cela est le résultat de mes craintes inspirées par une triste expérience. »

M. Dax déclara : « Très intéressant ! » et M. Joseph Rouletabille demanda des nouvelles du réticule. Ni M. Stangerson, ni le père Jacques n'avaient, depuis quelques jours, vu le réticule de Mlle Stangerson. Nous devions apprendre, quelques heures plus tard, de la bouche même de Mlle Stangerson, que ce réticule lui avait été volé ou qu'elle l'avait perdu, et que les choses s'étaient passées de la sorte que nous les avaient expliquées son père ; qu'elle était allée, le 23 octobre, au bureau de poste 40, et qu'on lui avait remis une lettre qui n'était, affirma-t-elle, que celle d'un mauvais plaisant. Elle l'avait immédiatement brûlée.

Pour en revenir à notre interrogatoire, ou plutôt à notre *conversation*, je dois signaler que le chef de la Sûreté, ayant demandé à M. Stangerson dans quelles conditions sa fille était allée à Paris le 20 octobre, jour de la perte du réticule, nous apprîmes ainsi qu'elle s'était rendue dans la capitale, « accompagnée de M. Robert Darzac, que l'on n'avait pas revu au château depuis cet instant jusqu'au lendemain du crime ». Le fait que M. Robert Darzac était aux côtés de Mlle Stangerson, dans les grands magasins de la Louve quand le réticule avait disparu, ne pouvait passer inaperçu et retint, il faut le dire, assez fortement notre attention.

Cette conversation entre magistrats, prévenus, victime, témoins et journaliste allait prendre fin quand se produisit un véritable coup de théâtre ; ce qui n'est jamais pour déplaire à M. de Marquet. Le brigadier de gendarmerie vint nous annoncer que Frédéric Larsan demandait à être introduit, ce qui lui fut immédiatement accordé. Il tenait à la main une grossière paire de chaussures vaseuses qu'il jeta dans le laboratoire.

« Voilà, dit-il, les souliers que chaussait l'assassin ! Les reconnaissez-vous, père Jacques ? »

Le père Jacques se pencha sur ce cuir infect et, tout stupéfait, reconnut de vieilles chaussures à lui qu'il avait jetées il y avait déjà un certain temps au rebut, dans un coin du grenier ; il était tellement troublé qu'il dut se moucher pour dissimuler son émotion.

Alors, montrant le mouchoir dont se servait le père Jacques, Frédéric Larsan dit :

« Voilà un mouchoir qui ressemble étonnamment à celui qu'on a trouvé dans la *Chambre Jaune*.

– Ah ! je l'sais ben, fit le père Jacques en tremblant ; ils sont quasiment pareils.

– Enfin, continua Frédéric Larsan, le vieux béret basque trouvé également dans la *Chambre Jaune* aurait pu autrefois coiffer le chef du père Jacques. Tout ceci, monsieur le chef de la Sûreté et monsieur le juge d'instruction, prouve, selon moi – remettez-vous, bonhomme ! fit-il au père Jacques qui défaillait –tout ceci prouve, selon moi, que l'assassin a voulu déguiser sa véritable personnalité. Il l'a fait d'une façon assez grossière ou du moins qui nous apparaît telle*, parce que nous sommes sûrs que l'assassin n'est pas le père Jacques, qui n'a pas quitté M. Stangerson.* Mais imaginez que M. Stangerson, ce soir-là, n'ait pas prolongé sa veille ; qu'après avoir quitté sa fille il ait regagné le château ; que Mlle Stangerson ait été assassinée alors qu'il n'y avait plus personne dans le laboratoire et que le père Jacques dormait dans son grenier : *il n'aurait fait de doute pour personne que le père Jacques était l'assassin !* Celui-ci ne doit son salut qu'à ce que le drame a éclaté trop tôt, l'assassin ayant cru, sans doute, à cause du silence qui régnait à côté, que le laboratoire était vide et que le moment d'agir était venu. L'homme qui a pu s'introduire si mystérieusement ici et prendre de telles précautions contre le père Jacques était, à n'en pas douter, un familier de la maison. À quelle heure exactement s'est-il introduit ici ? Dans l'après-midi ? Dans la soirée ? Je ne saurais dire... *Un être aussi familier des choses et des gens de ce pavillon a dû pénétrer dans la Chambre Jaune, à son heure.*

– Il n'a pu cependant y entrer quand il y avait du monde dans le laboratoire ? s'écria M. de Marquet.

– Qu'en savons-nous, je vous prie ! répliqua Larsan... Il y a eu le dîner dans le laboratoire, le va-et-vient du service... il y a eu une expérience de chimie qui a pu tenir, entre dix et onze heures, M. Stangerson, sa fille et le père Jacques autour des fourneaux... dans ce coin de la haute cheminée... Qui me dit que l'assassin... un familier ! un familier ! ... n'a pas profité de ce moment pour se glisser dans la *Chambre Jaune*, après avoir, dans le lavatory, retiré ses souliers ?

– C'est bien improbable ! fit M. Stangerson.

– Sans doute, mais ce n'est pas impossible... Aussi je n'affirme rien. Quant à sa sortie, c'est autre chose ! Comment a-t-il pu s'enfuir ? *Le plus naturellement du monde !* »

Un instant, Frédéric Larsan se tut. Cet instant nous parut bien long. Nous attendions qu'il parlât avec une fièvre bien compréhensible.

« Je ne suis pas entré dans la *Chambre Jaune*, reprit Frédéric Larsan, mais j'imagine que vous avez acquis la preuve qu'on ne pouvait en sortir *que par la porte*. C'est par la porte que l'assassin est sorti. Or, puisqu'il est impossible qu'il en soit autrement, c'est que cela est ! Il a commis le crime et il est sorti par la porte ! À quel moment ! Au moment où cela lui a été le plus facile, *au moment où cela devient le plus explicable,* tellement explicable qu'il ne saurait y avoir d'autre explication. Examinons donc les *moments* qui ont suivi le crime. Il y a le premier moment, pendant lequel se trouvent, devant la porte, prêts à lui barrer le chemin, M. Stangerson et le père Jacques. Il y a le second moment, pendant lequel, le père Jacques étant un instant absent, M. Stangerson se trouve tout seul devant la porte. Il y a le troisième moment, pendant lequel M. Stangerson est rejoint par le concierge. Il y a le quatrième moment, pendant lequel se trouvent devant la porte M. Stangerson, le concierge, sa femme et le père Jacques. Il y a le cinquième moment, pendant lequel la porte est défoncée et la *Chambre Jaune* envahie. *Le moment où la fuite est le plus explicable est le moment même où il y a le moins de personnes devant la porte. Il y a un moment où il n'y en a plus qu'une : c'est celui où M. Stangerson reste seul devant la porte.* À moins d'admettre la complicité de silence du père Jacques, et je n'y crois pas, car le père Jacques ne serait pas sorti du pavillon pour aller examiner la fenêtre de la *Chambre Jaune*, s'il avait vu s'ouvrir la porte et sortir l'assassin. *La porte ne s'est donc ouverte que devant M. Stangerson seul, et l'homme est sorti.* Ici, nous devons admettre que M. Stangerson avait de puissantes raisons pour ne pas arrêter ou pour ne pas faire arrêter l'assassin, puisqu'il l'a laissé gagner la fenêtre du vestibule et qu'il a refermé cette fenêtre derrière lui ! ... Ceci fait, comme le père Jacques allait rentrer *et qu'il fallait qu'il retrouvât les choses en l'état,* Mlle Stangerson, horriblement blessée, a trouvé encore la force, sans doute sur les objurgations de son père, de refermer à nouveau la porte de la *Chambre Jaune* à clef et au verrou avant de s'écrouler, mourante, sur le plancher... Nous ne savons qui a commis le crime ; nous ne savons de quel misérable M. et Mlle Stangerson sont les victimes ; mais il n'y a point de doute qu'ils le savent, eux ! Ce secret doit être terrible pour que le père n'ait pas hésité à laisser sa fille agonisante derrière cette porte qu'elle refermait sur elle, terrible pour qu'il ait laissé échapper l'assassin... Mais il n'y a point d'autre façon au monde d'expliquer la fuite de l'assassin de la *Chambre Jaune* !

Le silence qui suivit cette explication dramatique et lumineuse avait quelque chose d'affreux. Nous souffrions tous pour l'illustre professeur, acculé ainsi par l'impitoyable logique de Frédéric Larsan à nous avouer la vérité de son martyre ou à se taire, aveu plus terrible encore. Nous le vîmes se lever, cet homme, véritable statue de la douleur, et étendre la main d'un geste si solennel que nous en courbâmes la tête comme à l'aspect d'une chose sacrée. Il prononça alors ces paroles d'une voix éclatante qui sembla épuiser toutes ses forces :

« Je jure, sur la tête de ma fille à l'agonie, que je n'ai point quitté cette porte, de l'instant où j'ai entendu l'appel désespéré de mon enfant, que cette porte ne s'est point ouverte pendant que j'étais seul dans mon laboratoire, et qu'enfin, quand nous pénétrâmes dans la *Chambre Jaune*, mes trois domestiques et moi, l'assassin n'y était plus ! Je jure que je ne connais pas l'assassin ! »

Faut-il que je dise que, malgré la solennité d'un pareil serment, nous ne crûmes guère à la parole de M. Stangerson ? Frédéric Larsan venait de nous faire entrevoir la vérité : ce n'était point pour la perdre de si tôt.

Comme M. de Marquet nous annonçait que la « conversation » était terminée et que nous nous apprêtions à quitter le laboratoire, le jeune reporter, ce gamin de Joseph Rouletabille, s'approcha de M. Stangerson, lui prit la main avec le plus grand respect et je l'entendis qui disait : « Moi, je vous crois, monsieur ! »

J'arrête ici la citation que j'ai cru devoir faire de la narration de M. Maleine, greffier au tribunal de Corbeil. Je n'ai point besoin de dire au lecteur que tout ce qui venait de se passer dans le laboratoire me fut fidèlement et aussitôt rapporté par Rouletabille lui-même.

XII

La canne de Frédéric Larsan

Je ne me disposai à quitter le château que vers six heures du soir, emportant l'article que mon ami avait écrit à la hâte dans le petit salon que M. Robert Darzac avait fait mettre à notre disposition. Le reporter devait coucher au château, usant de cette inexplicable hospitalité que lui avait offerte M. Robert Darzac, sur qui M. Stangerson, en ces tristes moments, se reposait de tous les tracas domestiques.

Néanmoins il voulut m'accompagner jusqu'à la gare d'Épinay. En traversant le parc, il me dit :

« Frédéric Larsan est réellement très fort et n'a pas volé sa réputation. Vous savez comment il est arrivé à retrouver les souliers du père Jacques ! Près de l'endroit où nous avons remarqué les traces des *pas élégants* et la disparition des empreintes des gros souliers, un creux rectangulaire dans la terre fraîche attestait qu'il y avait eu là, récemment, une pierre. Larsan rechercha cette pierre sans la trouver et imagina tout de suite qu'elle avait servi à l'assassin à maintenir au fond de l'étang les souliers dont l'homme voulait se débarrasser. Le calcul de Fred était excellent et le succès de ses recherches l'a prouvé. Ceci m'avait échappé ; mais il est juste de dire que mon esprit était déjà parti par ailleurs, car, *par le trop grand nombre de faux témoignages de son passage laissé par l'assassin* et par la mesure des pas noirs correspondant à la mesure des pas du père Jacques, que j'ai établie sans qu'il s'en doutât sur le plancher de la *Chambre Jaune*, la preuve était déjà faite, à mes yeux, que l'assassin avait voulu détourner le soupçon du côté de ce vieux serviteur. C'est ce qui m'a permis de dire à celui-ci, si vous vous le rappelez, que, puisque l'on avait trouvé un béret dans cette chambre fatale, il devait ressembler au sien, et de lui faire une description du mouchoir en tous points semblable à celui dont je l'avais vu se servir. Larsan et moi, nous sommes d'accord jusque-là, mais nous ne le sommes plus à partir de là, ET CELA VA ÊTRE TERRIBLE, car il marche de bonne foi à une erreur qu'il va me falloir combattre avec rien ! »

Je fus surpris de l'accent profondément grave dont mon jeune ami prononça ces dernières paroles.

Il répéta encore :

« OUI , TERRIBLE, TERRIBLE!... Mais est-ce vraiment ne combattre avec rien, que de combattre *avec l'idée* ! »

À ce moment nous passions derrière le château. La nuit était tombée. Une fenêtre au premier étage était entrouverte. Une faible lueur en venait, ainsi que quelques bruits qui fixèrent notre attention. Nous avançâmes jusqu'à ce que nous ayons atteint l'encoignure d'une porte qui se trouvait sous la fenêtre. Rouletabille me fit comprendre d'un mot prononcé à voix basse que cette fenêtre donnait sur la chambre de Mlle Stangerson. Les bruits qui nous avaient arrêtés se turent, puis reprirent un instant. C'étaient des gémissements étouffés... nous ne pouvions saisir que trois mots qui nous arrivaient distinctement : « Mon pauvre Robert ! » Rouletabille me mit la main sur l'épaule, se pencha à mon oreille :

« Si nous pouvions savoir, me dit-il, ce qui se dit dans cette chambre, mon enquête serait vite terminée... »

Il regarda autour de lui ; l'ombre du soir nous enveloppait ; nous ne voyions guère plus loin que l'étroite pelouse bordée d'arbres qui s'étendait derrière le château. Les gémissements s'étaient tus à nouveau.

« Puisqu'on ne peut pas entendre, continua Rouletabille, on va au moins essayer de voir... »

Et il m'entraîna, en me faisant signe d'étouffer le bruit de mes pas, au delà de la pelouse jusqu'au tronc pâle d'un fort bouleau dont on apercevait la ligne blanche dans les ténèbres. Ce bouleau s'élevait juste en face de la fenêtre qui nous intéressait et ses premières branches étaient à peu près à hauteur du premier étage du château. Du haut de ces branches on pouvait certainement voir ce qui se passait dans la chambre de Mlle Stangerson ; et telle était bien la pensée de Rouletabille, car, m'ayant ordonné de me tenir coi, il embrassa le tronc de ses jeunes bras vigoureux et grimpa. Il se perdit bientôt dans les branches, puis il y eut un grand silence.

Là-bas, en face de moi, la fenêtre entrouverte était toujours éclairée. Je ne vis passer sur cette lueur aucune ombre. L'arbre, au-dessus de moi, restait silencieux ; j'attendais ; tout à coup mon oreille perçut, dans l'arbre, ces mots :

« Après vous ! ...

– Après vous, je vous en prie ! »

On dialoguait, là-haut, au-dessus de ma tête... on se faisait des politesses, et quelle ne fut pas ma stupéfaction de voir apparaître, sur la colonne lisse de l'arbre, deux formes humaines qui bientôt touchèrent le sol ! Rouletabille était monté là tout seul et redescendait *deux* !

« Bonjour, monsieur Sainclair ! »

C'était Frédéric Larsan... Le policier occupait déjà le poste d'observation quand mon jeune ami croyait y arriver solitaire... Ni l'un ni l'autre, du reste, ne s'occupèrent de mon étonnement. Je crus comprendre qu'ils avaient assisté du haut de leur observatoire à une scène pleine de tendresse et de désespoir entre Mlle Stangerson, étendue dans son lit, et M. Darzac à genoux à son chevet. Et déjà chacun semblait en tirer fort prudemment des conclusions différentes. Il était facile de deviner que cette scène avait produit un gros effet dans l'esprit de Rouletabille, « en faveur de M. Robert Darzac », cependant que, dans celui de Larsan, elle n'attestait qu'une parfaite hypocrisie servie par un art supérieur chez le fiancé de Mlle Stangerson...

Comme nous arrivions à la grille du parc, Larsan nous arrêta :

« Ma canne ! s'écria-t-il...

– Vous avez oublié votre canne ? demanda Rouletabille.

– Oui, répondit le policier... Je l'ai laissée là-bas, auprès de l'arbre... »

Et il nous quitta, disant qu'il allait nous rejoindre tout de suite...

« Avez-vous remarqué la canne de Frédéric Larsan ? me demanda le reporter quand nous fûmes seuls. C'est une canne toute neuve... que je ne lui ai jamais vue... Il a l'air d'y tenir beaucoup... il ne la quitte pas... On dirait qu'il a peur qu'elle ne soit tombée dans des mains étrangères... Avant ce jour, *je n'ai jamais vu de canne à Frédéric Larsan...* Où a-t-il trouvé cette canne-là ? *Ça n'est pas naturel qu'un homme qui ne porte jamais de canne ne fasse plus un pas sans canne, au lendemain du crime du Glandier...* Le jour de notre arrivée au château, quand il nous eut aperçus, il remit sa montre dans sa poche et ramassa par terre sa canne, geste auquel j'eus peut-être tort de n'attacher aucune importance ! »

Nous étions maintenant hors du parc ; Rouletabille ne disait rien... Sa pensée, certainement, n'avait pas quitté la canne de Frédéric Larsan. J'en eus la preuve quand, en descendant la côte d'Épinay, il me dit :

« Frédéric Larsan est arrivé au Glandier avant moi ; il a commencé son enquête avant moi ; il a eu le temps de savoir des choses que je ne sais pas et a pu trouver des choses que je ne sais pas... Où a-t-il trouvé cette canne-là ? ...

Et il ajouta :

« Il est probable que son soupçon – plus que son soupçon, son raisonnement – qui va aussi directement à Robert Darzac, doit être servi par quelque chose de palpable qu'il palpe, *lui*, et que je ne palpe pas, moi... Serait-ce cette canne ? ... Où diable a-t-il pu trouver cette canne-là ? ... »

À Épinay, il fallut attendre le train vingt minutes ; nous entrâmes dans un cabaret. Presque aussitôt, derrière nous, la porte se rouvrait et Frédéric Larsan faisait son apparition, brandissant la fameuse canne...

« Je l'ai retrouvée ! » nous fit-il en riant.

Tous trois nous nous assîmes à une table. Rouletabille ne quittait pas des yeux la canne ; il était si absorbé qu'il ne vit pas un signe d'intelligence que Larsan adressait à un employé du chemin de fer, un tout jeune homme dont le menton s'ornait d'une petite barbiche blonde mal peignée.

L'employé se leva, paya sa consommation, salua et sortit. Je n'aurais moi-même attaché aucune importance à ce signe s'il ne m'était revenu à la mémoire quelques mois plus tard, lors de la réapparition de la barbiche blonde à l'une des minutes les plus tragiques de ce récit. J'appris alors que la barbiche blonde était un agent de Larsan, chargé par lui de surveiller les allées et venues des voyageurs en gare d'Épinay-sur-Orge, car Larsan ne négligeait rien de ce qu'il croyait pouvoir lui être utile.

Je reportai les yeux sur Rouletabille.

« Ah ça ! monsieur Fred ! disait-il, depuis quand avez-vous donc une canne ? ... Je vous ai toujours vu vous promener, moi, les mains dans les poches ! ...

– C'est un cadeau qu'on m'a fait, répondit le policier...

– Il n'y a pas longtemps, insista Rouletabille...

– Non, on me l'a offerte à Londres...

– C'est vrai, vous revenez de Londres, monsieur Fred... On peut la voir, votre canne ? ...

– Mais, comment donc ? ... »

Fred passa la canne à Rouletabille. C'était une grande canne bambou jaune à bec de corbin, ornée d'une bague d'or.

Rouletabille l'examinait minutieusement.

« Eh bien, fit-il, en relevant une tête gouailleuse, on vous a offert à Londres une canne de France !

– C'est possible, fit Fred, imperturbable...

– Lisez la marque ici en lettres minuscules : « Cassette, 6 bis, opéra... »

– On fait bien blanchir son linge à Londres, dit Fred... les anglais peuvent bien acheter leurs cannes à Paris... »

Rouletabille rendit la canne. Quand il m'eut mis dans mon compartiment, il me dit :

« Vous avez retenu l'adresse ?

– Oui, *Cassette, 6 bis, Opéra...* Comptez sur moi, vous recevrez un mot demain matin. »

Le soir même, en effet, à Paris, je voyais M. Cassette, marchand de cannes et de parapluies, et j'écrivais à mon ami :

« Un homme répondant à s'y méprendre au signalement de M. Robert Darzac, même taille, légèrement voûté, même collier de barbe, pardessus mastic, chapeau melon, est venu acheter une canne pareille à celle qui nous intéresse le soir même du crime, vers huit heures.

M. Cassette n'en a point vendu de semblable depuis deux ans. La canne de Fred est neuve. Il s'agit donc bien de celle qu'il a entre les mains. Ce n'est pas lui qui l'a achetée puisqu'il se trouvait alors à Londres. Comme vous, je pense « qu'il l'a trouvée quelque part autour de M. Robert Darzac... » Mais alors, si, comme vous le prétendez, l'assassin était dans la *Chambre Jaune* depuis cinq heures, ou même six heures, comme le drame n'a eu lieu que vers minuit, l'achat de cette canne procure un alibi irréfutable à M. Robert Darzac. »

XIII

« Le presbytère n'a rien perdu de son charme ni le jardin de son éclat »

Huit jours après les événements que je viens de raconter, exactement le 2 novembre, je recevais à mon domicile, à Paris, un télégramme ainsi libellé :

«Venez au Glandier, par premier train. Apportez revolvers. Amitiés. Rouletabille. »

Je vous ai déjà dit, je crois, qu'à cette époque, jeune avocat stagiaire et à peu près dépourvu de causes, je fréquentais le Palais, plutôt pour me familiariser avec mes devoirs professionnels, que pour défendre la veuve et l'orphelin. Je ne pouvais donc m'étonner que Rouletabille disposât ainsi de mon temps ; et il savait du reste combien je m'intéressais à ses aventures journalistiques en général et surtout à l'affaire du Glandier. Je n'avais eu de nouvelles de celle-ci, depuis huit jours, que par les innombrables racontars des journaux et par quelques notes très brèves, de Rouletabille dans *L'Époque*. Ces notes avaient divulgué le coup de *l'os de mouton* et nous avaient appris qu'à l'analyse les marques laissées sur l'os de mouton s'étaient révélées *de sang humain* ; il y avait là les traces fraîches *du sang de Mlle Stangerson* ; les traces anciennes provenaient d'autres crimes pouvant remonter à plusieurs années...

Vous pensez si l'affaire défrayait la presse du monde entier. Jamais illustre crime n'avait intrigué davantage les esprits. Il me semblait bien cependant que l'instruction n'avançait guère ; aussi eussé-je été très heureux de l'invitation que me faisait mon ami de le venir rejoindre au Glandier, si la dépêche n'avait contenu ces mots : « Apportez revolvers. »

Voilà qui m'intriguait fort. Si Rouletabille me télégraphiait d'apporter des revolvers, c'est qu'il prévoyait qu'on aurait l'occasion de s'en servir. Or, je l'avoue sans honte : je ne suis point un héros. Mais quoi ! il s'agissait, ce jour-là, d'un ami sûrement dans l'embarras qui m'appelait, sans doute, à son aide ; je n'hésitai guère ; et, après avoir constaté que le seul revolver que je possédais était bien armé, je me dirigeai vers la gare d'Orléans. En route, je pensai qu'un revolver ne faisait qu'une arme et que la dépêche de Rouletabille réclamait revolvers au pluriel ; j'entrai chez un armurier et achetai une petite arme excellente, que je me faisais une joie d'offrir à mon ami.

J'espérais trouver Rouletabille à la gare d'Épinay, mais il n'y était point. Cependant un cabriolet m'attendait et je fus bientôt au Glandier. Personne à la grille. Ce n'est que sur le seuil même du château que j'aperçus le jeune homme. Il me saluait d'un geste amical et me recevait aussitôt dans ses bras en me demandant, avec effusion, des nouvelles de ma santé.

Quand nous fûmes dans le petit vieux salon dont j'ai parlé, Rouletabille me fit asseoir et me dit tout de suite :

– Ça va mal !

– Qu'est-ce qui va mal ?

– Tout ! »

Il se rapprocha de moi, et me confia à l'oreille :

« Frédéric Larsan marche à fond contre M. Robert Darzac. »

Ceci n'était point pour m'étonner, depuis que j'avais vu le fiancé de Mlle Stangerson pâlir devant la trace de ses pas.

Cependant, j'observai tout de suite :

« Eh bien ! Et la canne ?

– La canne ! Elle est toujours entre les mains de Frédéric Larsan *qui ne la quitte pas...*

– Mais... ne fournit-elle pas un alibi à M. Robert Darzac ?

– Pas le moins du monde. M. Darzac, interrogé par moi en douceur, nie avoir acheté ce soir-là, ni aucun autre soir, une canne chez Cassette... Quoi qu'il en soit, fit Rouletabille, *je ne jurerais de rien,* car M. Darzac *a de si étranges silences* qu'on ne sait exactement ce qu'il faut penser de ce qu'il dit ! ...

– Dans l'esprit de Frédéric Larsan, cette canne doit être une bien précieuse canne, une canne à conviction... Mais de quelle façon ? Car, toujours à cause de l'heure de l'achat, elle ne pouvait se trouver entre les mains de l'assassin...

– L'heure ne gênera pas Larsan... Il n'est pas forcé d'adopter mon système qui commence par introduire l'assassin dans la *Chambre Jaune,* entre cinq et six ; qu'est-ce qui l'empêche, lui, de l'y faire pénétrer entre dix heures et onze heures du soir ? À ce moment, justement, M. et Mlle Stangerson, aidés du père Jacques, ont procédé à une intéressante expérience de chimie dans cette partie du laboratoire occupée par les fourneaux. Larsan dira que l'assassin s'est glissé derrière eux, tout invraisemblable que cela paraisse... Il l'a déjà fait entendre au juge d'instruction... Quand on le considère de près, ce raisonnement est absurde, attendu que le familier – *si familier il y a* – devait savoir que le professeur allait bientôt quitter le pavillon ; et il y allait de sa sécurité, à lui familier, de remettre ses opérations après ce départ... Pourquoi aurait-il risqué de traverser le laboratoire pendant que le professeur s'y trouvait ? Et puis, quand le familier se serait-il introduit dans le pavillon ? ... Autant de points à élucider avant d'admettre *l'imagination de Larsan*. Je n'y perdrai pas mon temps, quant à moi, *car j'ai un système irréfutable* qui ne me permet point de me préoccuper de cette imagination-là ! Seulement, comme je suis obligé momentanément de me taire et que Larsan, quelquefois, parle... il se pourrait que tout finît par s'expliquer contre M. Darzac... si je n'étais pas là ! ajouta le jeune homme avec orgueil. Car il y a contre ce M. Darzac d'autres *signes extérieurs* autrement terribles que cette histoire de canne, qui reste pour moi incompréhensible, d'autant plus incompréhensible que Larsan ne se gêne pas pour se montrer devant M. Darzac avec cette canne qui aurait appartenu à M. Darzac lui-même ! Je comprends beaucoup de choses dans le système de Larsan, mais je ne comprends pas encore la canne.

– Frédéric Larsan est toujours au château ?

– Oui ; il ne l'a guère quitté ! Il y couche, comme moi, sur la prière de M. Stangerson. M. Stangerson a fait pour lui ce que M. Robert Darzac a fait pour moi. Accusé par Frédéric Larsan de connaître l'assassin et d'avoir permis sa fuite, M. Stangerson a tenu à faciliter à son accusateur tous les moyens d'arriver à la découverte de la vérité. Ainsi M. Robert Darzac agit-il envers moi.

– Mais vous êtes, vous, persuadé de l'innocence de M. Robert Darzac ?

– J'ai cru un instant à la possibilité de sa culpabilité. Ce fut à l'heure même où nous arrivions ici pour la première fois. Le moment est venu de vous raconter ce qui s'est passé entre M. Darzac et moi. »

Ici, Rouletabille s'interrompit et me demanda si j'avais apporté les armes. Je lui montrai les deux revolvers. Il les examina, dit : « C'est parfait ! » et me les rendit.

« En aurons-nous besoin ? demandai-je.

– Sans doute ce soir ; nous passons la nuit ici ; cela ne vous ennuie pas ?

– Au contraire, fis-je avec une grimace qui entraîna le rire de Rouletabille.

– Allons ! allons ! reprit-il, ce n'est pas le moment de rire. Parlons sérieusement. Vous vous rappelez cette phrase qui a été le : « Sésame, ouvre-toi ! » de ce château plein de mystère ?

– Oui, fis-je, parfaitement : « le presbytère n'a rien perdu de son charme, ni le jardin de son éclat. » C'est encore cette phrase-là, à moitié roussie, que vous avez retrouvée sur un papier dans les charbons du laboratoire.

– Oui, et, en bas de ce papier, la flamme avait respecté cette date : *23 octobre*. Souvenez-vous de cette date qui est très importante. Je vais vous dire maintenant ce qu'il en est de cette phrase saugrenue. Je ne sais si vous savez que, l'avant-veille du crime, c'est-à-dire le 23, M. et Mlle Stangerson sont allés à une réception à l'Élysée. Ils ont même assisté au dîner, je crois bien. Toujours est-il qu'ils sont restés à la réception, *puisque je les y ai vus*. J'y étais, moi, par devoir professionnel. Je devais interviewer un de ces savants de l'Académie de Philadelphie que l'on fêtait ce jour-là. Jusqu'à ce jour, je n'avais jamais vu ni M. ni Mlle Stangerson. J'étais assis dans le salon qui précède le salon des Ambassadeurs, et, las d'avoir été bousculé par tant de nobles personnages, je me laissais aller à une vague rêverie, *quand je sentis passer le parfum de la dame en noir*. Vous me demanderez : « Qu'est-ce que le parfum de la dame en noir ? » Qu'il vous suffise de savoir que c'est un parfum que j'ai beaucoup aimé, parce qu'il était celui d'une dame, toujours habillée de noir, qui m'a marqué quelque maternelle bonté dans ma première jeunesse. La dame qui, ce jour-là, était discrètement imprégnée du *parfum de la dame en noir* était habillée de blanc. Elle était merveilleusement belle. Je ne pus m'empêcher de me lever et de la suivre, elle et son parfum. Un homme, un vieillard, donnait le bras à cette beauté. Chacun se détournait sur leur passage, et j'entendis que l'on murmurait : « C'est le professeur Stangerson et sa fille ! » C'est ainsi que j'appris qui je suivais. Ils rencontrèrent M. Robert Darzac que je connaissais de vue. Le professeur Stangerson, abordé par l'un des savants américains, Arthur-William Rance, s'assit dans un fauteuil de la grande galerie, et M. Robert Darzac entraîna Mlle Stangerson dans les serres. Je suivais toujours. Il faisait, ce soir-là, un temps très doux ; les portes sur le jardin étaient ouvertes. Mlle Stangerson jeta un fichu léger sur ses épaules et je vis bien que c'était elle qui priait M. Darzac de pénétrer avec elle dans la quasi-solitude du jardin. Je suivis encore, intéressé par l'agitation que marquait alors M. Robert Darzac. Ils se glissaient maintenant, à pas lents, le long du mur qui longe l'avenue Marigny. Je pris par l'allée centrale. Je marchais parallèlement à mes deux personnages. Et puis, je *coupai* à travers la pelouse pour les croiser. La nuit était obscure, l'herbe étouffait mes pas. Ils étaient arrêtés dans la clarté vacillante d'un bec de gaz et semblaient, penchés tous les deux sur un papier que tenait Mlle Stangerson, lire quelque chose qui les intéressait fort. Je m'arrêtai, moi aussi. J'étais entouré d'ombre et de silence. Ils ne m'aperçurent point, et j'entendis distinctement Mlle Stangerson qui répétait, en repliant le papier : « Le presbytère n'a rien perdu de son charme, ni le jardin de son éclat ! » Et ce fut dit sur un ton à la fois si railleur et si désespéré, et fut suivi d'un éclat de rire si nerveux, que je crois bien que cette phrase me restera toujours dans l'oreille. Mais une autre phrase encore fut prononcée, celle-ci par M. Robert Darzac : « Me faudra-t-il donc, pour vous avoir, commettre un crime ? » M. Robert Darzac était dans une agitation extraordinaire ; il prit la main de Mlle Stangerson, la porta longuement à ses lèvres et je pensai, au mouvement de ses épaules, qu'il pleurait. Puis, ils s'éloignèrent.

– Quand j'arrivai dans la grande galerie, continua Rouletabille, je ne vis plus M. Robert Darzac, et je ne devais plus le revoir qu'au Glandier, après le crime, mais j'aperçus Mlle Stangerson, M. Stangerson et les délégués de Philadelphie. Mlle Stangerson était près d'Arthur Rance. Celui-ci lui parlait avec animation et les yeux de l'Américain, pendant cette conversation, brillaient d'un singulier éclat. Je crois bien que Mlle Stangerson n'écoutait même pas ce que lui disait Arthur Rance, et son visage exprimait une indifférence parfaite. Arthur-William Rance est un homme sanguin, au visage couperosé ; il doit aimer le gin. Quand M. et Mlle Stangerson furent partis, il se dirigea vers le buffet et ne le quitta plus. Je l'y rejoignis et lui rendis quelques services, dans cette cohue. Il me remercia et m'apprit qu'il repartait pour l'Amérique, trois jours plus tard, c'est-à-dire le 26 (le lendemain du crime). Je lui parlai de Philadelphie ; il me dit qu'il habitait cette ville depuis vingt-cinq ans, et que c'est là qu'il avait connu l'illustre professeur Stangerson et sa fille. Là-dessus, il reprit du champagne et je crus qu'il ne s'arrêterait jamais de boire. Je le quittai quand il fut à peu près ivre.

« Telle a été ma soirée, mon cher ami. Je ne sais par quelle sorte de précision la double image de M. Robert Darzac et de Mlle Stangerson ne me quitta point de la nuit, et je vous laisse à penser l'effet que me produisit la nouvelle de l'assassinat de Mlle Stangerson. Comment ne pas me souvenir de ces mots : « Me faudra-t-il, pour vous avoir, commettre un crime ? » Ce n'est cependant point cette phrase que je dis à M. Robert Darzac quand nous le rencontrâmes au Glandier. Celle où il est question du presbytère et du jardin éclatant, que Mlle Stangerson semblait avoir lue sur le papier qu'elle tenait à la main, suffit pour nous faire ouvrir toutes grandes les portes du château. Croyais-je, à ce moment, que M. Robert Darzac était l'assassin ? Non ! Je ne pense pas l'avoir tout à fait cru. À ce moment-là, je ne pensais sérieusement *rien*. J'étais si peu documenté. Mais j'avais besoin qu'il me prouvât tout de suite qu'il n'était pas blessé à la main. Quand nous fûmes seuls, tous les deux, je lui contai ce que le hasard m'avait fait surprendre de sa conversation dans les jardins de l'Élysée avec Mlle Stangerson ; et, quand je lui eus dit que j'avais entendu ces mots : « Me faudra-t-il, pour vous avoir, commettre un crime ? » il fut tout à fait troublé, mais beaucoup moins, certainement, qu'il ne l'avait été par la phrase du *presbytère*. Ce qui le jeta dans une véritable consternation, ce fut d'apprendre, de ma bouche, que, le jour où il allait se rencontrer à l'Élysée avec Mlle Stangerson, celle-ci était allée, dans l'après-midi, au bureau de poste 40, chercher une lettre qui était peut-être celle qu'ils avaient lue tous les deux dans les jardins de l'Élysée et qui se terminait par ces mots : « Le presbytère n'a rien perdu de son charme, ni le jardin de son éclat ! » Cette hypothèse me fut confirmée du reste, depuis, par la découverte que je fis, vous vous en souvenez, dans les charbons du laboratoire, d'un morceau de cette lettre qui portait la date du 23 octobre. La lettre avait été écrite et retirée du bureau le même jour. Il ne fait point de doute qu'en rentrant de l'Élysée, la nuit même, Mlle Stangerson a voulu brûler ce papier compromettant. C'est en vain que M. Robert Darzac nia que cette lettre eût un rapport quelconque avec le crime. Je lui dis que, dans une affaire aussi mystérieuse, il n'avait pas le droit de cacher à la justice l'incident de la lettre ; que j'étais persuadé, moi, que celle-ci avait une importance considérable ; que le ton désespéré avec lequel Mlle Stangerson avait prononcé la phrase fatidique, que ses pleurs, à lui, Robert Darzac, et que cette menace d'un crime qu'il avait proférée à la suite de la lecture de la lettre, ne me permettaient pas d'en douter. Robert Darzac était de plus en plus agité. Je résolus de profiter de mon avantage.

« Vous deviez vous marier, monsieur, fis-je négligemment, sans plus regarder mon interlocuteur, et tout d'un coup ce mariage devient impossible à cause de l'auteur de cette lettre, puisque, aussitôt la lecture de la lettre, vous parlez d'un crime nécessaire pour avoir Mlle Stangerson. IL Y A DONC QUELQU'UN ENTRE VOUS ET MLLE STANGERSON, QUELQU'UN QUI LUI DÈFEND DE SE MARIER, QUELQU'UN QUI LA TUE AVANT QU'ELLE NE SE MARIE ! »

« Et je terminai ce petit discours par ces mots :

« – Maintenant, monsieur, vous n'avez plus qu'à me confier le nom de l'assassin !

« J'avais dû, sans m'en douter, dire des choses formidables. Quand je relevai les yeux sur Robert Darzac, je vis un visage décomposé, un front en sueur, des yeux d'effroi.

« – Monsieur, me dit-il, je vais vous demander une chose, qui va peut-être vous paraître insensée, mais en échange de quoi *je donnerais ma vie* : il ne faut pas parler devant les magistrats de ce que vous avez vu et entendu dans les jardins de l'Élysée, … ni devant les magistrats, ni devant personne au monde. Je vous jure que je suis innocent et je sais, et je sens, que vous me croyez, mais j'aimerais mieux passer pour coupable que de voir les soupçons de la justice s'égarer sur cette phrase : « Le presbytère n'a rien perdu de son charme, ni le jardin de son éclat. » Il faut que la justice ignore cette phrase. Toute cette affaire vous appartient, monsieur, je vous la donne, *mais oubliez la soirée de l'Élysée.* Il y aura pour vous cent autres chemins que celui-là qui vous conduiront à la découverte du criminel ; je vous les ouvrirai, je vous aiderai. Voulez-vous vous installer ici ? Parler ici en maître ? Manger, dormir ici ? Surveiller mes actes et les actes de tous ? Vous serez au Glandier comme si vous en étiez le maître, monsieur, *mais oubliez la soirée de l'Élysée.* »

Rouletabille, ici, s'arrêta pour souffler un peu. Je comprenais maintenant l'attitude inexplicable de M. Robert Darzac vis-à-vis de mon ami, et la facilité avec laquelle celui-ci avait pu s'installer sur les lieux du crime. Tout ce que je venais d'apprendre ne pouvait qu'exciter ma curiosité. Je demandai à Rouletabille de la satisfaire encore. Que s'était-il passé au Glandier depuis huit jours ? Mon ami ne m'avait-il pas dit qu'il y avait maintenant contre M. Darzac des signes extérieurs autrement terribles que celui de la canne trouvée par Larsan ?

« Tout semble se tourner contre lui, me répondit mon ami, et la situation devient extrêmement grave. M. Robert Darzac semble ne point s'en préoccuper outre mesure ; il a tort ; mais rien ne l'intéresse que la santé de Mlle Stangerson qui allait s'améliorant tous les jours *quand est survenu un événement plus mystérieux encore que le mystère de la Chambre Jaune !*

– Ça n'est pas possible ! m'écriai-je, et quel événement peut être plus mystérieux que le mystère de la *Chambre Jaune* ?

– Revenons d'abord à M. Robert Darzac, fit Rouletabille en me calmant. Je vous disais que tout se tourne contre lui. *Les pas élégants* relevés par Frédéric Larsan paraissent bien être *les pas du fiancé de Mlle Stangerson.* L'empreinte de la bicyclette peut être l'empreinte de *sa* bicyclette ; la chose a été contrôlée. Depuis qu'il avait cette bicyclette, il la laissait toujours au château. Pourquoi l'avoir emportée à Paris justement à ce moment-là ? Est-ce qu'il ne devait plus revenir au château ? Est-ce que la rupture de son mariage devait entraîner la rupture de ses relations avec les Stangerson ? Chacun des intéressés affirme que ces relations devaient continuer. Alors ? Frédéric Larsan, lui, croit que *tout était rompu*. Depuis le jour où Robert Darzac a accompagné Mlle Stangerson aux grands magasins de la Louve, jusqu'au lendemain du crime, l'ex-fiancé n'est point revenu au Glandier. Se souvenir que Mlle Stangerson a perdu son réticule et la clef à tête de cuivre quand elle était en compagnie de M. Robert Darzac. Depuis ce jour jusqu'à la soirée de l'Élysée, le professeur en Sorbonne et Mlle Stangerson ne se sont point vus. Mais ils se sont peut-être écrit. Mlle Stangerson est allée chercher une lettre poste restante au bureau 40, lettre que Frédéric Larsan croit de Robert Darzac, car Frédéric Larsan, qui ne sait rien naturellement de ce qui s'est passé à l'Élysée, est amené à penser que c'est Robert Darzac lui-même qui a volé le réticule et la clef, dans le dessein de forcer la volonté de Mlle Stangerson en s'appropriant les papiers les plus précieux du père, papiers qu'il aurait restitués sous condition de mariage. Tout cela serait d'une hypothèse bien douteuse et presque absurde, comme me le disait le grand Fred lui-même, s'il n'y avait pas encore autre chose, et autre chose de beaucoup plus grave. D'abord, chose bizarre, et que je ne parviens pas à m'expliquer : ce serait M. Darzac en personne qui, le 24, serait allé demander la lettre au bureau de poste, lettre qui avait été déjà retirée la veille par Mlle Stangerson ; *la description de l'homme qui s'est présenté au guichet répond point par point au signalement de M. Robert Darzac.* Celui-ci, aux questions qui lui furent posées, à titre de simple renseignement, par le juge d'instruction, nie qu'il soit allé au bureau de poste ; et moi, je crois M. Robert Darzac, car, en admettant même que la lettre ait été écrite par lui – ce que je ne pense pas – il savait que Mlle Stangerson l'avait retirée, puisqu'il la lui avait vue, cette lettre, entre les mains, dans les jardins de l'Élysée. Ce n'est donc pas lui qui s'est présenté, le lendemain 24, au bureau 40, pour demander une lettre qu'il savait n'être plus là. Pour moi, c'est quelqu'un qui lui ressemblait étrangement, et c'est bien le voleur du réticule qui dans cette lettre devait demander quelque chose à la propriétaire du réticule, à Mlle Stangerson, – *quelque chose qu'il ne vit pas venir*. Il dut en être stupéfait, et fut amené à se demander si la lettre qu'il avait expédiée avec cette inscription sur l'enveloppe : M.A.T.H.S.N.

avait été retirée. D'où sa démarche au bureau de poste et l'insistance avec laquelle il réclame la lettre. Puis il s'en va, furieux. La lettre a été retirée, et pourtant ce qu'il demandait ne lui a pas été accordé ! Que demandait-il ? Nul ne le sait que Mlle Stangerson. Toujours est-il que, le lendemain, on apprenait que Mlle Stangerson avait été quasi assassinée dans la nuit, et que je découvrais, le surlendemain, moi, que le professeur avait été volé du même coup, grâce à cette clef, objet de la lettre poste restante. Ainsi, il semble bien que l'homme qui est venu au bureau de poste doive être l'assassin ; et tout ce raisonnement, des plus logiques en somme, sur les raisons de la démarche de l'homme au bureau de poste, Frédéric Larsan se l'est tenu, mais, en l'appliquant à Robert Darzac. Vous pensez bien que le juge d'instruction, et que Larsan, et que moi-même nous avons tout fait pour avoir, au bureau de poste, des détails précis sur le singulier personnage du 24 octobre. Mais on n'a pu savoir d'où il venait ni où il s'en est allé ! En dehors de cette description qui le fait ressembler à M. Robert Darzac, rien ! J'ai fait annoncer dans les plus grands journaux : « Une forte récompense est promise au cocher qui a conduit un client au bureau de poste 40, dans la matinée du 24 octobre, vers les dix heures. S'adresser à la rédaction de *L'Époque*, et demander M. R. » Ça n'a rien donné. En somme, cet homme est peut-être venu à pied ; mais, puisqu'il était pressé, c'était une chance à courir qu'il fût venu en voiture. Je n'ai pas, dans ma note aux journaux, donné la description de l'homme pour que tous les cochers qui pouvaient avoir, vers cette heure-là, conduit un client au bureau 40, vinssent à moi. Il n'en est pas venu un seul. Et je me suis demandé nuit et jour : « Quel est donc cet homme qui ressemble aussi étrangement à M. Robert Darzac et que je retrouve achetant la canne tombée entre les mains de Frédéric Larsan ? » Le plus grave de tout est que M. Darzac, *qui avait à faire, à la même heure, à l'heure où son sosie se présentait au bureau de poste, un cours à la Sorbonne, ne l'a pas fait.* Un de ses amis le remplaçait. Et, quand on l'interroge sur l'emploi de son temps, il répond qu'il est allé se promener au bois de Boulogne. Qu'est-ce que vous pensez de ce professeur qui se fait remplacer à son cours pour aller se promener au bois de Boulogne ? Enfin, il faut que vous sachiez que, si M. Robert Darzac avoue s'être allé promener au bois de Boulogne dans la matinée du 24, *il ne peut plus donner du tout l'emploi de son temps dans la nuit du 24 au 25 !* ... Il a répondu fort paisiblement à Frédéric Larsan qui lui demandait ce renseignement que ce qu'il faisait de son temps, à Paris, ne regardait que lui... Sur quoi, Frédéric

Larsan a juré tout haut qu'il découvrirait bien, lui, sans l'aide de personne, l'emploi de ce temps. Tout cela semble donner quelque corps aux hypothèses du grand Fred ; d'autant plus que le fait de Robert Darzac se trouvant dans la *Chambre Jaune* pourrait venir corroborer l'explication du policier sur la façon dont l'assassin se serait enfui : M. Stangerson l'aurait laissé passer pour éviter un effroyable scandale ! C'est, du reste, cette hypothèse, que je crois fausse, qui égarera Frédéric Larsan, et ceci ne serait point pour me déplaire, s'il n'y avait pas un innocent en cause ! *Maintenant, cette hypothèse égare-t-elle réellement Frédéric Larsan ? Voilà ! Voilà ! Voilà !*

— Eh ! Frédéric Larsan a peut-être raison ! m'écriai-je, interrompant Rouletabille... Êtes-vous sûr que M. Darzac soit innocent ? Il me semble que voilà bien des fâcheuses coïncidences...

— Les coïncidences, me répondit mon ami, sont les pires ennemies de la vérité.

— Qu'en pense aujourd'hui le juge d'instruction ?

— M. de Marquet, le juge d'instruction, hésite à découvrir M. Robert Darzac sans aucune preuve certaine. Non seulement, il aurait contre lui toute l'opinion publique, sans compter la Sorbonne, mais encore M. Stangerson et Mlle Stangerson. Celle-ci adore M. Robert Darzac. Si peu qu'elle ait vu l'assassin, on ferait croire difficilement au public qu'elle n'eût point reconnu M. Robert Darzac, si M. Robert Darzac avait été l'agresseur. La *Chambre Jaune* était obscure, sans doute, mais une petite veilleuse tout de même l'éclairait, ne l'oubliez pas. Voici, mon ami, où en étaient les choses quand, il y a trois jours, ou plutôt trois nuits, survint cet événement inouï dont je vous parlais tout à l'heure. »

XIV

« J'attends l'assassin, ce soir »

« Il faut, me dit Rouletabille, que je vous conduise sur les lieux pour que vous puissiez comprendre ou plutôt pour que vous soyez persuadé qu'il est impossible de comprendre. Je crois, quant à moi, avoir trouvé ce que tout le monde cherche encore : la façon dont l'assassin est sorti de la *Chambre Jaune* ... sans complicité d'aucune sorte et sans que M. Stangerson y soit pour quelque chose. Tant que je ne serai point sûr de la personnalité de l'assassin, je ne saurais dire quelle est mon hypothèse, mais je crois cette hypothèse juste et, dans tous les cas, elle est tout à fait naturelle, je veux dire tout à fait simple. Quant à ce qui s'est passé il y a trois nuits, ici, dans le château même, cela m'a semblé pendant vingt-quatre heures dépasser toute faculté d'imagination. Et encore l'hypothèse qui, maintenant, s'élève du fond de mon moi est-elle si absurde, celle-là, que je préfère presque les ténèbres de l'inexplicable.

Sur quoi, le jeune reporter m'invita à sortir ; il me fit faire le tour du château. Sous nos pieds craquaient les feuilles mortes ; c'est le seul bruit que j'entendais. On eût dit que le château était abandonné. Ces vieilles pierres, cette eau stagnante dans les fossés qui entouraient le donjon, cette terre désolée recouverte de la dépouille du dernier été, le squelette noir des arbres, tout concourait à donner à ce triste endroit, hanté par un mystère farouche, l'aspect le plus funèbre. Comme nous contournions le donjon, nous rencontrâmes *l'homme vert,* le garde, qui ne nous salua point et qui passa près de nous, comme si nous n'existions pas. Il était tel que je l'avais vu pour la première fois, à travers les vitres de l'auberge du père Mathieu ; il avait toujours son fusil en bandoulière, sa pipe à la bouche et son binocle sur le nez.

« Drôle d'oiseau ! me dit tout bas Rouletabille.

– Lui avez-vous parlé ? demandai-je.

– Oui, mais il n'y a rien à en tirer... il répond par grognements, hausse les épaules et s'en va. Il habite à l'ordinaire au premier étage du donjon, une vaste pièce qui servait autrefois d'oratoire. Il vit là en ours, ne sort qu'avec son fusil. Il n'est aimable qu'avec les filles. Sous prétexte de courir après les braconniers, il se relève souvent la nuit ; mais je le soupçonne d'avoir des rendez-vous galants. La femme de chambre de Mlle Stangerson, Sylvie, est sa maîtresse. En ce moment, il est très amoureux de la femme du père Mathieu, l'aubergiste ; mais le père Mathieu surveille de près son épouse, et je crois bien que c'est la presque impossibilité où *l'homme vert* se trouve d'approcher Mme Mathieu qui le rend encore plus sombre et taciturne. C'est un beau gars, bien soigné de sa personne, presque élégant... les femmes, à quatre lieues à la ronde, en raffolent. »

Après avoir dépassé le donjon qui se trouve à l'extrémité de l'aile gauche, nous passâmes sur les derrières du château. Rouletabille me dit en me montrant une fenêtre que je reconnus pour être l'une de celles qui donnent sur les appartements de Mlle Stangerson.

« Si vous étiez passé par ici il y a deux nuits, à une heure du matin, vous auriez vu votre serviteur au haut d'une échelle s'apprêtant à pénétrer dans le château, par cette fenêtre ! »

Comme j'exprimais quelque stupéfaction de cette gymnastique nocturne, il me pria de montrer beaucoup d'attention à la disposition extérieure du château, après quoi nous revînmes dans le bâtiment.

« Il faut maintenant, dit mon ami, que je vous fasse visiter le premier étage, aile droite. C'est là que j'habite.

Pour bien faire comprendre l'économie des lieux, je mets sous les yeux du lecteurs un plan du premier étage de cette aile droite, plan dessiné par Rouletabille au lendemain de l'extraordinaire phénomène que vous allez connaître dans tous ses détails :

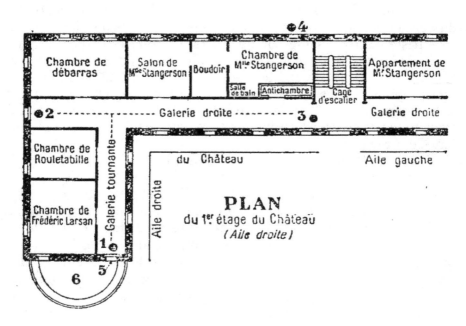

PLAN
du 1er étage du Château
(Aile droite)

1. *Endroit où Rouletabille plaça Frédéric Larsan.*
2. *Endroit où Rouletabille plaça le père Jacques.*
3. *Endroit où Rouletabille plaça M. Stangerson.*
4. *Fenêtre par laquelle entra Rouletabille.*
5. *Fenêtre trouvée ouverte par Rouletabille quand il sort de sa chambre. Il la referme. Toutes les autres fenêtres et portes sont fermées.*
6. *Terrasse surmontant une pièce en encorbellement au rez-de-chaussée.*

Rouletabille me fit signe de monter derrière lui l'escalier monumental double qui, à la hauteur du premier étage, formait palier. De ce palier on se rendait directement dans l'aile droite ou dans l'aile gauche du château par une galerie qui y venait aboutir. La galerie, haute et large, s'étendait sur toute la longueur du bâtiment et prenait jour sur la façade du château exposée au nord. Les chambres dont les fenêtres donnaient sur le midi avaient leurs portes sur cette galerie.

Le professeur Stangerson habitait l'aile gauche du château. Mlle Stangerson avait son appartement dans l'aile droite. Nous entrâmes dans la galerie, aile droite. Un tapis étroit, jeté sur le parquet ciré, qui luisait comme une glace, étouffait le bruit de nos pas. Rouletabille me disait à voix basse, de marcher avec précaution parce que nous passions devant la chambre de Mlle Stangerson. Il m'expliqua que l'appartement de Mlle Stangerson se composait de sa chambre, d'une antichambre, d'une petite salle de bain, d'un boudoir et d'un salon. On pouvait, naturellement, passer de l'une de ces pièces dans l'autre sans qu'il fût nécessaire de passer par la galerie. Le salon et l'antichambre étaient les seules pièces de l'appartement qui eussent une porte sur la galerie. La galerie se continuait, toute droite, jusqu'à l'extrémité est du bâtiment où elle avait jour sur l'extérieur par une haute fenêtre (fenêtre 2 du plan). Vers les deux tiers de sa longueur, cette galerie se rencontrait à angle droit avec une autre galerie qui tournait avec l'aile droite du château.

Pour la clarté de ce récit, nous appellerons la galerie qui va de l'escalier jusqu'à la fenêtre à l'est, *la galerie droite* et le bout de galerie qui tourne avec l'aile droite et qui vient aboutir à la galerie droite, à angle droit, *la galerie tournante*. C'est au carrefour de ces deux galeries que se trouvait la chambre de Rouletabille, touchant à celle de Frédéric Larsan. Les portes de ces deux chambres donnaient sur la galerie tournante, tandis que les portes de l'appartement de Mlle Stangerson donnaient sur la galerie droite (voir le plan).

Rouletabille poussa la porte de sa chambre, me fit entrer et referma la porte sur nous, poussant le verrou. Je n'avais pas encore eu le temps de jeter un coup d'œil sur son installation qu'il poussait un cri de surprise en me montrant, sur un guéridon, *un binocle*.

« Qu'est-ce que c'est que cela ? se demandait-il ; qu'est-ce que ce binocle est venu faire sur mon guéridon ? »

J'aurais été bien en peine de lui répondre.

« À moins que, fit-il, à moins que... à moins que... à moins que ce binocle ne soit « ce que je cherche »... et que... et que... *et que ce soit un binocle de presbyte ! ... »*

Il se jetait littéralement sur le binocle ; ses doigts caressaient la convexité des verres... et alors il me regarda d'une façon effrayante.

« Oh ! ... oh ! »

Et il répétait : *Oh ! ... oh !* comme si sa pensée l'avait tout à coup rendu fou...

Il se leva, me mit la main sur l'épaule, ricana comme un insensé et me dit :

« Ce binocle me rendra fou ! car la chose est possible, voyez-vous, *mathématiquement parlant* ; mais *humainement parlant* elle est impossible... ou alors... ou alors... ou alors... »

On frappa deux petits coups à la porte de la chambre, Rouletabille entrouvrit la porte ; une figure passa. Je reconnus la concierge que j'avais vue passer devant moi quand on l'avait amenée au pavillon pour l'interrogatoire et j'en fus étonné, car je croyais toujours cette femme sous les verrous. Cette femme dit à voix très basse :

« Dans la rainure du parquet ! »

Rouletabille répondit : « Merci ! » et la figure s'en alla. Il se retourna vers moi après avoir soigneusement refermé la porte. Et il prononça des mots incompréhensibles avec un air hagard.

« Puisque la chose est *mathématiquement* possible, pourquoi ne la serait-elle pas *humainement* ! ... Mais si la chose est *humainement* possible, l'affaire est formidable ! »

J'interrompis Rouletabille dans son soliloque :

« Les concierges sont donc en liberté, maintenant ? demandai-je.

– Oui, me répondit Rouletabille, je les ai fait remettre en liberté. J'ai besoin de gens sûrs. La femme m'est tout à fait dévouée et le concierge se ferait tuer pour moi... Et, puisque le binocle a des verres pour presbyte, je vais certainement avoir besoin de gens dévoués qui se feraient tuer pour moi !

– Oh ! oh ! fis-je, vous ne souriez pas, mon ami... Et quand faudra-t-il se faire tuer ?

– Mais, ce soir ! car il faut que je vous dise, mon cher, *j'attends l'assassin ce soir !*

– Oh ! oh ! oh ! oh ! ... Vous attendez l'assassin ce soir... Vraiment, vraiment, vous attendez l'assassin ce soir... mais vous connaissez donc l'assassin ?

– Oh ! oh ! oh ! *Maintenant, il se peut que je le connaisse.* Je serais un fou d'affirmer catégoriquement que je le connais, car l'idée mathématique que j'ai de l'assassin donne des résultats si effrayants, si monstrueux, *que j'espère qu'il est encore possible que je me trompe ! Oh ! Je l'espère de toutes mes forces...*

– Comment, puisque vous ne connaissiez pas, il y a cinq minutes, l'assassin, pouvez-vous dire que vous attendez l'assassin ce soir ?

– Parce que je sais qu'il doit venir. »

Rouletabille bourra une pipe, lentement, lentement et l'alluma.

Ceci me présageait un récit des plus captivants. À ce moment quelqu'un marcha dans le couloir, passant devant notre porte. Rouletabille écouta. Les pas s'éloignèrent.

« Est-ce que Frédéric Larsan est dans sa chambre ? Fis-je, en montrant la cloison.

– Non, me répondit mon ami, il n'est pas là ; il a dû partir ce matin pour Paris ; il est toujours sur la piste de Darzac ! ... M. Darzac est parti lui aussi ce matin pour Paris. Tout cela se terminera très mal... Je prévois l'arrestation de M. Darzac avant huit jours. Le pire est que tout semble se liguer contre le malheureux : les événements, les choses, les gens... Il n'est pas une heure qui s'écoule qui n'apporte contre M. Darzac une accusation nouvelle... Le juge d'instruction en est accablé et aveuglé... Du reste, je comprends que l'on soit aveuglé ! ... On le serait à moins...

– Frédéric Larsan n'est pourtant pas un novice.

– J'ai cru, fit Rouletabille avec une moue légèrement méprisante, que Fred était beaucoup plus fort que cela... Évidemment, ce n'est pas le premier venu... J'ai même eu beaucoup d'admiration pour lui quand je ne connaissais pas sa méthode de travail. Elle est déplorable... Il doit sa réputation uniquement à son habileté ; mais il manque de philosophie ; la mathématique de ses conceptions est bien pauvre... »

Je regardai Rouletabille et ne pus m'empêcher de sourire en entendant ce gamin de dix-huit ans traiter d'enfant un garçon d'une cinquantaine d'années qui avait fait ses preuves comme le plus fin limier de la police d'Europe...

« Vous souriez, me fit Rouletabille... Vous avez tort ! ... Je vous jure que je le roulerai... et d'une façon retentissante... mais il faut que je me presse, car il a une avance colossale sur moi, avance que lui a donnée M. Robert Darzac et que M. Robert Darzac va augmenter encore ce soir... Songez donc : *chaque fois que l'assassin vient au château*, M. Robert Darzac, par une fatalité étrange, s'absente et se refuse à donner l'emploi de son temps !

– Chaque fois que l'assassin vient au château ! m'écriai-je... Il y est donc revenu...

– Oui, pendant cette fameuse nuit où s'est produit le phénomène... »

J'allais donc connaître ce fameux phénomène auquel Rouletabille faisait allusion depuis une demi-heure sans me l'expliquer. Mais j'avais appris à ne jamais presser Rouletabille dans ses narrations...

Il parlait quand la fantaisie lui en prenait ou quand il le jugeait utile, et se préoccupait beaucoup moins de ma curiosité que de faire un résumé complet pour lui-même d'un événement capital qui l'intéressait.

Enfin, par petites phrases rapides, il m'apprit des choses qui me plongèrent dans un état voisin de l'abrutissement, car, en vérité, les phénomènes de cette science encore inconnue qu'est l'hypnotisme, par exemple, ne sont point plus inexplicables que *cette disparition de la matière de l'assassin au moment où ils étaient quatre à la toucher.*

Je parle de l'hypnotisme comme je parlerais de l'électricité dont nous ignorons la nature, et dont nous connaissons si peu les lois, parce que, dans le moment, l'affaire me parut ne pouvoir s'expliquer que par de l'inexplicable, c'est-à-dire par un événement en dehors des lois naturelles connues. Et cependant, si j'avais eu la cervelle de Rouletabille, j'aurais eu, comme lui, *le pressentiment de l'explication naturelle* : car le plus curieux dans tous les mystères du Glandier a bien été *la façon naturelle dont Rouletabille les expliqua.*

Mais qui donc eût pu et pourrait encore se vanter d'avoir la cervelle de Rouletabille ? Les bosses originales et inharmoniques de son front, je ne les ai jamais rencontrées sur aucun autre front, si ce n'est – mais bien moins apparentes – sur le front de Frédéric Larsan, et encore fallait-il bien regarder le front du célèbre policier pour en deviner le dessin, tandis que les bosses de Rouletabille sautaient – si j'ose me servir de cette expression un peu forte – sautaient aux yeux.

J'ai, parmi les papiers qui me furent remis par le jeune homme après l'affaire, un carnet où j'ai trouvé un compte rendu complet du *phénomène de la disparition de la matière de l'assassin*, et des réflexions qu'il inspira à mon ami. Il est préférable, je crois, de vous soumettre ce compte rendu que de continuer à reproduire ma conversation avec Rouletabille, car j'aurais peur, dans une pareille histoire, d'ajouter un mot qui ne fût point l'expression de la plus stricte vérité.

XV

Traquenard

Extrait du carnet de Joseph Rouletabille.

La nuit dernière, nuit du 29 au 30 octobre, écrit Joseph Rouletabille, je me réveille vers une heure du matin. Insomnie ou bruit du dehors ? Le cri de la *Bête du Bon Dieu* retentit avec une résonance sinistre, au fond du parc. Je me lève ; j'ouvre ma fenêtre. Vent froid et pluie ; ténèbres opaques, silence. Je referme ma fenêtre. La nuit est encore déchirée par la bizarre clameur. Je passe rapidement un pantalon, un veston. Il fait un temps à ne pas mettre un chat dehors ; qui donc, cette nuit, imite, si près du château, le miaulement du chat de la mère Agenoux ? Je prends un gros gourdin, la seule arme dont je dispose, et, sans faire aucun bruit, j'ouvre ma porte.

Me voici dans la galerie ; une lampe à réflecteur l'éclaire parfaitement ; la flamme de cette lampe vacille comme sous l'action d'un courant d'air. Je sens le courant d'air. Je me retourne. Derrière moi, une fenêtre est ouverte, celle qui se trouve à l'extrémité de ce bout de galerie sur laquelle donnent nos chambres, à Frédéric Larsan et à moi, galerie que j'appellerai *galerie tournante* pour la distinguer de la *galerie droite*, sur laquelle donne l'appartement de Mlle Stangerson. Ces deux galeries se croisent à angle droit. Qui donc a laissé cette fenêtre ouverte, ou qui vient de l'ouvrir ? Je vais à la fenêtre ; je me penche au dehors. À un mètre environ sous cette fenêtre, il y a une terrasse qui sert de toit à une petite pièce en encorbellement qui se trouve au rez-de-chaussée. On peut, au besoin, sauter de la fenêtre sur la terrasse, et de là, se laisser glisser dans la cour d'honneur du château. Celui qui aurait suivi ce chemin ne devait évidemment pas avoir sur lui la clef de la porte du vestibule. Mais pourquoi m'imaginer cette scène de gymnastique nocturne ? À cause d'une fenêtre ouverte ? Il n'y a peut-être là que la négligence d'un domestique. Je referme la fenêtre en souriant de la facilité avec laquelle je bâtis des drames avec une fenêtre ouverte. Nouveau cri de la *Bête du Bon Dieu* dans la nuit. Et puis, le silence ; la pluie a cessé de frapper les vitres. Tout dort dans le château. Je marche avec des précautions infinies sur le tapis de la galerie. Arrivé au coin de la galerie droite, j'avance la tête et y jette un prudent regard. Dans cette galerie, une autre lampe à réflecteur donne une lumière éclairant parfaitement les quelques objets qui s'y trouvent, trois fauteuils et quelques tableaux pendus aux murs. Qu'est-ce que je fais là ? Jamais le château n'a été aussi calme. Tout y repose. Quel est cet instinct qui me pousse vers la chambre de Mlle Stangerson ? Qu'est-ce qui me conduit vers la chambre de Mlle Stangerson ? Pourquoi cette voix qui crie au fond de mon être : « Va jusqu'à la chambre de Mlle Stangerson ! » Je baisse les yeux sur le tapis que je foule et *je vois que mes pas, vers la chambre de Mlle Stangerson, sont conduits par des pas qui y sont déjà allés.* Oui, sur ce tapis, des traces de pas ont apporté la boue du dehors et je suis ces pas qui me conduisent à la chambre de Mlle Stangerson. Horreur ! Horreur ! Ce sont *les pas élégants* que je reconnais, *les pas de l'assassin !* Il est venu du dehors, par cette nuit abominable. Si l'on peut descendre de la galerie par la fenêtre, grâce à la terrasse, on peut aussi y entrer.

L'assassin est là, dans le château, car les pas ne sont pas revenus. Il s'est introduit dans le château par cette fenêtre ouverte à l'extrémité de la galerie tournante ; il est passé devant la chambre de Frédéric Larsan, devant la mienne, a tourné à droite, dans la galerie droite, et est entré dans la chambre de Mlle Stangerson. Je suis devant la porte de l'appartement de Mlle Stangerson, devant la porte de l'antichambre : elle est entrouverte, je la pousse sans faire entendre le moindre bruit. Je me trouve dans l'antichambre et là, sous la porte de la chambre même, je vois une barre de lumière. J'écoute. Rien ! Aucun bruit, pas même celui d'une respiration. Ah ! savoir ce qui se passe dans le silence qui est derrière cette porte ! Mes yeux sur la serrure m'apprennent que cette serrure est fermée à clef, et la clef est en dedans. Et dire que l'assassin est peut-être là ! Qu'il doit être là ! S'échappera-t-il encore, cette fois ? Tout dépend de moi ! Du sang-froid et, surtout, pas une fausse manœuvre ! « Il faut voir dans cette chambre. » Y entrerai-je par le salon de Mlle Stangerson ? il me faudrait ensuite traverser le boudoir, et l'assassin se sauverait alors par la porte de la galerie, la porte devant laquelle je suis en ce moment.

Pour moi, ce soir, il n'y a pas encore eu crime, car rien n'expliquerait le silence du boudoir ! Dans le boudoir, deux gardes-malades sont installées pour passer la nuit, jusqu'à la complète guérison de Mlle Stangerson.

Puisque je suis à peu près sûr que l'assassin est là, pourquoi ne pas donner l'éveil tout de suite ? L'assassin se sauvera peut-être, mais peut-être aurai-je sauvé Mlle Stangerson ? Et si, par hasard, l'assassin, ce soir, n'était pas un assassin ? La porte a été ouverte pour lui livrer passage : par qui ? – et a été refermée : par qui ? Il est entré, cette nuit, dans cette chambre dont la porte était certainement fermée à clef à l'intérieur, *car Mlle Stangerson, tous les soirs, s'enferme avec ses gardes dans son appartement.* Qui a tourné cette clef de la chambre pour laisser entrer l'assassin ? Les gardes ? Deux domestiques fidèles, la vieille femme de chambre et sa fille Sylvie ? C'est bien improbable. Du reste, elles couchent dans le boudoir, et Mlle Stangerson, très inquiète, très prudente, m'a dit Robert Darzac, veille elle-même à sa Sûreté depuis qu'elle est assez bien portante pour faire quelques pas dans son appartement – dont je ne l'ai pas encore vue sortir. Cette inquiétude et cette prudence soudaines chez Mlle Stangerson, qui avaient frappé M. Darzac, m'avaient également laissé à réfléchir. Lors du crime de la *Chambre Jaune*, il ne fait point de doute que la malheureuse *attendait l'assassin.* L'attendait-elle encore ce soir ? Mais qui donc a tourné cette clef pour ouvrir *à l'assassin qui est là* ? Si c'était Mlle Stangerson *elle-même* ? Car enfin elle peut redouter, elle doit redouter la venue de l'assassin et avoir des raisons pour lui ouvrir la porte, « pour être forcée de lui ouvrir la porte ! » Quel terrible rendez-vous est donc celui-ci ? Rendez-vous de crime ? À coup sûr, pas rendez-vous d'amour, car Mlle Stangerson adore M. Darzac, je le sais. Toutes ces réflexions traversent mon cerveau comme un éclair qui n'illuminerait que des ténèbres. Ah ! Savoir...

S'il y a tant de silence, derrière cette porte, c'est sans doute qu'on y a besoin de silence ! Mon intervention peut être la cause de plus de mal que de bien ? Est-ce que je sais ? Qui me dit que mon intervention ne déterminerait pas, dans la minute, un crime ? Ah ! voir et savoir, sans troubler le silence !

Je sors de l'antichambre. Je vais à l'escalier central, je le descends ; me voici dans le vestibule ; je cours le plus silencieusement possible vers la petite chambre au rez-de-chaussée, où couche, depuis l'attentat du pavillon, le père Jacques.

Je le trouve habillé, les yeux grands ouverts, presque hagards. Il ne semble point étonné de me voir ; il me dit qu'il s'est levé parce qu'il a entendu le cri de *la Bête du Bon Dieu*, et qu'il a entendu des pas, dans le parc, des pas qui glissaient devant sa fenêtre. Alors, il a regardé à la fenêtre *et il a vu passer, tout à l'heure, un fantôme noir*. Je lui demande s'il a une arme. Non, il n'a plus d'arme, depuis que le juge d'instruction lui a pris son revolver. Je l'entraîne. Nous sortons dans le parc par une petite porte de derrière. Nous glissons le long du château jusqu'au point qui est juste au-dessous de la chambre de Mlle Stangerson. Là, je colle le père Jacques contre le mur, lui défends de bouger, et moi, profitant d'un nuage qui recouvre en ce moment la lune, je m'avance en face de la fenêtre, mais en dehors du carré de lumière qui en vient ; *car la fenêtre est entrouverte.* Par précaution ? Pour pouvoir sortir plus vite par la fenêtre, si quelqu'un venait à entrer par une porte ? Oh ! oh ! celui qui sautera par cette fenêtre aurait bien des chances de se rompre le cou ! Qui me dit que l'assassin n'a pas une corde ? Il a dû tout prévoir... Ah ! savoir ce qui se passe dans cette chambre ! ... connaître le silence de cette chambre ! ... Je retourne au père Jacques et je prononce un mot, à son oreille : « Échelle ». Dès l'abord, j'ai bien pensé à l'arbre qui, huit jours auparavant m'a déjà servi d'observatoire, mais j'ai aussitôt constaté que la fenêtre est entrouverte de telle sorte que je ne puis rien voir, cette fois-ci, en montant dans l'arbre, de ce qui se passe dans la chambre. Et puis non seulement je veux voir, mais pouvoir entendre et... agir...

Le père Jacques, très agité, presque tremblant, disparaît un instant et revient, sans échelle, me faisant, de loin, de grands signes avec ses bras pour que je le rejoigne au plus tôt. Quand je suis près de lui : « Venez ! » me souffle-t-il.

Il me fait faire le tour du château par le donjon. Arrivé là, il me dit :

« J'étais allé chercher mon échelle dans la salle basse du donjon, qui nous sert de débarras, au jardinier et à moi ; la porte du donjon était ouverte et l'échelle n'y était plus. En sortant, sous le clair de lune, voilà où je l'ai aperçue ! »

Et il me montrait, à l'autre extrémité du château, une échelle appuyée contre les *corbeaux* qui soutenaient la terrasse, au-dessous de la fenêtre que j'avais trouvée ouverte. La terrasse m'avait empêché de voir l'échelle... grâce à cette échelle, il était extrêmement facile de pénétrer dans la galerie tournante du premier étage, et je ne doutai plus que ce fût là le chemin pris par l'inconnu.

Nous courons à l'échelle ; mais, au moment de nous en emparer, le père Jacques me montre la porte entrouverte de la petite pièce du rez-de-chaussée qui est placée en encorbellement à l'extrémité de cette aile droite du château, et qui a pour plafond cette terrasse dont j'ai parlé. Le père Jacques pousse un peu la porte, regarde à l'intérieur, et me dit, dans un souffle.

« Il n'est pas là ! – Qui ? – le garde ! »

La bouche encore une fois à mon oreille : « Vous savez bien que le garde couche dans cette pièce, depuis qu'on fait des réparations au donjon ! ... » et, du même geste significatif, il me montre la porte entrouverte, l'échelle, la terrasse et la fenêtre, que j'ai tout à l'heure refermée, de la galerie tournante.

Quelles furent mes pensées alors ? Avais-je le temps d'avoir des pensées ? Je *sentais*, plus que je ne pensais...

Évidemment, sentais-je, *si le garde est là-haut dans la chambre* (je dis *si*, car je n'ai, en ce moment, en dehors de cette échelle, et de cette chambre du garde déserte, aucun indice qui me permette même de soupçonner le garde), s'il y est, il a été obligé de passer par cette échelle et par cette fenêtre, car les pièces qui se trouvent derrière sa nouvelle chambre, étant occupées par le ménage du maître d'hôtel et de la cuisinière, et par les cuisines, lui ferment le chemin du vestibule et de l'escalier, à l'intérieur du château... *Si c'est le garde qui a passé par là*, il lui aura été facile, sous quelque prétexte, hier soir, d'aller dans la galerie et de veiller à ce que cette fenêtre soit simplement poussée à l'intérieur, les panneaux joints, de telle sorte qu'il n'ait plus, de l'extérieur, qu'à appuyer dessus pour que la fenêtre s'ouvre et qu'il puisse sauter dans la galerie. Cette nécessité de la fenêtre non fermée à l'intérieur restreint singulièrement le champ des recherches sur la personnalité de l'assassin. Il faut que l'assassin *soit de la maison* ; à moins qu'il n'ait un complice, auquel je ne crois pas... ; à moins... à moins que Mlle Stangerson *elle-même* ait veillé à ce que cette fenêtre ne soit point fermée de l'intérieur...

Mais quel serait donc ce secret effroyable qui ferait que Mlle Stangerson serait dans la nécessité de supprimer les obstacles qui la séparent de son assassin ?

J'empoigne l'échelle et nous voici repartis sur les derrières du château. La fenêtre de la chambre est toujours entrouverte ; les rideaux sont tirés, mais ne se rejoignent point ; ils laissent passer un grand rai de lumière, qui vient s'allonger sur la pelouse à mes pieds. Sous la fenêtre de la chambre j'applique mon échelle. Je suis à peu près sûr de n'avoir fait aucun bruit. Et, pendant que le père Jacques reste au pied de l'échelle, je gravis l'échelle, moi, tout doucement, tout doucement, avec mon gourdin. Je retiens ma respiration ; je lève et pose les pieds avec des précautions infinies. Soudain, un gros nuage, et une nouvelle averse. Chance. Mais, tout à coup, le cri sinistre de la *Bête du Bon Dieu* m'arrête au milieu de mon ascension. Il me semble que ce cri vient d'être poussé derrière moi, à quelques mètres. Si ce cri était un signal ! Si quelque complice de l'homme m'avait vu, sur mon échelle. Ce cri appelle peut-être l'homme à la fenêtre ! Peut-être ! ... Malheur, l'homme est à la fenêtre ! Je sens sa tête au-dessus de moi ; j'entends son souffle. Et moi, je ne puis le regarder ; le plus petit mouvement de ma tête, et je suis perdu ! Va-t-il me voir ? Va-t-il, dans la nuit, baisser la tête ? Non ! ... il s'en va... il n'a rien vu... je le sens, plus que je ne l'entends, marcher, à pas de loup, dans la chambre ; et je gravis encore quelques échelons. Ma tête est à la hauteur de la pierre d'appui de la fenêtre ; mon front dépasse cette pierre ; mes yeux, entre les rideaux, voient.

L'homme est là, assis au petit bureau de Mlle Stangerson, *et il écrit*. Il me tourne le dos. Il a une bougie devant lui ; mais, comme il est penché sur la flamme de cette bougie, la lumière projette des ombres qui me le déforment. Je ne vois qu'un dos monstrueux, courbé.

Chose stupéfiante : Mlle Stangerson n'est pas là ! Son lit n'est pas défait. Où donc couche-t-elle, cette nuit ? Sans doute dans la chambre à côté, avec ses femmes. Hypothèse. Joie de trouver l'homme seul. Tranquillité d'esprit pour préparer le traquenard.

Mais qui est donc cet homme qui écrit là, sous mes yeux, installé à ce bureau comme s'il était chez lui ? S'il n'y avait point *les pas de l'assassin* sur le tapis de la galerie, s'il n'y avait pas eu la fenêtre ouverte, s'il n'y avait pas eu, sous cette fenêtre, l'échelle, je pourrais être amené à penser que cet homme a le droit d'être là et qu'il s'y trouve normalement à la suite de causes normales que je ne connais pas encore. Mais il ne fait point de doute que cet inconnu mystérieux est l'homme de la *Chambre Jaune*, celui dont Mlle Stangerson est obligée, sans le dénoncer, de subir les coups assassins. Ah ! voir sa figure ! Le surprendre ! Le prendre !

Si je saute dans la chambre en ce moment, *il* s'enfuit ou par l'antichambre ou par la porte à droite qui donne sur le boudoir. Par là, traversant le salon, il arrive à la galerie et je le perds. Or, je le tiens ; encore cinq minutes, et je le tiens, mieux que si je l'avais dans une cage... Qu'est-ce qu'il fait là, solitaire, dans la chambre de Mlle Stangerson ? Qu'écrit-il ? À qui écrit-il ? ... Descente. L'échelle par terre. Le père Jacques me suit. Rentrons au château. J'envoie le père Jacques éveiller M. Stangerson. Il doit m'attendre chez M. Stangerson, et ne lui rien dire de précis avant mon arrivée. Moi, je vais aller éveiller Frédéric Larsan. Gros ennui pour moi. J'aurais voulu travailler seul et avoir toute l'aubaine de l'affaire, au nez de Larsan endormi. Mais le père Jacques et M. Stangerson sont des vieillards et moi, je ne suis peut-être pas assez développé. Je manquerais peut-être de force... Larsan, lui, a l'habitude de l'homme que l'on terrasse, que l'on jette par terre, que l'on relève, menottes aux poignets. Larsan m'ouvre, ahuri, les yeux gonflés de sommeil, prêt à m'envoyer promener, ne croyant nullement à mes imaginations de petit reporter. Il faut que je lui affirme que *l'homme est là* !

« C'est bizarre, dit-il, je croyais l'avoir quitté cet après-midi, à Paris ! »

Il se vêt hâtivement et s'arme d'un revolver. Nous nous glissons dans la galerie.

Larsan me demande :

« Où est-il ?

— Dans la chambre de Mlle Stangerson.

— Et Mlle Stangerson ?

— Elle n'est pas dans sa chambre !

— Allons-y !

— N'y allez pas ! L'homme, à la première alerte, se sauvera... il a trois chemins pour cela... la porte, la fenêtre, le boudoir où se trouvent les femmes...

— Je tirerai dessus...

— Et si vous le manquez ? Si vous ne faites que le blesser ? Il s'échappera encore... Sans compter que, lui aussi, est certainement armé... Non, laissez-moi diriger l'expérience, et je réponds de tout...

— Comme vous voudrez », me dit-il avec assez de bonne grâce.

Alors, après m'être assuré que toutes les fenêtres des deux galeries sont hermétiquement closes, je place Frédéric Larsan à l'extrémité de la galerie tournante, devant cette fenêtre que j'ai trouvée ouverte et que j'ai refermée. Je dis à Fred :

« Pour rien au monde, vous ne devez quitter ce poste, jusqu'au moment où je vous appellerai... Il y a cent chances sur cent pour que l'homme revienne à cette fenêtre et essaye de se sauver par là, quand il sera poursuivi, car c'est par là qu'il est venu et par là qu'il a préparé sa fuite. Vous avez un poste dangereux...

— Quel sera le vôtre ? demanda Fred.

— Moi, je sauterai dans la chambre, et je vous rabattrai l'homme !

— Prenez mon revolver, dit Fred, je prendrai votre bâton.

— Merci, fis-je, vous êtes un brave homme »

Et j'ai pris le revolver de Fred. J'allais être seul avec l'homme, là-bas, qui écrivait dans la chambre, et vraiment ce revolver me faisait plaisir. Je quittai donc Fred, l'ayant posté à la fenêtre 5 sur le plan, et je me dirigeai, toujours avec la plus grande précaution, vers l'appartement de M. Stangerson, dans l'aile gauche du château. Je trouvai M. Stangerson avec le père Jacques, qui avait observé la consigne, se bornant à dire à son maître qu'il lui fallait s'habiller au plus vite. Je mis alors M. Stangerson, en quelques mots, au courant de ce qui se passait. Il s'arma, lui aussi, d'un revolver, me suivit et nous fûmes aussitôt dans la galerie tous trois. Tout ce qui vient de se passer, depuis que j'avais vu l'assassin assis devant le bureau, avait à peine duré dix minutes. M. Stangerson voulait se précipiter immédiatement sur l'assassin et le tuer : c'était bien simple. Je lui fis entendre qu'avant tout il ne fallait pas risquer, *en voulant le tuer, de le manquer vivant.*

Quand je lui eus juré que sa fille n'était pas dans la chambre et qu'elle ne courait aucun danger, il voulut bien calmer son impatience et me laisser la direction de l'événement. Je dis encore au père Jacques et à M. Stangerson qu'ils ne devaient venir à moi que lorsque je les appellerais ou lorsque je tirerais un coup de revolver et j'envoyai le père Jacques se placer devant la fenêtre située à l'extrémité de la galerie droite. (La fenêtre est marquée du chiffre 2 sur mon plan.) J'avais choisi ce poste pour le père Jacques parce que j'imaginais que l'assassin, traqué à sa sortie de la chambre, se sauvant à travers la galerie pour rejoindre la fenêtre qu'il avait laissée ouverte, et voyant, tout à coup, en arrivant au carrefour des galeries, devant cette dernière fenêtre, Larsan gardant la galerie tournante, continuerait son chemin dans la galerie droite. Là, il rencontrerait le père Jacques, qui l'empêcherait de sauter dans le parc par la fenêtre qui ouvrait à l'extrémité de la galerie droite. C'est ainsi, certainement, qu'en une telle occurrence devait agir l'assassin s'il connaissait les lieux (et cette hypothèse ne faisait point de doute pour moi). Sous cette fenêtre, en effet, se trouvait extérieurement une sorte de contrefort. Toutes les autres fenêtres des galeries donnaient à une telle hauteur sur des fossés qu'il était à peu près impossible de sauter par là sans se rompre le cou. Portes et fenêtres étaient bien et solidement fermées, y compris la porte de la chambre de débarras, à l'extrémité de la galerie droite : Je m'en étais rapidement assuré.

Donc, après avoir indiqué comme je l'ai dit, son poste au père Jacques *et l'y avoir vu*, je plaçai M. Stangerson devant le palier de l'escalier, non loin de la porte de l'antichambre de sa fille. Tout faisait prévoir que, dès lors que je traquais l'assassin dans la chambre, celui-ci se sauverait par l'antichambre plutôt que par le boudoir où se trouvaient les femmes et dont la porte avait dû être fermée par Mlle Stangerson elle-même, si, comme je le pensais, elle s'était réfugiée dans ce boudoir *pour ne pas voir l'assassin qui allait venir chez elle !* Quoi qu'il en fût, il retombait toujours dans la galerie « où mon monde l'attendait à toutes les issues possibles ».

Arrivé là, il voit à sa gauche, presque sur lui, M. Stangerson ; il se sauve alors à droite, vers la galerie tournante, *ce qui est le chemin, du reste, de sa fuite préparée.* À l'intersection des deux galeries il aperçoit à la fois, comme je l'explique plus haut, à sa gauche, Frédéric Larsan au bout de la galerie tournante, et en face le père Jacques, au bout de la galerie droite. M. Stangerson et moi, nous arrivons par derrière. Il est à nous ! Il ne peut plus nous échapper ! ... Ce plan me paraissait le plus sage, le plus sûr *et le plus simple.* Si nous avions pu directement placer quelqu'un de nous derrière la porte du boudoir de Mlle Stangerson qui ouvrait sur la chambre à coucher, peut-être eût-il paru plus simple *à certains qui ne réfléchissent pas* d'assiéger directement les deux portes de la pièce où se trouvait l'homme, celle du boudoir et celle de l'antichambre ; mais nous ne pouvions pénétrer dans le boudoir que par le salon, dont la porte avait été fermée à l'intérieur par les soins inquiets de Mlle Stangerson. Et ainsi, ce plan, qui serait venu à l'intellect d'un sergent de ville quelconque, se trouvait impraticable. Mais moi, qui suis obligé de réfléchir, je dirai que, même si j'avais eu la libre disposition du boudoir, j'aurais maintenu mon plan tel que je viens de l'exposer ; car tout autre plan d'attaque direct par chacune des portes de la chambre *nous séparait les uns des autres au moment de la lutte avec l'homme*, tandis que mon plan *réunissait tout le monde pour l'attaque*, à un endroit que j'avais déterminé avec une précision quasi mathématique. Cet endroit était l'intersection des deux galeries.

Ayant ainsi placé mon monde, je ressortis du château, courus à mon échelle, la réappliquai contre le mur et, le revolver au poing, je grimpai.

Que si quelques-uns sourient de tant de précautions préalables, je les renverrai au mystère de la *Chambre Jaune* et à toutes les preuves que nous avions de la fantastique astuce de l'assassin ; et aussi, que si quelques-uns trouvent bien méticuleuses toutes mes observations dans un moment où l'on doit être entièrement pris par la rapidité du mouvement, de la décision et de l'action, je leur répliquerai que j'ai voulu longuement et complètement rapporter ici toutes les dispositions d'un plan d'attaque conçu et exécuté aussi rapidement qu'il est lent à se dérouler sous ma plume. J'ai voulu cette lenteur et cette précision pour être certain de ne rien omettre des conditions dans lesquelles se produisit l'étrange phénomène qui, jusqu'à nouvel ordre et naturelle explication, me semble devoir prouver mieux que toutes les théories du professeur Stangerson, *la dissociation de la matière*, je dirai même la dissociation *instantanée* de la matière.

XVI

Étrange phénomène de dissociation de la matière

Extrait du carnet de Joseph Rouletabille (suite)

Me voici de nouveau à la pierre de la fenêtre, continue
Rouletabille, et de nouveau ma tête dépasse cette pierre ; entre les
rideaux dont la disposition n'a pas bougé, je m'apprête à regarder,
anxieux de savoir dans quelle attitude je vais trouver l'assassin. S'il
pouvait me tourner le dos ! S'il pouvait être encore à cette table, en
train d'écrire... Mais peut-être... peut-être n'est-il plus là ! ... Et
comment se serait-il enfui ? ... Est-ce que je n'ai pas son échelle » ? ...
Je fais appel à tout mon sang-froid. J'avance encore la tête. Je
regarde : il est là ; je revois son dos monstrueux, déformé par les
ombres projetées par la bougie. Seulement, *il* n'écrit plus et la bougie
n'est plus sur le petit bureau. La bougie est sur le parquet devant
l'homme courbé au-dessus d'elle. Position bizarre, mais qui me sert.
Je retrouve ma respiration. Je monte encore. Je suis aux derniers
échelons ; ma main gauche saisit l'appui de la fenêtre ; au moment de
réussir je sens mon cœur battre à coups précipités. Je mets mon
revolver entre mes dents. Ma main droite maintenant tient aussi
l'appui de la fenêtre. Un mouvement nécessairement un peu brusque,
un rétablissement sur les poignets et je vais être sur la fenêtre...
Pourvu que l'échelle !... C'est ce qui arrive... je suis dans la nécessité
de prendre un point d'appui un peu fort sur l'échelle et mon pied n'a
point plutôt quitté celle-ci que je sens qu'elle bascule. Elle racle le
mur et s'abat... Mais déjà mes genoux touchent la pierre... Avec une
rapidité que je crois sans égale, je me dresse debout sur la pierre...
Mais plus rapide que moi a été l'assassin... Il a entendu le raclement
de l'échelle contre le mur et j'ai vu tout à coup le dos monstrueux se
soulever, l'homme se dresser, se retourner... J'ai vu sa tête... ai-je
bien vu sa tête ? ... La bougie était sur le parquet et n'éclairait
suffisamment que ses jambes. À partir de la hauteur de la table, il n'y
avait guère dans la chambre que des ombres, que de la nuit... J'ai vu
une tête chevelue, barbue... Des yeux de fou ; une face pâle
qu'encadraient deux larges favoris ; la couleur, autant que je pouvais

dans cette seconde obscure distinguer, la couleur... en était rousse... à ce qu'il m'est apparu... à ce que j'ai pensé... Je ne connaissais point cette figure. Ce fut, en somme, la sensation principale que je reçus de cette image entrevue dans des ténèbres vacillantes... Je ne connaissais pas cette figure *ou, tout au moins, je ne la reconnaissais pas* !

Ah ! Maintenant, il fallait faire vite ! ... il fallait être le vent ! la tempête ! ... la foudre ! Mais hélas... hélas ! il y avait des mouvements nécessaires... Pendant que je faisais les mouvements nécessaires de rétablissement sur les poignets, du genou sur la pierre, de mes pieds sur la pierre... l'homme qui m'avait aperçu à la fenêtre avait bondi, s'était précipité comme je l'avais prévu sur la porte de l'antichambre, avait eu le temps de l'ouvrir et fuyait. Mais déjà j'étais derrière lui revolver au poing. Je hurlai : « À moi ! »

Comme une flèche j'avais traversé la chambre et cependant j'avais pu voir qu' il y avait une lettre sur la table. Je rattrapai presque l'homme dans l'antichambre, car le temps qu'il lui avait fallu pour ouvrir la porte lui avait au moins pris une seconde. Je le touchai presque ; il me colla sur le nez la porte qui donne de l'antichambre sur la galerie... Mais j'avais des ailes, je fus dans la galerie à trois mètres de lui... M. Stangerson et moi le poursuivîmes à la même hauteur. L'homme avait pris, toujours comme je l'avais prévu, la galerie à sa droite, c'est-à-dire le chemin préparé de sa fuite...

« À moi, Jacques ! À moi, Larsan ! » m'écriai-je. Il ne pouvait plus nous échapper ! Je poussai une clameur de joie, de victoire sauvage... L'homme parvint à l'intersection des deux galeries à peine deux secondes avant nous et la rencontre que j'avais décidée, le choc fatal qui devait inévitablement se produire, eut lieu ! Nous nous heurtâmes tous à ce carrefour : M. Stangerson et moi venant d'un bout de la galerie droite, le père Jacques venant de l'autre bout de cette même galerie et Frédéric Larsan venant de la galerie tournante. Nous nous heurtâmes jusqu'à tomber...

« Mais l'homme n'était pas là ! »

Nous nous regardions avec des yeux stupides, des yeux d'épouvante, devant cet *irréel* : *l'homme n'était pas là !*

Où est-il ? Où est-il ? Où est-il ? ... Tout notre être demandait : *Où est-il ?*

« Il est impossible qu'il se soit enfui ! m'écriai-je dans une colère plus grande que mon épouvante !

– Je le touchais, s'exclama Frédéric Larsan.

– Il était là, j'ai senti son souffle dans la figure ! faisait le père Jacques.

– Nous le touchions ! » répétâmes-nous, M. Stangerson et moi. Où est-il ? Où est-il ? Où est-il ? ...

Nous courûmes comme des fous dans les deux galeries ; nous visitâmes portes et fenêtres ; elles étaient closes, hermétiquement closes... On n'avait pas pu les ouvrir, puisque nous les trouvions fermées... Et puis, est-ce que cette ouverture d'une porte ou d'une fenêtre par cet homme, ainsi traqué, sans que nous ayons pu apercevoir son geste, n'eût pas été plus inexplicable encore que la disparition de l'homme lui-même ?

Où est-il ? Où est-il ? ... Il n'a pu passer par une porte, ni par une fenêtre, ni par rien. Il n'a pu passer à travers nos corps ! ...

J'avoue que, dans le moment, je fus anéanti. Car, enfin, il faisait clair dans la galerie, et dans cette galerie il n'y avait ni trappe, ni porte secrète dans les murs, ni rien où l'on pût se cacher. Nous remuâmes les fauteuils et soulevâmes les tableaux. Rien ! Rien ! Nous aurions regardé dans une potiche, s'il y avait eu une potiche !

XVII

La galerie inexplicable

Mlle Mathilde Stangerson apparut sur le seuil de son antichambre, continue toujours le carnet de Rouletabille. Nous étions presque à sa porte, dans cette galerie où venait de se passer l'incroyable phénomène. Il y a des moments où l'on sent sa cervelle fuir de toutes parts. Une balle dans la tête, un crâne qui éclate, le siège de la logique assassiné, la raison en morceaux... tout cela était sans doute comparable à la sensation, qui m'épuisait, *qui me vidait*, du déséquilibre de tout, de la fin de mon moi pensant, pensant avec ma pensée d'homme ! La ruine morale d'un édifice rationnel, doublé de la ruine réelle de la vision physiologique, alors que les yeux voient toujours clair, quel coup affreux sur le crâne !

Heureusement, Mlle Mathilde Stangerson apparut sur le seuil de son antichambre. Je la vis ; et ce fut une diversion à ma pensée en chaos... Je la respirai... *je respirai son parfum de la dame en noir*... *Chère dame en noir, chère dame en noir* que je ne reverrai jamais plus ! Mon Dieu ! dix ans de ma vie, la moitié de ma vie pour revoir la dame en noir ! Mais, hélas ! Je ne rencontre plus, de temps en temps, et encore ! ... et encore ! ... que le parfum, à peu près le parfum dont je venais respirer la trace, sensible pour moi seul, dans le parloir de ma jeunesse ! ... c'est cette réminiscence aiguë de ton cher parfum, dame en noir, qui me fit aller vers celle-ci que voilà tout en blanc, et si pâle, si pâle, et si belle sur le seuil de la *galerie inexplicable* ! Ses beaux cheveux dorés relevés sur la nuque laissent voir l'étoile rouge de sa tempe, la blessure dont elle faillit mourir... Quand je commençais seulement à prendre ma raison par le bon bout, dans cette affaire, j'imaginais que, la nuit du mystère de la *Chambre Jaune*, Mlle Stangerson portait les cheveux en bandeaux... Mais, avant mon entrée dans la *Chambre Jaune*, comment aurais-je raisonné sans la chevelure aux bandeaux ?

Et maintenant, je ne raisonne plus du tout, depuis le fait de la *galerie inexplicable* ; je suis là, stupide, devant l'apparition de Mlle Stangerson, pâle et si belle. Elle est vêtue d'un peignoir d'une blancheur de rêve. On dirait une apparition, un doux fantôme. Son père la prend dans ses bras, l'embrasse avec passion, semble la reconquérir une fois de plus, puisqu'une fois de plus elle eût pu, pour lui, être perdue ! Il n'ose l'interroger... Il l'entraîne dans sa chambre où nous les suivons... car, enfin, il faut savoir ! ... La porte du boudoir est ouverte... Les deux visages épouvantés des gardes-malades sont penchés vers nous... « Mlle Stangerson demande ce que signifie tout ce bruit. » « Voilà, dit-elle, c'est bien simple ! ... » Comme c'est simple ! comme c'est simple ! ... Elle a eu l'idée de ne pas dormir cette nuit dans sa chambre, de se coucher dans la même pièce que les gardes-malades, dans le boudoir... Et elle a fermé, sur elles trois, la porte du boudoir... Elle a, depuis la nuit criminelle, des craintes, des peurs soudaines fort compréhensibles, n'est-ce pas ? ...

Qui comprendra pourquoi, cette nuit justement *où il devait revenir*, elle s'est enfermée par un *hasard* très heureux avec ses femmes ? Qui comprendra pourquoi elle repousse la volonté de M. Stangerson de coucher dans le salon de sa fille, puisque sa fille a peur ? Qui comprendra pourquoi la lettre, qui était tout à l'heure sur la table de la chambre, *n'y est plus* ! ... Celui qui comprendra cela dira : Mlle Stangerson savait que l'assassin devait revenir... elle ne pouvait l'empêcher de revenir... elle n'a prévenu personne parce qu'il faut que l'assassin reste inconnu... inconnu de son père, inconnu de tous... excepté de Robert Darzac. Car M. Darzac doit le connaître maintenant... Il le connaissait peut-être avant ! Se rappeler la phrase du jardin de l'Élysée : « Me faudra-t-il, pour vous avoir, commettre un crime ? » Contre qui, le crime, sinon *contre l'obstacle*, contre l'assassin ? Se rappeler encore cette phrase de M. Darzac en réponse à ma question : « Cela ne vous déplairait-il point que je découvre l'assassin ? – Ah ! Je voudrais le tuer de ma main ! » Et je lui ai répliqué : « Vous n'avez pas répondu à ma question ! » Ce qui était vrai. En vérité, en vérité, M. Darzac connaît si bien l'assassin qu'il a peur que je le découvre, *tout en voulant le tuer.* Il n'a facilité mon enquête que pour deux raisons : d'abord parce que je l'y ai forcé ; ensuite, pour mieux veiller sur elle...

Je suis dans la chambre... dans sa chambre... je la regarde, elle... et je regarde aussi la place où était la lettre tout à l'heure... Mlle Stangerson s'est emparée de la lettre ; cette lettre était pour elle, évidemment... évidemment... Ah ! comme la malheureuse tremble... Elle tremble au récit fantastique que son père lui fait de la présence de l'assassin dans sa chambre et de la poursuite dont il a été l'objet... Mais il est visible... il est visible qu'elle n'est tout à fait rassurée que lorsqu'on lui affirme que l'assassin, par un sortilège inouï, a pu nous échapper.

Et puis il y a un silence... Quel silence ! ... Nous sommes tous là, à *la* regarder... Son père, Larsan, le père Jacques et moi... Quelles pensées roulent dans ce silence autour d'elle ? ... Après l'événement de ce soir, après le mystère de la *galerie inexplicable*, après cette réalité prodigieuse de l'installation de l'assassin dans sa chambre, à elle, il me semble que toutes les pensées, toutes, depuis celles qui se traînent sous le crâne du père Jacques, jusqu'à celles qui *naissent* sous le crâne de M. Stangerson, toutes pourraient se traduire par ces mots qu'on lui adresserait, à elle : « Oh ! toi qui connais le mystère, explique-le-nous, et nous te sauverons peut-être ! » Ah ! comme je voudrais la sauver... d'elle-même, et de l'autre ! ... J'en pleure... Oui, je sens mes yeux se remplir de larmes devant tant de misère si horriblement cachée.

Elle est là, celle qui a le parfum de *la dame en noir* ... je la vois enfin, chez elle, dans sa chambre, dans cette chambre où elle n'a pas voulu me recevoir... dans cette chambre *où elle se tait*, où elle continue de se taire. Depuis l'heure fatale de la *Chambre Jaune*, nous tournons autour de cette femme invisible et muette pour savoir ce qu'elle sait. Notre désir, notre volonté de savoir doivent lui être un supplice de plus. Qui nous dit que, si *nous apprenons*, la connaissance de *son* mystère ne sera pas le signal d'un drame plus épouvantable que ceux qui se sont déjà déroulés ici ? Qui nous dit qu'elle n'en mourra pas ? Et cependant, elle a failli mourir... et nous ne savons rien... Ou plutôt il y en a qui ne savent rien... mais moi... si je savais *qui*, je saurais tout... Qui ? qui ? qui ? ... et ne sachant pas qui, je dois me taire, par pitié pour elle, car il ne fait point de doute qu'elle sait, elle, comment *il* s'est enfui, lui, de la *Chambre Jaune*, et cependant elle se tait. Pourquoi parlerais-je ? Quand je saurai qui, *je lui parlerai, à lui !*

Elle nous regarde maintenant... mais de loin... comme si nous n'étions pas dans sa chambre... M. Stangerson rompt le silence. M. Stangerson déclare que, désormais, il ne quittera plus l'appartement de sa fille. C'est en vain que celle-ci veut s'opposer à cette volonté formelle, M. Stangerson tient bon. Il s'y installera dès cette nuit même, dit-il. Sur quoi, uniquement occupé de la santé de sa fille, il lui reproche de s'être levée... puis il lui tient soudain de petits discours enfantins... Il lui sourit... il ne sait plus beaucoup ni ce qu'il dit, ni ce qu'il fait... L'illustre professeur perd la tête... Il répète des mots sans suite qui attestent le désarroi de son esprit... celui du nôtre n'est guère moindre. Mlle Stangerson dit alors, avec une voix si douloureuse, ces simples mots : « Mon père ! mon père ! » que celui-ci éclate en sanglots. Le père Jacques se mouche et Frédéric Larsan, lui-même, est obligé de se détourner pour cacher son émotion. Moi, je n'en peux plus... je ne pense plus, je ne sens plus, je suis au-dessous du végétal. Je me dégoûte.

C'est la première fois que Frédéric Larsan se trouve, comme moi, en face de Mlle Stangerson, depuis l'attentat de la *Chambre Jaune*. Comme moi, il avait insisté pour pouvoir interroger la malheureuse ; mais, pas plus que moi, il n'avait été reçu. À lui comme à moi, on avait toujours fait la même réponse : Mlle Stangerson était trop faible pour nous recevoir, les interrogatoires du juge d'instruction la fatiguaient suffisamment, etc... Il y avait là une mauvaise volonté évidente à nous aider dans nos recherches qui, *moi*, ne me surprenait pas, mais qui étonnait toujours Frédéric Larsan. Il est vrai que Frédéric Larsan et moi avons une conception du crime tout à fait différente...

... Ils pleurent... Et je me surprends encore à répéter au fond de moi : La sauver ! ... la sauver malgré elle ! La sauver sans la compromettre ! La sauver sans qu'*il* parle ! Qui : *il* ? – *Il*, l'assassin... Le prendre et lui fermer la bouche ! ... Mais M. Darzac l'a fait entendre : « pour lui fermer la bouche, il faut le tuer ! » Conclusion logique des phrases échappées à M. Darzac. Ai-je le droit de tuer l'assassin de Mlle Stangerson ? Non ! ... Mais qu'il m'en donne seulement l'occasion. Histoire de voir s'il est bien, réellement, en chair et en os ! Histoire de voir son cadavre, puisqu'on ne peut saisir son corps vivant !

Ah ! comment faire comprendre à cette femme, qui ne nous regarde même pas, qui est toute à son effroi et à la douleur de son père, que je suis capable de tout pour la sauver... Oui... oui... je recommencerai à prendre ma raison par le bon bout et j'accomplirai des prodiges...

Je m'avance vers elle... je veux parler, je veux la supplier d'avoir confiance en moi... je voudrais lui faire entendre par quelques mots, compris d'elle seule et de moi, que je sais comment son assassin est sorti de la *Chambre Jaune*, que j'ai deviné la moitié de son secret... et que je la plains, elle, de tout mon cœur... Mais déjà son geste nous prie de la laisser seule, exprime la lassitude, le besoin de repos immédiat... M. Stangerson nous demande de regagner nos chambres, nous remercie, nous renvoie... Frédéric Larsan et moi saluons, et, suivis du père Jacques, nous regagnons la galerie. J'entends Frédéric Larsan qui murmure : « Bizarre ! bizarre ! ... » Il me fait signe d'entrer dans sa chambre. Sur le seuil, il se retourne vers le père Jacques. Il lui demande :

« Vous l'avez bien vu, vous ?

– Qui ?

– L'homme !

– Si je l'ai vu ! Il avait une large barbe rousse, des cheveux roux...

– C'est ainsi qu'il m'est apparu, à moi, fis-je.

– Et à moi aussi », dit Frédéric Larsan.

Le grand Fred et moi nous sommes seuls, maintenant, à parler de la chose, dans sa chambre. Nous en parlons une heure, retournant l'affaire dans tous les sens. Il est clair que Fred, aux questions qu'il me pose, aux explications qu'il me donne, est persuadé – malgré ses yeux, malgré mes yeux, malgré tous les yeux – que l'homme a disparu par quelque passage secret de ce château qu'il connaissait.

« Car il connaît le château, me dit-il ; il le connaît bien...

– C'est un homme de taille plutôt grande, bien découplé...

– Il a la taille qu'il faut... murmure Fred...

– Je vous comprends, dis-je... mais comment expliquez-vous la barbe rousse, les cheveux roux ?

– Trop de barbe, trop de cheveux... Des postiches, indique Frédéric Larsan.

– C'est bientôt dit... Vous êtes toujours occupé par la pensée de Robert Darzac... Vous ne pourrez donc vous en débarrasser jamais ? ... Je suis sûr, moi, qu'il est innocent...

– Tant mieux ! Je le souhaite... mais vraiment tout le condamne... Vous avez remarqué les pas sur le tapis ? ... Venez les voir...

– Je les ai vus... Ce sont *les pas élégants* du bord de l'étang.

– Ce sont les pas de Robert Darzac ; le nierez-vous ?

– Évidemment, on peut s'y méprendre...

– Avez-vous remarqué que la trace de ces pas *ne revient pas* ? Quand l'homme est sorti de la chambre, poursuivi par nous tous, ses pas n'ont point laissé de traces...

– L'homme était peut-être dans la chambre depuis des heures. La boue de ses bottines a séché et il glissait avec une telle rapidité sur la pointe de ses bottines... On le voyait fuir, l'homme... on ne l'entendait pas... »

Soudain, j'interromps ces propos sans suite, sans logique, indignes de nous. Je fais signe à Larsan d'écouter :

« Là, en bas... on ferme une porte... »

Je me lève ; Larsan me suit ; nous descendons au rez-de-chaussée du château ; nous sortons du château. Je conduis Larsan à la petite pièce en encorbellement dont la terrasse donne sous la fenêtre de la galerie tournante. Mon doigt désigne cette porte fermée maintenant, ouverte tout à l'heure, sous laquelle filtre de la lumière.

« Le garde ! dit Fred.

– Allons-y ! » lui soufflai-je...

Et, décidé, mais décidé à quoi, le savais-je ? décidé à croire que le garde est le coupable ? l'affirmerais-je ? je m'avance contre la porte, et je frappe un coup brusque.

Certains penseront que ce retour à la porte du garde est bien tardif... et que notre premier devoir à tous, après avoir constaté que l'assassin nous avait échappé dans la galerie, était de le rechercher partout ailleurs, autour du château, dans le parc... Partout...

Si l'on nous fait une telle objection, nous n'avons pour y répondre que ceci : c'est que l'assassin était disparu de telle sorte de la galerie *que nous avons réellement pensé qu'il n'était plus nulle part* ! Il nous avait échappé quand nous avions tous la main dessus, quand nous le touchions presque... nous n'avions plus aucun ressort pour nous imaginer que nous pourrions maintenant le découvrir dans le mystère de la nuit et du parc. Enfin, je vous ai dit de quel coup cette disparition m'avait choqué le crâne !

... Aussitôt que j'eus frappé, la porte s'ouvrit ; le garde nous demanda d'une voix calme ce que nous voulions. Il était en chemise *et il allait se mettre au lit* ; le lit n'était pas encore défait...

Nous entrâmes ; je m'étonnai.

« Tiens ! vous n'êtes pas encore couché ? ...

– Non ! répondit-il d'une voix rude... J'ai été faire une tournée dans le parc et dans les bois... J'en reviens... Maintenant, j'ai sommeil... bonsoir ! ...

– Écoutez, fis-je... Il y avait tout à l'heure, auprès de votre fenêtre, une échelle...

– Quelle échelle ? Je n'ai pas vu d'échelle ! ... Bonsoir ! »

Et il nous mit à la porte tout simplement.

Dehors, je regardai Larsan. Il était impénétrable.

« Eh bien ? fis-je...

– Eh bien ? répéta Larsan...

– Cela ne vous ouvre-t-il point des horizons ? »

Sa mauvaise humeur était certaine. En rentrant au château, je l'entendis qui bougonnait :

« Il serait tout à fait, mais tout à fait étrange que je me fusse trompé à ce point ! ... »

Et, cette phrase, il me semblait qu'il l'avait plutôt prononcée à mon adresse qu'il ne se la disait à lui-même.

Il ajouta :

« Dans tous les cas, nous serons bientôt fixés... Ce matin il fera jour. »

XVIII

Rouletabille a dessiné un cercle entre les deux bosses de son front

Extrait du carnet de Joseph Rouletabille (suite).

Nous nous quittâmes sur le seuil de nos chambres après une mélancolique poignée de mains. J'étais heureux d'avoir fait naître quelque soupçon de son erreur dans cette cervelle originale, extrêmement intelligente, mais antiméthodique. Je ne me couchai point. J'attendis le petit jour et je descendis devant le château. J'en fis le tour en examinant toutes les traces qui pouvaient en venir ou y aboutir. Mais elles étaient si mêlées et si confuses que je ne pus rien en tirer. Du reste, je tiens ici à faire remarquer que je n'ai point coutume d'attacher une importance exagérée aux signes extérieurs que laisse le passage d'un crime. Cette méthode, qui consiste à conclure au criminel d'après les traces de pas, est tout à fait primitive. Il y a beaucoup de traces de pas qui sont identiques, et c'est tout juste s'il faut leur demander une première indication qu'on ne saurait, en aucun cas, considérer comme une preuve.

Quoi qu'il en soit, dans le grand désarroi de mon esprit, je m'en étais donc allé dans la cour d'honneur et m'étais penché sur les traces, sur toutes les traces qui étaient là, leur demandant cette première indication dont j'avais tant besoin pour m'accrocher à quelque chose de *raisonnable*, à quelque chose qui me permît de *raisonner* sur les événements de la *galerie inexplicable*. Comment raisonner ? ... Comment raisonner ?

... Ah ! raisonner par le bon bout ! Je m'assieds, désespéré, sur une pierre de la cour d'honneur déserte... Qu'est-ce que je fais, depuis plus d'une heure, sinon la plus basse besogne du plus ordinaire policier... Je vais quérir l'erreur comme le premier inspecteur venu, sur la trace de quelques pas *qui me feront dire ce qu'ils voudront* !

Je me trouve plus abject, plus bas dans l'échelle des intelligences que ces agents de la Sûreté imaginés par les romanciers modernes, agents qui ont acquis leur méthode dans la lecture des romans d'Edgar Poe ou de Conan Doyle. Ah ! Agents littéraires... qui bâtissez des montagnes de stupidité avec un pas sur le sable, avec le dessin d'une main sur le mur !

« À toi, Frédéric Larsan, à toi, l'agent littéraire ! ... Tu as trop lu Conan Doyle, mon vieux ! ... Sherlock Holmes te fera faire des bêtises, des bêtises de raisonnement plus énormes que celles qu'on lit dans les livres... Elles te feront arrêter un innocent... Avec ta méthode à la Conan Doyle, tu as su convaincre le juge d'instruction, le chef de la Sûreté... tout le monde... Tu attends une dernière preuve... une dernière ! ... Dis donc une première, malheureux ! ... *Tout ce que vous offrent les sens ne saurait être une preuve...* Moi aussi, je me suis penché sur *les traces sensibles*, mais pour leur demander uniquement *d'entrer dans le cercle qu'avait dessiné ma raison*. Ah ! bien des fois, le cercle fut si étroit, si étroit... Mais si étroit était-il, il était immense, *puisqu'il ne contenait que de la vérité* ! ... Oui, oui, je le jure, les traces sensibles n'ont jamais été que mes servantes... elles n'ont point été mes maîtresses... Elles n'ont point fait de moi cette chose monstrueuse, plus terrible qu'un homme sans yeux : un homme qui voit mal ! Et voilà pourquoi je triompherai de ton erreur et de ta cogitation animale, ô Frédéric Larsan ! »

Eh quoi ! eh quoi ! parce que, pour la première fois, cette nuit, dans la galerie inexplicable, il s'est produit un événement qui *semble* ne point rentrer dans le cercle tracé par ma raison, voilà que je divague, voilà que je me penche, le nez sur la terre, comme un porc qui cherche, au hasard, dans la fange, l'ordure qui le nourrira...

Allons ! Rouletabille, mon ami, relève la tête... il est impossible que l'événement de la galerie inexplicable soit sorti du cercle tracé par ta raison... Tu le sais ! Tu le sais ! Alors, relève la tête... presse de tes deux mains les bosses de ton front, et rappelle-toi que, lorsque tu as tracé le cercle, tu as pris, pour le dessiner dans ton cerveau comme on trace sur le papier une figure géométrique, *tu as pris ta raison par le bon bout !*

Eh bien, marche maintenant... et remonte dans la *galerie inexplicable en t'appuyant sur le bon bout de ta raison* comme Frédéric Larsan s'appuie sur sa canne, et tu auras vite prouvé que le grand Fred n'est qu'un sot.

Joseph ROULETABILLE
30 octobre, midi.

Ainsi ai-je pensé... ainsi ai-je agi... la tête en feu, je suis remonté dans la galerie et voilà que, sans y avoir rien trouvé de plus que ce que j'y ai vu cette nuit, le bon bout de ma raison m'a montré une chose si formidable que j'ai besoin de *me retenir à lui* pour ne pas tomber.

Ah ! Il va me falloir de la force, cependant, pour découvrir maintenant les traces sensibles qui vont entrer, qui doivent entrer dans le cercle plus large que j'ai dessiné là, entre les deux bosses de mon front !

Joseph ROULETABILLE
30 octobre, minuit.

XIX

Rouletabille m'offre à déjeuner à l'auberge du Donjon

Ce n'est que plus tard que Rouletabille me remit ce carnet où l'histoire du phénomène de la *galerie inexplicable* avait été retracée tout au long, par lui, le matin même qui suivit cette nuit énigmatique. Le jour où je le rejoignis au Glandier dans sa chambre, il me raconta, par le plus grand détail, tout ce que vous connaissez maintenant, y compris l'emploi de son temps pendant les quelques heures qu'il était allé passer, cette semaine-là, à Paris, où, du reste, il ne devait rien apprendre qui le servît.

L'événement de la *galerie inexplicable* était survenu dans la nuit du 29 au 30 octobre, c'est-à-dire trois jours avant mon retour au château, puisque nous étions le 2 novembre. C'est donc le 2 novembre que je reviens au Glandier, appelé par la dépêche de mon ami et apportant les revolvers.

Je suis dans la chambre de Rouletabille; il vient de terminer son récit. Pendant qu'il parlait, il n'avait point cessé de caresser la convexité des verres du binocle qu'il avait trouvé sur le guéridon et je comprenais, à la joie qu'il prenait à manipuler ces verres de presbyte, que ceux-ci devaient constituer une de ces « marques sensibles destinées à entrer dans le cercle tracé par le bon bout de sa raison ». Cette façon bizarre, unique, qu'il avait de s'exprimer en usant de termes merveilleusement adéquats à sa pensée ne me surprenait plus ; mais souvent il fallait connaître sa pensée pour comprendre les termes et ce n'était point toujours facile que de pénétrer la pensée de Joseph Rouletabille. La pensée de cet enfant était une des choses les plus curieuses que j'avais jamais eu à observer. Rouletabille se promenait dans la vie avec cette pensée sans se douter de l'étonnement – disons le mot – de l'ahurissement qu'il rencontrait sur son chemin. Les gens tournaient la tête vers cette pensée, la regardaient passer, s'éloigner, comme on s'arrête pour considérer plus longtemps une silhouette originale que l'on a croisée sur sa route. Et comme on se dit : « D'où vient-il, celui-là ! Où va-t-il ? » on se disait : « D'où vient la pensée de Joseph Rouletabille et où va-t-elle ? » J'ai avoué qu'il ne se doutait point de la couleur originale de sa pensée ; aussi ne la gênait-elle nullement pour se promener, comme tout le monde, dans la vie. De même, un individu qui ne se doute point de sa mise excentrique est-il tout à fait à son aise, quel que soit le milieu qu'il traverse. C'est donc avec une simplicité naturelle que cet enfant, irresponsable de son cerveau supernaturel, exprimait des choses formidables *par leur logique raccourcie*, tellement raccourcie que nous n'en pouvions, nous autres, comprendre la forme qu'autant qu'à nos yeux émerveillés il voulait bien la détendre et la présenter de face dans sa position normale.

Joseph Rouletabille me demanda ce que je pensais du récit qu'il venait de me faire. Je lui répondis que sa question m'embarrassait fort, à quoi il me répliqua d'essayer, à mon tour, de prendre ma raison par le bon bout.

« Eh bien, fis-je, il me semble que le point de départ de mon raisonnement doit être celui-ci : il ne fait point de doute que l'assassin que vous poursuiviez a été à un moment de cette poursuite dans la galerie. »

Et je m'arrêtai...

« En partant si bien, s'exclama-t-il, vous ne devriez point être arrêté si tôt. Voyons, un petit effort.

– Je vais essayer. Du moment où il était dans la galerie et où il en a disparu, alors qu'il n'a pu passer ni par une porte ni par une fenêtre, il faut qu'il se soit échappé par une autre ouverture. »

Joseph Rouletabille me considéra avec pitié, sourit négligemment et n'hésita pas plus longtemps à me confier que je raisonnais toujours « comme une savate ». *old shoe ?*

« Que dis-je ? comme une savate ! Vous raisonnez comme Frédéric Larsan ! »

Car Joseph Rouletabille passait par des périodes alternatives d'admiration et de dédain pour Frédéric Larsan ; tantôt il s'écriait : « Il est vraiment fort ! » ; tantôt il gémissait : « Quelle brute ! », selon que – et je l'avais bien remarqué – selon que les découvertes de Frédéric Larsan venaient corroborer son raisonnement à lui ou qu'elles le contredisaient. C'était un des petits côtés du noble caractère de cet enfant étrange.

Nous nous étions levés et il m'entraîna dans le parc. Comme nous nous trouvions dans la cour d'honneur, nous dirigeant vers la sortie, un bruit de volets rejetés contre le mur nous fit tourner la tête, et nous vîmes au premier étage de l'aile gauche du château, à la fenêtre, une figure écarlate et entièrement rasée que je ne connaissais point.

« Tiens ! murmura Rouletabille, Arthur Rance ! »

Il baissa la tête, hâta sa marche et je l'entendis qui disait entre ses dents :

« Il était donc cette nuit au château ? ... Qu'est-il venu y faire ? »

Quand nous fûmes assez éloignés du château, je lui demandai qui était cet Arthur Rance et comment il l'avait connu. Alors il me rappela son récit du matin même, me faisant souvenir que M. Arthur-W. Rance était cet américain de Philadelphie avec qui il avait si copieusement trinqué à la réception de l'Élysée.

« Mais ne devait-il point quitter la France presque immédiatement ? demandai-je.

– Sans doute ; aussi vous me voyez tout étonné de le trouver encore, non seulement en France, mais encore, mais surtout au Glandier. Il n'est point arrivé ce matin ; il n'est point arrivé cette nuit ; il sera donc arrivé avant dîner et je ne l'ai point vu. Comment se fait-il que les concierges ne m'aient point averti ? »

Je fis remarquer à mon ami qu'à propos des concierges, il ne m'avait point encore dit comment il s'y était pris pour les faire remettre en liberté.

Nous approchions justement de la loge ; le père et la mère Bernier nous regardaient venir. Un bon sourire éclairait leur face prospère. Ils semblaient n'avoir gardé aucun mauvais souvenir de leur détention préventive. Mon jeune ami leur demanda à quelle heure était arrivé Arthur Rance. Ils lui répondirent qu'ils ignoraient que M. Arthur Rance fût au château. Il avait dû s'y présenter dans la soirée de la veille, mais ils n'avaient pas eu à lui ouvrir la grille, attendu que M. Arthur Rance, qui était, paraît-il, un grand marcheur et qui ne voulait point qu'on allât le chercher en voiture, avait coutume de descendre à la gare du petit bourg de Saint-Michel ; de là, il s'acheminait à travers la forêt jusqu'au château. Il arrivait au parc par la grotte de Sainte-Geneviève, descendait dans cette grotte, enjambait un petit grillage et se trouvait dans le parc.

À mesure que les concierges parlaient, je voyais le visage de Rouletabille s'assombrir, manifester un certain mécontentement et, à n'en point douter, un mécontentement contre lui-même. Évidemment, il était un peu vexé que, ayant tant travaillé sur place, ayant étudié les êtres et les choses du Glandier avec un soin méticuleux, il en fût encore à apprendre *qu'Arthur Rance avait coutume de venir au château.*

Morose, il demanda des explications.

« Vous dites que M. Arthur Rance a coutume de venir au château... Mais, quand y est-il donc venu pour la dernière fois ?

— Nous ne saurions vous dire exactement, répondit M. Bernier — c'était le nom du concierge — attendu que nous ne pouvions rien savoir pendant qu'on nous tenait en prison, et puis parce que, si ce monsieur, quand il vient au château, ne passe pas par notre grille, il n'y passe pas non plus quand il le quitte...

— Enfin, savez-vous quand il y est venu *pour la première fois ?*

— Oh ! oui, monsieur... il y a neuf ans ! ...

— Il est donc venu en France, il y a neuf ans, répondit Rouletabille ; et, cette fois-ci, à votre connaissance, combien de fois est-il venu au Glandier ?

— Trois fois.

— Quand est-il venu au Glandier pour la dernière fois, à « votre connaissance », avant aujourd'hui.

— Une huitaine de jours avant l'attentat de la *Chambre Jaune*.

Rouletabille demanda encore, cette fois-ci, particulièrement à la femme :

« *Dans la rainure du parquet ?*

– Dans la rainure du parquet, répondit-elle.

– Merci, fit Rouletabille, et préparez-vous pour ce soir. »

Il prononça cette dernière phrase, un doigt sur la bouche, pour recommander le silence et la discrétion.

Nous sortîmes du parc et nous dirigeâmes vers l'auberge du *Donjon*.

« Vous allez quelquefois manger à cette auberge ?

– Quelquefois.

– Mais vous prenez aussi vos repas au château ?

– Oui, Larsan et moi nous nous faisons servir tantôt dans l'une de nos chambres, tantôt dans l'autre.

– M. Stangerson ne vous a jamais invité à sa table ?

– Jamais.

– Votre présence chez lui ne le lasse pas ?

– Je n'en sais rien, mais en tout cas il fait comme si nous ne le gênions pas.

– Il ne vous interroge jamais ?

– Jamais ! Il est resté dans cet état d'esprit du monsieur qui était derrière la porte de la *Chambre Jaune*, pendant qu'on assassinait sa fille, qui a défoncé la porte et qui n'a point trouvé l'assassin. Il est persuadé que, du moment qu'il n'a pu, *sur le fait*, rien découvrir, nous ne pourrons à plus forte raison rien découvrir non plus, nous autres... Mais il s'est fait un devoir, *depuis l'hypothèse de Larsan*, de ne point contrarier nos illusions. »

Rouletabille se replongea dans ses réflexions. Il en sortit enfin pour m'apprendre comment il avait libéré les deux concierges.

« Je suis allé, dernièrement, trouver M. Stangerson avec une feuille de papier. Je lui ai dit d'écrire sur cette feuille ces mots : « Je m'engage, quoi qu'ils puissent dire, à garder à mon service mes deux fidèles serviteurs, Bernier et sa femme », et de signer. Je lui expliquai qu'avec cette phrase je serais en mesure de faire parler le concierge et sa femme et je lui affirmai que j'étais sûr qu'ils n'étaient pour rien dans le crime. Ce fut, d'ailleurs, toujours mon opinion. Le juge d'instruction présenta cette feuille signée aux Bernier qui, alors, parlèrent. Ils dirent ce que j'étais certain qu'ils diraient, dès qu'on leur enlèverait la crainte de perdre leur place. Ils racontèrent qu'ils braconnaient sur les propriétés de M. Stangerson et que c'était par un soir de braconnage qu'ils se trouvèrent non loin du pavillon au moment du drame. Les quelques lapins qu'ils acquéraient ainsi, au détriment de M. Stangerson, étaient vendus par eux au patron de l'auberge du *Donjon* qui s'en servait pour sa clientèle ou qui les écoulait sur Paris. C'était la vérité, je l'avais devinée dès le premier jour. Souvenez-vous de cette phrase avec laquelle j'entrai dans l'auberge du *Donjon* : « Il va falloir manger du saignant maintenant ! » Cette phrase, je l'avais entendue le matin même, quand nous arrivâmes devant la grille du parc, et vous l'aviez entendue, vous aussi, mais vous n'y aviez point attaché d'importance. Vous savez qu'au moment où nous allions atteindre cette grille, nous nous sommes arrêtés à regarder un instant un homme qui, devant le mur du parc, faisait les cent pas en consultant, à chaque instant, sa montre. Cet homme, c'était Frédéric Larsan qui, déjà, travaillait. Or, derrière nous, le patron de l'auberge sur son seuil disait à quelqu'un qui se trouvait à l'intérieur de l'auberge : « Maintenant, il va falloir manger du saignant ! »

« Pourquoi ce *maintenant* ? Quand on est comme moi à la recherche de la plus mystérieuse vérité, on ne laisse rien échapper, ni de ce que l'on voit, ni de ce que l'on entend. Il faut, à toutes choses, trouver un sens. Nous arrivions dans un petit pays qui venait d'être bouleversé par un crime. La logique me conduisait à soupçonner toute phrase prononcée comme pouvant se rapporter à l'événement du jour. *Maintenant*, pour moi, signifiait : *Depuis l'attentat*. Dès le début de mon enquête, je cherchai donc à trouver une corrélation entre cette phrase et le drame. Nous allâmes déjeuner au *Donjon*. Je répétai tout de go la phrase et je vis, à la surprise et à l'ennui du père Mathieu, que je n'avais pas, quant à lui, exagéré l'importance de cette phrase. J'avais appris, à ce moment, l'arrestation des concierges. Le père Mathieu nous parla de ces gens comme on parle de vrais amis... Que l'on regrette... Liaison fatale des idées... je me dis : « Maintenant que les concierges sont arrêtés, *il va falloir manger du saignant*. » Plus de concierges, plus de gibier ! Comment ai-je été conduit à cette idée précise de *gibier* ! La haine exprimée par le père Mathieu pour le garde de M. Stangerson, haine, prétendait-il, partagée par les concierges, me mena tout doucement à l'idée de braconnage... Or, comme, de toute évidence, les concierges ne pouvaient être dans leur lit au moment du drame, pourquoi étaient-ils dehors cette nuit-là ? Pour le drame ? Je n'étais point disposé à le croire, car déjà je pensais, pour des raisons que je vous dirai plus tard, que l'assassin n'avait pas de complice et que tout ce drame cachait un mystère entre Mlle Stangerson et l'assassin, mystère dans lequel les concierges n'avaient que faire. L'histoire du braconnage expliquait tout, *relativement aux concierges*. Je l'admis en principe et je recherchai une preuve chez eux, dans leur loge. Je pénétrai dans leur maisonnette, comme vous le savez, et découvris sous leur lit des lacets et du fil de laiton. « Parbleu ! pensai-je, parbleu ! voilà bien pourquoi ils étaient, la nuit, dans le parc. » Je ne m'étonnai point qu'ils se fussent tus devant le juge et que, sous le coup d'une aussi grave accusation que celle d'une complicité dans le crime, ils n'aient point répondu tout de suite en avouant le braconnage. Le braconnage les sauvait de la cour d'assisses, mais les faisait mettre à la porte du château, et, comme ils étaient parfaitement sûrs de leur innocence sur le fait crime, ils espéraient bien que celle-ci serait vite découverte et que l'on continuerait à ignorer le fait braconnage. Il leur serait toujours loisible de parler à temps ! Je leur ai fait hâter leur confession par l'engagement signé de M. Stangerson, que je leur apportais. Ils donnèrent toutes preuves nécessaires, furent mis en liberté et conçurent pour moi une vive reconnaissance. Pourquoi ne les avais-je point fait délivrer plus tôt ? Parce que je n'étais point sûr alors qu'il n'y avait dans leur cas que du braconnage. Je voulais les laisser venir, et étudier le terrain. Ma conviction ne devint que plus certaine, à mesure que les jours s'écoulaient. Au lendemain de la *galerie inexplicable*, comme j'avais besoin de gens dévoués ici, je résolus de me les attacher immédiatement en faisant cesser leur captivité. Et voilà ! »

Ainsi s'exprima Joseph Rouletabille, et je ne pus que m'étonner encore de la simplicité de raisonnement qui l'avait conduit à la vérité dans cette affaire de la complicité des concierges. Certes, l'affaire était minime, mais je pensai à part moi que le jeune homme, un de ces jours, ne manquerait point de nous expliquer, avec la même simplicité, la formidable nuit de la *Chambre Jaune* et celle de la *galerie inexplicable*.

Nous étions arrivés à l'auberge du *Donjon*. Nous entrâmes.

Cette fois, nous ne vîmes point l'hôte, mais ce fut l'hôtesse qui nous accueillit avec un bon sourire heureux. J'ai déjà décrit la salle où nous nous trouvions, et j'ai donné un aperçu de la charmante femme blonde aux yeux doux qui se mit immédiatement à notre disposition pour le déjeuner.

« Comment va le père Mathieu ? demanda Rouletabille.

— Guère mieux, monsieur, guère mieux ; il est toujours au lit.

— Ses rhumatismes ne le quittent donc pas ?

— Eh non ! J'ai encore été obligée, la nuit dernière, de lui faire une piqûre de morphine. Il n'y a que cette drogue-là qui calme ses douleurs. »

Elle parlait d'une voix douce ; tout, en elle, exprimait la douceur. C'était vraiment une belle femme, un peu indolente, aux grands yeux cernés, des yeux d'amoureuse. Le père Mathieu, quand il n'avait pas de rhumatismes, devait être un heureux gaillard. Mais elle, était-elle heureuse avec ce rhumatisant bourru ? La scène à laquelle nous avions précédemment assisté ne pouvait nous le faire croire, et cependant, il y avait, dans toute l'attitude de cette femme, quelque chose qui ne dénotait point le désespoir. Elle disparut dans sa cuisine pour préparer notre repas, nous laissant sur la table une bouteille d'excellent cidre. Rouletabille nous en versa dans des bols, bourra sa pipe, l'alluma, et, tranquillement, m'expliqua enfin la raison qui l'avait déterminé à me faire venir au Glandier avec des revolvers.

« Oui, dit-il, en suivant d'un œil contemplatif les volutes de la fumée qu'il tirait de sa bouffarde, oui, cher ami, *j'attends, ce soir, l'assassin.* »

Il y eut un petit silence que je n'eus garde d'interrompre, et il reprit :

« Hier soir, au moment où j'allais me mettre au lit, M. Robert Darzac frappa à la porte de ma chambre. Je lui ouvris, et il me confia qu'il était dans la nécessité de se rendre, le lendemain matin, c'est-à-dire ce matin même, à Paris. La raison qui le déterminait à ce voyage était à la fois péremptoire et mystérieuse, péremptoire puisqu'il lui était impossible de ne pas faire ce voyage, et mystérieuse puisqu'il lui était aussi impossible de m'en dévoiler le but.

« Je pars, et cependant, ajouta-t-il, je donnerais la moitié de ma vie pour ne pas quitter en ce moment Mlle Stangerson. »

Il ne me cacha point qu'il la croyait encore une fois en danger.

« Il surviendrait quelque chose la nuit prochaine que je ne m'en étonnerais guère, avoua-t-il, et cependant il faut que je m'absente. Je ne pourrai être de retour au Glandier qu'après-demain matin. »

«Je lui demandai des explications, et voici tout ce qu'il m'expliqua. Cette idée d'un danger pressant lui venait uniquement de la coïncidence qui existait entre ses absences et les attentats dont Mlle Stangerson était l'objet. La nuit de la *galerie inexplicable*, il avait dû quitter le Glandier ; la nuit de la *Chambre Jaune*, il n'aurait pu être au Glandier et, de fait, nous savons qu'il n'y était pas. Du moins nous le savons officiellement, d'après ses déclarations. Pour que, chargé d'une idée pareille, il s'absentât à nouveau aujourd'hui, *il fallait qu'il obéît à une volonté plus forte que la sienne.* C'est ce que je pensais et c'est ce que je lui dis. Il me répondit : « Peut-être ! » Je demandai si cette volonté plus forte que la sienne était celle de Mlle Stangerson ; il me jura que non et que la décision de son départ avait été prise par lui, en dehors de toute instruction de Mlle Stangerson. Bref, il me répéta qu'il ne croyait à la possibilité d'un nouvel attentat qu'à cause de cette extraordinaire coïncidence qu'il avait remarquée *et que le juge d'instruction, du reste, lui avait fait remarquer.*

« S'il arrivait quelque chose à Mlle Stangerson, dit-il, ce serait terrible et pour elle et pour moi ; pour elle, qui sera une fois de plus entre la vie et la mort ; pour moi, qui ne pourrai la défendre en cas d'attaque et qui serai ensuite dans la nécessité de ne point dire *où j'ai passé la nuit.* Or, je me rends parfaitement compte des soupçons qui pèsent sur moi. Le juge d'instruction et M. Frédéric Larsan – ce dernier m'a suivi à la piste, la dernière fois que je me suis rendu à Paris, et j'ai eu toutes les peines du monde à m'en débarrasser – ne sont pas loin de me croire coupable.

– Que ne dites-vous, m'écriai-je tout à coup, le nom de l'assassin, puisque vous le connaissez ? »

M. Darzac parut extrêmement troublé de mon exclamation. Il me répliqua, d'une voix hésitante :

« Moi ! Je connais le nom de l'assassin ? Qui me l'aurait appris ? »

Je repartis aussitôt : « Mlle Stangerson ! »

Alors, il devint tellement pâle que je crus qu'il allait se trouver mal, et je vis que j'avais frappé juste : *Mlle Stangerson et lui savent le nom de l'assassin !* Quand il fut un peu remis, il me dit :

« Je vais vous quitter, monsieur. Depuis que vous êtes ici, j'ai pu apprécier votre exceptionnelle intelligence et votre ingéniosité sans égale. Voici le service que je réclame de vous. Peut-être ai-je tort de craindre un attentat la nuit prochaine ; mais, comme il faut tout prévoir, je compte sur vous pour rendre cet attentat impossible... Prenez toutes dispositions qu'il faudra pour isoler, pour garder Mlle Stangerson. Faites qu'on ne puisse entrer dans la chambre de Mlle Stangerson. Veillez autour de cette chambre comme un bon chien de garde. Ne dormez pas. Ne vous accordez point une seconde de repos. L'homme que nous redoutons est d'une astuce prodigieuse, qui n'a peut-être encore jamais été égalée au monde. Cette astuce même *la sauvera si vous veillez* ; car il est impossible qu'il ne sache point que vous veillez, à cause de cette astuce même ; et, s'il sait que vous veillez, il ne tentera rien.

– Avez-vous parlé de ces choses à M. Stangerson ?

– Non !

– Pourquoi ?

– Parce que je ne veux point, monsieur, que M. Stangerson me dise ce que vous m'avez dit tout à l'heure : Vous connaissez le nom de l'assassin ! »

« Si, vous, vous êtes étonné de ce que je viens vous dire : « L'assassin va peut-être venir demain ! », quel serait l'étonnement de M. Stangerson, si je lui répétais la même chose ! Il n'admettra peut-être point que mon sinistre pronostic ne soit basé que sur des coïncidences qu'il finirait, sans doute, lui aussi, par trouver étranges... Je vous dis tout cela, monsieur Rouletabille, parce que j'ai une grande... une grande confiance en vous... Je sais que, *vous*, vous ne me soupçonnez pas ! ... »

« Le pauvre homme, continua Rouletabille, me répondait comme il pouvait, à hue et à dia. Il souffrait. J'eus pitié de lui, d'autant plus que je me rendais parfaitement compte qu'il se ferait tuer plutôt que de me dire qui était l'assassin comme Mlle Stangerson se fera plutôt assassiner que de dénoncer l'homme de la *Chambre Jaune* et de la *galerie inexplicable*. L'homme doit la tenir, ou doit les tenir tous deux, d'une manière terrible, « et ils ne doivent rien tant redouter que de voir M. Stangerson apprendre que sa fille est *tenue* par son assassin. » Je fis comprendre à M. Darzac qu'il s'était suffisamment expliqué et qu'il pouvait se taire puisqu'il ne pouvait plus rien m'apprendre. Je lui promis de veiller et de ne me point coucher de la nuit. Il insista pour que j'organisasse une véritable barrière infranchissable autour de la chambre de Mlle Stangerson, autour du boudoir où couchaient les deux gardes et autour du salon où couchait, depuis la *galerie inexplicable*, M. Stangerson ; bref, autour de tout l'appartement. Non seulement je compris, à cette insistance, que M. Darzac me demandait de rendre impossible l'arrivée à la chambre de Mlle Stangerson, mais encore de rendre cette arrivée si *visiblement* impossible, que l'homme fût rebuté tout de suite et disparût sans laisser de trace. C'est ainsi que j'expliquai, à part moi, la phrase finale dont il me salua : « Quand je serai parti, vous pourrez parler de *vos* soupçons pour cette nuit à M. Stangerson, au père Jacques, à Frédéric Larsan, à tout le monde au château et organiser ainsi, jusqu'à mon retour, une surveillance dont, aux yeux de tous, vous aurez eu seul l'idée. »

« Il s'en alla, le pauvre, le pauvre homme, ne sachant plus guère ce qu'il disait, devant mon silence et mes yeux qui lui *criaient* que j'avais deviné les trois quarts de son secret. Oui, oui, vraiment, il devait être tout à fait désemparé pour être venu à moi dans un moment pareil et pour abandonner Mlle Stangerson, quand il avait dans la tête cette idée terrible de la *coïncidence*...

« Quand il fut parti, je réfléchis. Je réfléchis à ceci, qu'il fallait être plus astucieux que l'astuce même, de telle sorte que l'homme, s'il devait aller, cette nuit, dans la chambre de Mlle Stangerson, ne se doutât point une seconde qu'on pouvait soupçonner sa venue.

Certes ! l'empêcher de pénétrer, même par la mort, mais le laisser avancer suffisamment pour que, *mort ou vivant, on pût voir nettement sa figure !* Car il fallait en finir, il *fallait libérer Mlle Stangerson de cet assassinat latent !*

« Oui, mon ami, déclara Rouletabille, après avoir posé sa pipe sur la table et vidé son verre, il faut que je voie, d'une façon bien distincte, sa figure, *histoire d'être sûr qu'elle entre dans le cercle que j'ai tracé avec le bon bout de ma raison.* »

À ce moment, apportant l'omelette au lard traditionnelle, l'hôtesse fit sa réapparition. Rouletabille lutina un peu Mme Mathieu et celle-ci se montra de l'humeur la plus charmante.

« Elle est beaucoup plus gaie, me dit-il, quand le père Mathieu est cloué au lit par ses rhumatismes que lorsque le père Mathieu est ingambe ! »

Mais je n'étais ni aux jeux de Rouletabille, ni aux sourires de l'hôtesse ; j'étais tout entier aux dernières paroles de mon jeune ami et à l'étrange démarche de M. Robert Darzac.

Quand il eut fini son omelette et que nous fûmes seuls à nouveau, Rouletabille reprit le cours de ses confidences :

« Quand je vous ai envoyé ma dépêche ce matin, à la première heure, j'en étais resté, me dit-il, à la parole de M. Darzac : « L'assassin viendra *peut-être* la nuit prochaine. » Maintenant, je peux vous dire qu'il viendra *sûrement.* Oui, je l'attends.

— Et qu'est-ce qui vous a donné cette certitude ? Ne serait-ce point par hasard...

— Taisez-vous, m'interrompit en souriant Rouletabille, taisez-vous, vous allez dire une bêtise. Je suis sûr que l'assassin viendra *depuis ce matin, dix heures et demie,* c'est-à-dire avant votre arrivée, et par conséquent *avant que nous n'ayons aperçu Arthur Rance à la fenêtre de la cour d'honneur...*

— Ah ! ah ! fis-je... vraiment... mais encore, pourquoi en étiez-vous sûr dès dix heures et demie ?

— Parce que, à dix heures et demie, j'ai eu la preuve que Mlle Stangerson faisait autant d'efforts pour permettre à l'assassin de pénétrer dans sa chambre, cette nuit, que M. Robert Darzac avait pris, en s'adressant à moi, de précautions pour qu'il n'y entrât pas...

— Oh ! oh ! m'écriai-je, est-ce bien possible ! ... »

Et plus bas :

« Ne m'avez-vous pas dit que Mlle Stangerson adorait M. Robert Darzac ?

— Je vous l'ai dit parce que c'est la vérité !

142

– Alors, vous ne trouvez pas bizarre...

– Tout est bizarre, dans cette affaire, mon ami, mais croyez bien que le bizarre que vous, vous connaissez n'est rien à côté du bizarre qui vous attend ! ...

– Il faudrait admettre, dis-je encore, que Mlle Stangerson *et son assassin* aient entre eux des relations au moins épistolaires ?

– Admettez-le ! mon ami, admettez-le ! ... Vous ne risquez rien ! ... Je vous ai rapporté l'histoire de la lettre sur la table de Mlle Stangerson, lettre laissée par l'assassin la nuit de la *galerie inexplicable*, lettre disparue... dans la poche de Mlle Stangerson... Qui pourrait prétendre que, « dans cette lettre, l'assassin ne sommait pas Mlle Stangerson de lui donner un prochain rendez-vous effectif », et enfin qu'il n'a pas fait savoir à Mlle Stangerson, *aussitôt qu'il a été sûr du départ de M. Darzac*, que ce rendez-vous devait être pour la nuit qui vient ? »

Et mon ami ricana silencieusement. Il y avait des moments où je me demandais s'il ne se payait point ma tête.

La porte de l'auberge s'ouvrit. Rouletabille fut debout, si subitement, qu'on eût pu croire qu'il venait de subir sur son siège une décharge électrique.

« Mr Arthur Rance ! » s'écria-t-il.

M. Arthur Rance était devant nous, et, flegmatiquement, saluait.

XX

Un geste de Mlle Stangerson

« Vous me reconnaissez, monsieur ? demanda Rouletabille au gentleman.

– Parfaitement, répondit Arthur Rance. J'ai reconnu en vous le petit garçon du buffet. (Visage cramoisi de colère de Rouletabille à ce titre de petit garçon.) Et je suis descendu de ma chambre pour venir vous serrer la main. Vous êtes un joyeux petit garçon. »

Main tendue de l'américain ; Rouletabille se déride, serre la main en riant, me présente, présente Mr Arthur-William Rance, l'invite à partager notre repas.

« Non, merci. Je déjeune avec M. Stangerson. »

Arthur Rance parle parfaitement notre langue, presque sans accent.

« Je croyais, monsieur, ne plus avoir le plaisir de vous revoir ; ne deviez-vous pas quitter notre pays le lendemain ou le surlendemain de la réception à l'Élysée ? »

Rouletabille et moi, en apparence indifférents à cette conversation de rencontre, prêtons une oreille fort attentive à chaque parole de l'Américain.

La face rose violacée de l'homme, ses paupières lourdes, certains tics nerveux, tout démontre, tout prouve l'alcoolique. Comment ce triste individu est-il le commensal de M. Stangerson ? Comment peut-il être intime avec l'illustre professeur ?

Je devais apprendre, quelques jours plus tard, de Frédéric Larsan – lequel avait, comme nous, été surpris et intrigué par la présence de l'Américain au château, et s'était documenté – que M. Rance n'était devenu alcoolique que depuis une quinzaine d'années, c'est-à-dire depuis le départ de Philadelphie du professeur et de sa fille. À l'époque où les Stangerson habitaient l'Amérique, ils avaient connu et beaucoup fréquenté Arthur Rance, qui était un des phrénologues les plus distingués du Nouveau Monde. Il avait su, grâce à des expériences nouvelles et ingénieuses, faire franchir un pas immense à la science de Gall et de Lavater. Enfin, il faut retenir à l'actif d'Arthur Rance et pour l'explication de cette intimité avec laquelle il était reçu au Glandier, que le savant américain avait rendu un jour un grand service à Mlle Stangerson, en arrêtant, au péril de sa vie, les chevaux emballés de sa voiture. Il était même probable qu'à la suite de cet événement une certaine amitié avait lié momentanément Arthur Rance et la fille du professeur ; mais rien ne faisait supposer, dans tout ceci, la moindre histoire d'amour.

Où Frédéric Larsan avait-il puisé ses renseignements ? Il ne me le dit point ; mais il paraissait à peu près sûr de ce qu'il avançait.

Si, au moment où Arthur Rance nous vint rejoindre à l'auberge du *Donjon*, nous avions connu ces détails, il est probable que sa présence au château nous eût moins intrigués, mais ils n'auraient fait, en tout cas, *qu'augmenter l'intérêt* que nous portions à ce nouveau personnage. L'américain devait avoir dans les quarante-cinq ans. Il répondit d'une façon très naturelle à la question de Rouletabille :

« Quand j'ai appris l'attentat, j'ai retardé mon retour en Amérique ; je voulais m'assurer, avant de partir, que Mlle Stangerson n'était point mortellement atteinte, et je ne m'en irai que lorsqu'elle sera tout à fait rétablie. »

Arthur Rance prit alors la direction de la conversation, évitant de répondre à certaines questions de Rouletabille, nous faisant part, sans que nous l'y invitions, de ses idées personnelles sur le drame, idées qui n'étaient point éloignées, à ce que j'ai pu comprendre, des idées de Frédéric Larsan lui-même, c'est-à-dire que l'Américain pensait, lui aussi, que M. Robert Darzac « devait être pour quelque chose dans l'affaire ». Il ne le nomma point, mais il ne fallait point être grand clerc pour saisir ce qui était au fond de son argumentation. Il nous dit qu'il connaissait les efforts faits par le jeune Rouletabille pour arriver à démêler l'écheveau embrouillé du drame de la *Chambre Jaune*. Il nous rapporta que M. Stangerson l'avait mis au courant des événements qui s'étaient déroulés dans la *galerie inexplicable*. On devinait, en écoutant Arthur Rance, qu'il expliquait tout par Robert Darzac. À plusieurs reprises, il regretta que M. Darzac fût *justement absent du château* quand il s'y passait d'aussi mystérieux drames, et nous sûmes ce que parler veut dire. Enfin, il émit cette opinion que M. Darzac avait été *très bien inspiré, très habile*, en installant lui-même sur les lieux M. Joseph Rouletabille, qui ne manquerait point – un jour ou l'autre – de découvrir l'assassin. Il prononça cette dernière phrase avec une ironie visible, se leva, nous salua, et sortit.

Rouletabille, à travers la fenêtre, le regarda s'éloigner et dit :

« Drôle de corps ! »

Je lui demandai :

« Croyez-vous qu'il passera la nuit au Glandier ? »

À ma stupéfaction, le jeune reporter répondit « que cela lui était tout à fait indifférent ».

Je passerai sur l'emploi de notre après-midi. Qu'il vous suffise de savoir que nous allâmes nous promener dans les bois, que Rouletabille me conduisit à la grotte de Sainte-Geneviève et que, tout ce temps, mon ami affecta de me parler de toute autre chose que de ce qui le préoccupait. Ainsi le soir arriva. J'étais tout étonné de voir le reporter ne prendre aucune de ces dispositions auxquelles je m'attendais. Je lui en fis la remarque, quand, la nuit venue, nous nous trouvâmes dans sa chambre. Il me répondit que toutes ses dispositions étaient déjà prises et que l'assassin ne pouvait, cette fois, lui échapper. Comme j'émettais quelque doute, lui rappelant la disparition de l'homme dans la galerie, et faisant entendre que le même fait pourrait se renouveler, il répliqua : « Qu'il l'espérait bien, et que c'est tout ce qu'il désirait cette nuit-là. » Je n'insistai point, sachant par expérience combien mon insistance eût été vaine et déplacée. Il me confia que, depuis le commencement du jour, par son soin et ceux des concierges, le château était surveillé de telle sorte que personne ne pût en approcher sans qu'il en fût averti ; et que, dans le cas où personne ne viendrait du dehors, il était bien tranquille sur tout ce qui pouvait concerner *ceux du dedans.*

Il était alors six heures et demie, à la montre qu'il tira de son gousset ; il se leva, me fit signe de le suivre et, sans prendre aucune précaution, sans essayer même d'atténuer le bruit de ses pas, sans me recommander le silence, il me conduisit à travers la galerie ; nous atteignîmes la galerie droite, et nous la suivîmes jusqu'au palier de l'escalier que nous traversâmes. Nous avons alors continué notre marche dans la galerie, *aile gauche*, passant devant l'appartement du professeur Stangerson. À l'extrémité de cette galerie, avant d'arriver au donjon, se trouvait une pièce qui était la chambre occupée par Arthur Rance. Nous savions cela parce que nous avions vu, à midi, l'Américain à la fenêtre de cette chambre qui donnait sur la cour d'honneur. La porte de cette chambre était dans le travers de la galerie, puisque la chambre barrait et terminait la galerie de ce côté. En somme, la porte de cette chambre était juste en face de la fenêtre *est* qui se trouvait à l'extrémité de l'autre galerie droite, aile droite, là où, précédemment, Rouletabille avait placé le père Jacques. Quand on tournait le dos à cette porte, c'est-à-dire quand on sortait de cette chambre, *on voyait toute la galerie* en enfilade : aile gauche, palier et aile droite. Il n'y avait, naturellement, que la galerie tournante de l'aile droite que l'on ne voyait point.

« Cette galerie tournante, dit Rouletabille, je me la réserve. Vous, quand je vous en prierai, vous viendrez vous installer ici. »

Et il me fit entrer dans un petit cabinet noir triangulaire, pris sur la galerie et situé de biais à gauche de la porte de la chambre d'Arthur Rance. De ce recoin, je pouvais voir tout ce qui se passait dans la galerie aussi facilement que si j'avais été devant la porte d'Arthur Rance et je pouvais également surveiller la porte même de l'Américain. La porte de ce cabinet, qui devait être mon lieu d'observation, était garnie de carreaux non dépolis. Il faisait clair dans la galerie où toutes les lampes étaient allumées ; il faisait noir dans le cabinet. C'était là un poste de choix pour un espion.

Car que faisais-je, là, sinon un métier d'espion ? de bas policier ? J'y répugnais certainement ; et, outre mes instincts naturels, n'y avait-il pas la dignité de ma profession qui s'opposait à un pareil avatar ? En vérité, si mon bâtonnier me voyait ! si l'on apprenait ma conduite, au Palais, que dirait le Conseil de l'Ordre ? Rouletabille, lui, ne soupçonnait même pas qu'il pouvait me venir à l'idée de lui refuser le service qu'il me demandait, et, de fait, je ne le lui refusai point : d'abord parce que j'eusse craint de passer à ses yeux pour un lâche ; ensuite parce que je réfléchis que je pouvais toujours prétendre qu'il m'était loisible de chercher partout la vérité en amateur ; enfin, parce qu'il était trop tard pour me tirer de là. Que n'avais-je eu ces scrupules plus tôt ? Pourquoi ne les avais-je pas eus ? Parce que ma curiosité était plus forte que tout. Encore, je pouvais dire que j'allais contribuer à sauver la vie d'une femme ; et il n'est point de règlements professionnels qui puissent interdire un aussi généreux dessein.

Nous revînmes à travers la galerie. Comme nous arrivions en face de l'appartement de Mlle Stangerson, la porte du salon s'ouvrit, poussée par le maître d'hôtel qui faisait le service du dîner (M. Stangerson dînait avec sa fille dans le salon du premier étage, depuis trois jours), et, comme la porte était restée entrouverte, nous vîmes parfaitement Mlle Stangerson qui, profitant de l'absence du domestique et de ce que son père était baissé, ramassant un objet qu'elle venait de faire tomber, *versait hâtivement le contenu d'une fiole dans le verre de M. Stangerson.*

XXI

À l'affût

Ce geste, qui me bouleversa, ne parut point émouvoir extrêmement Rouletabille. Nous nous retrouvâmes dans sa chambre, et, ne me parlant même point de la scène que nous venions de surprendre, il me donna ses dernières instructions pour la nuit. Nous allions d'abord dîner. Après dîner, je devais entrer dans le cabinet noir et, là, j'attendrais tout le temps qu'il faudrait *pour voir quelque chose.*

« Si vous *voyez* avant moi, m'expliqua mon ami, il faudra m'avertir. Vous verrez avant moi si l'homme arrive dans la galerie droite par tout autre chemin que la galerie tournante, puisque vous découvrez toute la galerie droite et que moi je ne puis voir que la galerie tournante. Pour m'avertir, vous n'aurez qu'à dénouer l'embrasse du rideau de la fenêtre de la galerie droite qui se trouve la plus proche du cabinet noir. Le rideau tombera de lui-même, voilant la fenêtre et faisant immédiatement un carré d'ombre là où il y avait un carré de lumière, puisque la galerie est éclairée. Pour faire ce geste, vous n'avez qu'à allonger la main hors du cabinet noir. Moi, dans la galerie tournante qui fait angle droit avec la galerie droite, j'aperçois, par les fenêtres de la galerie tournante, tous les carrés de lumière que font les fenêtres de la galerie droite. Quand le carré lumineux qui nous occupe deviendra obscur, je saurai ce que cela veut dire.

– Et alors ?

– Alors, vous me verrez apparaître au coin de la galerie tournante.

– Et qu'est-ce que je ferai ?

– Vous marcherez aussitôt vers moi, derrière l'homme, mais je serai déjà sur *l'homme et j'aurai vu si sa figure entre dans mon cercle...*

– Celui qui est *tracé par le bon bout de la raison,* terminai-je en esquissant un sourire.

– Pourquoi souriez-vous ? C'est bien inutile... Enfin, profitez, pour vous réjouir, des quelques instants qui vous restent, car je vous jure que tout à l'heure vous n'en aurez plus l'occasion.

– Et si l'homme échappe ?

– *Tant mieux !* fit flegmatiquement Rouletabille. Je ne tiens pas à le prendre ; il pourra s'échapper en dégringolant l'escalier et par le vestibule du rez-de-chaussée... et cela avant que vous n'ayez atteint le palier, puisque vous êtes au fond de la galerie. Moi, je le laisserai partir *après avoir vu sa figure.* C'est tout ce qu'il me faut : voir sa figure. Je saurai bien m'arranger ensuite pour qu'il soit mort pour Mlle Stangerson, *même s'il reste vivant.* Si je le prends vivant, Mlle Stangerson et M. Robert Darzac ne me le pardonneront peut-être jamais ! Et je tiens à leur estime ; ce sont de braves gens. Quand je vois Mlle Stangerson verser un narcotique dans le verre de son père, pour que son père, cette nuit, ne soit pas réveillé par la conversation qu'elle doit *avoir avec son assassin,* vous devez comprendre que sa reconnaissance pour moi aurait des limites si j'amenais à son père, *les poings liés et la bouche ouverte,* l'homme de la *Chambre Jaune* et de la *galerie inexplicable* ! C'est peut-être un grand bonheur que, la nuit de la «galerie inexplicable», l'homme se soit évanoui comme par enchantement ! Je l'ai compris cette nuit-là à la physionomie soudain rayonnante de Mlle Stangerson quand elle eut appris *qu'il avait échappé.* Et j'ai compris que, pour sauver la malheureuse, il fallait moins prendre l'homme que le rendre muet, de quelque façon que ce fut. Mais tuer un homme ! tuer un homme ! ce n'est pas une petite affaire. Et puis, ça ne me regarde pas... à moins qu'il ne m'en donne l'occasion ! ... D'un autre côté, le rendre muet sans que la dame me fasse de confidences... c'est une besogne qui consiste d'abord à deviner tout avec rien ! ... Heureusement, mon ami, j'ai deviné... ou plutôt non, j'ai raisonné... et je ne demande à l'homme de ce soir de ne m'apporter que la figure sensible qui doit entrer...

– Dans le cercle...

– Parfaitement. et sa figure ne me surprendra pas ! ...

– Mais je croyais que vous aviez déjà vu sa figure, le soir où vous avez sauté dans la chambre...

– Mal... la bougie était par terre... et puis, toute cette barbe...

– Ce soir, il n'en aura donc plus ?

– Je crois pouvoir affirmer qu'il en aura... Mais la galerie est claire, et puis, maintenant, je sais... ou du moins mon cerveau sait... alors mes yeux verront...

– S'il ne s'agit que de le voir et de le laisser échapper... pourquoi nous être armés ?

– Parce que, mon cher, *si l'homme de la Chambre Jaune et de la galerie inexplicable sait que je sais, il est capable de tout !* Alors, il faudra nous défendre.

– Et vous êtes sûr qu'il viendra ce soir ? ...

– Aussi sûr que vous êtes là ! ... Mlle Stangerson, à dix heures et demie, ce matin, le plus habilement du monde, s'est arrangée pour être sans gardes-malades cette nuit ; elle leur a donné congé pour vingt-quatre heures, sous des prétextes plausibles, et n'a voulu, pour veiller auprès d'elle, pendant leur absence, que son cher père, qui couchera dans le boudoir de sa fille et qui accepte cette nouvelle fonction avec une joie reconnaissante. La coïncidence du départ de M. Darzac (après les paroles qu'il m'a dites) et des précautions exceptionnelles de Mlle Stangerson, pour faire autour d'elle de la solitude, ne permet aucun doute. La venue de l'assassin, que Darzac redoute, *Mlle Stangerson la prépare !*

– C'est effroyable !

– Oui.

– Et le geste que nous lui avons vu faire, c'est le geste qui va endormir son père ?

– Oui.

– En somme, pour l'affaire de cette nuit, nous ne sommes que deux ?

– Quatre ; le concierge et sa femme veillent à tout hasard... Je crois leur veille inutile, *avant* ... Mais le concierge pourra m'être utile *après, si on tue !*

– Vous croyez donc qu'on va tuer ?

– *On tuera s'il le veut !*

– Pourquoi n'avoir pas averti le père Jacques ? Vous ne vous servez plus de lui, aujourd'hui ?

– Non », me répondit Rouletabille d'un ton brusque.

Je gardai quelque temps le silence ; puis, désireux de connaître le fond de la pensée de Rouletabille, je lui demandai à brûle-pourpoint :

« Pourquoi ne pas avertir Arthur Rance ? Il pourrait nous être d'un grand secours...

– Ah ça ! fit Rouletabille avec méchante humeur... Vous voulez donc mettre tout le monde dans les secrets de Mlle Stangerson ! ... Allons dîner... c'est l'heure... Ce soir nous dînons chez Frédéric Larsan... à moins qu'il ne soit encore pendu aux trousses de Robert Darzac... Il ne le lâche pas d'une semelle. Mais, bah ! s'il n'est pas là en ce moment, je suis bien sûr qu'il sera là cette nuit ! ... En voilà un que je vais rouler ! »

À ce moment, nous entendîmes du bruit dans la chambre à côté.

« Ce doit être lui, dit Rouletabille.

– J'oubliais de vous demander, fis-je : quand nous serons devant le policier, pas une allusion à l'expédition de cette nuit, n'est-ce pas ?

– Évidemment ; nous opérons seuls, *pour notre compte personnel.*

– Et toute la gloire sera pour nous ? »

Rouletabille, ricanant, ajouta :

« Tu l'as dit, bouffi ! »

Nous dînâmes avec Frédéric Larsan, dans sa chambre. Nous le trouvâmes chez lui... Il nous dit qu'il venait d'arriver et nous invita à nous mettre à table. Le dîner se passa dans la meilleure humeur du monde, et je n'eus point de peine à comprendre qu'il fallait l'attribuer à la quasi-certitude où Rouletabille et Frédéric Larsan, l'un et l'autre, et chacun de son côté, étaient de tenir enfin la vérité. Rouletabille confia au grand Fred que j'étais venu le voir de mon propre mouvement et qu'il m'avait retenu pour que je l'aidasse dans un grand travail qu'il devait livrer, cette nuit même, à *L'Époque*. Je devais repartir, dit-il, pour Paris, par le train d'onze heures, emportant sa *copie*, qui était une sorte de feuilleton où le jeune reporter retraçait les principaux épisodes des mystères du Glandier. Larsan sourit à cette explication comme un homme qui n'en est point dupe, mais qui se garde, par politesse, d'émettre la moindre réflexion sur des choses qui ne le regardent pas. Avec mille précautions dans le langage et jusque dans les intonations, Larsan et Rouletabille s'entretinrent assez longtemps de la présence au château de M.

Arthur-W. Rance, de son passé en Amérique qu'ils eussent voulu connaître mieux, du moins quant aux relations qu'il avait eues avec les Stangerson. À un moment, Larsan, qui me parut soudain souffrant, dit avec effort :

« Je crois, monsieur Rouletabille, que nous n'avons plus grand'chose à faire au Glandier, et m'est avis que nous n'y coucherons plus de nombreux soirs.

– C'est aussi mon avis, monsieur Fred.

– Vous croyez donc, mon ami, que *l'affaire est finie ?*

– Je crois, en effet, qu'elle est finie et qu'elle n'a plus rien à nous apprendre, répliqua Rouletabille.

– Avez-vous un coupable ? demanda Larsan.

– Et vous ?

– Oui.

– Moi aussi, dit Rouletabille.

– Serait-ce le même ?

– Je ne crois pas, *si vous n'avez pas changé d'idée* », dit le jeune reporter.

Et il ajouta avec force :

« M. Darzac est un honnête homme !

– Vous en êtes sûr ? demanda Larsan. Eh bien, moi, je suis sûr du contraire... C'est donc la bataille ?

– Oui, la bataille. Et je vous battrai, monsieur Frédéric Larsan.

– La jeunesse ne doute de rien », termina le grand Fred en riant et en me serrant la main.

Rouletabille répondit comme un écho :

« De rien ! »

Mais soudain, Larsan, qui s'était levé pour nous souhaiter le bonsoir, porta les deux mains à sa poitrine et trébucha. Il dut s'appuyer à Rouletabille pour ne pas tomber. Il était devenu extrêmement pâle.

« Oh ! oh ! fit-il, qu'est-ce que j'ai là ? Est-ce que je serais empoisonné ? »

Et il nous regardait d'un œil hagard... En vain, nous l'interrogions, il ne nous répondait plus... Il s'était affaissé dans un fauteuil et nous ne pûmes en tirer un mot. Nous étions extrêmement inquiets, et pour lui, et pour nous, car nous avions mangé de tous les plats auxquels avait touché Frédéric Larsan. Nous nous empressions autour de lui. Maintenant, il ne semblait plus souffrir, mais sa tête lourde avait roulé sur son épaule et ses paupières appesanties nous cachaient son regard. Rouletabille se pencha sur sa poitrine et ausculta son cœur...

Quand il se releva, mon ami avait une figure aussi calme que je la lui avais vue tout à l'heure bouleversée. Il me dit : « Il dort ! »

Et il m'entraîna dans sa chambre, après avoir refermé la porte de la chambre de Larsan.

« Le narcotique ? demandai-je... Mlle Stangerson veut donc endormir tout le monde, ce soir ? ...

– Peut-être... me répondit Rouletabille en songeant à autre chose.

– Mais nous ! ... nous ! exclamai-je. Qui me dit que nous n'avons pas avalé un pareil narcotique ?

– Vous sentez-vous indisposé ? me demanda Rouletabille avec sang-froid.

– Non, aucunement !

– Avez-vous envie de dormir ?

– En aucune façon...

– Eh bien, mon ami, fumez cet excellent cigare. »

Et il me passa un havane de premier choix que M. Darzac lui avait offert ; quant à lui, il alluma sa bouffarde, son éternelle bouffarde.

Nous restâmes ainsi dans cette chambre jusqu'à dix heures, sans qu'un mot fût prononcé. Plongé dans un fauteuil, Rouletabille fumait sans discontinuer, le front soucieux et le regard lointain. À dix heures, il se déchaussa, me fit un signe et je compris que je devais, comme lui, retirer mes chaussures. Quand nous fûmes sur nos chaussettes, Rouletabille dit, si bas que je devinai plutôt le mot que je ne l'entendis : « Revolver ! »

Je sortis mon revolver de la poche de mon veston.

« Armez ! fit-il encore.

J'armai.

Alors il se dirigea vers la porte de sa chambre, l'ouvrit avec des précautions infinies ; la porte ne cria pas. Nous fûmes dans la galerie tournante. Rouletabille me fit un nouveau signe. Je compris que je devais prendre mon poste dans le cabinet noir. Comme je m'éloignais déjà de lui, Rouletabille me rejoignit « et m'embrassa », et puis je vis qu'avec les mêmes précautions il retournait dans sa chambre. Étonné de ce baiser et un peu inquiet, j'arrivai dans la galerie droite que je longeai sans encombre ; je traversai le palier et continuai mon chemin dans la galerie, aile gauche, jusqu'au cabinet noir. Avant d'entrer dans le cabinet noir, je regardai de près l'embrasse du rideau de la fenêtre... Je n'avais, en effet, qu'à la toucher du doigt pour que le lourd rideau retombât d'un seul coup, *cachant à Rouletabille le carré de lumière* : signal convenu. Le bruit d'un pas m'arrêta devant la porte d'Arthur Rance. *Il n'était donc pas encore couché* ! Mais comment était-il encore au château, n'ayant pas dîné avec M.

Stangerson et sa fille ? Du moins, je ne l'avais pas vu à table, dans le moment que nous avions saisi le geste de Mlle Stangerson.

Je me retirai dans mon cabinet noir. Je m'y trouvais parfaitement. Je voyais toute la galerie en enfilade, galerie éclairée comme en plein jour. Évidemment, rien de ce qui allait s'y passer ne pouvait m'échapper. Mais qu'est-ce qui allait s'y passer ? Peut-être quelque chose de très grave. Nouveau souvenir inquiétant du baiser de Rouletabille. On n'embrasse ainsi ses amis que dans les grandes occasions ou quand ils vont courir un danger ! Je courais donc un danger ?

Mon poing se crispa sur la crosse de mon revolver, et j'attendis. Je ne suis pas un héros, mais je ne suis pas un lâche.

J'attendis une heure environ ; pendant cette heure je ne remarquai rien d'anormal. Dehors, la pluie, qui s'était mise à tomber violemment vers neuf heures du soir, avait cessé.

Mon ami m'avait dit que rien ne se passerait probablement avant minuit ou une heure du matin. Cependant il n'était pas plus d'onze heures et demie quand la porte de la chambre d'Arthur Rance s'ouvrit. J'en entendis le faible grincement sur ses gonds. On eût dit qu'elle était poussée de l'intérieur avec la plus grande précaution. La porte resta ouverte un instant qui me parut très long. Comme cette porte était ouverte, dans la galerie, c'est-à-dire poussée hors la chambre, je ne pus voir, ni ce qui se passait dans la chambre, ni ce qui se passait derrière la porte. À ce moment, je remarquai un bruit bizarre qui se répétait pour la troisième fois, qui venait du parc, et auquel je n'avais pas attaché plus d'importance qu'on n'a coutume d'en attacher au miaulement des chats qui errent, la nuit, sur les gouttières. Mais, cette troisième fois, le miaulement était si pur et si *spécial* que je me rappelai ce que j'avais entendu raconter du cri de la *Bête du Bon Dieu*. Comme ce cri avait accompagné, jusqu'à ce jour, tous les drames qui s'étaient déroulés au Glandier, je ne pus m'empêcher, à cette réflexion, d'avoir un frisson. Aussitôt je vis apparaître, au delà de la porte, et refermant la porte, un homme. Je ne pus d'abord le reconnaître, car il me tournait le dos et il était penché sur un ballot assez volumineux. L'homme, ayant refermé la porte, et portant le ballot, se retourna vers le cabinet noir, et alors je vis qui il était. Celui qui sortait, à cette heure, de la chambre d'Arthur Rance *était le garde*. C'était *l'homme vert*. Il avait ce costume que je lui avais vu sur la route, en face de l'auberge du *Donjon*, le premier jour où j'étais venu au Glandier, et qu'il portait encore le matin même quand, sortant du château, nous l'avions rencontré, Rouletabille et moi. Aucun doute, c'était le garde. Je le vis fort distinctement. Il avait une figure qui me parut exprimer une certaine anxiété. Comme le cri de la *Bête du Bon Dieu* retentissait au dehors pour la quatrième fois, il déposa son ballot dans la galerie et s'approcha de la seconde fenêtre, en comptant les fenêtres à partir du cabinet noir. Je ne risquai aucun mouvement, car je craignais de trahir ma présence.

Quand il fut à cette fenêtre, il colla son front contre les vitraux dépolis, et regarda la nuit du parc. Il resta là une demi-minute. La nuit était claire, par intermittences, illuminée par une lune éclatante qui, soudain, disparaissait sous un gros nuage. *L'homme vert* leva le bras à deux reprises, fit des signes que je ne comprenais point ; puis, s'éloignant de la fenêtre, reprit son ballot et se dirigea, suivant la galerie, vers le palier.

Rouletabille m'avait dit : « Quand vous verrez quelque chose, dénouez l'embrasse. » Je voyais quelque chose. Était-ce cette chose que Rouletabille attendait ? Ceci n'était point mon affaire et je n'avais qu'à exécuter la consigne qui m'avait été donnée. Je dénouai l'embrasse. Mon cœur battait à se rompre. L'homme atteignit le palier, mais à ma grande stupéfaction, comme je m'attendais à le voir continuer son chemin dans la galerie, aile droite, je l'aperçus qui descendait l'escalier conduisant au vestibule.

Que faire ? Stupidement, je regardais le lourd rideau qui était retombé sur la fenêtre. Le signal avait été donné, et je ne voyais pas apparaître Rouletabille au coin de la galerie tournante. Rien ne vint ; personne n'apparut. J'étais perplexe.

Une demi-heure s'écoula qui me parut un siècle. « Que faire maintenant, même si je voyais autre chose ? » Le signal avait été donné, je ne pouvais le donner une seconde fois... D'un autre côté, m'aventurer dans la galerie en ce moment pouvait déranger tous les plans de Rouletabille. Après tout, je n'avais rien à me reprocher, et, s'il s'était passé quelque chose que n'attendait point mon ami, celui-ci n'avait qu'à s'en prendre à lui-même.

Ne pouvant plus être d'aucun réel secours d'avertissement pour lui, je risquai le tout pour le tout : je sortis du cabinet, et, toujours sur mes chaussettes, mesurant mes pas et écoutant le silence, je m'en fus vers la galerie tournante.

Personne dans la galerie tournante. J'allai à la porte de la chambre de Rouletabille. J'écoutai. Rien. Je frappai bien doucement. Rien. Je tournai le bouton, la porte s'ouvrit. J'étais dans la chambre. Rouletabille était étendu, tout de son long, sur le parquet.

XXII

Le cadavre incroyable

Je me penchai, avec une anxiété inexprimable, sur le corps du reporter, et j'eus la joie de constater qu'il dormait ! Il dormait de ce sommeil profond et maladif dont j'avais vu s'endormir Frédéric Larsan. Lui aussi était victime du narcotique que l'on avait versé dans nos aliments. Comment, moi-même, n'avais-je point subi le même sort ! Je réfléchis alors que le narcotique avait dû être versé dans notre vin ou dans notre eau, car ainsi tout s'expliquait : « je ne bois pas en mangeant. » Doué par la nature d'une rotondité prématurée, je suis au régime sec, comme on dit. Je secouai avec force Rouletabille, mais je ne parvenais point à lui faire ouvrir les yeux. Ce sommeil devait être, à n'en point douter, le fait de Mlle Stangerson.

Celle-ci avait certainement pensé que, plus que son père encore, elle avait à craindre la veille de ce jeune homme qui prévoyait tout, qui savait tout ! Je me rappelai que le maître d'hôtel nous avait recommandé, en nous servant, un excellent Chablis qui, sans doute, avait passé sur la table du professeur et de sa fille.

Plus d'un quart d'heure s'écoula ainsi. Je me résolus, en ces circonstances extrêmes, où nous avions tant besoin d'être éveillés, à des moyens robustes. Je lançai à la tête de Rouletabille un broc d'eau. Il ouvrit les yeux, enfin ! de pauvres yeux mornes, sans vie et ni regard. Mais n'était-ce pas là une première victoire ? Je voulus la compléter ; j'administrai une paire de gifles sur les joues de Rouletabille, et le soulevai. Bonheur ! je sentis qu'il se raidissait entre mes bras, et je l'entendis qui murmurait : « Continuez, mais ne faites pas tant de bruit ! ... » Continuer à lui donner des gifles sans faire de bruit me parut une entreprise impossible. Je me repris à le pincer et à le secouer, et il put tenir sur ses jambes. Nous étions sauvés ! ...

« On m'a endormi, fit-il... Ah ! J'ai passé un quart d'heure abominable avant de céder au sommeil... Mais maintenant, c'est passé ! Ne me quittez pas ! ... »

Il n'avait pas plus tôt terminé cette phrase que nous eûmes les oreilles déchirées par un cri affreux qui retentissait dans le château, un véritable cri de la mort...

« Malheur ! hurla Rouletabille... nous arrivons trop tard ! ... »

155

Et il voulut se précipiter vers la porte ; mais il était tout étourdi et roula contre la muraille. Moi, j'étais déjà dans la galerie, le revolver au poing, courant comme un fou du côté de la chambre de Mlle Stangerson. Au moment même où j'arrivais à l'intersection de la galerie tournante et de la galerie droite, je vis un individu qui s'échappait de l'appartement de Mlle Stangerson et qui, en quelques bonds, atteignit le palier.

Je ne fus pas maître de mon geste : je tirai... le coup de revolver retentit dans la galerie avec un fracas assourdissant ; mais l'homme, continuant ses bonds insensés, dégringolait déjà l'escalier. Je courus derrière lui, en criant : « Arrête ! arrête ! ou je te tue ! ... » Comme je me précipitais à mon tour dans l'escalier, je vis en face de moi, arrivant du fond de la galerie, aile gauche du château, Arthur Rance qui hurlait : « Qu'y a-t-il ? ... Qu'y a-t-il ? ... » Nous arrivâmes presque en même temps au bas de l'escalier, Arthur Rance et moi ; la fenêtre du vestibule était ouverte ; nous vîmes distinctement la forme de l'homme qui fuyait ; instinctivement, nous déchargeâmes nos revolvers dans sa direction ; l'homme n'était pas à plus de dix mètres devant nous ; il trébucha et nous crûmes qu'il allait tomber ; déjà nous sautions par la fenêtre ; mais l'homme se reprit à courir avec une vigueur nouvelle ; j'étais en chaussettes, l'Américain était pieds nus ; nous ne pouvions espérer l'atteindre « si nos revolvers ne l'atteignaient pas » ! Nous tirâmes nos dernières cartouches sur lui ; il fuyait toujours... Mais il fuyait du côté droit de la cour d'honneur vers l'extrémité de l'aile droite du château, dans ce coin entouré de fossés et de hautes grilles d'où il allait lui être impossible de s'échapper, dans ce coin qui n'avait d'autre issue, « devant nous », que la porte de la petite chambre en encorbellement occupée maintenant par le garde.

L'homme, bien qu'il fût inévitablement blessé par nos balles, avait maintenant une vingtaine de mètres d'avance. Soudain, derrière nous, au-dessus de nos têtes, une fenêtre de la galerie s'ouvrit et nous entendîmes la voix de Rouletabille qui clamait, désespérée :

« Tirez, Bernier ! Tirez ! »

Et la nuit claire, en ce moment, la nuit lunaire, fut encore striée d'un éclair. À la lueur de cet éclair, nous vîmes le père Bernier, debout avec son fusil, à la porte du donjon.

Il avait bien visé. L'ombre tomba. Mais, comme elle était arrivée à l'extrémité de l'aile droite du château, elle tomba de l'autre côté de l'angle de la bâtisse ; c'est-à-dire que nous vîmes qu'elle tombait, mais elle ne s'allongea définitivement par terre que de cet autre côté du mur que nous ne pouvions pas voir. Bernier, Arthur Rance et moi, nous arrivions de cet autre côté du mur, vingt secondes plus tard. *L'ombre était morte à nos pieds.*

Réveillé évidemment de son sommeil léthargique par les clameurs et les détonations, Larsan venait d'ouvrir la fenêtre de sa chambre et nous criait, comme avait crié Arthur Rance : « Qu'y a-t-il ?... Qu'y a-t-il ?... »

Et nous, nous étions penchés sur l'ombre, sur la mystérieuse ombre morte de l'assassin. Rouletabille, tout à fait réveillé maintenant, nous rejoignit dans le moment, et je lui criai :

« Il est mort ! Il est mort !...

– Tant mieux, fit-il... Apportez-le dans le vestibule du château...

Mais il se reprit :

« Non ! non ! Déposons-le dans la chambre du garde !... »

Rouletabille frappa à la porte de la chambre du garde... Personne ne répondit de l'intérieur... ce qui ne m'étonna point, naturellement.

« Évidemment, il n'est pas là, fit le reporter, sans quoi il serait déjà sorti !... Portons donc ce corps dans le vestibule... »

Depuis que nous étions arrivés sur « l'ombre morte », la nuit s'était faite si noire, par suite du passage d'un gros nuage sur la lune, que nous ne pouvions que toucher cette ombre sans en distinguer les lignes. Et cependant, nos yeux avaient hâte de savoir ! Le père Jacques, qui arrivait, nous aida à transporter le cadavre jusque dans le vestibule du château. Là, nous le déposâmes sur la première marche de l'escalier. J'avais senti, sur mes mains, pendant ce trajet, le sang chaud qui coulait des blessures...

Le père Jacques courut aux cuisines et en revint avec une lanterne. Il se pencha sur le visage de *l'ombre morte,* et nous reconnûmes le garde, celui que le patron de l'auberge du *Donjon* appelait *l'homme vert* et que, une heure auparavant, j'avais vu sortir de la chambre d'Arthur Rance, chargé d'un ballot. Mais, ce que j'avais vu, je ne pouvais le rapporter qu'à Rouletabille seul, ce que je fis du reste quelques instants plus tard.

....

Je ne saurais passer sous silence l'immense stupéfaction – je dirai même le cruel désappointement – dont firent preuve Joseph Rouletabille et Frédéric Larsan, lequel nous avait rejoint dans le vestibule. Ils tâtaient le cadavre... ils regardaient cette figure morte, ce costume vert du garde... et ils répétaient, l'un et l'autre : « Impossible !... c'est impossible ! »

Rouletabille s'écria même :

« C'est à jeter sa tête aux chiens ! »

Le père Jacques montrait une douleur stupide accompagnée de lamentations ridicules. Il affirmait qu'on s'était trompé et que le garde ne pouvait être l'assassin de sa maîtresse. Nous dûmes le faire taire. On aurait assassiné son fils qu'il n'eût point gémi davantage, et j'expliquai cette exagération de bons sentiments par la peur dont il devait être hanté que l'on crût qu'il se réjouissait de ce décès dramatique ; chacun savait, en effet, que le père Jacques détestait le garde. Je constatai que seul, de nous tous qui étions fort débraillés ou pieds nus ou en chaussettes, le père Jacques était entièrement habillé.

Mais Rouletabille n'avait pas lâché le cadavre ; à genoux sur les dalles du vestibule, éclairé par la lanterne du père Jacques, il déshabillait le corps du garde ! ... Il lui mit la poitrine à nu. Elle était sanglante.

Et, soudain, prenant, des mains du père Jacques, la lanterne, il en projeta les rayons, de tout près, sur la blessure béante. Alors, il se releva et dit sur un ton extraordinaire, sur un ton d'une ironie sauvage :

« Cet homme que vous croyez avoir tué à coups de revolver et de chevrotines est mort d'un coup de couteau au cœur ! »

Je crus, une fois de plus, que Rouletabille était devenu fou et je me penchai à mon tour sur le cadavre. Alors je pus constater qu'en effet le corps du garde ne portait aucune blessure provenant d'un projectile, et que, seule, la région cardiaque avait été entaillée par une lame aiguë.

XXIII

La double piste

Je n'étais pas encore revenu de la stupeur que me causait une pareille découverte quand mon jeune ami me frappa sur l'épaule et me dit :

« Suivez-moi !

– Où, lui demandai-je ?

– Dans ma chambre.

– Qu'allons-nous y faire ?

– Réfléchir. »

J'avouai, quant à moi, que j'étais dans l'impossibilité totale, non seulement de réfléchir, mais encore de penser ; et, dans cette nuit tragique, après des événements dont l'horreur n'était égalée que par leur incohérence, je m'expliquais difficilement comment, entre le cadavre du garde et Mlle Stangerson peut-être à l'agonie, Joseph Rouletabille pouvait avoir la prétention de *réfléchir*. C'est ce qu'il fit cependant, avec le sang-froid des grands capitaines au milieu des batailles. Il poussa sur nous la porte de sa chambre, m'indiqua un fauteuil, s'assit posément en face de moi, et, naturellement, alluma sa pipe. Je le regardais réfléchir... et je m'endormis. Quand je me réveillai, il faisait jour. Ma montre marquait huit heures. Rouletabille n'était plus là. Son fauteuil, en face de moi, était vide. Je me levai et commençai de m'étirer les membres quand la porte s'ouvrit et mon ami rentra. Je vis tout de suite à sa physionomie que, pendant que je dormais, il n'avait point perdu son temps.

« Mlle Stangerson ? demandai-je tout de suite.

– Son état, très alarmant, n'est pas désespéré.

– Il y a longtemps que vous avez quitté cette chambre ?

– Au premier rayon de l'aube.

– Vous avez travaillé ?

– Beaucoup.

– Découvert quoi ?

– Une double empreinte de pas très remarquable « et qui aurait pu me gêner... »

– Elle ne vous gêne plus ?

– Non.

– Vous explique-t-elle quelque chose ?

– Oui.

– Relativement au « cadavre incroyable » du garde ?

– Oui ; ce cadavre est tout à fait *croyable*, maintenant. J'ai découvert ce matin, en me promenant autour du château, deux sortes de pas distinctes dont les empreintes avaient été faites cette nuit en même temps, côte à côte. Je dis : *en même temps* ; et, en vérité, il ne pouvait guère en être autrement, car, si l'une de ces empreintes était venue après l'autre, suivant le même chemin, elle eût souvent *empiété sur l'autre*, ce qui n'arrivait jamais. Les pas de celui-ci ne marchaient point sur les pas de celui-là. Non, c'étaient des pas *qui semblaient causer entre eux*. Cette double empreinte quittait toutes les autres empreintes, vers le milieu de la cour d'honneur, pour sortir de cette cour et se diriger vers la chênaie. Je quittais la cour d'honneur, les yeux fixés vers ma piste, quand je fus rejoint par Frédéric Larsan. Immédiatement, il s'intéressa beaucoup à mon travail, car cette double empreinte méritait vraiment qu'on s'y attachât. On retrouvait là la double empreinte des pas de l'affaire de la *Chambre Jaune* : les pas grossiers et les pas élégants ; mais, tandis que, lors de l'affaire de la *Chambre Jaune*, les pas grossiers ne faisaient que joindre au bord de l'étang les pas élégants, pour disparaître ensuite – dont nous avions conclu, Larsan et moi, que ces deux sortes de pas appartenaient au même individu qui n'avait fait que changer de chaussures – ici, pas grossiers et pas élégants voyageaient de compagnie. Une pareille constatation était bien faite pour me troubler dans mes certitudes antérieures. Larsan semblait penser comme moi ; aussi, restions-nous penchés sur ces empreintes, reniflant ces pas comme des chiens à l'affût.

« Je sortis de mon portefeuille mes semelles de papier. La première semelle, qui était celle que j'avais découpée sur l'empreinte des souliers du père Jacques retrouvés par Larsan, c'est-à-dire sur l'empreinte des pas grossiers, cette première semelle, dis-je, s'appliqua parfaitement à l'une des traces que nous avions sous les yeux, et la seconde semelle, qui était le dessin des *pas élégants*, s'appliqua également sur l'empreinte correspondante, mais avec une légère différence à la pointe. En somme, cette trace nouvelle du pas élégant ne différait de la trace du bord de l'étang que par la pointe de la bottine. Nous ne pouvions en tirer cette conclusion que cette trace appartenait au même personnage, mais nous ne pouvions non plus affirmer qu'elle ne lui appartenait pas. L'inconnu pouvait ne plus porter les mêmes bottines.

« Suivant toujours cette double empreinte, Larsan et moi, nous fûmes conduits à sortir bientôt de la chênaie et nous nous trouvâmes sur les mêmes bords de l'étang qui nous avaient vus lors de notre première enquête. Mais, cette fois, aucune des traces ne s'y arrêtait et toutes deux, prenant le petit sentier, allaient rejoindre la grande route d'Épinay. Là, nous tombâmes sur un macadam récent qui ne nous montra plus rien ; et nous revînmes au château, sans nous dire un mot.

« Arrivés dans la cour d'honneur, nous nous sommes séparés ; mais, par suite du même chemin qu'avait pris notre pensée, nous nous sommes rencontrés à nouveau devant la porte de la chambre du père Jacques. Nous avons trouvé le vieux serviteur au lit et constaté tout de suite que les effets qu'il avait jetés sur une chaise étaient dans un état lamentable, et que ses chaussures, des souliers tout à fait

160

pareils à ceux que nous connaissions, étaient extraordinairement boueux. Ce n'était certainement point en aidant à transporter le cadavre du garde, du bout de cour au vestibule, et en allant chercher une lanterne aux cuisines, que le père Jacques avait arrangé de la sorte ses chaussures et trempé ses habits, puisque alors il ne pleuvait pas. Mais il avait plu avant ce moment-là et il avait plu après.

« Quant à la figure du bonhomme, elle n'était pas belle à voir. Elle semblait refléter une fatigue extrême, et ses yeux clignotants nous regardèrent, dès l'abord, avec effroi.

« Nous l'avons interrogé. Il nous a répondu d'abord qu'il s'était couché immédiatement après l'arrivée au château du médecin que le maître d'hôtel était allé quérir ; mais nous l'avons si bien poussé, nous lui avons si bien prouvé qu'il mentait, qu'il a fini par nous avouer qu'il était, en effet, sorti du château. Nous lui en avons, naturellement, demandé la raison ; il nous a répondu qu'il s'était senti mal à la tête, et qu'il avait eu besoin de prendre l'air, mais qu'il n'était pas allé plus loin que la chênaie. Nous lui avons alors décrit tout le chemin qu'il avait fait, *aussi bien que si nous l'avions vu marcher*. Le vieillard se dressa sur son séant et se prit à trembler.

« −Vous n'étiez pas seul ! » s'écria Larsan.

« Alors, le père Jacques :

« −Vous l'avez donc vu ?

« −Qui ? demandai-je.

« − Mais le fantôme noir ! »

« Sur quoi, le père Jacques nous conta que, depuis quelques nuits, il voyait le fantôme noir. Il apparaissait dans le parc sur le coup de minuit et glissait contre les arbres avec une souplesse incroyable. Il paraissait « traverser » le tronc des arbres ; deux fois, le père Jacques, qui avait aperçu le fantôme à travers sa fenêtre, à la clarté de la lune, s'était levé et, résolument, était parti à la chasse de cette étrange apparition. L'avant-veille, il avait failli la rejoindre, mais elle s'était évanouie au coin du donjon ; enfin, cette nuit, étant en effet sorti du château, travaillé par l'idée du nouveau crime qui venait de se commettre, il avait vu tout à coup, surgir au milieu de la cour d'honneur, le fantôme noir. Il l'avait suivi d'abord prudemment, puis de plus près... ainsi il avait tourné la chênaie, l'étang, et était arrivé au bord de la route d'Épinay.

« Là, le fantôme avait soudain disparu. »

« −Vous n'avez pas vu sa figure ? demanda Larsan.

« −Non ! Je n'ai vu que des voiles noirs...

« −Et, après ce qui s'est passé dans la galerie, vous n'avez pas sauté dessus ?

161

« –Je ne le pouvais pas ! Je me sentais terrifié... C'est à peine si j'avais la force de le suivre...

« –Vous ne l'avez pas suivi, fis-je, père Jacques, – et ma voix était menaçante – vous êtes allé avec le fantôme jusqu'à la route d'Épinay « bras dessus, bras dessous » !

« –Non ! cria-t-il... il s'est mis à tomber des trombes d'eau... Je suis rentré ! ... Je ne sais pas ce que le fantôme noir est devenu... »

« Mais ses yeux se détournèrent de moi.

« Nous le quittâmes.

« Quand nous fûmes dehors :

« –Complice ? interrogeai-je, sur un singulier ton, en regardant Larsan bien en face pour surprendre le fond de sa pensée.

« Larsan leva les bras au ciel.

« –Est-ce qu'on sait ? ... Est-ce qu'on sait, dans une affaire pareille ? ... Il y a vingt-quatre heures, j'aurais juré qu'il n'y avait pas de complice ! ... »

« Et il me laissa en m'annonçant qu'il quittait le château sur-le-champ pour se rendre à Épinay. »

Rouletabille avait fini son récit. Je lui demandai :

« Eh bien ? Que conclure de tout cela ? ... Quant à moi, je ne vois pas ! ... je ne saisis pas ! ... Enfin ! Que savez-vous ?

– *Tout !* s'exclama-t-il... *Tout !* »

Et je ne lui avais jamais vu figure plus rayonnante. Il s'était levé et me serrait la main avec force...

« Alors, expliquez-moi, priai-je...

– Allons demander des nouvelles de Mlle Stangerson », me répondit-il brusquement.

XXIV

Rouletabille connaît les deux moitiés de l'assassin

Mlle Stangerson avait failli être assassinée pour la seconde fois. Le malheur fut qu'elle s'en porta beaucoup plus mal la seconde que la première. Les trois coups de couteau que l'homme lui avait portés dans la poitrine, en cette nouvelle nuit tragique, la mirent longtemps entre la vie et la mort, et quand, enfin, la vie fut plus forte et qu'on

162

pût espérer que la malheureuse femme, cette fois encore, échapperait à son sanglant destin, on s'aperçut que, si elle reprenait chaque jour l'usage de ses sens, elle ne recouvrait point celui de sa raison. La moindre allusion à l'horrible tragédie la faisait délirer, et il n'est point non plus, je crois bien, exagéré de dire que l'arrestation de M. Robert Darzac, qui eut lieu au château du Glandier, le lendemain de la découverte du cadavre du garde, creusa encore l'abîme moral où nous vîmes disparaître cette belle intelligence.

M. Robert Darzac arriva au château vers neuf heures et demie. Je le vis accourir à travers le parc, les cheveux et les habits en désordre, crotté, boueux, dans un état lamentable. Son visage était d'une pâleur mortelle. Rouletabille et moi, nous étions accoudés à une fenêtre de la galerie. Il nous aperçut ; il poussa vers nous un cri désespéré :

« J'arrive trop tard ! ... »

Rouletabille lui cria :

« Elle vit ! ... »

Une minute après, M. Darzac entrait dans la chambre de Mlle Stangerson, et, à travers la porte, nous entendîmes ses sanglots.

....

« Fatalité ! gémissait à côté de moi, Rouletabille. Quels Dieux infernaux veillent donc sur le malheur de cette famille ! Si l'on ne m'avait pas endormi, j'aurais sauvé Mlle Stangerson de l'homme, et je l'aurais rendu muet pour toujours... *et le garde ne serait pas mort !* »

....

M. Darzac vint nous retrouver. Il était tout en larmes. Rouletabille lui raconta tout : et comment il avait tout préparé pour leur salut, à Mlle Stangerson et à lui ; et comment il y serait parvenu en éloignant l'homme pour toujours *après avoir vu sa figure* ; et comment son plan s'était effondré dans le sang, à cause du narcotique.

« Ah ! si vous aviez eu réellement confiance en moi, fit tout bas le jeune homme, si vous aviez dit à Mlle Stangerson d'avoir confiance en moi ! ... Mais ici chacun se défie de tous... la fille se défie du père... et la fiancée se défie du fiancé... Pendant que vous me disiez de tout faire pour empêcher l'arrivée de l'assassin, *elle préparait tout pour se faire assassiner !* ... Et je suis arrivé trop tard... à demi endormi... me traînant presque, dans cette chambre où la vue de la malheureuse, baignant dans son sang, me réveilla tout à fait... »

Sur la demande de M. Darzac, Rouletabille raconta la scène. S'appuyant aux murs pour ne pas tomber, pendant que, dans le vestibule et dans la cour d'honneur, nous poursuivions l'assassin, il s'était dirigé vers la chambre de la victime... Les portes de l'antichambre sont ouvertes ; il entre ; Mlle Stangerson gît, inanimée, à moitié renversée sur le bureau, les yeux clos ; son peignoir est rouge du sang qui coule à flots de sa poitrine. Il semble à Rouletabille, encore sous l'influence du narcotique, qu'il se promène dans quelque affreux cauchemar. Automatiquement, il revient dans la galerie, ouvre une fenêtre, nous clame le crime, nous ordonne de tuer, et retourne dans la chambre. Aussitôt, il traverse le boudoir désert, entre dans le salon dont la porte est restée entrouverte, secoue M. Stangerson sur le canapé où il s'est étendu et le réveille comme je l'ai réveillé, lui, tout à l'heure... M. Stangerson se dresse avec des yeux hagards, se laisse traîner par Rouletabille jusque dans la chambre, aperçoit sa fille, pousse un cri déchirant... Ah ! il est réveillé ! il est réveillé ! ... Tous les deux, maintenant, réunissant leurs forces chancelantes, transportent la victime sur son lit...

Puis Rouletabille veut nous rejoindre, pour savoir... *pour savoir*... mais, avant de quitter la chambre, il s'arrête près du bureau... Il y a là, par terre, un paquet... énorme... un ballot... Qu'est-ce que ce paquet fait là, auprès du bureau ? ... L'enveloppe de serge qui l'entoure est dénouée... Rouletabille se penche... Des papiers... des papiers... des photographies... Il lit : « Nouvel électroscope condensateur différentiel... Propriétés fondamentales de la substance intermédiaire entre la matière pondérable et l'éther impondérable. »... Vraiment, vraiment, quel est ce mystère et cette formidable ironie du sort qui veulent qu'à l'heure où *on* lui assassine sa fille, *on* vienne restituer au professeur Stangerson toutes ces paperasses inutiles, « qu'il jettera au feu ! ... au feu ! ... au feu ! ... le lendemain ».

....

Dans la matinée qui suivit cette horrible nuit, nous avons vu réapparaître M. de Marquet, son greffier, les gendarmes. Nous avons tous été interrogés, excepté naturellement Mlle Stangerson qui était dans un état voisin du coma. Rouletabille et moi, après nous être concertés, n'avons dit que ce que nous avons bien voulu dire. J'eus garde de rien rapporter de ma station dans le cabinet noir ni des histoires de narcotique. Bref, nous tûmes tout ce qui pouvait faire soupçonner que nous nous attendions à quelque chose, et aussi tout ce qui pouvait faire croire que Mlle Stangerson *attendait l'assassin*. La malheureuse allait peut-être payer de sa vie le mystère dont elle entourait son assassin... Il ne nous appartenait point de rendre un pareil sacrifice inutile... Arthur Rance raconta à tout le monde, fort naturellement – si naturellement que j'en fus stupéfait – qu'il avait vu le garde pour la dernière fois vers onze heures du soir. Celui-ci était venu dans sa chambre, dit-il, pour y prendre sa valise qu'il devait transporter le lendemain matin à la première heure à la gare de Saint-Michel *et s'était attardé à causer longuement chasse et braconnage avec lui* ! Arthur-William Rance, en effet, devait quitter le Glandier dans la matinée et se rendre à pied, selon son habitude, à Saint-Michel ; aussi avait-il profité d'un voyage matinal du garde dans le petit bourg pour se débarrasser de son bagage.

Du moins je fus conduit à le penser car M. Stangerson confirma ses dires ; il ajouta qu'il n'avait pas eu le plaisir, la veille au soir, d'avoir à sa table son ami Arthur Rance parce que celui-ci avait pris, vers les cinq heures, un congé définitif de sa fille et de lui. M. Arthur Rance s'était fait servir simplement un thé dans sa chambre, se disant légèrement indisposé.

Bernier, le concierge, sur les indications de Rouletabille, rapporta qu'il avait été requis par le garde lui-même, cette nuit-là, pour faire la chasse aux braconniers (le garde ne pouvait plus le contredire), qu'ils s'étaient donné rendez-vous tous deux non loin de la chênaie et que, voyant que le garde ne venait point, il était allé, lui, Bernier, au-devant du garde... Il était arrivé à hauteur du donjon, ayant passé la petite porte de la cour d'honneur, quand il aperçut un individu qui fuyait à toutes jambes du côté opposé, vers l'extrémité de l'aile droite du château ; des coups de revolver retentirent dans le même moment derrière le fuyard ; Rouletabille était apparu à la fenêtre de la galerie ; il l'avait aperçu, lui Bernier, l'avait reconnu, l'avait vu avec son fusil et lui avait crié de tirer. Alors, Bernier avait lâché son coup de fusil qu'il tenait tout prêt... et il était persuadé qu'il avait mis à mal le fuyard ; il avait cru même qu'il l'avait tué, et cette croyance avait duré jusqu'au moment où Rouletabille, dépouillant le corps qui était tombé sous le coup de fusil, lui avait appris que ce corps *avait été tué d'un coup de couteau* ; que, du reste, il restait ne rien comprendre à une pareille fantasmagorie, attendu que, si le cadavre trouvé n'était point celui du fuyard sur lequel nous avions tous tiré, il fallait bien que ce fuyard fût quelque part. Or, dans ce petit coin de cour où nous nous étions tous rejoints autour du cadavre, *il n'y avait pas de place pour un autre mort ou pour un vivant* sans que nous le vissions !

165

Ainsi parla le père Bernier. Mais le juge d'instruction lui répondit que, pendant que nous étions dans ce petit bout de cour, la nuit était bien noire, puisque nous n'avions pu distinguer le visage du garde, et que, pour le reconnaître, il nous avait fallu le transporter dans le vestibule... À quoi le père Bernier répliqua que, si l'on n'avait pas vu *l'autre corps, mort ou vivant,* on aurait au moins marché dessus, tant ce bout de cour est étroit. Enfin, nous étions, sans compter le cadavre, cinq dans ce bout de cour et il eût été vraiment étrange que l'autre corps nous échappât... La seule porte qui donnait dans ce bout de cour était celle de la chambre du garde, et la porte en était fermée. On en avait retrouvé la clef dans la poche du garde...

Tout de même, comme ce raisonnement de Bernier, qui à première vue paraissait logique, conduisait à dire qu'on avait tué à coups d'armes à feu un homme mort d'un coup de couteau, le juge d'instruction ne s'y arrêta pas longtemps. Et il fut évident pour tous, dès midi, que ce magistrat était persuadé que nous avions raté le fuyard et que nous avions trouvé là un cadavre qui n'avait rien à voir avec *notre affaire.* Pour lui, le cadavre du garde était une autre affaire. Il voulut le prouver sans plus tarder, et il est probable que *cette nouvelle affaire* correspondait avec des idées qu'il avait depuis quelques jours sur les mœurs du garde, sur ses fréquentations, sur la récente intrigue qu'il entretenait avec la femme du propriétaire de l'auberge du *Donjon,* et corroborait également les rapports qu'on avait dû lui faire relativement aux menaces de mort proférées par le père Mathieu à l'adresse du garde, car à une heure après-midi le père Mathieu, malgré ses gémissements de rhumatisant et les protestations de sa femme, était arrêté et conduit sous bonne escorte à Corbeil. On n'avait cependant rien découvert chez lui de compromettant ; mais des propos tenus, encore la veille, à des rouliers qui les répétèrent, le compromirent plus que si l'on avait trouvé dans sa paillasse le couteau qui avait tué *l'homme vert.*

Nous en étions là, ahuris de tant d'événements aussi terribles qu'inexplicables, quand, pour mettre le comble à la stupéfaction de tous, nous vîmes arriver au château Frédéric Larsan, qui en était parti aussitôt après avoir vu le juge d'instruction et qui en revenait, accompagné d'un employé du chemin de fer.

Nous étions alors dans le vestibule avec Arthur Rance, discutant de la culpabilité et de l'innocence du père Mathieu (du moins Arthur Rance et moi étions seuls à discuter, car Rouletabille semblait parti pour quelque rêve lointain et ne s'occupait en aucune façon de ce que nous disions). Le juge d'instruction et son greffier se trouvaient dans le petit salon vert où Robert Darzac nous avait introduits quand nous étions arrivés pour la première fois au Glandier. Le père Jacques, mandé par le juge, venait d'entrer dans le petit salon ; M. Robert Darzac était en haut, dans la chambre de Mlle Stangerson, avec M. Stangerson et les médecins. Frédéric Larsan entra dans le vestibule avec l'employé de chemin de fer. Rouletabille et moi reconnûmes aussitôt cet employé à sa petite barbiche blonde : « Tiens ! L'employé d'Épinay-sur-Orge ! » m'écriai-je, et je regardai Frédéric Larsan qui répliqua en souriant : « Oui, oui, vous avez raison, c'est l'employé d'Épinay-sur-Orge. » Sur quoi Fred se fit annoncer au juge d'instruction par le gendarme qui était à la porte du salon. Aussitôt, le père Jacques sortit, et Frédéric Larsan et l'employé furent introduits. Quelques instants s'écoulèrent, dix minutes peut-être. Rouletabille était fort impatient. La porte du salon se rouvrit ; le gendarme, appelé par le juge d'instruction, entra dans le salon, en ressortit, gravit l'escalier et le redescendit. Rouvrant alors la porte du salon et ne la refermant pas, il dit au juge d'instruction :

« Monsieur le juge, M. Robert Darzac ne veut pas descendre !

– Comment ! Il ne veut pas ! ... s'écria M. de Marquet.

– Non ! il dit qu'il ne peut quitter Mlle Stangerson dans l'état où elle se trouve...

– C'est bien, fit M. de Marquet ; puisqu'il ne vient pas à nous, nous irons à lui... »

M. de Marquet et le gendarme montèrent ; le juge d'instruction fit signe à Frédéric Larsan et à l'employé de chemin de fer de les suivre. Rouletabille et moi fermions la marche.

On arriva ainsi, dans la galerie, devant la porte de l'antichambre de Mlle Stangerson. M. de Marquet frappa à la porte. Une femme de chambre apparut. C'était Sylvie, une petite bonniche dont les cheveux d'un blond fadasse retombaient en désordre sur un visage consterné.

« M. Stangerson est là ? demanda le juge d'instruction.

– Oui, monsieur.

– Dites-lui que je désire lui parler. »

Sylvie alla chercher M. Stangerson.

Le savant vint à nous ; il pleurait ; il faisait peine à voir.

« Que me voulez-vous encore ? demanda celui-ci au juge. Ne pourrait-on pas, monsieur, dans un moment pareil, me laisser un peu tranquille !

– Monsieur, fit le juge, il faut absolument que j'aie, sur-le-champ, un entretien avec M. Robert Darzac. Ne pourriez-vous le décider à quitter la chambre de Mlle Stangerson ? Sans quoi, je me verrais dans la nécessité d'en franchir le seuil avec tout l'appareil de la justice. »

Le professeur ne répondit pas ; il regarda le juge, le gendarme et tous ceux qui les accompagnaient comme une victime regarde ses bourreaux, et il rentra dans la chambre.

Aussitôt M. Robert Darzac en sortit. Il était bien pâle et bien défait ; mais, quand le malheureux aperçut, derrière Frédéric Larsan, l'employé de chemin de fer, son visage se décomposa encore ; ses yeux devinrent hagards et il ne put retenir un sourd gémissement.

Nous avions tous saisi le tragique mouvement de cette physionomie douloureuse. Nous ne pûmes nous empêcher de laisser échapper une exclamation de pitié. Nous sentîmes qu'il se passait alors quelque chose de définitif qui décidait de la perte de M. Robert Darzac. Seul, Frédéric Larsan avait une figure rayonnante et montrait la joie d'un chien de chasse qui s'est enfin emparé de sa proie.

M. de Marquet dit, montrant à M. Darzac le jeune employé à la barbiche blonde :

« Vous reconnaissez monsieur ?

– Je le reconnais, fit Robert Darzac d'une voix qu'il essayait en vain de rendre ferme. C'est un employé de l'Orléans à la station d'Épinay-sur-Orge.

– Ce jeune homme, continua M. de Marquet, affirme qu'il vous a vu descendre de chemin de fer, à Épinay...

– Cette nuit, termina M. Darzac, à dix heures et demie... c'est vrai ! ... »

Il y eut un silence...

« Monsieur Darzac, reprit le juge d'instruction sur un ton qui était empreint d'une poignante émotion... Monsieur Darzac, que veniez-vous faire cette nuit à Épinay-sur-Orge, à quelques kilomètres de l'endroit où l'on assassinait Mlle Stangerson ? ... »

M. Darzac se tut. Il ne baissa pas la tête, mais il ferma les yeux, soit qu'il voulût dissimuler sa douleur, soit qu'il craignît qu'on pût lire dans son regard quelque chose de son secret.

« Monsieur Darzac, insista M. de Marquet... pouvez-vous me donner l'emploi de votre temps, cette nuit ? »

M. Darzac rouvrit les yeux. Il semblait avoir reconquis toute sa puissance sur lui-même.

« Non, monsieur ! ...

– Réfléchissez, monsieur ! car je vais être dans la nécessité, si vous persistez dans votre étrange refus, de vous garder à ma disposition.

– Je refuse...

– Monsieur Darzac ! Au nom de la loi, je vous arrête ! ... »

Le juge n'avait pas plutôt prononcé ces mots que je vis Rouletabille faire un mouvement brusque vers M. Darzac. Il allait certainement parler, mais celui-ci d'un geste lui ferma la bouche... Du reste, le gendarme s'approchait déjà de son prisonnier...

À ce moment un appel désespéré retentit :

« Robert ! ... Robert ! ... »

Nous reconnûmes la voix de Mlle Stangerson, et, à cet accent de douleur, pas un de nous qui ne frissonnât. Larsan lui-même, cette fois, en pâlit. Quant à M. Darzac, répondant à l'appel, il s'était déjà précipité dans la chambre...

Le juge, le gendarme, Larsan s'y réunirent derrière lui ; Rouletabille et moi restâmes sur le pas de la porte. Spectacle déchirant : Mlle Stangerson, dont le visage avait la pâleur de la mort, s'était soulevée sur sa couche, malgré les deux médecins et son père... Elle tendait des bras tremblants vers Robert Darzac sur qui Larsan et le gendarme avaient mis la main... Ses yeux étaient grands ouverts... elle voyait... elle comprenait... Sa bouche sembla murmurer un mot... un mot qui expira sur ses lèvres exsangues... un mot que personne n'entendit... et elle se renversa, évanouie...

On emmena rapidement Darzac hors de la chambre... En attendant une voiture que Larsan était allé chercher, nous nous arrêtâmes dans le vestibule. Notre émotion à tous était extrême. M. de Marquet avait la larme à l'œil. Rouletabille profita de ce moment d'attendrissement général pour dire à M. Darzac :

« Vous ne vous défendrez pas ?

– Non ! répliqua le prisonnier.

– Moi, je vous défendrai, monsieur...

– Vous ne le pouvez pas, affirma le malheureux avec un pauvre sourire... Ce que nous n'avons pu faire, Mlle Stangerson et moi, vous ne le ferez pas !

– Si, je le ferai. »

Et la voix de Rouletabille était étrangement calme et confiante. Il continua :

« Je le ferai, monsieur Robert Darzac, parce que moi, *j'en sais plus long que vous !*

– Allons donc ! murmura Darzac presque avec colère.

– Oh ! soyez tranquille, je ne saurai que ce qu'il sera utile de savoir *pour vous sauver !*

– *Il ne faut rien savoir*, jeune homme... si vous voulez avoir droit à ma reconnaissance. »

Rouletabille secoua la tête. Il s'approcha tout près, tout près de Darzac :

« Écoutez ce que je vais vous dire, fit-il à voix basse... et que cela vous donne confiance ! Vous, vous ne savez que le nom de l'assassin ; Mlle Stangerson, elle, *connaît seulement la moitié de l'assassin ; mais moi, je connais ses deux moitiés ; je connais l'assassin tout entier, moi ! ...* »

Robert Darzac ouvrit des yeux qui attestaient qu'il ne comprenait pas un mot de ce que venait de lui dire Rouletabille. La voiture, sur ces entrefaites, arriva, conduite par Frédéric Larsan. On y fit monter Darzac et le gendarme. Larsan resta sur le siège. On emmenait le prisonnier à Corbeil.

XXV

Rouletabille part en voyage

Le soir même nous quittions le Glandier, Rouletabille et moi. Nous en étions fort heureux : cet endroit n'avait rien qui pût encore nous retenir. Je déclarai que je renonçais à percer tant de mystères, et Rouletabille, en me donnant une tape amicale sur l'épaule, me confia qu'il n'avait plus rien à apprendre au Glandier, parce que le Glandier lui avait tout appris. Nous arrivâmes à Paris vers huit heures. Nous dînâmes rapidement, puis, fatigués, nous nous séparâmes en nous donnant rendez-vous le lendemain matin chez moi.

À l'heure dite, Rouletabille entrait dans ma chambre. Il était vêtu d'un complet à carreaux en drap anglais, avait un ulster sur le bras, une casquette sur la tête et un sac à la main. Il m'apprit qu'il partait en voyage.

« Combien de temps serez-vous parti ? lui demandai-je.

– Un mois ou deux, fit-il, cela dépend... »

Je n'osai l'interroger...

« Savez-vous, me dit-il, quel est le mot que Mlle Stangerson a prononcé hier avant de s'évanouir... en regardant M. Robert Darzac ?...

– Non, personne ne l'a entendu...

170

– Si ! répliqua Rouletabille, moi ! Elle lui disait : « parle ! »

– Et M. Darzac parlera ?

– Jamais ! »

J'aurais voulu prolonger l'entretien, mais il me serra fortement la main et me souhaita une bonne santé, je n'eus que le temps de lui demander :

« Vous ne craignez point que, pendant votre absence, il se commette de nouveaux attentats ? ...

– Je ne crains plus rien de ce genre, dit-il, depuis que M. Darzac est en prison. »

Sur cette parole bizarre, il me quitta. Je ne devais plus le revoir qu'en cour d'assises, au moment du procès Darzac, lorsqu'il vint à la barre *expliquer l'inexplicable*.

XXVI

Où Joseph Rouletabille est impatiemment attendu

Le 15 janvier suivant, c'est-à-dire deux mois et demi après les tragiques événements que je viens de rapporter, *L'Époque* publiait, en première colonne, première page, le sensationnel article suivant :

« Le jury de Seine-et-Oise est appelé aujourd'hui, à juger l'une des plus mystérieuses affaires qui soient dans les annales judiciaires. Jamais procès n'aura présenté tant de points obscurs, incompréhensibles, inexplicables. Et cependant l'accusation n'a point hésité à faire asseoir sur le banc des assises un homme respecté, estimé, aimé de tous ceux qui le connaissent, un jeune savant, espoir de la science française, dont toute l'existence fut de travail et de probité. Quand Paris apprit l'arrestation de M. Robert Darzac, un cri unanime de protestation s'éleva de toutes parts. La Sorbonne tout entière, déshonorée par le geste inouï du juge d'instruction, proclama sa foi dans l'innocence du fiancé de Mlle Stangerson. M. Stangerson lui-même attesta hautement l'erreur où s'était fourvoyée la justice, et il ne fait de doute pour personne que, si la victime pouvait parler, elle viendrait réclamer aux douze jurés de Seine-et-Oise l'homme dont elle voulait faire son époux et que l'accusation veut envoyer à l'échafaud. Il faut espérer qu'un jour prochain Mlle Stangerson recouvrera sa raison qui a momentanément sombré dans l'horrible mystère du Glandier. Voulez-vous qu'elle la reperde lorsqu'elle apprendra que l'homme qu'elle aime est mort de la main du bourreau ? Cette question s'adresse au jury *auquel nous nous proposons d'avoir affaire, aujourd'hui même.*

« Nous sommes décidés, en effet, à ne point laisser douze braves gens commettre une abominable erreur judiciaire. Certes, des coïncidences terribles, des traces accusatrices, un silence inexplicable de la part de l'accusé, un emploi du temps énigmatique, l'absence de tout alibi, ont pu entraîner la conviction du parquet qui, *ayant vainement cherché la vérité ailleurs,* s'est résolu à la trouver là. Les charges sont, en apparence, si accablantes pour M. Robert Darzac, qu'il faut même excuser un policier aussi averti, aussi intelligent, et généralement aussi heureux que M. Frédéric Larsan de s'être laissé aveugler par elles. Jusqu'alors, tout est venu accuser M. Robert Darzac, devant l'instruction ; aujourd'hui, nous allons, nous, le défendre devant le jury ; et nous apporterons à la barre une lumière telle que tout le mystère du Glandier en sera illuminé. *Car nous possédons la vérité.*

« Si nous n'avons point parlé plus tôt, c'est que l'intérêt même de la cause que nous voulons défendre l'exigeait sans doute. Nos lecteurs n'ont pas oublié ces sensationnelles enquêtes anonymes que nous avons publiées sur le *Pied gauche de la rue Oberkampf,* sur le fameux vol du *Crédit universel* et sur l'affaire des *Lingots d'or de la Monnaie.* Elles nous faisaient prévoir la vérité, avant même que l'admirable ingéniosité d'un Frédéric Larsan ne l'eût dévoilée tout entière. Ces enquêtes étaient conduites par notre plus jeune rédacteur, un enfant de dix-huit ans, Joseph Rouletabille, qui sera illustre demain. Quand l'affaire du Glandier éclata, notre petit reporter se rendit sur les lieux, força toutes les portes et s'installa dans le château d'où tous les représentants de la presse avaient été chassés. À côté de Frédéric Larsan, il chercha la vérité ; il vit avec épouvante l'erreur où s'abîmait tout le génie du célèbre policier ; en vain essaya-t-il de le rejeter hors de la mauvaise piste où il s'était engagé : le grand Fred ne voulut point consentir à recevoir des leçons de ce petit journaliste. Nous savons où cela a conduit M. Robert Darzac.

« Or, il faut que la France sache, il faut que le monde sache que, le soir même de l'arrestation de M. Robert Darzac, le jeune Joseph Rouletabille pénétrait dans le bureau de notre directeur et lui disait :

172

« Je pars en voyage. Combien de temps serai-je parti, je ne pourrais vous le dire ; peut-être un mois, deux mois, trois mois... peut-être ne reviendrai-je jamais... Voici une lettre... Si je ne suis pas revenu le jour où M. Darzac comparaîtra devant les assises, vous ouvrirez cette lettre en cour d'assises, après le défilé des témoins. Entendez-vous pour cela avec l'avocat de M. Robert Darzac. M. Robert Darzac est innocent. *Dans cette lettre il y a le nom de l'assassin*, et, je ne dirai point : les preuves, car, les preuves, je vais les chercher, mais *l'explication irréfutable de sa culpabilité.* »

Et notre rédacteur partit. Nous sommes restés longtemps sans nouvelles mais un inconnu est venu trouver notre directeur, il y a huit jours, pour lui dire : « Agissez suivant les instructions de Joseph Rouletabille, *si la chose devient nécessaire*. Il y a la vérité dans cette lettre.» Cet homme n'a point voulu nous dire son nom.

« Aujourd'hui, 15 janvier, nous voici au grand jour des assises ; Joseph Rouletabille n'est pas de retour ; peut-être ne le reverrons-nous jamais. La presse, elle aussi, compte ses héros, victimes du devoir : le devoir professionnel, le premier de tous les devoirs. Peut-être, à cette heure, y a-t-il succombé ! Nous saurons le venger. Notre directeur, cet après-midi, sera à la cour d'assises de Versailles, avec la lettre : *la lettre qui contient le nom de l'assassin !* »

En tête de l'article, on avait mis le portrait de Rouletabille.

Les parisiens qui se rendirent ce jour-là à Versailles pour le procès dit du *Mystère de la Chambre Jaune* n'ont certainement pas oublié l'incroyable cohue qui se bousculait à la gare Saint-Lazare. On ne trouvait plus de place dans les trains et l'on dut improviser des convois supplémentaires. L'article de *L'Époque* avait bouleversé tout le monde, excité toutes les curiosités, poussé jusqu'à l'exaspération la passion des discussions. Des coups de poing furent échangés entre les partisans de Joseph Rouletabille et les fanatiques de Frédéric Larsan, car, chose bizarre, la fièvre de ces gens venait moins de ce qu'on allait peut-être condamner un innocent que de l'intérêt qu'ils portaient à leur propre compréhension du « mystère de la Chambre Jaune». Chacun avait son explication et la tenait pour bonne. Tous ceux qui expliquaient le crime comme Frédéric Larsan n'admettaient point qu'on pût mettre en doute la perspicacité de ce policier populaire ; et tous les autres, qui avaient une explication autre que celle de Frédéric Larsan, prétendaient naturellement qu'elle devait être celle de Joseph Rouletabille qu'ils ne connaissaient pas encore. Le numéro de *L'Époque* à la main, les *Larsan* et les *Rouletabille* se disputèrent, se chamaillèrent, jusque sur les marches du palais de justice de Versailles, jusque dans le prétoire. Un service d'ordre extraordinaire avait été commandé. L'innombrable foule qui ne put pénétrer dans le palais resta jusqu'au soir aux alentours du monument, maintenue difficilement par la troupe et la police, avide de nouvelles, accueillant les rumeurs les plus fantastiques. Un moment, le bruit circula qu'on venait d'arrêter, en pleine audience, M. Stangerson lui-même, qui s'était avoué l'assassin de sa fille... C'était de la folie. L'énervement était à son comble. Et l'on attendait toujours Rouletabille. Des gens prétendaient le connaître et le reconnaître ; et, quand un jeune homme, muni d'un laissez-passer, traversait la place libre qui séparait la foule du palais de justice, des bousculades se produisaient. On s'écrasait. On criait : « Rouletabille ! Voici Rouletabille ! » Des témoins, qui ressemblaient plus ou moins vaguement au portrait publié par *L'Époque*, furent aussi acclamés. L'arrivée du directeur de *L'Époque* fut encore le signal de quelques manifestations. Les uns applaudirent, les autres sifflèrent. Il y avait beaucoup de femmes dans la foule.

Dans la salle des assises, le procès se déroulait sous la présidence de M. De Rocoux, un magistrat imbu de tous les préjugés des gens de robe, mais foncièrement honnête. On avait fait l'appel des témoins. J'en étais, naturellement, ainsi que tous ceux qui, de près ou de loin, avaient touché les mystères du Glandier : M. Stangerson, vieilli de dix ans, méconnaissable, Larsan, M. Arthur W. Rance, la figure toujours enluminée, le père Jacques, le père Mathieu, qui fut amené, menottes aux mains, entre deux gendarmes, Mme Mathieu, toute en larmes, les Bernier, les deux gardes-malades, le maître d'hôtel, tous les domestiques du château, l'employé de poste du bureau 40, l'employé du chemin de fer d'Épinay, quelques amis de M. et de Mlle Stangerson, et tous les témoins à décharge de M. Robert Darzac. J'eus la chance d'être entendu parmi les premiers témoins, ce qui me permit d'assister à presque tout le procès.

Je n'ai point besoin de vous dire que l'on s'écrasait dans le prétoire. Des avocats étaient assis jusque sur les marches de « la cour » ; et, derrière les magistrats en robe rouge, tous les parquets des environs étaient représentés. M. Robert Darzac apparut au banc des accusés, entre les gendarmes, si calme, si grand et si beau, qu'un murmure d'admiration plus que de compassion l'accueillit. Il se pencha aussitôt vers son avocat, maître Henri-Robert, qui, assisté de son premier secrétaire, maître André Hesse, alors débutant, avait déjà commencé à feuilleter son dossier.

Beaucoup s'attendaient à ce que M. Stangerson allât serrer la main de l'accusé ; mais l'appel des témoins eut lieu et ceux-ci quittèrent tous la salle sans que cette démonstration sensationnelle se fût produite. Au moment où les jurés prirent place, on remarqua qu'ils avaient eu l'air de s'intéresser beaucoup à un rapide entretien que maître Henri-Robert avait eu avec le directeur de *L'Époque*. Celui-ci s'en fut ensuite prendre place au premier rang de public. Quelques-uns s'étonnèrent qu'il ne suivît point les témoins dans la salle qui leur était réservée.

La lecture de l'acte d'accusation s'accomplit comme presque toujours, sans incident. Je ne relaterai pas ici le long interrogatoire que subit M. Darzac. Il répondit à la fois de la façon la plus naturelle et la plus mystérieuse. *Tout ce qu'il pouvait dire* parut naturel, tout ce qu'il tut parut terrible pour lui, même aux yeux de ceux qui *sentaient* son innocence. Son silence sur les points que nous connaissons se dressa contre lui et il semblait bien que ce silence dût fatalement l'écraser. Il résista aux objurgations du président des assises et du ministère public. On lui dit que se taire, en une pareille circonstance, équivalait à la mort.

« C'est bien, dit-il, je la subirai donc ; mais je suis innocent ! »

Avec cette habileté prodigieuse qui a fait sa renommée, et profitant de l'incident, maître Henri-Robert essaya de grandir le caractère de son client, par le fait même de son silence, en faisant allusion à des devoirs moraux que seules des âmes héroïques sont susceptibles de s'imposer. L'éminent avocat ne parvint qu'à convaincre tout à fait ceux qui connaissaient M. Darzac, mais les autres restèrent hésitants. Il y eut une suspension d'audience, puis le défilé des témoins commença et Rouletabille n'arrivait toujours point. Chaque fois qu'une porte s'ouvrait, tous les yeux allaient à cette porte, puis se reportaient sur le directeur de *L'Époque* qui restait, impassible, à sa place. On le vit enfin qui fouillait dans sa poche et qui en tirait une lettre. Une grosse rumeur suivit ce geste.

Mon intention n'est point de retracer ici tous les incidents de ce procès. J'ai assez longuement rappelé toutes les étapes de l'affaire pour ne point imposer aux lecteurs le défilé nouveau des événements entourés de leur mystère. J'ai hâte d'arriver au moment vraiment dramatique de cette journée inoubliable. Il survint, comme maître Henri-Robert posait quelques questions au père Mathieu, qui, à la barre des témoins, se défendait, entre ses deux gendarmes, d'avoir assassiné *l'homme vert*. Sa femme fut appelée et confrontée avec lui. Elle avoua, en éclatant en sanglots, qu'elle avait été *l'amie* du garde, que son mari s'en était douté ; mais elle affirma encore que celui-ci n'était pour rien dans l'assassinat de son *ami*. Maître Henri-Robert demanda alors à la cour de bien vouloir entendre immédiatement, sur ce point, Frédéric Larsan.

« Dans une courte conversation que je viens d'avoir avec Frédéric Larsan, pendant la suspension d'audience, déclara l'avocat, celui-ci m'a fait comprendre que l'on pouvait expliquer la mort du garde autrement que par l'intervention du père Mathieu. Il serait intéressant de connaître l'hypothèse de Frédéric Larsan. »

Frédéric Larsan fut introduit. Il s'expliqua fort nettement.

« Je ne vois point, dit-il, la nécessité de faire intervenir le père Mathieu en tout ceci. Je l'ai dit à M. de Marquet, mais les propos meurtriers de cet homme lui ont évidemment nui dans l'esprit de M. le juge d'instruction. Pour moi, l'assassinat de Mlle Stangerson et l'assassinat du garde *sont la même affaire*. On a tiré sur l'assassin de Mlle Stangerson, fuyant dans la cour d'honneur ; on a pu croire l'avoir atteint, on a pu croire l'avoir tué ; à la vérité il n'a fait que trébucher au moment où il disparaissait derrière l'aile droite du château. Là, l'assassin a rencontré le garde qui voulut sans doute s'opposer à sa fuite. L'assassin avait encore à la main le couteau dont il venait de frapper Mlle Stangerson, il en frappa le garde au cœur, et le garde en est mort.

Cette explication si simple parut d'autant plus plausible que, déjà, beaucoup de ceux qui s'intéressaient aux mystères du Glandier l'avaient trouvée. Un murmure d'approbation se fit entendre.

« Et l'assassin, qu'est-il devenu, dans tout cela ? demanda le président.

– Il s'est évidemment caché, monsieur le président, dans un coin obscur de ce bout de cour et, après le départ des gens du château qui emportaient le corps, il a pu tranquillement s'enfuir. »

À ce moment, du fond du public debout, une voix juvénile s'éleva. Au milieu de la stupeur de tous, elle disait :

« Je suis de l'avis de Frédéric Larsan pour le coup de couteau au cœur. Mais je ne suis plus de son avis sur la manière dont l'assassin s'est enfui du bout de cour ! »

Tout le monde se retourna ; les huissiers se précipitèrent, ordonnant le silence. Le président demanda avec irritation qui avait élevé la voix et ordonna l'expulsion immédiate de l'intrus ; mais on réentendit la même voix claire qui criait :

« C'est moi, monsieur le président, c'est moi, Joseph Rouletabille ! »

XXVII

Où Joseph Rouletabille apparaît dans toute sa gloire

Il y eut un remous terrible. On entendit des cris de femmes qui se trouvaient mal. On n'eût plus aucun égard pour *la majesté de la justice*. Ce fut une bousculade insensée. Tout le monde voulait voir Joseph Rouletabille. Le président cria qu'il allait faire évacuer la salle, mais personne ne l'entendit. Pendant ce temps, Rouletabille sautait par-dessus la balustrade qui le séparait du public assis, se faisait un chemin à grands coups de coude, arrivait auprès de son directeur qui l'embrassait avec effusion, lui prit *sa* lettre d'entre les mains, la glissa dans sa poche, pénétra dans la partie réservée du prétoire et parvint ainsi jusqu'à la barre des témoins, bousculé, bousculant, le visage souriant, heureux, boule écarlate qu'illuminait encore l'éclair intelligent de ses deux grands yeux ronds. Il avait ce costume anglais que je lui avais vu le matin de son départ – mais dans quel état, mon Dieu ! – l'ulster sur son bras et la casquette de voyage à la main. Et il dit :

« Je demande pardon, monsieur le président, le transatlantique a eu du retard ! J'arrive d'Amérique. Je suis Joseph Rouletabille ! ... »

On éclata de rire. Tout le monde était heureux de l'arrivée de ce gamin. Il semblait à toutes ces consciences qu'un immense poids venait de leur être enlevé. On respirait. On avait la certitude qu'il apportait réellement la vérité... qu'il allait faire connaître la vérité...

Mais le président était furieux :

« Ah ! vous êtes Joseph Rouletabille, reprit le président... eh bien, je vous apprendrai, jeune homme, à vous moquer de la justice... En attendant que la cour délibère sur votre cas, je vous retiens à la disposition de la justice... en vertu de mon pouvoir discrétionnaire.

– Mais, monsieur le président, je ne demande que cela : être à la disposition de la justice... je suis venu m'y mettre, à la disposition de la justice... Si mon entrée a fait un peu de tapage, j'en demande bien pardon à la cour... Croyez bien, monsieur le président, que nul, plus que moi, n'a le respect de la justice... Mais je suis entré comme j'ai pu... »

Et il se mit à rire. Et tout le monde rit.

« Emmenez-le ! » commanda le président.

Mais maître Henri-Robert intervint. Il commença par excuser le jeune homme, il le montra animé des meilleurs sentiments, il fit comprendre au président qu'on pouvait difficilement se passer de la déposition d'un témoin qui avait couché au Glandier pendant toute la semaine mystérieuse, d'un témoin surtout qui prétendait prouver l'innocence de l'accusé et apporter le nom de l'assassin.

« Vous allez nous dire le nom de l'assassin ? demanda le président, ébranlé mais sceptique.

– Mais, mon président, je ne suis venu que pour ça ! fit Rouletabille.

On faillit applaudir dans le prétoire, mais les chut ! énergiques des huissiers rétablirent le silence.

« Joseph Rouletabille, dit maître Henri-Robert, n'est pas cité régulièrement comme témoin, mais j'espère qu'en vertu de son pouvoir discrétionnaire, monsieur le président voudra bien l'interroger.

– C'est bien ! fit le président, nous l'interrogerons. Mais finissons-en d'abord... »

L'avocat général se leva :

« Il vaudrait peut-être mieux, fit remarquer le représentant du ministère public, que ce jeune homme nous dise tout de suite le nom de celui qu'il dénonce comme étant l'assassin. »

Le président acquiesça avec une ironique réserve :

« Si monsieur l'avocat général attache quelque importance à la déposition de M. Joseph Rouletabille, je ne vois point d'inconvénient à ce que le témoin nous dise tout de suite le nom de *son* assassin ! »

On eût entendu voler une mouche.

Rouletabille se taisait, regardant avec sympathie M. Robert Darzac, qui, lui, pour la première fois, depuis le commencement du débat, montrait un visage agité et plein d'angoisse.

« Eh bien, répéta le président, on vous écoute, monsieur Joseph Rouletabille. Nous attendons le nom de l'assassin. »

Rouletabille fouilla tranquillement dans la poche de son gousset, en tira un énorme oignon, y regarda l'heure, et dit :

« Monsieur le président, je ne pourrai vous dire le nom de l'assassin qu'à six heures et demie ! *Nous avons encore quatre bonnes heures devant nous !* »

La salle fit entendre des murmures étonnés et désappointés. Quelques avocats dirent à haute voix :

« Il se moque de nous ! »

Le président avait l'air enchanté ; maîtres Henri-Robert et André Hesse étaient ennuyés.

Le président dit :

« Cette plaisanterie a assez duré. Vous pouvez vous retirer, monsieur, dans la salle des témoins. Je vous garde à notre disposition. »

Rouletabille protesta :

« Je vous affirme, monsieur le président, s'écria-t-il, de sa voix aiguë et cllaironnante, je vous affirme que, lorsque je vous aurai dit le nom de l'assassin, *vous comprendrez que je ne pouvais vous le dire qu'à six heures et demie !* Parole d'honnête homme ! Foi de Rouletabille ! ... Mais, en attendant, je peux toujours vous donner quelques explications sur l'assassinat du garde... M. Frédéric Larsan qui m'a vu *travailler* au Glandier pourrait vous dire avec quel soin j'ai étudié toute cette affaire. J'ai beau être d'un avis contraire au sien et prétendre qu'en faisant arrêter M. Robert Darzac, il a fait arrêter un innocent, il ne doute pas, lui, de ma bonne foi, ni de l'importance qu'il faut attacher à mes découvertes, qui ont souvent corroboré les siennes ! »

Frédéric Larsan dit :

« Monsieur le président, il serait intéressant d'entendre M. Joseph Rouletabille ; d'autant plus intéressant qu'il n'est pas de mon avis. »

Un murmure d'approbation accueillit cette parole du policier. Il acceptait le duel en beau joueur. La joute promettait d'être curieuse entre ces deux intelligences qui s'étaient acharnées au même tragique problème et qui étaient arrivées à deux solutions différentes.

Comme le président se taisait, Frédéric Larsan continua :

« Ainsi nous sommes d'accord pour le coup de couteau au cœur qui a été donné au garde par l'assassin de Mlle Stangerson ; mais, puisque nous ne sommes plus d'accord sur la question de la fuite de l'assassin, *dans le bout de cour*, il serait curieux de savoir comment M. Rouletabille explique cette fuite.

– Évidemment, fit mon ami, ce serait curieux ! »

Toute la salle partit encore à rire. Le président déclara aussitôt que, si un pareil fait se renouvelait, il n'hésiterait pas à mettre à exécution sa menace de faire évacuer la salle.

« Vraiment, termina le président, dans une affaire comme celle-là, je ne vois pas ce qui peut prêter à rire.

– Moi non plus ! » dit Rouletabille.

Des gens, devant moi, s'enfoncèrent leur mouchoir dans la bouche pour ne pas éclater...

« Allons, fit le président, vous avez entendu, jeune homme, ce que vient de dire M. Frédéric Larsan. Comment, selon vous, l'assassin s'est-il enfui du *bout de cour* ?

Rouletabille regarda Mme Mathieu, qui lui sourit tristement.

« Puisque Mme Mathieu, dit-il, a bien voulu avouer tout l'intérêt qu'elle portait au garde...

– la coquine ! s'écria le père Mathieu.

– Faites sortir le père Mathieu ! » ordonna le président.

On emmena le père Mathieu.

Rouletabille reprit :

« ... Puisqu'elle a fait cet aveu, je puis bien vous dire qu'elle avait souvent des conversations, la nuit, avec le garde, au premier étage du donjon, dans la chambre qui fut, autrefois un oratoire. Ces conversations furent surtout fréquentes dans les derniers temps, quand le père Mathieu était cloué au lit par ses rhumatismes.

« Une piqûre de morphine, administrée à propos, donnait au père Mathieu le calme et le repos, et tranquillisait son épouse pour les quelques heures pendant lesquelles elle était dans la nécessité de s'absenter. Mme Mathieu venait au château, la nuit, enveloppée dans un grand châle noir qui lui servait autant que possible à dissimuler sa personnalité et la faisait ressembler à un sombre fantôme qui, parfois, troubla les nuits du père Jacques. Pour prévenir son ami de sa présence, Mme Mathieu avait emprunté au chat de la mère Agenoux, une vieille sorcière de Sainte-Geneviève-des-Bois, son miaulement sinistre ; aussitôt, le garde descendait de son donjon et venait ouvrir la petite poterne à sa maîtresse. Quand les réparations du donjon furent récemment entreprises, les rendez-vous n'en eurent pas moins lieu dans l'ancienne chambre du garde, au donjon même, la nouvelle chambre, qu'on avait momentanément abandonnée à ce malheureux serviteur, à l'extrémité de l'aile droite du château, n'étant séparée du ménage du maître d'hôtel et de la cuisinière que par une trop mince cloison.

« Mme Mathieu venait de quitter le garde en parfaite santé, quand le drame du *petit bout de cour* survint. Mme Mathieu et le garde, n'ayant plus rien à se dire, étaient sortis du donjon ensemble... Je n'ai appris ces détails, monsieur le président, que par l'examen auquel je me livrai des traces de pas dans la cour d'honneur, le lendemain matin... Bernier, le concierge, que j'avais placé, avec son fusil, en observation derrière le donjon, *ainsi que je lui permettrai de vous l'expliquer lui-même*, ne pouvait voir ce qui se passait dans la cour d'honneur. Il n'y arriva un peu plus tard qu'attiré par les coups de revolver, et tira à son tour. Voici donc le garde et Mme Mathieu, dans la nuit et le silence de la cour d'honneur. Ils se souhaitent le bonsoir ; Mme Mathieu se dirige vers la grille ouverte de cette cour, et lui s'en retourne se coucher dans sa petite pièce en encorbellement, à l'extrémité de l'aile droite du château.

« Il va atteindre sa porte, quand des coups de revolver retentissent ; il se retourne ; anxieux, il revient sur ses pas ; il va atteindre l'angle de l'aile droite du château quand une ombre bondit sur lui et le frappe. Il meurt. Son cadavre est ramassé tout de suite par des gens qui croient tenir l'assassin et qui n'emportent que l'assassiné. Pendant ce temps, que fait Mme Mathieu ? Surprise par les détonations et par l'envahissement de la cour, elle se fait la plus petite qu'elle peut dans la nuit et dans la cour d'honneur. La cour est vaste, et, se trouvant près de la grille, Mme Mathieu pouvait passer inaperçue. Mais elle ne *passa* pas. Elle resta et vit emporter le cadavre. Le cœur serré d'une angoisse bien compréhensible et poussée par un tragique pressentiment, elle vint jusqu'au vestibule du château, jeta un regard sur l'escalier éclairé par le lumignon du père Jacques, l'escalier où l'on avait étendu le corps de son ami ; elle *vit* et s'enfuit. Avait-elle éveillé l'attention du père Jacques ? Toujours est-il que celui-ci rejoignit le fantôme noir, qui déjà lui avait fait passer quelques nuits blanches.

« Cette nuit même, avant le crime, il avait été réveillé par les cris de la *Bête du Bon Dieu* et avait aperçu, par sa fenêtre, le fantôme noir... Il s'était hâtivement vêtu et c'est ainsi que l'on s'explique qu'il arriva dans le vestibule, tout habillé, quand nous apportâmes le cadavre du garde. Donc, cette nuit-là, dans la cour d'honneur, il a voulu sans doute, une fois pour toutes, regarder de tout près la figure du fantôme. Il la reconnut. Le père Jacques est un vieil ami de Mme Mathieu. Elle dut lui avouer ses nocturnes entretiens, et le supplier de la sauver de ce moment difficile ! L'état de Mme Mathieu, qui venait de voir son ami mort, devait être pitoyable. Le père Jacques eut pitié et accompagna Mme Mathieu, à travers la chênaie, et hors du parc, par delà même les bords de l'étang, jusqu'à la route d'Épinay. Là, elle n'avait plus que quelques mètres à faire pour rentrer chez elle. Le père Jacques revint au château, et, se rendant compte de l'importance judiciaire qu'il y aurait pour la maîtresse du garde à ce qu'on ignorât sa présence au château, cette nuit-là, essaya autant que possible de nous cacher cet épisode dramatique d'une nuit qui, déjà, en comptait tant ! Je n'ai nul besoin, ajouta Rouletabille, de demander à Mme Mathieu et au père Jacques de corroborer ce récit. *Je sais* que les choses se sont passées ainsi ! Je ferai simplement appel aux souvenirs de M. Larsan qui, lui, comprend déjà comment j'ai tout appris, car il m'a vu, le lendemain matin, penché sur une double piste où l'on rencontrait voyageant de compagnie, l'empreinte des pas du père Jacques et de ceux de madame. »

Ici, Rouletabille se tourna vers Mme Mathieu qui était restée à la barre, et lui fit un salut galant.

« Les empreintes des pieds de madame, expliqua Rouletabille, ont une ressemblance étrange avec les traces des *pieds élégants* de l'assassin... »

Mme Mathieu tressaillit et fixa avec une curiosité farouche le jeune reporter. Qu'osait-il dire ? Que voulait-il dire ?

« Madame a le pied élégant, long et plutôt un peu grand pour une femme. C'est, au bout pointu de la bottine près, le pied de l'assassin... »

Il y eut quelques mouvements dans l'auditoire. Rouletabille, d'un geste, les fit cesser. On eût dit vraiment que c'était lui, maintenant, qui commandait la police de l'audience.

« Je m'empresse de dire, fit-il, que ceci ne signifie pas grand'chose et qu'un policier qui bâtirait un système sur des marques extérieures semblables, *sans mettre une idée générale autour,* irait tout de go à l'erreur judiciaire ! M. Robert Darzac, lui aussi, a les pieds de l'assassin, et cependant, *il n'est pas l'assassin !* »

Nouveaux mouvements.

Le président demanda à Mme Mathieu :

« C'est bien ainsi que, ce soir-là, les choses se sont passées pour vous, madame ?

– Oui, monsieur le président, répondit-elle. C'est à croire que M. Rouletabille était derrière nous.

– Vous avez donc vu fuir l'assassin jusqu'à l'extrémité de l'aile droite, madame ?

– Oui, comme j'ai vu emporter, une minute plus tard, le cadavre du garde.

– Et l'assassin, qu'est-il devenu ? Vous étiez restée seule dans la cour d'honneur, il serait tout naturel que vous l'ayez aperçu alors... Il ignorait votre présence et le moment était venu pour lui de s'échapper...

– Je n'ai rien vu, monsieur le président, gémit Mme Mathieu. À ce moment la nuit était devenue très noire.

– C'est donc, fit le président, M. Rouletabille qui nous expliquera comment l'assassin s'est enfui.

– Évidemment ! » répliqua aussitôt le jeune homme avec une telle assurance que le président lui-même ne put s'empêcher de sourire.

Et Rouletabille reprit la parole :

« Il était impossible à l'assassin de s'enfuir normalement du bout de cour dans lequel il était entré sans que nous le vissions ! Si nous ne l'avions pas vu, nous l'eussions touché ! C'est un pauvre petit bout de cour de rien du tout, un carré entouré de fossés et de hautes grilles. L'assassin eût marché sur nous ou nous eussions marché sur lui ! Ce carré était aussi quasi-matériellement fermé par les fossés, les grilles et *par nous-mêmes,* que la *Chambre Jaune* !

– Alors, dites-nous donc, puisque l'homme est entré dans ce carré, dites-nous donc comment il se fait que vous ne l'ayez point trouvé ! ... Voilà une demi-heure que je ne vous demande que cela !... »

Rouletabille ressortit une fois encore l'oignon qui garnissait la poche de son gilet ; il y jeta un regard calme, et dit :

« Monsieur le président, vous pouvez me demander cela encore pendant trois heures trente, je ne pourrai vous répondre sur ce point qu'à six heures et demie ! »

Cette fois-ci les murmures ne furent ni hostiles, ni désappointés. On commençait à avoir confiance en Rouletabille. « On lui faisait confiance. » Et l'on s'amusait de cette prétention qu'il avait de fixer une heure au président comme il eût fixé un rendez-vous à un camarade.

Quant au président, après s'être demandé s'il devait se fâcher, il prit son parti de s'amuser de ce gamin comme tout le monde. Rouletabille dégageait de la sympathie, et le président en était déjà tout imprégné. Enfin, il avait si nettement défini le rôle de Mme Mathieu dans l'affaire, et si bien expliqué chacun de ses gestes, *cette nuit-là,* que M. De Rocoux se voyait obligé de le prendre presque au sérieux.

« Eh bien, monsieur Rouletabille, fit-il, c'est comme vous voudrez ! Mais que je ne vous revoie plus avant six heures et demie ! »

Rouletabille salua le président, et, dodelinant de sa grosse tête, se dirigea vers la porte des témoins.

*

Son regard me cherchait. Il ne me vit point. Alors, je me dégageai tout doucement de la foule qui m'enserrait et je sortis de la salle d'audience, presque en même temps que Rouletabille. Cet excellent ami m'accueillit avec effusion. Il était heureux et loquace. Il me secouait les mains avec jubilation.

Je lui dis :

« Je ne vous demanderai point, mon cher ami, ce que vous êtes allé faire en Amérique. Vous me répliqueriez sans doute, comme au président, que vous ne pouvez me répondre qu'à six heures et demie...

– Non, mon cher Sainclair, non, mon cher Sainclair ! Je vais vous dire tout de suite ce que je suis allé faire en Amérique, parce que vous, vous êtes un ami : je suis allé chercher *le nom de la seconde moitié de l'assassin !*

– Vraiment, vraiment, le nom de la seconde moitié...

– Parfaitement. Quand nous avons quitté le Glandier pour la dernière fois, je connaissais les deux moitiés de l'assassin et le nom de l'une de ces moitiés. C'est le nom de l'autre moitié que je suis allé chercher en Amérique... »

Nous entrions, à ce moment, dans la salle des témoins. Ils vinrent tous à Rouletabille avec force démonstrations. Le reporter fut très aimable, si ce n'est avec Arthur Rance auquel il montra une froideur marquée. Frédéric Larsan entrant alors dans la salle, Rouletabille alla à lui, lui administra une de ces poignées de main dont il avait le douloureux secret, et dont on revient avec les phalanges brisées. Pour lui montrer tant de sympathie, Rouletabille devait être bien sûr de l'avoir roulé. Larsan souriait, sûr de lui-même et lui demandant, à son tour, ce qu'il était allé faire en Amérique. Alors, Rouletabille, très aimable, le prit par le bras et lui conta dix anecdotes de son voyage. À un moment, ils s'éloignèrent, s'entretenant de choses plus sérieuses, et, par discrétion, je les quittai. Du reste, j'étais fort curieux de rentrer dans la salle d'audience où l'interrogatoire des témoins continuait. Je retournai à ma place et je pus constater tout de suite que le public n'attachait qu'une importance relative à ce qui se passait alors, et qu'il attendait impatiemment six heures et demie.

*

Ces six heures et demie sonnèrent et Joseph Rouletabille fut à nouveau introduit. Décrire l'émotion avec laquelle la foule le suivit des yeux à la barre serait impossible. On ne respirait plus. M. Robert Darzac s'était levé à son banc. Il était pâle comme un mort.

Le président dit avec gravité :

« Je ne vous fais pas prêter serment, monsieur ! Vous n'avez pas été cité régulièrement. Mais j'espère qu'il n'est pas besoin de vous expliquer toute l'importance des paroles que vous allez prononcer ici... »

Et il ajouta, menaçant :

« Toute l'importance de ces paroles... *pour vous*, sinon pour les autres ! ... »

Rouletabille, nullement ému, le regardait. Il dit :

« Oui, m'sieur !

– Voyons, fit le président. Nous parlions tout à l'heure de ce petit bout de cour qui avait servi de refuge à l'assassin, et vous nous promettiez de nous dire, à six heures et demie, comment l'assassin s'est enfui de ce bout de cour et aussi le nom de l'assassin. Il est six heures trente-cinq, monsieur Rouletabille, et nous ne savons encore rien !

– Voilà, m'sieur ! commença mon ami au milieu d'un silence si solennel que je ne me rappelle pas en avoir*vu* de semblable, je vous ai dit que ce bout de cour était fermé et qu'il était impossible pour l'assassin de s'échapper de ce carré sans que ceux qui étaient à sa recherche s'en aperçussent. C'est l'exacte vérité. *Quand nous étions là, dans le carré de bout de cour, l'assassin s'y trouvait encore avec nous !*

– Et vous ne l'avez pas vu ! ... c'est bien ce que l'accusation prétend...

– Et nous l'avons tous vu ! monsieur le président, s'écria Rouletabille.

– Et vous ne l'avez pas arrêté ! ...

– Il n'y avait que moi qui sût qu'il était l'assassin. Et j'avais besoin que l'assassin ne fût pas arrêté tout de suite ! Et puis, je n'avais d'autre preuve, à ce moment, que *ma raison* ! Oui, seule, ma raison me prouvait que l'assassin était là et que nous le voyions ! J'ai pris mon temps pour apporter, aujourd'hui, en cour d'assises, *une preuve irréfutable, et qui, je m'y engage, contentera tout le monde.*

– Mais parlez ! parlez, monsieur ! Dites-nous quel est le nom de l'assassin, fit le président...

– Vous le trouverez parmi les noms de ceux qui étaient dans le bout de cour », répliqua Rouletabille, qui, lui, ne semblait pas pressé...

On commençait à s'impatienter dans la salle...

« Le nom ! Le nom ! murmurait-on...

Rouletabille, sur un ton qui méritait des gifles, dit :

« Je laisse un peu traîner cette déposition, la mienne, m'sieur le président, parce que j'ai des raisons pour cela ! ...

– Le nom ! Le nom ! répétait la foule.

– Silence ! » glapit l'huissier.

Le président dit :

185

« Il faut tout de suite nous dire le nom, monsieur ! ... Ceux qui se trouvaient dans le bout de cour étaient : le garde, mort. Est-ce lui, l'assassin ?

– Non, m'sieur.

– Le père Jacques ? ...

– Non m'sieur.

– Le concierge, Bernier ?

– Non, m'sieur...

– M. Sainclair ?

– Non m'sieur...

– M. Arthur William Rance, alors ? Il ne reste que M. Arthur Rance et vous ! Vous n'êtes pas l'assassin, non ?

– Non, m'sieur !

– Alors, vous accusez M. Arthur Rance ?

– Non, m'sieur !

– Je ne comprends plus ! ... Où voulez-vous en venir ? ... il n'y avait plus personne dans le bout de cour.

– Si, m'sieur ! ... *il n'y avait personne dans le bout de cour, ni au-dessous, mais il y avait quelqu'un au-dessus, quelqu'un penché à sa fenêtre, sur le bout de cour...*

– Frédéric Larsan ! s'écria le président.

– Frédéric Larsan ! » répondit d'une voix éclatante Rouletabille.

Et, se retournant vers le public qui faisait entendre déjà des protestations, il lui lança ces mots avec une force dont je ne le croyais pas capable :

« Frédéric Larsan, l'assassin ! »

Une clameur où s'exprimaient l'ahurissement, la consternation, l'indignation, l'incrédulité, et, chez certains, l'enthousiasme pour le petit bonhomme assez audacieux pour oser une pareille accusation, remplit la salle. Le président n'essaya même pas de la calmer ; quand elle fut tombée d'elle-même, sous les chut ! énergiques de ceux qui voulaient tout de suite en savoir davantage, on entendit distinctement Robert Darzac, qui, se laissant retomber sur son banc, disait : « C'est impossible ! Il est fou ! ... »

Le président :

« Vous osez, monsieur, accuser Frédéric Larsan ! Voyez l'effet d'une pareille accusation... M. Robert Darzac lui-même vous traite de fou ! ... Si vous ne l'êtes pas, vous devez avoir des preuves...

– Des preuves, m'sieur ! Vous voulez des preuves ! Ah ! je vais vous en donner une, de preuve... fit la voix aiguë de Rouletabille... Qu'on fasse venir Frédéric Larsan ! ... »

Le président : « Huissier, appelez Frédéric Larsan. »

L'huissier courut à la petite porte, l'ouvrit, disparut... La petite porte était restée ouverte... Tous les yeux étaient sur cette petite porte. L'huissier réapparut. Il s'avança au milieu du prétoire et dit :

« Monsieur le président, Frédéric Larsan n'est pas là. Il est parti vers quatre heures et on ne l'a plus revu. »

Rouletabille clama, triomphant :

« Ma preuve, la voilà !

– Expliquez-vous... Quelle preuve ? demanda le président.

– Ma preuve irréfutable, fit le jeune reporter, ne voyez-vous pas que c'est la fuite de Larsan. Je vous jure qu'il ne reviendra pas, allez ! ... vous ne reverrez plus Frédéric Larsan... »

Rumeurs au fond de la salle.

« Si vous ne vous moquez pas de la justice, pourquoi, monsieur, n'avez-vous pas profité de ce que Larsan était avec vous, à cette barre, pour l'accuser en face ? Au moins, il aurait pu vous répondre !...

– Quelle réponse eût été plus complète que celle-ci, monsieur le président ? ... *il ne me répond pas ! Il ne me répondra jamais !* J'accuse Larsan d'être *l'assassin et il se sauve !* Vous trouvez que ce n'est pas une réponse, ça ! ...

– Nous ne voulons pas croire, nous ne croyons point que Larsan, comme vous dites, *se soit sauvé* ... Comment se serait-il sauvé ? Il ne savait pas que vous alliez l'accuser ?

– Si, m'sieur, il le savait, puisque je le lui ai appris moi-même, tout à l'heure...

– Vous avez fait cela ! ... Vous croyez que Larsan est l'assassin et vous lui donnez les moyens de fuir ! ...

– Oui, m'sieur le président, j'ai fait cela, répliqua Rouletabille avec orgueil... Je ne suis pas de la *justice*, moi ; je ne suis pas de la *police*, moi ; je suis un humble journaliste, et mon métier n'est point de faire arrêter les gens ! Je sers la vérité comme je veux... c'est mon affaire... Préservez, vous autres, la société, comme vous pouvez, c'est la vôtre... Mais ce n'est pas moi qui apporterai une tête au bourreau ! ... Si vous êtes juste, monsieur le président – et vous l'êtes – vous trouverez que j'ai raison ! ... Ne vous ai-je pas dit, tout à l'heure, « que vous comprendriez que je ne pouvais prononcer le nom de l'assassin avant six heures et demie ». J'avais calculé que ce temps était nécessaire pour avertir Frédéric Larsan, lui permettre de prendre le train de 4 heures 17, pour Paris, où il saurait se mettre en sûreté... Une heure pour arriver à Paris, une heure et quart pour qu'il pût faire disparaître toute trace de son passage... Cela nous amenait à six heures et demie... Vous ne retrouverez pas Frédéric Larsan, déclara

Rouletabille en fixant M. Robert Darzac... il est trop malin... *C'est un homme qui vous a toujours échappé...* et que vous avez longtemps et vainement poursuivi... S'il est moins fort que moi, ajouta Rouletabille, en riant de bon cœur et en riant tout seul, car personne n'avait plus envie de rire... il est plus fort que toutes les polices de la terre. Cet homme, qui, depuis quatre ans, s'est introduit à la Sûreté, et y est devenu célèbre sous le nom de Frédéric Larsan, est autrement célèbre sous un autre nom que vous connaissez bien. Frédéric Larsan, m'sieur le président, *c'est Ballmeyer !*

– Ballmeyer ! s'écria le président.

– Ballmeyer ! fit Robert Darzac, en se soulevant... Ballmeyer ! ... C'était donc vrai !

– Ah ! ah ! m'sieur Darzac, vous ne croyez plus que je suis fou, maintenant ! ... »

Ballmeyer ! Ballmeyer ! Ballmeyer ! On n'entendait plus que ce nom dans la salle. Le président suspendit l'audience.

*

Vous pensez si cette suspension d'audience fut mouvementée. Le public avait de quoi s'occuper. Ballmeyer ! On trouvait, décidément, le gamin *épatant* ! Ballmeyer ! Mais le bruit de sa mort avait couru, il y avait, de cela, quelques semaines. Ballmeyer avait donc échappé à la mort comme, toute sa vie, il avait échappé aux gendarmes. Est-il nécessaire que je rappelle ici les hauts faits de Ballmeyer ? Ils ont, pendant vingt ans, défrayé la chronique judiciaire et la rubrique des faits divers ; et, si quelques-uns de mes lecteurs ont pu oublier l'affaire de la *Chambre Jaune*, ce nom de Ballmeyer n'est certainement pas sorti de leur mémoire. Ballmeyer fut le type même de l'escroc du grand monde ; il n'était point de gentleman plus gentleman que lui ; il n'était point de prestidigitateur plus habile de ses doigts que lui ; il n'était point d'*apache*, comme on dit aujourd'hui, plus audacieux et plus terrible que lui. Reçu dans la meilleure société, inscrit dans les cercles les plus fermés, il avait volé l'honneur des familles et l'argent des pontes avec une maestria qui ne fut jamais dépassée. Dans certaines occasions difficiles, il n'avait pas hésité à faire le coup de couteau ou le coup de l'os de mouton. Du reste, il n'hésitait jamais, et aucune entreprise n'était au-dessus de ses forces. Étant tombé une fois entre les mains de la justice, il s'échappa, le matin de son procès, en jetant du poivre dans les yeux des gardes qui le conduisaient à la cour d'assises. On sut plus tard que, le jour de sa fuite, pendant que les plus fins limiers de la Sûreté

188

étaient à ses trousses, il assistait, tranquillement, nullement maquillé, à une première du Théâtre-Français. Il avait ensuite quitté la France pour travailler en Amérique, et la police de l'état d'Ohio avait, un beau jour, mis la main sur l'exceptionnel bandit ; mais, le lendemain, il s'échappait encore... Ballmeyer, il faudrait un volume pour parler ici de Ballmeyer, et c'est cet homme qui était devenu Frédéric Larsan ! ... Et c'est ce petit gamin de Rouletabille qui avait découvert cela ! ... Et c'est lui aussi, ce moutard, qui, connaissant le passé d'un Ballmeyer, lui permettait, une fois de plus, de faire la nique à la société, en lui fournissant le moyen de s'échapper ! À ce dernier point de vue, je ne pouvais qu'admirer Rouletabille, car je savais que son dessein était de servir jusqu'au bout M. Robert Darzac et Mlle Stangerson en les débarrassant du bandit *sans qu'il parlât*.

On n'était pas encore remis d'une pareille révélation, et j'entendais déjà les plus pressés s'écrier : « En admettant que l'assassin soit Frédéric Larsan, cela ne nous explique pas comment il est sorti de la *Chambre Jaune* ! ... » quand l'audience fut reprise.

*

Rouletabille fut appelé immédiatement à la barre et son interrogatoire , car il s'agissait là plutôt d'un interrogatoire que d'une déposition , reprit.

Le président :

« Vous nous avez dit tout à l'heure, monsieur, qu'il était impossible de s'enfuir du bout de cour. J'admets, avec vous, je veux bien admettre que, puisque Frédéric Larsan se trouvait penché à sa fenêtre, au-dessus de vous, il fût encore dans ce bout de cour ; mais, pour se trouver à sa fenêtre, il lui avait fallu quitter ce bout de cour. Il s'était donc enfui ! Et comment ? »

Rouletabille :

« J'ai dit qu'il n'avait pu s'enfuir *normalement*... Il s'est donc enfui *anormalement* ! Car le bout de cour, je l'ai dit aussi, n'était que *quasi* fermé tandis que la *Chambre Jaune* l'était tout à fait. On pouvait grimper au mur, chose impossible dans la *Chambre Jaune*, se jeter sur la terrasse et de là, pendant que nous étions penchés sur le cadavre du garde, pénétrer de la terrasse dans la galerie par la fenêtre qui donne juste au-dessus. Larsan n'avait plus qu'un pas à faire pour être dans sa chambre, ouvrir sa fenêtre et nous parler. Ceci n'était qu'un jeu d'enfant pour un acrobate de la force de Ballmeyer. Et, monsieur le président, voici la preuve de ce que j'avance. »

189

Ici, Rouletabille tira de la poche de son veston, un petit paquet qu'il ouvrit, et dont il tira une cheville.

« Tenez, monsieur le président, voici une cheville qui s'adapte parfaitement dans un trou que l'on trouve encore dans le *corbeau* de droite qui soutient la terrasse en encorbellement. Larsan, qui prévoyait tout et qui songeait à tous les moyens de fuite autour de sa chambre − chose nécessaire quand on joue son jeu − avait enfoncé préalablement cette cheville dans ce *corbeau*. Un pied sur la borne qui est au coin du château, un autre pied sur la cheville, une main à la corniche de la porte du garde, l'autre main à la terrasse, et Frédéric Larsan disparaît dans les airs... d'autant mieux qu'il est fort ingambe et que, ce soir-là, il n'était nullement endormi par un narcotique, comme il avait voulu nous le faire croire. Nous avions dîné avec lui, monsieur le président, et, au dessert, il nous joua le coup du monsieur qui tombe de sommeil, car il avait besoin d'être, lui aussi, endormi, pour que, le lendemain, on ne s'étonnât point que moi, Joseph Rouletabille, j'aie été victime d'un narcotique en dînant avec Larsan. Du moment que nous avions subi le même sort, les soupçons ne l'atteignaient point et s'égaraient ailleurs. Car, moi, monsieur le président, moi, j'ai été bel et bien endormi, et par Larsan lui-même, et comment ! ... Si je n'avais pas été dans ce triste état, jamais Larsan ne se serait introduit dans la chambre de Mlle Stangerson ce soir-là, et le malheur ne serait pas arrivé ! ... »

On entendit un gémissement. C'était M. Darzac qui n'avait pu retenir sa douloureuse plainte...

« Vous comprenez, ajouta Rouletabille, que, couchant à côté de lui, je gênais particulièrement Larsan, cette nuit-là, car il savait ou du moins il pouvait se douter *que, cette nuit-là, je veillais* ! Naturellement il ne pouvait pas croire une seconde que je le soupçonnais, lui ! Mais je pouvais le découvrir au moment où il sortait de sa chambre pour se rendre dans celle de Mlle Stangerson. Il attendit, cette nuit-là, pour pénétrer chez Mlle Stangerson, que je fusse endormi et que mon ami Sainclair fût occupé dans ma propre chambre à me réveiller. Dix minutes plus tard Mlle Stangerson criait à la mort !

− Comment étiez-vous arrivé à soupçonner, alors, Frédéric Larsan ? demanda le président.

− *Le bon bout de ma raison* me l'avait indiqué, m'sieur le président ; aussi j'avais l'œil sur lui ; mais c'est un homme terriblement fort, et je n'avais pas prévu le coup du narcotique. Oui, oui, le bon bout de ma raison me l'avait montré ! Mais il me fallait une preuve palpable ; comme qui dirait : *Le voir au bout de mes yeux après l'avoir vu au bout de ma raison !*

— Qu'est-ce que vous entendez par *le bon bout de votre raison ?*

— Eh ! m'sieur le président, la raison a deux bouts : le bon et le mauvais. Il n'y en a qu'un sur lequel vous puissiez vous appuyer avec solidité : c'est le bon ! On le reconnaît à ce que rien ne peut le faire craquer, ce bout-là, quoi que vous fassiez ! quoi que vous disiez ! Au lendemain de la *galerie inexplicable*, alors que j'étais comme le dernier des derniers des misérables hommes qui ne savent point se servir de leur raison parce qu'ils ne savent par où la prendre, que j'étais courbé sur la terre et sur les fallacieuses traces sensibles, je me suis relevé soudain, en m'appuyant sur le bon bout de ma raison et je suis monté dans la galerie.

« Là, je me suis rendu compte que l'assassin que nous avions poursuivi n'avait pu, cette fois, *ni normalement, ni anormalement* quitter la galerie. Alors, avec le bon bout de ma raison, j'ai tracé un cercle dans lequel j'ai enfermé le problème, et autour du cercle, j'ai déposé mentalement ces lettres flamboyantes : « Puisque l'assassin ne peut être en dehors du cercle, *il est dedans !* » Qui vois-je donc, dans ce cercle ? Le bon bout de ma raison me montre, outre l'assassin qui doit nécessairement s'y trouver : le père Jacques, M. Stangerson, Frédéric Larsan et moi ! Cela devait donc faire, avec l'assassin, cinq personnages. Or, quand je cherche dans le cercle, ou si vous préférez, dans la galerie, pour parler *matériellement*, je ne trouve que quatre personnages. Et il est démontré que le cinquième n'a pu s'enfuir, n'a pu sortir du cercle ! *Donc, j'ai, dans le cercle, un personnage qui est deux, c'est-à-dire qui est, outre son personnage, le personnage de l'assassin !* ... Pourquoi ne m'en étais-je pas aperçu déjà ? Tout simplement parce que le phénomène du doublement du personnage ne s'était pas passé sous mes yeux. Avec qui, des quatre personnes enfermées dans le cercle, l'assassin a-t-il pu se doubler sans que je l'aperçoive ? Certainement pas avec les personnes qui me sont apparues à un moment, *dédoublées de l'assassin*. Ainsi ai-je vu, *en même temps*, dans la galerie, M. Stangerson et l'assassin, le père Jacques et l'assassin, moi et l'assassin. L'assassin ne saurait donc être ni M. Stangerson, ni le père Jacques, ni moi ! Et puis, si c'était moi l'assassin, je le saurais bien, n'est-ce pas, m'sieur le président ? ... Avais-je vu, en même temps, Frédéric Larsan et l'assassin ? Non ! ... Non ! Il s'était passé *deux secondes* pendant lesquelles j'avais perdu de vue l'assassin, car celui-ci était arrivé, comme je l'ai du reste noté dans mes papiers, *deux secondes* avant M. Stangerson, le père

Jacques et moi, au carrefour des deux galeries. Cela avait suffi à Larsan pour enfiler la galerie tournante, enlever sa fausse barbe d'un tour de main, se retourner et se heurter à nous, comme s'il poursuivait l'assassin ! ... Ballmeyer en a fait bien d'autres ! et vous pensez bien que ce n'était qu'un jeu pour lui de se grimer de telle sorte qu'il apparût tantôt avec sa barbe rouge à Mlle Stangerson, tantôt à un employé de poste avec un collier de barbe châtain qui le faisait ressembler à M. Darzac, dont il avait juré la perte ! Oui, le bon bout de ma raison me rapprochait ces deux personnages, ou plutôt ces deux moitiés de personnage que je n'avais pas vues *en même temps* : Frédéric Larsan et l'inconnu que je poursuivais... pour en faire l'être mystérieux et formidable que je cherchais : *l'assassin*.

« Cette révélation me bouleversa. J'essayai de me ressaisir en m'occupant un peu des traces sensibles, des signes extérieurs qui m'avaient, jusqu'alors, égaré, et qu'il fallait, normalement, « faire entrer dans le cercle tracé par le bon bout de ma raison ! »

« Quels étaient, tout d'abord, les principaux signes extérieurs, cette nuit-là, qui m'avaient éloigné de l'idée d'un Frédéric Larsan assassin :

« 1° J'avais vu l'inconnu dans la chambre de Mlle Stangerson, et, courant à la chambre de Frédéric Larsan, j'y avais trouvé Frédéric Larsan, bouffi de sommeil.

« 2° L'échelle ;

« 3° J'avais placé Frédéric Larsan au bout de la galerie tournante en lui disant que j'allais sauter dans la chambre de Mlle Stangerson pour essayer de prendre l'assassin. Or, j'étais retourné dans la chambre de Mlle Stangerson où j'avais retrouvé mon inconnu.

« Le premier signe extérieur ne m'embarrassa guère. Il est probable que, lorsque je descendis de mon échelle, après avoir vu l'inconnu dans la chambre de Mlle Stangerson, celui-ci avait déjà fini ce qu'il avait à y faire. Alors, pendant que je rentrais dans le château, il rentrait, lui, dans la chambre de Frédéric Larsan, se déshabillait en deux temps, trois mouvements, et, quand je venais frapper à sa porte, montrait un visage de Frédéric Larsan ensommeillé à plaisir...

« Le second signe : l'échelle, ne m'embarrassa pas davantage. Il était évident que, si l'assassin était Larsan, il n'avait pas besoin d'échelle pour s'introduire dans le château, puisque Larsan couchait à côté de moi ; mais cette échelle devait faire croire à la venue de l'assassin, *de l'extérieur*, chose nécessaire au système de Larsan puisque, cette nuit-là, M. Darzac n'était pas au château. Enfin, cette échelle, en tout état de cause, pouvait faciliter la fuite de Larsan.

« Mais le troisième signe extérieur me déroutait tout à fait. Ayant placé Larsan au bout de la galerie tournante, je ne pouvais expliquer qu'il eût profité du moment où j'allais dans l'aile gauche du château trouver M. Stangerson et le père Jacques, *pour retourner dans la chambre de Mlle Stangerson !* C'était là un geste bien dangereux ! Il risquait de se faire prendre... Et il le savait ! ... Et il a failli se faire prendre... n'ayant pas eu le temps de regagner son poste, comme il l'avait certainement espéré... Il fallait qu'il eût, pour retourner dans la chambre, une raison bien nécessaire qui lui fût apparue tout à coup, après mon départ, car il n'aurait pas sans cela prêté son revolver ! Quant à moi, quand *j'envoyai* le père Jacques au bout de la galerie droite, je croyais naturellement que Larsan était toujours à son poste au bout de la galerie tournante et le père Jacques lui-même, à qui, du reste, je n'avais point donné de détails, en se rendant à son poste, ne regarda pas, lorsqu'il passa à l'intersection des deux galeries, si Larsan était au sien. Le père Jacques ne songeait alors qu'à exécuter mes ordres rapidement. Quelle était donc cette raison imprévue qui avait pu conduire Larsan une seconde fois dans la chambre ? Quelle était-elle ? ... Je pensai que ce ne pouvait être qu'une marque sensible de son passage qui le dénonçait ! Il avait oublié quelque chose de très important dans la chambre ! Quoi ? ... Avait-il retrouvé cette chose ? ... Je me rappelai la bougie sur le parquet et l'homme courbé... Je priai Mme Bernier, qui faisait la chambre, de chercher... et elle trouva un binocle... Ce binocle, m'sieur le président ! »

Et Rouletabille sortit de son petit paquet le binocle que nous connaissons déjà...

« Quand je vis ce binocle, je fus épouvanté... Je n'avais jamais vu de binocle à Larsan... S'il n'en mettait pas, c'est donc qu'il n'en avait pas besoin... Il en avait moins besoin encore alors dans un moment où la liberté de ses mouvements lui était chose si précieuse... Que signifiait ce binocle ? ... Il n'entrait point dans mon cercle. *À moins qu'il ne fût celui d'un presbyte,* m'exclamai-je, tout à coup ! ... En effet, je n'avais jamais vu écrire Larsan, je ne l'avais jamais vu lire. Il *pouvait* donc être presbyte ! On savait certainement à la Sûreté qu'il était presbyte, *s'il l'était...* on connaissait sans doute son binocle... Le binocle du *presbyte Larsan* trouvé dans la chambre de Mlle Stangerson, après le mystère de la galerie inexplicable, cela devenait terrible pour Larsan ! Ainsi s'expliquait le retour de Larsan dans la chambre ! ... Et, en effet, Larsan-Ballmeyer est bien presbyte, et ce binocle, que l'on reconnaîtra *peut-être* à la Sûreté, est bien le sien...

« Vous voyez, monsieur, quel est mon système, continua Rouletabille ; je ne demande pas aux signes extérieurs de m'apprendre la vérité ; je leur demande simplement de ne pas aller contre la vérité que m'a désignée le bon bout de ma raison ! ...

« Pour être tout à fait sûr de la vérité sur Larsan, car Larsan assassin était une exception qui méritait que l'on s'entourât de quelque garantie, j'eus le tort de vouloir voir sa *figure*. J'en ai été bien puni ! Je crois que c'est le bon bout de ma raison qui s'est vengé de ce que, depuis la galerie inexplicable, je ne me sois pas appuyé solidement, définitivement et en toute confiance, sur lui... négligeant magnifiquement de trouver d'autres preuves de la culpabilité de Larsan que celle de ma raison ! Alors, Mlle Stangerson a été frappée... »

Rouletabille s'arrêta... se mouche... vivement ému.

*

« Mais qu'est-ce que Larsan, demanda le président, venait faire dans cette chambre ? Pourquoi a-t-il tenté d'assassiner à deux reprises Mlle Stangerson ?

– Parce qu'il l'adorait, m'sieur le président...

– Voilà évidemment une raison...

– Oui, m'sieur, une raison péremptoire. Il était amoureux fou... et à cause de cela, et de bien d'autres choses aussi, capable de tous les crimes.

– Mlle Stangerson le savait ?

– Oui, m'sieur, mais elle ignorait, naturellement, que l'individu qui la poursuivait ainsi fût Frédéric Larsan... sans quoi Frédéric Larsan ne serait pas venu s'installer au château, et n'aurait pas, la nuit de la galerie inexplicable, pénétré avec nous auprès de Mlle Stangerson, *après l'affaire*. J'ai remarqué du reste qu'il s'était tenu dans l'ombre et qu'il avait continuellement la face baissée... ses yeux devaient chercher le binocle perdu... Mlle Stangerson a eu à subir les poursuites et les attaques de Larsan sous un nom et sous un déguisement que nous ignorions mais qu'elle pouvait connaître déjà.

– Et vous, monsieur Darzac ! demanda le président... vous avez peut-être, à ce propos, reçu les confidences de Mlle Stangerson... Comment se fait-il que Mlle Stangerson n'ait parlé de cela à personne ? ... Cela aurait pu mettre la justice sur les traces de l'assassin... et si vous êtes innocent, vous aurait épargné la douleur d'être accusé !

– Mlle Stangerson ne m'a rien dit, fit M. Darzac.

194

– Ce que dit le jeune homme vous paraît-il possible ? » demanda encore le président.

Imperturbablement, M. Robert Darzac répondit :

« Mlle Stangerson ne m'a rien dit...

– Comment expliquez-vous que, la nuit de l'assassinat du garde, reprit le président, en se tournant vers Rouletabille, l'assassin ait rapporté les papiers volés à M. Stangerson ? ... Comment expliquez-vous que l'assassin se soit introduit dans la chambre fermée de Mlle Stangerson ?

– Oh ! quant à cette dernière question, il est facile, je crois, d'y répondre. Un homme comme Larsan-Ballmeyer devait se procurer ou faire faire facilement les clefs qui lui étaient nécessaires... Quant au vol des documents, *je crois* que Larsan n'y avait pas d'abord songé. Espionnant partout Mlle Stangerson, bien décidé à empêcher son mariage avec M. Robert Darzac, il suit un jour Mlle Stangerson et M. Robert Darzac dans les grands magasins de la Louve, s'empare du réticule de Mlle Stangerson, que celle-ci perd ou se laisse prendre. Dans ce réticule, il y a une clef à tête de cuivre. Il ne sait pas l'importance qu'a cette clef. Elle lui est révélée par la note que fait paraître Mlle Stangerson dans les journaux. Il écrit à Mlle Stangerson poste restante, comme la note l'en prie. Il demande sans doute un rendez-vous en faisant savoir que celui qui a le réticule et la clef est celui qui la poursuit, depuis quelque temps, de son amour. Il ne reçoit pas de réponse. Il va constater au bureau 40 que la lettre n'est plus là. Il y va, ayant pris déjà l'allure et autant que possible l'habit de M. Darzac, car, décidé à tout pour avoir Mlle Stangerson, il a tout préparé, pour que, *quoi qu'il arrive, M. Darzac, aimé de Mlle Stangerson, M. Darzac qu'il déteste et dont il veut la perte, passe pour le coupable.*

« Je dis : quoi qu'il arrive, mais je pense que Larsan ne pensait pas encore qu'il en serait réduit à l'assassinat. Dans tous les cas, ses précautions sont prises pour compromettre Mlle Stangerson sous le déguisement Darzac. Larsan a, du reste, à peu près la taille de Darzac et quasi le même pied. Il ne lui serait pas difficile, s'il est nécessaire, après avoir dessiné l'empreinte du pied de M. Darzac, de se faire faire, sur ce dessin, des chaussures qu'il chaussera. Ce sont là trucs enfantins pour Larsan-Ballmeyer.

« Donc, pas de réponse à sa lettre, pas de rendez-vous, et il a toujours la petite clef précieuse dans sa poche. Eh bien, puisque Mlle Stangerson ne vient pas à lui, il ira à elle ! Depuis longtemps son plan est fait. Il s'est documenté sur le Glandier et sur le pavillon. Un après-midi, alors que M. et Mlle Stangerson viennent de sortir pour la promenade et que le père Jacques lui-même est parti, il s'introduit dans le pavillon par la fenêtre du vestibule. Il est seul, pour le moment, il a des loisirs... il regarde les meubles... l'un d'eux, fort curieux, et ressemblant à un coffre-fort, a une toute petite serrure... Tiens ! Tiens ! Cela l'intéresse... Comme il a sur lui la petite clef de cuivre... il y pense... liaison d'idées. Il essaye la clef dans la serrure ; la porte s'ouvre... Des papiers ! Il faut que ces papiers soient bien précieux pour qu'on les ait enfermés dans un meuble aussi particulier... pour qu'on tienne tant à la clef qui ouvre ce meuble... Eh ! Eh ! cela peut toujours servir... à un petit chantage... cela l'aidera peut-être dans ses desseins amoureux... Vite, il fait un paquet de ces paperasses et va le déposer dans le lavatory du vestibule. Entre l'expédition du pavillon et la nuit de l'assassinat du garde, Larsan a eu le temps de voir ce qu'étaient ces papiers. Qu'en ferait-il ? Ils sont plutôt compromettants... Cette nuit-là, il les rapporta au château... Peut-être a-t-il espéré du retour de ces papiers, qui représentaient vingt ans de travaux, une reconnaissance quelconque de Mlle Stangerson... Tout est possible, dans un cerveau comme celui-là ! ... Enfin, quelle qu'en soit la raison, il a rapporté les papiers *et il en était bien débarrassé !*

Rouletabille toussa et je compris ce que signifiait cette toux. Il était évidemment embarrassé, à ce point de ses explications, par la volonté qu'il avait de ne point donner le véritable motif de l'attitude effroyable de Larsan vis-à-vis de Mlle Stangerson. Son raisonnement était trop incomplet pour satisfaire tout le monde, et le président lui en eut certainement fait l'observation, si, malin comme un singe, Rouletabille ne s'était écrié : « Maintenant, nous arrivons à l'explication du mystère de la *Chambre Jaune* ! »

*

Il y eut, dans la salle, des remuements de chaises, de légères bousculades, des « chut ! » énergiques. La curiosité était poussée à son comble.

« Mais, fit le président, il me semble, d'après votre hypothèse, monsieur Rouletabille, que le mystère de la *Chambre Jaune* est tout expliqué. Et c'est Frédéric Larsan qui nous l'a expliqué lui-même en se contentant de tromper sur le personnage, en mettant M. Robert Darzac à sa propre place. Il est évident que la porte de la *Chambre Jaune* s'est ouverte quand M. Stangerson était seul, et que le professeur a laissé passer l'homme qui sortait de la chambre de sa fille, sans l'arrêter, peut-être même *sur la prière de sa fille*, pour éviter tout scandale ! ...

– Non, m'sieur le président, protesta avec force le jeune homme. Vous oubliez que Mlle Stangerson, assommée, ne pouvait plus faire de prière, qu'elle ne pouvait plus refermer sur elle ni le verrou ni la serrure... Vous oubliez aussi que M. Stangerson a juré sur la tête de sa fille à l'agonie *que la porte ne s'était pas ouverte !*

– C'est pourtant, monsieur, la seule façon d'expliquer les choses ! *La Chambre Jaune était close comme un coffre-fort.* Pour me servir de vos expressions, il était impossible à l'assassin de s'en échapper *normalement ou anormalement.* Quand on pénètre dans la chambre, on ne le trouve pas ! Il faut bien pourtant qu'il s'échappe !...

– C'est tout à fait inutile, m'sieur le président...

– Comment cela ?

– Il n'avait pas besoin de s'échapper, *s'il n'y était pas !* »
Rumeurs dans la salle...

« Comment, il n'y était pas ?

– Évidemment non ! *Puisqu'il ne pouvait pas y être, c'est qu'il n'y était pas !* Il faut toujours, m'sieur l'président, s'appuyer sur le bon bout de sa raison !

– Mais toutes les traces de son passage ! protesta le président.

– Ça, m'sieur le président, c'est le mauvais bout de la raison ! ... Le bon bout nous indique ceci : depuis le moment où Mlle Stangerson s'est enfermée dans sa chambre jusqu'au moment où l'on a défoncé la porte, il est impossible que l'assassin se soit échappé de cette chambre ; et, comme on ne l'y trouve pas, c'est que, depuis le moment de la fermeture de la porte jusqu'au moment où on la défonce, *l'assassin n'était pas dans la chambre !*

– Mais les traces ?

– Eh ! m'sieur le président... Ça, c'est les marques sensibles, encore une fois... les marques sensibles avec lesquelles on commet tant d'erreurs judiciaires *parce qu'elles vous font dire ce qu'elles veulent !* Il ne faut point, je vous le répète, s'en servir pour raisonner ! Il faut raisonner d'abord ! Et voir ensuite si les marques sensibles peuvent entrer dans le cercle de votre raisonnement... J'ai un tout petit cercle de vérité incontestable : *l'assassin n'était point dans la Chambre Jaune !* Pourquoi a-t-on cru qu'il y était ? À cause des marques de son passage ! Mais il peut être passé *avant !* Que dis-je : il *doit* être passé avant. La raison me dit qu'il faut qu'il soit passé là, *avant !* Examinons les marques et ce que nous savons de l'affaire, et voyons si ces marques vont à l'encontre de ce *passage avant... avant que Mlle Stangerson s'enferme dans sa chambre, devant son père et le père Jacques !*

197

« Après la publication de l'article du *Matin* et une conversation que j'eus dans le trajet de Paris à Épinay-sur-Orge avec le juge d'instruction, la preuve me parut faite que la *Chambre Jaune* était mathématiquement close et que, par conséquent, l'assassin en avait disparu avant l'entrée de Mlle Stangerson dans sa chambre, à minuit.

« Les marques extérieures se trouvaient alors être terriblement *contre ma raison*. Mlle Stangerson ne s'était pas assassinée toute seule, et ces marques attestaient qu'il n'y avait pas eu suicide. L'assassin était donc venu *avant !* Mais comment Mlle Stangerson n'avait-elle été assassinée qu'après ? ou plutôt *ne paraissait-elle* avoir été assassinée qu'après ? Il me fallait naturellement reconstituer l'affaire en deux phases, deux phases bien distinctes l'une de l'autre de quelques heures : la première phase pendant laquelle on avait réellement tenté d'assassiner Mlle Stangerson, tentative qu'elle avait dissimulée ; la seconde phase pendant laquelle, à la suite d'un cauchemar qu'elle avait eu, ceux qui étaient dans le laboratoire avaient cru qu'on l'assassinait !

« Je n'avais pas encore, alors, pénétré dans la *Chambre Jaune*. Quelles étaient les blessures de Mlle Stangerson ? Des marques de strangulation et un coup formidable à la tempe... Les marques de strangulation ne me gênaient pas. Elles pouvaient avoir été faites *avant* et Mlle Stangerson les avait dissimulées sous une collerette, un boa, n'importe quoi ! Car, du moment que je créais, que j'étais obligé de diviser l'affaire en deux phases, j'étais acculé à la nécessité de me dire que *Mlle Stangerson avait caché tous les événements de la première phase ;* elle avait des raisons, sans doute, assez puissantes pour cela, puisqu'elle n'avait rien dit à son père et qu'elle dut raconter naturellement au juge d'instruction l'agression de l'assassin *dont elle ne pouvait nier le passage,* comme si cette agression avait eu lieu la nuit, pendant la seconde phase ! Elle y était forcée, sans quoi son père lui eût dit : « Que nous as-tu caché là ? Que signifie « ton silence après une pareille agression » ? »

« Elle avait donc dissimulé les marques de la main de l'homme à son cou. Mais il y avait le coup formidable de la tempe ! Ça, je ne le comprenais pas ! Surtout quand j'appris que l'on avait trouvé dans la chambre un os de mouton, arme du crime... Elle ne pouvait avoir dissimulé qu'on l'avait assommée, et cependant cette blessure apparaissait évidemment comme ayant dû être faite pendant la première phase puisqu'elle nécessitait la présence de l'assassin ! J'imaginai que cette blessure était beaucoup moins forte qu'on ne le disait – en quoi j'avais tort – et je pensai que Mlle Stangerson avait caché la blessure de la tempe *sous une coiffure en bandeaux !*

« Quant à la marque, sur le mur, de la main de l'assassin blessée par le revolver de Mlle Stangerson, cette marque avait été faite évidemment *avant* et l'assassin avait été nécessairement blessé pendant la première phase, c'est-à-dire *pendant qu'il était là !* Toutes les traces du passage de l'assassin avaient été naturellement laissées pendant la première phase : L'os de mouton, les pas noirs, le béret, le mouchoir, le sang sur le mur, sur la porte et par terre... De toute évidence, si ces traces étaient encore là, c'est que Mlle Stangerson, qui désirait qu'on ne sût rien et qui agissait pour qu'on ne sût rien de cette affaire, n'avait pas encore eu le temps de les faire disparaître ! Ce qui me conduisait à chercher la première phase de l'affaire dans *un temps très rapproché de la seconde.* Si, après la première phase, c'est-à-dire après que l'assassin se fût échappé, après qu'elle-même eût en hâte regagné le laboratoire où son père la retrouvait, travaillant, – si elle avait pu pénétrer à nouveau un instant dans la chambre, elle aurait au moins fait disparaître, tout de suite, l'os de mouton, le béret et le mouchoir qui traînaient par terre. Mais elle ne le tenta pas, son père ne l'ayant pas quittée. Après, donc, cette première phase, elle n'est entrée dans sa chambre qu'à minuit. Quelqu'un y était entré à dix heures : le père Jacques, qui fit sa besogne de tous les soirs, ferma les volets et alluma la veilleuse. Dans son anéantissement sur le bureau du laboratoire où elle feignait de travailler, Mlle Stangerson avait sans doute oublié que le père Jacques allait entrer dans sa chambre ! Aussi elle a un mouvement : elle prie le père Jacques de ne pas se déranger ! De ne pas pénétrer dans la chambre ! Ceci est en toutes lettres dans l'article du *Matin*. Le père Jacques entre tout de même et ne s'aperçoit de rien, tant la *Chambre Jaune* est obscure ! ... Mlle Stangerson a dû vivre là deux minutes affreuses ! Cependant, je crois qu'elle ignorait qu'il y avait tant de marques du passage de l'assassin dans sa chambre ! Elle n'avait sans doute, après la première phase, eu le temps que de dissimuler les traces des doigts de l'homme à son cou et de sortir de sa chambre ! ... Si elle avait su que l'os, le béret et le mouchoir fussent sur le parquet, elle les aurait également ramassés quand elle est rentrée à minuit dans sa chambre... Elle ne les a pas vus, elle s'est déshabillée à la clarté douteuse de la veilleuse... Elle s'est couchée, brisée par tant d'émotions, et par la terreur, la terreur qui ne l'avait fait regagner cette chambre que le plus tard possible...

« Ainsi étais-je *obligé* d'arriver de la sorte à la seconde phase du drame, *avec Mlle Stangerson seule dans la chambre, du moment qu'on n'avait pas trouvé l'assassin dans la chambre...* Ainsi devais-je naturellement faire entrer dans le cercle de mon raisonnement les marques extérieures.

« Mais il y avait d'autres marques extérieures à expliquer. Des coups de revolver avaient été tirés, pendant la seconde phase. Des cris : « Au secours ! À l'assassin ! » avaient été proférés ! ... Que pouvait me désigner, en une telle occurrence, le bon bout de ma raison ? Quant aux cris, d'abord : du moment où il n'y a pas d'assassin dans la chambre, *il y avait forcément cauchemar dans la chambre !*

« On entend un grand bruit de meubles renversés. J'imagine... je suis obligé d'imaginer ceci : Mlle Stangerson s'est endormie, hantée par l'abominable scène de l'après-midi... elle rêve... le cauchemar précise ses images rouges... elle revoit l'assassin qui se précipite sur elle, elle crie : « À l'assassin ! Au secours ! » et son geste désordonné va chercher le revolver qu'elle a posé, avant de se coucher, sur sa table de nuit. Mais cette main heurte la table de nuit avec une telle force qu'elle la renverse. Le revolver roule par terre, un coup part et va se loger dans le plafond... Cette balle dans le plafond me parut, dès l'abord, devoir être la balle de l'accident... Elle révélait la possibilité de l'accident et arrivait si bien avec mon hypothèse de cauchemar qu'elle fut une des raisons pour lesquelles je commençai à ne plus douter que le crime avait eu lieu *avant,* et que Mlle Stangerson, douée d'un caractère d'une énergie peu commune, l'avait caché... Cauchemar, coup de revolver... Mlle Stangerson, dans un état moral affreux, est réveillée ; elle essaye de se lever ; elle roule par terre, sans force, renversant les meubles, râlant même... « À l'assassin ! Au secours ! » et s'évanouit...

« Cependant, on parlait de deux coups de revolver, la nuit, lors de la seconde phase. À moi aussi, pour ma thèse – ce n'était plus, déjà, une hypothèse – il en fallait deux ; mais *un* dans chacune des phases et non pas deux dans la dernière... un coup pour blesser l'assassin, *avant,* et un coup lors du cauchemar, *après !* Or, était-il bien sûr que, la nuit, deux coups de revolver eussent été tirés ? Le revolver s'était fait entendre au milieu du fracas de meubles renversés. Dans un interrogatoire, M. Stangerson parle d'un coup sourd d'abord, d'un coup éclatant ensuite ! Si le coup sourd avait été produit par la chute de la table de nuit en marbre sur le plancher ? Il est *nécessaire* que cette explication soit la bonne. Je fus certain qu'elle était la bonne, quand je sus que les concierges, Bernier et sa femme, n'avaient entendu, eux qui étaient tout près du pavillon, *qu'un seul coup de revolver.* Ils l'ont déclaré au juge d'instruction.

« Ainsi, j'avais presque reconstitué les deux phases du drame quand je pénétrai, pour la première fois, dans la *Chambre Jaune*. Cependant la gravité de la blessure à la tempe n'entrait pas dans le cercle de mon raisonnement. Cette blessure n'avait donc pas été faite par l'assassin avec l'os de mouton, lors de la première phase, parce qu'elle était trop grave, que Mlle Stangerson n'aurait pu la dissimuler et qu'elle ne l'avait pas dissimulée sous une coiffure en bandeaux ! Alors, cette blessure avait été *nécessairement* faite lors de la seconde phase, au moment du cauchemar ? C'est ce que je suis allé demander à la *Chambre Jaune* et la *Chambre Jaune* m'a répondu ! »

Rouletabille tira, toujours de son petit paquet, un morceau de papier blanc plié en quatre, et, de ce morceau de papier blanc, sortit un objet invisible, qu'il tint entre le pouce et l'index et qu'il porta au président :

« Ceci, monsieur le président, est un cheveu, un cheveu blond maculé de sang, un cheveu de Mlle Stangerson... Je l'ai trouvé collé à l'un des coins de marbre de la table de nuit renversée... Ce coin de marbre était lui-même maculé de sang. Oh ! un petit carré rouge de rien du tout ! mais fort important ! car il m'apprenait, ce petit carré de sang, qu'en se levant, affolée, de son lit, Mlle Stangerson était tombée de tout son haut et fort brutalement sur ce coin de marbre qui l'avait blessée à la tempe, et qui avait retenu ce cheveu, ce cheveu que Mlle Stangerson devait avoir sur le front, bien qu'elle ne portât pas la coiffure en bandeaux ! Les médecins avaient déclaré que Mlle Stangerson avait été assommée avec un objet *contondant* et, comme l'os de mouton était là, le juge d'instruction avait immédiatement accusé l'os de mouton *mais le coin d'une table de nuit en marbre est aussi un objet contondant auquel ni les médecins ni le juge d'instruction n'avaient songé, et que je n'eusse peut-être point découvert moi -même si le bon bout de ma raison ne me l'avait indiqué, ne me l'avait fait pressentir.* »

La salle faillit partir, une fois de plus, en applaudissements ; mais, comme Rouletabille reprenait tout de suite sa déposition, le silence se rétablit sur-le-champ.

« Il me restait à savoir, en dehors du nom de l'assassin que je ne devais connaître que quelques jours plus tard, à quel moment avait eu lieu la première phase du drame. L'interrogatoire de Mlle Stangerson, bien qu'arrangé pour tromper le juge d'instruction, et celui de M. Stangerson, devaient me le révéler. Mlle Stangerson a donné exactement l'emploi de son temps, ce jour-là. Nous avons établi que l'assassin s'est introduit entre cinq et six dans le pavillon ; mettons qu'il fût six heures et quart quand le professeur et sa fille se sont remis au travail. C'est donc entre cinq heures et six heures et quart qu'il faut chercher. Que dis-je, cinq heures ! mais le professeur est alors avec sa fille... Le drame ne pourra s'être passé que loin du professeur ! Il me faut donc, dans ce court espace de temps, chercher le moment où le professeur et sa fille seront séparés ! ... Eh bien, ce moment, je le trouve dans l'interrogatoire qui eut lieu dans la chambre de Mlle Stangerson, en présence de M. Stangerson. Il y est marqué que le professeur et sa fille rentrent vers six heures au laboratoire. M. Stangerson dit : « À ce moment, je fus abordé par mon garde qui *me retint un instant.* » il y a donc conversation avec le garde. Le garde parle à M. Stangerson de coupe de bois ou de braconnage ; Mlle Stangerson n'est plus là ; elle a déjà regagné le laboratoire puisque le professeur dit encore : « Je quittai le garde et je rejoignis ma fille qui était déjà au travail ! »

« C'est donc dans ces courtes minutes que le drame se déroula. C'est nécessaire ! Je vois très bien Mlle Stangerson rentrer dans le pavillon, pénétrer dans sa chambre pour poser son chapeau et se trouver en face du bandit qui la poursuit. Le bandit était là, dans le pavillon, depuis un certain temps. Il devait avoir arrangé son affaire pour que tout se passât la nuit. Il avait alors déchaussé les chaussures du père Jacques qui le gênaient, dans les conditions que j'ai dites au juge d'instruction, il avait opéré la rafle des papiers, comme je vous l'ai dit tout à l'heure, et il s'était ensuite glissé sous le lit quand le père Jacques était revenu laver le vestibule et le laboratoire... Le temps lui avait paru long... il s'était relevé, après le départ du père Jacques, avait à nouveau erré dans le laboratoire, était venu dans le vestibule, avait regardé dans le jardin, et avait vu venir, vers le pavillon – car, à ce moment-là, la nuit qui commençait était très claire – *Mlle Stangerson, toute seule !* Jamais il n'eût osé l'attaquer à cette heure-là s'il n'avait cru être certain que Mlle Stangerson était seule ! Et, pour qu'elle lui apparût seule, il fallait que la conversation entre M. Stangerson et le garde qui le retenait eût lieu à un coin détourné du sentier, *coin où se trouve un bouquet d'arbres qui les cachait aux yeux du misérable.* Alors, son plan est fait. Il va être plus tranquille, seul avec Mlle Stangerson dans ce pavillon, qu'il ne l'aurait été, en pleine nuit, avec le père Jacques dormant dans son grenier. *Et il dut fermer la fenêtre du vestibule !* ce qui explique aussi que ni M. Stangerson, ni le garde, du reste assez éloignés encore du pavillon, n'ont entendu le coup de revolver.

« Puis il regagna la *Chambre Jaune.* Mlle Stangerson arrive. Ce qui s'est passé a dû être rapide comme l'éclair ! ... Mlle Stangerson a dû crier... ou plutôt a voulu crier son effroi ; l'homme l'a saisie à la gorge... Peut-être va-t-il l'étouffer, l'étrangler... Mais la main tâtonnante de Mlle Stangerson a saisi, dans le tiroir de la table de nuit, le revolver qu'elle y a caché depuis qu'elle redoute les menaces de l'homme. L'assassin brandit déjà, sur la tête de la malheureuse, cette arme terrible dans les mains de Larsan-Ballmeyer, un os de mouton... Mais elle tire... le coup part, blesse la main qui abandonne l'arme. L'os de mouton roule par terre, *ensanglanté par la blessure de l'assassin...* l'assassin chancelle, va s'appuyer à la muraille, y imprime ses doigts rouges, craint une autre balle et s'enfuit...

« Elle le voit traverser le laboratoire... Elle écoute... Que fait-il dans le vestibule ? ... Il est bien long à sauter par cette fenêtre... Enfin, il saute ! Elle court à la fenêtre et la referme ! ... Et maintenant, est-ce que son père a vu ? a entendu ? Maintenant que le danger a disparu, toute sa pensée va à son père... douée d'une énergie surhumaine, elle lui cachera tout, s'il en est temps encore ! ... Et, quand M. Stangerson reviendra, il trouvera la porte de la *Chambre Jaune* fermée, et sa fille, dans le laboratoire, penchée sur son bureau, attentive, *au travail, déjà !* »

Rouletabille se tourne alors vers M. Darzac :

« Vous savez la vérité, s'écria-t-il, dites-nous donc si la chose ne s'est pas passée ainsi ?

– Je ne sais rien, répond M. Darzac.

– Vous êtes un héros ! fait Rouletabille, en se croisant les bras... Mais si Mlle Stangerson était, hélas ! en état de savoir que vous êtes accusé, elle vous relèverait de votre parole... elle vous prierait de dire tout ce qu'elle vous a confié... que dis-je, elle viendrait vous défendre elle-même ! ... »

M. Darzac ne fit pas un mouvement, ne prononça pas un mot. Il regarda tristement Rouletabille.

« Enfin, fit celui-ci, puisque Mlle Stangerson n'est pas là, *il faut bien que j'y sois, moi !* Mais, croyez-moi, monsieur Darzac, le meilleur moyen, le seul, de sauver Mlle Stangerson et de lui rendre la raison, c'est encore de vous faire acquitter ! »

Un tonnerre d'applaudissements accueillit cette dernière phrase. Le président n'essaya même pas de réfréner l'enthousiasme de la salle. Robert Darzac était sauvé. Il n'y avait qu'à regarder les jurés pour en être certain ! Leur attitude manifestait hautement leur conviction.

Le président s'écria alors :

« Mais enfin, quel est ce mystère qui fait que Mlle Stangerson, que l'on tente d'assassiner, dissimule un pareil crime à son père ?

– Ça, m'sieur, fit Rouletabille, j'sais pas ! ... Ça ne me regarde pas !... »

Le président fit un nouvel effort auprès de M. Robert Darzac.

« Vous refusez toujours de nous dire, monsieur, quel a été l'emploi de votre temps pendant qu'*on* attentait à la vie de Mlle Stangerson ?

– Je ne peux rien vous dire, monsieur... »

Le président implora du regard une explication de Rouletabille :

« On a le droit de penser, m'sieur le président, que les absences de M. Robert Darzac étaient étroitement liées au secret de Mlle Stangerson... Aussi M. Darzac se croit-il tenu à garder le silence ! ... Imaginez que Larsan, qui a, lors de ses trois tentatives, tout mis en train pour détourner les soupçons sur M. Darzac, ait fixé, justement, ces trois fois-là, des rendez-vous à M. Darzac dans un endroit compromettant, rendez-vous où il devait être traité du mystère... M. Darzac se fera plutôt condamner que d'avouer quoi que ce soit, que d'expliquer quoi que ce soit qui touche au mystère de Mlle Stangerson. Larsan est assez malin pour avoir fait encore cette *combinaise-là* ! ... »

Le président, ébranlé, mais curieux, répartit encore :

« Mais quel peut bien être ce mystère-là ?

– Ah ! m'sieur, j'pourrais pas vous dire ! fit Rouletabille en saluant le président ; seulement, je crois que vous en savez assez maintenant pour acquitter M. Robert Darzac ! ... À moins que Larsan ne revienne ! mais j'crois pas ! » fit-il en riant d'un gros rire heureux.

Tout le monde rit avec lui.

« Encore une question, monsieur, fit le président. Nous comprenons, toujours en admettant votre thèse, que Larsan ait voulu détourner les soupçons sur M. Robert Darzac, mais quel intérêt avait-il à les détourner aussi sur le père Jacques ? ...

– *L'intérêt du policier* ! m'sieur ! L'intérêt de se montrer débrouillard en annihilant lui-même ces preuves qu'il avait accumulées. C'est très fort, ça ! C'est un truc qui lui a souvent servi à détourner les soupçons qui eussent pu s'arrêter sur lui-même ! Il prouvait l'innocence de l'un, avant d'accuser l'autre. Songez, monsieur le président, qu'une affaire comme celle-là devait avoir été longuement « mijotée « à l'avance par Larsan. Je vous dis qu'il avait tout étudié et qu'il connaissait les êtres et tout. Si vous avez la curiosité de savoir comment il s'était documenté, vous apprendrez qu'il s'était fait un moment le commissionnaire entre *le laboratoire de la Sûreté* et M. Stangerson, à qui on demandait des *expériences*. Ainsi, il a pu, avant le crime, pénétrer deux fois dans le pavillon. Il était grimé de telle sorte que le père Jacques, depuis, ne l'a pas reconnu ; mais il a trouvé, lui, Larsan, l'occasion de chiper au père Jacques une vieille paire de godillots et un béret hors d'usage, que le vieux serviteur de M. Stangerson avait noués dans un mouchoir pour les porter sans doute à un de ses amis, charbonnier sur la route d'Épinay ! Quand le crime fut découvert, le père Jacques, reconnaissant les objets à part lui, n'eut garde de les reconnaître immédiatement ! Ils étaient trop compromettants, et c'est ce qui vous explique son trouble, à cette époque, quand nous lui en parlions. Tout cela est simple comme bonjour et j'ai acculé Larsan à me l'avouer. Il l'a du reste fait avec plaisir, car, si c'est un bandit – ce qui ne fait plus, j'ose l'espérer, de doute pour personne – c'est aussi un artiste ! ... C'est sa manière de faire, à cet homme, sa manière à lui... Il a agi de même lors de l'affaire du *Crédit universel* et des *Lingots de la Monnaie* ! Des affaires qu'il faudra réviser, m'sieur le président, car il y a quelques innocents dans les prisons depuis que Ballmeyer-Larsan appartient à la Sûreté ! »

XXVIII

Où il est prouvé qu'on ne pense pas toujours à tout

Gros émoi, murmures, bravos ! Maître Henri-Robert déposa des conclusions tendant à ce que l'affaire fût renvoyée à une autre session pour supplément d'instruction ; le ministère public lui-même s'y associa. L'affaire fut renvoyée. Le lendemain, M. Robert Darzac était remis en liberté provisoire, et le père Mathieu bénéficiait *d'un non-lieu* immédiat. On chercha vainement Frédéric Larsan. La preuve de l'innocence était faite. M. Darzac échappa enfin à l'affreuse calamité qui l'avait, un instant, menacé, et il put espérer, après une visite à Mlle Stangerson, que celle-ci recouvrerait un jour, à force de soins assidus, la raison.

Quant à ce gamin de Rouletabille, il fut, naturellement, *l'homme du jour* ! À sa sortie du palais de Versailles, la foule l'avait porté en triomphe. Les journaux du monde entier publièrent ses exploits et sa photographie ; et lui, qui avait tant interviewé d'illustres personnages, fut illustre et interviewé à son tour ! Je dois dire qu'il ne s'en montra pas plus fier pour ça !

Nous revînmes de Versailles ensemble, après avoir dîné fort gaiement au *Chien qui fume*. Dans le train, je commençai à lui poser un tas de questions qui, pendant le repas, s'étaient pressées déjà sur mes lèvres et que j'avais tues toutefois parce que je savais que Rouletabille n'aimait pas travailler en mangeant.

« Mon ami, fis-je, cette affaire de Larsan est tout à fait sublime et digne de votre cerveau héroïque. »

Ici il m'arrêta, m'invitant à parler plus simplement et prétendant qu'il ne se consolerait jamais de voir qu'une aussi belle intelligence que la mienne était prête à tomber dans le gouffre hideux de la stupidité, et cela simplement à cause de l'admiration que j'avais pour lui...

« Je viens au fait, fis-je, un peu vexé. Tout ce qui vient de se passer ne m'apprend point du tout ce que vous êtes allé faire en Amérique. Si je vous ai bien compris : quand vous êtes parti la dernière fois du Glandier, vous aviez tout deviné de Frédéric Larsan ? ... Vous saviez que Larsan était l'assassin et vous n'ignoriez plus rien de la façon dont il avait tenté d'assassiner ?

– Parfaitement. Et vous, fit-il, en détournant la conversation, vous ne vous doutiez de rien ?

– De rien !

– C'est incroyable.

– Mais, mon ami... vous avez eu bien soin de me dissimuler votre pensée et je ne vois point comment je l'aurais pénétrée... Quand je suis arrivé au Glandier avec les revolvers, *à ce moment précis*, vous soupçonniez déjà Larsan ?

– Oui ! Je venais de tenir le raisonnement de la *galerie inexplicable* ! mais le retour de Larsan dans la chambre de Mlle Stangerson ne m'avait pas encore été expliqué par la découverte du binocle de presbyte... Enfin, mon soupçon n'était que mathématique, et l'idée de Larsan assassin m'apparaissait si formidable que j'étais résolu à attendre des *traces sensibles* avant d'oser m'y arrêter davantage. Tout de même cette idée me tracassait, et j'avais parfois une façon de vous parler du policier qui eût dû vous mettre en éveil. D'abord je ne mettais plus du tout en avant *sa bonne foi* et je ne vous disais plus *qu'il se trompait*. Je vous entretenais de son système comme d'un misérable système, et le mépris que j'en marquais, qui s'adressait dans votre esprit au policier, s'adressait en réalité, dans le mien, moins au policier qu'au bandit que je le soupçonnais d'être !...

Rappelez-vous... quand je vous énumérais toutes les preuves qui s'accumulaient contre M. Darzac, je vous disais : « Tout cela semble donner quelque corps à l'hypothèse du grand Fred. C'est, du reste, cette hypothèse, que je crois fausse, qui l'égarera... » et j'ajoutais sur un ton qui eût dû vous stupéfier : « Maintenant, cette hypothèse égare-t-elle réellement Frédéric Larsan ? Voilà ! Voilà ! Voilà ! ... »

Ces « voilà ! » eussent dû vous donner à réfléchir ; il y avait tout mon soupçon dans ces « Voilà ! » Et que signifiait : « égare-t-elle réellement ? » sinon qu'elle pouvait ne pas l'égarer, lui, mais qu'elle était *destinée à nous égarer, nous* ! Je vous regardais à ce moment et vous n'avez pas tressailli, vous n'avez pas compris... J'en ai été enchanté, car, jusqu'à la découverte du binocle, je ne pouvais considérer le crime de Larsan que comme une absurde hypothèse... Mais, après la découverte du binocle qui m'expliquait le retour de Larsan dans la chambre de Mlle Stangerson... voyez ma joie, mes transports... Oh ! Je me souviens très bien ! Je courais comme un fou dans ma chambre et je vous criais : « Je roulerai le grand Fred ! je le roulerai d'une façon retentissante ! » Ces paroles s'adressaient alors au bandit. Et, le soir même, quand, chargé par M. Darzac de surveiller la chambre de Mlle Stangerson, je me bornai jusqu'à dix heures du soir à dîner avec Larsan sans prendre aucune mesure autre, *tranquille parce qu'il était là,* en face de moi ! à ce moment encore, cher ami, vous auriez pu soupçonner que c'était seulement cet homme-là que je redoutais... Et quand je vous disais, au moment où nous parlions de l'arrivée prochaine de l'assassin : « Oh ! je suis bien sûr que Frédéric Larsan sera là cette nuit ! ... »

« Mais il y a une chose capitale qui eût pu, qui eût dû nous éclairer tout à fait et tout de suite sur le criminel, une chose qui nous dénonçait Frédéric Larsan et que nous avons laissée échapper, *vous et moi !* ...

« Auriez-vous donc oublié l'histoire de la canne ?

« Oui, en dehors du raisonnement qui, pour tout *esprit logique,* dénonçait Larsan, il y avait l' *histoire de la canne* qui le dénonçait à tout *esprit observateur.*

« J'ai été tout à fait étonné – apprenez-le donc – qu'à l'instruction, Larsan ne se fût pas servi de la canne contre M. Darzac. Est-ce que cette canne n'avait pas été achetée le soir du crime par un homme dont le signalement répondait à celui de M. Darzac ? Eh bien, tout à l'heure, j'ai demandé à Larsan lui-même, avant qu'il prît le train pour disparaître, je lui ai demandé pourquoi il n'avait pas usé de la canne. Il m'a répondu qu'il n'en avait jamais eu l'intention ; que, dans sa pensée, il n'avait jamais rien imaginé contre M. Darzac avec cette canne et que nous l'avions fort embarrassé, le soir du cabaret d'Épinay, *en lui prouvant qu'il nous mentait !* Vous savez qu'il disait qu'il avait eu cette canne à Londres ; or, la marque attestait qu'elle était de Paris ! Pourquoi, à ce moment, au lieu de penser : « Fred ment ; il était à Londres ; il n'a pas pu avoir cette canne de Paris, à Londres ? » ; Pourquoi ne nous sommes-nous pas dit : « Fred ment. Il n'était pas à Londres, puisqu'il a acheté cette canne à Paris ! » Fred menteur, Fred à Paris, au moment du crime ! C'est un point de départ de soupçon, cela ! Et quand, après votre enquête chez Cassette, vous nous apprenez que cette canne a été achetée par un homme qui est habillé comme M. Darzac, alors que nous sommes sûrs, d'après la parole de M. Darzac lui-même, que ce n'est pas lui qui a acheté cette canne, alors que nous sommes sûrs, grâce à l'histoire du bureau de poste 40, *qu'il y a à Paris un homme qui prend la silhouette Darzac,* alors que nous nous demandons quel est donc cet homme qui, déguisé en Darzac, se présente le soir du crime chez Cassette pour acheter une canne que nous retrouvons entre les mains de Fred, comment ? comment ? comment ne nous sommes-nous pas dit un instant : « Mais... mais... mais... cet inconnu déguisé en Darzac qui achète une canne que Fred a entre les mains, ... si c'était... si c'était... Fred lui-même ? ... » Certes, sa qualité d'agent de la Sûreté n'était point propice à une pareille hypothèse ; mais, quand nous avions constaté l'acharnement avec lequel Fred accumulait les preuves contre Darzac, la rage avec laquelle il poursuivait le malheureux... nous aurions pu être frappés par un mensonge de Fred aussi important que celui qui le faisait entrer en possession, à Paris, d'une canne *qu'il ne pouvait avoir eue à Londres.* Même, s'il l'avait trouvée à Paris, le mensonge de Londres n'en existait pas moins. Tout le monde le croyait à Londres, même ses chefs et il achetait une canne à Paris ! Maintenant, comment se faisait-il que, pas une seconde, il n'en usa comme d'une canne trouvée *autour de M. Darzac !* C'est bien simple ! C'est tellement simple que nous n'y avons pas pensé... Larsan l'avait achetée, après avoir été blessé légèrement à la main par la balle de Mlle Stangerson, _uniquement pour avoir un maintien, pour avoir toujours la main refermée, pour n'être point tenté d'ouvrir la main et de montrer sa blessure intérieure ?_ Comprenez-vous ? ... Voilà ce qu'il m'a dit, Larsan, et je me rappelle vous avoir répété souvent combien je trouvais bizarre *que sa main ne quittât pas cette canne.* À table, quand je dînais avec lui, il n'avait pas plutôt quitté cette canne qu'il s'emparait d'un couteau dont sa main droite ne se séparait plus. Tous ces détails me sont revenus quand mon idée se fût arrêtée sur Larsan, c'est-à-dire trop tard pour qu'ils me fussent d'un quelconque secours. C'est ainsi que, le soir où Larsan a simulé devant nous le sommeil, je me suis penché sur lui et, très habilement, j'ai pu voir, sans qu'il s'en doutât, dans sa main. Il ne s'y trouvait plus qu'une bande légère de taffetas qui dissimulait ce qui restait d'une blessure légère. Je constatai qu'il eût pu prétendre à ce moment que cette blessure lui avait été faite par toute autre chose qu'une balle de revolver. Tout de même, pour moi, à cette heure-là, c'était un nouveau signe extérieur qui entrait dans le cercle de mon raisonnement. La balle, m'a dit tout à l'heure Larsan, n'avait fait que lui effleurer la paume et avait déterminé une assez abondante hémorragie.

« Si nous avions été plus perspicaces, au moment du mensonge de Larsan, et plus... dangereux... il est certain que celui-ci eût sorti, pour détourner les soupçons, *l'histoire que nous avions imaginée pour lui,* l'histoire de la découverte de la canne autour de Darzac ; mais les événements se sont tellement précipités que nous n'avons plus pensé à la canne ! Tout de même nous l'avons fort ennuyé, Larsan-Ballmeyer, sans que nous nous en doutions !

– Mais, interrompis-je, s'il n'avait aucune intention, en achetant la canne, contre Darzac, pourquoi avait-il alors la silhouette Darzac ? Le pardessus mastic ? Le melon ? Etc.

– Parce qu'il arrivait du crime et qu'aussitôt le crime commis, il avait repris le déguisement Darzac qui l'a toujours accompagné dans son œuvre criminelle dans l'intention que vous savez !

« Mais déjà, vous pensez bien, *sa main blessée l'ennuyait* et il eut, en passant avenue de l'Opéra, l'idée d'acheter une canne, idée qu'il réalisa sur-le-champ ! ... Il était huit heures ! Un homme, avec la silhouette Darzac, qui achète une canne que je trouve dans les mains de Larsan ! ... Et moi, moi qui avais deviné que *le drame avait déjà eu lieu* à cette heure-là, *qu'il venait d'avoir lieu,* qui étais à peu près persuadé de l'innocence de Darzac je ne soupçonne pas Larsan ! ... il y a des moments...

– Il y a des moments, fis-je, où les plus vastes intelligences... »

Rouletabille me ferma la bouche... Et comme je l'interrogeais encore, je m'aperçus qu'il ne m'écoutait plus... Rouletabille dormait. J'eus toutes les peines du monde à le tirer de son sommeil quand nous arrivâmes à Paris.

XXIX

Le mystère de Mlle Stangerson

Les jours suivants, j'eus l'occasion de lui demander encore ce qu'il était allé faire en Amérique. Il ne me répondit guère d'une façon plus précise qu'il ne l'avait fait dans le train de Versailles, et il détourna la conversation sur d'autres points de l'affaire.

Il finit, un jour, par me dire :

« Mais comprenez donc que j'avais besoin de connaître la véritable personnalité de Larsan !

– Sans doute, fis-je, mais pourquoi alliez-vous la chercher en Amérique ? ... »

Il fuma sa pipe et me tourna le dos. Évidemment, je touchais au *mystère de Mlle Stangerson*. Rouletabille avait pensé que ce mystère, qui liait d'une façon si terrible Larsan à Mlle Stangerson, mystère dont il ne trouvait, lui, Rouletabille, aucune explication dans la vie de Mlle Stangerson, *en France*, il avait pensé, dis-je, que ce mystère « devait avoir son origine dans la vie de Mlle Stangerson, en Amérique ». Et il avait pris le bateau ! Là-bas, il apprendrait qui était ce Larsan, il acquerrait les matériaux nécessaires à lui fermer la bouche... Et il était parti pour Philadelphie !

Et maintenant, quel était ce mystère qui avait *commandé le silence* à Mlle Stangerson et à M. Robert Darzac ? Au bout de tant d'années, après certaines publications de la presse à scandale, maintenant que M. Stangerson sait tout et a tout pardonné, on peut tout dire. C'est, du reste, très court, et cela remettra les choses au point, car il s'est trouvé de tristes esprits pour accuser Mlle Stangerson qui, en toute cette sinistre affaire, fut toujours victime, *depuis le commencement*.

Le commencement remontait à une époque lointaine où, jeune fille, elle habitait avec son père à Philadelphie. Là, elle fit la connaissance, dans une soirée, chez un ami de son père, d'un compatriote, un Français qui sut la séduire par ses manières, son esprit, sa douceur et son amour. On le disait riche. Il demanda la main de Mlle Stangerson au célèbre professeur. Celui-ci prit des renseignements sur M. Jean Roussel, et, dès l'abord, il vit qu'il avait affaire à un chevalier d'industrie. Or, M. Jean Roussel, vous l'avez deviné, n'était autre qu'une des nombreuses transformations du fameux Ballmeyer, poursuivi en France, réfugié en Amérique. Mais M. Stangerson n'en savait rien ; sa fille non plus. Celle-ci ne devait l'apprendre que dans les circonstances suivantes : M. Stangerson avait, non seulement refusé la main de sa fille à M. Roussel, mais encore il lui avait interdit l'accès de sa demeure. La jeune Mathilde, dont le cœur s'ouvrait à l'amour, et qui ne voyait rien au monde de plus beau ni de meilleur que son Jean, en fut outrée. Elle ne cacha point son mécontentement à son père qui l'envoya se calmer sur les bords de l'Ohio, chez une vieille tante qui habitait Cincinnati. Jean rejoignit Mathilde là-bas et, malgré la grande vénération qu'elle avait pour son père, Mlle Stangerson résolut de tromper la surveillance de la vieille tante, et de s'enfuir avec Jean Roussel, bien décidés qu'ils étaient tous les deux à profiter des facilités des lois américaines pour se marier au plus tôt. Ainsi fut fait. Ils fuirent donc, pas loin, jusqu'à Louisville.

Là, un matin, on vint frapper à leur porte. C'était la police qui désirait arrêter M. Jean Roussel, ce qu'elle fit, malgré ses protestations et les cris de la fille du professeur Stangerson. En même temps, la police apprenait à Mathilde que *son mari* n'était autre que le trop fameux Ballmeyer ! ...

Désespérée, après une vaine tentative de suicide, Mathilde rejoignit sa tante à Cincinnati. Celle-ci faillit mourir de joie de la revoir. Elle n'avait cessé, depuis huit jours, de faire rechercher Mathilde partout, et n'avait pas encore osé avertir le père. Mathilde fit jurer à sa tante que M. Stangerson ne saurait jamais rien ! C'est bien ainsi que l'entendait la tante, qui se trouvait coupable de légèreté dans cette si grave circonstance.

Mlle Mathilde Stangerson, un mois plus tard, revenait auprès de son père, repentante, le cœur mort à l'amour, et ne demandant qu'une chose : ne plus jamais entendre parler de son mari, le terrible Ballmeyer – arriver à se pardonner sa faute à elle-même, et se relever devant sa propre conscience par une vie de travail sans borne et de dévouement à son père !

Elle s'est tenue parole. Cependant, dans le moment où, après avoir tout avoué à M. Robert Darzac, alors qu'elle croyait Ballmeyer défunt, car le bruit de sa mort avait couru, elle s'était accordée la joie suprême, après avoir tant expié, de s'unir à un ami sûr, le destin lui avait ressuscité Jean Roussel, le Ballmeyer de sa jeunesse ! Celui-ci lui avait fait savoir qu'il ne permettrait jamais son mariage avec M. Robert Darzac et qu' « *il l'aimait toujours* ! » ce qui, hélas ! était vrai.

Mlle Stangerson n'hésita pas à se confier à M. Robert Darzac ; elle lui montra cette lettre où Jean Roussel-Frédéric Larsan-Ballmeyer lui rappelait les premières heures de leur union dans ce petit et charmant presbytère qu'ils avaient loué à Louisville : « ... Le presbytère n'a rien perdu de son charme, ni le jardin de son éclat. » Le misérable se disait riche et émettait la prétention *de la ramener là-bas* ! Mlle Stangerson avait déclaré à M. Darzac que, si son père arrivait à soupçonner un pareil déshonneur, *elle se tuerait* ! M. Darzac s'était juré qu'il ferait taire cet Américain, soit par la terreur, soit par la force, dût-il commettre un crime ! Mais M. Darzac n'était pas de force, et il aurait succombé sans ce brave petit bonhomme de Rouletabille.

Quant à Mlle Stangerson, que vouliez-vous qu'elle fît, en face du monstre ? Une première fois, quand, après des menaces préalables qui l'avaient mise sur ses gardes, il se dressa devant elle, dans la *Chambre Jaune*, elle essaya de le tuer.

Pour son malheur, elle n'y réussit pas. Dès lors, elle était la victime assurée de cet être invisible *qui pouvait la faire chanter jusqu'à la mort*, qui habitait chez elle, à ses côtés, sans qu'elle le sût, qui exigeait des rendez-vous *au nom de leur amour*.

La première fois, elle lui avait refusé ce rendez-vous, *réclamé dans la lettre du bureau 40* ; il en était résulté le drame de la *Chambre Jaune*. La seconde fois, avertie par une nouvelle lettre de lui, lettre arrivée par la poste, et qui était venue la trouver normalement dans sa chambre de convalescente, *elle avait fui le rendez-vous*, en s'enfermant dans son boudoir avec ses femmes. Dans cette lettre, le misérable l'avait prévenue, que, puisqu'elle ne pouvait se déranger, *vu son état*, il irait chez elle, et serait dans sa chambre telle nuit, à telle heure... qu'elle eût à prendre toute disposition pour éviter le scandale... Mathilde Stangerson, sachant qu'elle avait tout à redouter de l'audace de Ballmeyer, *lui avait abandonné sa chambre* ... Ce fut l'épisode de la *galerie inexplicable*.

La troisième fois, elle avait *préparé le rendez-vous*. C'est qu'avant de quitter la chambre vide de Mlle Stangerson, la nuit de la *galerie inexplicable*, Larsan lui avait écrit, comme nous devons nous le rappeler, une dernière lettre, dans sa chambre même, et l'avait laissée sur le bureau de sa victime ; cette lettre exigeait un rendez-vous *effectif* dont il fixa ensuite la date et l'heure, « lui promettant de lui rapporter les papiers de son père, et la menaçant de les brûler si elle se dérobait encore ».

Elle ne doutait point que le misérable n'eût en sa possession ces papiers précieux ; il ne faisait là sans doute que renouveler un célèbre larcin, car elle le soupçonnait depuis longtemps d'avoir, *avec sa complicité inconsciente*, volé lui-même, autrefois, les fameux papiers de Philadelphie, dans les tiroirs de son père ! ... Et elle le connaissait assez pour imaginer que si elle ne se pliait point à sa volonté, tant de travaux, tant d'efforts, et tant de scientifiques espoirs ne seraient bientôt plus que de la cendre ! ...

Elle résolut de le revoir une fois encore, face à face, cet homme qui avait été son époux... et de tenter de le fléchir... puisqu'elle ne pouvait l'éviter ! ...   On devine ce qui s'y passa... Les supplications de Mathilde, la brutalité de Larsan... Il exige qu'elle renonce à Darzac... Elle proclame son amour... Et il la frappe... *avec la pensée arrêtée de faire monter l'autre sur l'échafaud* ! car il est habile, lui, et le masque Larsan qu'il va se reposer sur la figure, le sauvera... pense-t-il... tandis que l'autre... l'autre ne pourra pas, cette fois encore, donner l'emploi de son temps... De ce côté, les précautions de Ballmeyer sont bien prises... et l'inspiration en a été des plus simples, ainsi que l'avait deviné le jeune Rouletabille...

Larsan fait chanter Darzac comme il fait chanter Mathilde... avec les mêmes armes, avec le même mystère... Dans des lettres, pressantes comme des ordres, il se déclare prêt à traiter, à livrer toute la correspondance amoureuse d'autrefois et surtout *à disparaître* ... si on veut y mettre le prix...

Darzac doit aller aux rendez-vous qu'il lui fixe, sous menace de divulgation dès le lendemain, comme Mathilde doit subir les rendez-vous qu'il lui donne... Et, dans l'heure même que Ballmeyer agit en assassin auprès de Mathilde, Robert débarque à Épinay, où un complice de Larsan, un être bizarre, *une créature d'un autre monde*, que nous retrouverons un jour, le retient de force, et *lui fait perdre son temps, en attendant que cette coïncidence, dont l'accusé de demain ne pourra se résoudre à donner la raison, lui fasse perdre la tête...*

Seulement, Ballmeyer avait compté sans notre Joseph Rouletabille !

*

213

Ce n'est pas à cette heure que voilà expliqué *le mystère de la Chambre Jaune*, que nous suivrons pas à pas Rouletabille en Amérique.

Nous connaissons le jeune reporter, nous savons de quels moyens puissants d'information, logés dans les deux bosses de son front, il disposait *pour remonter toute l'aventure de Mlle Stangerson et de Jean Roussel.*

À Philadelphie, il fut renseigné tout de suite en ce qui concernait Arthur-William Rance ; il apprit son acte de dévouement, mais aussi le prix dont il avait gardé la prétention de se le faire payer. Le bruit de son mariage avec Mlle Stangerson avait couru autrefois les salons de Philadelphie... Le peu de discrétion du jeune savant, la poursuite inlassable dont il n'avait cessé de fatiguer Mlle Stangerson, même en Europe, la vie désordonnée qu'il menait sous prétexte de *noyer ses chagrins*, tout cela n'était point fait pour rendre Arthur Rance sympathique à Rouletabille, et ainsi s'explique la froideur avec laquelle il l'accueillit dans la salle des témoins. Tout de suite il avait du reste jugé que l'affaire Rance n'entrait point dans l'affaire Larsan-Stangerson. Et il avait découvert le flirt formidable Roussel-Mlle Stangerson.

Qui était ce Jean Roussel ? Il alla de Philadelphie à Cincinnati, refaisant le voyage de Mathilde. À Cincinnati, il trouva la vieille tante et sut la faire parler : l'histoire de l'arrestation de Ballmeyer lui fut une lueur qui éclaira tout. Il put visiter, à Louisville, le *presbytère* – une modeste et jolie demeure dans le vieux style colonial – qui n'avait en effet *rien perdu de son charme.*

Puis, abandonnant la piste de Mlle Stangerson, il remonta la piste Ballmeyer, de prison en prison, de bagne en bagne, de crime en crime ; enfin, quand il reprenait le bateau pour l'Europe sur les quais de New-York, Rouletabille savait que, sur ces quais mêmes, Ballmeyer s'était embarqué cinq ans auparavant, ayant en poche les papiers d'un certain Larsan, honorable commerçant de la Nouvelle-Orléans, qu'il venait d'assassiner...

Et maintenant, connaissez-vous tout le mystère de Mlle Stangerson ? Non, pas encore. *Mlle Stangerson avait eu de son mari Jean Roussel un enfant, un garçon.* Cet enfant était né chez la vieille tante qui s'était si bien arrangée que nul n'en sut jamais rien en Amérique. Qu'était devenu ce garçon ? Ceci est une autre histoire que je vous conterai un jour.

*

214

Deux mois environ après ces événements, je rencontrai Rouletabille assis mélancoliquement sur un banc du palais de justice.

« Eh bien ! lui dis-je, à quoi songez-vous, mon cher ami ? Vous avez l'air bien triste. Comment vont vos amis ?

– En dehors de vous, me dit-il, ai-je vraiment des amis ?

– Mais j'espère que M. Darzac...

– Sans doute...

– Et que Mlle Stangerson... Comment va-t-elle, Mlle Stangerson ?...

– Beaucoup mieux... mieux... beaucoup mieux...

– Alors il ne faut pas être triste...

– Je suis triste, fit-il, parce que je songe au *parfum de la dame en noir*...

– *Le parfum de la dame en noir !* Je vous en entends toujours parler ! M'expliquerez-vous, enfin, pourquoi il vous poursuit avec cette assiduité ?

– Peut-être, un jour... un jour, peut-être... » fit Rouletabille.

Et il poussa un gros soupir.

Le Parfum de la dame en noir

À Pierre WOLFF

En souvenir affectueux de notre ardente collaboration

en cette année qui a vu éclore Le Lys.

GASTON LEROUX

I

Qui commence par où les romans finissent.

Le mariage de M. Robert Darzac et de Mlle Mathilde Stangerson eut lieu à Paris, à Saint-Nicolas-du-Chardonnet, le 6 avril 1895, dans la plus stricte intimité. Un peu plus de deux années s'étaient donc écoulées depuis les événements que j'ai rapportés dans un précédent ouvrage, événements si sensationnels qu'il n'est point téméraire d'affirmer ici qu'un aussi court laps de temps n'avait pu faire oublier le fameux *Mystère de la Chambre Jaune*... Celui-ci était encore si bien présent à tous les esprits que la petite église eût été certainement envahie par une foule avide de contempler les héros d'un drame qui avait passionné le monde, si la cérémonie nuptiale n'avait été tenue tout à fait secrète, ce qui avait été assez facile dans cette paroisse éloignée du quartier des écoles. Seuls, quelques amis de M. Darzac et du professeur Stangerson, sur la discrétion desquels on pouvait compter, avaient été invités. J'étais du nombre ; j'arrivai de bonne heure à l'église, et mon premier soin, naturellement, fut d'y chercher Joseph Rouletabille. J'avais été un peu déçu en ne l'apercevant pas, mais il ne faisait point de doute pour moi qu'il dût venir et, dans cette attente, je me rapprochai de maître Henri-Robert et de maître André Hesse qui, dans la paix et le recueillement de la petite chapelle Saint-Charles, évoquaient tout bas les plus curieux incidents du procès de Versailles, que l'imminente cérémonie leur remettait en mémoire. Je les écoutais distraitement en examinant les choses autour de moi.

Mon Dieu ! que votre Saint-Nicolas-du-Chardonnet est une chose triste ! Décrépite, lézardée, crevassée, sale, non point de cette saleté auguste des âges, qui est la plus belle parure de la pierre, mais de cette malpropreté ordurière et poussiéreuse qui semble particulière à ces quartiers Saint-Victor et des Bernardins, au carrefour desquels elle se trouve si singulièrement enchâssée, cette église, si sombre au dehors, est lugubre dedans. Le ciel, qui paraît plus éloigné de ce saint lieu que de partout ailleurs, y déverse une lumière avare qui a toutes les peines du monde à venir trouver les fidèles à travers la crasse séculaire des vitraux. Avez-vous lu les *Souvenirs d'enfance et de jeunesse*, de Renan ? Poussez alors la porte de Saint-Nicolas-du-Chardonnet et vous comprendrez comment l'auteur de la *Vie de*

Jésus, qui était enfermé à côté, dans le petit séminaire adjacent de l'abbé Dupanloup et qui n'en sortait que pour venir prier ici, désira mourir. Et c'est dans cette obscurité funèbre, dans un cadre qui ne paraissait avoir été inventé que pour les deuils, pour tous les rites consacrés aux trépassés, qu'on allait célébrer le mariage de Robert Darzac et de Mathilde Stangerson ! J'en conçus une grande peine et, tristement impressionné, en tirai un fâcheux augure.

À côté de moi, maîtres Henri-Robert et André Hesse bavardaient toujours, et le premier avouait au second qu'il n'avait été définitivement tranquillisé sur le sort de Robert Darzac et de Mathilde Stangerson, même après l'heureuse issue du procès de Versailles, qu'en apprenant la mort officiellement constatée de leur impitoyable ennemi : Frédéric Larsan. On se rappelle peut-être que c'est quelques mois après l'acquittement du professeur en Sorbonne que se produisit la terrible catastrophe de *La Dordogne*, paquebot transatlantique qui faisait le service du Havre à New-York. Par temps de brouillard, la nuit, sur les bancs de Terre-Neuve, *La Dordogne* avait été abordée par un trois-mâts dont l'avant était entré dans sa chambre des machines. Et, pendant que le navire abordeur s'en allait à la dérive, le paquebot avait coulé à pic, en dix minutes. C'est tout juste si une trentaine de passagers dont les cabines se trouvaient sur le pont, eurent le temps de sauter dans les chaloupes. Ils furent recueillis le lendemain par un bateau de pêche qui rentra aussitôt à Saint-Jean. Les jours suivants, l'océan rejeta des centaines de morts parmi lesquels on retrouva Larsan. Les documents que l'on découvrit, soigneusement cousus et dissimulés dans les vêtements d'un cadavre, attestèrent, cette fois, que Larsan avait vécu ! Mathilde Stangerson était délivrée enfin de ce fantastique époux que, grâce aux facilités des lois américaines, elle s'était donné en secret, aux heures imprudentes de sa trop confiante jeunesse. Cet affreux bandit dont le véritable nom, illustre dans les fastes judiciaires, était Ballmeyer, et qui l'avait jadis épousée sous le nom de Jean Roussel, ne viendrait plus se dresser criminellement entre elle et celui qui, depuis de si longues années, silencieusement et héroïquement l'aimait. J'ai rappelé, dans *Le Mystère de la Chambre Jaune*, tous les détails de cette retentissante affaire, l'une des plus curieuses qu'on puisse relever dans les annales de la cour d'assises, et qui aurait eu le plus tragique dénouement sans l'intervention quasi géniale de ce petit reporter de dix-huit ans, Joseph Rouletabille, qui fut le seul à découvrir, sous les traits du célèbre agent de la sûreté Frédéric Larsan, Ballmeyer lui-même !... La mort accidentelle et, nous pouvons le dire, providentielle du misérable avait semblé devoir mettre un terme à tant d'événements dramatiques et elle ne fut point – avouons-le – l'une des moindres causes de la guérison rapide de Mathilde Stangerson, dont la raison avait été fortement ébranlée par les mystérieuses horreurs du Glandier.

« Voyez-vous, mon cher ami, disait maître Henri-Robert à maître André Hesse, dont les yeux inquiets faisaient le tour de l'église, – voyez-vous, dans la vie, il faut être décidément optimiste. Tout s'arrange ! même les malheurs de Mlle Stangerson... Mais qu'avez-vous à regarder tout le temps ainsi derrière vous ? Qui cherchez-vous ?... Vous attendez quelqu'un ?

– Oui, répondit maître André Hesse... J'attends Frédéric Larsan ! »

Maître Henri-Robert rit autant que la sainteté du lieu lui permettait de rire ; mais moi je ne ris point, car je n'étais pas loin de penser comme maître Hesse. Certes ! j'étais à cent lieues de prévoir l'effroyable aventure qui nous menaçait ; mais, quand je me reporte à cette époque et que je fais abstraction de tout ce que j'ai appris depuis – ce à quoi, du reste, je m'appliquerai honnêtement au cours de ce récit, ne laissant apparaître la vérité qu'au fur et à mesure qu'elle nous fut distribuée à nous-mêmes – je me rappelle fort bien le curieux émoi qui m'agitait alors à la pensée de Larsan.

« Allons, Sainclair ! fit maître Henri-Robert qui s'était aperçu de mon attitude singulière, vous voyez bien que Hesse plaisante...

– Je n'en sais rien ! » répondis-je.

Et voilà que je regardai attentivement autour de moi, comme l'avait fait maître André Hesse. En vérité, on avait cru Larsan mort si souvent quand il s'appelait Ballmeyer, qu'il pouvait bien ressusciter une fois de plus à l'état de Larsan.

« Tenez ! voici Rouletabille, dit maître Henri-Robert. Je parie qu'il est plus rassuré que vous.

– Oh ! oh ! il est bien pâle ! » fit remarquer maître André Hesse.

Le jeune reporter s'avançait vers nous. Il nous serra la main assez distraitement.

« Bonjour, Sainclair ; bonjour, messieurs... Je ne suis pas en retard ? »

Il me sembla que sa voix tremblait... Il s'éloigna tout de suite, s'isola dans un coin, et je le vis s'agenouiller sur un prie-Dieu comme un enfant. Il se cacha le visage, qu'il avait en effet fort pâle, dans les mains, et pria.

Je ne savais point que Rouletabille fût pieux et son ardente prière m'étonna. Quand il releva la tête, ses yeux étaient pleins de larmes. Il ne les cachait pas ; il ne se préoccupait nullement de ce qui se passait autour de lui ; il était tout entier à sa prière et peut-être à son chagrin. Quel chagrin ? Ne devait-il pas être heureux d'assister à une union désirée de tous ? Le bonheur de Robert Darzac et de Mathilde Stangerson n'était-il point son œuvre ?... Après tout, c'était peut-être de bonheur que pleurait le jeune homme. Il se releva et alla se dissimuler dans la nuit d'un pilier. Je n'eus garde de l'y suivre, car je voyais bien qu'il désirait rester seul.

Et puis, c'était le moment où Mathilde Stangerson faisait son entrée dans l'église, au bras de son père. Robert Darzac marchait derrière eux. Comme ils étaient changés tous les trois ! Ah ! le drame du Glandier avait passé bien douloureusement sur ces trois êtres ! Mais, chose extraordinaire, Mathilde Stangerson n'en paraissait que plus belle encore ! Certes, ce n'était plus cette magnifique personne, ce marbre vivant, cette antique divinité, cette froide beauté païenne qui suscitait, sur ses pas, dans les fêtes officielles de la Troisième République, auxquelles la situation en vue de son père la forçait d'assister, un discret murmure d'admiration extasiée ; il semblait, au contraire, que la fatalité, en lui faisant expier si tard une imprudence commise si jeune, ne l'avait précipitée dans une crise momentanée de désespoir et de folie que pour lui faire quitter ce masque de pierre derrière lequel se cachait l'âme la plus délicate et la plus tendre. Et c'est cette âme, encore inconnue, qui rayonnait ce jour-là, me semblait-il, du plus suave et du plus charmant éclat, sur le pur ovale de son visage, dans ses yeux pleins d'une tristesse heureuse, sur son front poli comme l'ivoire, où se lisait l'amour de tout ce qui était beau et de tout ce qui était bon.

Quant à sa toilette, j'avouerai sottement que je ne me la rappelle plus et qu'il me serait impossible de dire même la couleur de sa robe. Mais ce dont je me souviens, par exemple, c'est de l'expression étrange que prit soudain son regard en ne découvrant point parmi nous celui qu'elle cherchait. Elle ne parut redevenir tout à fait calme et maîtresse d'elle-même que lorsqu'elle eut enfin aperçu Rouletabille derrière son pilier. Elle lui sourit et nous sourit aussi, à notre tour.

« Elle a encore ses yeux de folle ! »

Je me retournai vivement pour voir qui avait prononcé cette phrase abominable. C'était un pauvre sire, que Robert Darzac, dans sa bonté, avait fait nommer aide de laboratoire, chez lui, à la Sorbonne. Il se nommait Brignolles et était vaguement cousin du marié. Nous ne connaissions point d'autre parent à M. Darzac, dont la famille était originaire du midi. Depuis longtemps, M. Darzac avait perdu son père et sa mère ; il n'avait ni frère ni sœur et semblait avoir rompu toute relation avec son pays, d'où il n'avait rapporté qu'un ardent désir de réussir, une faculté de travail exceptionnelle, une intelligence solide et un besoin naturel d'affection et de dévouement qui avait trouvé avidement l'occasion de se satisfaire auprès du professeur Stangerson et de sa fille. Il avait aussi rapporté de la Provence, son pays natal, un doux accent qui avait fait d'abord sourire ses élèves de la Sorbonne, mais que ceux-ci avaient aimé bientôt comme une musique agréable et discrète qui atténuait un peu l'aridité nécessaire des cours de leur jeune maître, déjà célèbre.

Un beau matin du printemps précédent, il y avait par conséquent un an environ de cela, Robert Darzac leur avait présenté Brignolles. Il venait tout droit d'Aix où il avait été préparateur de physique et où il avait dû commettre quelque faute disciplinaire qui l'avait jeté tout à coup sur le pavé ; mais il s'était souvenu à temps qu'il était parent de M. Darzac, avait pris le train pour Paris et avait su si bien attendrir le fiancé de Mathilde Stangerson que celui-ci, le prenant en pitié, avait trouvé le moyen de l'associer à ses travaux. À ce moment, la santé de Robert Darzac était loin d'être florissante. Elle subissait le contrecoup des formidables émotions qui l'avaient assaillie au Glandier et en cour d'assises ; mais on eût pu croire que la guérison, désormais assurée, de Mathilde, et que la perspective de leur prochain hymen auraient la plus heureuse influence sur l'état moral et, par contrecoup, sur l'état physique du professeur. Or, nous remarquâmes tous au contraire que, du jour où il s'adjoignit ce Brignolles, dont le concours devait lui être, disait-il, d'un précieux soulagement, la faiblesse de M. Darzac ne fit qu'augmenter. Enfin, nous constatâmes aussi que Brignolles ne portait pas chance, car deux fâcheux accidents se produisirent coup sur coup au cours d'expériences qui semblaient cependant ne devoir présenter aucun danger : le premier résulta de l'éclatement inopiné d'un tube de Gessler dont les débris eussent pu dangereusement blesser M. Darzac et qui ne blessa que Brignolles, lequel en conservait encore aux mains quelques cicatrices. Le second, qui aurait pu être extrêmement grave, arriva à la suite de l'explosion stupide d'une petite lampe à essence, au-dessus de laquelle M. Darzac était justement penché. La flamme faillit lui brûler la figure ; heureusement, il n'en fut rien, mais elle lui flamba les cils et lui occasionna, pendant quelque temps, des troubles de la vue, si bien qu'il ne pouvait plus supporter que difficilement la pleine lumière du soleil.

Depuis les mystères du Glandier, j'étais dans un état d'esprit tel que je me trouvais tout disposé à considérer comme peu naturels les événements les plus simples. Lors de ce dernier accident, j'étais présent, étant venu chercher M. Darzac à la Sorbonne. Je conduisis moi-même notre ami chez un pharmacien et de là chez un docteur, et je priai assez sèchement Brignolles, qui manifestait le désir de nous accompagner, de rester à son poste.

En chemin, M. Darzac me demanda pourquoi j'avais ainsi bousculé ce pauvre Brignolles ; je lui répondis que j'en voulais à ce garçon d'une façon générale parce que ses manières ne me plaisaient point, et d'une façon particulière, ce jour-là, parce que j'estimais qu'il fallait le rendre responsable de l'accident. M. Darzac voulut en connaître la raison ; mais je ne sus que répondre et il se mit à rire. M. Darzac finit de rire cependant lorsque le docteur lui eut dit qu'il aurait pu perdre la vue et que c'était miracle qu'il en fût quitte à si bon compte.

L'inquiétude que me causait Brignolles était, sans doute, ridicule, et les accidents ne se reproduisirent plus. Tout de même, j'étais si extraordinairement prévenu contre lui que, dans le fond de moi-même, je ne lui pardonnai pas que la santé de M. Darzac ne s'améliorât point. Au commencement de l'hiver, il toussa, si bien que je le suppliai, et que nous le suppliâmes tous, de demander un congé et de s'aller reposer dans le midi. Les docteurs lui conseillèrent San Remo.

Il y fut et, huit jours après, il nous écrivait qu'il se sentait beaucoup mieux ; il lui semblait qu'on lui avait, depuis qu'il était arrivé dans ce pays, enlevé *un poids de dessus la poitrine* !... « Je respire !... je respire !... nous disait-il. Quand je suis parti de Paris, j'étouffais ! » Cette lettre de M. Darzac me donna beaucoup à réfléchir et je n'hésitai point à faire part de mes réflexions à Rouletabille. Or celui-ci voulut bien s'étonner avec moi de ce que M. Darzac était si mal quand il se trouvait auprès de Brignolles, et si bien quand il en était éloigné... Cette impression était si forte chez moi, tout particulièrement, que je n'eusse point permis à Brignolles de s'absenter. Ma foi non ! S'il avait quitté Paris, j'aurais été capable de le suivre ! Mais il ne s'en alla point ; au contraire. Les Stangerson ne l'eurent jamais plus près d'eux. Sous prétexte de demander des nouvelles de M. Darzac, il était tout le temps fourré chez M. Stangerson. Il parvint une fois à voir Mlle Stangerson, mais j'avais fait à la fiancée de M. Darzac un tel portrait du préparateur de physique, que je réussis à l'en dégoûter pour toujours, ce dont je me félicitai dans mon for intérieur.

M. Darzac resta quatre mois à San Remo et nous revint presque entièrement rétabli. Ses yeux, cependant, étaient encore faibles et il était dans la nécessité d'en prendre le plus grand soin. Rouletabille et moi avions décidé de surveiller le Brignolles, mais nous fûmes satisfaits d'apprendre que le mariage allait avoir lieu presque aussitôt et que M. Darzac emmènerait sa femme, dans un long voyage, loin de Paris et... loin de Brignolles.

À son retour de San Remo, M. Darzac m'avait demandé :

« Eh bien, où en êtes-vous avec ce pauvre Brignolles ? Êtes-vous revenu sur son compte ?

– Ma foi non ! » avais-je répondu.

Et il s'était encore moqué de moi, m'envoyant quelques-unes de ces plaisanteries provençales qu'il affectionnait quand les événements lui permettaient d'être gai, et qui avaient retrouvé dans sa bouche une saveur nouvelle depuis que son séjour dans le midi avait rendu à son accent toute sa belle couleur initiale.

Il était heureux ! Mais nous ne pûmes avoir une idée véritable de son bonheur – car, entre son retour et son mariage, nous eûmes peu d'occasions de le voir – que sur le seuil même de cette église où il nous apparut comme transformé. Il redressait avec un orgueil bien compréhensible sa taille légèrement voûtée. Le bonheur le faisait plus grand et plus beau !

« C'est le cas de dire qu'il est à la noce, le patron ! » ricana Brignolles.

Je m'éloignai de cet homme qui me répugnait et m'avançai jusque dans le dos de ce pauvre M. Stangerson, qui resta, lui, les bras croisés toute la cérémonie, sans rien voir, sans rien entendre. On dut lui frapper sur l'épaule, quand tout fut fini, pour le tirer de son rêve.

Quand on passa à la sacristie, maître André Hesse poussa un profond soupir.

« Ça y est ! fit-il. Je respire...

– Pourquoi ne respiriez-vous donc pas, mon ami ? » demanda maître Henri-Robert.

Alors maître André Hesse avoua qu'il avait redouté jusqu'à la dernière minute l'arrivée du mort...

« Que voulez-vous ! répliqua-t-il à son confrère qui se moquait, je ne puis me faire à cette idée que Frédéric Larsan consente à être mort pour de bon !... »

* * * * *

Nous nous trouvions tous maintenant – une dizaine de personnes au plus – dans la sacristie. Les témoins signaient sur les registres et les autres félicitaient gentiment les nouveaux mariés. Cette sacristie est encore plus sombre que l'église et j'aurais pu penser que je devais à cette obscurité de ne point apercevoir, en un pareil moment, Joseph Rouletabille, si la pièce n'avait été si petite. De toute évidence, il n'était point là.

Qu'est-ce que cela signifiait ? Mathilde l'avait déjà réclamé deux fois et M. Robert Darzac me pria de l'aller chercher, ce que je fis ; mais je rentrai dans la sacristie sans lui ; je ne l'avais pas trouvé.

« Voilà qui est bizarre, fit M. Darzac, et tout à fait inexplicable. Êtes-vous bien sûr d'avoir regardé partout ? Il sera dans quelque coin, à rêver.

– Je l'ai cherché partout et je l'ai appelé », répliquai-je.

Mais M. Darzac ne s'en tint point à ce que je lui disais. Il voulut faire lui-même le tour de l'église. Tout de même, il fut plus heureux que moi, car il apprit d'un mendiant qui se tenait sous le porche avec sa timbale qu'un jeune homme qui ne pouvait être, en effet, que Rouletabille était sorti de l'église quelques minutes auparavant et s'était éloigné dans un fiacre. Quand il rapporta cette nouvelle à sa femme, celle-ci en parut peinée au-delà de toute expression. Elle m'appela et me dit :

« Mon cher Monsieur Sainclair, vous savez que nous prenons le train dans deux heures à la gare de Lyon ; cherchez-moi notre petit ami et amenez-le moi, et dites-lui que sa conduite inexplicable m'inquiète beaucoup...

– Comptez sur moi », fis-je...

Et je me mis à la chasse de Rouletabille sur-le-champ. Mais je revins bredouille à la gare de Lyon. Ni chez lui, ni au journal, ni au café du Barreau où les nécessités de son métier le forçaient souvent de se trouver à cette heure du jour, je ne pus mettre la main sur lui. Aucun de ses camarades ne put me dire où j'aurais quelque chance de le rencontrer. Je vous laisse à penser combien tristement je fus accueilli sur le quai de la gare. M. Darzac était navré ; mais, comme il avait à s'occuper de l'installation des voyageurs, car le professeur Stangerson, qui se rendait à Menton, chez les Rance, accompagnait les nouveaux mariés jusqu'à Dijon, cependant que ceux-ci continuaient leur voyage par Culoz et le Mont-Cenis, il me pria d'annoncer cette mauvaise nouvelle à sa femme. Je fis la triste commission en ajoutant que Rouletabille viendrait sans doute avant le départ du train. Aux premiers mots que je lui dis de cela, Mathilde se prit à pleurer doucement, et elle secoua la tête :

« Non ! Non !... c'est fini !... Il ne viendra plus !... »

Et elle monta dans son wagon...

C'est alors que l'insupportable Brignolles, voyant l'émoi de la nouvelle mariée, ne put s'empêcher de répéter encore à maître André Hesse, qui, du reste, le fit taire fort malhonnêtement, comme il le méritait : « Regardez donc ! Regardez donc !... je vous dis qu'elle a encore ses yeux de folle !... Ah ! Robert a eu tort... il aurait mieux fait d'attendre ! » Je vois encore Brignolles disant cela, et je me rappelle le sentiment d'horreur que, dans le moment même, il m'inspira. Il ne faisait point de doute pour moi depuis longtemps que ce Brignolles était un méchant homme, et surtout un jaloux, et qu'il ne pardonnait point à son parent le service que celui-ci lui avait rendu en le casant dans un poste tout à fait subalterne. Il avait la mine jaune et les traits longs, tirés de haut en bas. Tout en lui paraissait amertume, et tout en lui était long. Il avait une longue taille, de longs bras, de longues jambes et une longue tête. Cependant à cette règle de longueur, il fallait faire une exception pour les pieds et pour les mains. Il avait les extrémités petites et presque élégantes. Ayant été si brusquement morigéné pour ses méchants propos par le jeune avocat, Brignolles en conçut une immédiate rancune et quitta la gare après avoir présenté ses civilités aux époux. Du moins je crus qu'il quitta la gare, car je ne le vis plus.

Nous avions encore trois minutes avant le départ du train. Nous espérions encore en l'arrivée de Rouletabille, et nous examinions tous le quai, pensant voir enfin surgir dans la troupe hâtive des voyageurs en retard la figure sympathique de notre jeune ami. Comment se faisait-il qu'il n'apparût point, selon sa coutume et sa manière, bousculant tout et tous, ne se préoccupant point des protestations et des cris qui signalaient ordinairement son passage dans une foule où il se montrait toujours plus pressé que les autres ? Que faisait-il ?... Déjà on fermait les portières ; on en entendait le claquement brutal... Et puis ce furent les brèves invitations des employés... « En voiture ! Messieurs !... en voiture !... » quelques galopades dernières... le coup de sifflet aigu qui commandait le départ... puis la clameur enrouée de la locomotive, et le convoi se mit en marche... Mais pas de Rouletabille !... Nous en étions si tristes et, aussi, tellement étonnés, que nous restions sur le quai à regarder Mme Darzac sans penser à lui faire entendre nos souhaits de bon voyage. La fille du professeur Stangerson jeta un long regard sur le quai et, dans le moment que le train commençait à accélérer sa marche, sûre désormais qu'elle ne verrait plus, avant son départ, son petit ami, elle me tendit une enveloppe, par la portière...

« Pour lui ! » fit-elle...

Et elle ajouta, soudain, avec une figure envahie d'un si subit effroi, et sur un ton si étrange que je ne pus m'empêcher de songer aux néfastes réflexions de Brignolles.

« Au revoir, mes amis !... *ou adieu !* »

II

Où il est question de l'humeur changeante de Joseph Rouletabille.

En revenant, seul, de la gare, je ne pus que m'étonner de la singulière tristesse qui m'avait envahi, sans que j'en pusse démêler précisément la cause. Depuis le procès de Versailles, aux péripéties duquel j'avais été si intimement mêlé, j'avais lié tout à fait amitié avec le professeur Stangerson, sa fille et Robert Darzac. J'aurais dû être particulièrement heureux d'un événement qui semblait satisfaire tout le monde. Je pensai que l'extraordinaire absence du jeune reporter devait être pour quelque chose dans cette sorte de prostration. Rouletabille avait été traité par les Stangerson et M. Darzac comme un sauveur. Et, surtout, depuis que Mathilde était sortie de la maison de santé où le désarroi de son esprit avait nécessité pendant plusieurs mois des soins assidus, depuis que la fille de l'illustre professeur avait pu se rendre compte du rôle extraordinaire joué par cet enfant dans un drame où, sans lui, elle eût inévitablement sombré avec tous ceux qu'elle aimait, depuis qu'elle avait lu avec toute sa raison, enfin recouvrée, le compte rendu sténographié des débats où Rouletabille apparaissait comme un petit héros miraculeux, il n'était point d'attentions quasi maternelles dont elle n'eût entouré mon ami. Elle s'était intéressée à tout ce qui le touchait, elle avait excité ses confidences, elle avait voulu en savoir sur Rouletabille plus que je n'en savais et plus peut-être qu'il n'en savait lui-même. Elle avait montré une curiosité discrète mais continue relativement à une origine que nous ignorions tous et sur laquelle le jeune homme avait continué de se taire avec une sorte de farouche orgueil. Très sensible à la tendre amitié que lui témoignait la pauvre femme, Rouletabille n'en conservait pas moins une extrême réserve et affectait, dans ses rapports avec elle, une politesse émue qui m'étonnait toujours de la part d'un garçon que j'avais connu si primesautier, si exubérant, si entier dans ses sympathies ou dans ses aversions. Plus d'une fois, je lui en avais fait la remarque, et il m'avait toujours répondu d'une façon évasive en faisant grand étalage, cependant, de ses sentiments dévoués pour une personne qu'il estimait, disait-il, plus que tout au monde, et pour laquelle il eût été prêt à tout sacrifier si le sort ou la fortune lui avaient donné l'occasion de sacrifier quelque chose pour quelqu'un. Il avait aussi des moments d'une incompréhensible humeur. Par exemple, après s'être fait, devant moi, une fête d'aller passer une grande journée de repos chez les Stangerson qui avaient loué pour la belle saison – car ils ne voulaient plus habiter le Glandier – une jolie petite propriété sur les bords de la Marne, à Chennevières, et après avoir montré, à la perspective d'un si heureux congé, une joie enfantine, il lui arrivait de se refuser, tout à coup, sans aucune raison apparente, à m'accompagner. Et je devais partir seul, le laissant dans la petite chambre qu'il avait conservée au coin du boulevard Saint-Michel et de la rue Monsieur-le-Prince. Je lui en voulais de toute la peine qu'il causait ainsi à cette bonne Mlle Stangerson. Un dimanche, celle-ci, outrée de l'attitude de mon ami, résolut d'aller le surprendre avec moi dans sa retraite du quartier Latin.

Quand nous arrivâmes chez lui, Rouletabille, qui avait répondu par un énergique : « Entrez ! » au coup que j'avais frappé à sa porte, Rouletabille, qui travaillait à sa petite table, se leva en nous apercevant et devint si pâle... si pâle que nous crûmes qu'il allait défaillir.

« Mon Dieu ! » s'écria Mathilde Stangerson en se précipitant vers lui. Mais, plus prompt qu'elle encore, avant qu'elle ne fût arrivée à la table où il s'appuyait, il avait jeté sur les papiers qui s'y trouvaient éparpillés une serviette de maroquin qui les dissimula entièrement.

Mathilde avait vu, naturellement, le geste. Elle s'arrêta, toute surprise.

« Nous vous dérangeons ? fit-elle sur un ton de doux reproche.

– Non ! répondit-il, j'ai fini de travailler. Je vous montrerai ça plus tard. C'est un chef-d'œuvre, une pièce en cinq actes dont je n'arrive pas à trouver le dénouement. »

Et il sourit. Bientôt il redevint tout à fait maître de lui et nous dit cent drôleries en nous remerciant d'être venus le troubler dans sa solitude. Il voulut absolument nous inviter à dîner et nous allâmes tous trois manger dans un restaurant du quartier latin, chez Foyot. Quelle bonne soirée ! Rouletabille avait téléphoné à Robert Darzac qui vint nous rejoindre au dessert. À cette époque, M. Darzac n'était point trop souffrant et l'étonnant Brignolles n'avait pas encore fait son apparition dans la capitale. On s'amusa comme des enfants. Ce soir d'été était si beau et si doux dans le Luxembourg solitaire.

Avant de quitter Mlle Stangerson, Rouletabille lui demanda pardon de l'humeur bizarre qu'il montrait quelquefois et s'accusa d'avoir, au fond, un très méchant caractère. Mathilde l'embrassa et Robert Darzac aussi l'embrassa. Et il en fut si ému que, durant le temps que je le reconduisis jusqu'à sa porte, il ne me dit point un mot ; mais, au moment de nous séparer, il me serra la main comme jamais encore il ne l'avait fait. Drôle de petit bonhomme !... Ah ! si j'avais su !... Comme je me reproche maintenant de l'avoir, par instants, à cette époque, jugé avec un peu trop d'impatience...

Ainsi, triste, triste, assailli de pressentiments que j'essayais en vain de chasser, je revenais de la gare de Lyon, me remémorant les innombrables fantaisies, bizarreries, et quelquefois douloureux caprices de Rouletabille au cours de ces deux dernières années, mais rien, cependant, rien de tout cela ne pouvait me faire prévoir ce qui venait de se passer, et encore moins me l'expliquer. Où était Rouletabille ? Je m'en fus à son hôtel, boulevard Saint-Michel, me disant que si, là encore, je ne le trouvais pas, je pourrais, au moins, laisser la lettre de Mme Darzac. Quelle ne fut pas ma stupéfaction, en entrant dans l'hôtel, d'y trouver mon domestique portant ma valise ! Je le priai de m'expliquer ce que cela signifiait, et il me répondit qu'il n'en savait rien : qu'il fallait le demander à M. Rouletabille.

Celui-ci, en effet, pendant que je le cherchais partout, excepté, naturellement, chez moi, s'était rendu à mon domicile, rue de Rivoli, s'était fait conduire dans ma chambre par mon domestique, lui avait fait apporter une valise et avait soigneusement rempli cette valise de tout le linge nécessaire à un honnête homme qui se dispose à partir en voyage pour quatre ou cinq jours. Puis, il avait ordonné à mon godiche de transporter ce petit bagage, une heure plus tard, à son hôtel du boul'Mich'. Je ne fis qu'un bond jusqu'à la chambre de mon ami où je le trouvai en train d'empiler méticuleusement dans un sac de nuit des objets de toilette, du linge de jour et une chemise de nuit. Tant que cette besogne ne fut point terminée, je ne pus rien tirer de Rouletabille, car, dans les petites choses de la vie courante, il était volontiers maniaque et, en dépit de la modestie de ses ressources, tenait à vivre fort correctement, ayant l'horreur de tout ce qui touchait de près ou de loin à la bohème. Il daigna enfin m'annoncer que « nous allions prendre nos vacances de Pâques », et que, puisque j'étais libre et que son journal *l'Époque* lui accordait un congé de trois jours, nous ne pouvions mieux faire que d'aller nous reposer « au bord de la mer ». Je ne lui répondis même pas, tant j'étais furieux de la façon dont il venait de se conduire, et aussi tant je trouvais stupide cette proposition d'aller contempler l'océan ou la Manche par un de ces temps abominables de printemps qui, tous les ans, pendant deux ou trois semaines, nous font regretter l'hiver. Mais il ne s'émut point outre mesure de mon silence, et, prenant ma valise d'une main, son sac de l'autre, me poussant dans l'escalier, il me fit bientôt monter dans un fiacre qui nous attendait devant la porte de l'hôtel. Une demi-heure plus tard, nous nous trouvions tous deux dans un compartiment de première classe de la ligne du Nord, qui roulait vers Le Tréport, par Amiens. Comme nous entrions en gare de Creil, il me dit :

« Pourquoi ne me donnez-vous pas la lettre que l'on vous a remise pour moi ? »

Je le regardai. Il avait deviné que Mme Darzac aurait une grande peine de ne l'avoir point vu au moment de son départ et qu'elle lui écrirait. Ça n'était pas bien malin. Je lui répondis :

« Parce que vous ne le méritez pas. »

Et je lui fis d'amers reproches auxquels il ne prit point garde. Il n'essaya même pas de se disculper, ce qui me mit plus en colère que tout. Enfin, je lui donnai la lettre. Il la prit, la regarda, en respira le doux parfum. Comme je le considérais avec curiosité, il fronça les sourcils, dissimulant, sous cette mine rébarbative, une émotion souveraine. Mais il ne put finalement me la cacher qu'en s'appuyant le front à la vitre et en s'absorbant dans une étude approfondie du paysage.

« Eh bien, lui demandai-je, vous ne la lisez pas ?

– Non, me répondit-il, pas ici !... Mais là-bas !... »

Nous arrivâmes au Tréport en pleine nuit noire, après six heures d'un interminable voyage et par un temps de chien. Le vent de mer nous glaçait et balayait le quai désert. Nous ne rencontrâmes qu'un douanier enfermé dans sa capote et dans son capuchon et qui faisait les cent pas sur le pont du canal. Pas une voiture, naturellement. Quelques papillons de gaz, tremblotant dans leur cage de verre, reflétaient leur éclat falot dans de larges flaques de pluie où nous pataugions à l'envi, cependant que nous courbions le front sous la rafale. On entendait au loin le bruit que faisaient, en claquant sur les dalles sonores, les petits sabots de bois d'une Tréportaise attardée. Si nous ne tombâmes point dans le grand trou noir de l'avant-port, c'est que nous fûmes avertis du danger par la fraîcheur salée qui montait de l'abîme et par la rumeur de la marée. Je maugréais derrière Rouletabille qui nous dirigeait assez difficilement dans cette obscurité humide. Cependant il devait connaître l'endroit, car nous arrivâmes tout de même, cahin-caha, odieusement giflés par l'embrun, à la porte de l'unique hôtel qui reste ouvert, pendant la mauvaise saison, sur la plage. Rouletabille demanda tout de suite à souper et du feu, car nous avions grand-faim et grand froid.

« Ah çà ! lui dis-je, daignerez-vous me faire savoir ce que nous sommes venus chercher dans ce pays, en dehors des rhumatismes qui nous guettent et de la pleurésie qui nous menace ? »

Car Rouletabille, dans le moment, toussait et ne parvenait point à se réchauffer.

« Oh ! fit-il, je vais vous le dire. Nous sommes venus chercher le *parfum de la Dame en noir !* »

Cette phrase me donna si bien à réfléchir que je n'en dormis guère de la nuit. Dehors, le vent de mer hululait toujours, poussant sur la grève sa vaste plainte, puis s'engouffrant tout à coup dans les petites rues de la ville, comme dans des corridors. Je crus entendre remuer dans la chambre à côté, qui était celle de mon ami : je me levai et poussai sa porte. Malgré le froid, malgré le vent, il avait ouvert sa fenêtre, et je le vis distinctement qui envoyait des baisers à l'ombre. Il embrassait la nuit !

Je refermai la porte et revins me coucher discrètement. Le lendemain matin, je fus réveillé par un Rouletabille épouvanté. Sa figure marquait une angoisse extrême et il me tendait un télégramme qui lui venait de Bourg et qui lui avait été, sur l'ordre qu'il en avait donné, réexpédié de Paris. Voici la dépêche :

« Venez immédiatement sans perdre une minute. Avons renoncé à notre voyage en Orient et allons rejoindre M. Stangerson à Menton, chez les Rance, aux Rochers Rouges. Que cette dépêche reste secrète entre nous. *Il ne faut effrayer personne.* Vous prétexterez auprès de nous congé, tout ce que vous voudrez, mais venez ! Télégraphiez-moi poste restante à Menton. Vite, vite, je vous attends. Votre désespéré, DARZAC. »

III

Le parfum.

« Eh bien, m'écriai-je, en sautant de mon lit. Ça ne m'étonne pas !...

– Vous n'avez jamais cru à *sa* mort ? » me demanda Rouletabille avec une émotion telle que je ne pouvais pas me l'expliquer, malgré l'horreur qui se dégageait de la situation, en admettant que nous dussions prendre à la lettre les termes du télégramme de M. Darzac.

« Pas trop, fis-je. Il avait tant besoin de passer pour mort qu'il a pu faire le sacrifice de quelques papiers, lors de la catastrophe de *La Dordogne*. Mais qu'avez-vous, mon ami ?... vous paraissez d'une faiblesse extrême. Êtes-vous malade ?... »

Rouletabille s'était laissé choir sur une chaise. C'est d'une voix presque tremblante qu'il me confia à son tour qu'il n'avait cru réellement à sa mort qu'une fois la cérémonie du mariage terminée. Il ne pouvait entrer dans l'esprit du jeune homme que Larsan eût laissé s'accomplir l'acte qui donnait Mathilde Stangerson à M. Darzac, s'il avait été encore vivant. Larsan n'avait qu'à se montrer pour empêcher le mariage ; et, si dangereuse qu'eût été, pour lui, cette manifestation, il n'eût point hésité à se livrer, connaissant les sentiments religieux de la fille du professeur Stangerson, et sachant bien qu'elle n'eût jamais consenti à lier son sort à un autre homme, du vivant de son premier mari, se trouvât-elle même délivrée de celui-ci par la loi humaine ? En vain eût-on invoqué auprès d'elle la nullité de ce premier mariage au regard des lois françaises, il n'en restait pas moins qu'un prêtre avait fait d'elle la femme d'un misérable, pour toujours !

Et Rouletabille, essuyant la sueur qui coulait de son front, ajoutait :

« Hélas ! rappelez-vous, mon ami... aux yeux de Larsan : *le presbytère n'a rien perdu de son charme, ni le jardin de son éclat !* »

Je mis ma main sur la main de Rouletabille. Il avait la fièvre. Je voulus le calmer, mais il ne m'entendait pas :

– Et voilà qu'il aurait attendu *après* le mariage, quelques heures après le mariage, pour apparaître, s'écria-t-il. Car, pour moi, comme pour vous, Sainclair, n'est-ce pas ? la dépêche de M. Darzac ne signifierait rien si elle ne voulait pas dire que *l'autre est revenu.*

– Évidemment !... Mais M. Darzac a pu se tromper !...

– Oh ! M. Darzac n'est pas un enfant qui a peur... cependant, il faut espérer, il faut espérer, n'est-ce pas, Sainclair ? Qu'il s'est trompé !... Non, non ! ça n'est pas possible, ce serait trop affreux !... trop affreux... Mon ami ! Mon ami !... oh ! Sainclair, ce serait trop terrible !... »

Je n'avais jamais vu, même au moment des pires événements du Glandier, Rouletabille aussi agité. Il s'était levé, maintenant... il marchait dans la chambre, déplaçait sans raison des objets, puis me regardait en répétant : « Trop terrible !... trop terrible ! »

Je lui fis remarquer qu'il n'était point raisonnable de se mettre dans un état pareil, à la suite d'une dépêche qui ne prouvait rien et pouvait être le résultat de quelque hallucination... Et puis, j'ajoutai que ce n'était pas dans le moment que nous allions sans doute avoir besoin de tout notre sang-froid, qu'il fallait nous laisser aller à de semblables épouvantes, inexcusables chez un garçon de sa trempe.

« Inexcusables !... Vraiment, Sainclair... inexcusables !...

– Mais, enfin, mon cher... vous me faites peur ! que se passe-t-il ?

– Vous allez le savoir... La situation est horrible... Pourquoi n'est-il pas mort ?

– Et qu'est-ce qui vous dit, après tout, qu'il ne l'est pas.

– C'est que, voyez-vous, Sainclair... Chut !... Taisez-vous... Taisez-vous, Sainclair !... C'est que, voyez-vous, *s'il est vivant, moi, j'aimerais autant être mort !*

– Fou ! Fou ! Fou ! c'est surtout s'il est vivant qu'il faut que vous soyez vivant, pour la défendre, *elle* !

– Oh ! oh ! c'est vrai ! Ce que vous venez de dire là, Sainclair !... C'est très exactement vrai !... Merci, mon ami !... Vous avez dit le seul mot qui puisse me faire vivre : « *Elle !* » Croyez-vous cela !... Je ne pensais qu'à moi !... Je ne pensais qu'à moi !... »

Et Rouletabille ricana, et, en vérité, j'eus peur, à mon tour, de le voir ricaner ainsi et je le priai, en le serrant dans mes bras, de bien vouloir me dire pourquoi il était si effrayé, pourquoi il parlait de sa mort à lui, pourquoi il ricanait ainsi...

« Comme à un ami, comme à ton meilleur ami, Rouletabille !... Parle, parle ! Soulage-toi !... Dis-moi ton secret ! Dis-le moi, puisqu'il t'étouffe !... Je t'ouvre mon cœur... »

Rouletabille a posé sa main sur mon épaule... Il m'a regardé jusqu'au fond des yeux, jusqu'au fond de mon cœur, et il m'a dit :

« Vous allez tout savoir, Sainclair, vous allez en savoir autant que moi, et vous allez être aussi effrayé que moi, mon ami, parce que vous êtes bon, et que je sais que vous m'aimez ! »

Là-dessus, comme je croyais qu'il allait s'attendrir, il se borna à demander l'indicateur des chemins de fer.

« Nous partons à une heure, me dit-il, il n'y a pas de train direct entre la ville d'Eu et Paris, l'hiver ; nous n'arriverons à Paris qu'à sept heures. Mais nous aurons grandement le temps de faire nos malles et de prendre, à la gare de Lyon, le train de neuf heures pour Marseille et Menton. »

Il ne me demandait même pas mon avis ; il m'emmenait à Menton comme il m'avait emmené au Tréport ; il savait bien que dans les conjonctures présentes je n'avais rien à lui refuser. Du reste, je le voyais dans un état si anormal que, n'eût-il point voulu de moi, je ne l'aurais pas quitté. Et puis, nous entrions en pleines vacations et mes affaires du palais me laissaient toute liberté.

« Nous allons donc à la ville d'Eu ? demandai-je.

— Oui, nous prendrons le train là-bas. Il faut une demi-heure à peine pour aller en voiture du Tréport à Eu...

— Nous serons restés peu de temps dans ce pays, fis-je.

— Assez, je l'espère... assez pour ce que je suis venu y chercher, hélas !... »

Je pensai au parfum de la Dame en noir, et je me tus. Ne m'avait-il point dit que j'allais tout savoir. Il m'emmena sur la jetée. Le vent était encore violent et nous dûmes nous abriter derrière le phare. Il resta un instant songeur et ferma les yeux devant la mer.

« C'est ici, finit-il par dire, que je l'ai vue pour la dernière fois. »

Il regarda le banc de pierre.

« Nous nous sommes assis là ; elle m'a serré sur son cœur. J'étais un tout petit enfant ; j'avais neuf ans... elle m'a dit de rester là, sur ce banc, et puis elle s'en est allée et je ne l'ai plus jamais revue... C'était le soir... un doux soir d'été, le soir de la distribution des prix... Oh ! elle n'avait pas assisté à la distribution, mais je savais qu'elle viendrait le soir... un soir plein d'étoiles et si clair que j'ai espéré un instant distinguer son visage. Cependant, elle s'est couverte de son voile en poussant un soupir. Et puis elle est partie. Je ne l'ai plus jamais revue.

— Et vous, mon ami ?

— Moi ?

— Oui ; qu'avez-vous fait ? Vous êtes resté longtemps sur ce banc ?...

234

– J'aurais bien voulu... Mais le cocher est venu me chercher et je suis rentré...

– Où ?

– Eh bien, mais... au collège...

– Il y a donc un collège au Tréport ?

– Non pas, mais il y en a un à Eu... Je suis rentré au collège d'Eu... »

Il me fit signe de le suivre.

« Nous y allons, dit-il... Comment voulez-vous que je sache ici ?... Il y a eu trop de tempêtes !... »

Une demi-heure plus tard nous étions à Eu. Au bas de la rue des marronniers, notre voiture roula bruyamment sur les pavés durs de la grande place froide et déserte, pendant que le cocher annonçait son arrivée en faisant claquer son fouet à tour de bras, remplissant la petite ville morte de la musique déchirante de sa lanière de cuir.

Bientôt, on entendit, par-dessus les toits, sonner une horloge – celle du collège, me dit Rouletabille – et tout se tut. Le cheval, la voiture, s'étaient immobilisés sur la place. Le cocher avait disparu dans un cabaret. Nous entrâmes dans l'ombre glacée de la haute église gothique qui bordait, d'un côté, la grand'place. Rouletabille jeta un coup d'œil sur le château dont on apercevait l'architecture de briques roses couronnées de vastes toits Louis XIII, façade morne qui semble pleurer ses princes exilés ; il considéra, mélancolique, le bâtiment carré de la mairie qui avançait vers nous la lance hostile de son drapeau sale, les maisons silencieuses, le café de Paris – le café de messieurs les officiers – la boutique du coiffeur, celle du libraire. N'était-ce point là qu'il avait acheté ses premiers livres neufs, payés par la Dame en noir ?...

« Rien n'est changé !... »

Un vieux chien, sans couleur, sur le seuil du libraire, allongeait son museau paresseux sur ses pattes gelées.

« C'est Cham ! fit Rouletabille. Oh ! je le reconnais bien !... C'est Cham ! C'est mon bon Cham ! »

Et il l'appela :

« Cham ! Cham !... »

Le chien se souleva, tourné vers nous, écoutant cette voix qui l'appelait. Il fit quelques pas difficiles, nous frôla, et retourna s'allonger sur son seuil, indifférent.

« Oh ! dit Rouletabille, c'est lui !... Mais il ne me reconnaît plus... »

Il m'entraîna dans une ruelle qui descendait une pente rapide, pavée de cailloux pointus. Il me tenait par la main et je sentais toujours sa fièvre. Nous nous arrêtâmes bientôt devant un petit temple de style jésuite qui dressait devant nous son porche orné de ces demi-cercles de pierre, sortes de « consoles renversées », qui sont le propre d'une architecture qui n'a contribué en rien à la gloire du dix-septième siècle. Ayant poussé une petite porte basse, Rouletabille me fit entrer sous une voûte harmonieuse au fond de laquelle sont agenouillées, sur la pierre de leurs tombeaux vides, les magnifiques statues de marbre de Catherine de Clèves et de Guise le Balafré.

« La chapelle du collège », me dit tout bas le jeune homme.

Il n'y avait personne dans cette chapelle.

Nous l'avons traversée en hâte. Sur la gauche, Rouletabille poussa très doucement un tambour qui donnait sur une sorte d'auvent.

« Allons, fit-il tout bas, tout va bien. Comme cela nous serons entrés dans le collège et le concierge ne m'aura pas vu. Certainement, il m'aurait reconnu !

– Quel mal y aurait-il à cela ? »

Mais justement, un homme, tête nue, un trousseau de clefs à la main, passa devant l'auvent et Rouletabille se rejeta dans l'ombre.

« C'est le père Simon ! Ah ! comme il a vieilli ! Il n'a plus de cheveux. Attention !... c'est l'heure où il va balayer l'étude des petits... Tout le monde est en classe en ce moment... Oh ! nous allons être bien libres ! Il ne reste plus que la mère Simon dans sa loge, à moins qu'elle ne soit morte... En tout cas, d'ici elle ne nous verra pas... Mais attendons !... Voilà que le père Simon revient !... »

Pourquoi Rouletabille tenait-il tant à se dissimuler ? Pourquoi ? Décidément, je ne savais rien de ce garçon que je croyais si bien connaître ! Chaque heure passée avec lui me réservait toujours une surprise.

En attendant que le père Simon nous laissât le champ libre, Rouletabille et moi parvînmes à sortir de l'auvent sans être aperçus et, dissimulés dans le coin d'une petite cour-jardin, derrière des arbrisseaux, nous pouvions maintenant, penchés au-dessus d'une rampe de briques, contempler à l'aise, au-dessous de nous, les vastes cours et les bâtiments du collège que nous dominions de notre cachette. Rouletabille me serrait le bras comme s'il avait peur de tomber...

« Mon Dieu ! fit-il, la voix rauque... tout cela a été bouleversé ! On a démoli la vieille étude *où j'ai retrouvé le couteau*, et le préau dans lequel « il avait caché l'argent » a été transporté plus loin... Mais les murs de la chapelle n'ont point changé de place, eux !... Regardez, Sainclair, penchez-vous ; cette porte qui donne dans les sous-sols de la chapelle, c'est la porte de la petite classe. Je l'ai franchie combien de fois, mon Dieu ! Quand j'étais tout petit enfant... Mais jamais, jamais je ne sortais de là aussi joyeux, même aux heures des plus folles récréations, que lorsque le père Simon venait me chercher pour aller au parloir où m'attendait la Dame en noir !... Pourvu, mon Dieu ! qu'on n'ait point touché au parloir !... »

Et il risqua un coup d'œil en arrière, avança la tête.

« Non ! non !... Tenez, le voilà, le parloir !... À côté de la voûte... c'est la première porte à droite... c'est là qu'elle venait... c'est là... Nous allons y aller tout à l'heure, quand le père Simon sera descendu... »

Et il claquait des dents...

« C'est fou, dit-il, je crois que je vais devenir fou... Qu'est-ce que vous voulez ? C'est plus fort que moi, n'est-ce pas ?... L'idée que je vais revoir le parloir... où elle m'attendait... Je ne vivais que dans l'espoir de la voir, et, quand elle était partie, malgré que je lui promettais toujours d'être raisonnable, je tombais dans un si morne désespoir que, chaque fois, on craignait pour ma santé. On ne parvenait à me faire sortir de ma prostration qu'en m'affirmant que je ne la verrais plus si je tombais malade. Jusqu'à la visite suivante, je restais avec son souvenir et avec son parfum. N'ayant jamais pu distinctement voir son cher visage, et m'étant enivré jusqu'à en défaillir, lorsqu'elle me serrait dans ses bras, de son parfum, je vivais moins avec son image qu'avec son odeur. Les jours qui suivaient sa visite, je m'échappais de temps en temps, pendant les récréations, jusqu'au parloir, et, lorsque celui-ci était vide, comme aujourd'hui, j'aspirais, je respirais religieusement cet air qu'elle avait respiré, je faisais provision de cette atmosphère où elle avait un instant passé, et je sortais, le cœur embaumé... C'était le plus délicat, le plus subtil et certainement le plus naturel, le plus doux parfum du monde et j'imaginais bien que je ne le rencontrerais plus jamais, jusqu'à ce jour que je vous ai dit, Sainclair... vous vous rappelez... le jour de la réception à l'Élysée...

– Ce jour-là, mon ami, vous avez rencontré Mathilde Stangerson...

– C'est vrai !... » répondit-il d'une voix tremblante...

... Ah ! si j'avais su à ce moment que la fille du professeur Stangerson, lors de son premier mariage en Amérique, avait eu un enfant, un fils qui aurait dû, s'il était vivant encore, avoir l'âge de Rouletabille, peut-être, après le voyage que mon ami avait fait là-bas et où il avait été certainement renseigné, peut-être eussé-je enfin compris son émotion, sa peine, le trouble étrange qu'il avait à prononcer ce nom de Mathilde Stangerson dans ce collège où venait autrefois la Dame en noir !

Il y eut un silence que j'osai troubler.

« Et vous n'avez jamais su pourquoi la Dame en noir n'était plus revenue ?

– Oh ! fit Rouletabille, je suis sûr que la Dame en noir est revenue... Mais c'est moi qui étais parti !...

– Qui est-ce qui était venu vous chercher ?

– Personne !... je m'étais sauvé !...

– Pourquoi ?... Pour la chercher ?

– Non ! non !... pour la fuir !... pour la fuir, vous dis-je, Sainclair !... Mais elle est revenue !... je suis sûr qu'elle est revenue !...

– Elle a dû être désespérée de ne plus vous retrouver !... » Rouletabille leva les bras vers le ciel, secoua la tête.

« Est-ce que je sais ?... Peut-on savoir ?... Ah ! je suis bien malheureux !... Chut ! mon ami !... chut !... le père Simon... là... Il s'en va... enfin !... Vite !... au parloir !... »

Nous y fûmes en trois enjambées. C'était une pièce banale, assez grande, avec de pauvres rideaux blancs à ses fenêtres nues. Elle était meublée de six chaises de paille alignées contre les murailles, d'une glace au-dessus de la cheminée et d'une pendule. Il faisait là-dedans assez sombre.

En entrant dans cette pièce, Rouletabille se découvrit avec un de ces gestes de respect et de recueillement que l'on n'a, à l'ordinaire, qu'en pénétrant dans un endroit sacré. Il était devenu très rouge, s'avançait à petits pas, très embarrassé, roulant sa casquette de voyage entre ses doigts. Il se tourna vers moi et, tout bas, plus bas encore qu'il ne m'avait parlé dans la chapelle...

« Oh ! Sainclair ! le voilà, le parloir !... Tenez, touchez mes mains, je brûle... je suis rouge, n'est-ce pas ?... J'étais toujours rouge quand j'entrais ici et que je savais que j'allais l'y trouver !... Certainement, j'ai couru... je suis essoufflé... Je n'ai pas pu attendre, n'est-ce pas ?... Oh ! mon cœur, mon cœur qui bat comme quand j'étais tout petit... Tenez, j'arrivais ici... là, là !... à la porte, et puis je m'arrêtais, tout honteux... Mais j'apercevais son ombre noire dans le coin ; elle me tendait silencieusement les bras et je m'y jetais, et tout de suite, en nous embrassant, nous pleurions !... C'était bon ! C'était ma mère, Sainclair !... Oh ! ce n'est pas elle qui me l'a dit ; au contraire, elle, elle me disait que ma mère était morte et qu'elle était une amie de ma mère... Seulement, comme elle me disait aussi de l'appeler : « maman ! » et qu'elle pleurait quand je l'embrassais, je sais bien que c'était ma mère... Tenez, elle s'asseyait toujours là, dans ce coin

238

sombre, et elle venait à la tombée du jour, quand on n'avait pas encore allumé, dans le parloir... En arrivant, elle déposait, sur le rebord de cette fenêtre, un gros paquet blanc, entouré d'une ficelle rose. C'était une brioche. J'adore les brioches, Sainclair !... »

Et Rouletabille ne put plus se retenir. Il s'accouda à la cheminée et il pleura, pleura... Quand il fut un peu soulagé, il releva la tête, me regarda et me sourit tristement. Et puis, il s'assit, très las. Je n'avais garde de lui adresser la parole. Je sentais si bien que ce n'était pas avec moi qu'il causait, mais avec ses souvenirs...

Je le vis qui sortait de sa poitrine la lettre que je lui avais remise et, les mains tremblantes, il la décacheta. Il la lut lentement. Soudain, sa main retomba, et il poussa un gémissement. Lui, tout à l'heure si rouge était devenu si pâle... si pâle qu'on eût dit que tout son sang s'était retiré de son cœur. Je fis un mouvement, mais son geste m'interdit de l'approcher. Et puis, il ferma les yeux.

J'aurais pu croire qu'il dormait. Je m'éloignai tout doucement alors, sur la pointe des pieds, comme on fait dans la chambre d'un malade. J'allai m'appuyer à une croisée qui donnait sur une petite cour habitée par un grand marronnier. Combien de temps restai-je là à considérer ce marronnier ? Est-ce que je sais ?... Est-ce que je sais seulement ce que nous aurions répondu à quelqu'un de la maison qui fût entré dans le parloir, à ce moment ? Je songeais obscurément à l'étrange et mystérieuse destinée de mon ami... À cette femme qui était peut-être sa mère et qui, peut-être, ne l'était pas !... Rouletabille était alors si jeune... Il avait tant besoin d'une mère qu'il s'en était peut-être, dans son imagination, donné une... Rouletabille !... quel autre nom lui connaissions-nous ?... Joseph Joséphin... C'était sans doute sous ce nom-là qu'il avait fait ses premières études, ici... Joseph Joséphin, comme le disait le rédacteur en chef de *l'Époque* : « Ça n'est pas un nom, ça ! » Et, maintenant, qu'était-il venu faire ici ? Rechercher la trace d'un parfum !... Revivre un souvenir ?... une illusion ?...

Je me retournai au bruit qu'il fit. Il était debout ; il paraissait très calme ; il avait cette figure soudainement rassérénée de ceux qui viennent de remporter une grande victoire intérieure.

« Sainclair, il faut nous en aller, maintenant... Allons-nous-en, mon ami !... Allons-nous-en !... »

Et il quitta le parloir sans même regarder derrière lui. Je le suivais. Dans la rue déserte où nous parvînmes sans avoir été remarqués, je l'arrêtai et je lui demandai, anxieux :

« Eh bien, mon ami... Avez-vous retrouvé le parfum de la Dame en noir ?... »

Certes ! il vit bien qu'il y avait dans ma question tout mon cœur, plein de l'ardent désir que cette visite aux lieux de son enfance lui rendît un peu la paix de l'âme.

« Oui, fit-il, très grave... Oui, Sainclair... je l'ai retrouvé... »

Et il me montra la lettre de la fille du professeur Stangerson. Je le regardais, hébété, ne comprenant pas... puisque je ne savais pas... Alors, il me prit les deux mains et, les yeux dans les yeux, il me dit :

« Je vais vous confier un grand secret, Sainclair... le secret de ma vie et peut-être, un jour, le secret de ma mort... Quoi qu'il arrive, il mourra avec vous et avec moi !... Mathilde Stangerson avait un enfant... un fils... *ce fils est mort, est mort pour tous, excepté pour vous et pour moi !...* »

Je reculai, frappé de stupeur, étourdi, sous une pareille révélation... Rouletabille, le fils de Mathilde Stangerson !... Et puis, tout à coup, j'eus un choc plus violent encore... Mais alors !... Mais alors !... Rouletabille était le fils de Larsan !

Oh !... Je comprenais, maintenant, toutes les hésitations de Rouletabille... Je comprenais pourquoi, ce matin, mon ami, dans sa prescience de la vérité, disait : « Pourquoi n'est-il pas mort ? S'il est vivant, moi, j'aimerais autant être mort ! »

Rouletabille lut certainement cette phrase dans mes yeux et il fit simplement un signe qui voulait dire : « C'est cela, Sainclair, maintenant, vous y êtes ! »

Puis il finit sa pensée tout haut :

« Silence ! »

Arrivés à Paris, nous nous sommes séparés pour nous retrouver à la gare. Là, Rouletabille me tendit une nouvelle dépêche qui venait de Valence et qui était signée du professeur Stangerson. En voici le texte :

« M. Darzac me dit que vous avez quelques jours de congé. Nous serions tous très heureux si vous pouviez venir les passer parmi nous. Nous vous attendons aux Rochers Rouges chez Mr Arthur Rance, qui sera enchanté de vous présenter à sa femme. Ma fille serait bien heureuse aussi de vous voir. Elle joint ses instances aux miennes. Amitiés. »

Enfin, alors que nous montions dans le train, le concierge de l'hôtel de Rouletabille se précipitait sur le quai et nous apportait une troisième dépêche. Elle venait, celle-là, de Menton, et elle était signée de Mathilde.

Elle ne portait que ces deux mots : « Au secours ! »

IV

En route.

Maintenant, je sais tout. Rouletabille vient de me raconter son extraordinaire et aventureuse enfance, et je sais aussi pourquoi il ne redoute rien tant à cette heure que de voir Mme Darzac pénétrer le mystère qui les sépare. Je n'ose plus rien dire, rien conseiller à mon ami. Ah ! le malheureux pauvre gosse !... Quand il eut lu cette dépêche : « *Au secours !* » il la porta à ses lèvres, et puis, me broyant la main, il dit : « Si j'arrive trop tard, *je nous vengerai !* » Ah ! l'énergie froide et sauvage de cela ! De temps en temps, un geste trop brusque trahit la passion de son âme, mais en général il est calme. Comme il est calme maintenant, affreusement !... Quelle résolution a-t-il donc prise dans le silence du parloir, alors qu'il se tenait immobile et les yeux clos dans le coin où s'asseyait la Dame en noir ?...

... Pendant que nous roulons vers Lyon et que Rouletabille rêve, étendu, tout habillé, sur sa couchette, je vous dirai donc comment et pourquoi l'enfant s'était échappé du collège d'Eu, et ce qu'il en advint.

Rouletabille s'était enfui du collège comme un voleur ! Il n'est point besoin de chercher d'autre expression, puisqu'il était bien accusé de vol ! Voici toute l'affaire : étant âgé de neuf ans, – il était déjà d'une intelligence extraordinairement précoce et porté à la résolution des problèmes les plus bizarres, les plus difficiles. D'une force de logique surprenante, quasi incomparable à cause de sa simplicité et de l'unité sommaire de son raisonnement, il étonnait son professeur de mathématiques par son mode *philosophique* de travail. Il n'avait jamais pu apprendre sa table de multiplication et comptait sur ses doigts. Il faisait faire ordinairement ses opérations par ses camarades, comme on donne une vulgaire besogne à accomplir à un domestique... Mais, auparavant, il leur avait indiqué la marche du problème. Ignorant encore les principes de l'algèbre classique, il avait inventé pour son usage personnel une algèbre, faite de signes bizarres rappelant l'écriture cunéiforme, à l'aide de laquelle il marquait toutes les étapes de son raisonnement mathématique, et il était arrivé ainsi à inscrire des formules générales qu'il était le seul à comprendre. Son professeur le comparait avec orgueil à Pascal trouvant tout seul, en géométrie, les premières propositions d'Euclide. Il appliquait à la vie quotidienne cette admirable faculté de raisonner. Et cela, matériellement et moralement, c'est-à-dire, par exemple, qu'un acte ayant été commis, farce d'écolier, scandale, dénonciation ou rapportage, par un inconnu parmi dix personnages qu'il connaissait, il *dégageait* presque fatalement cet inconnu d'après les données morales qu'on lui avait fournies ou que ses observations personnelles lui avaient procurées. Ceci pour le moral ; et pour le matériel, rien ne lui semblait plus simple que de retrouver un objet caché ou perdu... ou dérobé... C'est là surtout qu'il déployait une invention merveilleuse, comme si la nature, dans son incroyable équilibre, après avoir créé un père qui était le mauvais génie du vol, avait voulu en faire naître un fils qui eût été le bon génie des volés.

Cette étrange aptitude, après lui avoir valu, en plusieurs circonstances amusantes, à propos d'objets chipés, quelques succès d'estime dans le personnel du collège, devait un jour lui être fatale. Il découvrit d'une façon si anormale une petite somme d'argent qui avait été volée au surveillant général, que nul ne voulut croire que cette découverte était uniquement due à son intelligence et à sa perspicacité.

Cette hypothèse parut à tous, de toute évidence, impossible ; et il finit bientôt, grâce à une malheureuse coïncidence d'heure et de lieu, par passer pour le voleur. On voulut lui faire avouer sa faute ; il s'en défendit avec une énergie indignée qui lui valut une punition sévère ; le principal fit une enquête où Joseph Joséphin fut desservi, avec la lâcheté coutumière aux enfants, par ses petits camarades. Certains se plaignaient qu'on leur dérobait depuis quelque temps des livres, des objets scolaires, et accusèrent formellement celui qu'ils voyaient déjà accablé. Le fait qu'on ne lui connaissait point de parents et qu'on ignorait *d'où il venait* lui fut, plus que jamais, dans ce petit monde, reproché comme un crime. Quand ils parlèrent de lui, ils dirent : « le voleur ». Il se battit et il eut le dessous, car il n'était point très fort. Il était désespéré. Il eût voulu mourir. Le principal, qui était le meilleur des hommes, persuadé malheureusement qu'il avait affaire à une petite nature vicieuse sur laquelle il fallait produire une impression profonde, en lui faisant comprendre toute l'horreur de son acte, imagina de lui dire que, s'il n'avouait point le vol, il ne le conserverait point plus longtemps, et qu'il était décidé, du reste, à écrire le jour même à la personne qui s'intéressait à lui, à Mme Darbel – c'était le nom qu'elle avait donné – pour qu'elle vînt le chercher. L'enfant ne répondit point et se laissa reconduire dans la petite chambre où il avait été confiné.

Le lendemain, on l'y chercha en vain. Il s'était enfui. Il avait réfléchi que le principal à qui il avait été confié depuis les plus tendres années de son enfance – si bien qu'il ne se rappelait guère d'une façon un peu précise d'autre cadre à sa petite vie que celui du collège – s'était toujours montré bon pour lui et qu'il ne le traitait de la sorte que parce qu'il croyait à sa culpabilité. Il n'y avait donc point de raison pour que la Dame en noir ne crût point, elle aussi, qu'il avait volé. Passer pour un voleur auprès de la Dame en noir, plutôt la mort ! Et il s'était sauvé, en sautant, la nuit, par-dessus le mur du jardin. Il avait couru tout de suite au canal dans lequel, en sanglotant, après une pensée suprême donnée à la Dame en noir, il s'était jeté. Heureusement, dans son désespoir, le pauvre enfant avait oublié qu'il savait nager.

Si j'ai rapporté assez longuement cet incident de l'enfance de Rouletabille, c'est que je suis sûr que, dans sa situation actuelle, on en comprendra toute l'importance. Alors qu'il ignorait qu'il était le fils de Larsan, Rouletabille ne pouvait déjà songer à ce triste épisode sans être déchiré par l'idée que la Dame en noir avait pu croire, en effet, qu'il était un voleur, mais depuis qu'il s'imaginait avoir la certitude – imagination trop fondée, hélas ! – du lien naturel et légal qui l'unissait à Larsan, quelle douleur, quelle peine infinie devait être la sienne ! Sa mère, en apprenant l'événement, avait dû penser que les criminels instincts du père revivraient dans le fils et peut-être... – et peut-être – idée plus cruelle que la mort elle-même, s'était-elle réjouie de sa mort !

Car il passa pour mort. On retrouva toutes les traces de sa fuite jusqu'au canal, et on repêcha son béret. En réalité, comment vécut-il ? De la façon la plus singulière. Au sortir de son bain et, bien décidé à fuir le pays, ce gamin, que l'on recherchait partout, dans le canal et hors du canal, imagina une façon bien originale de traverser toute la contrée sans être inquiété.

Cependant, il n'avait pas lu *La Lettre volée*. Son génie le servit. Il raisonna, comme toujours. Il connaissait, pour les avoir entendu souvent raconter, ces histoires de gamins, petits diables et mauvaises têtes, qui se sauvaient de chez leurs parents pour courir les aventures, se cachant le jour dans les champs et dans les bois, marchant la nuit, et vite retrouvés d'ailleurs par les gendarmes ou forcés de revenir au logis parce qu'ils manquaient bientôt de tout et qu'ils n'osaient demander à manger au long de la route qu'ils suivaient et qui était trop surveillée. Notre petit Rouletabille, lui, dormit, comme tout le monde, la nuit, et marcha au grand jour sans se cacher de personne. Seulement, après avoir fait sécher ses vêtements – on commençait à entrer heureusement dans la bonne saison et il n'eut point à souffrir du froid – il les mit en pièces. Il en fit des loques dont il se couvrit et, ostensiblement, il mendia, sale et déguenillé, il tendait la main, affirmant aux passants que, s'il ne rapportait point des sous, ses parents le battraient. Et on le prenait pour quelque enfant de bohémiens dont il se trouvait toujours quelque voiture dans les environs. Bientôt ce fut l'époque des fraises des bois. Il en cueillit et en vendit dans de petits paniers de feuillages. Et il m'avoua que, s'il n'avait pas été travaillé par l'affreuse pensée que la Dame en noir pouvait croire qu'il était un voleur, il aurait conservé de cette période de sa vie le plus heureux souvenir. Son astuce et son naturel courage le servirent pendant toute cette expédition qui dura des mois. Où allait-il ? à Marseille ! C'était son idée.

Il avait vu, dans un livre de géographie, des vues du midi, et jamais il n'avait regardé ces gravures sans pousser un soupir en songeant qu'il ne connaîtrait peut-être jamais ce pays enchanté.

À force de vivre comme un bohémien, il fit la connaissance d'une petite caravane de romanichels qui suivait la même route que lui et qui se rendait aux Saintes-Maries-de-la-Mer – dans la Crau – pour élire leur roi. Il rendit à ces gens quelques services, sut leur plaire, et ceux-ci, qui n'ont point coutume de demander aux passants leurs papiers, ne voulurent point en savoir davantage. Ils pensèrent que, victime de mauvais traitements, l'enfant s'était enfui de quelque baraque de saltimbanques et ils le gardèrent avec eux. Ainsi parvint-il dans le midi. Aux environs d'Arles, il les quitta et arriva enfin à Marseille. Là, ce fut le paradis... un éternel été et... le port ! Le port était d'une ressource inépuisable pour les petits vauriens de la ville. Ce fut un trésor pour Rouletabille. Il y puisa, comme il lui plaisait, au fur et à mesure de ses besoins, qui n'étaient point grands. Par exemple, il se fit « pêcheur d'oranges ».

C'est dans le moment qu'il exerçait cette lucrative profession qu'il fit connaissance, un beau matin, sur les quais, d'un journaliste de Paris, M. Gaston Leroux, et cette rencontre devait avoir par la suite une telle influence sur la destinée de Rouletabille que je ne crois point superflu de donner ici l'article où le rédacteur du *Matin* a rapporté cette mémorable entrevue :

LE PETIT PECHEUR D'ORANGES

Comme le soleil, perçant enfin un ciel de nuées, frappait de ses rayons obliques la robe d'or de Notre-Dame-de-la-Garde, je descendis vers les quais. Les grandes dalles en étaient humides encore, et, sous nos pas, nous renvoyaient notre image. Le peuple des matelots, des débardeurs et des portefaix, s'agitait autour des poutres venues des forêts du nord, actionnait les poulies et tirait sur les câbles. Le vent âpre du large, se glissant sournoisement entre la tour Saint-Jean et le fort Saint-Nicolas, étalait sa rude caresse sur les eaux frissonnantes du vieux port. Flanc à flanc, hanche à hanche, les petites barques se tendaient les bras où s'enroulait la voile latine, et dansaient en cadence. À côté d'elles, fatiguées des roulis lointains, lasses d'avoir tangué pendant des jours et des nuits sur des mers inconnues, les lourdes carènes reposaient pesamment, étirant vers les cieux en loques leurs grands mâts immobiles. Mon regard, à travers la forêt aérienne des vergues et des hunes, alla jusqu'à la tour qui atteste qu'il y a vingt-cinq siècles des enfants de l'antique Phocée jetèrent l'ancre sur cette côte heureuse, et qu'ils venaient des routes liquides d'Ionie. Puis mon attention retourna à la dalle des quais, et j'aperçus le petit pêcheur d'oranges.

Il était debout, cambré dans les lambeaux d'une jaquette qui lui battait les talons, nu-tête et pieds nus, la chevelure blonde et les yeux noirs ; et je crois bien qu'il avait neuf ans. Une corde passée en bretelle sur l'épaule soutenait à son côté un sac de toile. Son poing gauche était campé à la taille, et de la main droite il s'appuyait à un bâton, long trois fois comme lui, qui se terminait tout là-haut par une petite rondelle de liège. L'enfant était immobile et contemplatif. Alors je lui demandai ce qu'il faisait là. Il me répondit qu'il était pêcheur d'oranges.

Il paraissait très fier d'être pêcheur d'oranges et négligea de me demander des sous comme font les petits vauriens sur les ports. Je lui parlai encore ; mais cette fois il garda le silence, car il considérait attentivement l'eau. Nous étions entre la fine taille du *Fides*, venu de Castellamare, et le beaupré d'un trois-mâts-goélette venu de Gênes. Plus loin, deux tartanes arrivées le matin des Baléares arrondissaient leurs ventres, et je vis que ces ventres étaient pleins d'oranges, car ils en perdaient de toutes parts. Les oranges nageaient sur les eaux ; la houle légère les portait vers nous à petites vagues. Mon pêcheur sauta dans un canot, courut à la proue, et, armé de son bâton couronné de liège, attendit. Puis il pêcha. Le liège de son bâton amena une orange, deux, trois, quatre. Elles disparurent dans le sac. Il en pêcha une cinquième, sauta sur le quai et ouvrit la pomme d'or. Il plongea son petit museau dans la pelure entrouverte et dévora.

« Bon appétit ! lui fis-je.

– Monsieur, me répondit-il, tout barbouillé de jus vermeil, moi, je n'aime que les fruits.

– Ça tombe bien, répliquai-je ; mais quand il n'y a pas d'oranges ?

– Je travaille au charbon. »

Et sa menotte, s'étant engouffrée dans le sac, en sortit avec un énorme morceau de charbon.

Le jus de l'orange avait coulé sur la guenille de sa jaquette. Cette guenille avait une poche. Le petit sortit de la poche un mouchoir inénarrable et, soigneusement, essuya sa guenille. Puis il remit avec orgueil son mouchoir dans sa poche.

« Qu'est-ce que fait ton père ? demandai-je.

– Il est pauvre.

– Oui, mais qu'est-ce qu'il fait ? »

Le pêcheur d'oranges eut un mouvement d'épaules.

« Il ne fait rien, puisqu'il est pauvre ! »

Mon questionnaire sur sa généalogie n'avait point l'air de lui plaire.

Il fila le long du quai et je le suivis ; nous arrivâmes ainsi au « gardiennage », petit carré de mer où l'on tient en garde les petits yachts de plaisance, les petits bateaux bien propres d'acajou ciré, les petits navires d'une toilette irréprochable. Mon gamin les considérait d'un œil connaisseur et prenait à cette inspection un vif plaisir. Une embarcation jolie, toute sa voile dehors – elle n'en avait qu'une – accosta. Cette voile était immaculée, gonflait son albe triangle, éclatant dans le radieux soleil.

« Voilà du beau linge ! » fit mon bonhomme.

Là-dessus, il marcha dans une flaque, et sa jaquette, qui décidément le préoccupait au-dessus de toutes choses, en fut tout éclaboussée. Quel désastre ! Il en aurait pleuré. Vite, il sortit son mouchoir et essuya, essuya, puis il me regarda d'un œil suppliant et me dit :

« Monsieur ! je ne suis pas sale par derrière ?... »

Je lui en donnai ma parole d'honneur. Alors, confiant, il remit encore une fois son mouchoir dans sa poche. À quelques pas de là, sur le trottoir qui longe les vieilles maisons jaunes ou rouges ou bleues, les maisons dont les fenêtres étalent la lessive des chiffons multicolores, il y avait, derrière des tables, des marchandes de moules. Les petites tables étalaient les moules, un couteau rouillé, un flacon de vinaigre.

Comme nous arrivions devant les marchandes et que les moules étaient fraîches et tentantes, je dis au pêcheur d'oranges :

« Si tu n'aimais pas que les fruits, je pourrais t'offrir une douzaine de moules. »

Ses yeux noirs brillaient de désir et nous nous mîmes, tous deux, à manger des moules. La marchande nous les ouvrait et nous dégustions. Elle voulut nous servir du vinaigre, mais mon compagnon l'arrêta d'un geste impérieux. Il ouvrit son sac, tâtonna, et sortit triomphalement un citron. Le citron, ayant voisiné avec le morceau de charbon, était passé au noir. Mais son propriétaire reprit son mouchoir et essuya. Puis il coupa le fruit et m'en offrit la moitié, mais j'aime les moules pour elles-mêmes et je le remerciai.

Après déjeuner, nous revînmes sur le quai. Le pêcheur d'oranges me demanda une cigarette qu'il alluma avec une allumette qu'il avait dans une autre poche de sa jaquette.

Alors, la cigarette aux lèvres, lançant vers le ciel des bouffées comme un homme, le bambin se campa sur une dalle au-dessus de l'eau, et, le regard fixé tout là-haut sur Notre-Dame-de-la-Garde, il se mit dans la position du gamin célèbre qui fait le plus bel ornement de Bruxelles. Il ne perdait pas un pouce de sa taille, était très fier et semblait vouloir emplir le port.

GASTON LEROUX.

Le surlendemain, Joseph Joséphin retrouvait sur le port M. Gaston Leroux qui venait à lui le journal à la main. Le gamin lut l'article et le journaliste lui donna une belle pièce de cent sous. Rouletabille ne fit aucune difficulté pour l'accepter. Il trouva même ce don fort naturel. « Je prends votre pièce, dit-il à Gaston Leroux, à titre de collaborateur. » Avec ces cent sous, il s'acheta une magnifique boîte à cirer avec tous ses accessoires, et il alla s'installer en face de Brégaillon. Pendant deux ans, il s'empara des pieds de tous ceux qui venaient manger en cet endroit la traditionnelle bouillabaisse. Entre deux cirages, il s'asseyait sur sa boîte et lisait. Avec le sentiment de la propriété qu'il avait trouvé au fond de sa boîte, l'ambition lui était venue. Il avait reçu une trop bonne éducation et une trop bonne instruction primaire pour ne point comprendre que, s'il n'achevait pas lui-même ce que d'autres avaient si bien commencé, il se privait de la meilleure chance qui lui restait de se faire une situation dans le monde.

Les clients finirent par s'intéresser à ce petit décrotteur qui avait toujours sur sa boîte quelques bouquins d'histoire ou de mathématique et un armateur le prit si bien en amitié qu'il lui donna une place de groom dans ses bureaux.

Bientôt Rouletabille fut promu à la dignité de rond de cuir et put faire quelques économies. À seize ans, ayant un peu d'argent en poche, il prenait le train pour Paris. Qu'allait-il y faire ? Y chercher la Dame en noir. Pas un jour il n'avait cessé de penser à la mystérieuse visiteuse du parloir et, bien qu'elle ne lui eût jamais dit qu'elle habitât la capitale, il était persuadé qu'aucune autre ville du monde n'était digne de posséder une dame qui avait un aussi joli parfum. Et puis, les petits collégiens eux-mêmes qui avaient pu apercevoir sa silhouette élégante quand elle se glissait dans le parloir, ne disaient-ils point : « Tiens ! La Parisienne est venue aujourd'hui ! » Il eût été difficile de préciser l'idée de derrière la tête de Rouletabille, et peut-être bien l'ignorait-il lui-même. Son désir était-il simplement de « voir » la Dame en noir, de la regarder passer de loin comme un dévot regarde passer une sainte image ? Oserait-il l'aborder ? L'affreuse histoire de vol dont l'importance n'avait fait que grandir dans l'imagination de Rouletabille n'était-elle point toujours entre eux comme une barrière qu'il n'avait pas le droit de franchir ? Peut-être bien... peut-être bien, mais enfin il voulait la voir, de cela seulement il était tout à fait sûr.

Sitôt débarqué dans la capitale, il alla trouver M. Gaston Leroux et s'en fit reconnaître, et puis il lui déclara que, ne se sentant aucun goût bien précis pour un métier quelconque, ce qui était tout à fait fâcheux pour une créature ardente au travail comme la sienne, il avait résolu de se faire journaliste et il lui demanda, tout de go, une place de reporter. Gaston Leroux tenta de le détourner d'un aussi funeste projet, mais en vain. C'est alors que, de guerre lasse, il lui dit :

« Mon petit ami, puisque vous n'avez rien à faire, tâchez donc de trouver *le pied gauche de la rue Oberkampf* ».

Et il le quitta sur ces mots bizarres qui donnèrent à réfléchir au pauvre Rouletabille que ce galapias de journaliste se moquait de lui. Cependant, ayant acheté les feuilles, il lut que le journal *l'Époque* offrait une honnête récompense à qui lui rapporterait le débris humain qui manquait à la femme coupée en morceaux de la rue Oberkampf. Le reste, nous le connaissons.

Dans *Le Mystère de la Chambre Jaune*, j'ai raconté comment Rouletabille se manifesta à cette occasion et de quelle façon aussi lui fut révélée du même coup, à lui-même, sa singulière profession qui devait être toute sa vie de commencer à raisonner quand les autres avaient fini.

J'ai dit par quel hasard il fut conduit un soir à l'Élysée où il sentit passer le parfum de la Dame en noir. Il s'aperçut alors qu'il suivait Mlle Stangerson. Qu'ajouterais-je de plus ? Des considérations sur les émotions qui ont assailli Rouletabille à propos de ce parfum lors des événements du Glandier et surtout depuis son voyage en Amérique ! On les devine. Toutes ses hésitations, toutes ses *sautes* d'humeur, qui donc maintenant ne les comprendrait pas ? Les renseignements rapportés par lui de Cincinnati sur l'enfant de celle qui avait été la femme de Jean Roussel avaient dû être suffisamment explicites pour lui donner à penser qu'il pouvait bien être cet enfant-là, pas assez cependant pour qu'il pût en être sûr ! Cependant son instinct le portait si victorieusement vers la fille du professeur qu'il avait toutes les peines du monde parfois à ne point se jeter à son cou, à se retenir de la presser dans ses bras et de lui crier : « Tu es ma mère ! Tu es ma mère ! » Et il se sauvait, comme il s'était sauvé de la sacristie pour ne point laisser échapper en une seconde d'attendrissement ce secret qui le brûlait depuis des années !... Et puis, en vérité, il avait peur !... Si elle allait le rejeter !... le repousser !... l'éloigner avec horreur !... lui, le petit voleur du collège d'Eu ! Lui... le fils de Roussel-Ballmeyer !... lui l'héritier des crimes de Larsan !... S'il allait ne plus la revoir, ne plus vivre à ses côtés, ne plus la respirer, elle et son cher parfum, le parfum de la Dame en noir !... Ah ! comme il lui avait fallu combattre, à cause de cette vision effroyable, le premier mouvement qui le poussait à lui demander chaque fois qu'il la voyait : « Est-ce toi ? Est-ce toi la Dame en noir ? » Quant à elle, elle l'avait aimé tout de suite, mais à cause de sa conduite au Glandier sans doute... *Si c'était vraiment elle*, elle devait le croire mort, lui !... Et si ce n'était pas elle, ... si par une fatalité qui mettait en déroute et son pur instinct et son raisonnement... *si ce n'était pas elle*... Est-ce qu'il pouvait risquer, par son imprudence, de lui apprendre qu'il s'était enfui du collège d'Eu, pour vol ?... Non ! Non ! pas ça !... Elle lui avait demandé souvent :

« Où avez-vous été élevé, mon jeune ami ? Où avez-vous fait vos premières études ? »

Et il avait répondu : « À Bordeaux ! »

Il aurait voulu pouvoir répondre : « À Pékin ! »

Cependant ce supplice ne pouvait durer. Si c'était « elle », eh bien, il saurait lui dire des choses qui feraient fondre son cœur.

Tout valait mieux que de n'être point serré dans ses bras. Ainsi, parfois se raisonnait-il. Mais il lui fallait être sûr !... sûr au-delà de la raison, sûr de se trouver en face de la Dame en noir *comme le chien est sûr de respirer son maître*... Cette mauvaise figure de rhétorique qui se présentait tout naturellement à son esprit devait le conduire à l'idée de *remonter la piste*. Elle nous mena, dans les conditions que l'on sait, au Tréport et à Eu.

Cependant, j'oserai dire que cette expédition n'aurait peut-être point donné de résultats décisifs aux yeux d'un tiers qui, comme moi, *n'était pas influencé par l'odeur*, si la lettre de Mathilde, que j'avais remise à Rouletabille dans le train, n'était tout à coup venue lui apporter cette assurance que nous allions chercher. Cette lettre, je ne l'ai point lue. C'est un document si sacré aux yeux de mon ami que d'autres yeux ne le verront jamais, mais je sais que les doux reproches qu'elle lui faisait à l'ordinaire de sa sauvagerie et de son manque de confiance avaient pris sur ce papier un tel accent de douleur que Rouletabille n'aurait pas pu s'y tromper, même si la fille du professeur Stangerson avait oublié de lui confier, dans une phrase finale où sanglotait tout son désespoir de mère, que « l'intérêt qu'elle lui portait venait moins des services rendus que du souvenir qu'elle avait gardé d'un petit garçon, le fils de l'une de ses amies, qu'elle avait beaucoup aimée, et qui s'était suicidé, *comme un petit homme*, à l'âge de neuf ans. Rouletabille lui ressemblait beaucoup ! »

V

Panique.

Dijon... Mâcon... Lyon... Certainement, là-haut, au-dessus de ma tête, il ne dort pas... Je l'ai appelé tout doucement et il ne m'a pas répondu... Mais je mettrais ma main au feu qu'il ne dort pas !... À quoi songe-t-il ?... Comme il est calme ! Qu'est-ce donc qui peut bien lui donner un calme pareil ?... Je le vois encore, dans le parloir, se levant soudain, en disant : « Allons-nous-en ! » et cela d'une voix si posée, si tranquille, si résolue... Allons-nous-en vers qui ? Vers quoi avait-il résolu d'aller ? Vers *elle*, évidemment, qui était en danger et qui ne pouvait être sauvée que par lui ; vers elle, qui était sa mère *et qui ne le saurait pas !*

« C'est un secret qui doit rester entre vous et moi ; l'enfant est mort pour tous, excepté pour vous *et pour moi !* »

C'était cela sa résolution, cette volonté subitement arrêtée de ne rien lui dire. Et lui, le pauvre enfant, qui n'était venu chercher cette certitude que pour avoir le droit de *lui* parler ! Dans le moment même qu'il savait, il s'astreignait à oublier ; il se condamnait au silence. Petite grande âme héroïque, qui avait compris que la Dame en noir qui avait besoin de son secours ne voudrait pas d'un salut acheté au prix de la lutte du fils contre le père ! Jusqu'où pouvait aller cette lutte ? Jusqu'à quel sanglant conflit ? Il fallait tout prévoir et il fallait avoir les mains libres, n'est-ce pas, Rouletabille, pour défendre la Dame en noir ?...

Si calme est Rouletabille que je n'entends pas sa respiration. Je me penche sur lui... il a les yeux ouverts.

« Savez-vous à quoi je réfléchis ? me dit-il... À cette dépêche qui nous vient de Bourg et qui est signée Darzac, et à cette autre dépêche qui nous vient de Valence et qui est signée Stangerson.

– J'y ai pensé, et cela me semble, en effet, assez bizarre. À Bourg, M. et Mme Darzac ne sont plus avec M. Stangerson, qui les a quittés à Dijon. Du reste, la dépêche le dit bien : « Nous allons rejoindre M. Stangerson. » Or, la dépêche Stangerson prouve que M. Stangerson, qui avait continué directement son chemin vers Marseille, se trouve à nouveau avec les Darzac. Les Darzac auraient donc rejoint M. Stangerson sur la ligne de Marseille ; mais alors il faudrait supposer que le professeur se serait arrêté en route. À quelle occasion ? Il n'en prévoyait aucune. À la gare, il disait : « Moi, je serai à Menton demain matin à dix heures. » Voyez l'heure à laquelle la dépêche a été mise à Valence et constatons sur l'indicateur l'heure à laquelle M. Stangerson devait normalement passer à Valence à moins qu'il ne se soit arrêté en route. »

Nous avons consulté l'indicateur. M. Stangerson devait passer à Valence à minuit quarante-quatre et la dépêche portait « minuit quarante-sept », elle avait donc été jetée par les soins de M. Stangerson à Valence, au cours de son voyage normal. À ce moment, il devait donc avoir été rejoint par M. et par Mme Darzac. Toujours l'indicateur en main, nous parvînmes à comprendre le mystère de cette rencontre. M. Stangerson avait quitté les Darzac à Dijon, où ils étaient tous arrivés à six heures vingt-sept du soir. Le professeur avait alors pris le train qui partait de Dijon à sept heures huit et arrivait à Lyon à dix heures quatre et à Valence à minuit quarante-sept. Pendant ce temps les Darzac, quittant Dijon à sept heures, continuaient leur route sur Modane et, par Saint-Amour, arrivaient à Bourg à neuf heures trois du soir, train qui doit repartir normalement de Bourg à neuf heures huit. La dépêche de M. Darzac était partie de Bourg et portait l'indication de dépôt neuf heures vingt-huit. Les Darzac étaient donc restés à Bourg, ayant laissé leur train. On pouvait prévoir aussi le cas où le train aurait eu du retard. En tout cas, nous devions chercher la raison d'être de la dépêche de M. Darzac entre Dijon et Bourg, *après le départ de M. Stangerson*. On pouvait même préciser entre Louhans et Bourg ; le train s'arrête en effet à Louhans, et si le drame avait eu lieu avant Louhans (où ils étaient arrivés à huit heures), il est probable que M. Darzac eût télégraphié de cette station.

Cherchant ensuite la correspondance Bourg-Lyon, nous constatâmes que M. Darzac avait mis sa dépêche à Bourg une minute avant le départ pour Lyon du train de neuf heures vingt-neuf. Or, ce train arrive à Lyon à dix heures trente-trois, alors que le train de M. Stangerson arrivait à Lyon à dix heures trente-quatre. Après le détour par Bourg et leur stationnement à Bourg, M. et Mme Darzac avaient pu, avaient dû rejoindre M. Stangerson à Lyon, où ils étaient une minute avant lui ! Maintenant, quel drame les avait ainsi rejetés de leur route ? Nous ne pouvions que nous livrer aux plus tristes hypothèses qui avaient toutes pour base, hélas ! la réapparition de Larsan. Ce qui nous apparaissait avec une netteté suffisante, c'était la volonté de chacun de nos amis de n'effrayer personne. M. Darzac, de son côté, Mme Darzac, du sien, avaient dû tout faire pour se dissimuler la gravité de la situation. Quant à M. Stangerson, nous pouvions nous demander s'il avait été mis au courant du fait nouveau.

Ayant ainsi approximativement démêlé les choses à distance, Rouletabille m'invita à profiter de la luxueuse installation que la compagnie internationale des wagons-lits met à la disposition des voyageurs amis du repos autant que des voyages, et il me montra l'exemple en se livrant à une toilette de nuit aussi méticuleuse que s'il avait pu y procéder dans une chambre d'hôtel. Un quart d'heure après, il ronflait ; mais je ne crus guère à son ronflement. En tout cas, moi, je ne dormis point. À Avignon, Rouletabille sauta de son lit, passa un pantalon, un veston, et courut sur le quai avaler un chocolat bouillant. Moi, je n'avais pas faim. D'Avignon à Marseille, dans notre anxiété, le voyage se passa assez silencieusement ; puis, à la vue de cette ville où il avait mené tout d'abord une existence si bizarre, Rouletabille, sans doute pour réagir contre l'angoisse qui grandissait en nous au fur et à mesure que nous approchions de l'heure à laquelle nous allions *savoir*, se remémora quelques anciennes anecdotes qu'il me conta sans paraître du reste y prendre le moindre plaisir. Je n'étais guère à ce qu'il me disait. Ainsi arrivâmes-nous à Toulon.

Quel voyage ! Il eût pu être si beau ! À l'ordinaire, c'était avec un enthousiasme toujours nouveau que je revoyais ce pays merveilleux, cette côte d'azur aperçue au réveil comme un coin de paradis après l'horrible départ de Paris, dans la neige, dans la pluie ou dans la boue, dans l'humidité, dans le noir, dans le sale ! Avec quelle joie, le soir, je posais le pied sur les quais du prestigieux P.-L.-M, sûr de retrouver le glorieux ami qui m'attendrait, le lendemain matin, au bout de ces deux rails de fer : le soleil !

À partir de Toulon, notre impatience devint extrême. À Cannes, nous ne fûmes point surpris du tout en apercevant sur le quai de la gare M. Darzac qui nous cherchait. Il avait été certainement touché par la dépêche que Rouletabille lui avait envoyée de Dijon, annonçant l'heure de notre arrivée à Menton. Arrivé lui-même avec Mme Darzac et M. Stangerson, la veille à dix heures du matin, à Menton, il avait dû repartir ce matin même de Menton et venir au-devant de nous jusqu'à Cannes, car nous pensions bien que, d'après sa dépêche, il avait des choses confidentielles à nous dire. Il avait la figure sombre et défaite. En le voyant, nous eûmes peur.

« Un malheur ?... interrogea Rouletabille.

— Non, pas encore !... répondit-il.

— Dieu soit loué ! fit Rouletabille en soupirant, nous arrivons à temps... »

M. Darzac dit simplement : « Merci d'être venus ! »

Et il nous serra la main en silence, nous entraînant dans notre compartiment, dans lequel il nous enferma, prenant soin de tirer les rideaux, ce qui nous isola complètement. Quand nous fûmes tout à fait chez nous et que le train se fût remis en marche, il parla enfin. Son émotion était telle que sa voix en tremblait.

« Eh bien, fit-il, il n'est pas mort !

— Nous nous en sommes bien doutés, interrompit Rouletabille. Mais, en êtes-vous sûr ?

— Je l'ai vu comme je vous vois.

— Et Mme Darzac aussi l'a vu ?

— Hélas ! Mais il faut tout tenter pour qu'elle arrive à croire à quelque illusion ! Je ne tiens pas à ce qu'elle redevienne folle, la malheureuse !... Ah ! mes amis, quelle fatalité nous poursuit !... Qu'est-ce que cet homme est revenu faire autour de nous ?... Que nous veut-il encore ?... »

Je regardai Rouletabille. Il était alors encore plus sombre que M. Darzac. Le coup qu'il craignait l'avait frappé. Il en restait affalé dans son coin. Il y eut un silence entre nous trois, puis M. Darzac reprit :

« Écoutez ! Il faut que cet homme disparaisse !... Il le faut !... On le joindra, on lui demandera ce qu'il veut... et tout l'argent qu'il voudra, on le lui donnera... ou alors, je le tue ! C'est simple !... Je crois que c'est ce qu'il y a de plus simple !... N'est-ce pas votre avis ?... »

Nous ne lui répondîmes point... Il paraissait trop à plaindre. Rouletabille, dominant son émotion par un effort visible, engagea M. Darzac à essayer de se calmer et à nous raconter par le menu tout ce qui s'était passé depuis son départ de Paris.

Alors, il nous apprit que l'événement s'était produit à Bourg même, ainsi que nous l'avions pensé. Il faut que l'on sache que deux compartiments du wagon-lit avaient été loués par M. Darzac. Ces deux compartiments étaient reliés entre eux par un cabinet de toilette. Dans l'un on avait mis le sac de voyage et le nécessaire de toilette de Mme Darzac, dans l'autre, les petits bagages. C'est dans ce dernier compartiment que M. et Mme Darzac et le professeur Stangerson firent le voyage de Paris à Dijon. Là, tous trois étaient descendus et avaient dîné au buffet. Ils avaient le temps puisque, arrivés à six heures vingt-sept, M. Stangerson ne quittait Dijon qu'à sept heures huit et les Darzac à sept heures exactement.

Le professeur avait fait ses adieux à sa fille et à son gendre sur le quai même de la gare, après le dîner. M. et Mme Darzac étaient montés dans leur compartiment (le compartiment aux petits bagages) et étaient restés à la fenêtre, s'entretenant avec le professeur, jusqu'au départ du train. Celui-ci était déjà en marche, quand le professeur Stangerson, sur le quai, faisait encore des signes amicaux à M. et Mme Darzac. De Dijon à Bourg, ni M. et Mme Darzac ne pénétrèrent dans le compartiment adjacent à celui dans lequel ils se tenaient et dans lequel se trouvait le sac de voyage de Mme Darzac. La portière de ce compartiment, donnant sur le couloir, avait été fermée à Paris, aussitôt le bagage de Mme Darzac déposé. Mais cette portière n'avait été fermée ni extérieurement à clef par l'employé, ni intérieurement au verrou par les Darzac. Le rideau de cette portière avait été tiré intérieurement sur la vitre, par les soins de Mme Darzac, de telle sorte que du corridor on ne pouvait rien voir de ce qui se passait dans le compartiment. Le rideau de la portière de l'autre compartiment où se tenaient les voyageurs n'avait pas été tiré. Tout ceci fut établi par Rouletabille grâce à un questionnaire très serré dans le détail duquel je n'entre point, mais dont je donne le résultat pour établir nettement les conditions extérieures du voyage des Darzac jusqu'à Bourg et de M. Stangerson jusqu'à Dijon.

Arrivés à Bourg, les voyageurs apprenaient que, par suite d'un accident survenu sur la ligne de Culoz, le train se trouvait immobilisé pour une heure et demie en gare de Bourg. M. et Mme Darzac étaient alors descendus, s'étaient promenés un instant. M. Darzac, au cours de la conversation qu'il eut alors avec sa femme, s'était rappelé qu'il avait omis d'écrire quelques lettres pressantes avant leur départ. Tous deux étaient entrés au buffet. M. Darzac avait demandé qu'on lui remît ce qu'il fallait pour écrire. Mathilde s'était assise à ses côtés, puis elle s'était levée et avait dit à son mari qu'elle allait se promener devant la gare, faire un petit tour pendant qu'il finirait sa correspondance.

« C'est cela, avait répondu M. Darzac. Aussitôt que j'aurai terminé, j'irai vous rejoindre. »

Et, maintenant, je laisse la parole à M. Darzac :

« J'avais fini d'écrire, nous dit-il, et je me levai pour aller rejoindre Mathilde quand je la vis arriver, affolée, dans le buffet. Aussitôt qu'elle m'aperçut, elle poussa un cri et se jeta dans mes bras. « Oh ! mon Dieu ! disait-elle. Oh ! mon Dieu ! » et elle ne pouvait pas dire autre chose. Elle tremblait horriblement. Je la rassurai, je lui dis qu'elle n'avait rien à craindre puisque j'étais là, et je lui demandai doucement, patiemment, quel avait été l'objet d'une aussi subite terreur. Je la fis asseoir, car elle ne se tenait plus sur ses jambes, et la suppliai de prendre quelque chose, mais elle me dit qu'il lui serait impossible d'absorber pour le moment même une goutte d'eau, et elle claquait des dents. Enfin, elle put parler et elle me raconta, en s'interrompant presque à chaque phrase et en regardant autour d'elle avec épouvante, qu'elle était allée se promener, comme elle me l'avait dit, devant la gare, mais qu'elle n'avait pas osé s'en éloigner, pensant que j'aurais bientôt fini d'écrire. Puis elle était rentrée dans la gare et était revenue sur le quai. Elle se dirigeait vers le buffet quand elle aperçut à travers les vitres éclairées du train, les employés des wagons-lits qui dressaient les couchettes dans un wagon à côté du nôtre. Elle songea tout à coup que son sac de nuit, dans lequel elle avait mis des bijoux, était resté ouvert et elle voulut immédiatement aller le fermer, non point qu'elle mît en doute la probité parfaite de ces honnêtes gens, mais par un geste de prudence tout naturel en voyage. Elle monta donc dans le wagon, se glissa dans le couloir et arriva à la portière du compartiment qu'elle s'était réservé, et dans lequel nous n'étions point entrés depuis notre départ de Paris. Elle ouvrit cette portière, et, aussitôt, elle poussa un horrible cri. Or ce cri ne fut pas entendu, car il n'était resté personne dans le wagon et un train passait dans ce moment, remplissant la gare de la clameur de sa locomotive. Qu'était-il donc arrivé ? Cette chose inouïe, affolante, monstrueuse. Dans le compartiment, la petite porte ouvrant sur le cabinet de toilette était à demi tirée à l'intérieur de ce compartiment, s'offrant de biais au regard de la personne qui entrait dans le compartiment. Cette petite porte était ornée d'une glace. Or, dans la glace, Mathilde venait d'apercevoir la figure de Larsan ! Elle se rejeta en arrière, appelant à son secours, et fuyant si précipitamment qu'en bondissant hors du wagon elle tomba à deux genoux sur le quai. Se relevant, elle arrivait enfin au buffet, dans l'état que je vous ai dit. Quand elle m'eut dit ces choses, mon premier soin fut de ne pas y croire, d'abord parce que je ne le voulais pas, l'événement étant trop horrible, ensuite parce que j'avais le devoir, sous peine de voir Mathilde redevenir folle, de faire celui qui n'y croyait pas ! Est-ce que Larsan n'était pas mort, et bien mort ?... En vérité, je le croyais comme je le lui disais, et il ne faisait point de doute pour moi qu'il n'y avait eu dans tout ceci qu'un effet de glace et d'imagination. Je voulus naturellement m'en assurer et je lui offris d'aller immédiatement avec elle dans son compartiment pour lui prouver qu'elle avait été victime d'une sorte d'hallucination. Elle s'y opposa, me criant que ni elle, ni moi, ne retournerions jamais dans ce compartiment et que, du reste, elle se refusait à voyager cette nuit ! Elle disait tout cela par petites phrases hachées... Elle ne retrouvait pas sa respiration... Elle me faisait une peine infinie... Plus je lui disais qu'une telle apparition était impossible, plus elle insistait sur sa réalité ! Je lui dis encore qu'elle avait bien peu vu Larsan lors du drame du Glandier, ce qui était vrai, et qu'elle ne connaissait pas assez *cette figure-là* pour être sûre de ne s'être point trouvée en face de l'image de quelqu'un qui lui ressemblait ! Elle me répondit qu'elle se rappelait parfaitement la figure de Larsan, que celle-ci lui était apparue dans deux circonstances telles qu'elle ne l'oublierait jamais, dût-elle vivre cent ans ! Une première fois, lors de l'affaire de la galerie inexplicable, et la seconde dans la minute même où, dans sa chambre, on était venu m'arrêter ! Et puis, maintenant qu'elle avait appris qui était Larsan, ce n'étaient point seulement les traits du policier qu'elle avait reconnus ; mais, derrière ceux-là, le type redoutable de l'homme qui n'avait cessé de la poursuivre depuis tant d'années !... Ah ! elle jurait sur sa tête et sur la mienne, qu'elle venait de voir Ballmeyer !... Que Ballmeyer était vivant !... vivant dans la glace, avec sa figure rase de Larsan, toute rase, toute rase... et son grand front dénudé !... Elle s'accrochait à moi comme si elle eût redouté une séparation plus terrible encore que les autres !... Elle m'avait entraîné sur le quai... Et puis, tout à coup, elle me quitta, en se mettant la main sur les yeux et elle se jeta dans le bureau du chef de gare... Celui-ci fut aussi effrayé que moi de voir l'état de la malheureuse. Je me disais : « Elle va redevenir folle ! » J'expliquai au chef de gare que ma femme avait eu peur, toute seule, dans son compartiment, que je le priais de veiller sur elle pendant que je me rendrais dans le compartiment moi-même pour tâcher de m'expliquer ce qui l'avait effrayée ainsi... Alors, mes amis, alors... continua Robert Darzac, je suis sorti du bureau du chef de gare, mais je n'en étais pas plutôt sorti que j'y rentrais, refermant sur nous la porte précipitamment. Je devais avoir une mine singulière, car le chef de gare me considéra avec une grande curiosité. *C'est que, moi aussi, je venais de voir Larsan !* Non ! non ! ma femme n'avait pas rêvé tout éveillée... Larsan était là, dans la gare... sur le quai, derrière cette porte. »

Ce disant, Robert Darzac se tut un instant comme si le souvenir de cette vision personnelle lui ôtait la force de continuer son récit. Il se passa la main sur le front, poussa un soupir, reprit :

« Il y avait, devant la porte du chef de gare, un bec de gaz et, sous le bec de gaz, il y avait Larsan. Évidemment, il nous attendait, il nous guettait... et, chose extraordinaire, *il ne se cachait pas !* Au contraire, on eût dit qu'il se tenait là, uniquement pour être vu !... Le geste qui m'avait fait refermer la porte devant cette apparition était purement instinctif. Quand je rouvris cette porte, décidé à aller droit au misérable, il avait disparu !... Le chef de gare croyait avoir affaire à deux fous. Mathilde me regardait agir sans prononcer une parole, les yeux grands ouverts, comme une somnambule. Elle revint à la réalité des choses pour s'enquérir s'il y avait loin de Bourg à Lyon et quel était le prochain train qui s'y rendait. En même temps, elle me priait de donner des ordres pour nos bagages ; et elle me demandait de lui accorder que nous irions rejoindre son père le plus tôt possible. Je ne voyais que ce moyen de la calmer et, loin de faire une objection quelconque à ce nouveau projet, j'entrai immédiatement dans ses vues. Du reste, maintenant que j'avais vu Larsan, de mes propres yeux, oui, oui, de mes propres yeux vu, je sentais bien que notre grand voyage était devenu impossible et, faut-il vous l'avouer, mon ami, ajouta M. Darzac en se tournant vers Rouletabille, je me pris à penser que nous courions désormais un réel danger, un de ces mystérieux et fantastiques dangers dont vous seul pouviez nous sauver, s'il en était temps encore. Mathilde me fut reconnaissante de la docilité avec laquelle je pris immédiatement toutes dispositions pour rejoindre sans plus tarder son père, et elle me remercia avec une grande effusion quand elle sut que nous allions pouvoir prendre quelques minutes plus tard – car tout ce drame avait à peine duré un quart d'heure – le train de neuf heures vingt-neuf, qui arrivait à Lyon à dix heures environ, et, en consultant l'indicateur des chemins de fer, nous constations que nous pouvions ainsi rejoindre à Lyon même M. Stangerson. Mathilde m'en marqua encore une grande gratitude, comme si j'avais été réellement responsable de cette heureuse coïncidence. Elle avait reconquis un peu de calme quand le train de neuf heures arriva en gare ; mais, au moment d'y prendre place, comme nous traversions rapidement le quai et que nous passions justement sous le bec de gaz où m'était apparu Larsan, je la sentis encore défaillir à mon bras et aussitôt, je regardai autour de nous, mais je n'aperçus aucune figure suspecte. Je lui demandai si elle avait encore vu quelque chose, mais elle ne me répondit pas. Son trouble cependant augmentait, et elle me supplia de ne point nous isoler mais d'entrer dans un compartiment déjà aux deux tiers plein de voyageurs. Sous prétexte d'aller surveiller mes bagages, je la quittai un instant au milieu de ces gens, et j'allai jeter au télégraphe la dépêche que vous avez reçue. Je ne lui ai point parlé de cette dépêche parce que je continuais à prétendre que ses yeux l'avaient certainement trompée, et parce que, pour rien au monde, je ne voulais paraître ajouter foi à une pareille résurrection. Du reste, je constatai, en ouvrant le sac de ma femme, qu'on n'avait pas touché à ses bijoux. Les rares paroles que nous échangeâmes concernèrent le secret que nous devions garder sur tout ceci vis-à-vis de M. Stangerson, qui en aurait conçu un chagrin peut-être mortel. Je passe sur la stupéfaction de celui-ci en nous découvrant sur le quai de la gare de Lyon. Mathilde lui raconta qu'à cause d'un grave accident de chemin de fer, barrant la ligne de Culoz, nous avions décidé, puisqu'il fallait nous résoudre à un détour, de le rejoindre, et d'aller passer quelques jours avec lui chez Arthur Rance et sa jeune femme, comme nous en avions été priés instamment, du reste, par ce fidèle ami de la famille. »

... À ce propos, il serait peut-être temps d'apprendre au lecteur, quitte à interrompre un instant le récit de M. Darzac, que M. Arthur William Rance qui, comme je l'ai rapporté dans *Le Mystère de la Chambre Jaune*, avait nourri pendant de si longues années un amour sans espoir pour Mlle Stangerson, y avait si bien renoncé, qu'il avait fini par convoler en justes noces avec une jeune Américaine qui ne rappelait en rien la mystérieuse fille de l'illustre professeur.

Après le drame du Glandier, et pendant que Mlle Stangerson était encore retenue dans une maison de santé des environs de Paris, où elle achevait de se guérir, on apprit, un beau jour, que M. William Arthur Rance allait épouser la nièce d'un vieux géologue de l'Académie des sciences de Philadelphie. Ceux qui avaient connu sa malheureuse passion pour Mathilde et qui en avaient mesuré toute l'importance jusque dans les excès qu'elle détermina – elle avait pu faire, un moment, d'un homme, jusqu'à ce jour, sobre et de sens rassis, un alcoolique – ceux-là prétendirent que Rance se mariait par désespoir et n'augurèrent rien de bon d'une union aussi inattendue. On racontait que l'affaire, qui était bonne pour Arthur Rance, car Miss Edith Prescott était riche, s'était conclue d'une façon assez bizarre. Mais ce sont là des histoires que je vous raconterai quand j'aurai le temps. Vous apprendrez alors aussi par quelle suite de circonstances, les Rance étaient venus se fixer aux Rochers Rouges, dans l'antique château fort de la presqu'île d'Hercule dont ils s'étaient rendus, l'automne précédent, propriétaires.

Mais, maintenant, il me faut rendre la parole à M. Darzac, continuant de raconter son étrange voyage.

« Quand nous eûmes donné ces explications à M. Stangerson, narra notre ami, ma femme et moi vîmes bien que le professeur ne comprenait rien à ce que nous lui racontions et qu'au lieu de se réjouir de nous revoir il en était tout attristé. Mathilde essayait en vain de paraître gaie. Son père voyait bien qu'il s'était passé, depuis que nous l'avions quitté, quelque chose que nous lui cachions. Elle fit celle qui ne s'en apercevait pas et mit la conversation sur la cérémonie du matin. Ainsi vint-elle à parler de vous, mon ami (M Darzac s'adressait à Rouletabille), et alors, je saisis l'occasion de faire comprendre à M. Stangerson que, puisque vous ne saviez que faire de votre congé, dans le moment que nous allions nous trouver tous à Menton, vous seriez très touché d'une invitation qui vous permettrait de le passer parmi nous. Ce n'est pas la place qui manque aux Rochers Rouges, et Mr Arthur Rance et sa jeune femme ne demandent qu'à vous faire plaisir. Pendant que je parlais, Mathilde m'approuvait du regard et ma main qu'elle pressa avec une tendre effusion, me dit la joie que ma proposition lui causait. C'est ainsi qu'en arrivant à Valence je pus mettre au télégraphe la dépêche que M. Stangerson, à mon instigation, venait d'écrire et que vous avez certainement reçue.

De toute la nuit, vous pensez bien que nous n'avons pas dormi. Pendant que son père reposait dans le compartiment à côté de nous, Mathilde avait ouvert mon sac et en avait tiré un revolver. Elle l'avait armé, me l'avait mis dans la poche de mon paletot et m'avait dit : « Si *on* nous attaque, vous nous défendrez ! » Ah ! quelle nuit, mon ami, quelle nuit nous avons passée !... Nous nous taisions, nous trompant mutuellement, faisant ceux qui sommeillaient, les paupières closes dans la lumière, car nous n'osions pas faire de l'ombre autour de nous. Les portières de notre compartiment fermées au verrou, nous redoutions encore de *le* voir apparaître. Quand un pas se faisait entendre dans le couloir, nos cœurs bondissaient. Il nous semblait reconnaître son pas... Et elle avait masqué la glace, de peur d'y voir surgir encore son visage !... Nous avait-il suivis ?... Avions-nous pu le tromper ?... Lui avions-nous échappé ?... Était-il remonté dans le train de Culoz ?... Pouvions-nous espérer cela ?... Quant à moi, je ne le pensais pas... Et elle ! elle !... Ah ! je la sentais, silencieuse et comme morte, là, dans son coin... Je la sentais affreusement désespérée, plus malheureuse encore que moi-même, à cause de tout le malheur qu'elle traînait derrière elle, comme une fatalité... J'aurais voulu la consoler, la réconforter, mais je ne trouvais point les mots qu'il fallait sans doute, car, aux premiers que je prononçai, elle me fit un signe désolé et je compris qu'il serait plus charitable de me taire. Alors, comme elle, je fermai les yeux... »

Ainsi parla M. Robert Darzac, et ceci n'est point une relation approximative de son récit. Nous avions jugé, Rouletabille et moi, cette narration si importante que nous fûmes d'accord, à notre arrivée à Menton, pour la retracer aussi fidèlement que possible. Nous nous y employâmes tous les deux, et, notre texte à peu près arrêté, nous le soumîmes à M. Robert Darzac qui lui fit subir quelques modifications sans importance, à la suite de quoi il se trouva tel que je le rapporte ici.

La nuit du voyage de M. Stangerson et de M. et Mme Darzac ne présenta aucun incident digne d'être noté. En gare de Menton-Garavan, ils trouvèrent Mr Arthur Rance, qui fut bien étonné de voir les nouveaux époux ; mais, quand il sut qu'ils avaient décidé de passer chez lui quelques jours, aux côtés de M. Stangerson, et d'accepter ainsi une invitation que M. Darzac, sous différents prétextes, avait jusqu'alors repoussée, il en marqua une parfaite satisfaction et déclara que sa femme en aurait une grande joie. Également, il se réjouit d'apprendre la prochaine arrivée de Rouletabille. Mr Arthur Rance n'avait pas été sans souffrir de l'extrême réserve avec laquelle, même depuis son mariage avec Miss Edith Prescott, M. Robert Darzac l'avait toujours traité. Lors de son dernier voyage à San Remo, le jeune professeur en Sorbonne s'était borné, en passant, à une visite au château d'Hercule, faite sur le ton le plus cérémonieux. Cependant, quand il était revenu en France, en gare de Menton-Garavan, la première station après la frontière, il avait été salué très cordialement, et gentiment complimenté sur sa meilleure mine par les Rance qui, avertis du retour de Darzac par les Stangerson, s'étaient empressés d'aller le surprendre au passage. En somme, il ne dépendait point d'Arthur Rance que ses rapports avec les Darzac devinssent excellents.

Nous avons vu comment la réapparition de Larsan, en gare de Bourg, avait jeté bas tous les plans de voyage de M. et de Mme Darzac et aussi avait transformé leur état d'âme, leur faisant oublier leurs sentiments de retenue et de circonspection vis-à-vis de Rance, et les jetant, avec M. Stangerson, qui n'était averti de rien, bien qu'il commençât à se douter de quelque chose, chez des gens qui ne leur étaient point sympathiques, mais qu'ils considéraient comme honnêtes et loyaux et susceptibles de les défendre. En même temps, ils appelaient Rouletabille à leur secours. C'était une véritable panique. Elle grandit, d'une façon des plus visibles, chez M. Robert Darzac quand, arrivés en gare de Nice, nous fûmes rejoints par Mr Arthur Rance lui-même. Mais, avant qu'il nous rejoignît, il se passa un petit incident que je ne saurais passer sous silence. Aussitôt arrivés à Nice, j'avais sauté sur le quai et m'étais précipité au bureau de la gare pour demander s'il n'y avait point là une dépêche à mon nom. On me tendit le papier bleu et, sans l'ouvrir, je courus retrouver Rouletabille et M. Darzac.

« Lisez », dis-je au jeune homme.

Rouletabille ouvrit la dépêche, et lut :

« Brignolles pas quitté Paris depuis 6 avril ; certitude. »

Rouletabille me regarda et pouffa.

« Ah ça ! fit-il. C'est vous qui avez demandé ce renseignement ? Qu'est-ce que vous avez donc cru ?

— C'est à Dijon, répondis-je, assez vexé de l'attitude de Rouletabille, que l'idée m'est venue que Brignolles pouvait être pour quelque chose dans les malheurs que font prévoir les dépêches que vous aviez reçues. Et j'ai prié un de mes amis de bien vouloir me renseigner sur les faits et gestes de cet individu. J'étais très curieux de savoir s'il n'avait pas quitté Paris.

– Eh bien, répondit Rouletabille, vous voilà renseigné. Vous ne pensez pourtant pas que les traits pâlots de votre Brignolles cachaient Larsan ressuscité ?

– Ça, non ! » m'écriai-je, avec une entière mauvaise foi, car je me doutais que Rouletabille se moquait de moi.

La vérité était que j'y avais bien pensé.

« Vous n'en avez pas encore fini avec Brignolles ? me demanda tristement M. Darzac. C'est un pauvre homme, mais c'est un brave homme.

– Je ne le crois pas », protestai-je.

Et je me rejetai dans mon coin. D'une façon générale, je n'étais pas très heureux dans mes conceptions personnelles auprès de Rouletabille, qui s'en amusait souvent. Mais, cette fois, nous devions avoir, quelques jours plus tard, la preuve que, si Brignolles ne cachait point une nouvelle transformation de Larsan, il n'en était pas moins un misérable. Et, à ce propos, Rouletabille et M. Darzac, en rendant hommage à ma clairvoyance, me firent leurs excuses. Mais n'anticipons pas. Si j'ai parlé de cet incident, c'est aussi pour montrer combien l'idée d'un Larsan dissimulé sous quelque figure de notre entourage, que nous connaissions peu, me hantait. Dame ! Ballmeyer avait si souvent prouvé, à ce point de vue, son talent, je dirai même son génie, que je croyais être dans la note en me méfiant de toutes, de tous. Je devais comprendre bientôt – et l'arrivée inopinée de Mr Arthur Rance fut pour beaucoup dans la modification de mes idées – que Larsan avait, cette fois, changé de tactique. Loin de se dissimuler, le bandit s'exhibait maintenant, au moins à certains d'entre nous, avec une audace sans pareille. Qu'avait-il à craindre en ce pays ? Ce n'était ni M. Darzac, ni sa femme qui allaient le dénoncer ! Ni, par conséquent, leurs amis. Son ostentation semblait avoir pour but de ruiner le bonheur des deux époux qui croyaient être à jamais débarrassés de lui ! Mais, en ce cas-là, une objection s'élevait. Pourquoi cette vengeance ? N'eût-il pas été plus vengé en se montrant avant le mariage ? Il l'aurait empêché ! Oui, mais il fallait se montrer à Paris ! Encore pouvions-nous nous arrêter à cette pensée que le danger d'une telle manifestation à Paris eût pu faire réfléchir Larsan ? Qui oserait l'affirmer ?

Mais écoutons Arthur Rance qui vient de nous rejoindre tous trois, dans notre compartiment. Arthur Rance, naturellement, ne sait rien de l'histoire de Bourg, rien de la réapparition de Larsan dans le train, et il vient nous apprendre une terrifiante nouvelle. Tout de même, si nous avons gardé, quelque espoir d'avoir perdu Larsan sur la ligne de

Culoz, il va falloir y renoncer. Arthur Rance, lui aussi, vient de se trouver en face de Larsan ! Et il est venu nous avertir, avant notre arrivée là-bas, pour que nous puissions nous concerter sur la conduite à tenir.

« Nous venions de vous conduire à la gare, rapporte Rance à Darzac. Le train parti, votre femme, M. Stangerson et moi étions descendus, en nous promenant, jusqu'à la jetée-promenade de Menton. M. Stangerson donnait le bras à Mme Darzac. Il lui parlait. Moi, je me trouvais à la droite de M. Stangerson qui, par conséquent, se tenait au milieu de nous. Tout à coup, comme nous nous arrêtions, à la sortie du jardin public, pour laisser passer un tramway, je me heurtai à un individu qui me dit : « Pardon, monsieur ! » et je tressaillis aussitôt, car j'avais entendu cette voix-là ; je levai la tête : c'était Larsan ! C'était la voix de la cour d'assises ! Il nous fixait tous les trois avec ses yeux calmes. Je ne sais point comment je pus retenir l'exclamation prête à jaillir de mes lèvres ! Le nom du misérable ! Comment je ne m'écriai point : « Larsan !... » J'entraînai rapidement M. Stangerson et sa fille qui, eux, n'avaient rien vu ; je leur fis faire le tour du kiosque de la musique, et les conduisis à une station de voitures. Sur le trottoir, debout, devant la station, je retrouvai Larsan. Je ne sais pas, je ne sais vraiment pas comment M. Stangerson et sa fille ne l'ont pas vu !...

– Vous en êtes sûr ? interrogea anxieusement Robert Darzac.

– Absolument sûr !... Je feignis un léger malaise ; nous montâmes en voiture et je dis au cocher de pousser son cheval. L'homme était toujours debout sur le trottoir nous fixant de son regard glacé, quand nous nous mîmes en route.

– Et vous êtes sûr que ma femme ne l'a pas vu ? redemanda Darzac, de plus en plus agité.

– Oh ! certain, vous dis-je...

– Mon Dieu ! interrompit Rouletabille, si vous pensez, Monsieur Darzac, que vous puissiez abuser longtemps votre femme sur la réalité de la réapparition de Larsan, vous vous faites de bien grandes illusions.

– Cependant, répliqua Darzac, dès la fin de notre voyage, l'idée d'une hallucination avait fait de grands progrès dans son esprit et en arrivant à Garavan, elle me paraissait presque calme.

– En arrivant à Garavan ? fit Rouletabille, voilà, mon cher Monsieur Darzac, la dépêche que votre femme m'envoyait. »

Et le reporter lui tendit le télégramme où il n'y avait que ces deux mots : « Au secours ! »

Sur quoi, ce pauvre M. Darzac parut encore plus effondré.

« Elle va redevenir folle ! » dit-il, en secouant lamentablement la tête.

C'est ce que nous redoutions tous, et, chose singulière, quand nous arrivâmes enfin en gare de Menton-Garavan, et que nous y trouvâmes M. Stangerson et Mme Darzac, qui étaient sortis malgré la promesse formelle que le professeur avait faite à Arthur Rance, de rester avec sa fille aux Rochers Rouges jusqu'à son retour, pour des raisons qu'il devait lui dire plus tard et qu'il n'avait pas encore eu le temps d'inventer, c'est avec une phrase qui n'était que l'écho de notre terreur que Mme Darzac accueillit Joseph Rouletabille. Aussitôt qu'elle eut aperçu le jeune homme, elle courut à lui, et nous eûmes cette impression qu'elle se contraignait pour ne point, devant nous tous, le serrer dans ses bras. Je vis qu'elle s'accrochait à lui comme un naufragé s'agrippe à la main qui peut seule le sauver de l'abîme. Et je l'entendis qui murmurait : « Je sens que je redeviens folle ! » Quant à Rouletabille, je l'avais vu quelquefois aussi pâle, mais jamais d'apparence aussi froide.

VI

Le fort d'Hercule.

Quand il descend de la station de Garavan, quelle que soit la saison qui le voit venir en ce pays enchanté, le voyageur peut se croire parvenu en ce jardin des Hespérides, dont les pommes d'or excitèrent les convoitises du vainqueur du monstre de Némée. Je n'aurais peut-être point cependant, – à l'occasion des innombrables citronniers et orangers qui, dans l'air embaumé, laissent pendre, au long des sentiers, pardessus les clôtures, leurs grappes de soleil, – je n'aurais peut-être point évoqué le souvenir suranné du fils de Jupiter et d'Alcmène si, tout, ici, ne rappelait sa gloire mythologique et sa promenade fabuleuse à la plus douce des rives. On raconte bien que les Phéniciens, en transportant leurs pénates à l'ombre du rocher que devaient habiter un jour les Grimaldi, donnèrent au petit port qu'il abrite et, tout le long de la côte, à un mont, à un cap, à une presqu'île, qui l'ont conservé, ce nom d'Hercule, qui était celui de leur Dieu ; mais, moi, j'imagine que, ce nom, ils l'y trouvèrent déjà et que si, en vérité, les divinités, fatiguées de la poussière blonde des chemins de l'Hellade, s'en furent chercher ailleurs un merveilleux séjour, tiède et parfumé, pour s'y reposer de leurs aventures, elles n'en ont point trouvé de plus beau que celui-là. Ce furent les premiers touristes de la Riviera. Le jardin des Hespérides n'était pas ailleurs, et Hercule avait préparé la place à ses camarades de l'Olympe en les débarrassant de ce méchant dragon à cent têtes qui voulait conserver la Côte d'Azur pour lui tout seul. Aussi je ne suis point bien sûr que les os de l'*Elephas antiquus*, découverts il y a quelques années au fond des Rochers Rouges, ne sont pas les os de ce dragon-là !

Quand, descendant tous de la gare, nous fûmes arrivés, en silence, au rivage, nos yeux furent tout de suite frappés par la silhouette éblouissante du château fort, debout, sur la presqu'île d'Hercule, que les travaux accomplis sur la frontière ont fait, hélas ! disparaître depuis une dizaine d'années. Les feux obliques du soleil qui allaient frapper les murs de la vieille Tour Carrée, la faisait éclater sur la mer comme une cuirasse. Elle semblait garder encore, vieille sentinelle, toute rajeunie de lumière, cette baie de Garavan recourbée comme une faucille d'azur. Et puis, au fur et à mesure que nous avançâmes, son éclat s'éteignit. L'astre, derrière nous, s'était incliné vers la crête des monts ; les promontoires, à l'occident, s'enveloppaient déjà, à l'approche du soir, de leur écharpe de pourpre, et le château n'était plus qu'une ombre menaçante et hostile quand nous en franchîmes le seuil.

Sur les premières marches d'un étroit escalier qui conduisait à l'une des tours, se tenait une pâle et charmante figure. C'était la femme d'Arthur Rance, la belle et étincelante Edith. Certes, la fiancée de Lammermoor n'était pas plus blanche, le jour où le jeune étranger aux yeux noirs la sauva d'un taureau impétueux ; mais Lucie avait les yeux bleus, mais Lucie était blonde, ô Edith !... Ah ! quand on veut faire figure romanesque dans un cadre moyenâgeux, figure de princesse incertaine, lointaine, plaintive et mélancolique, il ne faut point avoir ces yeux-là, my lady ! Et votre chevelure est plus noire que l'aile d'un corbeau. Cette couleur n'est point dans le genre angélique. Êtes-vous un ange, Edith ? Cette langueur est-elle bien naturelle ? Cette douceur de vos traits ne ment-elle point ? Pardon, de vous poser toutes ces questions, Edith ; mais, quand je vous ai vue pour la première fois, après avoir été séduit par la délicate harmonie de toute votre blanche image, immobile sur ce perron de pierre, j'ai suivi le regard noir de vos yeux qui s'est posé sur la fille du professeur Stangerson, et il avait un éclat dur qui faisait un contraste étrange avec le timbre amical de votre voix et le sourire nonchalant de votre bouche.

La voix de cette jeune femme est d'un charme sûr ; la grâce de toute sa personne est parfaite ; son geste est harmonieux. Aux présentations dont Arthur Rance s'est naturellement chargé, elle répond de la façon la plus simple, la plus accueillante, la plus hospitalière. Rouletabille et moi tentons un effort poli pour conserver notre liberté ; nous formulons la possibilité de gîter ailleurs qu'au château d'Hercule. Elle a une moue délicieuse, hausse les épaules d'un geste enfantin, déclare que nos chambres sont prêtes et parle d'autre chose.

« Venez ! Venez ! Vous ne connaissez pas le château. Vous allez voir !... Vous allez voir !... Oh ! je vous montrerai *la Louve* une autre fois... C'est le seul coin triste d'ici ! c'est lugubre ! sombre et froid ! ça fait peur ! j'adore avoir peur !... Oh ! monsieur Rouletabille, vous me raconterez, n'est-ce pas, des histoires qui me feront peur !... »

Et elle glisse, dans sa robe blanche, devant nous. Elle marche comme une comédienne. Elle est tout à fait singulièrement jolie, dans ce jardin d'Orient, entre cette vieille tour menaçante et les frêles arceaux fleuris d'une chapelle en ruine. La vaste cour que nous traversons est si bien garnie de toutes parts de plantes grasses, d'herbes et de feuillages, de cactus et d'aloès, de lauriers-cerises, de roses sauvages et de marguerites, qu'on jurerait qu'un printemps éternel a élu domicile dans cette enceinte, jadis la baille du château où se réunissait toute la gent de guerre. Cette cour, de par l'aide des vents du ciel et de par la négligence des hommes, était devenue naturellement jardin, un beau jardin fou dans lequel on voit bien que la châtelaine a fait tailler le moins possible et qu'elle n'a point tenté de ramener, trop brusquement, à la raison. Derrière toute cette verdure et tout cet embaumement, on apercevait la plus gracieuse chose qui se pût imaginer en architecture défunte. Figurez-vous les plus purs arceaux d'un gothique flamboyant, élevés sur les premières assises de la vieille chapelle romane ; les piliers, habillés de plantes grimpantes, de géranium-lierre et de verveine, s'élancent de leur gaine parfumée et recourbent dans l'azur du ciel leur arc brisé, que rien ne semble plus soutenir. Il n'y a plus de toit à cette chapelle. Et elle n'a plus de murs... Il ne reste plus d'elle que ce morceau de dentelle de pierre qu'un miracle d'équilibre retient suspendu dans l'air du soir...

Et, à notre gauche, voici la tour énorme, massive, la tour du XIIe siècle que les gens du pays appellent, nous raconte Mrs. Edith, la

Louve et que rien, ni le temps, ni les hommes, ni la paix, ni la guerre, ni le canon, ni la tempête, n'a pu ébranler. Elle est telle encore qu'elle apparut aux Sarrasins pillards de 1107, qui s'emparèrent des îles Lérins et qui ne purent rien contre le château d'Hercule ; telle qu'elle se montra à Salagéri et à ses corsaires génois quand, ceux-ci ayant tout pris du fort, même la Tour Carrée, même le Vieux Château, elle tint bon, isolée, ses défenseurs ayant fait sauter les courtines qui la reliaient aux autres défenses, jusqu'à l'arrivée des princes de Provence qui la délivrèrent. C'est là que Mrs. Edith a élu domicile.

Mais je cesse de regarder les choses pour regarder les gens, Arthur Rance, par exemple, regarde Mme Darzac. Quant à celle-ci et à Rouletabille, ils semblent loin, loin de nous. M. Darzac et M. Stangerson échangent des propos quelconques. Au fond, la même pensée habite tous ces gens qui ne se disent rien ou qui, lorsqu'ils se disent quelque chose, se mentent. Nous arrivons à une poterne.

« C'est ce que nous appelons, dit Edith, toujours avec son affectation d'enfantillage, la tour du jardinier. De cette poterne, on découvre tout le fort, tout le château, le côté nord et le côté sud. Voyez !... »

Et son bras, qui traîne une écharpe, nous désigne des choses...

« Toutes ces pierres ont leur histoire. Je vous les dirai, si vous êtes bien sages...

– Comme Edith est gaie ! murmure Arthur Rance. Je pense qu'il n'y a qu'elle de gaie, ici. »

Nous avons passé sous la poterne et nous voici dans une nouvelle cour. Nous avons le vieux donjon en face de nous. L'aspect en est vraiment impressionnant. Il est haut et carré ; aussi le désigne-t-on quelquefois sous cette appellation : la Tour Carrée. Et, comme cette tour occupe le coin le plus important de toute la fortification, on l'appelle encore la Tour du Coin... C'est le morceau le plus extraordinaire, le plus important de toute cette agglomération d'ouvrages défensifs. Les murs y sont plus épais que partout ailleurs et plus hauts. À mi-hauteur, c'est encore le ciment romain qui les scelle... ce sont encore les pierres entassées par les colons de César.

« Là-bas, cette tour, dans le coin opposé, continue Edith, c'est la tour de Charles le Téméraire, ainsi appelée parce que c'est le duc qui en a fourni le plan quand il a fallu transformer les défenses du château pour résister à l'artillerie. Oh ! je suis très savante... Le vieux Bob a fait de cette tour son cabinet d'études. C'est dommage, car nous aurions eu là une magnifique salle à manger... Mais je n'ai jamais rien su refuser au vieux Bob !... Le vieux Bob, ajoute-t-elle, c'est mon oncle... C'est lui qui veut que je l'appelle comme ça, depuis que j'ai été toute petite... Il n'est pas ici, en ce moment... Il est parti, il y a cinq jours, pour Paris, et il revient demain. Il est allé comparer des pièces anatomiques qu'il a trouvées dans les Rochers Rouges avec celles du Muséum d'histoire naturelle de Paris... Ah ! voici une oubliette... »

Et elle nous montre, au milieu de cette seconde cour, un puits, qu'elle appelait oubliette, par pur romantisme et au-dessus duquel un eucalyptus, à la chair lisse et aux bras nus, se penchait comme une femme à la fontaine.

Depuis que nous étions passés dans la seconde cour, nous comprenions mieux – moi, du moins, car Rouletabille, de plus en plus indifférent à toutes choses, ne semblait ni voir, ni entendre – la disposition du fort d'Hercule. Comme cette disposition est d'une importance capitale dans les incroyables événements qui vont se produire presque aussitôt notre arrivée aux Rochers Rouges, je vais mettre, tout d'abord, sous les yeux du lecteur le plan général du fort tel qu'il a été tracé plus tard par Rouletabille lui-même...

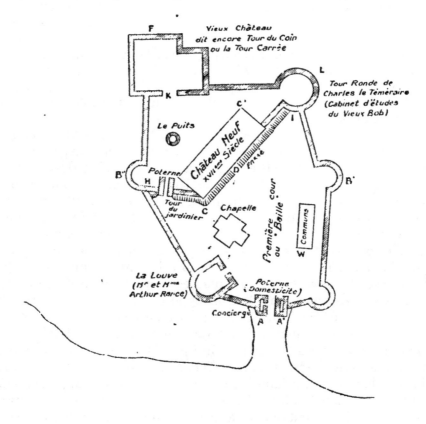

Ce château avait été construit, en 1140, par les seigneurs de la Mortola. Pour l'isoler complètement de la terre, ceux-ci n'avaient pas hésité à faire une île de cette presqu'île en coupant l'isthme minuscule qui la reliait au rivage.

Sur le rivage même, ils avaient établi une barbacane, fortification sommaire en demi-cercle, destinée à protéger les approches du pont-levis et des deux tours d'entrée. Cette barbacane n'avait point laissé de trace. Et l'isthme, dans la suite des siècles, avait retrouvé sa forme première ; le pont-levis avait été enlevé ; le fossé avait été comblé. Les murs du château d'Hercule épousaient la forme de la presqu'île, qui était celle d'un hexagone irrégulier. Ces murs se dressaient au ras du roc et celui-ci, par places, surplombait les eaux qui, inlassablement, le creusaient, si bien qu'une petite barque eût pu s'y abriter par calme plat et quand elle ne craignait point que le ressac ne la projetât et ne la brisât contre ce plafond naturel. Cette disposition était merveilleuse pour la défense qui n'avait guère, dans ces conditions, à craindre l'escalade, de quelque côté que ce fût.

On entrait donc dans le fort par la porte Nord que gardaient les deux tours A et A' reliées par une voûte. Ces tours, qui avaient fort souffert lors des derniers sièges par les Génois, avaient été un peu réparées par la suite et venaient d'être mises en état d'être habitées par les soins de Mrs. Rance, qui en avait consacré les locaux à la domesticité. Le rez-de-chaussée de la tour A servait de logis aux concierges. Une petite porte s'ouvrait dans le flanc de la tour A, sous la voûte, et permettait au veilleur de se rendre compte de toutes les entrées et sorties. Une lourde porte de chêne bardée de fer, dont les deux vantaux étaient repliés depuis d'innombrables années contre le mur intérieur des deux tours, ne servait plus de rien tant on l'avait trouvée difficile à manier, et l'entrée du château n'était fermée que par une petite grille que chacun ouvrait, maître ou fournisseur, à volonté. Cette entrée était la seule qui permît de pénétrer dans le château. Comme je l'ai dit, passé cette entrée, on se trouvait dans une première cour ou *baille* fermée de tous côtés par le mur d'enceinte et par les tours ou ce qui restait des tours. Ces murs étaient loin d'avoir conservé leur hauteur première. Les courtines anciennes qui rejoignaient les tours avaient été rasées et étaient remplacées par une sorte de boulevard circulaire vers lequel on montait de l'intérieur de la baille par des rampes assez douces. Ces boulevards étaient encore couronnés d'un parapet percé de meurtrières pour les petites pièces. Car cette transformation avait eu lieu au XVᵉ siècle, dans le moment où tout châtelain devait commencer à compter sérieusement avec l'artillerie. Quant aux tours B, B', B'' qui avaient longtemps encore conservé leur homogénéité et leur hauteur première, et pour lesquelles on s'était borné à cette époque à supprimer le toit pointu qui avait été remplacé par une plate-forme destinée à supporter de l'artillerie, elles avaient été plus tard rasées à la hauteur du parapet des boulevards et l'on en avait fait des sortes de demi-lunes. Cette opération avait été accomplie au XVIIᵉ siècle, lors de la construction d'un château moderne, appelé encore Château Neuf bien qu'il fût en ruines, et cela pour déblayer la vue dudit château. Ce Château Neuf était placé en C C'.

Sur le terre-plein des anciennes tours, terre-plein entouré lui aussi d'un parapet, on avait planté des palmiers qui, du reste, avaient mal poussé, brûlés par le vent et l'eau de mer. Quand on se penchait au-dessus du parapet circulaire qui faisait tout le tour de la propriété en surplombant le roc avec lequel il faisait corps, roc qui, lui-même, surplombait la mer, on se rendait compte que le château continuait à être aussi fermé que dans le temps où les courtines des murs atteignaient aux deux tiers de la hauteur des vieilles tours. La Louve avait été respectée, comme je l'ai dit, et il n'était point jusqu'à son échauguette, restaurée, bien entendu, qui ne dressât sa silhouette étrangement vieillotte au-dessus de l'azur méditerranéen. J'ai dit aussi les ruines de la chapelle. Les anciens communs W adossés au parapet entre B et B' avaient été transformés en écuries et cuisines.

Je viens de décrire ici toute la partie avancée du château d'Hercule. On ne pouvait pénétrer dans la seconde enceinte que par la poterne H que Mrs. Arthur Rance appelait la tour du jardinier et qui n'était, en somme, qu'un épais pavillon défendu autrefois par la tour B'' et par une autre tour, située en C, et qui avait entièrement disparu au moment de la construction du Château Neuf C C'. Un fossé et un mur partaient alors de B'' pour aboutir en I à la Tour de Charles le Téméraire, avançant, en C, en forme d'éperon au milieu de la baille et barrant entièrement toute la première cour qu'ils fermaient. Le fossé existait toujours, large et profond, mais le mur avait été supprimé sur toute la longueur du Château neuf et remplacé par le mur du château lui-même. Une porte centrale en D, maintenant condamnée, s'ouvrait sur un pont qui avait été jeté sur le fossé et qui permettait autrefois les communications directes avec la baille. Or, ce pont volant avait été démoli ou s'était effondré, et, comme les fenêtres du château, très élevées au-dessus du fossé, étaient encore garnies de leurs épais barreaux de fer, on pouvait prétendre en toute vérité que la seconde cour était restée aussi impénétrable que lorsqu'elle était entièrement défendue par son mur d'enceinte, au moment où le Château Neuf n'existait pas.

Le sol de cette seconde cour, de la Cour de Charles le Téméraire, comme les anciens guides du pays l'appelaient encore, était un peu plus élevé que le niveau de la première. Le roc formait là une assise plus haute, naturel piédestal de cette colonne colossale, prodigieuse et noire, de ce Vieux Château, tout carré, tout droit, d'un seul bloc, allongeant son ombre formidable sur le flot clair. On ne pénétrait dans le Vieux Château F que par une petite porte K. Les anciens du pays ne l'appelaient jamais autrement que la Tour Carrée, pour la distinguer de la Tour Ronde, dite de Charles le Téméraire. Un parapet semblable à celui qui fermait la première cour, reliait entre elles les tours B", F et L, fermant également la seconde.

Nous avons dit que la Tour Ronde avait été autrefois rasée à mi-hauteur, remaniée et refaite par un Mortola, sur les plans de Charles le Téméraire lui-même, à qui il avait rendu quelques services dans la guerre helvétique. Cette tour avait quinze toises de diamètre extérieurement et se composait d'une batterie basse dont le sol était placé à une toise en contrebas du niveau supérieur du plateau. On descendait dans cette batterie basse par une pente, aboutissant à une salle octogone dont les voûtes portaient sur quatre gros piliers cylindriques. Sur cette chambre s'ouvraient trois énormes embrasures pour trois gros canons. C'est de cette salle octogone que Mrs. Edith eût voulu faire une vaste salle à manger, car, si elle était admirablement fraîche à cause de l'épaisseur des murs, qui était formidable, la lumière du rocher et l'éblouissante clarté de la mer pouvaient y pénétrer à volonté par ces embrasures-meurtrières qui avaient été agrandies en carré et formaient maintenant des fenêtres garnies, elles aussi, de puissants barreaux de fer. Cette tour L, dont l'oncle de Mrs. Edith s'était emparé pour y travailler et y caser ses nouvelles collections, avait un terre-plein merveilleux où la châtelaine avait fait transporter de la terre arable, des plantes et des fleurs, et où elle avait ainsi créé le plus étonnant jardin suspendu qui se pût rêver. Une cabane, tout habillée de feuilles sèches de palmiers, formait là un heureux abri. J'ai marqué, sur le plan, d'une teinte grise, tous les bâtiments ou parties de bâtiments qui avaient été, par les soins de Mrs. Edith, disposés, agencés et restaurés pour l'habitation immédiate.

Du château du XVIIe siècle, dit Château Neuf, on n'avait réparé en C', au premier étage, que deux chambres et un petit salon, pour les hôtes de passage. C'est là que Rouletabille et moi devions coucher ;

271

quant à M. et Mme Robert Darzac, ils habitaient dans la Tour Carrée dont nous aurons à parler d'une façon plus particulière.

Deux pièces, au rez-de-chaussée de cette Tour Carrée, restaient réservées au vieux Bob qui couchait là. M. Stangerson habitait au premier étage de la Louve, au-dessous du ménage Rance.

Mrs. Edith voulut nous montrer elle-même nos chambres. Elle nous fit traverser des salles aux plafonds effondrés, aux parquets défoncés, aux murs moisis ; mais, de-ci de-là, quelques lambris, un trumeau, une peinture écaillée, une tapisserie en loques, attestaient l'ancienne splendeur du Château Neuf né de la fantaisie d'un Mortola du grand siècle. En revanche, nos petites chambres ne rappelaient en rien ce passé magnifique. Elles en avaient été nettoyées avec un soin qui me toucha. Propres et hygiéniques, sans tapis, badigeonnées, laquées de clair, meublées sommairement à la moderne, elles nous plurent beaucoup. J'ai dit que nos deux chambres étaient séparées par un petit salon.

Comme je faisais le nœud de ma cravate, j'appelai Rouletabille, lui demandant s'il était prêt. Je n'obtins aucune réponse. J'allai dans sa chambre, et je constatai avec surprise qu'il en était déjà parti. Je me mis à sa fenêtre, qui donnait, comme les miennes, sur la Cour de Charles le Téméraire.

Cette cour était vide, habitée seulement par son grand eucalyptus, dont, à cette heure, l'odeur forte montait jusqu'à moi. Au-dessus du parapet du boulevard, j'apercevais l'immense étendue des eaux silencieuses. La mer était devenue d'un bleu un peu sombre à la tombée du soir, et les ombres de la nuit étaient visibles à l'horizon de la côte italienne, s'accrochant déjà à la pointe d'Ospédaletti. Aucun bruit, aucun frisson, sur la terre et dans les cieux. Je n'avais observé encore un pareil silence et une pareille immobilité de la nature qu'à la minute qui précède les plus violents orages et le déchaînement de la foudre. Cependant, nous n'avions rien de tel à craindre, et la nuit s'annonçait, décidément, sereine...

Mais quelle est cette ombre apparue ? D'où vient ce spectre qui glisse sur les eaux ? Debout, à l'avant d'une petite barque qu'un pêcheur fait avancer au rythme lent de ses deux rames, j'ai reconnu la silhouette de Larsan ! Qui s'y tromperait, qui tenterait de s'y tromper ? Ah ! il n'est que trop reconnaissable. Et si ceux devant lesquels il vient ce soir étaient disposés à douter que ce fût lui, il met une si menaçante coquetterie à s'exhiber dans toute sa figure d'autrefois, qu'il ne les renseignerait pas davantage en leur criant : « C'est moi ! »

Oh ! oui, c'est lui ! c'est lui ! C'est le grand Fred. La barque, silencieuse, avec sa statue immobile, fait le tour du château fort. Elle passe maintenant sous les fenêtres de la Tour Carrée, et puis elle dirige sa proue du côté de la pointe de Garibaldi vers les carrières des Rochers Rouges.

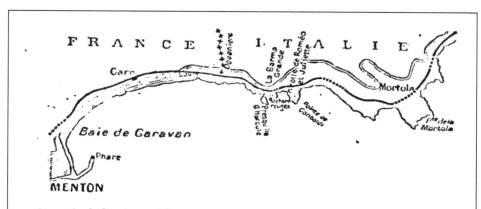

Croquis de la côte méditerranéenne, entre Menton et la pointe de la Mortola, indiquant la situation des Rochers Rouges et de la presqu'île d'Hercule.

Et l'homme est toujours debout, les bras croisés, la tête tournée vers la tour, apparition diabolique au seuil de la nuit qui, lente et sournoise, s'approche de lui par derrière, l'enveloppe de sa gaze légère et l'emporte.

Maintenant, en baissant les yeux, j'aperçois deux ombres dans la Cour du Téméraire ; elles sont au coin du parapet auprès de la petite porte de la Tour Carrée. L'une de ces ombres, la plus grande, retient l'autre et supplie. La plus petite voudrait s'échapper ; on dirait qu'elle est prête à prendre son élan vers la mer. Et j'entends la voix de Mme Darzac qui dit :

« Prenez garde ! C'est un piège qu'il vous tend. Je vous défends de me quitter, ce soir !... »

Et la voix de Rouletabille :

« Il faudra bien qu'il aborde au rivage. Laissez-moi courir au rivage !

– Que ferez-vous ? gémit la voix de Mathilde.

– Tout ce qu'il faudra. »

Et, encore, la voix de Mathilde, la voix épouvantée :

« Je vous défends de toucher à cet homme ! »

Et je n'entends plus rien.

273

Je suis descendu et j'ai trouvé Rouletabille, seul, assis sur la margelle du puits. Je lui ai parlé, et il ne m'a pas répondu, comme il lui arrive quelquefois. Je m'en fus dans la baille, et là, je rencontrai M. Darzac qui vint à moi, fort agité. Il me cria de loin :

« Eh bien ! *L'*avez-vous vu ?

– Oui, je *l'*ai vu, fis-je.

– Et elle, elle, savez-vous si elle l'a vu ?

– Elle l'a vu. Elle était avec Rouletabille quand il est passé ! Quelle audace ! »

Robert Darzac en tremblait encore de l'avoir vu. Il me dit qu'aussitôt qu'il l'avait aperçu, il avait couru comme un fou au rivage, mais qu'il n'était pas arrivé à temps à la pointe de Garibaldi et que la barque avait disparu comme par enchantement. Mais déjà Robert Darzac me quittait, courant rejoindre Mathilde, anxieux de l'état d'esprit dans lequel il allait la retrouver. Cependant, il revenait presque aussitôt, triste et abattu. La porte de son appartement était fermée. Sa femme désirait être seule un instant.

« Et Rouletabille ? demandai-je.

– Je ne l'ai pas vu ! »

Nous restâmes ensemble sur le parapet, à regarder la nuit qui avait emporté Larsan. Robert Darzac était infiniment triste. Pour détourner le cours de ses pensées, je lui posai quelques questions sur le ménage Rance, auxquelles il finit par répondre.

C'est ainsi que, peu à peu, je devais apprendre comment, après le procès de Versailles, Arthur Rance était retourné à Philadelphie, et comment, un beau soir, il s'était trouvé dans un banquet de famille, à côté d'une jeune personne romanesque qui l'avait séduit immédiatement par un tour d'esprit littéraire qu'il avait rarement rencontré chez ses belles compatriotes. Elle n'avait rien de ce type alerte, désinvolte, indépendant et audacieux qui devait aboutir à la *fluffy-ruffles*, si en honneur de nos jours. Un peu dédaigneuse, douce et mélancolique, d'une pâleur intéressante, elle eût plutôt rappelé les tendres héroïnes de Walter Scott, lequel était, du reste, paraît-il, son auteur favori. Ah ! certes, elle retardait, elle retardait d'une façon délicieuse. Comment cette figure délicate parvint-elle à impressionner si vivement Arthur Rance qui avait tant aimé la majestueuse Mathilde ? Ce sont là les secrets du cœur. Toujours est-il que, se sentant devenir amoureux, Arthur Rance en avait profité, ce soir-là, pour se griser abominablement. Il dut commettre quelque inélégante bêtise, laisser échapper un propos si incorrect que Miss Edith le pria soudain, et à haute voix, de ne plus lui adresser la parole. Le lendemain, Arthur Rance faisait faire officiellement ses excuses à

Miss Edith, et jurait qu'il ne boirait plus que de l'eau : il devait tenir ce serment.

Arthur Rance connaissait de longue date l'oncle, ce vieux brave homme de Munder, le vieux Bob, comme on l'avait surnommé à l'Université, un type extraordinaire qui était aussi célèbre par ses aventures d'explorateur que par ses découvertes de géologue. Il était doux comme un mouton, mais n'avait pas son pareil pour chasser le tigre des pampas. Il avait passé la moitié de son existence de professeur au sud du Rio-Negro, chez les Patagons, à la recherche de l'homme tertiaire ou tout au moins de son squelette, non point de l'anthropopithèque ou de quelque autre pithécanthropus, se rapprochant plus ou moins du singe, mais bien de l'homme, plus fort, plus puissant que celui qui habite de nos jours la planète, de l'homme, enfin, contemporain des prodigieux mammifères qui sont apparus sur le globe avant l'époque quaternaire. Il revenait généralement de ces expéditions avec quelques caisses de cailloux et un bagage respectable de tibias et de fémurs sur lesquels le monde savant bataillait, mais aussi avec une riche collection de *peaux de lapin*, comme il disait, qui attestait que le vieux savant à lunettes savait encore se servir d'armes moins préhistoriques que la hache en silex ou le perçoir du troglodyte. Aussitôt de retour à Philadelphie, il reprenait possession de sa chaire, se courbait sur ses bouquins, sur ses cahiers et, maniaque comme un *rond-de-cuir*, dictait son cours, s'amusant à faire sauter dans les yeux de ses plus proches élèves les copeaux de ses longs crayons dont il ne se servait jamais, mais qu'il taillait interminablement. Et, quand il avait atteint son but – qu'il visait – on voyait apparaître au-dessus de son pupitre sa bonne tête chenue que fendait, sous les lunettes d'or, le large rire silencieux de sa bouche joviale.

Tous ces détails me furent donnés plus tard par Arthur Rance lui-même, qui avait été l'élève du vieux Bob, mais qui ne l'avait pas revu depuis de nombreuses années, quand il fit la connaissance de Miss Edith ; et, si je les rapporte si complètement ici, c'est que, par une suite de circonstances fort naturelles, nous allons retrouver le vieux Bob aux Rochers Rouges.

Miss Edith, lors de la fameuse soirée où Arthur Rance lui fut présenté et où il se conduisit d'une façon aussi incohérente, ne s'était montrée peut-être si mélancolique que parce qu'elle venait de recevoir de fâcheuses nouvelles de son oncle. Celui-ci, depuis quatre ans, ne se décidait pas à revenir de chez les Patagons. Dans sa dernière lettre, il lui disait qu'il était bien malade et qu'il désespérait de la revoir avant de mourir. On pourrait être tenté de penser qu'une nièce au cœur tendre, dans ces conditions, eût pu s'abstenir de paraître à un banquet, si familial fût-il mais Miss Edith, au cours des voyages de son oncle, avait tant reçu de fâcheuses nouvelles, et son oncle était revenu de si loin, toujours si bien portant, qu'on ne lui tiendra certainement point rigueur de ce que sa tristesse ne l'eût point, ce soir-là, retenue à la maison. Cependant, trois mois plus tard, sur une nouvelle lettre, elle décida de partir et d'aller rejoindre, toute seule, son oncle, au fond de l'Araucanie. Pendant ces trois mois, il s'était passé des événements mémorables. Miss Edith avait été touchée des remords d'Arthur Rance et de sa persistance à ne plus boire que de l'eau. Elle avait appris que les mauvaises habitudes d'intempérance de ce gentleman n'avaient été prises qu'à la suite d'un désespoir d'amour, et cette circonstance lui avait plu par-dessus tout. Ce caractère romanesque dont j'ai parlé tout à l'heure devait servir rapidement les desseins d'Arthur Rance ; et, au moment du départ de Miss Edith pour l'Araucanie, nul ne s'étonna de ce que l'ancien élève du vieux Bob accompagnât sa nièce. Si les fiançailles n'étaient pas encore officielles, c'est qu'elles n'attendaient pour le devenir que la bénédiction du géologue. Miss Edith et Arthur Rance retrouvèrent à San-Luis l'excellent oncle. Il était d'une humeur charmante et d'une santé florissante. Rance, qui ne l'avait pas revu depuis si longtemps, eut le toupet de lui dire qu'il avait rajeuni, ce qui est le plus habile des compliments. Aussi, quand sa nièce lui eut appris qu'elle s'était fiancée à ce charmant garçon, la joie de l'oncle fut remarquable. Tous trois revinrent à Philadelphie où le mariage fut célébré. Miss Edith ne connaissait pas la France. Arthur Rance décida d'y faire leur voyage de noces. Et c'est ainsi qu'ils trouvèrent, comme il sera conté tout à l'heure, une occasion scientifique de se fixer aux environs de Menton, non point en France, mais à cent mètres de la frontière, en Italie, devant les Rochers Rouges.

La cloche ayant retenti et Arthur Rance étant venu au-devant de nous, nous nous dirigeâmes vers la Louve, dans la salle basse de laquelle, ce soir-là, était servi le dîner. Quand nous y fûmes tous réunis, moins le vieux Bob, absent du fort d'Hercule, Mrs. Edith nous demanda si quelqu'un de nous avait aperçu une petite barque qui avait fait le tour du château et dans laquelle se trouvait un homme debout. L'attitude singulière de cet homme l'avait frappée. Comme personne ne lui répondit, elle reprit :

« Oh ! je saurai qui c'est, car je connais le marin qui conduisait la barque. C'est un grand ami du vieux Bob.

– Vraiment ! fit Rouletabille, vous connaissez ce marin, madame ?

– Il vient quelquefois au château. Il vient vendre du poisson. Les gens du pays lui ont donné un nom bizarre que je ne saurais vous répéter dans leur impossible patois, mais je me le suis fait traduire. Cela veut dire : « Le bourreau de la mer ! » Un bien joli nom, n'est-ce pas ? »

VII

De quelques précautions qui furent prises par Joseph Rouletabille pour défendre le fort d'Hercule contre une attaque ennemie.

Rouletabille n'eut même point la politesse de demander l'explication de cet étonnant sobriquet. Il paraissait abîmé dans les plus sombres réflexions. Drôle de dîner ! Drôle de château ! Drôles de gens ! Les grâces languissantes de Mrs. Edith ne suffirent point à nous galvaniser. Il y avait là deux nouveaux ménages, quatre amoureux qui auraient dû être la gaieté de l'heure, et rayonner de la joie de vivre. Le repas fut des plus tristes. Le spectre de Larsan planait sur les convives, même sur celui d'entre nous qui ne le savait point si proche.

Il est juste de dire, du reste, que le professeur Stangerson, depuis qu'il avait appris la cruelle, la douloureuse vérité, ne pouvait se débarrasser de ce spectre-là. Je ne crois point m'avancer beaucoup, en prétendant que la première victime du drame du Glandier et la plus malheureuse de toutes était le professeur Stangerson. Il avait tout perdu : sa foi dans la science, l'amour du travail, et – ruine plus affreuse que toutes les autres – la religion de sa fille. Il avait tant cru en elle ! Elle avait été pour lui l'objet d'un si constant orgueil. Il l'avait associée pendant tant d'années, vierge sublime, à sa recherche de l'inconnu ! Il avait été si merveilleusement ébloui de cette définitive volonté qu'elle avait eue de refuser sa beauté à quiconque eût pu l'éloigner de son père et de la science ! Et, quand il en était encore à considérer avec extase un pareil sacrifice, il apprenait que, si sa fille refusait de se marier, c'est qu'elle l'était déjà à un Ballmeyer ! Le jour où Mathilde avait décidé de tout avouer à son père et de lui confesser un passé qui devait, aux yeux du professeur déjà averti par le mystère du Glandier, éclairer le présent d'un éclat bien tragique, le jour où, tombant à ses pieds et embrassant ses genoux, elle lui avait raconté le drame de son cœur et de sa jeunesse, le professeur Stangerson avait serré dans ses bras tremblants son enfant chérie ; il avait déposé le baiser du pardon sur sa tête adorée, il avait mêlé ses larmes aux sanglots de celle qui avait expié sa faute jusque dans la folie, et il lui avait juré qu'elle ne lui avait jamais été plus précieuse que depuis qu'il savait ce qu'elle avait souffert. Et elle s'en était allée un peu consolée. Mais lui, resté seul, se releva un autre homme... un homme seul, tout seul... l'homme seul ! Le professeur Stangerson avait perdu sa fille et ses dieux !

Il l'avait vue avec indifférence se marier à Robert Darzac, qui avait été, cependant, son élève le plus cher. En vain Mathilde s'efforçait-elle de réchauffer son père d'une tendresse plus ardente. Elle sentait bien qu'il ne lui appartenait plus, que son regard se détournait d'elle, que ses yeux vagues fixaient dans le passé une image qui n'était plus la sienne, mais qui l'avait été, hélas ! Et que, s'ils revenaient à elle, à elle Mme Darzac, c'était pour apercevoir à ses côtés, non point la figure respectée d'un honnête homme, mais la silhouette éternellement vivante, éternellement infâme, de l'autre ! De celui qui avait été le premier mari, de celui qui lui avait volé sa fille !... Il ne travaillait plus !... Le grand secret de la *Dissociation de la matière* qu'il s'était promis d'apporter aux hommes retournerait au néant d'où, un instant, il l'avait tiré, et les hommes iraient, répétant pendant des siècles encore, la parole imbécile : *Ex nihilo nihil !*

Le repas était rendu plus lugubre encore par le cadre dans lequel il nous était servi, cadre sombre, éclairé d'une lampe gothique, de vieux candélabres de fer forgé, entre des murs de forteresse garnis de tapisseries d'Orient et contre lesquels s'appuyaient de vieilles armoires datant de la première invasion sarrasine, et des sièges à la Dagobert.

À tour de rôle, j'examinais les convives, et ainsi m'apparaissaient les causes particulières de la tristesse générale. M. et Mme Robert Darzac étaient à côté l'un de l'autre. La maîtresse de céans n'avait évidemment point voulu séparer des époux aussi neufs, dont l'union ne datait que de l'avant-veille. Des deux, je dois dire que le plus désolé était, sans contredit, notre ami Robert. Il ne prononçait pas une parole. Mme Darzac, elle, se mêlait encore à la conversation, échangeait quelques réflexions banales avec Arthur Rance. Devrais-je ajouter même, à ce propos, qu'après la scène à laquelle j'avais assisté du haut de ma fenêtre entre Rouletabille et Mathilde je m'attendais à voir celle-ci plus atterrée... quasi anéantie par cette vision menaçante d'un Larsan surgi des eaux. Mais non ! Bien au contraire, je constatais une remarquable différence entre l'aspect effaré sous lequel elle nous était apparue précédemment à la gare, par exemple, et celui-ci qui était presque entièrement de sang-froid. On eût dit que cette apparition l'avait plutôt soulagée et quand je fis part, dans la soirée, de cette réflexion à Rouletabille, le jeune reporter fut de mon avis et m'expliqua cette apparente anomalie de la façon la plus simple. Mathilde ne devait rien tant redouter que de redevenir folle, et la certitude cruelle où elle était maintenant de ne pas avoir été victime de l'hallucination de son cerveau troublé avait certainement servi à lui rendre un peu de calme. Elle préférait encore avoir à se défendre de Larsan vivant que de son fantôme ! Dans la première entrevue qu'elle avait eue avec Rouletabille dans la Tour Carrée pendant que j'achevais ma toilette, elle avait, du reste, semblé à mon jeune ami tout à fait hantée par cette idée qu'elle redevenait folle !

Rouletabille, me racontant cette entrevue, m'avoua qu'il n'avait pu lui rendre quelque tranquillité qu'en prenant le contre-pied de tout ce qu'avait fait Robert Darzac, c'est-à-dire en ne lui cachant point que ses yeux avaient bien vu clair et vu Frédéric Larsan ! Quand elle sut que Robert Darzac ne lui avait dissimulé cette *réalité* que par la crainte qu'elle n'en fût épouvantée et qu'il avait été le premier à télégraphier à Rouletabille de venir à leur secours, elle avait poussé un soupir qui ressemblait à s'y méprendre à un sanglot. Elle avait pris les mains de Rouletabille et les avait soudain couvertes de baisers, comme une mère fait, dans un accès de gloutonnerie adorable, aux mains de son tout petit enfant. Évidemment, elle était instinctivement reconnaissante au jeune homme vers lequel elle se sentait irrésistiblement portée par toutes les forces mystérieuses de son être maternel, de ce qu'il repoussait, d'un mot, la folie qui rôdait toujours autour d'elle et qui, de temps en temps, revenait frapper à sa porte. C'est dans ce moment qu'ils avaient aperçu, tous deux en même temps, par la fenêtre de la tour, Frédéric Larsan, debout, dans sa barque. Ils l'avaient d'abord regardé avec stupeur, immobiles et muets. Puis un cri de rage s'était échappé de la gorge angoissée de Rouletabille et celui-ci avait voulu se précipiter, courir sus à l'homme ! Nous avons vu comment Mathilde l'avait retenu, s'accrochant à lui jusque sur le parapet... Évidemment, c'était horrible, cette résurrection naturelle de Larsan, mais moins horrible que la résurrection continuelle et surnaturelle d'un Larsan qui n'existerait que dans son cerveau malade !... Elle ne voyait plus Larsan partout. *Elle le voyait où il était !*

À la fois nerveuse et douce, tantôt patiente et par instants impatiente, Mathilde, tout en répondant à Arthur Rance, prenait de M. Darzac les soins les plus charmants, les plus tendres. Elle était pleine d'attention, le servant elle-même, avec un admirable et sérieux sourire, veillant à ce qu'il n'eût point la vue fatiguée par l'approche trop brusque d'une lumière. Robert la remerciait et semblait, je dois bien le constater, affreusement malheureux. Et j'étais bien obligé de me rappeler que le malencontreux Larsan était arrivé à temps pour rappeler à Mme Darzac qu'avant d'être Mme Darzac elle était Mme Jean Roussel-Ballmeyer-Larsan devant Dieu et même, au regard de certaines lois transatlantiques, devant les hommes.

Si le but de Larsan avait été, en se montrant, de porter un coup affreux à un bonheur qui n'était encore qu'en expectative, il avait pleinement réussi !... Et, peut-être, en historien exact de l'événement, devons-nous appuyer sur ce fait moral, grandement à l'honneur de Mathilde, que ce n'est point seulement l'état de désarroi où se trouvait son esprit à la suite de la réapparition de Larsan, qui l'incita à faire comprendre à Robert Darzac, le premier soir où ils se trouvèrent face à face – enfin seuls ! – dans l'appartement de la Tour Carrée, que cet appartement était assez vaste pour y loger séparément leurs deux désespoirs ; mais ce fut encore le sentiment du devoir, c'est-à-dire de ce qu'ils se devaient chacun à tous deux, qui leur dicta la plus noble et la plus auguste des décisions ! J'ai déjà dit que Mathilde Stangerson avait été très religieusement élevée, non point par son père qui était assez indifférent sur ce chapitre, mais par les femmes et surtout par sa vieille tante de Cincinatti. Les études auxquelles elle s'était livrée par la suite, aux côtés du professeur, n'avaient en rien ébranlé sa foi et le professeur s'était bien gardé d'influencer en quoi que ce fût, à ce propos, l'esprit de sa fille. Celle-ci avait conservé, même au moment le plus redoutable de la création du néant, théorie sortie du cerveau de son père, ainsi que celle de la dissociation de la matière, la foi des Pasteur et des Newton. Et elle disait couramment que, s'il était prouvé que tout venait de rien, c'est-à-dire de l'éther impondérable, et retournait à ce rien, pour en ressortir éternellement, grâce à un système qui se rapprochait d'une façon singulière des fameux atomes crochus des anciens, il restait à prouver que *ce rien, origine de tout, n'avait pas été créé par Dieu.* Et, en bonne catholique, ce Dieu, évidemment, était le sien, le seul qui eût son vicaire ici bas, appelé pape. J'aurais peut-être passé sous silence les théories religieuses de Mathilde si elles n'avaient été d'un appoint certain dans les résolutions qu'elle eut à prendre vis-à-vis de son nouvel époux devant les hommes, quand il lui fut révélé que son mari devant Dieu était encore de ce monde. La mort de Larsan ayant paru certaine, elle était allée à une nouvelle bénédiction nuptiale avec l'assentiment de son confesseur, en veuve. Et voilà qu'elle n'était plus veuve, mais bigame devant Dieu ! Au surplus, une telle catastrophe n'était point irrémédiable et elle dut elle-même faire luire aux yeux attristés de ce pauvre M. Darzac la perspective d'un sort meilleur qui serait arrangé comme il convient par la cour de Rome, à laquelle, le plus vite possible, il faudrait incontinent, soumettre le litige. Bref, en conclusion de tout ce qui précède, M. et Mme Robert Darzac, quarante-huit heures après leur mariage à Saint-Nicolas-du-Chardonnet, faisaient chambre à part, au fond de la Tour Carrée. Le lecteur comprendra alors qu'il n'en fallait peut-être point davantage pour expliquer l'irrémédiable mélancolie de Robert et les soins consolateurs de Mathilde.

Sans être précisément au courant, ce soir-là, de tous ces détails, j'en soupçonnai néanmoins le plus important. De M. et de Mme Darzac, mes yeux s'en furent au voisin de celle-ci, Mr Arthur-William Rance, et ma pensée déjà s'emparait d'un nouveau sujet d'observation, lorsque le maître d'hôtel vint nous annoncer que le concierge Bernier demandait à parler tout de suite à Rouletabille. Celui-ci se leva aussitôt, s'excusa, et sortit.

« Tiens ! Fis-je, les Bernier ne sont donc plus au Glandier ! »

On se rappelle, en effet, que ces Bernier – l'homme et la femme – étaient les concierges de M. Stangerson à Sainte-Geneviève-des-Bois. J'ai raconté, dans *Le Mystère de la Chambre Jaune*, comment Rouletabille les avait fait remettre en liberté, alors qu'ils étaient accusés de complicité dans l'attentat du pavillon de la Chênaie. Leur reconnaissance pour le jeune reporter, à cette occasion, avait été des plus grandes, et Rouletabille avait pu, dès lors, faire état de leur dévouement. M. Stangerson répondit à mon interpellation en m'apprenant que tous ses domestiques avaient quitté le Glandier qu'il avait à jamais abandonné. Comme les Rance avaient besoin de concierges pour le fort d'Hercule, le professeur avait été heureux de leur céder ces loyaux serviteurs dont il n'avait jamais eu à se plaindre, en dehors d'une petite histoire de braconnage qui avait failli tourner si mal pour eux. Maintenant, ils logeaient dans l'une des tours de la poterne d'entrée dont ils avaient fait leur loge et d'où ils surveillaient le mouvement d'entrée et de sortie du fort d'Hercule.

Rouletabille n'avait pas paru le moins du monde étonné quand le maître d'hôtel lui avait annoncé que Bernier désirait lui dire un mot : c'était donc, pensai-je, qu'il était déjà au fait de leur présence aux Rochers Rouges. En somme, je découvrais – sans en être stupéfait, du reste – que Rouletabille avait sérieusement employé les quelques minutes pendant lesquelles je le croyais dans sa chambre et que j'avais consacrées, moi, à ma toilette ou à d'inutiles bavardages avec M. Darzac.

Ce départ inattendu de Rouletabille jeta un froid. Chacun se demandait si cette absence ne coïncidait point avec quelque événement important relatif au retour de Larsan. Mme Robert Darzac était inquiète. Et, parce que Mathilde se montrait fâcheusement impressionnée, je vis bien que Mr Arthur Rance crut bon de manifester, lui aussi, un discret émoi. Ici, il est bon de dire que Mr Arthur Rance et sa femme n'étaient point au courant de tous les malheurs de la fille du professeur Stangerson. On avait, naturellement, jugé inutile de leur faire part du mariage secret de Mathilde et de Jean Roussel, devenu Larsan. C'était là un secret de famille. Mais ils savaient mieux que n'importe qui – Arthur Rance pour avoir été mêlé au drame du Glandier, et sa femme parce que son mari le lui avait raconté – avec quel acharnement le célèbre agent de la sûreté avait poursuivi celle qui devait être un jour Mme Darzac.

Les crimes de Larsan s'expliquaient naturellement aux yeux d'Arthur Rance par une passion désordonnée, et il ne faut point s'étonner qu'un homme qui avait été si longtemps épris de Mathilde que le phrénologue américain n'eût point cherché à l'attitude de Larsan d'autre explication que celle d'un amour furieux et sans espoir. Quant à Mrs. Edith, je me rendis bientôt parfaitement compte que les raisons du drame du Glandier ne lui semblaient point aussi simples que voulait bien le dire son mari. Pour qu'elle pensât comme celui-ci, il eût fallu qu'elle éprouvât pour Mathilde un enthousiasme approchant de celui d'Arthur Rance et, bien au contraire, toute son attitude, que j'observais à loisir, sans qu'elle s'en doutât, disait :

« Mais, enfin ! qu'a donc cette femme de si étonnant pour avoir inspiré des sentiments aussi chevaleresques, aussi criminels à des cœurs d'hommes, pendant de si longues années ?... Eh quoi ! la voilà donc cette femme pour laquelle, policier, on tue ; pour laquelle, sobre, on s'enivre ; et pour laquelle on se fait condamner, innocent ? Qu'a-t-elle de plus que moi qui n'ai su que me faire platement épouser par un mari que je n'aurais jamais eu si elle ne l'avait pas repoussé ? Oui, qu'a-t-elle ? Elle n'a même plus la jeunesse ! Et cependant, mon mari m'oublie pour la regarder encore ! »

Voilà ce que je lus dans les yeux de Mrs. Edith qui regardait son mari regarder Mathilde. Ah ! les yeux noirs de la douce, de la langoureuse Mrs. Edith !

Je me félicite de ces présentations nécessaires que je viens de faire au lecteur. Il est bon qu'il sache les sentiments qui habitent le cœur de chacun, dans le moment que chacun va avoir un rôle à jouer dans l'étrange et inouï drame qui se prépare dans l'ombre, dans l'ombre qui enveloppe le fort d'Hercule. Et encore, je n'ai rien dit du vieux Bob, ni du prince Galitch, mais leur tour, n'en doutez point, viendra. C'est que j'ai pris comme règle, dans une affaire aussi considérable, de ne peindre choses et gens qu'au fur et à mesure de leur apparition au cours des événements. Ainsi le lecteur passera par toutes les alternatives, que quelques-uns de nous ont connues, d'angoisse et de paix, de mystère et de clarté, d'incompréhension et de compréhension ! Tant mieux si la lumière définitive se fait dans l'esprit du lecteur avant l'heure où elle m'est apparue. Comme il disposera, ni plus ni moins, des mêmes moyens que nous pour voir clair, il se sera prouvé à lui-même qu'il jouit d'un cerveau digne du crâne de Rouletabille.

Nous achevâmes ce premier repas sans avoir revu notre jeune ami et nous nous levâmes de table sans nous communiquer le fond de notre pensée qui était des plus troubles. Mathilde s'enquit immédiatement de Rouletabille quand elle fut sortie de la Louve, et je l'accompagnai jusqu'à l'entrée du fort. M. Darzac et Mrs. Edith nous suivaient. M. Stangerson avait pris congé de nous. Arthur Rance, qui avait un instant disparu, vint nous rejoindre comme nous arrivions sous la voûte. La nuit était claire, toute illuminée de lune. Cependant, on avait allumé des lanternes sous la voûte qui retentissait de grands coups sourds. Et nous entendîmes la voix de Rouletabille qui encourageait ceux qui l'entouraient : « Allons ! encore un effort ! » disait-il, et des voix, après la sienne, se mettaient à haleter comme font les marins qui halent les barques sur la jetée, à l'entrée des ports. Enfin, un grand tumulte nous emplit les oreilles. On se serait cru dans une cloche. C'étaient les deux vantaux de l'énorme porte de fer qui venaient de se rejoindre pour la première fois, depuis plus de cent ans.

Mrs. Edith s'étonna de cette manœuvre de la dernière heure et demanda ce qu'était devenue la grille qui faisait jusqu'alors fonction de porte. Mais Arthur Rance lui saisit le bras et elle comprit qu'elle n'avait qu'à se taire, ce qui ne l'empêcha point de murmurer : « Vraiment, ne dirait-on pas que nous allons subir un siège ? »

Mais Rouletabille entraînait déjà tout notre groupe dans la baille, et nous annonçait, en riant, que, si nous avions par hasard le désir d'aller faire un tour en ville, il fallait pour ce soir-là y renoncer, attendu que ses ordres étaient donnés et que nul ne pouvait plus sortir du château, ni y entrer. Le père Jacques, ajouta-t-il, toujours en affectant de plaisanter, était chargé par lui d'exécuter la consigne et chacun savait qu'il était impossible de séduire ce vieux serviteur. C'est ainsi que j'appris que le père Jacques, que j'avais connu au Glandier, avait accompagné le professeur Stangerson à qui il servait de valet de chambre. La veille, il avait couché dans un petit cabinet de la Louve, attenant à la chambre de son maître, mais Rouletabille avait changé tout cela, et c'était le père Jacques, maintenant, qui avait pris la place des concierges dans la tour A.

« Mais où sont les Bernier ? demanda Mrs. Edith, intriguée.

– Ils sont déjà installés dans la Tour Carrée, dans la chambre d'entrée, à gauche ; ils serviront de concierges à la Tour Carrée !... répondit Rouletabille.

– Mais la Tour Carrée n'a pas besoin de concierges ! s'écria Mrs. Edith, dont l'ahurissement était sans bornes.

– C'est ce que nous ne savons pas, madame », répliqua le reporter sans explication.

Mais il prit à part Mr Arthur Rance et lui fit comprendre qu'il devait mettre sa femme au courant de la réapparition de Larsan. Si l'on prétendait cacher la vérité plus longtemps à M. Stangerson, on ne pouvait guère y parvenir sans l'aide intelligente de Mrs. Edith. Enfin, il était bon que chacun, désormais, au fort d'Hercule, fût préparé à tout, autrement dit, *ne fût surpris par rien !*

Là-dessus, il nous fit traverser la baille et nous nous trouvâmes à la poterne du jardinier. J'ai dit que cette poterne H commandait l'entrée de la seconde cour ; mais il y avait beau temps qu'à cet endroit le fossé avait été comblé. Autrefois, il y avait là un pont-levis. Rouletabille, à notre grande stupéfaction, déclara que le lendemain il ferait dégager le fossé et rétablir le pont-levis !

Dans le moment même, il s'occupait de faire fermer, par les gens du château, cette poterne par une sorte de porte de fortune en attendant mieux, faite de planches et de vieux bahuts que l'on avait sortis de la bâtisse du jardinier. Ainsi, le château se barricadait et Rouletabille était seul maintenant à en rire tout haut ; car Mrs. Edith, mise rapidement au courant par son mari, ne disait plus rien, se contentant de s'amuser *in petto* prodigieusement de ces visiteurs qui transformaient son vieux château fort en place imprenable parce qu'ils redoutaient l'approche d'un homme, d'un seul homme !... C'est que Mrs. Edith ne connaissait point cet homme-là et qu'elle n'avait pas passé par le Mystère de la Chambre Jaune ! Quant aux autres – et Arthur Rance lui-même était de ceux-là – ils trouvaient tout naturel et absolument raisonnable que Rouletabille les fortifiât contre l'inconnu, contre le mystère, contre l'invisible, contre ce on ne savait quoi qui rôdait dans la nuit, autour du fort d'Hercule !

À cette poterne, Rouletabille n'avait placé personne, car il se réservait ce poste, cette nuit-là, pour lui-même. De là, il pouvait surveiller et la première et la seconde cour. C'était un point stratégique qui commandait tout le château. On ne pouvait parvenir du dehors jusqu'aux Darzac qu'en passant d'abord par le père Jacques, en A, par Rouletabille en H, et par le ménage Bernier qui veillait sur la porte K de la Tour Carrée. Le jeune homme avait décidé que les veilleurs désignés ne se coucheraient pas. Comme nous passions près du puits de la Cour du Téméraire, je vis à la clarté de la lune qu'on avait dérangé la planche circulaire qui le fermait. Je vis aussi, sur la margelle, un seau attaché à une corde. Rouletabille m'expliqua qu'il avait voulu savoir si ce vieux puits correspondait avec la mer et qu'il y avait puisé une eau absolument douce, preuve que cette eau n'avait aucune relation avec l'élément salé. Il fit quelques pas alors avec Mme Darzac qui prit aussitôt congé de nous et entra dans la Tour Carrée. M. Darzac, sur la prière de Rouletabille, resta avec nous, ainsi qu'Arthur Rance. Quelques phrases d'excuses à l'adresse de Mrs. Edith firent comprendre à celle-ci qu'on la priait poliment de s'aller coucher, ce qu'elle fit d'une grâce assez nonchalante et en saluant Rouletabille d'un ironique : « Bonsoir, monsieur le capitaine ! »

Quand nous fûmes seuls, entre hommes, Rouletabille nous entraîna vers la poterne, dans la petite chambre du jardinier ; c'était une pièce fort obscure, basse de plafond, où l'on se trouvait merveilleusement blottis pour voir sans être vus. Là, Arthur Rance, Robert Darzac, Rouletabille et moi, dans la nuit, sans même avoir allumé une lanterne, nous tînmes notre premier conseil de guerre. Ma foi, je ne saurais quel autre nom donner à cette réunion d'hommes effarés, réfugiés derrière les pierres de ce vieux château guerrier.

« Nous pouvons tranquillement délibérer ici, commença Rouletabille ; personne ne nous entendra et nous ne serons surpris par personne. Si l'on parvenait à franchir la première porte gardée par le père Jacques sans qu'il s'en aperçût, nous serions immédiatement avertis par l'avant-poste que j'ai établi au milieu même de la baille, dissimulé dans les ruines de la chapelle. Oui, j'ai placé là votre jardinier, Mattoni, Monsieur Rance. Je crois, à ce qu'on m'a dit, qu'on peut être sûr de cet homme ? Dites-moi, je vous prie, votre avis ?... »

J'écoutais Rouletabille avec admiration. Mrs. Edith avait raison. C'était vrai qu'il s'improvisait notre capitaine et voilà que, d'emblée, il prenait toutes dispositions susceptibles d'assurer la défense de la place. Certes ! j'imagine qu'il n'avait point envie de la rendre, à n'importe quel prix, et qu'il était parfaitement disposé à se faire sauter en notre compagnie, plutôt que de capituler. Ah ! le brave petit gouverneur de place que c'était là ! Et, en vérité, il fallait être tout à fait brave pour entreprendre de défendre le fort d'Hercule contre Larsan, plus brave que s'il se fût agi de mille assiégeants, comme il arriva à l'un des comtes de la Mortola qui n'eût, pour débarrasser la place, qu'à faire donner grosses pièces, couleuvrines et bombardes et puis à charger l'ennemi déjà à moitié défait par le feu bien dirigé d'une artillerie qui était l'une des plus perfectionnées de l'époque. Mais là, aujourd'hui, qui avions-nous à combattre ? Des ténèbres ! Où était l'ennemi ? Partout et nulle part ! Nous ne pouvions ni viser, ne sachant où était le but, ni encore moins prendre l'offensive, ignorant où il fallait porter nos coups ? Il ne nous restait qu'à nous garder, à nous enfermer, à veiller et à attendre !

Mr Arthur Rance ayant déclaré à Rouletabille qu'il répondait de son jardinier Mattoni, notre jeune homme, sûr désormais d'être couvert de ce côté, prit son temps pour nous expliquer d'abord d'une façon générale la situation. Il alluma sa pipe, en tira trois ou quatre bouffées rapides et dit :

« Voilà ! Pouvons-nous espérer que Larsan, après s'être montré si insolemment à nous, sous nos murs, comme pour nous braver, comme pour nous défier, s'en tiendra à cette manifestation platonique ? Se contentera-t-il d'un succès moral qui aura porté le trouble, la terreur et le découragement dans une partie de la garnison ? Et disparaîtra-t-il ? Je ne le pense pas, à vrai dire. D'abord, parce que ce n'est point dans son caractère essentiellement combatif, et qui ne se satisfait pas avec des demi-succès, ensuite parce que rien ne le force à disparaître ! Songez qu'il peut tout contre nous, mais que nous ne pouvons rien contre lui, que nous défendre et frapper, si nous le pouvons, quand il le voudra bien ! Nous n'avons, en effet, aucun secours à attendre du dehors. Et il le sait bien ; c'est ce qui le fait si audacieux et si tranquille ! Qui pouvons-nous appeler à notre aide ?

– Le procureur ! » fit, avec une certaine hésitation, Arthur Rance, car il pensait bien que, si cette hypothèse n'avait pas été encore envisagée par Rouletabille, c'est qu'il devait y avoir quelque obscure raison à cela.

Rouletabille considéra son hôte avec un air de pitié qui n'était point non plus exempt de reproche. Et il dit, d'un ton glacé qui renseigna définitivement Arthur Rance sur la maladresse de sa proposition :

« Vous devriez comprendre, monsieur, que je n'ai point, à Versailles, sauvé Larsan de la justice française, pour le livrer, aux Rochers Rouges, à la justice italienne. »

Mr Arthur Rance, qui ignorait, comme je l'ai dit, le premier mariage de la fille du professeur Stangerson, ne pouvait mesurer, comme nous, toute l'impossibilité où nous étions de révéler l'existence de Larsan sans déchaîner, surtout depuis la cérémonie de Saint-Nicolas-du-Chardonnet, le pire des scandales et la plus redoutable des catastrophes ; mais certains incidents inexpliqués du procès de Versailles avaient dû suffisamment le frapper pour qu'il fût à même de saisir que nous redoutions par-dessus tout d'intéresser à nouveau le public à ce que l'on avait appelé *Le Mystère de Mademoiselle Stangerson*.

Il comprit ce soir-là, mieux que jamais, que Larsan nous tenait par un de ces secrets terribles qui décident de l'honneur ou de la mort des gens, en dehors de toutes les magistratures de la terre.

Il s'inclina donc devant M. Robert Darzac, sans plus dire un mot ; mais ce salut signifiait de toute évidence que Mr Arthur Rance était prêt à combattre pour la cause de Mathilde comme un noble chevalier qui s'inquiète peu des raisons de la bataille, du moment qu'il meure pour sa belle. Du moins, j'interprétai ainsi son geste, persuadé que l'Américain, malgré son récent mariage, était loin d'avoir oublié son ancienne passion.

M. Darzac dit :

« Il faut que cet homme disparaisse, mais en silence, soit qu'on le réduise à merci, soit qu'on passe avec lui un traité de paix, soit qu'on le tue !... Mais la première condition de sa disparition est le secret à garder sur sa réapparition. Surtout, je me ferai l'interprète de Mme Darzac en vous priant de tout faire au monde pour que M. Stangerson ignore que nous sommes menacés encore des coups de ce bandit !

– Les désirs de Mme Darzac sont des ordres, répliqua Rouletabille. M. Stangerson ne saura rien !... »

On s'occupa ensuite de la situation faite aux domestiques et de ce qu'on pouvait attendre d'eux. Heureusement, le père Jacques et les

Bernier étaient déjà à demi dans le secret des choses et ne s'étonneraient de rien. Mattoni était assez dévoué pour obéir à Mrs. Edith *sans comprendre*. Les autres ne comptaient pas. Il y avait bien encore Walter, le domestique du vieux Bob, mais il avait accompagné son maître à Paris et ne devait revenir qu'avec lui.

Rouletabille se leva, échangea par la fenêtre un signe avec Bernier qui se tenait debout sur le seuil de la Tour Carrée et revint s'asseoir au milieu de nous.

« Larsan ne doit pas être loin, dit-il. Pendant le dîner, j'ai fait une reconnaissance autour de la place. Nous disposons, au-delà de la porte Nord, d'une défense naturelle et sociale merveilleuse et qui remplace avantageusement l'ancienne barbacane du château. Nous avons là, à cinquante pas, du côté de l'Occident, les deux postes frontières des douaniers français et italiens dont l'inexorable vigilance peut nous être d'un grand secours. Le père Bernier est tout à fait bien avec ces braves gens et je suis allé avec lui les interroger. Le douanier italien ne parle que l'italien, mais le douanier français parle les deux langues, plus le jargon du pays, et c'est ce douanier (qui s'appelle, m'a dit Bernier, Michel) qui nous a servi de truchement général. Par son intermédiaire, nous avons appris que nos deux douaniers s'étaient intéressés à la manœuvre insolite, autour de la presqu'île d'Hercule, de la petite barque de Tullio, surnommé *Le Bourreau de la Mer*. Le vieux Tullio est une des anciennes connaissances de nos douaniers. C'est le plus habile contrebandier de la côte. Il traînait, ce soir, dans sa barque, un individu que les douaniers n'avaient jamais vu. La barque, Tullio et l'inconnu ont disparu du côté de la pointe de Garibaldi. J'y suis allé avec le père Bernier, et, pas plus que M. Darzac qui y était allé précédemment, nous n'avons rien aperçu. Cependant Larsan a dû débarquer... J'en ai comme le pressentiment. Dans tous les cas, je suis sûr que la barque de Tullio a abordé près de la pointe de Garibaldi...

— Vous en êtes sûr ? s'écria M. Darzac.

— À cause de quoi en êtes-vous sûr ? demandai-je.

— Bah ! fit Rouletabille, elle a laissé encore la trace de sa proue dans le galet du rivage et, en abordant, elle a fait tomber de son bord le réchaud à pommes de pin que j'ai retrouvé et que les douaniers ont reconnu, réchaud qui sert à Tullio à éclairer les eaux quand il pêche la pieuvre, par les nuits calmes.

— Larsan est certainement descendu ! reprit M. Darzac... Il est aux Rochers Rouges !...

– En tout cas, si la barque l'a laissé aux Rochers Rouges, il n'en est point revenu, fit Rouletabille. Les deux postes des douaniers sont placés sur le chemin étroit qui conduit des Rochers Rouges en France, de telle sorte que nul n'y peut passer de jour ou de nuit sans en être aperçu. Vous savez, d'autre part, que les Rochers Rouges forment cul-de-sac et que le sentier s'arrête devant ces rochers, à trois cents mètres environ de la frontière. Le sentier passe entre les rochers et la mer. Les rochers sont à pic et constituent une falaise d'une soixantaine de mètres de hauteur.

– Certes ! fit Arthur Rance, qui n'avait encore rien dit, et qui semblait très intrigué, il n'a pu escalader la falaise.

– Il se sera caché dans les grottes, observa Darzac ; il y a dans la falaise des poches profondes.

– Je l'ai pensé ! dit Rouletabille. Aussi, moi, je suis retourné tout seul aux Rochers Rouges, après avoir renvoyé le père Bernier.

– C'était imprudent, remarquai-je.

– C'était par prudence ! corrigea Rouletabille. J'avais des choses à dire à Larsan, que je ne tenais point à faire savoir à un tiers... Bref, je suis retourné aux Rochers Rouges ; devant les grottes, j'ai appelé Larsan.

– Vous l'avez appelé ! s'écria Arthur Rance.

– Oui ! je l'ai appelé dans la nuit commençante, j'ai agité mon mouchoir, comme font les parlementaires avec leur drapeau blanc. Mais est-ce qu'il ne m'a point entendu ? Est-ce qu'il n'a point vu mon drapeau ?... Il n'a pas répondu.

– Il n'était peut-être plus là, hasardai-je.

– Je n'en sais rien !... J'ai entendu du bruit dans une grotte !...

– Et vous n'y êtes pas allé ? demanda vivement Arthur Rance.

– Non ! répondit simplement Rouletabille, mais vous pensez bien, n'est-ce pas ? que ce n'est point parce que j'ai peur de lui...

– Courons-y ! nous écriâmes-nous tous, en nous levant d'un même mouvement, et qu'on en finisse une bonne fois !

– Je crois, fit Arthur Rance, que nous n'avons jamais eu une meilleure occasion de joindre Larsan. Eh ! nous ferons bien de lui ce que nous voudrons, au fond des Rochers Rouges ! »

Darzac et Arthur Rance étaient déjà prêts ; j'attendais ce qu'allait dire Rouletabille. D'un geste il les calma et les pria de se rasseoir...

« Il faut réfléchir à ceci, fit-il, que Larsan n'aurait pas agi autrement qu'il ne l'a fait, s'il avait voulu nous attirer ce soir dans les grottes des Rochers Rouges. Il se montre à nous, il débarque presque sous nos yeux à la pointe de Garibaldi, il nous eût crié en passant sous nos fenêtres : « Vous savez, je suis aux Rochers Rouges ! Je vous attends ! Venez-y !... » qu'il n'aurait peut-être pas été plus explicite ni plus éloquent !

— Vous êtes allé aux Rochers Rouges, repartit Arthur Rance, qui s'avoua, du reste, profondément touché par l'argument de Rouletabille... et il ne s'est pas montré. Il s'y cache, méditant quelque crime abominable pour cette nuit... Il faut le déloger de là.

— Sans doute, répliqua Rouletabille, ma promenade aux Rochers Rouges n'a produit aucun résultat, parce que j'y suis allé seul... mais que nous y allions tous et nous pourrons trouver un résultat à notre retour...

— À notre retour ? interrogea Darzac, qui ne comprenait pas.

— Oui, expliqua Rouletabille, à notre retour au château où nous aurons laissé Mme Darzac toute seule ! Et où nous ne la retrouverions peut-être plus !... Oh ! ajouta-t-il, dans le silence général, ce n'est là qu'une hypothèse. En ce moment, il nous est défendu de raisonner autrement que par hypothèse... »

Nous nous regardions tous, et cette hypothèse nous accablait. Évidemment, sans Rouletabille, nous allions peut-être faire une grosse bêtise, nous allions peut-être à un désastre...

Rouletabille s'était levé, pensif.

« Au fond, finit-il par dire, nous n'avions rien de mieux à faire pour cette nuit, que de nous barricader. Oh ! barricade provisoire, car je veux que la place soit mise en état de défense absolue dès demain. J'ai fait fermer la porte de fer et je la fais garder par le père Jacques. J'ai mis Mattoni en sentinelle dans la chapelle. J'ai rétabli ici un barrage, sous la poterne, le seul point vulnérable de la seconde enceinte et je garderai moi-même ce barrage. Le père Bernier veillera toute la nuit à la porte de la Tour Carrée, et la mère Bernier, qui a de très bons yeux, et à laquelle j'ai fait encore donner une lunette marine, restera jusqu'au matin sur la plate-forme de la tour. Sainclair s'installera dans le petit pavillon de feuilles de palmier, sur la terrasse de la Tour Ronde. Du haut de cette terrasse, il surveillera, avec moi du reste, toute la seconde cour et les boulevards et parapets. Mrs. Arthur Rance et M. Robert Darzac se rendront dans la baille et devront se promener jusqu'à l'aurore, le premier sur le boulevard de l'Ouest, le second sur celui de l'Est, boulevards qui bornent la première cour du côté de la mer. Le service sera dur cette nuit, parce que nous ne sommes pas encore organisés. Demain nous dresserons un état de notre petite garnison et des domestiques sûrs, dont nous pouvons disposer en toute sécurité. S'il y a des domestiques douteux, on les fera sortir de la place. Vous apporterez ici, dans cette poterne, en cachette, toutes les armes dont vous pouvez disposer, fusils, revolvers. On se les partagera suivant les besoins du service de garde. La consigne est de tirer sur tout individu qui ne répond pas au *qui vive !* et qui ne vient pas se faire reconnaître. Il n'y a point de mot de passe, c'est inutile. Pour passer, il suffira de crier son nom et de faire voir son visage. Du reste, il n'y aura que nous qui aurons le droit de passer. Dès demain matin, je ferai dresser, à l'entrée intérieure de la porte Nord, la grille qui fermait jusqu'à ce soir son entrée extérieure, – entrée qui est close, désormais, par la porte de fer ; et, dans la journée, les fournisseurs ne pourront franchir la voûte au-delà de la grille : ils déposeront leur marchandise dans la petite loge de la tour où j'ai gîté le père Jacques. À sept heures, tous les soirs, la porte de fer sera fermée. Demain matin, également, Mr Arthur Rance donnera des ordres pour faire venir menuisiers, maçons et charpentiers. Tout ce monde sera compté et ne devra, sous aucun prétexte, franchir la poterne de la seconde enceinte ; tout ce monde sera également compté avant sept heures du soir, heure à laquelle devra avoir lieu le départ des ouvriers, au plus tard. Dans cette journée, les ouvriers devront entièrement achever leur travail, qui consistera à me fabriquer une porte pour ma poterne, à réparer une légère brèche du mur qui joint le Château Neuf à la Tour du Téméraire, et une autre petite brèche, qui se trouve située près de l'ancienne Tour Ronde de coin (B sur le plan) qui défend l'angle nord-ouest de la baille. Après quoi, je serai tranquille, et Mme Darzac, à laquelle je défends de quitter le château jusqu'à nouvel ordre, étant ainsi en sûreté, je pourrai tenter une sortie et partir en reconnaissance sérieuse à la recherche du camp de Larsan. Allons, Mister Arthur Rance, aux armes ! Allez me chercher les armes dont vous disposez ce soir... Moi, j'ai prêté mon revolver au père Bernier, qui se promènera devant la porte de l'appartement de Mme Darzac... »

Quiconque eût ignoré les événements du Glandier et aurait entendu un pareil langage dans la bouche de Rouletabille n'aurait point manqué de traiter de fous et celui qui le tenait, et ceux qui l'écoutaient ! Mais, je le répète, si celui-là avait vécu la nuit de *la galerie inexplicable*, et la nuit du *cadavre incroyable*, il aurait fait comme moi : il eût chargé son revolver, et attendu le jour sans faire le malin !

VIII

Quelques pages historiques sur Jean Roussel-Larsan-Ballmeyer.

Une heure plus tard, nous étions tous à notre poste et nous faisions les cent pas, le long des parapets, sous la lune, examinant attentivement la terre, le ciel et les eaux et écoutant avec anxiété les moindres bruits de la nuit, la respiration de la mer, le vent du large qui commença à chanter vers trois heures du matin. Mrs. Edith, qui s'était levée, vint alors rejoindre Rouletabille sous sa poterne. Celui-ci m'appela, me donna la garde de la poterne et de Mrs. Edith et s'en fut faire une ronde. Mrs. Edith était de la plus charmante humeur du monde. Le sommeil lui avait fait du bien et elle semblait s'amuser follement de la figure blafarde qu'elle venait de trouver à son mari auquel elle avait porté un verre de whisky.

« Oh ! c'est très amusant ! me disait-elle en frappant dans ses petites mains. C'est très amusant !... Ce Larsan, comme je voudrais le connaître !... »

Je ne pus m'empêcher de frissonner en entendant un pareil blasphème. Décidément, il y a de petites âmes romanesques qui ne doutent de rien, et qui, dans leur inconscience, insultent au destin. Ah ! la malheureuse, si elle s'était doutée !

Je passai deux heures charmantes avec Mrs. Edith à lui raconter d'affreuses histoires sur Larsan, toutes *historiques*. Et, puisque l'occasion s'en présente, je me permettrai de faire connaître au lecteur historiquement, si je puis me servir ici d'une expression qui rend parfaitement ma pensée, ce type de Larsan-Ballmeyer, dont certains, à l'occasion du rôle inouï que je lui attribuai dans *Le Mystère de la Chambre Jaune*, ont pu mettre l'existence en doute. Comme ce rôle atteint, dans *Le Parfum de la Dame en noir*, à des hauteurs que quelques-uns pourraient juger inaccessibles, j'estime qu'il est de mon devoir de préparer l'esprit du lecteur à admettre en fin de compte que je ne suis que le vulgaire rapporteur d'une affaire unique dans le monde, et que je n'invente rien. Au surplus, Rouletabille, dans le cas où j'aurais la sotte prétention d'ajouter à une aussi prodigieuse et naturelle histoire quelque ornement imaginaire, s'y opposerait et me dirait mon fait, raide comme balle. Des intérêts trop considérables sont en jeu et le fait d'une telle publication doit entraîner de trop redoutables conséquences pour que je ne m'astreigne point à une narration sévère, un peu sèche et méthodique. Je renverrai donc ceux qui pourraient croire à quelque roman policier – l'abominable mot a été prononcé – au procès de Versailles. Maîtres Henri-Robert et André Hesse, qui plaidaient pour M. Robert Darzac, firent entendre là d'admirables plaidoiries qui ont été sténographiées et dont, certainement, ils ont dû conserver quelque copie. Enfin, il ne faut pas oublier que, bien avant que le destin ne mît aux prises Larsan-Ballmeyer et Joseph Rouletabille, l'élégant bandit avait donné une rude besogne aux chroniqueurs judiciaires. Nous n'avons qu'à ouvrir la *Gazette des Tribunaux* et à parcourir les comptes rendus des grands quotidiens, le jour où Ballmeyer fut condamné par la Cour d'assises de la Seine à dix ans de travaux forcés, pour être renseignés sur le type. Alors, on comprendra qu'il n'y a plus rien à inventer sur un homme quand on peut raconter une pareille histoire ; et ainsi le lecteur, connaissant désormais « son genre », c'est-à-dire sa façon d'opérer et son audace sans seconde, se gardera de sourire quand Joseph Rouletabille, prudemment, entre Ballmeyer-Larsan et Mme Darzac, jettera un pont-levis.

M. Albert Bataille, du *Figaro*, qui a publié les admirables *Causes criminelles et mondaines*, a consacré de bien intéressantes pages à Ballmeyer.

Ballmeyer avait eu une enfance heureuse. Il n'est point arrivé à l'escroquerie, comme tant d'autres, après avoir parcouru les dures étapes de la misère. Fils d'un riche commissionnaire de la rue Molay, il aurait pu rêver d'autres destinées ; mais sa vocation, c'était la mainmise sur l'argent d'autrui. Tout jeune, il se destina à l'escroquerie comme d'autres se destinent à l'École des Mines. Son début fut un coup de génie. L'histoire est incroyable – Ballmeyer subtilisant une lettre chargée adressée à la maison de son père, puis prenant le train pour Lyon, avec l'argent volé, et écrivant à l'auteur de ses jours :

« Monsieur, je suis un ancien militaire retraité et médaillé. Mon fils, commis des postes, a, pour payer une dette de jeu, soustrait, dans le bureau ambulant, une lettre à votre adresse. J'ai réuni la famille ; d'ici à quelques jours nous pourrons parfaire la somme nécessaire au remboursement. Vous êtes père : ayez pitié d'un père ! Ne brisez pas tout un passé d'honneur ! »

M. Ballmeyer père accorda noblement des délais. Il attend encore le premier acompte ou plutôt il ne l'attend plus, le procès lui ayant appris, après dix années, quel était le vrai coupable.

Ballmeyer, rapporte M. Albert Bataille, semble avoir reçu de la nature tous les attributs qui constituent l'escroc de race : une prodigieuse variété d'esprit, le don de persuader les naïfs, le souci de la mise en scène et du détail, *le génie du travestissement*, la précaution infinie, à ce point qu'il faisait marquer son linge à des initiales appropriées toutes les fois qu'il jugeait utile de changer de nom. Mais, ce qui le caractérise surtout, c'est, en dehors d'aptitudes étonnantes pour l'évasion, une coquetterie de fraude, d'ironie, de défi à la justice ; c'est le plaisir malin de dénoncer lui-même au parquet de prétendus coupables, sachant combien le magistrat s'attarde par tempérament aux fausses pistes.

Cette joie de mystifier les juges apparaît dans tous les actes de sa vie. Au régiment, Ballmeyer vole la caisse de sa compagnie : il accuse le capitaine-trésorier. Il commet un vol de quarante mille francs au préjudice de la maison Furet, et, aussitôt, il dénonce au juge d'instruction M. Furet comme s'étant volé lui-même.

L'affaire Furet restera longtemps célèbre dans les fastes judiciaires, sous cette rubrique désormais classique : « le coup du téléphone ». La science appliquée à l'escroquerie n'a encore rien donné de mieux.

Ballmeyer soustrait une traite de mille six cents livres sterling dans le courrier de MM. Furet frères, négociants commissionnaires, rue Poissonnière, qui l'ont laissé s'installer dans leurs bureaux.

Il se rend rue Poissonnière, dans la maison de M. Furet, et, contrefaisant la voix de M. Edmond Furet, demande par téléphone à M. Cohen, banquier, s'il serait disposé à escompter la traite. M. Cohen répond affirmativement et, dix minutes plus tard, Ballmeyer, après avoir coupé le fil téléphonique pour prévenir un contre-ordre ou des demandes d'explications, fait toucher l'argent par un compère, un nommé Rivard, qu'il a connu naguère aux bataillons d'Afrique, où de fâcheuses histoires de régiment les avaient fait expédier l'un et l'autre.

Il prélève la part du lion ; puis il court au parquet pour dénoncer Rivard et, comme je le disais, le volé, M. Edmond Furet lui-même !...

Une confrontation épique a lieu dans le cabinet de M. Espierre, le juge d'instruction chargé de l'affaire.

« Voyons, mon cher Furet, dit Ballmeyer au négociant ahuri, je suis désolé de vous accuser, mais vous devez la vérité à la justice. C'est une affaire qui ne tire pas à conséquence : avouez donc ! Vous avez eu besoin de quarante mille francs pour liquider une petite dette au salon des courses, et vous les avez fait payer à votre maison. C'est vous qui avez téléphoné.

– Moi ! moi ! balbutiait M. Edmond Furet, anéanti.

– Avouez donc, vous savez bien qu'on a reconnu votre voix. »

Le malheureux volé coucha bel et bien à Mazas pendant huit jours et la police fournit sur lui un rapport épouvantable ; si bien que M. Cruppi, alors avocat général, aujourd'hui ministre du Commerce, dut présenter à M. Furet les excuses de la justice. Quant à Rivard, il était condamné par contumace à vingt ans de travaux forcés !

On pourrait raconter vingt traits de ce genre sur Ballmeyer. En vérité, à ce moment-là, avant de s'adonner au drame, il jouait la comédie, et quelle comédie ! Il faut connaître tout au long l'histoire d'une de ses évasions. Rien de plus prodigieusement comique que l'aventure de ce prisonnier rédigeant un long mémoire insipide, uniquement pour pouvoir l'étaler sur la table du juge, M. Villers, et, en bouleversant les imprimés, jeter un coup d'œil sur la formule des ordres de mises en liberté.

Rentré à Mazas, le filou écrivit une lettre signée « Villers », dans laquelle, selon la formule surprise, M. Villers priait le directeur de la prison de mettre le détenu Ballmeyer en liberté sur-le-champ. Mais il manquait au papier le timbre du juge.

Ballmeyer ne s'embarrassa pas pour si peu. Il reparut le lendemain à l'instruction, dissimulant sa lettre dans sa manche, protesta de son innocence, feignit une grande colère, et, en gesticulant avec le cachet déposé sur la table, il fit tout à coup tomber l'encrier sur le pantalon bleu du garde qui l'accompagnait.

Pendant que le pauvre Pandore, entouré du magistrat et du greffier, qui compatissaient à son malheur, épongeait tristement son « numéro un », Ballmeyer profitait de l'inattention générale pour appliquer un fort coup de tampon sur l'ordre de mise en liberté et se confondait à son tour en excuses.

Le tour était joué. L'escroc sortit en jetant négligemment le papier signé et timbré aux gardes de la souricière.

« À quoi donc pense M. Villers, fit-il, de me faire porter ses papiers ! Me prend-il pour son domestique ? »

Les gardes ramassèrent précieusement l'imprimé, et le brigadier de service le fit porter à son adresse, à Mazas. C'était l'ordre de mettre sur-le-champ en liberté le nommé Ballmeyer. Le soir même, Ballmeyer était libre.

C'était sa seconde évasion. Arrêté pour le vol Furet, il s'était échappé une première fois en passant la jambe et en jetant du poivre au garde qui l'amenait au dépôt, et le soir même il assistait, cravaté de blanc, à une première de la Comédie-Française. Déjà, à l'époque où il avait été condamné par le conseil de guerre à cinq ans de travaux publics pour avoir volé la caisse de sa compagnie, il avait failli sortir du Cherche-Midi en se faisant enfermer par ses camarades dans un sac de papiers de rebut. Un contre-appel imprévu fit échouer ce plan si bien conçu.

... Mais on n'en finirait point s'il fallait raconter ici les étonnantes aventures du premier Ballmeyer.

Tour à tour comte de Maupas, vicomte Drouet d'Erlon, comte de Motteville, comte de Bonneville, élégant, beau joueur, faisant la mode, il parcourt les plages et les villes d'eaux : Biarritz, Aix-les-Bains, Luchon, perdant au cercle jusqu'à dix mille francs dans sa soirée, entouré de jolies femmes qui se disputent ses sourires ; car cet escroc émérite est doublé d'un séducteur. Au régiment, il avait fait la conquête, platonique heureusement, de la fille de son colonel !... Connaissez-vous le *type* maintenant ?

Eh bien, c'est cet homme que Joseph Rouletabille allait combattre !

Je crus bien, ce soir-là, avoir suffisamment édifié Mrs. Edith sur la personnalité du célèbre bandit. Elle m'écoutait dans un silence qui finit par m'impressionner et alors, me penchant sur elle, je m'aperçus qu'elle dormait. Cette attitude aurait pu ne point me donner une grande idée de cette petite personne. Mais, comme elle me permit de la contempler à loisir, il en résulta au contraire pour moi des sentiments que je voulus plus tard en vain chasser de mon cœur.

La nuit se passa sans surprise. Quand le jour arriva, je le saluai avec un grand soupir de soulagement. Tout de même Rouletabille ne me permit de m'aller coucher qu'à huit heures du matin quand il eut réglé son service de jour. Il était déjà au milieu des ouvriers qu'il avait fait venir et qui travaillaient activement à la réparation de la brèche de la tour B. Les travaux furent menés si judicieusement et si promptement que le château fort d'Hercule se trouva le soir même aussi hermétiquement clos dans la nature, avec toutes ses enceintes, qu'il l'est linéairement parlant sur le papier. Assis sur un gros moellon, ce matin-là, Rouletabille commençait déjà à dessiner sur son calepin le plan que j'ai soumis au lecteur, et il me disait, cependant que, fatigué de ma nuit, je faisais des efforts ridicules pour ne point fermer les yeux :

« Voyez-vous, Sainclair ! Les imbéciles vont croire *que je me fortifie pour me défendre*. Eh bien, ce n'est là qu'une pauvre partie de la vérité : *car je me fortifie surtout pour raisonner*. Et, si je bouche des brèches, c'est moins pour que Larsan ne puisse s'y introduire que pour épargner à ma raison l'occasion d'une *fuite* ! Par exemple, je ne pourrais raisonner dans une forêt ! Comment voulez-vous raisonner dans une forêt ? La raison fuit de toutes parts, dans une forêt ! Mais dans un château fort bien clos ! Mon ami, c'est comme dans un coffre-fort bien fermé : si vous êtes dedans, et que vous ne soyez point fou, *il faut bien que votre raison s'y retrouve !*

– Oui, oui ! répétai-je en branlant la tête, il faut bien que votre raison s'y retrouve !...

– Eh bien, là-dessus, me fit-il, allez vous coucher, mon ami, car vous dormez tout debout.

IX

Arrivée inattendue du « vieux Bob ».

Quand on vint frapper à ma porte, vers onze heures du matin, cependant que la voix de la mère Bernier me transmettait l'ordre de Rouletabille de me lever, je me précipitai à ma fenêtre. La rade était d'une splendeur sans pareille et la mer d'une transparence telle que la lumière du soleil la traversait comme elle eût fait d'une glace sans tain, de telle sorte qu'on apercevait les rochers, les algues et la mousse et tout le fond maritime, comme si l'élément aquatique eût cessé de les recouvrir. La courbe harmonieuse de la rive mentonaise enfermait cette onde pure dans un cadre fleuri. Les villas de Garavan, toutes blanches et toutes roses, paraissaient fraîches écloses de cette nuit. La presqu'île d'Hercule était un bouquet qui flottait sur les eaux, et les vieilles pierres du château embaumaient.

Jamais la nature ne m'était apparue plus douce, plus accueillante, plus aimante, ni surtout plus digne d'être aimée. L'air serein, la rive nonchalante, la mer pâmée, les montagnes violettes, tout ce tableau auquel mes sens d'homme du Nord étaient peu accoutumés évoquait des idées de caresses. C'est alors que je vis un homme qui frappait la mer. Oh ! il la frappait à tour de bras ! J'en aurais pleuré, si j'avais été poète. Le misérable paraissait agité d'une rage affreuse. Je ne pouvais me rendre compte de ce qui avait excité sa fureur contre cette onde tranquille ; mais celle-ci devait évidemment lui avoir donné quelque motif sérieux de mécontentement, car il ne cessait ses coups. Il s'était armé d'un énorme gourdin et, debout dans sa petite embarcation qu'un enfant craintif poussait de la rame en tremblant, il administrait à la mer, un instant éclaboussée, une *dégelée de marrons* qui provoquait la muette indignation de quelques étrangers arrêtés au rivage. Mais, comme il arrive toujours en pareil cas où l'on redoute de se mêler de ce qui ne vous regarde pas, ceux-ci laissaient faire sans protester. Qu'est-ce qui pouvait ainsi exciter cet homme sauvage ? Peut-être bien le calme même de la mer qui, après avoir été un moment troublée par l'insulte de ce fou, reprenait son visage immobile.

Je fus alors interpellé par la voix amie de Rouletabille qui m'annonçait que l'on déjeunait à midi. Rouletabille exhibait une tenue de plâtrier, tous ses habits attestant qu'il s'était promené dans des maçonneries trop fraîches. D'une main il s'appuyait sur un mètre et son autre main jouait avec un fil à plomb. Je lui demandai s'il avait aperçu l'homme qui battait les eaux. Il me répondit que c'était Tullio qui travaillait de son état à chasser le poisson dans les filets, en lui faisant peur. C'est alors que je compris pourquoi, dans le pays, on appelait Tullio « le Bourreau de la Mer ».

Rouletabille m'apprit encore par la même occasion qu'ayant interrogé Tullio, ce matin, sur l'homme qu'il avait conduit dans sa barque la veille au soir et à qui il avait fait faire le tour de la presqu'île d'Hercule, Tullio lui avait répondu qu'il ne connaissait point cet homme, que c'était un original qu'il avait embarqué à Menton et qui lui avait donné cinq francs pour qu'il le débarquât à la pointe des Rochers Rouges.

Je m'habillai vivement et rejoignis Rouletabille qui m'apprit que nous allions avoir au déjeuner un nouvel hôte : il s'agissait du vieux Bob. On l'attendit pour se mettre à table et puis, comme il n'arrivait point, on commença de déjeuner sans lui, dans le cadre fleuri de la terrasse ronde du Téméraire.

Une admirable bouillabaisse apportée toute fumante du restaurant des Grottes, qui possède la réserve la mieux fournie en rascasses et poissons de roches de tout le littoral, arrosée d'un petit « vino del paese » et servie dans la lumière et la gaieté des choses, contribua au moins autant que toutes les précautions de Rouletabille à nous rasséréner. En vérité, le redoutable Larsan nous faisait moins peur sous le beau soleil des cieux éclatants qu'à la pâle lueur de la lune et des étoiles ! Ah ! que la nature humaine est oublieuse et facilement impressionnable ! J'ai honte de le dire : nous étions très fiers – oh ! tout à fait fiers (du moins je parle pour moi et pour Arthur Rance et aussi naturellement pour Mrs. Edith, dont la nature romanesque et mélancolique était superficielle) de sourire de nos transes nocturnes et de notre garde armée sur les boulevards de la citadelle... quand le vieux Bob fit son apparition. Et – disons-le, disons-le – ce n'est point cette apparition qui eût pu nous ramener à des pensers plus moroses. J'ai rarement aperçu quelqu'un de plus comique que le vieux Bob se promenant, dans le soleil éblouissant d'un printemps du midi, avec un chapeau haut de forme noir, sa redingote noire, son gilet noir, son pantalon noir, ses lunettes noires, ses cheveux blancs et ses joues roses. Oui, oui, nous avons bien ri sous la tonnelle de la tour de Charles le Téméraire. Et le vieux Bob rit avec nous. Car le vieux Bob est la gaieté même.

Que faisait ce vieux savant au château d'Hercule ? Le moment est peut-être venu de le dire. Comment s'était-il résolu à quitter ses collections d'Amérique, et ses travaux, et ses dessins, et son musée de Philadelphie ? Voilà. On n'a pas oublié que Mr Arthur Rance était déjà considéré dans sa patrie comme un phrénologue d'avenir, quand sa mésaventure amoureuse avec Mlle Stangerson l'éloigna tout à coup de l'étude qu'il prit en dégoût. Après son mariage avec Miss Edith, celle-ci l'y poussant, il sentit qu'il se remettrait avec plaisir à la science de Gall et de Lavater. Or, dans le moment même qu'ils visitaient la Côte d'Azur, l'automne qui précéda les événements actuels, on faisait grand bruit autour des découvertes nouvelles que M. Abbo venait de faire aux Rochers Rouges, dénommés encore, dans le patois mentonais, *Baoussé-Roussé*. Depuis de longues années, depuis 1874, les géologues et tous ceux qui s'occupent d'études préhistoriques avaient été extrêmement intéressés par les débris humains trouvés dans les cavernes et les grottes des Rochers Rouges. MM. Julien, Rivière, Girardin, Delesot, étaient venus travailler sur place et avaient su intéresser l'Institut et le ministère de l'Instruction publique à leurs découvertes. Celles-ci firent bientôt sensation, car elles attestaient, à ne pouvoir s'y méprendre, que les premiers hommes avaient vécu en cet endroit avant l'époque glaciaire. Sans doute la preuve de l'existence de l'homme à l'époque quaternaire était faite depuis longtemps ; mais, cette époque mesurant, d'après certains, deux cent mille ans, il était intéressant de fixer cette existence dans une étape déterminée de ces deux cent mille années. On fouillait toujours aux Rochers Rouges et on allait de surprise en surprise. Cependant, la plus belle des grottes, la *Barma Grande*, comme on l'appelait dans le pays, était restée intacte, car elle était propriété privée de M. Abbo, qui tenait le restaurant des Grottes, non loin de là, au bord de la mer. M. Abbo venait de se déterminer, lui aussi, à fouiller sa grotte. Or, la rumeur publique (car l'événement avait dépassé les bornes du monde scientifique) répandait le bruit qu'il venait de trouver dans la *Barma Grande* d'extraordinaires ossements humains, des squelettes très bien conservés par une terre ferrugineuse, contemporaine des mammouths du début de l'époque quaternaire ou même de la fin de l'époque tertiaire !

Arthur Rance et sa femme coururent à Menton et, pendant que son mari passait ses journées à remuer des « débris de cuisine », comme on dit en termes scientifiques, datant de deux cent mille ans, fouillant lui-même l'humus de la *Barma Grande* et mesurant les crânes de nos ancêtres, sa jeune femme prenait un inlassable plaisir à s'accouder non loin de là, aux créneaux moyenâgeux d'un vieux château fort qui dressait sa massive silhouette sur une petite presqu'île, reliée aux Rochers Rouges par quelques pierres écroulées de la falaise. Les légendes les plus romanesques se rattachaient à ce vestige des vieilles guerres génoises ; et il semblait à Edith, mélancoliquement penchée au haut de sa terrasse, sur le plus beau décor du monde, qu'elle était une de ces nobles demoiselles de l'ancien temps, dont elle avait tant aimé les cruelles aventures dans les romans de ses auteurs favoris. Le château était à vendre à un prix des plus raisonnables. Arthur Rance l'acheta et, ce faisant, il combla de joie sa femme qui fit venir les maçons et les tapissiers et eut tôt fait, en trois mois, de transformer cette antique bâtisse en un délicieux nid d'amoureux pour une jeune personne qui se souvient de *La Dame du lac* et de *La Fiancée de Lammermoor*.

Quand Arthur Rance s'était trouvé en face du dernier squelette découvert dans la *Barma Grande* ainsi que des fémurs de l'*Elephas antiquus* sortis de la même couche de terrain, il avait été transporté d'enthousiasme, et son premier soin avait été de télégraphier au vieux Bob que l'on avait peut-être enfin découvert à quelques kilomètres de Monte-Carlo ce qu'il cherchait, au prix de mille périls, depuis tant d'années, au fond de la Patagonie. Mais son télégramme ne parvint pas à destination, car le vieux Bob, qui avait promis de rejoindre le nouveau ménage dans quelques mois avait déjà pris le bateau pour l'Europe. Évidemment, la renommée l'avait déjà renseigné sur les trésors des *Baoussé-Roussé*. Quelques jours plus tard, il débarquait à Marseille et arrivait à Menton où il s'installait en compagnie d'Arthur Rance et de sa nièce dans le fort d'Hercule, qu'il remplit aussitôt des éclats de sa gaieté.

La gaieté du vieux Bob nous paraît un peu théâtrale, mais c'est là, sans doute, un effet de notre triste humeur de la veille. Le vieux Bob a une âme d'enfant ; et il est coquet comme une vieille femme, c'est-à-dire que sa coquetterie change rarement d'objet et qu'ayant, une fois pour toutes, adopté un costume sévère, de préférence correct (redingote noire, gilet noir, pantalon noir, cheveux blancs, joues roses), elle s'attache uniquement à en perpétuer l'impressionnante harmonie. C'est dans cet uniforme professoral que le vieux Bob chassait le tigre des pampas et qu'il fouille maintenant les grottes des Rochers Rouges, à la recherche des derniers ossements de l'*Elephas antiquus*.

Mrs. Edith nous le présenta et il poussa un gloussement poli, et puis il se reprit à rire de toute sa large bouche qui allait de l'un à l'autre de ses favoris poivre et sel qu'il avait soigneusement taillés en triangles. Le vieux Bob exultait et nous en apprîmes bientôt la raison. Il rapportait de sa visite au Muséum de Paris la certitude que le squelette de la *Barma Grande* n'était point plus ancien que celui qu'il avait rapporté de sa dernière expédition à la Terre de Feu. Tout l'Institut était de cet avis et prenait pour base de ses raisonnements le fait que l'os à moelle de l'*Elephas* que le vieux Bob avait apporté à Paris, et que le propriétaire de la *Barma Grande* lui avait prêté après lui avoir affirmé qu'il l'avait trouvé dans la même couche de terrain que le fameux squelette, – que cet os à moelle, disons-nous, appartenait à un *Elephas antiquus* du milieu de la période quaternaire. Ah ! il fallait entendre avec quel joyeux mépris le vieux Bob parlait de ce milieu de la période quaternaire ! À cette idée d'un os à moelle du milieu de la période quaternaire, il éclatait de rire comme si on lui avait conté une bonne farce ! Est-ce qu'à notre époque un savant, un véritable savant, digne en vérité de ce nom de savant, pouvait encore s'intéresser à un squelette du milieu de la période quaternaire ! Le sien – son squelette, ou tout au moins celui qu'il avait rapporté de la terre de feu – datait du commencement de cette période, par conséquent était plus vieux de cent mille ans... vous entendez : cent mille ans ! Et il en était sûr, à cause de cette omoplate ayant appartenu à l'ours des cavernes, omoplate qu'il avait trouvée, lui, le vieux Bob, entre les bras de son propre squelette. (Il disait : *mon propre squelette*, ne faisant plus de différence, dans son enthousiasme, entre son squelette vivant qu'il habillait tous les jours de sa redingote noire, de son gilet noir, de son pantalon noir, de ses cheveux blancs, de ses joues roses, et le squelette préhistorique de la Terre de Feu).

« Ainsi, mon squelette date de l'ours des cavernes !... Mais celui des *Baoussé-Roussé !* Oh ! là là ! mes enfants ! tout au plus de l'époque du mammouth... et encore ! non, non !... du rhinocéros à narines cloisonnées ! Ainsi !... On n'a plus rien à découvrir, mesdames et messieurs, dans la période du rhinocéros à narines cloisonnées !... Je vous le jure, foi de vieux Bob !... Mon squelette à moi vient de l'époque chelléenne, comme vous dites en France... Pourquoi riez-vous, espèces d'ânes !... Tandis que je ne suis même point sûr que l'*Elephas antiquus* des Rochers Rouges date de l'époque moustérienne ! Et pourquoi pas de l'époque solutréenne ? Ou encore, ou encore ! De l'époque magdalénienne !... Non ! non ! c'en est trop ! Un *Elephas antiquus* de l'époque magdalénienne, ça n'est pas possible ! Cet *Elephas* me rendra fou ! Cet *Antiquus* me rendra malade ! Ah ! j'en mourrai de joie... pauvres *Baoussé-Roussé !* »

Mrs. Edith eut la cruauté d'interrompre la jubilation du vieux Bob en lui annonçant que le prince Galitch, qui s'était rendu acquéreur de la grotte de Roméo et Juliette, aux Rochers Rouges, devait avoir fait une découverte tout à fait sensationnelle, car elle l'avait vu, le lendemain même du départ du vieux Bob pour Paris, passer devant le fort d'Hercule, emportant sous son bras une petite caisse qu'il lui avait montrée en lui disant : « Voyez-vous, mistress Rance, j'ai là un trésor ! Oh ! un véritable trésor ! » Elle avait demandé ce que c'était que ce trésor, mais l'autre l'avait agacée, disant qu'il voulait en faire la surprise au vieux Bob, à son retour ! Enfin le prince Galitch lui avait avoué qu'il venait de découvrir « le plus vieux crâne de l'humanité » !

Mrs. Edith n'avait pas plutôt prononcé cette phrase que toute la gaieté du vieux Bob s'écroula ; une fureur souveraine se répandit sur ses traits ravagés et il cria :

« Ça n'est pas vrai !... Le plus vieux crâne de l'humanité, il est au vieux Bob ! C'est le crâne du vieux Bob ! »

Et il hurla :

« Mattoni ! Mattoni ! fais apporter ma malle, ici !... ici !... »

Justement Mattoni traversait la Cour de Charles le Téméraire avec le bagage du vieux Bob sur son dos. Il obéit au professeur et apporta la malle devant nous. Sur quoi le vieux Bob, prenant son trousseau de clefs, se jeta à genoux et ouvrit la caisse. De cette caisse, qui contenait des effets et du linge pliés avec beaucoup d'ordre, il sortit un carton à chapeau et, de ce carton à chapeau, il sortit un crâne qu'il déposa au milieu de la table, parmi nos tasses à café.

« Le plus vieux crâne de l'humanité, dit-il, le voilà !... C'est le crâne du vieux Bob !... Regardez-le !... C'est lui ! Le vieux Bob ne sort jamais sans son crâne !... »

Et il le prit et se mit à le caresser, les yeux brillants et ses lèvres épaisses écartées à nouveau par le rire. Si vous voulez bien vous représenter que le vieux Bob savait imparfaitement le français et le prononçait mi à l'anglaise, mi à l'espagnole – il parlait parfaitement l'espagnol – vous voyez et vous entendez la scène ! Rouletabille et moi, nous n'en pouvions plus et nous nous tenions les côtes de rire. D'autant mieux que, dans ses discours, le vieux Bob s'interrompait lui-même de rire pour nous demander quel était l'objet de notre gaieté. Sa colère eut auprès de nous plus de succès encore, et il n'est pas jusqu'à Mme Darzac qui ne s'essuyât les yeux, parce que, en vérité, le vieux Bob était drôle à faire pleurer avec son plus vieux crâne de l'humanité. Je pus constater à cette heure où nous prenions le café qu'un crâne de deux cent mille ans n'est point effrayant à voir, surtout si, comme celui-là, il a toutes ses dents.

Soudain le vieux Bob devint sérieux. Il éleva le crâne dans la main droite et, l'index de la main gauche appuyé au front de l'ancêtre :

« Lorsqu'on regarde le crâne par le haut, on note une forme pentagonale très nette, qui est due au développement notable des bosses pariétales et à la saillie de l'écaille de l'occipital ! La grande largeur de la face tient au développement exagéré des accords zygomatiques !... Tandis que, dans la tête des troglodytes des *Baoussé-Roussé*, qu'est-ce que j'aperçois ?... »

Je ne saurais dire ce que le vieux Bob aperçut, dans ce moment-là, dans la tête des troglodytes, car je ne l'écoutais plus, *mais je le regardais*. Et je n'avais plus envie de rire du tout. Le vieux Bob me parut effrayant, farouche, factice comme un vieux cabot, avec sa gaieté en fer-blanc et sa science de pacotille. Je ne le quittai plus des yeux. Il me sembla que *ses cheveux remuaient !* Oui, comme remue une perruque. Une pensée, la pensée de Larsan qui ne me quittait plus jamais complètement m'embrasa la cervelle ; j'allais peut-être parler quand un bras se glissa sous le mien, et je fus entraîné par Rouletabille.

« Qu'avez-vous, Sainclair ?... me demanda, sur un ton affectueux, le jeune homme.

– Mon ami, fis-je, je ne vous le dirai point, car vous vous moqueriez encore de moi... »

Il ne me répondit pas tout d'abord et m'entraîna vers le boulevard de l'Ouest. Là, il regarda autour de lui, vit que nous étions seuls, et me dit :

« Non, Sainclair, non... Je ne me moquerai point de vous... Car vous êtes dans la vérité *en le voyant partout autour de vous*. S'il n'y était point tout à l'heure, il y est peut-être maintenant... Ah ! il est plus fort que les pierres !... Il est plus fort que tout !... *Je le redoute moins dehors que dedans !...* Et je serais bien heureux que ces pierres que j'ai appelées à mon secours pour l'empêcher d'entrer m'aident à le retenir... Car, Sainclair, JE LE SENS ICI ! »

Je serrai la main de Rouletabille, car moi aussi, chose singulière, j'avais cette impression... Je sentais sur moi les yeux de Larsan... Je l'entendais respirer... Quand cette sensation avait-elle commencé ? Je n'aurais pu le dire... Mais il me semblait qu'elle m'était venue avec le vieux Bob.

Je dis à Rouletabille, avec inquiétude :

« Le vieux Bob ? »

Il ne me répondit pas. Au bout de quelques instants, il fit :

« Prenez-vous toutes les cinq minutes la main gauche avec la main droite et demandez-vous : « Est-ce toi, Larsan ? » *Quand vous vous serez répondu, ne soyez pas trop rassuré, car il vous aura peut-être menti et il sera déjà dans votre peau que vous n'en saurez rien encore !* »

Sur quoi, Rouletabille me laissa seul sur le boulevard de l'Ouest. C'est là que le père Jacques vint me trouver. Il m'apportait une dépêche. Avant de la lire, je le félicitai sur sa bonne mine. Comme nous tous, il avait cependant passé une nuit blanche ; mais il m'expliqua que le plaisir de voir enfin sa maîtresse heureuse le rajeunissait de dix ans. Puis il tenta de me demander les motifs de la veille étrange qu'on lui avait imposée et le pourquoi de tous les événements qui se poursuivaient au château depuis l'arrivée de Rouletabille et des précautions exceptionnelles qui avaient été prises pour en défendre l'entrée à tout étranger. Il ajouta même que, si cet affreux Larsan n'était point mort, il serait porté à croire qu'on redoutait son retour. Je lui répondis que ce n'était point le moment de raisonner et que, s'il était un brave homme, il devait, comme tous les autres serviteurs, observer la consigne en soldat, sans essayer d'y rien comprendre ni surtout de la discuter. Il me salua et s'éloigna en hochant la tête. Cet homme était évidemment très intrigué et il ne me déplaisait point que, puisqu'il avait la surveillance de la porte Nord, il songeât à Larsan. Lui aussi avait failli être victime de Larsan ; il ne l'avait pas oublié. Il s'en tiendrait mieux sur ses gardes.

Je ne me pressais point d'ouvrir cette dépêche que le père Jacques m'avait apportée et j'avais tort, car elle me parut extraordinairement intéressante dès le premier coup d'œil que j'y portai. Mon ami de Paris qui, sur ma prière, m'avait déjà renseigné sur Brignolles m'apprenait que ledit Brignolles avait quitté Paris la veille au soir pour le midi. Il avait pris le train de dix heures trente-cinq minutes du soir. Mon ami me disait qu'il avait des raisons de croire que Brignolles avait pris un billet pour Nice.

Qu'est-ce que Brignolles venait faire à Nice ? C'est une question que je me posai et que, dans un sot accès d'amour-propre, que j'ai bien regretté depuis, je ne soumis point à Rouletabille. Celui-ci s'était si bien moqué de moi lorsque je lui avais montré la première dépêche m'annonçant que Brignolles n'avait point quitté Paris, que je résolus de ne point lui faire part de celle qui m'affirmait son départ. Puisque Brignolles avait si peu d'importance pour lui, je n'aurais garde de « l'excéder » avec Brignolles ! Et je gardai Brignolles pour moi tout seul ! Si bien que, prenant mon air le plus indifférent, je rejoignis Rouletabille dans la Cour de Charles le Téméraire. Il était en train de consolider avec des barres de fer la lourde planche de chêne circulaire qui fermait l'ouverture du puits, et il me démontra que, même si le puits communiquait avec la mer, il serait impossible à quelqu'un qui tenterait de s'introduire dans le château par ce chemin de soulever cette planche, et qu'il devrait renoncer à son projet. Il était en sueur, les bras nus, le col arraché, un lourd marteau à la main. Je trouvai qu'il se donnait bien du mouvement pour une besogne relativement simple, et je ne pus me retenir de le lui dire, comme un sot qui ne voit pas plus loin que le bout de son nez ! Est-ce que je n'aurais pas dû deviner que ce garçon s'exténuait volontairement, et qu'il ne se livrait à toute cette fatigue physique que pour s'efforcer d'oublier le chagrin qui lui brûlait sa brave petite âme ? Mais non ! Je n'ai pu comprendre cela qu'une demi-heure plus tard, en le surprenant étendu sur les pierres en ruines de la chapelle, exhalant, dans le sommeil qui était venu le terrasser sur ce lit un peu rude, un mot, un simple mot qui me renseignait suffisamment sur son état d'âme : « *Maman !...* » Rouletabille rêvait de la Dame en noir !... Il rêvait peut-être qu'il l'embrassait comme autrefois, quand il était tout petit et qu'il arrivait tout rouge d'avoir couru, dans le parloir du collège d'Eu. J'attendis alors un instant, me demandant avec inquiétude s'il fallait le laisser là et s'il n'allait point par hasard dans son sommeil laisser échapper son secret. Mais, ayant avec ce mot soulagé son cœur, il ne laissa plus entendre qu'une musique sonore. Rouletabille ronflait comme une toupie. Je crois bien que c'était la première fois que Rouletabille dormait *réellement* depuis notre arrivée de Paris.

J'en profitai pour quitter le château sans avertir personne, et, bientôt, ma dépêche en poche, je prenais le train pour Nice. Ensuite j'eus l'occasion de lire cet écho de première page du *Petit Niçois* :

« Le professeur Stangerson est arrivé à Garavan où il va passer quelques semaines chez Mr Arthur Rance, qui s'est rendu acquéreur du fort d'Hercule et qui, aidé de la gracieuse Mrs. Arthur Rance, se plaît à offrir la plus exquise hospitalité à ses amis dans ce cadre pittoresque et moyenâgeux. À la dernière minute nous apprenons que la fille du professeur Stangerson, dont le mariage avec M. Robert Darzac vient d'être célébré à Paris, est arrivée également au fort d'Hercule avec le jeune et célèbre professeur de la Sorbonne. Ces nouveaux hôtes nous descendent du Nord au moment où tous les étrangers nous quittent. Combien ils ont raison ! Il n'est point de plus beau printemps au monde que celui de la côte d'azur ! »

À Nice, dissimulé derrière une vitre du buffet, je guettai l'arrivée du train de Paris dans lequel pouvait se trouver Brignolles. Et, justement, je vis descendre mon Brignolles ! Ah ! mon cœur battait ferme, car enfin ce voyage dont il n'avait point fait part à M. Darzac ne me paraissait rien moins que naturel ! Et puis, je n'avais pas la berlue : Brignolles se cachait. Brignolles baissait le nez. Brignolles se glissait, rapide comme un voleur, parmi les voyageurs, vers la sortie. Mais j'étais derrière lui. Il sauta dans une voiture fermée, je me précipitai dans une voiture non moins fermée. Place Masséna, il quitta son fiacre, se dirigea vers la jetée-promenade et là, prit une autre voiture ; je le suivais toujours. Ces manœuvres me paraissaient de plus en plus louches. Enfin la voiture de Brignolles s'engagea sur la route de la corniche et, prudemment, je pris le même chemin que lui. Les nombreux détours de cette route, ses courbes accentuées me permettaient de voir sans être vu. J'avais promis un fort pourboire à mon cocher s'il m'aidait à réaliser ce programme, et il s'y employa le mieux du monde. Ainsi arrivâmes-nous à la gare de Beaulieu. Là, je fus bien étonné de voir la voiture de Brignolles s'arrêter à la gare, et Brignolles descendre, régler son cocher et entrer dans la salle d'attente. Il allait prendre un train. Comment faire ? Si je voulais monter dans le même train que lui, n'allait-il point m'apercevoir dans cette petite gare, sur ce quai désert ? Enfin, je devais tenter le coup. S'il m'apercevait, j'en serais quitte pour feindre la surprise et ne plus le lâcher jusqu'à ce que je fusse sûr de ce qu'il venait faire dans ces parages. Mais la chose se passa fort bien et Brignolles ne m'aperçut pas. Il monta dans un train omnibus qui se dirigeait vers la frontière italienne. En somme, tous les pas de Brignolles le rapprochaient du fort d'Hercule. J'étais monté dans le wagon qui suivait le sien et je surveillai le mouvement des voyageurs à toutes les gares.

Brignolles ne s'arrêta qu'à Menton. Il avait voulu certainement y arriver par un autre train que le train de Paris, et dans un moment où il avait peu de chances de rencontrer des visages de connaissance à la gare. Je le vis descendre ; il avait relevé le col de son pardessus et enfoncé davantage encore son chapeau de feutre sur ses yeux. Il jeta un regard circulaire sur le quai, et, rassuré, se pressa vers la sortie. Dehors, il se jeta dans une vieille et sordide diligence qui attendait le long du trottoir. D'un coin de la salle d'attente, j'observai mon Brignolles. Qu'est-ce qu'il faisait là ? Et où allait-il dans cette vieille guimbarde poussiéreuse ? J'interrogeai un employé qui me dit que cette voiture était la diligence de Sospel.

Sospel est une petite ville pittoresque perdue entre les derniers contreforts des Alpes, à deux heures et demie de Menton, en voiture. Aucun chemin de fer n'y passe. C'est l'un des coins les plus retirés, les plus inconnus de la France et les plus redoutés des fonctionnaires et... des chasseurs alpins qui y tiennent garnison. Seulement, le chemin qui y mène est l'un des plus beaux qui soient, car il faut, pour découvrir Sospel, contourner je ne sais combien de montagnes, longer de hauts précipices, et suivre, jusqu'à Castillon, l'étroite et profonde vallée du Careï, tantôt sauvage comme un paysage de Judée, tantôt verte ou fleurie, féconde, douce au regard avec le frémissement argenté de ses innombrables plants d'oliviers qui descendent du ciel jusqu'au lit clair du torrent par un escalier de géants. J'étais allé à Sospel quelques années auparavant, avec une bande de touristes anglais, dans un immense char traîné par huit chevaux, et j'avais gardé de ce voyage une sensation de vertige que je retrouvai tout entière dès que le nom fut prononcé. Qu'est-ce que Brignolles allait faire à Sospel ? Il fallait le savoir. La diligence s'était remplie et déjà elle se mettait en route dans un grand bruit de ferrailles et de vitres dansantes. Je fis marché avec une voiture de place, et moi aussi, j'escaladai la vallée du Careï. Ah ! comme je regrettais déjà de n'avoir pas averti Rouletabille ! L'attitude bizarre de Brignolles lui eût donné des idées, des idées utiles, des idées *raisonnables*, tandis que moi je ne savais pas « raisonner », je ne savais que suivre ce Brignolles comme un chien suit son maître ou un policier son gibier, à la piste. Et encore, si je l'avais bien suivie, cette piste ! C'est dans le moment qu'il ne fallait pour rien au monde la perdre qu'elle m'échappa, dans le moment où je venais de faire une découverte formidable ! J'avais laissé la diligence prendre une certaine avance, précaution que j'estimais nécessaire, et j'arrivais moi-même à Castillon peut-être dix minutes après Brignolles. Castillon se trouve tout à fait au sommet de la route entre Menton et Sospel. Mon cocher me demanda la permission de laisser souffler un peu son cheval et de lui donner à boire. Je descendis de voiture et qu'est-ce que je vis à l'entrée d'un tunnel sous lequel il était nécessaire de passer pour atteindre le versant opposé de la montagne ? Brignolles et Frédéric Larsan !

Je restai planté sur mes pieds comme si, soudain, j'avais pris racine au sol ! Je n'eus pas un cri, pas un geste. J'étais, ma foi, foudroyé par cette révélation ! Puis je repris mon esprit et, en même temps qu'un sentiment d'horreur m'envahissait pour Brignolles, un sentiment d'admiration m'envahissait pour moi-même. Ah ! j'avais deviné juste ! J'étais le seul à avoir deviné que ce Brignolles du diable était un danger terrible pour Robert Darzac ! Si l'on m'avait écouté, il y aurait beau temps que le professeur sorbonien s'en serait séparé ! Brignolles, créature de Larsan, complice de Larsan !... quelle découverte ! Quand je disais que les accidents de laboratoire n'étaient pas *naturels* ! Me croira-t-on, maintenant ? Ainsi, j'avais bien vu Brignolles et Larsan se parlant, discutant à l'entrée du tunnel de Castillon ! Je les avais vus... Mais où donc étaient-ils passés ? Car je ne les voyais plus... Dans le tunnel, évidemment. Je hâtai le pas, laissant là mon cocher, et arrivai moi-même sous le tunnel, tâtant dans ma poche mon revolver. J'étais dans un état ! Ah ! Qu'est-ce qu'allait dire Rouletabille, quand je lui raconterais une chose pareille ?... Moi, moi, j'avais découvert Brignolles et Larsan.

... Mais où sont-ils ? Je traverse le tunnel tout noir... Pas de Larsan, pas de Brignolles. Je regarde la route qui descend vers Sospel... Personne sur la route... Mais, sur ma gauche, vers le vieux Castillon, il m'a semblé apercevoir deux ombres qui se hâtent... Elles disparaissent... Je cours... J'arrive au milieu des ruines... Je m'arrête... Qui me dit que les deux ombres ne me guettent point derrière un mur ?...

Ce vieux Castillon n'était plus habité et pour cause. Il avait été entièrement ruiné, détruit, par le tremblement de terre de 1887. Il ne restait plus, çà et là, que quelques pans de murailles achevant tout doucement de s'écrouler, quelques masures décapitées et noircies par l'incendie, quelques piliers isolés qui étaient restés debout, épargnés par la catastrophe et qui se penchaient mélancoliquement vers le sol, tristes de n'avoir plus rien à soutenir. Quel silence autour de moi ! Avec mille précautions, j'ai parcouru ces ruines, considérant avec effroi la profondeur des crevasses que, près de là, la secousse de 1887 avait ouvertes dans le roc. L'une particulièrement paraissait un puits sans fond et, comme j'étais penché au-dessus d'elle, me retenant au tronc noirci d'un olivier, je fus presque bousculé par un coup d'aile.

J'en sentis le vent sur la figure et je reculai en poussant un cri. Un aigle venait de sortir, rapide comme une flèche, de cet abîme. Il monta droit au soleil, et puis je le vis redescendre vers moi et décrire des cercles menaçants au-dessus de ma tête, poussant des clameurs sauvages comme pour me reprocher d'être venu le troubler dans ce royaume de solitude et de mort que le feu de la terre lui avait donné.

Avais-je été victime d'une illusion ? Je ne revis plus mes deux ombres... Étais-je encore le jouet de mon imagination, en ramassant sur le chemin un morceau de papier à lettre qui me parut ressembler singulièrement à celui dont M. Robert Darzac se servait à la Sorbonne ?

Sur ce bout de papier je déchiffrai deux syllabes que je pensai avoir été tracées par Brignolles. Ces syllabes devaient terminer un mot dont le commencement manquait. À cause de la déchirure on ne pouvait plus lire que « *bonnet* ».

Deux heures plus tard, je rentrais au fort d'Hercule et racontai le tout à Rouletabille qui se borna à mettre le morceau de papier dans son portefeuille et à me prier de garder le secret de mon expédition pour moi tout seul.

Étonné de produire si peu d'effet avec une découverte que je jugeais si importante, je regardai Rouletabille. Il détourna la tête, mais point assez vite pour qu'il pût me cacher ses yeux pleins de larmes.

« Rouletabille ! » m'écriai-je...

Mais, encore, il me ferma la bouche :

« Silence ! Sainclair ! »

Je lui pris la main ; il avait la fièvre. Et je pensai bien que cette agitation ne lui venait point seulement de préoccupations relatives à Larsan. Je lui reprochai de me cacher ce qui se passait entre lui et la Dame en noir, mais il ne me répondit pas, suivant sa coutume, et s'éloigna une fois de plus en poussant un profond soupir.

On m'avait attendu pour dîner. Il était tard. Le dîner fut lugubre malgré les éclats de la gaieté du vieux Bob. Nous n'essayions même plus de nous dissimuler l'atroce angoisse qui nous glaçait le cœur. On eût dit que chacun de nous était renseigné sur le coup qui nous menaçait et que le drame pesait déjà sur nos têtes. M. et Mme Darzac ne mangeaient pas. Mrs. Edith me regardait d'une singulière façon. À dix heures, j'allai prendre ma faction, avec soulagement, sous la poterne du jardinier. Pendant que j'étais dans la petite salle du conseil, la Dame en noir et Rouletabille passèrent sous la voûte. Un falot les éclairait. Mme Darzac m'apparut dans un état d'exaltation remarquable. Elle suppliait Rouletabille avec des mots que je ne saisissais pas. Je n'entendis de cette sorte d'altercation qu'un seul mot prononcé par Rouletabille : « Voleur ! »... Tous deux étaient entrés dans la Cour du Téméraire... La Dame en noir tendit vers le jeune homme des bras qu'il ne vit pas, car il la quitta aussitôt et s'en fut s'enfermer dans sa chambre... Elle resta seule un instant, dans la cour, s'appuya au tronc de l'eucalyptus dans une attitude de douleur inexprimable, puis rentra à pas lents dans la Tour Carrée.

Nous étions au 10 avril. L'attaque de la Tour Carrée devait se produire dans la nuit du 11 au 12.

X

La journée du 11.

Cette attaque eut lieu dans des conditions si mystérieuses et *si en dehors de la raison humaine, apparemment,* que le lecteur me permettra, pour mieux lui faire saisir tout ce que l'événement eut de tragiquement *déraisonnable,* d'insister sur certaines particularités de l'emploi de notre temps dans la journée du 11.

1° LA MATINEE.

Toute cette journée fut d'une chaleur accablante et les heures de garde furent particulièrement pénibles. Le soleil était torride et il nous eût été douloureux de surveiller la mer qui brûlait comme une plaque d'acier chauffée à blanc, si nous n'avions été munis de lorgnons de verres fumés dont il est difficile de se passer dans ce pays, la saison d'hiver écoulée.

À neuf heures, je descendis de ma chambre et allai sous la poterne, dans la salle dite par nous du conseil de guerre, relever de sa garde Rouletabille. Je n'eus point le temps de lui poser la moindre question, car M. Darzac arriva sur ces entrefaites, nous annonçant qu'il avait à nous dire des choses fort importantes. Nous lui demandâmes avec anxiété de quoi il s'agissait, et il nous répondit qu'il voulait quitter le fort d'Hercule avec Mme Darzac. Cette déclaration nous laissa d'abord muets de surprise, le jeune reporter et moi. Je fus le premier à dissuader M. Darzac de commettre une pareille imprudence.

Rouletabille demanda froidement à M. Darzac la raison qui l'avait soudain déterminé à ce départ. Il nous renseigna en nous rapportant une scène qui s'était passée la veille au soir au château, et nous saisîmes, en effet, combien la situation des Darzac devenait difficile au fort d'Hercule. L'affaire tenait en une phrase : « Mrs. Edith avait eu une attaque de nerfs ! » Nous comprîmes immédiatement à propos de quoi, car il ne faisait pas de doute pour Rouletabille et pour moi que la jalousie de Mrs. Edith allait chaque heure grandissante et qu'elle supportait de plus en plus avec impatience les attentions de son mari pour Mme Darzac. Les bruits de la dernière querelle qu'elle avait cherchée à Mr Rance avaient traversé, la nuit dernière, les murs pourtant épais de la Louve, et M. Darzac, qui passait tranquillement dans la baille accomplissant, à son tour, son service de surveillance et faisant sa ronde, avait été touché par quelques échos de cette effroyable colère.

Rouletabille tint, en cette circonstance, comme toujours, à M. Darzac, le langage de la raison. Il lui accorda en principe que son séjour et celui de Mme Darzac au fort d'Hercule devaient être, le plus possible, abrégés ; mais aussi il lui fit entendre qu'il y allait de leur sécurité à tous deux que leur départ ne fût point trop précipité. Une nouvelle lutte était engagée entre eux et Larsan. S'ils s'en allaient, Larsan saurait toujours bien les rejoindre, et dans un pays et dans un moment où ils l'attendraient le moins. Ici, ils étaient prévenus, ils étaient sur leurs gardes, car ils *savaient*. À l'étranger, ils se trouveraient à la merci de tout ce qui les entourerait, car ils n'auraient point les remparts du fort d'Hercule pour les défendre. Certes ! cette situation ne pourrait se prolonger, mais Rouletabille demandait encore huit jours, pas un de plus, pas un de moins.

« Huit jours, leur dit Colomb, et je vous donne un monde », Rouletabille eût volontiers dit : « Huit jours, et dans huit jours je vous livre Larsan. » Il ne le disait pas, mais on sentait bien qu'il le pensait.

M. Darzac nous quitta en haussant les épaules. Il paraissait furieux. C'était la première fois que nous lui voyions cette humeur.

Rouletabille dit :

« Mme Darzac ne nous quittera pas et M. Darzac restera. »

Et il s'en alla à son tour.

Quelques instants plus tard, je vis arriver Mrs. Edith. Elle avait une toilette charmante, d'une simplicité qui lui seyait merveilleusement. Elle fut tout de suite coquette avec moi, montrant une gaieté un peu forcée et se moquant joliment du métier que je faisais. Je lui répondis un peu vivement qu'elle manquait de charité puisqu'elle n'ignorait point que tout le mal exceptionnel que nous nous donnions et que la pénible surveillance à laquelle nous nous astreignions sauvaient peut-être, dans le moment, la meilleure des femmes. Alors, elle s'écria, en éclatant de rire :

« La Dame en noir !... Elle vous a donc tous ensorcelés !... »

Mon Dieu ! Qu'elle avait un joli rire ! En d'autres temps, certes ! Je n'eusse point permis qu'on parlât ainsi à la légère de la Dame en noir, mais je n'eus point, ce matin-là, le courage de me fâcher... Au contraire, je ris avec Mrs. Edith.

« C'est que c'est un peu vrai, fis-je...

– Mon mari en est encore fou !... Jamais je ne l'aurais cru si romanesque !... Mais, moi aussi, ajouta-t-elle assez drôlement, je suis romanesque... »

Et elle me regarda de cet œil curieux qui, déjà, m'avait tant troublé...

« Ah !... »

C'est tout ce que je trouvais à dire.

« Ainsi, j'ai beaucoup de plaisir, continua-t-elle, à la conversation du prince Galitch, qui est certainement plus romanesque que vous tous ! »

Je dus faire une drôle de mine, car elle en marqua un bruyant amusement. Quelle petite femme bizarre !

Alors, je lui demandai qui était ce prince Galitch dont elle nous parlait souvent et qu'on ne voyait jamais.

Elle me répliqua qu'on le verrait au déjeuner, car elle l'avait invité à notre intention ; et elle me donna, sur lui, quelques détails.

J'appris ainsi que le prince Galitch est un des plus riches boyards de cette partie de la Russie appelée « Terre noire », féconde entre toutes, placée entre les forêts du Nord et les steppes du midi.

Héritier, dès l'âge de vingt ans, d'un des plus vastes patrimoines moscovites, il avait su encore l'agrandir par une gestion économe et intelligente dont on n'eût point cru capable un jeune homme qui avait eu jusqu'alors pour principale occupation la chasse et les livres. On le disait sobre, avare et poète. Il avait hérité de son père, à la cour, une haute situation. Il était chambellan de sa majesté et l'on supposait que l'empereur, à cause des immenses services rendus par le père, avait pris le fils en particulière affection. Avec cela, il était délicat comme une femme à la fois et fort comme un turc. Bref, ce gentilhomme russe avait tout pour lui. Sans le connaître, il m'était déjà antipathique. Quant à ses relations avec les Rance, elles étaient d'excellent voisinage. Ayant acheté depuis deux ans la propriété magnifique que ses jardins suspendus, ses terrasses fleuries, ses balcons embaumés avaient fait surnommer, à Garavan, « les jardins de Babylone », il avait eu l'occasion de rendre quelques services à Mrs. Edith lorsque celle-ci avait achevé de transformer la baille du château en un jardin exotique. Il lui avait fait cadeau de certaines plantes qui avaient fait revivre dans quelques coins du fort d'Hercule une végétation à peu près retenue jusqu'alors aux rives du Tigre et de l'Euphrate. Mr Rance avait invité quelquefois le prince à dîner, à la suite de quoi le prince avait envoyé, en guise de fleurs, un palmier de Ninive ou un cactus dit de Sémiramis. Cela ne lui coûtait rien. Il en avait trop, il en était gêné, et il préférait garder pour lui les roses. Mrs. Edith avait pris un certain intérêt à la fréquentation du jeune boyard, à cause des vers qu'il lui disait. Après les lui avoir dits en russe, il les traduisait en anglais et il lui en avait même fait, en anglais, pour elle, pour elle seule. Des vers, de vrais vers d'un poète, dédiés à Mrs. Edith ! Celle-ci en avait été si flattée qu'elle avait demandé à ce russe qui lui avait fait des vers anglais de les lui traduire en russe. C'étaient là jeux littéraires qui amusaient beaucoup Mrs. Edith, mais qu'Arthur Rance goûtait peu. Celui-ci ne cachait pas, du reste, que le prince Galitch ne lui plaisait qu'à moitié, et, s'il en était ainsi, ce n'était point que la moitié qui déplaisait à Mr Rance chez le prince Galitch fût précisément la moitié qui intéressait tant sa femme, c'est-à-dire la *moitié poète* ; non, c'était la *moitié avare*. Il ne comprenait pas qu'un poète fût avare. J'étais bien de son avis. Le prince n'avait point d'équipage. Il prenait le tramway et souvent faisait son marché lui-même, assisté de son seul domestique Ivan, qui portait le panier aux provisions. Et il se disputait, ajoutait la jeune femme, qui tenait ce détail de sa propre cuisinière, – il se disputait chez les marchandes de poisson, à propos d'une rascasse, pour deux sous. Chose bizarre, cette extrême avarice ne répugnait point à Mrs. Edith qui lui trouvait une certaine originalité. Enfin, nul n'était jamais entré chez lui. Jamais il n'avait invité les Rance à venir admirer ses jardins.

« Il est beau ? demandai-je à Mrs. Edith quand celle-ci eut fini son panégyrique.

– Trop beau ! me répliqua-t-elle. Vous verrez !... »

Je ne saurais dire pourquoi cette réponse me fut particulièrement désagréable. Je ne fis qu'y penser après le départ de Mrs. Edith et jusqu'à la fin de mon service de garde qui se termina à onze heures et demie.

Le premier coup de cloche du déjeuner venait de sonner ; je courus me laver les mains et faire un bout de toilette et je montai les degrés de la Louve rapidement, croyant que le déjeuner serait servi dans cette tour ; mais je m'arrêtai dans le vestibule, tout étonné d'entendre de la musique. Qui donc, dans les circonstances actuelles, osait, au fort d'Hercule, jouer du piano ? Eh ! mais, on chantait ; oui, une voix douce, douce et mâle à la fois, en sourdine, chantait. C'était un chant étrange, une mélopée tantôt plaintive, tantôt menaçante. Je la sais maintenant par cœur ; je l'ai tant entendue depuis ! Ah ! vous la connaissez bien peut-être si vous avez franchi les frontières de la froide Lithuanie, si vous êtes entré une fois dans le vaste empire du nord. C'est le chant des vierges demi-nues qui entraînent le voyageur dans les flots et le noient sans miséricorde ; c'est le chant du *Lac de Willis*, que Sienkiewicz a fait entendre un jour immortel à Michel Vereszezaka. Écoutez ça :

« Si vous approchez du Switez aux heures de la nuit, le front tourné vers le lac, des étoiles sur vos têtes, des étoiles sous vos pieds, et deux lunes pareilles s'offriront à vos yeux... tu vois cette plante qui caresse le rivage, ce sont les épouses et les filles de Switez que Dieu a changées en fleurs. Elles balancent au-dessus de l'abîme leurs têtes blanches comme des phalènes ; leur feuille est verte comme l'aiguille du mélèze argentée par les frimas...

« Image de l'innocence pendant la vie, elles ont gardé sa robe virginale après la mort ; elles vivent dans l'ombre et ne souffrent point de souillure ; des mains mortelles n'oseraient y toucher.

« Le tsar et sa horde en firent un jour l'expérience, lorsque après avoir cueilli ces belles fleurs ils voulurent en orner leurs tempes et leurs casques d'acier.

« Tous ceux qui étendirent leurs mains sur les flots (si terrible est le pouvoir de ces fleurs !) furent atteints du haut mal ou frappés de mort subite.

« Quand le temps eut effacé ces choses de la mémoire des hommes, seul, le souvenir du châtiment s'est conservé pour le peuple, et le peuple en le perpétuant par ses récits, appelle aujourd'hui *tsars* les fleurs du Switez !...

« Cela disant, la *Dame du lac* s'éloigna lentement ; le lac s'entrouvrit jusqu'au plus profond de ses entrailles ; mais le regard cherchait en vain la belle inconnue qui s'était couvert la tête d'une vague et dont on n'a jamais plus entendu parler... »

C'étaient les paroles mêmes, les paroles traduites de la chanson que murmurait la voix à la fois douce et mâle, pendant que le piano faisait entendre un accompagnement mélancolique. Je poussai la porte de la salle et je me trouvai en face d'un jeune homme qui se leva. Aussitôt, derrière moi, j'entendis le pas de Mrs. Edith. Elle nous présenta. J'avais devant moi le prince Galitch.

Le prince était ce que l'on est convenu d'appeler dans les romans : « un beau et pensif jeune homme » ; son profil droit et un peu dur aurait donné à sa physionomie un aspect particulièrement sévère, si ses yeux, d'une clarté et d'une douceur et d'une candeur troublantes, n'eussent laissé transparaître une âme presque enfantine. Ils étaient entourés de longs cils noirs, si noirs qu'ils ne l'eussent point été davantage s'ils avaient été brossés au khol ; et, quand on avait remarqué cette particularité des cils, on avait, du coup, saisi la raison de toute l'étrangeté de cette physionomie. La peau du visage était presque trop fraîche, ainsi qu'elle est au visage des femmes savamment maquillées et des phtisiques. Telle fut mon impression ; mais j'étais trop intimement prévenu contre ce prince Galitch pour y attacher raisonnablement quelque importance. Je le jugeai trop jeune, sans doute parce que je ne l'étais plus assez.

Je ne trouvai rien à dire à ce trop beau jeune homme qui chantait des poèmes si exotiques ; Mrs. Edith sourit de mon embarras, me prit le bras – ce qui me fit grand plaisir – et nous emmena à travers les buissons parfumés de la baille, en attendant le second coup de cloche du déjeuner qui devait être servi sous la cabane de palmes sèches, au terre-plein de la Tour du Téméraire.

2° LE DEJEUNER ET CE QUI S'EN SUIVIT. UNE TERREUR CONTAGIEUSE S'EMPARE DE NOUS.

À midi, nous nous mettions à table sur la terrasse du téméraire, d'où la vue était incomparable. Les feuilles de palmier nous couvraient d'une ombre propice ; mais, hors de cette ombre, l'embrasement de la terre et des cieux était tel que nos yeux n'en auraient pu supporter l'éclat si nous n'avions tous pris la précaution de mettre ces binocles noirs dont j'ai parlé au début de ce chapitre.

À ce déjeuner se trouvaient : M. Stangerson, Mathilde, le vieux Bob, M. Darzac, Mr Arthur Rance, Mrs. Edith, Rouletabille, le prince Galitch et moi. Rouletabille tournait le dos à la mer, s'occupant fort peu des convives, et était placé de telle sorte qu'il pouvait surveiller tout ce qui se passait dans toute l'étendue du château fort. Les domestiques étaient à leurs postes ; le père Jacques à la grille d'entrée, Mattoni à la poterne du jardinier et les Bernier dans la Tour Carrée, devant la porte de l'appartement de M. et de Mme Darzac.

Le début du repas fut assez silencieux. Je nous regardai. Nous étions presque inquiétants à contempler, autour de cette table, muets, penchant les uns vers les autres nos vitres noires derrière lesquelles il était aussi impossible d'apercevoir nos prunelles que nos pensées.

Le prince Galitch parla le premier.

Il fut tout à fait aimable avec Rouletabille et, comme il essayait un compliment sur la renommée du reporter, celui-ci le bouscula un peu. Le prince n'en parut point froissé, mais il expliqua qu'il s'intéressait particulièrement aux faits et gestes de mon ami en sa qualité de sujet du tsar, depuis qu'il savait que Rouletabille devait partir prochainement pour la Russie. Mais le reporter répliqua que rien encore n'était décidé et qu'il attendait des ordres de son journal ; sur quoi le prince s'étonna en tirant un journal de sa poche.

C'était une feuille de son pays dont il nous traduisit quelques lignes annonçant l'arrivée prochaine à Saint-Pétersbourg de Rouletabille. Il se passait là-bas, à ce que nous conta le prince, des événements si incroyables et si dénués apparemment de logique dans la haute sphère gouvernementale que, sur le conseil même du chef de la sûreté de Paris, le maître de la police avait résolu de prier le journal l'*Époque* de lui prêter son jeune reporter.

Le prince Galitch avait si bien présenté la chose que Rouletabille rougit jusqu'aux deux oreilles et qu'il répliqua sèchement qu'il n'avait jamais, même dans sa courte vie, fait œuvre policière et que le chef de la Sûreté de Paris et le maître de la police de Saint-Pétersbourg étaient deux imbéciles.

Le prince se prit à rire de toutes ses dents, qu'il avait belles et vraiment je vis bien que son rire n'était point beau, mais féroce et bête, ma foi, comme un rire d'enfant dans une bouche de grande personne. Il fut tout à fait de l'avis de Rouletabille et, pour le prouver, il ajouta :

« Vraiment on est heureux de vous entendre parler de la sorte, car on demande maintenant au journaliste des besognes qui n'ont point affaire avec un véritable homme de lettres. »

Rouletabille, indifférent, laissa tomber la conversation.

Mrs. Edith la releva en parlant avec extase de la splendeur de la nature. Mais, pour elle, il n'était rien de plus beau sur la côte que les jardins de Babylone, et elle le dit. Elle ajouta avec malice :

« Ils nous paraissent d'autant plus beaux, qu'on ne peut les voir que de loin. »

L'attaque était si directe que je crus que le prince allait y répondre par une invitation.

Mais il n'en fut rien. Mrs. Edith marqua un léger dépit, et elle déclara tout à coup :

« Je ne veux point vous mentir, prince. Vos jardins, je les ai vus.

– Comment cela ? interrogea Galitch avec un singulier sang-froid.

– Oui, je les ai visités, et voici comment... »

Alors elle raconta, pendant que le prince se raidissait en une attitude glacée, comment elle avait vu les jardins de Babylone.

Elle y avait pénétré, comme par mégarde, par derrière, en poussant une barrière qui faisait communiquer directement ces jardins avec la montagne. Elle avait marché d'enchantement en enchantement, mais sans être étonnée. Quand on passait sur le bord de la mer, ce que l'on apercevait des jardins de Babylone l'avait préparée aux merveilles dont elle violait si audacieusement le secret. Elle était arrivée auprès d'un petit étang, tout petit, noir comme de l'encre, et sur la rive duquel se tenaient un grand lis d'eau et une petite vieille toute ratatinée, au menton en galoche. En l'apercevant, le grand lis d'eau et la petite vieille s'étaient enfuis, celle-ci si légère, qu'elle s'appuyait pour courir sur celui-là comme elle eût fait d'un bâton. Mrs. Edith avait bien ri. Elle avait appelé :

« Madame ! Madame ! »

Mais la petite vieille n'en avait été que plus épouvantée et elle avait disparu avec son lis derrière un figuier de Barbarie. Mrs. Edith avait continué sa route, mais ses pas étaient devenus plus inquiets. Soudain, elle avait entendu un grand froissement de feuillages et ce bruit particulier que font les oiseaux sauvages quand, surpris par le chasseur, ils s'échappent de la prison de verdure où ils se sont blottis. C'était une seconde petite vieille, plus ratatinée encore que la première, mais moins légère, et qui s'appuyait sur une vraie canne à bec-de-corbin. Elle s'évanouit – c'est-à-dire que Mrs. Edith la perdit de vue au détour du sentier. Et une troisième petite vieille appuyée sur deux cannes à bec-de-corbin surgit encore du mystérieux jardin ; elle s'échappa du tronc d'un eucalyptus géant ; et elle allait d'autant plus vite qu'elle avait, pour courir, quatre pattes, tant de pattes qu'il était tout à fait étonnant qu'elle ne s'y embrouillât point. Mrs. Edith avançait toujours. Et ainsi elle parvint jusqu'au perron de marbre habillé de roses de la villa ; mais, la gardant, les trois petites vieilles étaient alignées sur la plus haute marche, comme trois corneilles sur une branche, et elles ouvrirent leurs becs menaçants d'où

317

s'échappèrent des croassements de guerre. Ce fut au tour de Mrs. Edith de s'enfuir.

Mrs. Edith avait raconté son aventure d'une façon si délicieuse et avec tant de charme emprunté à une littérature falote et enfantine que j'en fus tout bouleversé et que je compris combien certaines femmes qui n'ont rien de naturel peuvent l'emporter dans le cœur d'un homme sur d'autres qui n'ont pour elles que la nature.

Le prince ne parut nullement embarrassé de cette petite histoire. Il dit, sans sourire :

« Ce sont mes trois fées. Elles ne m'ont jamais quitté depuis que je suis né au pays de Galitch. Je ne puis travailler ni vivre sans elles. Je ne sors que lorsqu'elles me le permettent et elles veillent sur mon labeur poétique avec une jalousie féroce. »

Le prince n'avait pas fini de nous donner cette fantaisiste explication de la présence des trois vieilles aux jardins de Babylone, que Walter, le valet du vieux Bob, apporta une dépêche à Rouletabille. Celui-ci demanda la permission de l'ouvrir, et lut tout haut :

« – Revenez le plus tôt possible ; vous attendons avec impatience. Magnifique reportage à faire à Pétersbourg. »

Cette dépêche était signée du rédacteur en chef de l'*Époque*.

« Eh ! qu'en dites-vous, monsieur Rouletabille ? demanda le prince ; ne trouvez-vous point, maintenant, que j'étais bien renseigné ? »

La Dame en noir n'avait pu retenir un soupir.

« Je n'irai pas à Pétersbourg, déclara Rouletabille.

– On le regrettera à la cour, fit le prince, j'en suis sûr, et permettez-moi de vous dire, jeune homme, que vous manquez l'occasion de votre fortune. »

Le *jeune homme* déplut singulièrement à Rouletabille qui ouvrit la bouche pour répondre au prince, mais qui la referma, à mon grand étonnement, sans avoir répondu. Et le prince continua :

« ... Vous eussiez trouvé là-bas un terrain d'expériences digne de vous. On peut tout espérer quand on a été assez fort pour dévoiler un *Larsan !...* »

Le mot tomba au milieu de nous avec fracas et nous nous réfugiâmes derrière nos vitres noires d'un commun mouvement. Le silence qui suivit fut horrible... Nous restions maintenant immobiles autour de ce silence-là, comme des statues... Larsan !...

Pourquoi ce nom que nous avions prononcé si souvent depuis quarante-huit heures, ce nom qui représentait un danger avec lequel nous commencions de nous familiariser, – pourquoi, à ce moment précis, ce nom nous produisit-il un effet que, pour ma part, je n'avais encore jamais aussi brutalement ressenti ? Il me semblait que j'étais sous le coup de foudre d'un geste magnétique. Un malaise indéfinissable se glissait dans mes veines. J'aurais voulu fuir, et il me parut que si je me levais, je n'aurais point la force de me contenir... Le silence que nous continuions à garder contribuait à augmenter cet incroyable état d'hypnose... Pourquoi ne parlait-on pas ?... Qu'est-ce que faisait la gaieté du vieux Bob ?... On ne l'avait pas entendue au repas ?... Et les autres, les autres, pourquoi restaient-ils muets derrière leurs vitres noires ?... Tout à coup, je tournai la tête et je regardai derrière moi. Alors, je compris, à ce geste instinctif, que j'étais la proie d'un phénomène tout naturel... Quelqu'un me regardait... Deux yeux étaient fixés sur moi, *pesaient* sur moi. Je ne vis point ces yeux et je ne sus d'où me venait ce regard... Mais il était là... Je le sentais... *Et c'était son regard à lui*... Et cependant, il n'y avait personne derrière moi... ni à droite, ni à gauche, ni en face... personne autour de moi que les gens qui étaient assis à cette table, immobiles derrière leurs binocles noirs... Alors... alors, j'eus la certitude que les yeux de Larsan me regardaient derrière l'un de ces binocles là !... Ah ! les vitres noires ! les vitres noires derrière lesquelles se cachait Larsan !...

Et puis, tout à coup, je ne sentis plus rien... Le regard, sans doute, avait cessé de regarder... je respirai... Un double soupir répondit au mien... Est-ce que Rouletabille ?... Est-ce que la Dame en noir auraient, eux aussi, supporté le même poids, dans le même moment, le poids de ses yeux ?... Le vieux Bob disait :

« Prince, je ne crois point que votre dernier os à moelle du milieu de la période quaternaire... »

Et tous les binocles noirs remuèrent...

Rouletabille se leva et me fit un signe. Je le rejoignis hâtivement dans la salle du conseil. Aussitôt que je me présentai, il ferma la porte et me dit :

« Eh bien, l'avez-vous senti ?... »

J'étouffais ; je murmurai :

« Il est là !... il est là !... À moins que nous ne devenions fous !... »

Un silence, et je repris, plus calme :

« Vous savez, Rouletabille, qu'il est très possible que nous devenions fous... Cette hantise de Larsan nous conduira au cabanon, mon ami !... Il n'y a pas deux jours que nous sommes enfermés dans ce château, et voyez déjà dans quel état... »

Rouletabille m'interrompit.

« Non ! non !... je le sens !... Il est là !... Je le touche !... Mais où ?... Mais quand ?... Depuis que je suis entré ici, je sens qu'il ne faut pas que je m'en éloigne !... Je ne tomberai pas dans le piège !... Je n'irai pas le chercher dehors, bien que je l'aie vu dehors !... Bien que vous l'ayez vu, vous-même, dehors !... »

Puis il s'est calmé tout à fait, a froncé les sourcils, a allumé sa bouffarde et a dit comme aux beaux jours, aux beaux jours où sa raison, qui ignorait encore le lien qui l'unissait à la Dame en noir, n'était pas troublée par les mouvements de son cœur :

« Raisonnons !... »

Et il en revint tout de suite à cet argument qu'il nous avait déjà servi et qu'il se répétait sans cesse à lui-même pour ne point, disait-il, se laisser séduire *par le côté extérieur des choses*.

« Ne point chercher Larsan là où il se montre, le chercher partout où il se cache. »

Ceci suivi de cet autre argument complémentaire :

« Il ne se montre si bien là où il paraît être que pour qu'on ne le voie pas là où il est. »

Et il reprit :

« Ah ! *le côté extérieur des choses !* Voyez-vous, Sainclair ; il y a des moments où, pour raisonner, je voudrais pouvoir m'arracher les yeux. Arrachons-nous les yeux, Sainclair ; cinq minutes... cinq minutes seulement... *et nous verrons peut-être clair !* »

Il s'assit, posa sa pipe sur la table, se prit la tête dans les mains et dit :

« Voici, je n'ai plus d'yeux. Dites-moi, Sainclair : *qu'y a-t-il à l'intérieur des pierres ?*

— Qu'est-ce que je vois à l'intérieur des pierres ? répétai je.

— Eh non ! Eh non ! vous n'avez plus d'yeux, vous ne voyez plus rien ! *Énumérez sans voir !* ÉNUMÉREZ-LES TOUS !

— Il y a d'abord vous et moi, fis-je, comprenant enfin où il voulait en venir.

— Très bien.

— Ni vous, ni moi, continuai-je, ne sommes Larsan.

— Pourquoi ?

— Pourquoi ?... Eh ! dites-le donc !... Il faut que vous me disiez pourquoi ! J'admets, moi, que je ne suis pas Larsan, j'en suis sûr, puisque je suis Rouletabille ; mais, vis-à-vis de Rouletabille, me direz-vous pourquoi vous n'êtes pas Larsan ?...

— Parce que vous l'auriez bien vu !...

— Malheureux ! hurla Rouletabille, en s'enfonçant avec plus de force les poings dans les yeux ! Je n'ai plus d'yeux... Je ne peux pas vous voir !... Si Jarry, de la brigade des jeux, n'avait pas *vu* s'asseoir à la banque de Trouville le comte de Maupas, il aurait juré, par la seule vertu du raisonnement, que l'homme qui prenait alors les cartes était Ballmeyer ! Si Noblet, de la brigade des garnis, ne s'était trouvé face à face, un soir, chez la Troyon, avec un homme qu'il reconnut pour être la vicomte Drouet d'Eslon, il aurait juré que l'homme qu'il venait arrêter et qu'il n'arrêta pas parce qu'il l'avait *vu*, était Ballmeyer ! Si l'inspecteur Giraud, qui connaissait le comte de Motteville comme vous me connaissez, n'avait pas *vu*, un après-midi, aux courses de Longchamp, *causant à deux de ses amis dans le pesage*, n'avait pas *vu*, dis-je, le comte de Motteville, il eût arrêté Ballmeyer ! Ah ! voyez-vous, Sainclair ! ajouta le jeune homme d'une voix sourde et frémissante, mon père est né avant moi !... et il faut être bien fort pour « arrêter » mon père !... »

Ceci fut dit avec tant de désespoir, que le peu de force que j'avais de raisonner s'évanouit tout à fait. Je me bornai à lever les mains au ciel, geste que Rouletabille ne vit point, car il ne voulait plus rien voir !...

« Non ! non ! il ne faut plus rien *voir*, répéta-t-il... ni vous, ni M. Stangerson, ni M. Darzac, ni Arthur Rance, ni le vieux Bob, ni le prince Galitch... Mais il faut *savoir* pourquoi aucun de ceux-là ne peut être Larsan ! Seulement alors, seulement, je respirerai derrière les pierres... »

Moi, je ne respirais plus... On entendait, sous la voûte de la poterne, le pas régulier de Mattoni qui montait sa garde.

« Eh bien, et les domestiques ? fis-je avec effort... et Mattoni ?... et les autres ?

— Je sais, je suis sûr qu'ils n'ont point quitté le fort d'Hercule pendant que Larsan apparaissait à Mme Darzac et à M. Darzac, en gare de Bourg...

— Avouez encore, Rouletabille, fis-je, que vous ne vous en occupez pas, parce que tout à l'heure, *ils n'étaient point derrière les binocles noirs !* »

Rouletabille frappa du pied, et s'écria :

« Taisez-vous ! Taisez-vous, Sainclair !... *Vous allez me rendre plus nerveux que ma mère !* »

Cette phrase, dite dans la colère, me frappa étrangement. J'eus voulu questionner Rouletabille sur l'état d'esprit de la Dame en noir, mais il avait repris, posément :

« 1° Sainclair n'est pas Larsan puisque Sainclair était au Tréport avec moi pendant que Larsan était à Bourg.

« 2° Le professeur Stangerson n'est pas Larsan, puisqu'il était sur la ligne de Dijon à Lyon pendant que Larsan était à Bourg. En effet, arrivés à Lyon, une minute avant lui, M. et Mme Darzac le virent descendre de son train.

« Mais tous les autres, s'il est suffisant de pouvoir être à Bourg à ce moment-là pour être Larsan, peuvent être Larsan, car tous pouvaient être à Bourg.

« D'abord M. Darzac y était ; ensuite Arthur Rance a été absent les deux jours qui ont précédé l'arrivée du professeur et de M. Darzac. Il arrivait tout juste à Menton pour les recevoir (Mrs. Edith elle-même, sur mes questions, que je posais à bon escient, m'a avoué que, ces deux jours-là, son mari avait dû s'absenter pour affaires). Le vieux Bob faisait son voyage à Paris. Enfin, le prince Galitch n'a pas été vu aux grottes ni hors des jardins de Babylone...

« Prenons d'abord M. Darzac.

— Rouletabille ! m'écriai-je, c'est un sacrilège !

— Je le sais bien !

— Et c'est une stupidité !...

— Je le sais aussi... Mais pourquoi ?

— Parce que, fis-je, hors de moi, Larsan a beau avoir du génie ; il pourra peut-être tromper un policier, un journaliste, un reporter, et, je le dis : un Rouletabille... il pourra peut-être tromper un ami, quelques instants, je l'admets... Mais il ne pourra jamais tromper une fille au point de se faire passer pour son père – ceci pour vous rassurer sur le cas de M. Stangerson – ni une femme, au point de se faire passer pour son fiancé. Eh ! mon ami, Mathilde Stangerson connaissait M. Darzac avant qu'elle n'eût franchi à son bras le fort d'Hercule !...

— Et elle connaissait aussi Larsan ! ajouta froidement Rouletabille. Eh bien, mon cher, vos raisons sont puissantes, mais, comme (oh ! l'ironie de cela !) je ne sais pas au juste jusqu'où va le génie de mon père, j'aime mieux, pour rendre à M. Robert Darzac une personnalité que je n'ai jamais songé à lui enlever, me baser sur un argument un peu plus solide : *Si Robert Darzac était Larsan, Larsan ne serait pas apparu à plusieurs reprises à Mathilde Stangerson, puisque c'est la réapparition de Larsan qui enlève Mathilde Stangerson à Robert Darzac !*

– Eh ! m'écriai-je... À quoi bon tant de vains raisonnements quand on n'a qu'à ouvrir les yeux ?... Ouvrez-les, Rouletabille ! »

Il les ouvrit.

« Sur qui ? fit-il avec une amertume sans égale. Sur le prince Galitch ?

– Pourquoi pas ? Il vous plaît, à vous, ce prince de la Terre Noire qui chante des chansons lithuaniennes ?

– Non ! répondit Rouletabille, mais il plaît à Mrs. Edith. »

Et il ricana. Je serrai les poings. Il s'en aperçut, mais fit tout comme s'il ne s'en apercevait pas.

« Le prince Galitch est un nihiliste qui ne m'occupe guère, fit-il tranquillement.

– Vous en êtes sûr ?... Qui vous a dit ?...

– La femme de Bernier connaît l'une des trois petites vieilles dont nous a parlé, au déjeuner, Mrs. Edith. J'ai fait une enquête. C'est la mère d'un des trois pendus de Kazan, qui avaient voulu faire sauter l'empereur. J'ai vu la photographie des malheureux. Les deux autres vieilles sont les deux autres mères... Aucun intérêt », fit brusquement Rouletabille.

Je ne pus retenir un geste d'admiration.

« Ah ! vous ne perdez pas votre temps !

– L'*autre* non plus », gronda-t-il.

Je croisai les bras.

« Et le vieux Bob ? fis-je.

– Non ! mon cher, non ! souffla Rouletabille, presque avec rage ; celui-là, non !... Vous avez vu qu'il a une perruque, n'est-ce pas ?... Eh bien, *je vous prie de croire que lorsque mon père met une perruque, cela ne se voit pas !* »

Il me dit cela si méchamment que je me disposai à le quitter. Il m'arrêta.

« Eh bien, mais ?... Nous n'avons rien dit d'Arthur Rance ?...

– Oh ! celui-là n'a pas changé... dis-je.

– Toujours les yeux ! Prenez garde à vos yeux, Sainclair... »

Et il me serra la main. Je sentis que la sienne était moite et brûlante. Il s'éloigna.

Je restai un instant sur place, songeant... songeant à quoi ? À ceci, que j'avais tort de prétendre qu'Arthur Rance n'avait pas changé...

D'abord, maintenant, il laissait pousser un soupçon de moustache, ce qui était tout à fait anormal pour un Américain routinier de sa trempe... Ensuite, il portait les cheveux plus longs, avec une large mèche collée sur le front... Ensuite, je ne l'avais pas vu depuis deux ans... On change toujours en deux ans...

Et puis Arthur Rance, qui ne buvait que de l'alcool, ne boit plus que de l'eau... Mais alors, Mrs. Edith ?... Qu'est-ce que Mrs. Edith ?... Ah çà ! Est-ce que je deviens fou, moi aussi ?... Pourquoi dis-je : moi aussi ?... comme... comme la Dame en noir ?... comme... comme Rouletabille ?... Est-ce que je ne trouve pas que Rouletabille devient un peu fou ?... Ah ! la Dame en noir nous a tous ensorcelés !... Parce que la Dame en noir vit dans le perpétuel frisson de son souvenir, voilà que nous tremblons du même frisson qu'elle... La peur, ça se gagne... comme le choléra.

3° DE L'EMPLOI DE MON APRES-MIDI, JUSQU'A CINQ HEURES.

Je profitai de ce que je n'étais point de garde pour aller me reposer dans ma chambre ; mais je dormis mal, ayant rêvé tout de suite que le vieux Bob, Mr Rance et Mrs. Edith formaient une affreuse association de bandits qui avaient juré notre perte à Rouletabille et à moi. Et, quand je me réveillai, sous cette impression funèbre, et que je revis les vieilles tours et le vieux château, toutes ces pierres menaçantes, je ne fus pas loin de donner raison à mon cauchemar et je me dis tout haut : « Dans quel repaire sommes-nous venus nous réfugier ? » Je mis le nez à la fenêtre.

Mrs. Edith passait dans la Cour du Téméraire, s'entretenant négligemment avec Rouletabille et roulant entre ses jolis doigts fuselés une rose éclatante. Je descendis aussitôt. Mais, arrivé dans la cour, je ne la trouvai plus. Je suivis Rouletabille qui entrait faire son tour d'inspection dans la Tour Carrée.

Je le vis très calme et très maître de sa pensée ; très maître aussi de ses yeux qu'il ne fermait plus. Ah ! C'était toujours un spectacle de le voir regarder les choses autour de lui. Rien ne lui échappait. La Tour Carrée, habitation de la Dame en noir, était l'objet de son constant souci.

Et, à ce propos, je crois opportun, quelques heures avant le moment où va se produire la tant mystérieuse attaque, de donner ici le plan intérieur de l'étage habité de cette tour, étage qui se trouvait de plain-pied avec la Cour de Charles le Téméraire.

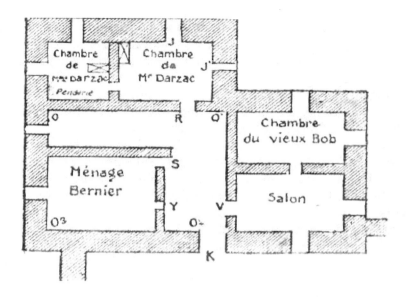

Quand on entrait dans la Tour Carrée par la seule porte K, on se trouvait dans un large corridor qui avait fait partie autrefois de la salle des gardes. La salle des gardes prenait autrefois tout l'espace O, O^1, O^2, O^3, et était fermée de murs de pierre qui existaient toujours avec leurs portes donnant sur les autres pièces du Vieux Château. C'est Mrs. Arthur Rance qui, dans cette salle des gardes, avait fait élever des murailles de planches de façon à constituer une pièce assez spacieuse qu'elle avait le dessein de transformer en salle de bains.

Cette pièce même était entourée maintenant par les deux couloirs à angle droit O, O^1, et O^1, O^2. La porte de cette pièce qui servait de loge aux Bernier était située en S. On était dans la nécessité de passer devant cette porte pour se rendre en R, où se trouvait l'unique porte permettant d'entrer dans l'appartement des Darzac. L'un des époux Bernier devait toujours se tenir dans la loge. Et il n'y avait qu'eux qui avaient le droit d'entrer dans leur loge. De cette loge, on surveillait également, par une petite fenêtre pratiquée en Y, la porte V, qui donnait sur l'appartement du vieux Bob. Quand M. et Mme Darzac ne se trouvaient point dans leur appartement, l'unique clef qui ouvrait la porte R était toujours chez les Bernier ; et c'était une clef spéciale et toute neuve, fabriquée la veille dans un endroit que seul Rouletabille connaissait. Le jeune reporter avait posé la serrure lui-même.

Rouletabille aurait bien désiré que la consigne qu'il avait imposée pour l'appartement Darzac fût également suivie pour l'appartement du vieux Bob, mais celui-ci s'y était opposé avec un éclat comique auquel il avait fallu céder. Le vieux Bob ne voulait pas être traité comme un prisonnier et il tenait absolument à entrer chez lui et à en ressortir quand il lui en prenait fantaisie sans avoir à demander sa clef au concierge.

Sa porte resterait ouverte et ainsi il pourrait autant de fois qu'il lui plairait se rendre de sa chambre ou de son salon à son bureau installé dans la tour de Charles le Téméraire sans déranger personne et sans se tourmenter de personne. Pour cela, il fallait encore laisser la porte K ouverte. Il l'exigea et Mrs. Edith donna raison à son oncle sur un ton d'ironie tel, ironie qui s'adressait à la prétention que pouvait avoir Rouletabille de traiter le vieux Bob à l'instar de la fille du professeur Stangerson, que Rouletabille n'insista pas.

Mrs. Edith lui avait dit de ses lèvres minces : « Mais, monsieur Rouletabille, mon oncle, lui, ne craint pas qu'on l'enlève ! » Et Rouletabille avait compris qu'il n'avait plus qu'à rire avec le vieux Bob de cette idée saugrenue, qu'on pût enlever comme une jolie femme l'homme dont le principal attrait était de posséder le plus vieux crâne de l'humanité ! Et il avait ri... Il avait même ri plus fort que le vieux Bob, mais à une condition c'est que la porte K fût fermée à clef passé dix heures du soir, et que cette clef restât toujours en possession des Bernier qui viendraient lui ouvrir s'il y avait lieu. Ceci encore dérangeait le vieux Bob qui travaillait quelquefois très tard dans la tour de Charles Le Téméraire. Mais non plus il ne voulait avoir l'air de contrecarrer en tout ce brave M. Rouletabille qui avait, disait-il, peur des voleurs ! Car il faut tout de suite faire observer à la décharge du vieux Bob que, s'il se prêtait si peu aux consignes défensives de notre jeune ami, c'est qu'on n'avait point jugé utile de le mettre au courant de la résurrection de Larsan-Ballmeyer. Il avait bien entendu parler des malheurs extraordinaires qui avaient fondu autrefois sur cette pauvre Mlle Stangerson ; mais il était à cent lieues de penser qu'elle n'avait point rompu avec ces malheurs-là depuis qu'elle s'appelait Mme Darzac. Et puis le vieux Bob était un égoïste comme presque tous les savants. Très heureux, à cause qu'il possédait le plus vieux crâne de l'humanité, il ne pouvait concevoir que tout le monde ne le fût point autour de lui.

Rouletabille, après s'être aimablement enquis de la santé de la mère Bernier qui était en train d'éplucher des pommes de terre dites « saucisses », dont un grand sac, à ses côtés, était plein, pria le père Bernier de nous ouvrir la porte de l'appartement Darzac.

C'était la première fois que je pénétrais dans la chambre de M. Darzac. L'aspect en était glacial. Elle me parut froide et sombre. La pièce, très vaste, était meublée fort simplement d'un lit de chêne, d'une table-toilette que l'on avait glissée dans l'une des deux ouvertures J pratiquées dans la muraille, autour de ce qui avait été autrefois des meurtrières. Si épaisse était la muraille et si grande l'ouverture que toute cette embrasure formait une sorte de petite chambrette dans la grande, et M. Darzac en avait fait son cabinet de toilette. La seconde fenêtre J'était plus petite. Ces deux fenêtres étaient garnies de barreaux épais entre lesquels on pouvait à peine passer le bras. Le lit, haut sur ses pieds, était adossé à la muraille extérieure et poussé contre la cloison (de pierre) qui séparait la chambre de M. Darzac de celle de sa femme. En face, dans l'angle de la tour, se trouvait un placard. Au centre de la chambre, une table-guéridon sur laquelle on avait déposé quelques livres de science et tout ce qu'il fallait pour écrire. Et puis, un fauteuil et trois chaises. C'était tout. Il était absolument impossible de se cacher dans cette chambre, si ce n'est, naturellement, dans le placard. Aussi le père et la mère Bernier avaient-ils reçu l'ordre de visiter, chaque fois qu'ils faisaient l'appartement, ce placard où M. Darzac enfermait ses vêtements ; et Rouletabille lui-même qui, en l'absence des Darzac, venait de temps à autre jeter, dans les chambres de la Tour Carrée, le coup d'œil du maître, ne manquait-il jamais de le fouiller.

Il le fit encore devant moi. Quand nous passâmes ensuite dans la chambre de Mme Darzac, nous étions bien sûrs que nous ne laissions personne derrière nous chez M. Darzac. Aussitôt entré dans l'appartement, Bernier qui nous avait suivis avait eu soin, comme il le faisait toujours, de tirer les verrous qui fermaient intérieurement l'unique porte faisant communiquer l'appartement avec le corridor.

La chambre de Mme Darzac était plus petite que celle de son mari. Mais bien éclairée, à cause de la disposition spéciale des fenêtres, et gaie. Aussitôt qu'il y eut mis les pieds, je ·vis Rouletabille pâlir et tourner vers moi son bon et (alors) mélancolique visage. Il me dit :

« Eh bien, Sainclair, le sentez-vous le parfum de la Dame en noir ? »

Ma foi, non ! je ne sentais rien du tout. La fenêtre, garnie de barreaux comme toutes les autres qui donnaient sur la pleine mer, était, du reste, grande ouverte et une brise légère faisait voleter l'étoffe que l'on avait tirée sur une tringle au-dessus d'une *penderie* qui garnissait un côté de la muraille. L'autre côté était occupé par le lit. Cette penderie était si haut placée que les robes et peignoirs qui la garnissaient et que l'étoffe qui la recouvrait ne tombaient point jusqu'au parquet, de telle sorte qu'il eût été absolument impossible à quelqu'un qui eût voulu se cacher là de dissimuler ses pieds et le bas de ses jambes. Comme la tringle sur laquelle glissaient les portemanteaux était des plus légères, il n'eût pu également s'y suspendre. Rouletabille n'en examina pas moins avec soin cette garde-robe. Pas de placard dans cette pièce. Table-toilette, table-bureau, un fauteuil, deux chaises et les quatre murs, entre lesquels personne que nous, en toute vérité évidente du bon Dieu.

Rouletabille, après avoir regardé sous le lit, donna le signal du départ et nous balaya d'un geste de l'appartement. Il en sortit le dernier. Bernier ferma aussitôt la porte avec la petite clef qu'il remit dans la poche du haut de son veston que fermait une boutonnière qu'il boutonna. Nous fîmes le tour des corridors et aussi celui de l'appartement du vieux Bob, composé d'un salon et d'une chambre aussi facile à visiter que l'appartement Darzac. Personne dans l'appartement, ameublement sommaire, un placard, une bibliothèque, à peu près vides, aux portes ouvertes. Quand nous sortîmes de l'appartement, la mère Bernier venait de placer sa chaise sur le pas de sa porte, ce qui lui permettait de voir plus clair à sa besogne qui était toujours celle du pelage des pommes de terre dites *saucisses*.

Nous entrâmes dans la pièce occupée par les Bernier et la visitâmes comme le reste. Les autres étages étaient inhabités et communiquaient avec le rez-de-chaussée par un petit escalier intérieur qui commençait dans l'angle O³ pour aboutir au sommet de la tour. Une trappe dans le plafond de la pièce habitée par les Bernier fermait cet escalier. Rouletabille demanda un marteau et des clous et encloua la trappe. Cet escalier devenait inutilisable.

On pouvait dire en principe et en fait que rien n'échappait à Rouletabille et que celui-ci ayant fait sa tournée dans la Tour Carrée n'y laissa personne d'autres que le père et la mère Bernier quand nous en fûmes sortis tous deux. On peut dire également qu'aucun être humain ne se trouvait dans l'appartement des Darzac avant que Bernier, quelques minutes plus tard, ne l'eût ouvert lui-même à M. Darzac, ainsi que je vais le raconter.

Il était environ cinq heures moins cinq quand, laissant Bernier dans son corridor, devant la porte de l'appartement Darzac, Rouletabille et moi nous nous retrouvâmes dans la Cour du Téméraire.

À ce moment, nous gagnons le terre-plein de l'ancienne tour B". Nous nous asseyons sur le parapet, les yeux tournés vers la terre, attirés par la réverbération sanglante des Rochers Rouges. Justement, voilà que nous apercevons, vers le bord de la *Barma Grande*, qui ouvre sa gueule mystérieuse dans la face flamboyante des *Baoussé Roussé*, la silhouette agitée et funéraire du vieux Bob. Il est la seule chose noire dans la nature. La falaise rouge surgit des eaux dans un tel élan radieux qu'on pourrait la croire toute chaude et toute fumante encore du feu central qui l'a mise au monde. Par quel prodigieux anachronisme, ce moderne croque-mort, avec sa redingote et son chapeau haut de forme, s'agite-t-il, grotesque et macabre, devant cette caverne trois cents fois millénaire, creusée dans la lave ardente pour servir de premier toit à la première famille, aux premiers jours de la terre ? Pourquoi ce fossoyeur sinistre dans ce décor embrasé ? Nous le voyons brandir son crâne et nous l'entendons rire... rire... rire. Ah ! son rire nous fait mal maintenant, nous déchire les oreilles et le cœur.

Du vieux Bob, notre attention s'en va à M. Robert Darzac qui vient de passer la poterne du jardinier et qui traverse la Cour du Téméraire. Il ne nous voit pas. Ah ! il ne rit pas, lui ! Rouletabille le plaint et il comprend qu'il soit à bout de patience. Dans l'après-midi, il a encore dit à mon ami qui me l'a répété : « Huit jours, c'est beaucoup ! Je ne sais pas si je pourrai supporter ce supplice encore huit jours.

– Et où irez-vous ? lui demanda Rouletabille.

– À Rome ! » a-t-il répondu. Évidemment, la fille du professeur Stangerson ne le suivra maintenant que là et Rouletabille croit que c'est cette idée que le pape pourra arranger son affaire qui a mis ce voyage dans la cervelle de ce pauvre M. Darzac. Pauvre, pauvre M. Darzac ! Non, vraiment, il ne faut pas en sourire. Nous ne le quittons pas des yeux jusqu'à la porte de la Tour Carrée. Il est certain « qu'il n'en peut plus » ! Sa taille s'est encore voûtée. Il a les mains dans les poches. Il a l'air dégoûté de tout ! de tout ! Oui, il a l'air dégoûté de tout, avec ses mains dans ses poches ! Mais, patience, il sortira ses mains de ses poches et l'on ne sourira pas toujours ! Et, je puis l'avouer tout de suite, moi qui ai souri... Eh bien, M. Darzac m'a procuré, grâce à l'aide géniale de Rouletabille, le frisson d'épouvante le plus affreux qui puisse secouer des moelles humaines, en vérité ! Alors ! Alors, qu'est-ce qui l'aurait cru ?...

M. Darzac s'en fut tout droit à la Tour Carrée, où il trouva naturellement Bernier qui lui ouvrit son appartement. Comme Bernier était sorti devant la porte de l'appartement, qu'il avait la clef dans sa poche et que, dans l'appartement, il fut établi par la suite qu'aucun barreau n'avait été scié, nous établissons que *lorsque M. Darzac entre dans sa chambre, il n'y a personne dans l'appartement. Et c'est la vérité.*

Évidemment tout cela a été bien précisé après, par chacun de nous ; mais si je vous en parle *avant*, c'est que je suis déjà hanté par *l'inexplicable* qui se prépare dans l'ombre et qui est prêt à éclater.

À ce moment, il est cinq heures.

4° LA SOIREE DEPUIS CINQ HEURES JUSQU'A LA MINUTE OU SE PRODUISIT L'ATTAQUE DE LA TOUR CARREE.

Rouletabille et moi restâmes une heure environ à bavarder, autrement dit, à continuer à nous « monter la tête », sur le terre-plein de cette tour B". Tout à coup, Rouletabille me donna un petit coup sec sur l'épaule et fit : « Mais, j'y pense !... » et il s'en fut dans la Tour Carrée où je le suivis. J'étais à cent lieues de deviner à quoi il pensait. Il pensait au sac de pommes de terre de la mère Bernier qu'il vida entièrement sur le plancher de leur chambre pour la plus grande stupéfaction de la bonne femme ; puis, content de ce geste qui répondait évidemment à une préoccupation de son esprit, il revint avec moi dans la Cour du Téméraire, cependant que, derrière nous, le père Bernier riait encore des pommes de terre répandues.

Mme Darzac se montra un instant à la fenêtre de la chambre occupée par son père, au premier étage de la Louve.

La chaleur était devenue insupportable. Nous étions menacés d'un violent orage et nous aurions voulu qu'il éclatât tout de suite...

Ah ! l'orage nous soulagerait beaucoup... La mer a la tranquillité lourde et épaisse d'une nappe oléagineuse. Ah ! la mer est pesante, et l'air est pesant, et nos poitrines sont pesantes. Il n'y a de léger sur la terre et dans les cieux que le vieux Bob qui est réapparu sur le bord de la *Barma Grande* et qui s'agite encore. On dirait qu'il danse. Non, il fait un discours. À qui ? Nous nous penchons sur le parapet pour voir. Il y a évidemment quelqu'un sur la grève à qui le vieux Bob tient des propos préhistoriques. Mais des feuilles de palmier nous cachent l'auditoire du vieux Bob. Enfin, l'auditoire remue et s'avance ; il s'approche du *professeur noir*, comme l'appelle Rouletabille. Cet auditoire est composé de deux personnes : Mrs. Edith... c'est bien elle, avec ses grâces languissantes, sa façon de s'appuyer sur le bras de son mari... Au bras de son mari ! Mais celui-ci n'est point son mari !... Quel est donc cet homme, ce jeune homme, au bras de qui Mrs. Edith s'appuie avec tant de grâces languissantes ?

Rouletabille se retourne, cherchant autour de nous quelqu'un pour nous renseigner : Mattoni ou Bernier. Justement Bernier est sur le seuil de la porte de la Tour Carrée. Rouletabille lui fait signe. Bernier nous rejoint et son œil suit la direction indiquée par l'index de Rouletabille.

« Qui est avec Mrs. Edith ? demande le reporter. Savez-vous ?...

– Ce jeune homme ? répond sans hésiter Bernier, c'est le prince Galitch. »

Rouletabille et moi, nous nous regardons. Il est vrai que nous n'avions jamais encore vu marcher de loin le prince Galitch ; mais vraiment je ne me serais pas imaginé cette démarche... Et puis, il ne me semblait pas si grand... Rouletabille me comprend, hausse les épaules...

« C'est bien, dit-il à Bernier... Merci... »

Et nous continuons de regarder Mrs. Edith et son prince.

« Je ne puis dire qu'une chose, fait Bernier avant de nous quitter, c'est que c'est un prince qui ne me revient pas. Il est trop doux. Il est trop blond, il a des yeux trop bleus. On dit qu'il est russe. ça va, ça vient, ça quitte le pays sans dire gare ! L'avant-dernière fois qu'il était invité ici à déjeuner, madame et monsieur l'attendaient et n'osaient commencer sans lui. Eh bien, on a reçu une dépêche priant de l'excuser parce qu'il avait manqué le train. La dépêche était datée de Moscou... »

Et Bernier, ricanant drôlement, retourne sur le seuil de sa tour.

Nos yeux fixent toujours la grève. Mrs. Edith et le prince continuent leur promenade vers la grotte de Roméo et Juliette ; le vieux Bob cesse soudain de gesticuler, descend de la *Barma Grande*, s'en vient vers le château, y entre, traverse la baille, et nous voyons très bien (du haut du terre-plein de la tour B") qu'il a fini de rire. Le vieux Bob est devenu la tristesse même. Il est silencieux. Il passe maintenant sous la poterne. Nous l'appelons ; il ne nous entend pas. Il porte devant lui à bras tendus son plus vieux crâne et tout à coup, voilà qu'il devient furieux. Il adresse les pires injures au plus vieux crâne de l'humanité. Il descend dans la Tour Ronde et nous avons entendu quelque temps encore les éclats de sa colère jusqu'au fond de la batterie basse. Des coups sourds y retentissaient. On eût dit qu'il se battait contre les murs.

Six heures, à ce moment, sonnaient à la vieille horloge du Château Neuf. Et, presque en même temps, un roulement de tonnerre se fit entendre sur la mer lointaine. Et la ligne de l'horizon devint toute noire.

Alors, un garçon d'écurie, Walter, une brave brute, incapable d'une idée, mais qui avait montré depuis des années un dévouement de bête à son maître, qui était le vieux Bob, passa sous la poterne du jardinier, entra dans la Cour de Charles le Téméraire et vint à nous. Il me tendit une lettre, il en donna une également à Rouletabille et continua son chemin vers la Tour Carrée.

Sur ce, Rouletabille lui demanda ce qu'il allait faire à la Tour Carrée. Il répondit qu'il allait porter au père Bernier le courrier de M. et Mme Darzac ; tout ceci en anglais, car Walter ne connaît que cette langue ; mais nous, nous la parlons suffisamment pour la comprendre. Walter était chargé de distribuer le courrier depuis que le père Jacques n'avait plus le droit de s'éloigner de sa loge. Rouletabille lui prit le courrier des mains et lui dit qu'il allait faire lui-même la commission.

Quelques gouttes d'eau commençaient alors à tomber.

Nous nous dirigeâmes vers la porte de M. Darzac. Dans le corridor, à cheval sur une chaise, le père Bernier fumait sa pipe.

« M. Darzac est toujours là ? demanda Rouletabille.

– Il n'a pas bougé », répondit Bernier.

Nous frappons. Nous entendons les verrous que l'on tire de l'intérieur (ces verrous doivent toujours être poussés dès que la personne est entrée. Règlement Rouletabille).

M. Darzac est en train de ranger sa correspondance quand nous pénétrons chez lui. Pour écrire, il s'asseyait devant la petite table-guéridon, juste en face de la porte R et faisait face à cette porte.

Mais suivez bien tous nos gestes. Rouletabille grogne de ce que la lettre qu'il lit confirme le télégramme qu'il a reçu le matin et le presse de revenir à Paris : son journal veut absolument l'envoyer en Russie.

M. Darzac lit avec indifférence les deux ou trois lettres que nous venons lui remettre et les met dans sa poche. Moi, je tends à Rouletabille la missive que je viens de recevoir ; elle est de mon ami de Paris qui, après m'avoir donné quelques détails sans importance sur le départ de Brignolles, m'apprend que ledit Brignolles se fait adresser son courrier à Sospel, à l'hôtel des Alpes. Ceci est extrêmement intéressant et M. Darzac et Rouletabille se réjouissent du renseignement. Nous convenons d'aller à Sospel le plus tôt qu'il nous sera possible, et nous sortons de l'appartement Darzac. La porte de la chambre de Mme Darzac n'était pas fermée. Voilà ce que j'observai en sortant. J'ai dit, du reste, que Mme Darzac n'était point chez elle. Aussitôt que nous fûmes sortis, le père Bernier referma à clef la porte de l'appartement, aussitôt... aussitôt... je l'ai vu, vu, vu... aussitôt et il mit la clef dans sa poche, dans la petite poche d'en haut de son veston. Ah ! je le vois encore mettre la clef dans sa petite poche d'en haut de son veston, je le jure !... et il en a boutonné le bouton.

Puis nous sortons de la Tour Carrée, tous les trois, laissant le père Bernier dans son corridor, comme un bon chien de garde qu'il est et qu'il n'a jamais cessé d'être jusqu'au dernier jour. Ce n'est pas parce qu'on a un peu braconné qu'on ne saurait être un bon chien de garde. Au contraire, ces chiens-là, ça braconne toujours. Et je le dis hautement, dans tout ce qui va suivre, le père Bernier a toujours fait son devoir et n'a jamais dit que la vérité. Sa femme aussi, la mère Bernier, était une excellente concierge, intelligente, et avec ça pas bavarde. Aujourd'hui qu'elle est veuve, je l'ai à mon service. Elle sera heureuse de lire ici le cas que je fais d'elle et aussi l'hommage rendu à son mari. Ils l'ont mérité tous les deux.

Il était environ six heures et demie, quand, au sortir de la Tour Carrée, nous allâmes rendre visite au vieux Bob dans sa Tour Ronde, Rouletabille, M. Darzac et moi. Aussitôt entré dans la batterie basse, M. Darzac poussa un cri en voyant l'état dans lequel on avait mis un lavis auquel il travaillait depuis la veille pour essayer de se distraire, et qui représentait le plan à une grande échelle du château fort d'Hercule tel qu'il existait au XVe siècle, d'après des documents que nous avait montrés Arthur Rance. Ce lavis était tout à fait gâché et la peinture en avait été toute barbouillée. Il tenta en vain de demander des explications au vieux Bob, qui était agenouillé auprès d'une caisse contenant un squelette, et si préoccupé par une omoplate qu'il ne lui répondit même pas.

J'ouvre ici une petite parenthèse pour demander pardon au lecteur de la précision méticuleuse avec laquelle, depuis quelques pages, je reproduis nos faits et gestes ; mais je dois dire tout de suite que les événements les plus futiles ont une importance en réalité considérable, car chaque pas que nous faisons, en ce moment, nous le faisons en plein drame, sans nous en douter, hélas !

Comme le vieux Bob était d'une humeur de dogue, nous le quittâmes, du moins Rouletabille et moi. M. Darzac resta en face de son lavis gâché, et pensant sans doute à tout autre chose.

En sortant de la Tour Ronde, Rouletabille et moi levâmes les yeux au ciel qui se couvrait de gros nuages noirs. La tempête était proche. En attendant, la pluie ne tombait déjà plus et nous étouffions.

« Je vais me jeter sur mon lit, déclarai-je... Je n'en puis plus... Il fait peut-être frais là-haut, toutes fenêtres ouvertes... »

Rouletabille me suivit dans le Château Neuf. Soudain, comme nous étions arrivés sur le premier palier du vaste escalier branlant, il m'arrêta :

« Oh ! oh ! fit-il à voix basse, elle est là...

« – Qui ?

– La Dame en noir !... Vous ne sentez pas que tout l'escalier en est embaumé ? »

Et il se dissimula derrière une porte en me priant de continuer mon chemin sans plus m'occuper de lui ; ce que je fis.

Quelle ne fut pas ma stupéfaction, en poussant la porte de ma chambre, de me trouver face à face avec Mathilde !...

Elle poussa un léger cri et disparut dans l'ombre, s'envolant comme un oiseau surpris. Je courus à l'escalier et me penchai sur la rampe. Elle glissait le long des marches comme un fantôme. Elle fut bientôt au rez-de-chaussée et je vis au-dessous de moi Rouletabille qui, penché sur la rampe du premier palier, regardait, lui aussi.

Et il remonta jusqu'à moi.

« Hein ! fit-il, qu'est-ce que je vous avais dit !... La malheureuse ! »

Il paraissait à nouveau très agité.

« J'ai demandé huit jours à M. Darzac... Il faut que tout soit fini dans vingt-quatre heures ou je n'aurai plus la force de rien !... »

Et il s'affala tout à coup sur une chaise.

« J'étouffe !... gémit-il, j'étouffe ! » Et il arracha sa cravate. « De l'eau ! » J'allais lui chercher une carafe, mais il m'arrêta : « Non !... c'est l'eau du ciel qu'il me faut ! »

Et il montra le poing au ciel noir qui ne crevait toujours point.

Dix minutes, il resta assis sur cette chaise, à penser. Ce qui m'étonnait, c'est qu'il ne me posait aucune question sur ce que la Dame en noir était venue faire chez moi. J'aurais été bien embarrassé de lui répondre. Enfin, il se leva :

« Où allez-vous ?

– Prendre la garde à la poterne. »

Il ne voulut même point venir dîner et demanda qu'on lui apportât là sa soupe, comme à un soldat. Le dîner fut servi à huit heures et demie à la Louve. Robert Darzac, qui venait de quitter le vieux Bob, déclara que celui-ci ne voulait pas dîner. Mrs. Edith, craignant qu'il ne fût souffrant, s'en fut tout de suite à la Tour Ronde. Elle ne voulut point que Mr Arthur Rance l'accompagnât. Elle paraissait en fort mauvais termes avec son mari. La Dame en noir arriva sur ces entrefaites avec le professeur Stangerson. Mathilde me regarda douloureusement, avec un air de reproche qui me troubla profondément. Ses yeux ne me quittaient point. Personne ne mangea. Arthur Rance ne cessait de regarder la Dame en noir. Toutes les fenêtres étaient ouvertes. On suffoquait. Un éclair et un violent coup de tonnerre se succédèrent rapidement et, tout à coup, ce fut le déluge. Un soupir de soulagement détendit nos poitrines oppressées. Mrs. Edith revenait juste à temps pour n'être point noyée par la pluie furieuse qui semblait devoir engloutir la presqu'île.

Elle raconta avec animation qu'elle avait trouvé le vieux Bob le dos courbé devant son bureau, et la tête dans les mains. Il n'avait point répondu à ses questions. Elle l'avait secoué amicalement, mais il avait fait l'ours. Alors, comme il tenait obstinément ses mains sur ses oreilles, elle l'avait piqué, avec une petite épingle à tête de rubis, dont elle retenait à l'ordinaire les plis du fichu léger qu'elle jetait le soir sur ses épaules. Il avait grogné, lui avait attrapé la petite épingle à tête de rubis et l'avait jetée en rageant sur son bureau. Et puis, il lui avait enfin parlé brutalement, comme il ne l'avait encore jamais fait : « Vous, madame ma nièce, laissez-moi tranquille. » Mrs. Edith en avait été si peinée qu'elle était sortie sans ajouter un mot, se promettant de ne plus remettre, ce soir-là, les pieds à la Tour Ronde. En sortant de la Tour Ronde, Mrs. Edith avait tourné la tête pour voir une fois encore son vieil oncle et elle avait été stupéfaite de ce qu'il lui avait été donné d'apercevoir. Le plus vieux crâne de l'humanité était sur le bureau de l'oncle sens dessus dessous, la mâchoire en l'air toute barbouillée de sang, et le vieux Bob, qui s'était toujours conduit d'une façon correcte avec lui, *le vieux Bob crachait dans son crâne !* Elle s'était enfuie, un peu effrayée.

Là-dessus, Robert Darzac rassura Mrs. Edith en lui disant que ce qu'elle avait pris pour du sang était de la peinture. Le crâne du vieux Bob était badigeonné de la peinture de Robert Darzac.

Je quittai le premier la table pour courir à Rouletabille, et aussi pour échapper au regard de Mathilde. Qu'est-ce que la Dame en noir était venue faire dans ma chambre ? Je devais bientôt le savoir.

Quand je sortis, la foudre était sur nos têtes et la pluie redoublait de force. Je ne fis qu'un bond jusqu'à la poterne. Pas de Rouletabille ! Je le trouvai sur la terrasse B'', surveillant l'entrée de la Tour Carrée et recevant tout l'orage sur le dos.

Je le secouai pour l'entraîner sous la poterne.

« Laisse donc, me disait-il... Laisse donc ! C'est le déluge ! Ah ! comme c'est bon ! comme c'est bon ! Toute cette colère du ciel ! Tu n'as donc pas envie de hurler avec le tonnerre, toi ! Eh bien, moi, je hurle, écoute ! Je hurle !... Je hurle !... Heu ! heu ! heu !... Plus fort que le tonnerre !... Tiens ! on ne l'entend plus !... »

Et il poussa dans la nuit retentissante, au-dessus des flots soulevés, des clameurs de sauvage. Je crus, cette fois, qu'il était devenu vraiment fou. Hélas ! Le malheureux enfant exhalait en cris indistincts l'atroce douleur qui le brûlait, dont il essayait en vain d'étouffer la flamme dans sa poitrine héroïque : *la douleur du fils de Larsan !*

Et tout à coup je me retournai, car une main venait de me saisir le poignet et une forme noire s'accrochait à moi dans la tempête :

« Où est-il ?... Où est-il ? »

C'était Mme Darzac qui cherchait, elle aussi, Rouletabille. Un nouvel éclat de la foudre nous enveloppa. Rouletabille, dans un affreux délire, hurlait au tonnerre à se déchirer la gorge. Elle l'entendit. Elle le vit. Nous étions couverts d'eau, trempés par la pluie du ciel et par l'écume de la mer. La jupe de Mme Darzac claquait dans la nuit comme un drapeau noir et m'enveloppait les jambes. Je soutins la malheureuse, car je la sentais défaillir, et, alors, il arriva ceci que, dans ce vaste déchaînement des éléments, au cours de cette tempête, sous cette douche terrible, au sein de la mer rugissante, je sentis tout à coup son parfum, le doux et pénétrant et si mélancolique parfum de la Dame en noir !... Ah ! je comprends ! Je comprends comment Rouletabille, s'en est souvenu par-delà les années... Oui, oui, c'est une odeur pleine de mélancolie, un parfum pour tristesse intime... Quelque chose comme le parfum isolé et discret et tout à fait personnel d'une plante abandonnée, qui eût été condamnée à fleurir pour elle toute seule, toute seule... Enfin ! C'est un parfum qui m'a donné de ces idées-là et que j'ai essayé d'analyser comme ça, plus tard... parce que Rouletabille m'en parlait toujours... Mais c'était un bien doux et bien tyrannique parfum qui m'a comme enivré tout d'un coup, là, au milieu de cette bataille des eaux et du vent et de la foudre, tout d'un coup, quand je l'ai eu *saisi.* parfum extraordinaire ! Ah ! extraordinaire, car j'avais passé vingt fois auprès de la Dame en noir sans découvrir ce que ce parfum avait d'extraordinaire, et il m'apparaissait dans un moment où les plus persistants parfums de la terre – et même tous ceux qui font mal à la tête – sont balayés comme une haleine de rose par le vent de mer. Je comprends que lorsqu'on l'avait, je ne dis pas senti, mais *saisi* (car enfin tant pis si je me vante, mais je suis persuadé que tout le monde ne pourrait à son gré comprendre le parfum de la Dame en noir, et il fallait certainement pour cela être très intelligent, et il est probable que, ce soir-là, je l'étais plus que les autres soirs, bien que, ce soir-là, je ne dusse rien comprendre à ce qui se passait autour de moi). Oui, quand on avait saisi une fois cette mélancolique et captivante, et adorablement désespérante odeur, – eh bien, c'était pour la vie ! Et le cœur devait en être embaumé, si c'était un cœur de fils comme celui de Rouletabille ;

ou embrasé, si c'était un cœur d'amant, comme celui de M. Darzac ; ou empoisonné, si c'était un cœur de bandit, comme celui de Larsan... Non ! non, on ne devait plus pouvoir s'en passer jamais ! Et, maintenant, je comprends Rouletabille et Darzac et Larsan et tous les malheurs de la fille du professeur Stangerson !...

Donc, dans la tempête, s'accrochant à mon bras, la Dame en noir appelait Rouletabille et une fois encore Rouletabille nous échappa, bondit, se sauva à travers la nuit en criant : « Le parfum de la Dame en noir ! Le parfum de la Dame en noir !... »

La malheureuse sanglotait. Elle m'entraîna vers la tour. Elle frappa de son poing désespéré à la porte que Bernier nous ouvrit, et elle ne s'arrêtait point de pleurer. Je lui disais des choses banales, la suppliant de se calmer, et cependant j'aurais donné ma fortune pour trouver des mots qui, sans trahir personne, lui eussent peut-être fait comprendre quelle part je prenais au drame qui se jouait entre la mère et l'enfant.

Brusquement elle me fit entrer à droite, dans le salon qui précédait la chambre du vieux Bob, sans doute parce que la porte en était ouverte. Là, nous allions être aussi seuls que si elle m'avait fait entrer chez elle, car nous savions que le vieux Bob travaillait tard dans la Tour du Téméraire.

Mon Dieu ! Dans cette soirée horrible, le souvenir de ce moment que je passai en face de la Dame en noir n'est pas le moins douloureux. J'y fus mis à une épreuve à laquelle je ne m'attendais point et quand, à brûle-pourpoint, sans qu'elle prît même le temps de nous plaindre de la façon dont nous venions d'être traités par les éléments – car je ruisselais sur le parquet comme un vieux parapluie – elle me demanda : « Il y a longtemps, Monsieur Sainclair, que vous êtes allé au Tréport ? » je fus plus ébloui, étourdi, que par tous les coups de foudre de l'orage. Et je compris que, dans le moment même que la nature entière s'apaisait au dehors, j'allais subir, maintenant que je me croyais à l'abri, un plus dangereux assaut que celui que le flot des mers livre vainement depuis des siècles au rocher d'Hercule ! Je dus faire mauvaise contenance et trahir tout l'émoi où me plongeait cette phrase inattendue. D'abord, je ne répondis point ; je balbutiai, et certainement je fus tout à fait ridicule. Voilà des années que ces choses se sont passées. Mais j'y assiste encore comme si j'étais mon propre spectateur. Il y a des gens qui sont mouillés et qui ne sont point ridicules. Ainsi la Dame en noir avait beau être trempée et, comme moi, sortir de l'ouragan, eh bien, elle était admirable avec ses cheveux défaits, son col nu, ses magnifiques épaules que moulait la soie légère d'un vêtement, lequel apparaissait à mes yeux extasiés comme une loque sublime, jetée par quelque héritier de Phidias sur la glaise immortelle qui vient de prendre la forme de la beauté ! Je sens bien que mon émotion, même après tant d'années, quand je songe à ces choses, me fait écrire des phrases qui manquent de simplicité. Je n'en dirai point plus long sur ce sujet. Mais ceux qui ont approché la fille du professeur Stangerson me comprendront peut-être, et je ne veux ici, vis-à-vis de Rouletabille, qu'affirmer le sentiment de respectueuse consternation qui me gonfla le cœur devant cette mère divinement belle, qui, dans le désordre harmonieux où l'avait jetée l'affreuse tempête – physique et morale – où elle se débattait, venait me supplier de trahir mon serment. Car j'avais juré à Rouletabille de me taire, et voilà, hélas ! Que mon silence même parlait plus haut que ne l'avait jamais fait aucune de mes plaidoiries.

Elle me prit les mains et me dit sur un ton que je n'oublierai de ma vie :

« Vous êtes son ami. Dites-lui donc que nous avons assez souffert tous deux ! »

Et elle ajouta avec un gros sanglot :

« Pourquoi continue-t-il à mentir ? »

Moi, je ne répondais rien. Qu'est-ce que j'aurais répondu ? Cette femme avait été toujours si « distante », comme on dit maintenant, vis-à-vis de tout le monde en général et de moi en particulier. Je n'avais jamais existé pour elle... et voilà qu'après m'avoir fait respirer le parfum de la Dame en noir elle pleurait devant moi comme une vieille amie...

Oui, comme une vieille amie... Elle me raconta tout, j'appris tout, en quelques phrases pitoyables et simples comme l'amour d'une mère... tout ce que me cachait ce petit sournois de Rouletabille. Évidemment, ce jeu de cache-cache ne pouvait durer et ils s'étaient bien devinés tous les deux. Poussée par un sûr instinct, elle avait voulu définitivement savoir ce que c'était que ce Rouletabille qui l'avait sauvée et qui avait l'âge de l'autre... et qui ressemblait à l'autre. Et une lettre était venue lui apporter à Menton même la preuve récente que Rouletabille lui avait menti et n'avait jamais mis les pieds dans une institution de Bordeaux. Immédiatement, elle avait exigé du jeune homme une explication, mais celui-ci s'y était âprement dérobé. Toutefois, il s'était troublé quand elle lui avait parlé du Tréport et du collège d'Eu et du voyage que nous avions fait là-bas avant de venir à Menton.

« Comment l'avez-vous su ? » m'écriai-je, me trahissant aussitôt.

Elle ne triompha même point de mon innocent aveu, et elle m'apprit d'une phrase tout son stratagème. Ce n'était point la première fois qu'elle venait dans nos chambres quand je l'avais surprise le soir même... Mon bagage portait encore l'étiquette récente de la consigne eudoise.

« Pourquoi ne s'est-il point jeté dans mes bras, quand je les lui ai ouverts ? gémit-elle. Hélas ! Hélas ! s'il se refuse à être le fils de Larsan, ne consentira-t-il jamais à être le mien ? »

Rouletabille s'était conduit d'une façon atroce pour cette femme qui avait cru son enfant mort, qui l'avait pleuré désespérément, comme je l'appris plus tard, et qui goûtait enfin, au milieu de malheurs incomparables, à la joie mortelle de voir son fils ressuscité... Ah ! le malheureux !... La veille au soir, il lui avait ri au nez, quand elle lui avait crié, à bout de forces, qu'elle avait eu un fils et que ce fils *c'était lui !* Il lui avait ri au nez en pleurant !... Arrangez cela comme vous voudrez ! C'est elle qui me l'a dit et je n'aurais jamais cru Rouletabille si cruel, ni si sournois, ni si mal élevé.

Certes ! il se conduisait d'une façon abominable ! Il était allé jusqu'à lui dire *qu'il n'était sûr d'être le fils de personne, pas même d'un voleur !* C'est alors qu'elle était rentrée dans la Tour Carrée et qu'elle avait désiré mourir. Mais elle n'avait pas retrouvé son fils pour le perdre sitôt et elle vivait encore ! J'étais hors de moi ! Je lui baisais les mains. Je lui demandais pardon pour Rouletabille. Ainsi, voilà quel était le résultat de la politique de mon ami. Sous prétexte de la mieux défendre contre Larsan, c'est lui qui la tuait !

Je ne voulus pas en savoir davantage ! J'en savais trop ! Je m'enfuis ! J'appelai Bernier qui m'ouvrit la porte ! Je sortis de la Tour Carrée, en maudissant Rouletabille ! Je croyais le trouver dans la Cour du Téméraire, mais celle-ci était déserte.

À la poterne, Mattoni venait de prendre la garde de dix heures. Il y avait une lumière dans la chambre de mon ami. J'escaladai l'escalier branlant du Château Neuf. Enfin ! Voici sa porte : je l'ouvre, je l'enfonce. Rouletabille est devant moi :

« Que voulez-vous, Sainclair ? »

En quelques phrases hachées, je lui narre tout, et il connaît mon courroux.

« Elle ne vous a pas tout dit, mon ami, réplique-t-il d'une voix glacée. Elle ne vous a pas dit qu'elle me défend de *toucher à cet homme !...*

– C'est vrai, m'écriai-je... je l'ai entendue !...

– Eh bien ! Qu'est-ce que vous venez me raconter, alors ? continue-t-il, brutal. Vous ne savez pas ce qu'elle m'a dit hier ?... Elle m'a ordonné de partir ! Elle aimerait mieux mourir que de me voir aux prises *avec mon père !* »

Et il ricane, ricane.

« Avec mon père !... Elle le croit sans doute plus fort que moi !... »

Il était affreux en parlant ainsi.

Mais, tout à coup, il se transforma et rayonna d'une beauté fulgurante.

« Elle a peur pour moi !... eh bien, moi, j'ai peur pour elle !... *Et je ne connais pas mon père... Et je ne connais pas ma mère !* »

À ce moment, un coup de feu déchire la nuit, suivi du cri de la mort ! Ah ! revoilà le cri, *le cri de la galerie inexplicable !* Mes cheveux se dressent sur ma tête et Rouletabille chancelle comme s'il venait d'être frappé lui-même !...

Et puis, il bondit à la fenêtre ouverte et une clameur désespérée emplit la forteresse : « *Maman ! Maman ! Maman !* »

XI

L'attaque de la Tour Carrée.

J'avais bondi derrière lui, je l'avais pris à bras le corps, redoutant tout de sa folie. Il y avait dans ses cris : « Maman ! Maman ! Maman ! » une telle fureur de désespoir, un appel ou plutôt une annonce de secours tellement au-dessus des forces humaines que je pouvais craindre qu'il n'oubliât qu'il n'était qu'un homme, c'est-à-dire incapable de voler directement de cette fenêtre à cette tour, de traverser comme un oiseau ou comme une flèche cet espace noir qui le séparait du crime et qu'il remplissait de son effrayante clameur. Tout à coup, il se retourna, me renversa, se précipita, dévala, dégringola, roula, se rua à travers couloirs, chambres, escaliers, cours, jusqu'à cette tour maudite qui venait de jeter dans la nuit le cri de mort de la *galerie inexplicable !*

Et moi, je n'avais encore eu que le temps de rester à la fenêtre, cloué sur place par l'horreur de ce cri. J'y étais encore quand la porte de la Tour Carrée s'ouvrit et quand, dans son cadre de lumière, apparut la forme de la Dame en noir ! Elle était toute droite et bien vivante, malgré le cri de la mort, mais son pâle et spectral visage reflétait une terreur indicible. Elle tendit les bras vers la nuit et la nuit lui jeta Rouletabille, et les bras de la Dame en noir se refermèrent et je n'entendis plus que des soupirs et des gémissements, et encore ces deux syllabes que la nuit répétait indéfiniment : « Maman ! Maman ! »

Je descendis à mon tour dans la cour, les tempes battantes, le cœur désordonné, les reins rompus. Ce que j'avais vu sur le seuil de la Tour Carrée ne me rassurait en aucune façon. C'est en vain que j'essayais de me raisonner : Eh ! quoi, au moment même où nous croyions tout perdu, tout, au contraire, n'était-il point retrouvé ? Le fils n'avait-il point retrouvé la mère ? La mère n'avait-elle point enfin retrouvé l'enfant ?... Mais pourquoi... pourquoi ce cri de mort quand elle était si vivante ? Pourquoi ce cri d'angoisse avant qu'elle apparût, debout, sur le seuil de la tour ?

Chose extraordinaire, il n'y avait personne dans la Cour du Téméraire quand je la traversai. Personne n'avait donc entendu le coup de feu ? Personne n'avait donc entendu les cris ? Où se trouvait M. Darzac ? Où se trouvait le vieux Bob ? Travaillaient-ils encore dans la batterie basse de la Tour Ronde ? J'aurais pu le croire, car j'apercevais, au niveau du sol de cette tour, de la lumière. Et Mattoni ? Mattoni, lui non plus, n'avait donc rien entendu ?... Mattoni qui veillait sous la poterne du jardinier ? Eh bien ! Et Bernier ! et la mère Bernier ! Je ne les voyais pas. Et la porte de la Tour Carrée était restée ouverte ! Ah ! le doux murmure : « Maman ! Maman ! Maman ! » Et je l'entendais, elle, qui ne disait que cela en pleurant : « Mon petit ! mon petit ! mon petit ! » Ils n'avaient même pas eu la précaution de refermer complètement la porte du salon du vieux Bob. C'est là encore qu'elle avait entraîné, qu'elle avait emporté son enfant !

... Et ils y étaient seuls, dans cette pièce, à s'étreindre, à se répéter : « Maman ! Mon petit !... » Et puis ils se dirent des choses entrecoupées, des phrases sans suite... des stupidités divines... « Alors, tu n'es pas mort ! »... Sans doute, n'est-ce pas ? Eh bien, c'était suffisant pour les faire repartir à pleurer... Ah ! ce qu'ils devaient s'embrasser, rattraper le temps perdu ! Ce qu'il devait le respirer, lui, le parfum de la Dame en noir !... Je l'entendis qui disait encore : « Tu sais, maman, ce n'est pas moi qui avais volé !... » Et l'on aurait pensé, au son de sa voix, qu'il avait encore neuf ans en disant ces choses, le pauvre Rouletabille. « Non ! mon petit !... non, tu n'as pas volé !... Mon petit ! mon petit !... » Ah ! ce n'était pas ma faute si j'entendais... mais j'en avais l'âme toute chavirée... C'était une mère qui avait retrouvé son petit, quoi !...

Mais où était Bernier ? J'entrai à gauche dans la loge, car je voulais savoir pourquoi on avait crié et qui est-ce qui avait tiré.

La mère Bernier se tenait au fond de la loge qu'éclairait une petite veilleuse. Elle était un paquet noir sur un fauteuil. Elle devait être au lit quand le coup de feu avait éclaté et elle avait jeté sur elle, à la hâte, quelque vêtement. J'approchai la veilleuse de son visage. Les traits étaient décomposés par la peur.

« Où est le père Bernier ? demandai-je.

— Il est là, répondit-elle en tremblant.

— Là ?... Où, là ?... »

Mais elle ne me répondit pas.

Je fis quelques pas dans la loge et je trébuchai. Je me penchai pour savoir sur quoi je marchais ; je marchais sur des pommes de terre. Je baissai la veilleuse et j'examinai le parquet. Le parquet était couvert de pommes de terre ; il en avait roulé partout. La mère Bernier ne les avait donc pas ramassées depuis que Rouletabille avait vidé le sac ?

Je me relevai, je retournai à la mère Bernier :

« Ah çà ! fis-je, on a tiré !... Qu'est-ce qu'il y a eu ?

— Je ne sais pas », répondit-elle.

Et, aussitôt, j'entendis qu'on refermait la porte de la tour, et le père Bernier apparut sur le seuil de la loge.

« Ah ! c'est vous, monsieur Sainclair ?

— Bernier !... Qu'est-il arrivé ?

— Oh ! rien de grave, monsieur Sainclair, rassurez-vous, rien de grave... (Et sa voix était trop forte, trop « brave » pour être aussi assurée qu'elle le voulait paraître.) Un accident sans importance... M. Darzac, en posant son revolver sur sa table de nuit, l'a fait partir. Madame a eu peur, naturellement, et elle a crié ; et, comme la fenêtre de leur appartement était ouverte, elle a bien pensé que M. Rouletabille et vous aviez entendu quelque chose, et elle est sortie tout de suite pour vous rassurer.

— M. Darzac était donc rentré chez lui ?...

— Il est arrivé ici presque aussitôt que vous avez eu quitté la tour, monsieur Sainclair. Et le coup de feu est parti presque aussitôt qu'il est entré dans sa chambre. Vous pensez que, moi aussi, j'ai eu peur ! Ah ! je me suis précipité !... M. Darzac m'a ouvert lui-même. Heureusement, il n'y avait personne de blessé.

— Aussitôt mon départ de la tour, Mme Darzac était donc rentrée chez elle ?

– Aussitôt. Elle a entendu M. Darzac qui arrivait à la tour et elle l'a suivi dans leur appartement. Ils y sont allés ensemble.

– Et M. Darzac ? Il est resté dans sa chambre ?

– Tenez, le voilà !... »

Je me retournai ; je vis Robert Darzac ; malgré le peu de clarté de l'appartement, je vis qu'il était atrocement pâle. Il me faisait signe. Je m'approchai de lui et il me dit :

« Écoutez, Sainclair ! Bernier a dû vous raconter l'accident. Ce n'est pas la peine d'en parler à personne, si l'on ne vous en parle pas. Les autres n'ont peut-être pas entendu ce coup de revolver. C'est inutile d'effrayer les gens, n'est-ce pas ?... Dites-donc ! J'ai un service personnel à vous demander.

– Parlez, mon ami, fis-je, je vous suis tout acquis, vous le savez bien. Disposez de moi, si je puis vous être utile.

– Merci, mais il ne s'agit que de décider Rouletabille à aller se coucher ; quand il sera parti, ma femme se calmera, elle aussi, et elle ira se reposer. Tout le monde a besoin de se reposer. Du calme, du calme, Sainclair ! Nous avons tous besoin de calme et de silence...

– Bien, mon ami, comptez sur moi ! »

Je lui serrai la main avec une naturelle expansion, une force qui attestait mon dévouement ; j'étais persuadé que tous ces gens-là nous cachaient quelque chose, quelque chose de très grave !...

Il entra dans sa chambre, et je n'hésitai pas à aller retrouver Rouletabille dans le salon du vieux Bob.

Mais, sur le seuil de l'appartement du vieux Bob, je me heurtai à la Dame en noir et à son fils qui en sortaient. Ils étaient tous deux si silencieux et avaient une attitude si incompréhensible pour moi, qui avais entendu les transports de tout à l'heure et qui m'attendais à trouver le fils dans les bras de sa mère, que je restai en face d'eux sans dire un mot, sans faire un geste. L'empressement que mettait Mme Darzac à quitter Rouletabille en une circonstance aussi exceptionnelle m'intrigua à un point que je ne saurais dire, et la soumission avec laquelle Rouletabille acceptait son congé m'anéantissait. Mathilde se pencha sur le front de mon ami, l'embrassa et lui dit : « Au revoir, mon enfant » d'une voix si blanche, si triste, et en même temps si solennelle, que je crus entendre l'adieu déjà lointain d'une mourante. Rouletabille, sans répondre à sa mère, m'entraîna hors de la tour. Il tremblait comme une feuille.

Ce fut la Dame en noir elle-même qui ferma la porte de la Tour Carrée. J'étais sûr qu'il se passait dans la tour quelque chose d'inouï. L'histoire de l'accident ne me satisfaisait en rien ; et il n'est point douteux que Rouletabille n'eût pensé comme moi, si sa raison et son cœur n'eussent encore été tout étourdis de ce qui venait de se passer entre la Dame en noir et lui !... Et puis, qui me disait que Rouletabille ne pensait pas comme moi ?

... Nous étions à peine sortis de la Tour Carrée que j'entreprenais Rouletabille. D'abord je le poussai dans l'encoignure du parapet qui joignait la Tour Carrée à la Tour Ronde, dans l'angle formé par l'avancée, sur la cour, de la Tour Carrée.

Le reporter, qui s'était laissé conduire par moi docilement, comme un enfant, dit à voix basse :

« Sainclair, j'ai juré à ma mère que je ne verrais rien, que je n'entendrais rien de ce qui se passerait cette nuit à la Tour Carrée. C'est le premier serment que je fais à ma mère, Sainclair ; mais ma part de paradis pour elle ! Il faut que je voie et que j'entende... »

Nous étions là non loin d'une fenêtre encore éclairée, ouvrant sur le salon du vieux Bob et surplombant la mer. Cette fenêtre n'était point fermée, et c'est ce qui nous avait permis, sans doute, d'entendre distinctement le coup de revolver et le cri de la mort malgré l'épaisseur des murailles de la tour. De l'endroit où nous nous trouvions maintenant, nous ne pouvions rien voir par cette fenêtre, mais n'était-ce pas déjà quelque chose que de pouvoir entendre ?... L'orage avait fui, mais les flots n'étaient pas encore apaisés et ils se brisaient sur les rocs de la presqu'île d'Hercule avec cette violence qui rendait toute approche de barque impossible ! Ainsi pensai-je dans le moment à une barque, parce que, une seconde, je crus voir apparaître ou disparaître – dans l'ombre – une ombre de barque. Mais quoi ! C'était là évidemment une illusion de mon esprit qui voyait des ombres hostiles partout, – de mon esprit certainement plus agité que les flots.

Nous nous tenions là, immobiles, depuis cinq minutes, quand un soupir – ah ! ce long, cet affreux soupir ! un gémissement profond comme une *expiration*, comme un souffle d'agonie, une plainte sourde, lointaine comme la vie qui s'en va, proche comme la mort qui vient, nous arriva par cette fenêtre et passa sur nos fronts en sueur. Et puis, plus rien... non, on n'entendait plus rien que le mugissement intermittent de la mer, et, tout à coup, la lumière de la fenêtre s'éteignit. La Tour Carrée, toute noire, rentra dans la nuit. Mon ami et moi nous étions saisi la main et nous nous commandions ainsi, par cette communication muette, l'immobilité et le silence. *Quelqu'un mourait, là, dans la tour !* Quelqu'un qu'on nous cachait ! Pourquoi ? Et qui ? Qui ? Quelqu'un qui n'était ni Mme Darzac, ni M. Darzac, ni le père Bernier, ni la mère Bernier, ni, à n'en point douter, le vieux Bob : *quelqu'un qui ne pouvait pas être dans la tour.*

Penchés à tomber au-dessus du parapet, le cou tendu vers cette fenêtre qui avait laissé passer cette agonie, nous écoutions encore. Un quart d'heure s'écoula ainsi... un siècle. Rouletabille me montra alors la fenêtre de sa chambre, restée éclairée. Je compris. Il fallait aller éteindre cette lumière et redescendre. Je pris mille précautions ; cinq minutes plus tard, j'étais revenu auprès de Rouletabille. Il n'y avait plus maintenant d'autre lumière dans la Cour du Téméraire que la faible lueur au ras du sol dénonçant le travail tardif du vieux Bob dans la batterie basse de la Tour Ronde et le lumignon de la poterne du jardinier où veillait Mattoni. En somme, en considérant la position qu'ils occupaient, on pouvait très bien s'expliquer que ni le vieux Bob ni Mattoni n'eussent rien entendu de ce qui s'était passé dans la Tour Carrée, ni même, dans l'orage finissant, des clameurs de Rouletabille poussées au-dessus de leurs têtes. Les murs de la poterne étaient épais et le vieux Bob était enfoui dans un véritable souterrain.

J'avais eu à peine le temps de me glisser auprès de Rouletabille, dans l'encoignure de la tour et du parapet, poste d'observation qu'il n'avait point quitté, que nous entendions distinctement la porte de la Tour Carrée qui tournait avec précaution sur ses gonds. Comme j'allais me pencher au delà de l'encoignure, et allonger mon buste sur la cour, Rouletabille me rejeta dans mon coin, ne permettant qu'à lui-même de dépasser de la tête le mur de la Tour Carrée ; mais, comme il était très courbé, je violai la consigne et je regardai par-dessus la tête de mon ami, et voici ce que je vis :

D'abord, le père Bernier, bien reconnaissable malgré l'obscurité, qui, sortant de la Tour, se dirigeait sans faire aucun bruit du côté de la poterne du jardinier. Au milieu de la cour il s'arrêta, regarda du côté de nos fenêtres, le front levé sur le Château Neuf, et puis il se retourna du côté de la tour et fit un signe que nous pouvions interpréter comme un signe de tranquillité. À qui s'adressait ce signe ? Rouletabille se pencha encore ; mais il se rejeta brusquement en arrière, me repoussant.

Quand nous nous risquâmes à regarder à nouveau dans la cour, il n'y avait plus personne. Enfin, nous vîmes revenir le père Bernier, ou plutôt nous l'entendîmes d'abord, car il y eut entre lui et Mattoni une courte conversation dont l'écho assourdi nous arrivait. Et puis nous entendîmes quelque chose qui grimpait sous la voûte de la poterne du jardinier, et le père Bernier apparut avec, à côté de lui, la masse noire et tout doucement roulante d'une voiture. Nous distinguions bientôt

345

que c'était la petite charrette anglaise, traînée par Toby, le poney d'Arthur Rance. La Cour du Téméraire était de terre battue et le petit équipage ne faisait pas plus de bruit sur cette terre que s'il avait glissé sur un tapis. Enfin, Toby était si sage et si tranquille qu'on eût dit qu'il avait reçu les instructions du père Bernier. Celui-ci, arrivé à côté du puits, releva encore la tête du côté de nos fenêtres et puis, tenant toujours Toby par la bride, arriva sans encombre à la porte de la Tour Carrée ; enfin, laissant devant la porte le petit équipage, il entra dans la tour. Quelques instants s'écoulèrent qui nous parurent, comme on dit, des siècles, surtout à mon ami qui s'était mis à nouveau à trembler de tous ses membres sans que j'en pusse deviner la raison subite.

Et le père Bernier réapparut. Il retraversait la cour, tout seul, et retournait à la poterne. C'est alors que nous dûmes nous pencher davantage, et, certainement, les personnes qui étaient maintenant sur le seuil de la Tour Carrée auraient pu nous apercevoir si elles avaient regardé de notre côté, mais elles ne pensaient guère à nous. La nuit s'éclaircissait alors d'un beau rayon de lune qui fit une grande raie éclatante sur la mer et allongea sa clarté bleue dans la Cour du Téméraire. Les deux personnages qui étaient sortis de la tour et s'étaient approchés de la voiture parurent si surpris qu'ils eurent un mouvement de recul. Mais nous entendions très bien la Dame en noir prononcer cette phrase à voix basse : « *Allons, du courage, Robert, il le faut !* » Plus tard, nous avons discuté avec Rouletabille pour savoir si elle avait dit : « *il le faut* » ou « *il en faut* », mais nous ne pûmes point conclure.

Et Robert Darzac dit d'une voix singulière : « *Ce n'est point ce qui me manque.* » Il était courbé sur quelque chose qu'il traînait et qu'il souleva avec une peine infinie et qu'il essaya de glisser sous la banquette de la petite charrette anglaise. Rouletabille avait retiré sa casquette et claquait littéralement des dents. Autant que nous pûmes distinguer, la chose était un sac. Pour remuer ce sac, M. Darzac avait fait de gros efforts, et nous entendîmes un soupir. Appuyée contre le mur de la tour, la Dame en noir le regardait, sans lui prêter aucune aide. Et, soudain, dans le moment que M. Darzac avait réussi à pousser le sac dans la voiture, Mathilde prononça, d'une voix sourdement épouvantée, ces mots : « *Il remue encore !...* » – « *C'est la fin !...* » répondit M. Darzac qui, maintenant, s'épongeait le front. Sur quoi il mit son pardessus et prit Toby par la bride. Il s'éloigna, faisant un signe à la Dame en noir, mais celle-ci, toujours appuyée à la muraille comme si on l'avait allongée là pour quelque supplice, ne lui

346

répondit pas. M. Darzac nous parut plutôt calme. Il avait redressé la taille. Il marchait d'un pas ferme... on pouvait dire : d'un pas d'honnête homme conscient d'avoir accompli son devoir. Toujours avec de grandes précautions, il disparut avec sa voiture sous la poterne du jardinier et la Dame en noir rentra dans la Tour Carrée.

Je voulus alors sortir de notre coin, mais Rouletabille m'y maintint énergiquement. Il fit bien, car Bernier débouchait de la poterne et retraversait la cour, se dirigeant à nouveau vers la Tour Carrée. Quand il ne fut plus qu'à deux mètres de la porte qui s'était refermée, Rouletabille sortit lentement de l'encoignure du parapet, se glissa entre la porte et Bernier effrayé, et mit les mains au poignet du concierge.

« Venez avec moi », lui dit-il.

L'autre paraissait anéanti. J'étais sorti de ma cachette, moi aussi. Il nous regardait maintenant dans le rayon bleu de la lune, ses yeux étaient inquiets et ses lèvres murmurèrent :

« C'est un grand malheur ! »

XII

Le corps impossible.

« Ce sera un grand malheur, si vous ne dites point la vérité, répliqua Rouletabille à voix basse ; mais il n'y aura point de malheur du tout si vous ne nous cachez rien. Allons, venez ! »

Et il l'entraîna, lui tenant toujours le poignet, vers le Château Neuf, et je les suivis. À partir de ce moment, je retrouvai tout mon Rouletabille. Maintenant qu'il était si heureusement débarrassé d'un problème sentimental qui l'avait intéressé si personnellement, maintenant qu'il avait retrouvé le parfum de la Dame en noir, il reconquérait toutes les forces incroyables de son esprit pour la lutte entreprise contre le mystère ! Et jusqu'au jour où tout fut conclu, jusqu'à la minute suprême – la plus dramatique que j'aie vécu de ma vie, même aux côtés de Rouletabille – *où la vie et la mort eurent parlé et se furent expliquées par sa bouche*, il ne va plus avoir un geste d'hésitation dans la marche à suivre ; il ne prononcera plus un mot qui ne contribue nécessairement à nous sauver de l'épouvantable situation faite à l'assiégé par l'attaque de la Tour Carrée, dans la nuit du 12 au 13 avril.

Bernier ne lui résista pas. D'autres voudront lui résister qu'il brisera et qui crieront grâce.

Bernier marche devant nous, le front bas, tel un accusé qui va rendre compte à des juges. Et, quand nous sommes arrivés dans la chambre de Rouletabille, nous le faisons asseoir en face de nous ; j'ai allumé la lampe.

Le jeune reporter ne dit pas un mot ; il regarde Bernier, en bourrant sa pipe ; il essaye évidemment de lire sur ce visage toute l'honnêteté qui s'y peut trouver. Puis son sourcil froncé s'allonge, son œil s'éclaire, et, ayant jeté vers le plafond quelques nuages de fumée, il dit :

« Voyons, Bernier, *comment l'ont-ils tué ?* »

Bernier secoua sa rude tête de gars picard.

« J'ai juré de ne rien dire. Je n'en sais rien, monsieur ! Ma foi, je n'en sais rien !... »

Rouletabille :

« Eh bien, racontez-moi ce que vous ne savez pas ! Car si vous ne me racontez pas ce que vous ne savez pas, Bernier, je ne réponds plus de rien !...

— Et de quoi donc, monsieur, ne répondez-vous plus ?

— Mais, de votre sécurité, Bernier !...

— De ma sécurité, à moi ?... Je n'ai rien fait !

— De notre sécurité à tous, de notre vie ! » répliqua Rouletabille en se levant et en faisant quelques pas dans la chambre, ce qui lui donna le temps de faire sans doute, mentalement, quelque opération algébrique nécessaire...

« Alors, reprit-il, il était dans la Tour Carrée ?

— Oui, fit la tête de Bernier.

— Où ? Dans la chambre du vieux Bob ?

— Non ! fit la tête de Bernier.

— Caché chez vous, dans votre loge ?

— Non, fit la tête de Bernier.

— Ah çà ! mais où était-il donc ? Il n'était pourtant pas dans l'appartement de M. et Mme Darzac ?

— Oui, fit la tête de Bernier.

— Misérable ! » grinça Rouletabille.

Et il sauta à la gorge de Bernier. Je courus au secours du concierge, et l'enlevai aux griffes de Rouletabille.

Quand il put respirer :

« Ah çà ! monsieur Rouletabille, pourquoi voulez-vous m'étrangler ? fit-il.

– Vous le demander, Bernier ? Vous osez encore le demander ? Et vous avouez qu'*il* était dans l'appartement de M. et de Mme Darzac ! Et qui donc l'a introduit dans cet appartement, si ce n'est vous ? Vous qui, seul, en avez la clef quand M. et Mme Darzac ne sont pas là ? »

Bernier se leva, très pâle :

« C'est vous, monsieur Rouletabille, qui m'accusez d'être le complice de Larsan ?

– Je vous défends de prononcer ce nom-là ! s'écria le reporter. Vous savez bien que Larsan est mort ! Et depuis longtemps !...

– Depuis longtemps ! reprit Bernier, ironique... c'est vrai... j'ai eu tort de l'oublier ! Quand on se dévoue à ses maîtres, quand on se bat pour ses maîtres, il faut ignorer même *contre qui*. Je vous demande pardon !

– Écoutez-moi bien, Bernier, je vous connais et je vous estime. Vous êtes un brave homme. Aussi, ce n'est pas votre bonne foi que j'incrimine : c'est votre négligence.

– Ma négligence ! Et, Bernier, de pâle qu'il était, devint écarlate. Ma négligence ! Je n'ai point bougé de ma loge, de mon couloir ! J'ai eu toujours la clef sur moi et je vous jure que personne n'est entré dans cet appartement, personne d'autre, après que vous l'avez eu visité, à cinq heures, que M. Robert et Mme Robert Darzac. Je ne compte point, naturellement, la visite que vous y avez faite, à six heures environ, vous et M. Sainclair !

– Ah çà ! reprit Rouletabille, vous ne me ferez point croire que cet individu – nous avons oublié son nom, n'est-ce pas, Bernier ? nous l'appellerons l'homme – *que l'homme a été tué chez M. et Mme Darzac s'il n'y était pas !*

– Non ! Aussi je puis vous affirmer qu'il y était !

– Oui, mais comment y était-il ? Voilà ce que je vous demande, Bernier. Et vous seul pouvez le dire, puisque vous seul aviez la clef en l'absence de M. Darzac, et que M. Darzac n'a point quitté sa chambre quand il avait la clef, et qu'on ne pouvait se cacher dans sa chambre pendant qu'il était là !

– Ah ! voilà bien le mystère, monsieur ! Et qui intrigue M. Darzac plus que tout ! Mais je n'ai pu lui répondre que ce que je vous réponds : voilà bien le mystère !

– Quand nous avons quitté la chambre de M. Darzac, M. Sainclair et moi, avec M. Darzac, à six heures un quart environ, vous avez fermé immédiatement la porte ?

– Oui, monsieur.

— Et quand l'avez-vous rouverte ?

— Mais, cette nuit, une seule fois pour laisser entrer M. et Mme Darzac chez eux. M. Darzac venait d'arriver et Mme Darzac était depuis quelque temps dans le salon de M. Bob d'où venait de partir M. Sainclair. Ils se sont retrouvés dans le couloir et je leur ai ouvert la porte de leur appartement ! Voilà ! Aussitôt qu'ils ont été entrés, j'ai entendu qu'on repoussait les verrous.

— Donc, entre six heures et quart et ce moment-là, vous n'avez pas ouvert la porte ?

— Pas une seule fois.

— Et où étiez-vous, pendant tout ce temps ?

— Devant la porte de ma loge, surveillant la porte de l'appartement, et c'est là que ma femme et moi nous avons dîné, à six heures et demie, sur une petite table, dans le couloir, parce que, la porte de la tour étant ouverte, il faisait plus clair et que c'était plus gai. Après le dîner, je suis resté à fumer des cigarettes et à bavarder avec ma femme, sur le seuil de ma loge. Nous étions placés de façon que, même si nous l'avions voulu, nous n'aurions pas pu quitter des yeux la porte de l'appartement de M. Darzac. Ah ! c'est un mystère ! un mystère plus incroyable que le mystère de la Chambre Jaune ! Car, là-bas, on ne savait pas ce qui s'était passé *avant*. Mais, là, monsieur ! on sait ce qui s'est passé avant puisque vous avez vous-même visité l'appartement à cinq heures et qu'il n'y avait personne dedans ; on sait ce qui s'est passé *pendant*, puisque j'avais la clef dans ma poche, ou que M. Darzac était dans sa chambre, et qu'il aurait bien aperçu, tout de même, l'homme qui ouvrait sa porte et qui venait pour l'assassiner, et puis, encore que j'étais, moi, dans le couloir, devant cette porte et que j'aurais bien vu passer l'homme ; et on sait ce qui s'est passé *après*. Après, il n'y a pas eu d'après. Après, ça a été la mort de l'homme, ce qui prouvait bien que l'homme était là ! Ah ! C'est un mystère !

— Et, depuis cinq heures jusqu'au moment du drame, vous affirmez bien que vous n'avez pas quitté le couloir ?

— Ma foi, oui !

— Vous en êtes sûr, insista Rouletabille.

— Ah ! pardon, monsieur... il y a un moment... une minute où vous m'avez appelé...

— C'est bien, Bernier. Je voulais savoir si vous vous rappeliez cette minute-là...

— Mais ça n'a pas duré plus d'une minute ou deux, et M. Darzac était dans sa chambre. Il ne l'a pas quittée. Ah ! c'est un mystère !...

– Comment savez-vous qu'il ne l'a pas quittée pendant ces deux minutes-là ?

– Dame ! s'il l'avait quittée, ma femme qui était dans la loge l'aurait bien vu ! Et puis ça expliquerait tout et il ne serait pas si intrigué, ni madame non plus ! *Ah ! il a fallu que je le lui répète : que personne d'autre n'était entré que lui à cinq heures et vous à six, et que personne n'était plus rentré dans la chambre avant sa rentrée, à lui, la nuit, avec Mme Darzac...* Il était comme vous, il ne voulait pas me croire. Je le lui ai juré sur le cadavre qui était là !

– Où était-il, le cadavre ?

– Dans sa chambre.

– C'était bien un cadavre ?

– Oh ! il respirait encore !... Je l'entendais !

– Alors, ça n'était pas un cadavre, père Bernier.

– Oh ! monsieur Rouletabille, c'était tout comme. Pensez donc ! Il avait un coup de revolver dans le cœur ! »

Enfin, le père Bernier allait nous parler du cadavre. L'avait-il vu ? Comment était-il ? On eût dit que ceci apparaissait comme *secondaire* aux yeux de Rouletabille. Le reporter ne semblait préoccupé que du problème de savoir comment le cadavre se trouvait là ! Comment cet homme était-il venu se faire tuer ?

Seulement, de ce côté, le père Bernier savait peu de choses. L'affaire avait été rapide comme un coup de feu – lui semblait-il – et il était derrière la porte. Il nous raconta qu'il s'en allait tout doucement dans sa loge et qu'il se disposait à se mettre au lit, quand la mère Bernier et lui entendirent un si grand bruit venant de l'appartement de Darzac qu'ils en restèrent saisis. C'étaient des meubles qu'on bousculait, des coups dans le mur. « Qu'est-ce qui se passe ? » fit la bonne femme, et aussitôt, on entendit la voix de Mme Darzac qui appelait : « Au secours ! » Ce cri-là, nous ne l'avions pas entendu, nous autres, dans la chambre du Château Neuf. Le père Bernier, pendant que sa femme s'affalait, épouvantée, courut à la porte de la chambre de M. Darzac et la secoua en vain, criant qu'on lui ouvrît. La lutte continuait de l'autre côté, sur le plancher. Il entendit le halètement de deux hommes, et il reconnut la voix de Larsan, à un moment où ces mots furent prononcés : « *Ce coup-ci, j'aurai ta peau !* » Puis il entendit M. Darzac qui appelait sa femme à son secours d'une voix étouffée, épuisée : « Mathilde ! Mathilde ! » Évidemment, il devait avoir le dessous dans un corps-à-corps avec Larsan quand, tout à coup, le coup de feu le sauva. Ce coup de revolver effraya moins le père Bernier que le cri qui l'accompagna. On eût pu penser que Mme Darzac, qui avait poussé le cri, avait été mortellement frappée. Bernier ne s'expliquait point cela : l'attitude de Mme Darzac. Pourquoi n'ouvrait-elle point au secours qu'il lui apportait ? Pourquoi ne tirait-elle pas les verrous ? Enfin, presque aussitôt après le coup de revolver, la porte sur laquelle le père Bernier n'avait cessé de frapper s'était ouverte. La chambre était plongée dans l'obscurité, ce qui n'étonna point le père Bernier, car la lumière de la bougie qu'il avait aperçue sous la porte, pendant la lutte, s'était brusquement éteinte et il avait entendu en même temps le bougeoir qui roulait par terre. C'était Mme Darzac qui lui avait ouvert pendant que l'ombre de M. Darzac était penchée sur un râle, sur quelqu'un qui se mourait ! Bernier avait appelé sa femme pour qu'elle apportât de la lumière, mais Mme Darzac s'était écriée : « Non ! non ! pas de lumière ! pas de lumière ! Et surtout qu'il ne sache rien ! » Et, aussitôt, elle avait couru à la porte de la tour en criant : « Il vient ! il vient ! je l'entends ! Ouvrez la porte ! ouvrez la porte, père Bernier ! Je vais le recevoir ! » Et le père Bernier lui avait ouvert la porte, pendant qu'elle répétait, en gémissant : « Cachez-vous ! Allez-vous-en ! Qu'il ne sache rien ! »

Le père Bernier continuait :

« Vous êtes arrivé comme une trombe, monsieur Rouletabille. Et elle vous a entraîné dans le salon du vieux Bob. Vous n'avez rien vu. Moi, j'étais retenu auprès de M. Darzac. L'homme, sur le plancher, avait fini de râler. M. Darzac, toujours penché sur lui, m'avait dit : « Un sac, Bernier, un sac et une pierre, et on le fiche à la mer, et on n'en entend plus parler ! »

— Alors, continua Bernier, j'ai pensé à mon sac de pommes de terre ; ma femme avait remis les pommes de terre dans le sac ; je l'ai vidé à mon tour et je l'ai apporté. Ah ! nous faisions le moins de bruit possible. Pendant ce temps-là, madame vous racontait des histoires sans doute, dans le salon du vieux Bob et nous entendions M. Sainclair qui interrogeait ma femme dans la loge. Nous, en douceur, nous avons glissé le cadavre, que M. Darzac avait proprement ficelé, dans le sac. Mais j'avais dit à M. Darzac : « Un conseil, ne le jetez pas à l'eau. Elle n'est pas assez profonde pour le cacher. Il y a des jours où la mer est si claire qu'on en voit le fond. — Qu'est-ce que je vais en faire ? » a demandé M. Darzac à voix basse. Je lui ai répondu : « Ma foi, je n'en sais rien, monsieur. Tout ce que je pouvais faire pour vous, et pour madame, et pour l'humanité, contre un bandit comme Frédéric Larsan, je l'ai fait. Mais ne m'en demandez pas davantage et que Dieu vous protège ! » Et je suis sorti de la chambre, et je vous ai retrouvé dans la loge, monsieur Sainclair. Et puis, vous avez rejoint M. Rouletabille, sur la prière de M. Darzac qui était sorti de sa chambre. Quant à ma femme, elle s'est presque évanouie quand elle a vu tout à coup que M. Darzac était plein de sang... et moi aussi !... Tenez, messieurs, mes mains sont rouges ! Ah ! pourvu que tout ça ne nous porte pas malheur ! Enfin, nous avons fait notre devoir ! Et c'était un fier bandit !... Mais, voulez-vous que je vous dise ?... Eh bien, on ne pourra jamais cacher une histoire pareille... et on ferait mieux de la raconter tout de suite à la justice... J'ai promis de me taire et je me tairai, tant que je pourrai, mais je suis bien content tout de même de me décharger d'un pareil poids devant vous, qui êtes des amis à madame et à monsieur... Et qui pouvez peut-être leur faire entendre raison... Pourquoi qu'ils se cachent ? C'est-y pas un honneur de tuer un Larsan ! Pardon d'avoir encore prononcé ce nom-là... je sais bien, il n'est pas propre... C'est-y pas un honneur d'en avoir délivré la terre en s'en délivrant soi-même ? Ah ! tenez !... une fortune !... Mme Darzac m'a promis une fortune si je me taisais ! Qu'est-ce que j'en ferais ?... C'est-y pas la meilleure fortune de la servir, cette pauv'dame-là qu'a eu tant de malheurs !... Tenez !... Rien du tout !... rien du tout !... Mais qu'elle parle !... Qu'est-ce qu'elle craint ? Je le lui ai demandé quand vous êtes allés soi-disant vous coucher, et que nous nous sommes retrouvés tout seuls dans la Tour Carrée avec notre cadavre. Je lui ai dit : « Criez donc que vous l'avez tué ! Tout le monde fera bravo !... » Elle m'a répondu : « Il y a eu déjà trop de scandale, Bernier ; tant que cela dépendra de moi, et si c'est possible, on cachera cette nouvelle affaire ! Mon père en mourrait ! » Je ne lui ai rien répondu, mais j'en avais bien envie. J'avais sur la langue de lui dire : « Si on apprend l'affaire plus tard, on croira à des tas de choses injustes, et monsieur votre père en mourra bien davantage ! » Mais c'était son idée ! Elle veut qu'on se taise ! Eh bien, on se taira !... Suffit ! »

Bernier se dirigea vers la porte et nous montrant ses mains :

« Il faut que j'aille me débarbouiller de tout le sang de ce cochon-là ! »

Rouletabille l'arrêta :

« Et qu'est-ce que disait M. Darzac pendant ce temps-là ? Quel était son avis ?

— Il répétait : « Tout ce que fera Mme Darzac sera bien fait. Il faut lui obéir, Bernier. » Son veston était arraché et il avait une légère blessure à la gorge, mais il ne s'en occupait pas, et, au fond, il n'y avait qu'une chose qui l'intéressait, c'était la façon dont le misérable avait pu s'introduire chez lui ! ça, je vous le répète, il n'en revenait pas et j'ai dû lui donner encore des explications. Ses premières paroles, à ce sujet, avaient été pour dire :

« Mais enfin, quand je suis entré, tantôt, dans ma chambre, il n'y avait personne, et j'ai aussitôt fermé ma porte au verrou. »

– Où cela se passait-il ?

– Dans ma loge, devant ma femme, qui en était comme abrutie, la pauvre chère femme.

– Et le cadavre ? Où était-il ?

– Il était resté dans la chambre de M. Darzac.

– Et qu'est-ce qu'ils avaient décidé pour s'en débarrasser ?

– Je n'en sais trop rien, mais, pour sûr, leur résolution était prise, car Mme Darzac me dit : « Bernier, je vous demanderai un dernier service ; vous allez aller chercher la charrette anglaise à l'écurie, et vous y attellerez Toby. Ne réveillez pas Walter, si c'est possible. Si vous le réveillez, et s'il vous demande des explications, vous lui direz ainsi qu'à Mattoni qui est de garde sous la poterne : « C'est pour M. Darzac, qui doit se trouver ce matin à quatre heures à Castelar pour la tournée des Alpes. » Mme Darzac m'a dit aussi : « Si vous rencontrez M. Sainclair, ne lui dites rien, mais amenez-le-moi, et si vous rencontrez M. Rouletabille, ne dites rien, et ne faites rien ! » Ah ! monsieur ! madame n'a voulu que je sorte que lorsque la fenêtre de votre chambre a été fermée et que votre lumière a été éteinte. Et, cependant, nous n'étions point rassurés avec le cadavre que nous croyions mort et qui se reprit, une fois encore, à soupirer, et quel soupir ! Le reste, monsieur, vous l'avez vu, et vous en savez maintenant autant que moi ! Que Dieu nous garde ! »

Quand Bernier eut ainsi raconté *l'impossible drame*, Rouletabille le remercia, avec sincérité, de son grand dévouement à ses maîtres, lui recommanda la plus grande discrétion, le pria de l'excuser de sa brutalité, et lui ordonna de ne rien dire de l'interrogatoire qu'il venait de subir à Mme Darzac. Bernier, avant de s'en aller, voulut lui serrer la main, mais Rouletabille retira la sienne.

« Non ! Bernier, vous êtes encore tout plein de sang... » Bernier nous quitta pour aller rejoindre la Dame en noir. « Eh bien ! fis-je, quand nous fûmes seuls. Larsan est mort ?...

– Oui, me répliqua-t-il, *je le crains.*

– Vous le craignez ? Pourquoi le craignez-vous ?...

– Parce que, fit-il d'une voix blanche que je ne lui connaissais pas encore, parce que la mort de Larsan, lequel sort mort sans être entré ni mort ni vivant, m'épouvante plus que sa vie ! »

XIII

Où l'épouvante de Rouletabille prend des proportions inquiétantes.

Et c'est vrai qu'il était littéralement épouvanté. Et je fus effrayé moi-même plus qu'on ne saurait dire. Je ne l'avais jamais encore vu dans un état d'inquiétude cérébrale pareil. Il marchait à travers la chambre d'un pas saccadé, s'arrêtait parfois devant la glace, se regardait étrangement en se passant une main sur le front comme s'il eût demandé à sa propre image : « Est-ce toi, est-ce bien toi, Rouletabille, qui penses cela ? Qui oses penser cela ? »

Penser quoi ? Il paraissait plutôt être *sur le point de penser*. Il semblait plutôt ne vouloir point penser. Il secoua la tête farouchement et alla quasi s'accroupir à la fenêtre, se penchant sur la nuit, écoutant la moindre rumeur sur la rive lointaine, attendant peut-être le roulement de la petite voiture et le bruit du sabot de Toby. On eût dit une bête à l'affût.

... Le ressac s'était tu ; la mer s'était tout à fait apaisée... Une raie blanche s'inscrivit soudain sur les flots noirs, à l'Orient. C'était l'aurore. Et, presque aussitôt, le Vieux Château sortait de la nuit, blême, livide, avec la même mine que nous, la mine de quelqu'un qui n'a pas dormi.

« Rouletabille, demandai-je presque en tremblant, car je me rendais compte de mon incroyable audace, votre entrevue a été bien brève avec votre mère. Et comme vous vous êtes séparés en silence ! Je voudrais savoir, mon ami, si elle vous a raconté « l'histoire de l'accident de revolver sur la table de nuit » ?

– Non !... me répondit-il sans se détourner.

– Elle ne vous a rien dit de cela ?

– Non !

– Et vous ne lui avez demandé aucune explication du coup de feu ni du cri de mort « de la galerie inexplicable ». Car elle a crié comme ce jour-là !...

– Sainclair, vous êtes curieux !... Vous êtes plus curieux que moi, Sainclair ; je ne lui ai rien demandé !

– Et vous avez juré de ne rien voir et de ne rien entendre avant qu'elle vous eût dit quoi que ce fût à propos de ce coup de feu et de ce cri ?

– En vérité, Sainclair, il faut me croire... Moi, je respecte les secrets de la Dame en noir. Il lui a suffi de me dire, sans que je lui eusse rien demandé, certes !... il lui a suffi de me dire : « *Nous pouvons nous quitter*, mon ami, car rien ne nous sépare plus ! » pour que je la quitte...

– Ah ! elle vous avait dit cela ? « Rien ne nous sépare plus ! »

– Oui, mon ami... et elle avait du sang sur les mains... »

Nous nous tûmes. J'étais maintenant à la fenêtre et à côté du reporter. Tout à coup sa main se posa sur la mienne. Puis il me désigna le petit falot qui brûlait encore à l'entrée de la porte souterraine qui conduisait au cabinet du vieux Bob, dans la Tour du Téméraire.

« Voilà l'aurore ! dit Rouletabille. Et le vieux Bob travaille toujours ! Ce vieux Bob est vraiment courageux. Si nous allions voir travailler le vieux Bob. Cela nous changera les idées et je ne penserai plus *à mon cercle*, qui m'étrangle, qui me garrotte, qui m'épuise. »

Et il poussa un gros soupir :

« Darzac, fit-il, se parlant à lui-même, ne rentrera-t-il donc jamais !... »

Une minute plus tard nous traversions la cour et nous descendions dans la salle octogone du Téméraire. Elle était vide ! La lampe brûlait toujours sur la table-bureau. Mais il n'y avait plus de vieux Bob !

Rouletabille fit : « Oh ! oh ! »

Et il prit la lampe qu'il souleva, examinant toutes choses autour de lui. Il fit le tour des petites vitrines qui garnissaient les murs de la batterie basse. Là, rien n'avait été changé de place, et tout était relativement en ordre et scientifiquement étiqueté. Quand nous eûmes bien regardé les ossements et coquillages et cornes des premiers âges, des « pendeloques en coquille », des « anneaux sciés dans la diaphyse d'un os long », des « boucles d'oreilles », des « lames à tranchant abattu de la couche du renne », des « grattoirs du type magdalénien » et de « la poudre raclée en silex de la couche de l'éléphant », nous revînmes à la table-bureau. Là, se trouvait « le plus vieux crâne », et c'était vrai qu'il avait encore la mâchoire rouge du lavis que M. Darzac avait mis à sécher sur la partie de bureau qui était en face de la fenêtre, exposée au soleil. J'allai à la fenêtre, à toutes les fenêtres, et éprouvai la solidité des barreaux auxquels on n'avait pas touché.

Rouletabille me vit et me dit :

« Qu'est-ce que vous faites ? Avant d'imaginer qu'il ait pu sortir par les fenêtres, il faudrait savoir s'il n'est pas sorti par la porte. »

Il plaça la lampe sur le parquet et se prit à examiner toutes les traces de pas.

« Allez frapper, dit-il, à la porte de la Tour Carrée et demandez à Bernier si le vieux Bob est rentré ; interrogez Mattoni sous la poterne et le père Jacques à la porte de fer. Allez, Sainclair, allez !... »

Cinq minutes après, je revenais avec les renseignements prévus. On n'avait vu le vieux Bob nulle part !... *Il n'était passé nulle part !*

Rouletabille avait toujours le nez sur le parquet. Il me dit :

« Il a laissé cette lampe allumée pour qu'on s'imagine qu'il travaille toujours. »

Et puis, soucieux, il ajouta :

« Il n'y a point de traces de luttes d'aucune sorte et, sur le plancher, je ne relève que le passage de Mr Arthur Rance et de Robert Darzac, lesquels sont arrivés hier soir dans cette pièce pendant l'orage, et ont traîné à leurs semelles un peu de la terre détrempée de la Cour du Téméraire et aussi du terreau légèrement ferrugineux de la baille. Il n'y a nulle part trace de pas du vieux Bob. Le vieux Bob était arrivé ici avant l'orage et il en est peut-être sorti pendant, mais, en tout cas, il n'y est point revenu depuis ! »

Rouletabille s'est relevé. Il a repris, sur le bureau, la lampe qui éclaire à nouveau le crâne, dont la mâchoire rouge n'a jamais ri d'une façon plus effroyable. Autour de nous, il n'y a que des squelettes, mais certainement ils me font moins peur que le vieux Bob absent.

Rouletabille reste un instant en face du crâne ensanglanté, puis il le prend dans ses mains et plonge ses yeux au plus creux de ses orbites vides. Puis il élève le crâne, au bout de ses deux mains tendues, et le considère un instant, avec une attention surprenante ; puis il le regarde de profil ; puis il me le dépose entre les mains, et je dois l'élever à mon tour au-dessus de ma tête, comme le plus précieux des fardeaux, et Rouletabille, pendant ce temps, dresse, lui, la lampe au-dessus de sa tête.

Tout à coup, une idée me traverse la cervelle. Je laisse rouler le crâne sur le bureau et me précipite dans la cour jusqu'au puits. Là je constate que les ferrures qui le fermaient le ferment toujours. Si quelqu'un s'était enfui par le puits ou était tombé dans le puits, ou s'y était jeté, les ferrures eussent été ouvertes. Je reviens, anxieux plus que jamais :

« Rouletabille ! Rouletabille ! *Il ne reste plus au vieux Bob, pour qu'il s'en aille, que le sac !* »

Je répétai la phrase, mais le reporter ne m'écoutait point, et je fus surpris de le trouver occupé à une besogne dont il me fut impossible de deviner l'intérêt. Comment, dans un moment aussi tragique, alors que nous n'attendions plus que le retour de M. Darzac pour fermer le cercle dans lequel était mort *le corps de trop*, alors que dans la vieille tour à côté, dans le Vieux Château du coin, la Dame en noir devait être occupée à effacer de ses mains, telle lady Macbeth, la trace du crime impossible, comment Rouletabille pouvait-il *s'amuser* à faire des dessins avec une règle, une équerre, un tire-ligne et un compas ? Oui, il s'était assis dans le fauteuil du géologue et avait attiré à lui la planche à dessiner de Robert Darzac, et, lui aussi, il faisait un plan, tranquillement, effroyablement tranquillement, comme un pacifique et gentil commis d'architecte.

Il avait piqué le papier de l'une des pointes de son compas, et l'autre traçait le cercle qui pouvait représenter l'espace occupé par la Tour du Téméraire, comme nous pouvions le voir sur le dessin de M. Darzac.

Le jeune homme s'appliqua à quelques traits encore ; et puis, trempant un pinceau dans un godet à moitié plein de la peinture rouge qui avait servi à M. Darzac, il étala soigneusement cette peinture dans tout l'espace du cercle. Ce faisant, il se montrait méticuleux au possible, prêtant grande attention à ce que la peinture fût de mince valeur partout, et telle qu'on eût pu en féliciter un bon élève. Il penchait la tête de droite et de gauche pour juger de l'effet, et tirait un peu la langue comme un écolier appliqué. Et puis, il resta immobile. Je lui parlai encore, mais il se taisait toujours. Ses yeux étaient fixes, attachés au dessin. Ils n'en bougeaient pas. Tout à coup, sa bouche se crispa et laissa échapper une exclamation d'horreur indicible ; je ne reconnus plus sa figure de fou. Et il se retourna si brusquement vers moi qu'il renversa le vaste fauteuil.

« Sainclair ! Sainclair ! Regarde la peinture rouge !... regarde la peinture rouge ! »

Je me penchai sur le dessin, haletant, effrayé de cette exaltation sauvage. Mais quoi, je ne voyais qu'un petit lavis bien propret...

« La peinture rouge ! La peinture rouge !... » continuait-il à gémir, les yeux agrandis comme s'il assistait à quelque affreux spectacle.

Je ne pus m'empêcher de lui demander :

« Mais, qu'est-ce qu'elle a ?...

– Quoi ?... qu'est-ce qu'elle a ?... *Tu ne vois donc pas qu'elle est sèche maintenant ! Tu ne vois donc pas que c'est du sang !...* »

Non ! je ne voyais pas cela, car j'étais bien sûr que ce n'était pas du sang. C'était de la peinture rouge bien naturelle.

Mais je n'eus garde, dans un tel moment, de contrarier Rouletabille. Je m'intéressai ostensiblement à cette idée de sang.

« Du sang de qui ? fis-je... le savez-vous ?... du sang de qui ?... du sang de Larsan ?...

– Oh ! Oh ! fit-il, du sang de Larsan !... Qui est-ce qui connaît le sang de Larsan ?... Qui en a jamais vu la couleur ? Pour connaître la couleur du sang de Larsan, il faudrait m'ouvrir les veines, Sainclair !... C'est le seul moyen !... »

J'étais tout à fait, tout à fait étonné.

« Mon père ne se laisse pas prendre son sang comme ça !... »

Voilà qu'il reparlait, avec ce singulier orgueil désespéré, de son père... « Quand mon père porte perruque, ça ne se voit pas ! » « Mon père ne se laisse pas prendre son sang comme ça ! »

« Les mains de Bernier en étaient pleines, et vous en avez vu sur celles de la Dame en noir !...

– Oui ! oui !... On dit ça !... On dit ça !... Mais on ne tue pas mon père comme ça !... »

Il paraissait toujours très agité et il ne cessait de regarder le petit lavis bien propret. Il dit, la gorge gonflée soudain d'un gros sanglot :

« Mon Dieu ! Mon Dieu ! Mon Dieu ! Ayez pitié de nous ! Cela serait trop affreux. »

Et il dit encore :

« Ma pauvre maman n'a pas mérité cela ! ni moi non plus ! ni personne !... »

Ce fut alors qu'une grosse larme, glissant au long de sa joue, tomba dans le godet :

« Oh ! fit-il... *il ne faut pas allonger la peinture !* »

Et, disant cela d'une voix tremblante, il prit le godet avec un soin infini et l'alla enfermer dans une petite armoire.

Puis il me prit par la main et m'entraîna, cependant que je le regardais faire, me demandant si réellement il n'était point, tout à coup, devenu vraiment fou.

« Allons !... Allons !... fit-il... Le moment est venu, Sainclair ! Nous ne pouvons plus reculer devant rien... Il faut que la Dame en noir nous dise tout... *tout ce qui s'est passé dans le sac...* Ah ! si M. Darzac pouvait rentrer tout de suite... tout de suite... Ce serait moins pénible... Certes ! je ne peux plus attendre !... »

Attendre quoi ?... attendre quoi ?... Et encore une fois, pourquoi s'effrayait-il ainsi ? Quelle pensée lui faisait ce regard fixe ? Pourquoi se remit-il nerveusement à claquer des dents ?...

Je ne pus m'empêcher de lui demander à nouveau :

« Qu'est-ce qui vous épouvante ainsi ?... Est-ce que Larsan n'est pas mort !... »

Et il me répéta, me serrant nerveusement le bras :

« Je vous dis, je vous dis que sa mort m'épouvante plus que sa vie !... »

Et il frappa à la porte de la Tour Carrée devant laquelle nous nous trouvions. Je lui demandai s'il ne désirait point que je le laissasse seul en présence de sa mère. Mais, à mon grand étonnement, il me répondit qu'il ne fallait, en ce moment, le quitter pour rien au monde, « tant que le cercle ne serait point fermé ».

Et il ajouta, lugubre :

« Puisse-t-il ne l'être jamais !... »

La porte de la Tour restait close ; il frappa à nouveau ; alors elle s'entrouvrit et nous vîmes réapparaître la figure défaite de Bernier. Il parut très fâché de nous voir.

« Qu'est-ce que vous voulez ? Qu'est-ce que vous voulez encore ? fit-il... Parlez tout bas, madame est dans le salon du vieux Bob... Et le vieux n'est toujours pas rentré.

— Laissez-nous entrer, Bernier... », commanda Rouletabille.

Et il poussa la porte.

« Surtout ne dites pas à madame...

— Mais non !... Mais non !... »

Nous fûmes dans le vestibule de la Tour. L'obscurité était à peu près complète.

« Qu'est-ce que madame fait dans le salon du vieux Bob ? demanda le reporter à voix basse.

— Elle attend... elle attend le retour de M. Darzac... Elle n'ose plus rentrer dans *la chambre*... ni moi non plus...

— Eh bien, rentrez dans votre loge, Bernier, ordonna Rouletabille, et attendez que je vous appelle ! »

Rouletabille poussa la porte du salon du vieux Bob. Tout de suite, nous aperçûmes la Dame en noir, ou plutôt son ombre, car la pièce était encore fort obscure, à peine touchée des premiers rayons du jour. La grande silhouette sombre de Mathilde était debout, appuyée à un coin de la fenêtre qui donnait sur la Cour du Téméraire. À notre apparition, elle n'eut pas un mouvement. Mais Mathilde nous dit tout de suite, d'une voix si affreusement altérée que je ne la reconnaissais plus :

« Pourquoi êtes-vous venus ? Je vous ai vus passer dans la cour. Vous n'avez pas quitté la cour. Vous savez tout. Qu'est-ce que vous voulez ? »

Et elle ajouta sur un ton d'une douleur infinie :

360

« Vous m'aviez juré de ne rien voir. »

Rouletabille alla à la Dame en noir et lui prit la main avec un respect infini :

« Viens, maman ! dit-il, et ces simples paroles avaient dans sa bouche le ton d'une prière très douce et très pressante... Viens ! Viens !... Viens !... »

Et il l'entraîna. Elle ne lui résistait point. Sitôt qu'il lui eût pris la main, il sembla qu'il pouvait la diriger à son gré. Cependant, quand il l'eut ainsi conduite devant la porte de la chambre fatale, elle eut un recul de tout le corps.

« Pas là ! » gémit-elle...

Et elle s'appuya contre le mur pour ne point tomber. Rouletabille secoua la porte. Elle était fermée. Il appela Bernier qui, sur son ordre, l'ouvrit et disparut ou plutôt se sauva.

La porte poussée, nous avançâmes la tête. Quel spectacle ! La chambre était dans un désordre inouï. Et la sanglante aurore qui entrait par les vastes embrasures rendait ce désordre plus sinistre encore. Quel éclairage pour une chambre de meurtre ! Que de sang sur les murs et sur le plancher et sur les meubles !... Le sang du soleil levant et de l'homme que Toby avait emporté on ne savait où... dans le sac de pommes de terre ! Les tables, les fauteuils, les chaises, tout était renversé. Les draps du lit auxquels l'homme, dans son agonie, avait dû désespérément s'accrocher, étaient à moitié tirés par terre et l'on voyait sur le linge la marque d'une main rouge. C'est dans tout cela que nous entrâmes, soutenant la Dame en noir qui paraissait prête à s'évanouir, pendant que Rouletabille lui disait de sa voix douce et suppliante : « Il le faut, maman ! Il le faut ! » Et il l'interrogea tout de suite après l'avoir déposée en quelque sorte sur un fauteuil que je venais de remettre sur ses pieds. Elle lui répondait par monosyllabes, par signes de tête ou par une désignation de la main. Et je voyais bien que, au fur et à mesure qu'elle répondait, Rouletabille était de plus en plus troublé, inquiet, effaré visiblement ; il essayait de reconquérir tout le calme qui le fuyait et dont il avait plus que jamais besoin, mais il n'y parvenait guère. Il la tutoyait et l'appelait : « Maman ! Maman ! » tout le temps pour lui donner du courage... Mais elle n'en avait plus ; elle lui tendit les bras et il s'y jeta ; ils s'embrassèrent à s'étouffer, et cela la ranima ; et, comme elle pleura tout à coup, elle fut un peu soulagée du poids terrible de toute cette horreur qui pesait sur elle. Je voulus faire un mouvement pour me retirer, mais ils me retinrent tous les deux et je compris qu'ils ne voulaient pas rester seuls dans la chambre rouge.

Elle dit à voix basse : « *Nous sommes délivrés...* »

Rouletabille avait glissé à ses genoux et, tout de suite, de sa voix de prière : « Pour en être sûre, maman... sûre... il faut que tu me dises tout... tout ce qui s'est passé... tout ce que tu as vu... »

Alors, elle put enfin parler... Elle regarda du côté de la porte qui était close ; ses yeux se fixèrent avec une épouvante nouvelle sur les objets épars, sur le sang qui maculait les meubles et le plancher et elle raconta l'atroce scène à voix si basse que je dus m'approcher, me pencher sur elle pour l'entendre. De ses petites phrases hachées, il ressortait qu'aussitôt arrivés dans la chambre M. Darzac avait poussé les verrous et s'était avancé droit vers la table-bureau, de telle sorte qu'il se trouvait juste au milieu de la pièce quand la chose arriva. La Dame en noir, elle, était un peu sur la gauche, se disposant à passer dans sa chambre. La pièce n'était éclairée que par une bougie, placée sur la table de nuit, à gauche, à portée de Mathilde.

Et voici ce qu'il advint. Dans le silence de la pièce, il y eut un craquement, un craquement brusque de meuble qui leur fit dresser la tête à tous les deux, et regarder du même côté, pendant qu'une même angoisse leur faisait battre le cœur. Le craquement venait du placard. Et puis tout s'était tu. Ils se regardèrent sans oser se dire un mot, peut-être sans le pouvoir. Ce craquement ne leur avait paru nullement naturel et jamais ils n'avaient entendu crier le placard. Darzac fit un mouvement pour se diriger vers ce placard qui se trouvait au fond, à droite. Il fut comme cloué sur place par un second craquement, plus fort que le premier et, cette fois, il parut à Mathilde que le placard remuait. La Dame en noir se demanda si elle n'était pas victime de quelque hallucination, si elle avait vu réellement remuer le placard. Mais Darzac avait eu lui aussi la même sensation, car il quitta tout à coup la table-bureau et fit bravement un pas en avant... C'est à ce moment que la porte... la porte du placard... s'ouvrit devant eux... Oui, elle fut poussée par une main invisible... elle tourna sur ses gonds... La Dame en noir aurait voulu crier ; elle ne le pouvait pas... Mais elle eut un geste de terreur et d'affolement qui jeta par terre la bougie au moment même où du placard surgissait une ombre et au moment même où Robert Darzac, poussant un cri de rage, se ruait sur cette ombre...

« Et cette ombre... et cette ombre avait une figure ! interrompit Rouletabille... Maman !... pourquoi n'as-tu pas vu la figure de l'ombre ?... Vous avez tué l'ombre ; mais qui me dit que l'ombre était Larsan, puisque tu n'as pas vu la figure !... Vous n'avez peut-être même pas tué l'ombre de Larsan !

– Oh ! si ! fit-elle sourdement et simplement : *il est mort !* » (Et elle ne dit plus rien...)

Et je me demandais en regardant Rouletabille : « Mais qui donc auraient-ils tué, s'ils n'avaient pas tué celui-là ! Si Mathilde n'avait pas vu la figure de l'ombre, elle avait bien entendu sa voix !... elle en frissonnait encore... elle l'entendait encore. Et Bernier aussi avait entendu sa voix et reconnu sa voix... La voix terrible de Larsan... La voix de Ballmeyer qui, dans l'abominable lutte, au milieu de la nuit, annonçait la mort à Robert Darzac : « *Ce coup-ci, j'aurai ta peau !* » pendant que l'autre ne pouvait plus que gémir d'une voix expirante : « *Mathilde !... Mathilde !...* » Ah ! comme il l'avait appelée !... comme il l'avait appelée du fond de la nuit où il râlait, déjà vaincu... Et elle... elle... elle n'avait pu que mêler, hurlante d'horreur, son ombre à ces deux ombres, que s'accrocher à elles au hasard des ténèbres, en appelant un secours qu'elle ne pouvait pas donner et qui ne pouvait pas venir. Et puis, tout à coup, ç'avait été le coup de feu qui lui avait fait pousser le cri atroce... Comme si elle avait été frappée elle-même... Qui était mort ?... Qui était vivant ?... Qui allait parler ?... Quelle voix allait-elle entendre ?...

... Et voilà que c'était Robert qui avait parlé !...

Rouletabille prit encore dans ses bras la Dame en noir, la souleva, et elle se laissa presque porter par lui jusqu'à la porte de sa chambre. Et là, il lui dit : « Va, maman, laisse-moi, il faut que je travaille, que je travaille beaucoup ! pour toi, pour M. Darzac et pour moi ! » – « Ne me quittez plus !... Je ne veux plus que vous me quittiez avant le retour de M. Darzac ! » s'écria-t-elle, pleine d'effroi. Rouletabille le lui promit, la supplia de tenter de se reposer et il allait fermer la porte de la chambre quand on frappa à la porte du couloir. Rouletabille demandait qui était là. La voix de Darzac répondit.

Rouletabille fit : « Enfin ! » Et il ouvrit.

Nous crûmes voir entrer un mort. Jamais figure humaine ne fut plus pâle, plus exsangue, plus dénuée de vie. Tant d'émotions l'avaient ravagée qu'elle n'en exprimait plus aucune.

« Ah ! vous étiez là, dit-il. Eh bien, c'est fini !... »

Et il se laissa choir sur le fauteuil qu'occupait tout à l'heure la Dame en noir. Il leva les yeux sur elle :

« Votre volonté est accomplie, dit-il... Il est là où vous avez voulu !... »

Rouletabille demanda tout de suite :

« Au moins, vous avez vu sa figure ?

– Non ! dit-il... je ne l'ai pas vue !... Croyez-vous donc que j'allais ouvrir le sac ?... »

J'aurais cru que Rouletabille allait se montrer désespéré de cet incident ; mais, au contraire, il vint tout à coup à M. Darzac, et lui dit :

« Ah ! vous n'avez pas vu sa figure !... Eh bien ! c'est très bien, cela !... »

Et il lui serra la main avec effusion...

« Mais, l'important, dit-il, l'important n'est pas là... Il faut maintenant *que nous ne fermions point le cercle*. Et vous allez nous y aider, monsieur Darzac. Attendez-moi !... »

Et, presque joyeux, il se jeta à quatre pattes. Maintenant, Rouletabille m'apparaissait avec une tête de chien. Il sautait partout à quatre pattes, sous les meubles, sous le lit, comme je l'avais vu déjà dans la Chambre Jaune, et il levait de temps à autre son museau, pour dire :

« Ah ! je trouverai bien quelque chose ! quelque chose qui nous sauvera ! »

Je lui répondis en regardant M. Darzac :

« Mais ne sommes-nous pas déjà sauvés ?

– ... Qui nous sauvera la cervelle... reprit Rouletabille.

– Cet enfant a raison, fit M. Darzac. Il faut absolument savoir comment cet homme est entré... »

Tout à coup, Rouletabille se releva, il tenait dans la main un revolver qu'il venait de trouver sous le placard.

« Ah ! vous avez trouvé son revolver ! fit M. Darzac. Heureusement qu'*il* n'a pas eu le temps de s'en servir. »

Ce disant, M. Robert Darzac retira de la poche de son veston son propre revolver, le revolver sauveur et le tendit au jeune homme.

« Voilà une bonne arme ! » fit-il.

Rouletabille fit jouer le barillet de revolver de Darzac, sauter le culot de la cartouche qui avait donné la mort ; puis il compara cette arme à l'autre, celle qu'il avait trouvée sous le placard et qui avait échappé aux mains de l'assassin. Celle-ci était un bulldog et portait une marque de Londres ; il paraissait tout neuf, était garni de toutes ses cartouches et Rouletabille affirma qu'il n'avait encore jamais servi.

« Larsan ne se sert des armes à feu qu'à la dernière extrémité, fit-il. Il lui répugne de faire du bruit. Soyez persuadé qu'il voulait simplement vous faire peur avec son revolver, sans quoi il eût tiré tout de suite. »

Et Rouletabille rendit son revolver à M. Darzac et mit celui de Larsan dans sa poche.

« Oh ! à quoi bon rester armés maintenant ! fit M. Darzac en secouant la tête, je vous jure que c'est bien inutile !

– Vous croyez ? demanda Rouletabille.

– J'en suis sûr. »

Rouletabille se leva, fit quelques pas dans la chambre et dit :

« Avec Larsan, on n'est jamais sûr d'une chose pareille. Où est le cadavre ? »

M. Darzac répondit :

« Demandez-le à Mme Darzac. Moi, je veux l'avoir oublié. Je ne sais plus rien de cette affreuse affaire. Quand le souvenir de ce voyage atroce avec cet homme à l'agonie, ballottant dans mes jambes, me reviendra, je dirai : c'est un cauchemar ! Et je le chasserai !... Ne me parlez plus jamais de cela. Il n'y a plus que Mme Darzac qui sache où est le cadavre. Elle vous le dira, s'il lui plaît.

– Moi aussi, je l'ai oublié, fit Mme Darzac. Il le faut.

– Tout de même, insista Rouletabille, qui secouait la tête, tout de même, vous disiez qu'il était encore à l'agonie. Et maintenant, êtes-vous sûr qu'il soit mort ?

– J'en suis sûr, répondit simplement M. Darzac.

– Oh ! c'est fini ! c'est fini ! N'est-ce pas que tout est fini ? implora Mathilde. (Elle alla à la fenêtre.) Regardez, voici le soleil !... Cette atroce nuit est morte ! morte pour toujours ! C'est fini ! »

Pauvre Dame en noir ! Tout son état d'âme était présentement dans ce mot-là : « C'est fini !... » Et elle oubliait toute l'horreur du drame qui venait de se passer dans cette chambre devant cet évident résultat. Plus de Larsan ! Enterré, Larsan ! Enterré dans le sac de pommes de terre !

Et nous nous dressâmes tous, affolés, parce que la Dame en noir venait d'éclater de rire, un rire frénétique qui s'arrêta subitement et qui fut suivi d'un silence horrible. Nous n'osions ni nous regarder ni la regarder ; ce fut elle, la première, qui parla :

« C'est passé... dit-elle, c'est fini !... c'est fini, je ne rirai plus !... »

Alors, on entendit la voix de Rouletabille qui disait, très bas.

« *Ce sera fini quand nous saurons comment il est entré !*

– À quoi bon ? répliqua la Dame en noir. C'est un mystère qu'*il* a emporté. Il n'y a que lui qui pouvait nous le dire et il est mort.

– Il ne sera vraiment mort que lorsque nous saurons cela ! reprit Rouletabille.

– Évidemment, fit M. Darzac, tant que nous ne le saurons pas, nous voudrons le savoir ; et il sera là, debout, dans notre esprit. Il faut le chasser ! Il faut le chasser !

– Chassons-le », dit encore Rouletabille.

Alors, il se leva et tout doucement s'en fut prendre la main de la Dame en noir. Il essaya encore de l'entraîner dans la chambre voisine en lui parlant de repos. Mais Mathilde déclara qu'elle ne s'en irait point. Elle dit : « Vous voulez chasser Larsan et je ne serais pas là !... » Et nous crûmes qu'elle allait encore rire ! Alors, nous fîmes signe à Rouletabille de ne point insister.

Rouletabille ouvrit alors la porte de l'appartement et appela Bernier et sa femme.

Ceux-ci entrèrent parce que nous les y forçâmes et il eut une confrontation générale de nous tous d'où il résulta d'une façon définitive que :

1° Rouletabille avait visité l'appartement à cinq heures et fouillé le placard et qu'il n'y avait personne dans l'appartement ;

2° Depuis cinq heures la porte de l'appartement avait été ouverte deux fois par le père Bernier qui, seul, pouvait l'ouvrir en l'absence de M. et Mme Darzac. D'abord à cinq heures et quelques minutes pour y laisser entrer M. Darzac ; ensuite à onze heures et demie pour y laisser entrer M. et Mme Darzac ;

3° Bernier avait refermé la porte de l'appartement quand M. Darzac en était sorti avec nous entre six heures et quart et six heures et demie ;

4° La porte de l'appartement avait été refermée au verrou par M. Darzac aussitôt qu'il était entré dans sa chambre, et cela les deux fois, l'après-midi et le soir ;

5° Bernier était resté en sentinelle devant la porte de l'appartement de cinq heures à onze heures et demie avec une courte interruption de deux minutes à six heures.

Quand ceci fut établi, Rouletabille, qui s'était assis au bureau de M. Darzac pour prendre des notes, se leva et dit :

« Voilà, c'est bien simple. Nous n'avons qu'un espoir : il est dans la brève solution de continuité qui se trouve dans la garde de Bernier vers six heures. Au moins, à ce moment, il n'y a plus personne devant la porte. Mais il y a quelqu'un derrière. C'est vous, monsieur Darzac. Pouvez-vous répéter, après avoir rappelé tout votre souvenir, *pouvez-vous répéter que, lorsque vous êtes entré dans la chambre, vous avez fermé immédiatement la porte de l'appartement et que vous en avez poussé les verrous ?* »

M. Darzac, sans hésitation, répondit solennellement :

« *Je le répète !* » et il ajouta : « *Et je n'ai rouvert ces verrous que lorsque vous êtes venu avec votre ami Sainclair frapper à ma porte. Je le répète !* »

Et, en répétant cela, cet homme disait la vérité comme il a été prouvé plus tard.

On remercia les Bernier qui retournèrent dans leur loge.

Alors, Rouletabille, dont la voix tremblait dit :

« C'est bien, monsieur Darzac, vous avez fermé le cercle !... L'appartement de la Tour Carrée est aussi fermé maintenant que l'était la Chambre Jaune, qui l'était comme un coffre-fort ; ou encore que l'était *la galerie inexplicable.*

— On reconnaît tout de suite que l'on a affaire à Larsan, fis-je : ce sont les mêmes procédés.

— Oui, fit observer Mme Darzac, oui, monsieur Sainclair, ce sont les mêmes procédés, et elle enleva du cou de son mari la cravate qui cachait ses blessures.

— Voyez, ajouta-t-elle, c'est le même coup de pouce. Je le connais bien !... »

Il y eut un douloureux silence.

M. Darzac, lui, ne songeait qu'à cet étrange problème, renouvelé du crime du Glandier, mais plus tyrannique encore. Et il répéta ce qui avait été dit pour la Chambre Jaune.

« Il faut, dit-il, qu'il y ait un trou dans ce plancher, dans ces plafonds et dans ces murs.

— Il n'y en a pas, répondit Rouletabille.

— Alors, c'est à se jeter le front contre les murs pour en faire ! continua M. Darzac.

— Pourquoi donc ? répondit encore Rouletabille. Y en avait-il aux murs de la Chambre Jaune ?

— Oh ! ici, ce n'est pas la même chose ! fis-je, et la chambre de la Tour Carrée est encore plus fermée que la Chambre Jaune, puisqu'on n'y peut introduire personne *avant* ni *après.*

— *Non, ce n'est pas la même chose*, conclut Rouletabille, *puisque c'est le contraire. Dans la Chambre Jaune, il y avait un corps de moins ; dans la chambre de la Tour Carrée, il y a un corps de trop !* »

Et il chancela, s'appuya à mon bras pour ne pas tomber. La Dame en noir s'était précipitée... Il eut la force de l'arrêter d'un geste, d'un mot :

« Oh !... ce n'est rien !... un peu de fatigue... »

367

XIV

Le sac de pommes de terre.

Pendant que M. Darzac, sur les conseils de Rouletabille s'employait avec Bernier à faire disparaître les traces du drame, la Dame en noir, qui avait hâtivement changé de toilette, s'empressa de gagner l'appartement de son père avant qu'elle courût le risque de rencontrer quelque hôte de la Louve. Son dernier mot avait été pour nous recommander la prudence et le silence. Rouletabille nous donna congé.

Il était alors sept heures et la vie renaissait dans le château et autour du château. On entendait le chant nasillard des pêcheurs dans leurs barques. Je me jetai sur mon lit, et, cette fois, je m'endormis profondément, vaincu par la fatigue physique, plus forte que tout. Quand je me réveillai, je restai quelques instants sur ma couche, dans un doux anéantissement ; et puis tout à coup je me dressai, me rappelant les événements de la nuit.

« Ah çà ! fis-je tout haut, *ce corps de trop* est impossible ! »

Ainsi, c'était cela qui surnageait au-dessus du gouffre sombre de ma pensée, au-dessus de l'abîme de ma mémoire : cette impossibilité du « corps de trop » ! Et ce sentiment que je trouvai à mon réveil ne me fut point spécial, loin de là ! Tous ceux qui eurent à intervenir, de près ou de loin, dans cet étrange drame de la Tour Carrée, le partageaient ; et alors que l'horreur de l'événement en lui-même – l'horreur de ce corps à l'agonie enfermé dans un sac qu'un homme emportait dans la nuit pour le jeter dans on ne savait quelle lointaine et profonde et mystérieuse tombe, où il achèverait de mourir – s'apaisait, s'évanouissait dans les esprits, s'effaçait de la vision, au contraire l'impossibilité de ça – « du corps de trop » – monta, grandit, se dressa devant nous, toujours plus haut, et plus menaçante et plus affolante. Certains, comme Mrs. Edith, par exemple, qui nièrent par habitude de nier ce qu'ils ne comprenaient pas – qui nièrent les termes du problème que nous posait le destin, tels que nous les avons établis sans retour dans le chapitre précédent – durent, par la suite des événements qui eurent pour théâtre le fort d'Hercule, se rendre à l'évidence de l'exactitude de ces termes.

Et d'abord, l'attaque ? Comment l'attaque s'est-elle produite ? à quel moment ? Par quels travaux d'approche moraux ? Quelles mines, contre-mines, tranchées, chemins couverts, bretèches – dans le domaine de la fortification *intellectuelle* – ont servi l'assaillant et lui ont livré le château ? Oui, dans ces conditions, où est l'attaque ? Ah ! que de silence ! Et pourtant, il faut savoir ! Rouletabille l'a dit : il faut savoir ! Dans un siège aussi mystérieux, l'attaque dut être dans tout et dans rien ! L'assaillant se tait et l'assaut se livre sans clameur ; et l'ennemi s'approche des murailles en marchant sur ses bas. L'attaque ! Elle est peut-être dans tout ce qui se tait, mais elle est peut-être encore dans tout ce qui parle ! Elle est dans un mot, dans un soupir, dans un souffle ! Elle est dans un geste, car si elle peut être aussi dans tout ce qui se cache, elle peut être également dans tout ce qui se voit... *dans tout ce qui se voit et que l'on ne voit pas !*

Onze heures !... Où est Rouletabille ?... Son lit n'est pas défait... Je m'habille à la hâte et je trouve mon ami dans la baille. Il me prend sous le bras et m'entraîne dans la grande salle de la Louve. Là, je suis tout étonné de trouver, bien qu'il ne soit pas encore l'heure de déjeuner, tant de monde réuni. M. et Mme Darzac sont là. Il me semble que Mr Arthur Rance a une attitude extraordinairement froide. Sa poignée de main est glacée. Aussitôt que nous sommes arrivés, Mrs. Edith, du coin sombre où elle est nonchalamment étendue, nous salue de ces mots : « Ah ! voici M. Rouletabille avec son ami Sainclair. Nous allons savoir ce qu'il veut ». À quoi Rouletabille répond en s'excusant de nous avoir tous fait venir à cette heure dans la Louve ; mais il a, affirme-t-il, une si grave communication à nous faire qu'il n'a pas voulu la retarder d'une seconde. Le ton qu'il a pris pour nous dire cela est si sérieux que Mrs. Edith affecte de frissonner et simule une peur enfantine. Mais Rouletabille, que rien ne démonte, dit : « Attendez, madame, pour frissonner, de savoir de quoi il s'agit. J'ai à vous faire part d'une nouvelle qui n'est point gaie ! » Nous nous regardons tous. Comme il a dit cela ! J'essaye de lire sur le visage de M. et Mme Darzac leur *expression* du jour. Comment leur visage se tient-il depuis la nuit dernière ? Très bien, ma foi, très bien !... On n'est pas plus *fermé*. Mais qu'as-tu donc à nous dire, Rouletabille ? Parle ! Il prie ceux d'entre nous qui sont restés debout de s'asseoir et, enfin, il commence. Il s'adresse à Mrs. Edith.

« Et d'abord, madame, permettez-moi de vous apprendre que j'ai décidé de supprimer toute cette *garde* qui entourait le château d'Hercule comme d'une seconde enceinte, que j'avais jugée nécessaire à la sécurité de M. et de Mme Darzac, et que vous m'aviez laissé établir, bien qu'elle vous gênât, à ma guise avec tant de bonne grâce, et aussi, nous pouvons le dire, quelquefois avec tant de bonne humeur.

Cette directe allusion aux petites moqueries dont nous gratifiait Mrs. Edith quand nous montions la garde fait sourire Mr Arthur Rance et Mrs. Edith elle-même. Mais ni M. ni Mme Darzac ni moi ne sourions, car nous nous demandons avec un commencement d'anxiété où notre ami veut en venir.

« Ah ! vraiment, vous supprimez la garde du château, monsieur Rouletabille ! Eh bien, vous m'en voyez toute réjouie, non point qu'elle m'ait jamais gênée ! fait Mrs. Edith avec une affectation de gaieté (affectation de peur, affectation de gaieté, je trouve Mrs. Edith très affectée et, chose curieuse, elle me plaît beaucoup ainsi), au contraire, elle m'a tout à fait intéressée à cause de mes goûts romanesques ; mais, si je me réjouis de sa disparition, c'est qu'elle me prouve que M. et Mme Darzac ne courent plus aucun danger.

– Et c'est la vérité, madame, réplique Rouletabille, depuis cette nuit. »

Mme Darzac ne peut retenir un mouvement brusque que je suis le seul à apercevoir.

« Tant mieux ! s'écrie Mrs. Edith. Et que le Ciel en soit béni ! Mais comment mon mari et moi sommes-nous les derniers à apprendre une pareille nouvelle ?... Il s'est donc passé cette nuit des choses intéressantes ? Ce voyage nocturne de M. Darzac sans doute ?... M. Darzac n'est-il pas allé à Castelar ? »

Pendant qu'elle parlait ainsi, je voyais croître l'embarras de M. et de Mme Darzac. M. Darzac, après avoir regardé sa femme, voulut placer un mot, mais Rouletabille ne le lui permit pas.

« Madame, je ne sais pas où M. Darzac est allé cette nuit, mais il faut, il est nécessaire que vous sachiez une chose : c'est la raison pour laquelle M. et Mme Darzac ne courent plus aucun danger. Votre mari, madame, vous a mise au courant des affreux drames du Glandier et du rôle criminel qu'y joua...

– Frédéric Larsan... Oui, monsieur, je sais tout cela.

– Vous savez également, par conséquent, que nous ne faisions si bonne garde ici, autour de M. et de Mme Darzac, que parce que nous avions vu réapparaître ce personnage.

– Parfaitement.

– Eh bien, M. et Mme Darzac ne courent plus aucun danger, parce que ce personnage ne reparaîtra plus.

– Qu'est-il devenu ?

– Il est mort !

– Quand ?

– Cette nuit.

– Et comment est-il mort, cette nuit ?

– On l'a tué, madame.

– Et où l'a-t-on tué ?

– Dans la Tour Carrée ! »

Nous nous levâmes tous à cette déclaration, dans une agitation bien compréhensible : M. et Mrs. Rance stupéfaits de ce qu'ils apprenaient, M. et Mme Darzac et moi, effarés de ce que Rouletabille n'avait pas hésité à le leur apprendre.

« Dans la Tour Carrée ! s'écria Mrs. Edith... Et qui est-ce qui l'a tué ?

– M. Robert Darzac ! » fit Rouletabille, et il pria tout le monde de se rasseoir.

Chose étonnante, nous nous rassîmes comme si, dans un moment pareil, nous n'avions pas autre chose à faire qu'à obéir à ce gamin.

Mais presque aussitôt Mrs. Edith se releva et prenant les mains de M. Darzac, elle lui dit avec une force, une exaltation véritable cette fois-ci (décidément, aurais-je mal jugé Mrs. Edith en la trouvant affectée) :

« Bravo, monsieur Robert ! *All right ! You are a gentleman !* »

Et elle se retourna vers son mari en s'écriant :

« Ah ! voilà un homme ! Il est digne d'être aimé ! »

Alors, elle fit des compliments exagérés (mais c'était peut-être dans sa nature, après tout, d'exagérer ainsi toute chose) à Mme Darzac ; elle lui promit une amitié indestructible ; elle déclara qu'elle et son mari étaient tout prêts, dans une circonstance aussi difficile, à les seconder, elle et M. Darzac, qu'on pouvait compter sur leur zèle, leur dévouement et qu'ils étaient prêts à attester tout ce que l'on voudrait devant les juges.

« Justement, madame, interrompit Rouletabille, il ne s'agit point de juges et nous n'en voulons pas. Nous n'en avons pas besoin. Larsan était mort pour tout le monde avant qu'on ne le tuât cette nuit ; eh bien, il continue à être mort, voilà tout ! Nous avons pensé qu'il serait tout à fait inutile de recommencer un scandale dont M. et Mme Darzac et le professeur Stangerson ont été beaucoup trop déjà les innocentes victimes et nous avons compté pour cela sur votre complicité. Le drame s'est passé d'une façon si mystérieuse, cette nuit, que vous-mêmes, si nous n'avions pris la précaution de vous le faire connaître, eussiez pu ne jamais le soupçonner. Mais M. et

Mme Darzac sont doués de sentiments trop élevés pour oublier ce qu'ils devaient à leurs hôtes en une pareille occurrence. La plus simple des politesses leur ordonnait de vous faire savoir qu'ils avaient tué quelqu'un chez vous, cette nuit ! Quelle que soit, en effet, notre quasi-certitude de pouvoir dissimuler cette fâcheuse histoire à la justice italienne, on doit toujours prévoir le cas où un incident imprévu la mettrait au courant de l'affaire ; et M. et Mme Darzac ont assez de tact pour ne point vouloir vous faire courir le risque d'apprendre un jour par la rumeur publique, ou par une descente de police, un événement aussi important qui s'est passé justement sous votre toit. »

Mr Arthur Rance, qui n'avait encore rien dit, se leva, tout blême.

« Frédéric Larsan est mort, fit-il. Eh bien, tant mieux ! Nul ne s'en réjouira plus que moi ; et, s'il a reçu, de la main même de M. Darzac, le châtiment de ses crimes, nul plus que moi n'en félicitera M. Darzac. Mais j'estime avant tout que c'est là un acte glorieux dont M. Darzac aurait tort de se cacher ! Le mieux serait d'avertir la justice et sans tarder. Si elle apprend cette affaire par d'autres que par nous, voyez notre situation ! Si nous nous dénonçons, nous faisons œuvre de justice, si nous nous cachons, nous sommes des malfaiteurs ! On pourra tout supposer... »

À entendre Mr Rance, qui parlait en bégayant, tant il était ému de cette tragique révélation, on eût dit que c'était lui qui avait tué Frédéric Larsan... Lui qui, déjà, en était accusé par la justice... lui qui était traîné en prison.

« Il faut tout dire ! Messieurs, il faut tout dire... »

Mrs. Edith ajouta :

« Je crois que mon mari a raison. Mais, avant de prendre une décision, il conviendrait de savoir comment les choses se sont passées. »

Et elle s'adressa directement à M. et Mme Darzac. Mais ceux-ci étaient encore sous le coup de la surprise que leur avait procurée Rouletabille en parlant, Rouletabille qui, le matin même, devant moi, leur promettait le silence et nous engageait tous au silence ; aussi n'eurent-ils point une parole. Ils étaient comme en pierre dans leur fauteuil. Mr Arthur Rance répétait : « Pourquoi nous cacher ? Il faut tout dire ! »

Tout à coup, le reporter sembla prendre une résolution subite ; je compris à ses yeux traversés d'un brusque éclair que quelque chose de considérable venait de se passer dans sa cervelle. Et il se pencha sur Arthur Rance. Celui-ci avait la main droite appuyée sur une canne à bec-de-corbin. Le bec en était d'ivoire et joliment travaillé par un ouvrier illustre de Dieppe. Rouletabille lui prit cette canne.

« Vous permettez ? dit-il. Je suis très amateur du travail de l'ivoire et mon ami Sainclair m'a parlé de votre canne. Je ne l'avais pas encore remarquée. Elle est, en effet, fort belle. C'est une figure de Lambesse. Il n'y a point de meilleur ouvrier sur la côte normande. »

Le jeune homme regardait la canne et ne semblait plus songer qu'à la canne. Il la mania si bien qu'elle lui échappa des mains et vint tomber devant Mme Darzac. Je me précipitai, la ramassai et la rendis immédiatement à Mr Arthur Rance. Rouletabille me remercia avec un regard qui me foudroya. Et, avant d'être foudroyé, j'avais lu dans ce regard-là que j'étais un imbécile !

Mrs. Edith s'était levée, très énervée de l'attitude insupportable de « suffisance » de Rouletabille et du silence de M. et Mme Darzac.

« Chère, fit-elle à Mme Darzac, je vois que vous êtes très fatiguée. Les émotions de cette nuit épouvantable vous ont exténuée. Venez, je vous en prie, dans nos chambres, vous vous reposerez.

– Je vous demande bien pardon de vous retenir un instant encore, Mrs. Edith, interrompit Rouletabille, mais ce qui me reste à dire vous intéresse particulièrement.

– Eh bien, dites, monsieur, et ne nous faites pas languir ainsi. »

Elle avait raison. Rouletabille le comprit-il ? Toujours est-il qu'il racheta la lenteur de ses prolégomènes par la rapidité, la netteté, le saisissant relief avec lequel il retraça les événements de la nuit. Jamais le problème du « corps de trop » dans la Tour Carrée ne devait nous apparaître avec plus de mystérieuse horreur ! Mrs. Edith en était toute réellement (je dis réellement, ma foi) frissonnante. Quant à Arthur Rance, il avait mis le bout du bec de sa canne dans sa bouche et il répétait avec un flegme tout américain, mais avec une conviction impressionnante : « C'est une histoire du diable ! C'est une histoire du diable ! L'histoire du corps de trop est une histoire du diable !... »

Mais, disant cela, il regardait le bout de la bottine de Mme Darzac qui dépassait un peu le bord de sa robe. À ce moment-là seulement la conversation devint à peu près générale ; mais c'était moins une conversation qu'une suite ou qu'un mélange d'interjections, d'indignations, de plaintes, de soupirs et de condoléances, aussi de demandes d'explications sur les conditions d'arrivée possible du « corps de trop », explications qui n'expliquaient rien et ne faisaient qu'augmenter la confusion générale. On parla aussi de l'horrible sortie du « corps de trop » dans le sac de pommes de terre et Mrs. Edith, à ce propos, réédita l'expression de son admiration pour le gentleman héroïque qu'était M. Robert Darzac. Rouletabille, lui, ne daigna point laisser tomber un mot dans tout ce gâchis de paroles. Visiblement, il méprisait cette manifestation verbale du désarroi des esprits, manifestation qu'il supportait avec l'air d'un professeur qui accorde quelques minutes de récréation à des élèves qui ont été bien sages. C'était là un de ses airs qui ne me plaisaient pas et que je lui reprochais quelquefois, sans succès d'ailleurs, car Rouletabille a toujours pris les airs qu'il a voulus.

Enfin, il jugea sans doute que la récréation avait assez duré, car il demanda brusquement à Mrs. Edith :

« Eh bien, Mrs. Edith ! Pensez-vous toujours qu'il faille avertir la justice ?

– Je le pense plus que jamais, répondit-elle. Ce que nous serions impuissants à découvrir, elle le découvrira certainement, elle ! (Cette allusion voulue à l'impuissance intellectuelle de mon ami laissa celui-ci parfaitement indifférent.) Et je vous avouerai même une chose, monsieur Rouletabille, ajouta-t-elle, c'est que je trouve qu'on aurait pu l'avertir plus tôt, la justice ! Cela vous eût évité quelques longues heures de garde et des nuits d'insomnie qui n'ont, en somme, servi à rien, puisqu'elles n'ont pas empêché celui que vous redoutiez tant de pénétrer dans la place ! »

Rouletabille s'assit, domptant une émotion vive qui le faisait presque trembler, et, d'un geste qu'il voulait rendre évidemment inconscient, s'empara à nouveau de la canne que Mr Arthur Rance venait de poser contre le bras de son fauteuil. Je me disais : « Qu'est-ce qu'il veut faire de cette canne ? Cette fois-ci, je n'y toucherai plus ! Ah ! je m'en garderai bien !... »

Jouant avec la canne, il répondit à Mrs. Edith qui venait de l'attaquer d'une façon aussi vive, presque cruelle.

« Mrs. Edith, vous avez tort de prétendre que toutes les précautions que j'avais prises pour la sécurité de M. et Mme Darzac ont été inutiles. Si elles m'ont permis de constater la présence inexplicable d'un corps de trop, *elles m'ont également permis de constater l'absence peut-être moins inexplicable d'un corps de moins.* »

Nous nous regardâmes tous encore, les uns cherchant à comprendre, les autres redoutant déjà de comprendre.

« Eh ! Eh ! répliqua Mrs. Edith, dans ces conditions, vous allez voir qu'il ne va plus y avoir de mystère du tout et que tout va s'arranger. »

Et elle ajouta, dans la langue bizarre de mon ami, afin de s'en moquer :

« Un corps de trop d'un côté, un corps de moins de l'autre ! Tout est pour le mieux ! »

– Oui, fit Rouletabille, et c'est bien ce qui est affreux, car ce corps de moins arrive tout à fait à temps pour nous expliquer le corps de trop, madame. Maintenant, madame, sachez que ce corps de moins est le corps de votre oncle, M. Bob !

– Le vieux Bob ! s'écria-t-elle. Le vieux Bob a disparu ! » Et nous criâmes tous avec elle :

« Le vieux Bob ! Le vieux Bob a disparu !

– Hélas ! » fit Rouletabille.

Et il laissa tomber la canne.

Mais la nouvelle de la disparition du vieux Bob avait tellement « saisi » les Rance et les Darzac que nous ne portâmes aucune attention à cette canne qui tombait.

« Mon cher Sainclair, soyez donc assez aimable pour ramasser cette canne », dit Rouletabille.

Ma foi, je l'ai ramassée, cependant que Rouletabille ne daignait même pas me dire merci et que Mrs. Edith, bondissant tout à coup comme une lionne sur M. Robert Darzac qui opéra un mouvement de recul très accentué, poussait une clameur sauvage :

« Vous avez tué mon oncle ! »

Son mari et moi-même eurent de la peine à la maintenir et à la calmer. D'un côté, nous lui affirmions que ce n'était pas une raison parce que son oncle avait momentanément disparu pour qu'il eût disparu dans le sac tragique, et de l'autre nous reprochions à Rouletabille la brutalité avec laquelle il venait de nous faire apparaître une opinion qui, au surplus, ne pouvait encore être, dans son esprit inquiet, qu'une bien tremblante hypothèse. Et, nous ajoutâmes, en suppliant Mrs. Edith de nous écouter, que cette hypothèse ne pouvait en aucune façon être considérée par Mrs. Edith comme une injure, attendu qu'elle n'était possible qu'en admettant la supercherie d'un Larsan qui aurait pris la place de son respectable oncle. Mais elle ordonna à son mari de se taire et, me toisant du haut en bas, elle me dit :

« Monsieur Sainclair, j'espère, fermement même, que mon oncle n'a disparu que pour bientôt réapparaître ; s'il en était autrement, je vous accuserais d'être le complice du plus lâche des crimes. Quant à vous, monsieur (elle s'était retournée vers Rouletabille), l'idée même que vous avez pu avoir de confondre un Larsan avec un vieux Bob me défend à jamais de vous serrer la main, et j'espère que vous aurez le tact de me débarrasser bientôt de votre présence !

– Madame ! répliqua Rouletabille en s'inclinant très bas, j'allais justement vous demander la permission de prendre congé de votre grâce. J'ai un court voyage de vingt-quatre heures à faire. Dans vingt-quatre heures je serai de retour et prêt à vous aider dans les difficultés qui pourraient surgir, à la suite de la disparition de votre respectable oncle.

– Si dans vingt-quatre heures mon oncle n'est pas revenu, je déposerai une plainte entre les mains de la justice italienne, monsieur.

– C'est une bonne justice, madame ; mais, avant d'y avoir recours, je vous conseillerai de questionner tous les domestiques en qui vous pourriez avoir quelque confiance, notamment Mattoni. Avez-vous confiance, madame, en Mattoni ?

– Oui, monsieur, j'ai confiance en Mattoni.

– Eh bien, madame, questionnez-le !... Questionnez-le !... Ah ! avant mon départ, permettez-moi de vous laisser cet excellent et historique livre... »

Et Rouletabille tira un livre de sa poche.

« Qu'est-ce que ça encore ? demanda Mrs. Edith, superbement dédaigneuse.

– Ça, madame, c'est un ouvrage de M. Albert Bataille, un exemplaire de ses *Causes criminelles et mondaines*, dans lequel je vous conseille de lire les aventures, déguisements, travestissements, tromperies d'un illustre bandit dont le vrai nom est Ballmeyer. »

Rouletabille ignorait que j'avais déjà conté pendant deux heures les histoires extraordinaires de Ballmeyer à Mrs. Rance.

« Après cette lecture, continua-t-il, il vous sera loisible de vous demander si l'astuce criminelle d'un pareil individu aurait trouvé des difficultés insurmontables à se présenter devant vos yeux sous l'aspect d'un oncle que vos yeux n'auraient point vu depuis quatre ans (car il y avait quatre ans, madame, que vos yeux n'avaient point vu monsieur le vieux Bob quand vous avez trouvé ce respectable oncle au sein des pampas de l'Araucanie.) Quant aux souvenirs de Mr Arthur Rance, qui vous accompagnait, ils étaient beaucoup plus lointains et beaucoup plus susceptibles d'être trompés que vos souvenirs et votre cœur de nièce !... Je vous en conjure à genoux, madame, ne nous fâchons pas ! La situation, pour nous tous, n'a jamais été aussi grave. Restons unis. Vous me dites de partir : je pars, mais je reviendrai ; car, s'il fallait *tout de même* s'arrêter à l'abominable hypothèse de Larsan ayant pris la place de monsieur le vieux Bob, il nous resterait à chercher monsieur le vieux Bob lui-même ; auquel cas je serais, madame, à votre disposition et toujours votre très humble et très obéissant serviteur. »

À ce moment, comme Mrs. Edith prenait une attitude de reine de comédie outragée, Rouletabille se tourna vers Arthur Rance et lui dit :

« Il faut agréer, monsieur Arthur Rance, pour tout ce qui vient de se passer, toutes mes excuses et je compte bien sur le loyal gentleman que vous êtes pour les faire agréer à Mrs. Arthur Rance. En somme, vous me reprochez la rapidité avec laquelle j'ai exposé mon hypothèse, mais veuillez vous souvenir, monsieur, que Mrs. Edith, il y a un instant encore, me reprochait ma lenteur ! »

Mais Arthur Rance ne l'écoutait déjà plus. Il avait pris le bras de sa femme et tous deux se disposaient à quitter la pièce quand la porte s'ouvrit et le garçon d'écurie, Walter, le fidèle serviteur du vieux Bob, fit irruption au milieu de nous. Il était dans un état de saleté surprenant, entièrement recouvert de boue et les vêtements arrachés. Son visage en sueur, sur lequel se plaquaient les mèches de ses cheveux en désordre, reflétait une colère mêlée d'effroi qui nous fit craindre tout de suite quelque nouveau malheur. Enfin, il avait à la main une loque infâme qu'il jeta sur la table. Cette toile repoussante, maculée de larges taches d'un brun rougeâtre, n'était autre – nous le devinâmes immédiatement en reculant d'horreur – que le sac qui avait servi à emporter le corps de trop.

De sa voix rauque, avec des gestes farouches, Walter baragouinait déjà mille choses dans son incompréhensible anglais, et nous nous demandions tous, à l'exception d'Arthur Rance et de Mrs. Edith : « Qu'est-ce qu'il dit ?... Qu'est-ce qu'il dit ?... »

Et Arthur Rance l'interrompait de temps en temps, cependant que l'autre nous montrait des poings menaçants et regardait Robert Darzac avec des yeux de fou. Un instant, nous crûmes même qu'il allait s'élancer, mais un geste de Mrs. Edith l'arrêta net. Et Arthur Rance traduisit pour nous :

« Il dit que, ce matin, il a remarqué des taches de sang dans la charrette anglaise et que Toby était très fatigué de sa course de nuit. Cela l'a intrigué tellement qu'il a résolu tout de suite d'en parler au vieux Bob ; mais il l'a cherché en vain. Alors, pris d'un sinistre pressentiment, il a suivi à la piste le voyage de nuit de la charrette anglaise, ce qui lui était facile à cause de l'humidité du chemin et de l'écartement exceptionnel des roues ; c'est ainsi qu'il est parvenu jusqu'à une crevasse du vieux Castillon dans laquelle il est descendu, persuadé qu'il y trouverait le corps de son maître ; mais il n'en a rapporté que ce sac vide qui a peut-être contenu le cadavre du vieux Bob, et, maintenant, revenu en toute hâte dans une carriole de paysan, il réclame son maître, demande si on l'a vu et accuse Robert Darzac d'assassinat si on ne le lui montre pas... »

Nous étions tous consternés. Mais, à notre grand étonnement, Mrs. Edith reconquit la première son sang-froid. Elle calma Walter en quelques mots, lui promit qu'elle lui montrerait, tout à l'heure, son vieux Bob, en excellente santé, et le congédia. Et elle dit à Rouletabille :

« Vous avez vingt-quatre heures, monsieur, pour que mon oncle revienne.

– Merci, madame, fit Rouletabille ; mais, s'il ne revient pas, c'est moi qui ai raison !

– Mais, enfin, où peut-il être ? s'écria-t-elle.

– Je ne pourrais point vous le dire, madame, *maintenant qu'il n'est plus dans le sac !* »

Mrs. Edith lui jeta un regard foudroyant et nous quitta, suivie de son mari. Aussitôt, Robert Darzac nous montra toute sa stupéfaction de l'histoire du sac. Il avait jeté le sac à l'abîme et le sac en revenait tout seul.

Quant à Rouletabille il nous dit :

« Larsan n'est pas mort, soyez-en sûrs ! Jamais la situation n'a été aussi effroyable, et il faut que je m'en aille !... Je n'ai pas une minute à perdre ! Vingt-quatre heures ! dans vingt-quatre heures, je serai ici... Mais jurez-moi, jurez-moi tous deux de ne point quitter ce château... Jurez-moi, Monsieur Darzac, que vous veillerez sur Mme Darzac, que vous lui défendrez, même par la force, si c'est nécessaire, toute sortie !... Ah ! et puis... il ne faut plus que vous habitiez la Tour Carrée !... Non, il ne le faut plus !... À l'étage où habite M. Stangerson, il y a deux chambres libres. Il faut les prendre. C'est nécessaire... *Sainclair, vous veillerez à ce déménagement-là...* Aussitôt mon départ, ne plus remettre les pieds dans la Tour Carrée, hein ? ni les uns ni les autres... Adieu ! Ah ! tenez ! laissez-moi vous embrasser... tous les trois !... »

Il nous serra dans ses bras : M. Darzac d'abord, puis moi ; et puis, en tombant sur le sein de la Dame en noir, il éclata en sanglots. Toute cette attitude de Rouletabille, malgré la gravité des événements, m'apparaissait incompréhensible. Hélas ! combien je devais la trouver naturelle plus tard !

XV

Les soupirs de la nuit.

Deux heures du matin. Tout semble dormir au château. Quel silence sur la terre et dans les cieux ! Pendant que je suis à ma fenêtre, le front brûlant et le cœur glacé, la mer rend son dernier soupir et aussitôt la lune s'est arrêtée dans un ciel sans nuages. Les ombres ne tournent plus autour de l'astre des nuits. Alors, dans le grand sommeil immobile de ce monde, j'ai entendu les mots de la chanson lithuanienne : « Mais le regard cherchait en vain la belle inconnue qui s'était couvert la tête d'une vague et dont on n'a plus jamais entendu parler... » Ces paroles m'arrivent, claires et distinctes, dans la nuit immobile et sonore. Qui les prononce ? Sa bouche à lui ? sa bouche à elle ? ou mon hallucinant souvenir ? Ah çà ! qu'est-ce que ce prince de la Terre-Noire vient faire sur la Côte d'Azur avec ses chansons lithuaniennes ? Et pourquoi son image et ses chants me poursuivent-ils ainsi ?

Pourquoi le supporte-t-elle ? Il est ridicule avec ses yeux tendres et ses longs cils chargés d'ombre et ses chansons lithuaniennes ! et moi aussi je suis ridicule ! Aurais-je un cœur de collégien ? Je ne le crois pas. J'aime mieux vraiment m'arrêter à cette hypothèse que ce qui m'agite dans la personnalité du prince Galitch est moins l'intérêt que lui porte Mrs. Edith *que la pensée de l'autre !...* Oui, c'est bien cela ; dans mon esprit, le prince et Larsan viennent m'inquiéter *ensemble*. On ne l'a pas vu au château depuis le fameux déjeuner où il nous fut présenté, c'est-à-dire depuis l'avant-veille.

L'après-midi qui a suivi le départ de Rouletabille ne nous a rien apporté de nouveau. Nous n'avons pas de nouvelles de lui, pas plus que du vieux Bob. Mrs. Edith est restée enfermée chez elle, après avoir interrogé les domestiques et visité les appartements du vieux Bob et la Tour Ronde. Elle n'a pas voulu pénétrer dans l'appartement de Darzac. « C'est l'affaire de la justice », a-t-elle dit. Arthur Rance s'est promené une heure sur le boulevard de l'Ouest, et il paraissait fort impatient. Personne ne m'a parlé. Ni M. ni Mme Darzac ne sont sortis de la Louve. Chacun a dîné chez soi. On n'a pas vu le professeur Stangerson.

... Et, maintenant, tout semble dormir au château... Mais les ombres se reprennent à tourner autour de l'astre des nuits. Qu'est-ce que ceci, sinon l'ombre d'un canot qui se détache de l'ombre du fort et glisse maintenant sur le flot argenté ? Quelle est cette silhouette qui se dresse, orgueilleuse, à l'avant, pendant qu'une autre ombre se courbe sur la rame silencieuse ? C'est la tienne, Féodor Féodorowitch ! Eh ! voilà un mystère qui sera peut-être plus facile à pénétrer que celui de la Tour Carrée, ô Rouletabille ! Et je crois que la cervelle de Mrs. Edith y suffirait...

Nuit hypocrite !... Tout semble dormir et rien ne dort, ni personne... Qui donc peut se vanter de pouvoir dormir au château d'Hercule ? Croyez-vous que Mrs. Edith dort ? Et M. et Mme Darzac, dorment-ils ? Et pourquoi M. Stangerson, qui semble dormir tout éveillé, le jour, dormirait-il justement cette nuit-là, lui dont la couche n'a cessé d'être visitée, comme on dit, par la pâle insomnie depuis la révélation du Glandier ? Et moi, est-ce que je dors ?

J'ai quitté ma chambre, je suis descendu dans la Cour du Téméraire ; mes pas m'ont porté en hâte sur le boulevard de la Tour Ronde. Si bien que je suis arrivé à temps pour voir, sous la clarté lunaire, la barque du prince Galitch aborder à la grève, devant les jardins de Babylone. Il sauta sur le galet, et, derrière lui, l'homme, ayant rangé les rames, sauta. Je reconnus le maître et le domestique : Féodor Féodorowitch et son esclave Jean. Quelques secondes plus tard, ils s'enfonçaient dans l'ombre protectrice des palmiers centenaires et des eucalyptus géants...

Aussitôt, j'ai fait le tour du boulevard de la Cour du Téméraire... Et puis, le cœur battant, je me suis dirigé vers la baille. Les dalles de la poterne ont retenti sous mon pas solitaire et il m'a semblé voir une ombre se dresser, attentive, sous l'ogive à demi détruite du porche de la chapelle. Je me suis arrêté dans la nuit épaisse de la Tour du Jardinier et j'ai tâté dans ma poche mon revolver. L'ombre, là-bas, n'a pas bougé. Est-ce bien une ombre humaine qui écoute ? Je me glisse derrière une haie de verveine qui borde le sentier conduisant directement à la Louve, à travers buissons et bosquets et tout le débordement parfumé du printemps en fleurs. Je n'ai point fait de bruit, et l'ombre, rassurée sans doute, a fait, elle, un mouvement. C'est la Dame en noir ! La lune, sous l'ogive à demi détruite, me la montre toute blanche. Et puis, cette forme tout à coup disparaît comme par enchantement. Alors, je me suis rapproché encore de la chapelle, et, au fur et à mesure que je diminuais la distance qui me séparait de ces ruines, je percevais un léger murmure, des paroles entrecoupées de soupirs si mouillés de larmes que mes propres yeux en devinrent humides. La Dame en noir pleurait, là, derrière quelque pilier. Était-elle seule ? N'avait-elle point choisi, dans cette nuit d'angoisse, cet autel envahi par les fleurs pour y venir apporter en toute paix sa prière embaumée ?

Tout à coup, j'aperçus une ombre à côté de la Dame en noir, et je reconnus Robert Darzac. De l'endroit où j'étais, je pouvais maintenant entendre tout ce qu'ils pouvaient se dire. L'indiscrétion était forte, inélégante, honteuse. Chose curieuse, je crus de mon devoir d'écouter. Maintenant je ne songeais plus du tout à Mrs. Edith ni au prince Galitch... Mais je songeais toujours à Larsan... Pourquoi ?... Pourquoi était-ce à cause de Larsan que je voulais savoir ce qu'ils se disaient ?... Je compris que Mathilde était descendue furtivement de la Louve pour promener son angoisse dans le jardin, et que son mari l'avait rejointe... La Dame en noir pleurait. Elle avait pris les mains de Robert Darzac, et elle lui disait :

« Je sais... Je sais toute votre peine... ne me la dites plus... quand je vous vois si changé, si malheureux... je m'accuse de votre douleur... mais ne me dites pas que je ne vous aime plus... Oh ! je vous aimerai encore, Robert... comme autrefois... je vous le promets... »

Et elle sembla réfléchir, pendant que lui, incrédule, l'écoutait encore.

Elle reprit, bizarre, et cependant avec une énergique conviction :

« Certes ! je vous le promets... »

Elle lui serra encore la main, et elle partit, lui adressant un divin, mais si malheureux sourire, que je me demandai comment cette femme avait pu parler à cet homme de bonheur possible. Elle me frôla sans me voir. Elle passa avec son parfum et je ne sentis plus les lauriers-cerises derrière lesquels j'étais caché.

M. Darzac était resté à sa place. Il la regardait encore. Il dit tout haut avec une violence qui me fit réfléchir :

« Oui, il faut être heureux ! Il le faut ! »

Ah ! certes, il était bien à bout de patience. Et, avant de s'éloigner à son tour, il eut un geste de protestation contre le mauvais sort, d'emportement contre la Destinée, un geste qui ravissait la Dame en noir, la jetait sur sa poitrine et l'en faisait le maître, à travers l'espace.

Il n'eut pas plutôt fait ce geste, que *ma pensée se précisa*, ma pensée qui errait autour de Larsan s'arrêta sur Darzac ! Oh ! je m'en souviens très bien ; c'est à partir de cette seconde où il eut ce geste de rapt dans la nuit lunaire que j'osai me dire ce que je m'étais déjà dit pour tant d'autres... pour tous les autres... « Si c'était Larsan ! »

Et, en cherchant bien, au fond de ma mémoire, je trouve que ma pensée a été plus directe encore. Au geste de l'homme, elle a répondu tout de suite, elle a crié : « C'est Larsan ! »

J'en fus tellement épouvanté que, voyant Robert Darzac se diriger vers moi, je ne pus retenir un mouvement de fuite qui lui révéla ma présence. Il me vit, me reconnut, me saisit le bras, et me dit :

« Vous étiez là, Sainclair, vous veilliez !... Nous veillons tous, mon ami... Et vous l'avez entendue !... Voyez-vous, Sainclair, c'est trop de douleur ; moi, je n'en puis plus. Nous allions être heureux ; elle-même pouvait croire qu'elle avait été oubliée du Destin, quand l'autre est réapparu ! Alors, ç'a été fini, elle n'a plus eu de force pour notre amour. Elle s'est courbée sous la fatalité ; elle a dû s'imaginer que celle-ci la poursuivait d'un éternel châtiment. Il a fallu le drame effroyable de la nuit dernière pour me prouver à moi-même que cette femme m'a réellement aimé... autrefois... Oui, un moment, elle a craint pour moi, et moi, hélas ! je n'ai tué que pour elle... Mais la voilà retournée à son indifférence mortelle. Elle ne songe plus – si elle songe encore à quelque chose – qu'à promener un vieillard en silence... »

Il soupira si tristement et si *sincèrement* que l'abominable pensée en fut chassée du coup. Je ne songeai plus qu'à ce qu'il me disait... à la douleur de cet homme qui semblait avoir perdu définitivement la femme qu'il aimait, dans le moment que celle-ci retrouvait un fils dont il continuait d'ignorer l'existence... De fait, il n'avait dû rien comprendre à l'attitude de la Dame en noir, à la facilité avec laquelle elle paraissait s'être détachée de lui... et il ne trouvait pour expliquer une aussi cruelle métamorphose que l'amour, exaspéré par le remords, de la fille du professeur Stangerson pour son père...

M. Darzac continua de gémir.

« À quoi m'aura servi de le frapper ? Pourquoi ai-je tué ? Pourquoi m'impose-t-elle, comme à un criminel, cet horrible silence, si elle ne veut pas m'en récompenser de son amour ? Redoute-t-elle pour moi de nouveaux juges ? Hélas ! pas même, Sainclair... non, non, pas même. Elle redoute que la pensée agonisante de son père ne succombe devant l'éclat d'un nouveau scandale. Son père ! Toujours son père ! Et moi, je n'existe pas ! Je l'ai attendue vingt ans, et quand, enfin, je crois qu'elle est venue, son père me la reprend ! »

Je me disais : « Son père... son père et son enfant ! »

Il s'assit sur une vieille pierre écroulée de la chapelle et dit encore, se parlant à lui-même : « Mais je l'arracherai de ces murs... je ne peux plus la voir errer ici au bras de son père... comme si je n'existais pas !... »

Et, pendant qu'il disait ces choses, je revoyais la double et lamentable silhouette du père et de la fille, passant et repassant, à l'heure du crépuscule, dans l'ombre colossale de la Tour du Nord, allongée par les feux du soir, et j'imaginais qu'ils ne devaient pas être plus écrasés sous les coups du ciel, cet Oedipe et cette Antigone qu'on nous représente dès notre plus jeune âge traînant, sous les murs de Colone, le poids d'une surhumaine infortune.

Et puis tout à coup, sans que je pusse en démêler la raison, peut-être à cause d'un geste de Darzac, l'affreuse pensée me ressaisit... et je demandai à brûle-pourpoint :

« Comment se fait-il que le sac était vide ? »

Je constatai qu'il ne se troubla point. Il me répondit simplement : « Rouletabille nous le dira peut-être... » Puis il me serra la main et s'enfonça, pensif, dans les massifs de la baille.

Je le regardais marcher...

... Je suis fou...

XVI

Découverte de « L'Australie ».

La lune l'a frappé en plein visage. Il se croit seul dans la nuit et voici certainement l'un des moments où il doit déposer le masque du jour. D'abord les vitres noires ont cessé de protéger son regard incertain. Et si sa taille, pendant les heures de comédie, s'est fatiguée à se courber plus que de nature, si les épaules se sont très habilement arrondies, voici la minute où le grand corps de Larsan, sorti de scène, va se délasser. Qu'il se délasse donc ! Je l'épie dans la coulisse... derrière les figuiers de Barbarie, pas un de ses mouvements ne m'échappe...

Maintenant, il est debout sur le boulevard de l'Ouest qui lui fait comme un piédestal ; les rayons lunaires l'enveloppent d'une lueur froide et funèbre. Est-ce toi, Darzac ? ou ton spectre ? ou l'ombre de Larsan revenue de chez les morts ?

Je suis fou... En vérité, il faut avoir pitié de nous qui sommes tous fous. Nous voyons Larsan partout et peut-être Darzac lui-même m'a-t-il regardé un jour, moi, Sainclair, en se disant : « Si c'était Larsan !...

» Un jour !... je parle comme s'il y avait des années que nous étions enfermés dans ce château et il y a tout juste quatre jours... Nous sommes arrivés ici, le 8 avril, un soir...

Sans doute, mais jamais mon cœur n'a ainsi battu quand je me posais la terrible question pour les autres ; c'est peut-être aussi qu'elle était moins terrible quand il s'agissait des autres... Et puis, c'est singulier ce qui m'arrive. Au lieu que mon esprit recule effrayé devant l'abîme d'une aussi incroyable hypothèse, au contraire, il est attiré, entraîné, horriblement séduit. Il a le vertige et il ne fait rien pour l'éviter. Il me pousse à ne point quitter des yeux le spectre debout sur le boulevard de l'Ouest, à lui trouver des attitudes, des gestes, une ressemblance, par derrière... et puis aussi le profil... et puis aussi la face... Là, comme ça... Il ressemble tout à fait à Larsan... Oui, mais comme ça, il ressemble tout à fait à Darzac...

Comment se fait-il que cette idée me vienne, cette nuit, pour la première fois ? Quand j'y songe... Elle eût dû être notre première idée ! Est-ce que, lors du *Mystère de la Chambre Jaune*, la silhouette Larsan n'apparaissait point, au moment du crime, tout à fait confondue avec la silhouette Darzac ? Est-ce que le Darzac qui venait chercher la réponse de Mlle Stangerson au bureau de poste 40 n'était point Larsan lui-même ? Est-ce que cet empereur du camouflage n'avait point déjà entrepris avec succès d'*être* Darzac, si bien qu'il avait réussi à faire accuser de ses propres crimes le fiancé de Mlle Stangerson !...

Sans doute... sans doute... mais, tout de même, si j'ordonne à mon cœur inquiet de se taire pour pouvoir entendre ma raison, je saurai que mon hypothèse est insensée... Insensée ?... Pourquoi ?... Tenez, le voilà, le spectre Larsan qui allonge les grands ciseaux de ses jambes, qui marche comme Larsan... oui, mais il a les épaules de Darzac.

Je dis insensée parce que, si l'on n'est pas Darzac, on peut tenter de l'être dans l'ombre, dans le mystère, de loin, comme lors des drames du Glandier... mais ici, nous touchons l'homme !... nous vivons avec lui !...

Nous vivons avec lui ?... Non !...

D'abord, il est rarement là... presque toujours enfermé dans sa chambre ou penché sur cet inutile travail de la Tour du Téméraire... Voilà, ma foi, un beau prétexte que celui de dessiner pour qu'on ne voie pas votre tête et pour répondre aux gens sans tourner la tête...

Mais enfin, il ne dessine pas toujours... Oui, mais dehors, toujours, excepté ce soir, il a son binocle noir... Ah ! cet accident du laboratoire a été des plus intelligents... Cette petite lampe qui a fait explosion savait – je l'ai toujours pensé – le service qu'elle allait rendre à Larsan lorsque Larsan aurait pris la place de Darzac... Elle lui permettrait d'éviter, toujours... toujours, la grande lumière du jour... à cause de la faiblesse des yeux... Comment donc !... Il n'est point jusqu'à Mlle Stangerson et Rouletabille qui ne s'arrangeaient pour trouver les coins d'ombre où les yeux de M. Darzac n'avaient rien à redouter de la lumière du jour... Du reste, il a, plus que tout autre, en y réfléchissant, depuis que nous sommes arrivés ici, cette préoccupation de l'ombre... nous l'avons vu peu, mais toujours à l'ombre. Cette petite salle du conseil est fort sombre, ... la Louve est sombre... Et il a choisi, des deux chambres de la Tour Carrée, celle qui reste toujours plongée dans une demi-obscurité.

Tout de même... Voyons ! Voyons !... Voyons ! On ne trompe pas Rouletabille comme ça !... ne serait-ce que trois jours !... Cependant, comme dit Rouletabille, Larsan est né avant Rouletabille, puisqu'il est son père...

... Ah ! je revois le premier geste de Darzac, quand il est venu au-devant de nous à Cannes, et qu'il est monté dans notre compartiment... Il a tiré le rideau... De l'ombre, toujours...

Le spectre, maintenant, sur le boulevard de l'Ouest, s'est retourné de mon côté... Je le vois bien... de face... pas de binocle... il est immobile... il est placé là comme si on allait le photographier... Ne bougez pas !... Là, ça y est !... Eh bien, c'est Robert Darzac ! c'est Robert Darzac !

... Il se remet en marche... Je ne sais plus... *il y a quelque chose qui me manque, dans la marche de Darzac, pour que je reconnaisse la marche de Larsan ;* mais quoi ?...

Oui, Rouletabille aurait tout vu. Euh ?... Rouletabille raisonne plus qu'il ne regarde. Et puis, a-t-il eu tellement le temps de regarder que cela ?...

Non !... N'oublions pas que Darzac est allé passer trois mois dans le Midi !... C'est vrai !... Ah ! on peut raisonner là-dessus : trois mois, pendant lesquels on ne l'a pas vu... Il était parti malade... Il était revenu bien portant... On ne s'étonne point que la figure d'un homme ait un peu changé quand, partie avec une mine de mort, elle réapparaît avec une mine de vivant.

Et la cérémonie du mariage a eu lieu tout de suite... Comme il s'est montré à nous avec parcimonie avant, et depuis... Et, du reste, il n'y a pas encore une semaine de tout cela... Un Larsan peut tenir le coup pendant six jours.

L'homme (Darzac ? Larsan ?) descend de son piédestal du boulevard de l'Ouest et vient droit à moi... M'a-t-il vu ? Je me fais plus petit derrière mon figuier de Barbarie.

... Trois mois d'absence pendant lesquels Larsan a pu étudier tous les tics, toutes les manifestations Darzac, et puis on supprime Darzac et on prend sa place, et sa femme... on l'emporte... le tour est joué !...

... La voix ? Quoi de plus facile que d'imiter une voix *du Midi* ? On a un peu plus ou un peu moins l'accent, voilà tout. Moi, j'ai cru observer qu'*il* l'avait un peu plus... Oui, le Darzac d'aujourd'hui a un peu plus l'accent – je crois – que celui d'avant le mariage...

Il est presque sur moi, il passe à mes côtés... Il ne m'a pas vu...

... C'est Larsan ! Je vous dis que c'est Larsan !...

Mais il s'arrête une seconde, regarde éperdument toutes ces choses endormies autour de lui, de lui dont la douleur veille solitaire, et il gémit, comme un pauvre malheureux homme qu'il est...

... C'est Darzac !...

Et puis, il est parti... Et je suis resté là, derrière un figuier, dans l'anéantissement de ce que j'avais osé penser !...

Combien de temps restai-je ainsi, prostré ? Une heure ? Deux heures ? Quand je me relevai, j'avais les reins rompus et l'esprit très fatigué. Oh ! très fatigué ! J'étais allé, au cours de mes étourdissantes hypothèses, jusqu'à me demander si par hasard (par hasard !) le Larsan qui était dans le sac de pommes de terre dites « saucisses » ne s'était pas substitué au Darzac qui le conduisait, dans la petite voiture anglaise traînée par Toby aux gouffres du puits de Castillon !... Parfaitement, je voyais le corps à l'agonie ressuscitant tout à coup et priant M. Darzac d'aller prendre sa place. Il n'avait fallu, pour que je rejetasse loin de mon absurde cogitation cette supposition imbécile, rien moins que le rappel de la preuve absolue de son impossibilité, qui m'avait été donnée le matin même par une conversation très intime entre M. Darzac et moi, au sortir de notre cruelle séance dans la Tour Carrée, séance pendant laquelle avaient été si bien établis tous les termes du problème du *corps de trop*. À ce moment, je lui avais posé, à propos du prince Galitch, dont la falote image ne cessait de me poursuivre, quelques questions auxquelles il avait tout de suite répondu en faisant allusion à une autre conversation très scientifique que nous avions eue la veille, Darzac et moi, et qui n'avait pu matériellement être entendue de personne autre que de nous deux, au sujet de ce même prince Galitch. Lui seul connaissait cette conversation là, et il ne faisait point de doute, par cela même, que le Darzac qui me préoccupait tant aujourd'hui n'était autre que celui de la veille.

Si insensée que fût l'idée de cette substitution, on me pardonnera tout de même de l'avoir eue. Rouletabille en était un peu la cause avec ses façons de me parler de son père comme du Dieu de la métamorphose ! Et j'en revins à la seule hypothèse possible – possible pour un Larsan qui aurait pris la place d'un Darzac – à celle de la substitution au moment du mariage, lors du retour du fiancé de Mlle Stangerson à Paris, après trois mois d'absence dans le Midi...

La plainte déchirante que Robert Darzac, se croyant seul, avait laissé échapper, tout à l'heure à mes côtés, ne parvenait point à chasser tout à fait cette idée-là... Je le voyais entrant à l'église Saint-Nicolas-du-Chardonnet, paroisse à laquelle il avait voulu que le mariage eût lieu... peut-être, pensai-je, parce qu'il n'y avait point d'église plus sombre à Paris...

Ah ! on est très curieusement bête quand on se trouve, par une nuit lunaire, derrière un figuier de Barbarie, aux prises avec la pensée de Larsan !...

Très, très bête ! me disais-je, en regagnant tout doucement, à travers les massifs de la baille, le lit qui m'attendait dans une petite chambre solitaire du Château Neuf... très bête... car, comme l'avait si bien dit Rouletabille... si Larsan avait été alors Darzac, il n'avait qu'à emporter sa belle proie et il ne se serait point complu à réapparaître à l'état de Larsan pour épouvanter Mathilde, et il ne l'aurait pas amenée au château fort d'Hercule, au milieu des siens, et il n'aurait pas pris la précaution désastreuse pour ses desseins de montrer à nouveau, dans la barque de Tullio, la figure menaçante de Roussel-Ballmeyer !

À ce moment, Mathilde lui appartenait, et c'est depuis ce moment qu'elle s'était reprise. La réapparition de Larsan ravissait définitivement la Dame en noir à Darzac, donc Darzac n'était pas Larsan ! Mon Dieu ! que j'ai mal à la tête... C'est la lune éblouissante, là-haut, qui m'a frappé douloureusement la cervelle... j'ai un coup de lune...

Et puis... et puis, n'était-*il* pas apparu à Arthur Rance lui-même, dans les jardins de Menton, alors que Darzac venait d'être « mis dans le train » qui le conduisait à Cannes, au-devant de nous ! Si Arthur Rance avait dit vrai, je pouvais aller me coucher en toute tranquillité... Et pourquoi Arthur Rance eût-il menti ?... Arthur Rance, encore un qui est amoureux de la Dame en noir, qui n'a pas cessé de l'être... Mrs. Edith n'est pas une sotte ; elle a tout vu, Mrs. Edith !... Allons !... allons nous coucher...

J'étais encore sous la poterne du Jardinier et j'allais entrer dans la Cour du Téméraire quand il m'a semblé entendre quelque chose... on eût dit une porte que l'on refermait... cela avait fait comme un bruit de bois et de fer... de serrure... je passai vivement la tête hors de la poterne et je crus apercevoir une vague silhouette humaine près de la porte du Château Neuf, une silhouette, qui, aussitôt, s'était confondue avec l'ombre du Château Neuf elle-même ; j'armai mon revolver et, en trois bonds, entrai dans l'ombre à mon tour... Mais je n'aperçus plus rien que l'ombre. La porte du Château Neuf était fermée et je croyais bien me rappeler que je l'avais laissée entrouverte. J'étais très ému, très anxieux... *je ne me sentais pas seul...* qui donc pouvait être autour de moi ? Évidemment, si la silhouette existait en dehors de ma vision et de mon esprit troublés, elle ne pouvait plus être maintenant que dans le Château Neuf, car la Cour du Téméraire était déserte.

Je poussai avec précaution la porte, et entrai dans le Château Neuf. J'écoutai attentivement et sans faire le moindre mouvement au moins pendant cinq minutes... Rien !... je devais m'être trompé... Cependant je ne fis point craquer d'allumettes et, le plus silencieusement que je pus, je gravis l'escalier et gagnai ma chambre. Là, je m'enfermai et seulement respirai à l'aise...

Cette vision continuait cependant à m'inquiéter plus que je ne me l'avouais à moi-même, et, bien que je me fusse couché, je ne parvenais point à m'endormir. Enfin, sans que je pusse en suivre la raison, la vision de la silhouette et la pensée de Darzac-Larsan se mêlaient étrangement dans mon esprit déséquilibré...

Si bien que j'en étais arrivé à me dire : je ne serai tranquille que lorsque je me serai assuré que M. Darzac lui-même n'est pas Larsan ! Et je ne manquerai point de le faire à la prochaine occasion.

Oui, mais comment ?... Lui tirer la barbe ?... Si je me trompe, il me prendra pour un fou ou il devinera ma pensée et elle ne sera point faite pour le consoler de tous les malheurs dont il gémit. Il ne manquerait plus à son infortune que d'être soupçonné d'être Larsan !

Soudain, je rejetai mes couvertures, je m'assis sur mon lit, et m'écriai : « L'*Australie !* »

Je venais de me souvenir d'un épisode dont j'ai parlé au commencement de ce récit. On se rappelle que, lors de l'accident du laboratoire, j'avais accompagné M. Robert Darzac chez le pharmacien. Or, dans le moment qu'on le soignait, comme il avait dû ôter sa jaquette, la manche de sa chemise, dans un faux mouvement, s'était relevée jusqu'au coude et y avait été arrêtée pendant toute la séance, ce qui m'avait permis de constater que M. Darzac avait, près de la saignée du bras droit une large « tache de naissance » dont les contours semblaient curieusement suivre le dessin géographique de l'Australie. Mentalement, pendant que le pharmacien opérait, je n'avais pu m'empêcher de placer, sur ce bras, aux endroits qu'elles occupent sur la carte, Melbourne, Sydney, Adélaïde ; et il y avait encore sous cette large tache une autre toute petite tache située dans les environs de la terre dite de Tasmanie.

Et quand, par hasard, plus tard, il m'était arrivé de penser à cet accident, à la séance chez le pharmacien et à la tache de naissance, j'avais toujours pensé aussi, par une liaison d'idées bien compréhensible, à l'Australie.

Et dans cette nuit d'insomnie, voilà que l'Australie encore m'apparaissait !...

Assis sur mon lit, j'avais eu à peine le temps de me féliciter d'avoir songé à une preuve aussi décisive de l'identité de Robert Darzac et je commençais à agiter la question de savoir comment je pourrais bien m'y prendre pour me la fournir à moi-même, quand un bruit singulier me fit dresser l'oreille... Le bruit se répéta... on eût dit que des marches craquaient sous des pas lents et précautionneux.

Haletant, j'allai à ma porte et, l'oreille à la serrure, j'écoutai. D'abord, ce fut le silence, et puis les marches craquèrent à nouveau... Quelqu'un était dans l'escalier, je ne pouvais plus en douter... et quelqu'un qui avait intérêt à dissimuler sa présence... je songeai à l'ombre que j'avais cru voir tout à l'heure en entrant dans la Cour du Téméraire... quelle pouvait être cette ombre, et que faisait-elle dans l'escalier ? Montait-elle ? Descendait-elle ?...

Un nouveau silence... J'en profitai pour passer rapidement mon pantalon et, armé de mon revolver, je réussis à ouvrir ma porte sans la faire geindre sur ses gonds. Retenant mon souffle, j'avançai jusqu'à la rampe de l'escalier et j'attendis. J'ai dit l'état de délabrement dans lequel se trouvait le Château Neuf. Les rayons funèbres de la lune arrivaient obliquement par les hautes fenêtres qui s'ouvraient sur chaque palier et découpaient avec précision des carrés de lumière blême dans la nuit opaque de cette cage d'escalier qui était très vaste. La misère du château ainsi éclairée par endroits n'en paraissait que plus définitive. La ruine de la rampe de l'escalier, les barreaux brisés, les murs lézardés contre lesquels, çà et là, de vastes lambeaux de tapisserie pendaient encore, tout cela qui ne m'avait que fort peu impressionné dans le jour, me frappait alors étrangement, et mon esprit était tout prêt à me représenter ce décor lugubre du passé comme un lieu propice à l'apparition de quelque fantôme... Réellement, j'avais peur... L'ombre, tout à l'heure, m'avait si bien glissé entre les doigts... car j'avais bien cru la toucher... Tout de même, un fantôme peut se promener dans un vieux château sans faire craquer des marches d'escalier... Mais elles ne craquaient plus...

Tout à coup, comme j'étais penché au-dessus de la rampe, je revis l'ombre !... elle était éclairée d'une façon éclatante... de telle sorte que d'ombre qu'elle était elle était devenue lueur. La lune l'avait allumée comme un flambeau... Et je reconnus Robert Darzac !

Il était arrivé au rez-de-chaussée et traversait le vestibule en levant la tête vers moi comme s'il sentait peser mon regard sur lui. Instinctivement, je me rejetai en arrière. Et puis, je revins à mon poste d'observation juste à temps pour le voir disparaître dans un couloir qui conduisait à un autre escalier desservant l'autre partie du bâtiment. Que signifiait ceci ? Qu'est-ce que Robert Darzac faisait la nuit dans le Château Neuf ? Pourquoi prenait-il tant de précautions pour n'être point vu ? Mille soupçons me traversèrent l'esprit, ou plutôt toutes les mauvaises pensées de tout à l'heure me ressaisirent avec une force extraordinaire et, sur les traces de Darzac, je m'élançai à la découverte de l'*Australie*.

J'eus tôt fait d'arriver au corridor au moment même où il le quittait et commençai de gravir, toujours fort prudemment, les degrés vermoulus du second escalier. Caché dans le corridor, je le vis s'arrêter au premier palier, et pousser une porte. Et puis je ne vis plus rien ; il était rentré dans l'ombre et peut-être dans la chambre. Je grimpai jusqu'à cette porte qui était refermée et, sûr qu'il était dans la chambre, je frappai trois petits coups. Et j'attendis. Mon cœur battait à se rompre. Toutes ces chambres étaient inhabitées, abandonnées... Qu'est-ce que M. Robert Darzac venait faire dans l'une de ces chambres-là ?...

J'attendis deux minutes qui me parurent interminables, et, comme personne ne me répondait, comme la porte ne s'ouvrait pas, je frappai à nouveau et j'attendis encore... alors, la porte s'ouvrit et Robert Darzac me dit de sa voix la plus naturelle :

« C'est vous, Sainclair ? Que me voulez-vous, mon ami ?...

– Je veux savoir, fis-je – et ma main serrait au fond de ma poche mon revolver, et ma voix, à moi, était comme étranglée, tant, au fond, j'avais peur – je veux savoir ce que vous faites ici, à une pareille heure... »

Tranquillement, il craqua une allumette, et dit :

« Vous voyez !... je me préparais à me coucher... »

Et il alluma une bougie que l'on avait posée sur une chaise, car il n'y avait même pas, dans cette chambre délabrée, une pauvre table de nuit. Un lit dans un coin, un lit de fer que l'on avait dû apporter là dans la journée, composait tout l'ameublement.

« Je croyais que vous deviez coucher, cette nuit, à côté de Mme Darzac et du professeur, au premier étage de la Louve...

– L'appartement était trop petit ; j'aurais pu gêner Mme Darzac, fit amèrement le malheureux... J'ai demandé à Bernier de me donner un lit ici... Et puis, peu m'importe où je couche puisque je ne dors pas... »

Nous restâmes un instant silencieux. J'avais tout à fait honte de moi et de mes « combinaisons » saugrenues. Et, franchement, mon remords était tel que je ne pus en retenir l'expression. Je lui avouai tout : mes infâmes soupçons, et comment j'avais bien cru, en le voyant errer si mystérieusement de nuit dans le Château Neuf, avoir affaire à Larsan, et comment je m'étais décidé à aller à la découverte de l'*Australie*. Car, je ne lui cachai même pas que j'avais mis un instant tout mon espoir dans l'*Australie*.

Il m'écoutait avec la face la plus douloureuse du monde et, tranquillement, il releva sa manche et, approchant son bras nu de la bougie, il me montra la *tache de naissance* qui devait me faire rentrer *dans mes esprits*. Je ne voulais point la voir, mais il insista pour que je la touchasse, et je dus constater que c'était là une tache très naturelle et sur laquelle on eût pu mettre des petits points avec des noms de ville : Sidney, Melbourne, Adélaïde... et, en bas, il y avait une autre petite tache qui représentait la Tasmanie...

« Vous pouvez frotter, fit-il encore de sa voix absolument désabusée... ça ne s'en va pas !... »

Je lui demandai encore pardon, les larmes aux yeux, mais il ne voulut me pardonner que lorsqu'il m'eut forcé à lui tirer la barbe, laquelle ne me resta point dans la main...

Alors, seulement, il me permit d'aller me recoucher, ce que je fis en me traitant d'imbécile.

XVII

Terrible aventure du vieux Bob.

Quand je me réveillai, ma première pensée courut encore à Larsan. En vérité, je ne savais plus que croire, ni moi ni personne, ni sur sa mort ni sur sa vie. Était-il moins blessé qu'on ne l'avait cru ?... Que dis-je ? était-il *moins mort* qu'on ne l'avait pensé ? Avait-il pu s'enfuir du sac jeté par Darzac au gouffre de Castillon ? Après tout, la chose était fort possible, ou plutôt l'hypothèse n'allait point au-dessus des forces humaines d'un Larsan, surtout depuis que Walter avait expliqué qu'il avait trouvé le sac à trois mètres de l'orifice de la crevasse, sur un palier naturel dont M. Darzac ne soupçonnait certainement pas l'existence quand il avait cru jeter la dépouille de Larsan à l'abîme...

Ma seconde pensée alla à Rouletabille. Que faisait-il pendant ce temps ? Pourquoi était-il parti ? Jamais sa présence au fort d'Hercule n'avait été aussi nécessaire ! S'il tardait à venir, cette journée ne se passerait point sans quelque drame entre les Rance et les Darzac !

C'est alors que l'on frappa à ma porte et que le père Bernier m'apporta justement un bref billet de mon ami qu'un petit voyou de la ville venait de déposer entre les mains du père Jacques. Rouletabille me disait : « Serai de retour ce matin. Levez-vous vite et soyez assez aimable pour aller me pêcher pour mon déjeuner de ces excellentes palourdes qui abondent sur les rochers qui précèdent la pointe de Garibaldi. Ne perdez pas un instant. Amitiés et merci. Rouletabille ! » Ce billet me laissa tout à fait songeur, car je savais par expérience que, lorsque Rouletabille paraissait s'occuper de babioles, jamais son activité ne portait en réalité sur des objets plus considérables.

Je m'habillai à la hâte et, armé d'un vieux couteau que m'avait prêté le père Bernier, je me mis en mesure de contenter la fantaisie de mon ami. Comme je franchissais la porte du Nord, n'ayant rencontré personne à cette heure matinale – il pouvait être sept heures – je fus rejoint par Mrs. Edith à qui je fis part du petit « mot » de Rouletabille. Mrs. Edith – que l'absence prolongée du vieux Bob affolait tout à fait – le trouva « bizarre et inquiétant » et elle me suivit à la pêche aux palourdes. En route elle me confia que son oncle n'était point ennemi, de temps à autre, d'une petite fugue, et qu'elle avait, jusqu'à cette heure, conservé l'espoir que tout s'expliquerait par son retour ; mais maintenant l'idée recommençait à lui enflammer la cervelle d'une affreuse méprise qui aurait fait le vieux Bob victime de la vengeance des Darzac !...

Elle proféra, entre ses jolies dents, une sourde menace contre la Dame en noir, ajouta que sa patience durerait jusqu'à midi et puis ne dit plus rien.

Nous nous mîmes à pêcher les palourdes de Rouletabille. Mrs. Edith avait les pieds nus ; moi aussi. Mais les pieds nus de Mrs. Edith m'occupaient beaucoup plus que les miens. Le fait est que les pieds de Mrs. Edith, que j'ai découverts dans la mer d'Hercule, sont les plus délicats coquillages du monde, et qu'ils me firent si bien oublier les palourdes que ce pauvre Rouletabille s'en serait certainement passé à son déjeuner si la jeune femme n'avait montré un si beau zèle. Elle clapotait dans l'onde amère et glissait son couteau sous les rocs avec une grâce un peu énervée qui lui seyait plus que je ne saurais dire.

Tout à coup, nous nous redressâmes tous deux et tendîmes l'oreille d'un même mouvement. On entendait des cris du côté des grottes. Au seuil même de celle de Roméo et Juliette, nous distinguâmes un petit groupe qui faisait des gestes d'appel. Poussés par le même pressentiment, nous regagnâmes à la hâte le rivage. Bientôt, nous apprenions qu'attirés par des plaintes, deux pêcheurs venaient de découvrir, dans un trou de la grotte de Roméo et Juliette, un malheureux qui y était tombé et qui avait dû y rester, de longues heures, évanoui.

... Nous ne nous étions pas trompés. C'était bien le vieux Bob qui était au fond du trou. Quand on l'eût tiré au bord de la grotte, dans la lumière du jour, il apparut certainement digne de pitié, tant sa belle redingote noire était salie, fripée, arrachée. Mrs. Edith ne put retenir ses larmes, surtout quand on se fut aperçu que le vieil homme avait une clavicule démise et un pied foulé, et il était si pâle qu'on eût pu croire qu'il allait mourir.

Heureusement il n'en fut rien. Dix minutes plus tard, il était, sur les ordres qu'il donna, étendu sur son lit dans sa chambre de la Tour Carrée. Mais peut-on imaginer que cet entêté refusa de se déshabiller et de quitter sa redingote avant l'arrivée des médecins ? Mrs. Edith, de plus en plus inquiète, s'installait à son chevet ; mais, quand arrivèrent les docteurs, le vieux Bob exigea de sa nièce qu'elle le quittât sur-le-champ et qu'elle sortît de la Tour Carrée. Et il en fit même fermer la porte.

Cette précaution dernière nous surprit beaucoup. Nous étions réunis dans la Cour du Téméraire, M. et Mme Darzac, Mr Arthur Rance et moi, ainsi que le père Bernier qui me guettait drôlement, attendant des nouvelles. Quand Mrs. Edith sortit de la Tour Carrée après l'arrivée des médecins, elle vint à nous et nous dit :

« Espérons que ça ne sera pas grave. Le vieux Bob est solide. Qu'est-ce que je vous avais dit ! Je l'ai confessé : c'est un vieux farceur ; il a voulu voler le crâne du prince Galitch ! Jalousie de savant ; nous rirons bien quand il sera guéri. »

Alors, la porte de la Tour Carrée s'ouvrit et Walter, le fidèle serviteur du vieux Bob, parut. Il était pâle, inquiet.

« Oh ! Mademoiselle ! dit-il. Il est plein de sang ! Il ne veut pas qu'on le dise, mais il faut le sauver !... »

Mrs. Edith avait déjà disparu dans la Tour Carrée. Quant à nous, nous n'osions avancer. Bientôt elle réapparut :

« Oh ! nous fit-elle... C'est affreux ! Il a toute la poitrine arrachée. »

J'allai lui offrir mon bras pour qu'elle s'y appuyât, car, chose singulière, Mr Arthur Rance s'était, dans ce moment, éloigné de nous et se promenait sur le boulevard, les mains derrière le dos, en sifflotant.

J'essayai de réconforter Mrs. Edith et je la plaignis, mais ni M. ni Mme Darzac ne la plaignirent.

Rouletabille arriva au château une heure après l'événement. Je guettais son retour du haut du boulevard de l'Ouest et, sitôt que je le vis sur le bord de la mer, je courus à lui. Il me coupa la parole dès ma première demande d'explication et me demanda tout de suite si j'avais fait une bonne pêche, mais je ne me trompais point à l'expression de son regard inquisiteur. Je voulus me montrer aussi malin que lui et je répondis :

« Oh ! une très bonne pêche ! j'ai repêché le vieux Bob ! »

Il sursauta. Je haussai les épaules, car je croyais à de la comédie et je lui dis :

« Allons donc ! Vous saviez bien où vous nous conduisiez avec votre pêche et votre dépêche ! »

Il me fixa d'un air étonné :

« Vous ignorez certainement en ce moment quelle peut être la portée de vos paroles, mon cher Sainclair, sans quoi vous m'auriez évité la peine de protester contre une pareille accusation !

— Mais quelle accusation ? m'écriai-je.

— Celle d'avoir laissé le vieux Bob au fond de la grotte de Roméo et Juliette, sachant qu'il y agonisait.

— Oh ! oh ! fis-je, calmez-vous et rassurez-vous : le vieux Bob n'est pas à l'agonie. Il a un pied foulé, une épaule démise, ça n'est pas grave et son histoire est la plus honnête du monde : il prétend qu'il voulait voler le crâne du prince Galitch !

— Quelle drôle d'idée ! » ricana Rouletabille.

Il se pencha vers moi et, les yeux dans les yeux :

« Vous croyez à cette histoire-là, vous ?... Et... c'est tout ? Pas d'autres blessures ?

— Si, fis-je. Il y a une autre blessure, mais les docteurs viennent de la déclarer sans gravité aucune. Il a la poitrine déchirée.

— La poitrine déchirée ! reprit Rouletabille en me serrant nerveusement la main. Et comment est-elle déchirée, cette poitrine ?

– Nous ne savons pas ; nous ne l'avons pas vue. Le vieux Bob est d'une étrange pudeur. Il n'a point voulu quitter sa redingote devant nous ; et sa redingote cachait si bien sa blessure que nous ne nous serions jamais douté de cette blessure-là si Walter n'était venu nous en parler, épouvanté qu'il était par le sang qu'elle avait répandu. »

Aussitôt arrivés au château, nous tombâmes sur Mrs. Edith qui semblait nous chercher.

« Mon oncle ne veut point de moi à son chevet, fit-elle en regardant Rouletabille avec un air d'anxiété que je ne lui avais jamais encore connu : c'est incompréhensible !

– Oh ! madame ! répliqua le reporter en adressant à notre gracieuse hôtesse son salut le plus cérémonieux, je vous affirme qu'il n'y a rien au monde d'incompréhensible, quand on veut un peu se donner la peine de comprendre ! » Et il la félicita d'avoir retrouvé un si bon oncle dans le moment qu'elle le croyait perdu.

Mrs. Edith, tout à fait renseignée sur la pensée de mon ami, allait lui répondre, quand nous fûmes rejoints par le prince Galitch. Il venait chercher des nouvelles de son ami vieux Bob, ayant appris l'accident.

Mrs. Edith le rassura sur les suites de l'équipée de son fantastique oncle et pria le prince de pardonner à son parent son amour excessif pour les plus vieux crânes de l'humanité. Le prince sourit avec grâce et politesse quand elle lui narra que le vieux Bob avait voulu le voler.

« Vous retrouverez votre crâne, dit-elle, au fond du trou de la grotte où il a roulé avec lui... C'est lui qui me l'a dit... Rassurez-vous donc, prince, pour votre collection... »

Le prince demanda encore des détails. Il semblait très curieux de l'affaire. Et Mrs. Edith raconta que l'oncle lui avait avoué qu'il avait quitté le fort d'Hercule par le chemin du puits qui communique avec la mer.

Aussitôt qu'elle eut encore ajouté cela, comme je me rappelais l'expérience du seau d'eau de Rouletabille et aussi les ferrures fermées, les mensonges du vieux Bob reprirent dans mon esprit des proportions gigantesques ; et j'étais sûr qu'il devait en être de même pour tous ceux qui nous entouraient, s'ils étaient de bonne foi. Enfin, Mrs. Edith nous dit que Tullio l'avait attendu avec sa barque à l'orifice de la galerie aboutissant au puits pour le conduire au rivage devant la grotte de Roméo et Juliette.

« Que de détours, ne pus-je m'empêcher de m'écrier, quand il était si simple de sortir par la porte ! »

Mrs. Edith me regarda douloureusement et je regrettai aussitôt d'avoir pris aussi manifestement parti contre elle.

« Voilà qui est de plus en plus bizarre ! fit remarquer encore le prince. Avant-hier matin, le Bourreau de la mer est venu prendre congé de moi, car il quittait le pays et je suis sûr qu'il a pris le train pour Venise, son pays d'origine, à cinq heures du soir. Comment voulez-vous qu'il ait conduit M. Vieux Bob sur sa barque la nuit suivante ! D'abord il n'était plus là, ensuite il avait vendu sa barque... m'a-t-il dit, étant décidé à ne plus revenir dans le pays... »

Il y eut un silence et puis Galitch reprit :

« Tout ceci n'a que peu d'importance... pourvu que votre oncle, madame, guérisse rapidement de ses blessures, et aussi, ajouta-t-il avec un nouveau sourire encore plus charmant que tous les précédents, si vous voulez bien m'aider à retrouver un pauvre caillou qui a disparu de la grotte et dont je vous donne le signalement : *caillou aigu de vingt-cinq centimètres de long et usé à l'une de ses extrémités en forme de grattoir ; bref, le plus vieux grattoir de l'humanité...* J'y tiens beaucoup, appuya le prince, et peut-être pourriez-vous savoir, madame, auprès de votre oncle vieux Bob, ce qu'il est devenu. »

Mrs. Edith promit aussitôt au prince, avec une certaine hauteur qui me plut, qu'elle ferait tout au monde pour que ne s'égarât point un aussi précieux grattoir.

Le prince salua et nous quitta.

Quand nous nous retournâmes, Mr Arthur Rance était devant nous. Il avait dû entendre toute cette conversation et semblait y réfléchir. Il avait sa canne à bec-de-corbin dans la bouche, sifflotait, selon son habitude, et regardait Mrs. Edith avec une insistance si bizarre que celle-ci s'en montra agacée :

« Je sais, fit la jeune femme... je sais ce que vous pensez, monsieur... et n'en suis nullement étonnée... croyez-le bien !...

Et elle se retourna, singulièrement énervée, du côté de Rouletabille :

« En tout cas !... s'écria-t-elle... Vous ne pourrez jamais m'expliquer comment, puisqu'*il* était hors de la Tour Carrée, *il* aurait pu se trouver dans le placard !...

– Madame, fit Rouletabille, en regardant bien en face Mrs. Edith comme s'il eût voulu l'hypnotiser... patience et courage !... Si Dieu est avec moi, avant ce soir, je vous aurai expliqué ce que vous me demandez là ! »

XVIII

Midi, roi des épouvantes.

Un peu plus tard, je me trouvais dans la salle basse de la Louve, en tête à tête avec Mrs. Edith. J'essayais de la rassurer, la voyant impatiente et inquiète ; mais elle passa ses mains sur ses yeux hagards... Et ses lèvres tremblantes laissèrent échapper l'aveu de sa fièvre : « J'ai peur », dit-elle. Je lui demandai, de quoi elle avait peur et elle me répondit : « Vous n'avez pas peur, vous ? »

Alors, je gardai le silence. C'était vrai, j'avais peur, moi aussi.

Elle dit encore :

« Vous ne sentez pas qu'il se passe quelque chose ?

— Où ça ?

— Où ça ! où ça ! Autour de nous ! »

Elle haussa les épaules :

« Ah ! je suis toute seule ! toute seule ! et j'ai peur ! »

Elle se dirigea vers la porte :

« Où allez-vous ?

— Je vais chercher quelqu'un, car je ne veux pas rester seule, toute seule.

— Qui allez-vous chercher ?

— Le prince Galitch !

— Votre Féodor Féodorowitch ! m'écriai-je... Qu'en avez-vous besoin ? Est-ce que je ne suis point là ? »

Son inquiétude, malheureusement, grandissait au fur et à mesure que je faisais tout mon possible pour la faire disparaître, et je n'eus point de peine à comprendre qu'elle lui venait surtout du doute affreux qui était entré dans son âme au sujet de la personnalité de son oncle vieux Bob.

Elle me dit : « Sortons ! » et elle m'entraîna hors de la Louve. On approchait alors de l'heure de midi et toute la baille resplendissait dans un embrasement embaumé. N'ayant point sur nous nos lunettes noires nous dûmes mettre nos mains devant nos yeux pour leur cacher la couleur trop éclatante des fleurs ; mais les géraniums géants continuèrent de saigner dans nos prunelles blessées. Quand nous fûmes un peu remis de cet éblouissement, nous nous avançâmes sur le sol calciné, nous marchâmes en nous tenant par la main sur le sable brûlant. Mais nos mains étaient plus brûlantes encore que tout ce qui nous touchait, que toute la flamme qui nous enveloppait. Nous regardions à nos pieds pour ne pas apercevoir le miroir infini des eaux, et aussi peut-être, peut-être pour ne rien deviner de ce qui se passait dans la profondeur de la lumière. Mrs. Edith me répétait : « J'ai peur ! » Et moi aussi, j'avais peur, si bien préparé par les mystères de la nuit, peur de ce grand silence écrasant et lumineux de midi ! La clarté dans laquelle on sait qu'il se passe quelque chose que l'on ne voit pas est plus redoutable que les ténèbres. Midi ! Tout repose et tout vit ; tout se tait et tout bruit. Écoutez votre oreille : elle résonne comme une conque marine de sons plus mystérieux que ceux qui s'élèvent de la terre quand monte le soir. Fermez vos paupières et regardez dans vos yeux : vous y trouverez une foule de visions argentées plus troublantes que les fantômes de la nuit.

Je regardais Mrs. Edith. La sueur sur son front pâle coulait en ruisseaux glacés. Je me mis à trembler comme elle, car je savais, hélas ! que je ne pouvais rien pour elle et que ce qui devait s'accomplir, s'accomplissait autour de nous, sans que nous puissions rien arrêter ni prévoir. Elle m'entraînait maintenant vers la poterne qui ouvre sur la Cour du Téméraire. La voûte de cette poterne faisait un arc noir dans la lumière et, à l'extrémité de ce frais tunnel, nous apercevions, tournés vers nous, Rouletabille et M. Darzac, debout sur le seuil de la Cour du Téméraire, comme deux statues blanches. Rouletabille avait à la main la canne d'Arthur Rance. Je ne saurais dire pourquoi ce détail m'inquiéta. Du bout de sa canne, il montrait à Robert Darzac quelque chose que nous ne voyions pas, au sommet de la voûte, et puis il nous désigna nous-mêmes du bout de sa canne. Nous n'entendions point ce qu'ils disaient. Ils se parlaient en remuant à peine les lèvres, comme deux complices qui ont un secret. Mrs. Edith s'arrêta, mais Rouletabille lui fit signe d'avancer encore, et il répéta le signe avec sa canne.

« Oh ! fit-elle, qu'est-ce qu'il me veut encore ? Ma foi, Monsieur Sainclair, *j'ai trop peur !* Je vais tout dire à mon oncle vieux Bob, et nous verrons bien ce qui arrivera. »

Nous avions pénétré sous la voûte, et les autres nous regardaient venir sans faire un pas au-devant de nous. Leur immobilité était étonnante, et je leur dis d'une voix qui sonna étrangement à mes oreilles, sous cette voûte :

« Qu'est-ce que vous faites ici ? »

Alors, comme nous étions arrivés à côté d'eux, sur le seuil de la Cour du Téméraire, ils nous firent tourner le dos à cette cour pour que nous puissions voir ce qu'ils regardaient. C'était, au sommet de l'arc, un écusson, le blason des La Mortola barré du lambel de la branche cadette. Cet écusson avait été sculpté dans une pierre maintenant branlante et qui manquait de choir sur la tête des passants. Rouletabille avait sans doute aperçu ce blason suspendu si dangereusement sur nos têtes, et il demandait à Mrs. Edith si elle ne voyait point d'inconvénient à le faire disparaître, quitte à le remettre en place ensuite plus solidement.

« Je suis sûr, dit-il, que si l'on touchait à cette pierre du bout de sa canne, elle tomberait. »

Et il passa sa canne à Mrs. Edith :

« Vous êtes plus grande que moi, dit-il, essayez vous-même. »

Mais nous essayions en vain les uns et les autres d'atteindre la pierre ; elle était trop haut placée et j'étais en train de me demander à quoi rimait ce singulier exercice, *quand tout à coup, dans mon dos, retentit le cri de la mort !*

Nous nous retournâmes d'un seul mouvement en poussant tous les trois une exclamation d'horreur. Ah ! ce cri ! ce cri de la mort qui passait dans le soleil de midi après avoir traversé nos nuits, quand donc cesserait-il ? Quand donc l'affreuse clameur que j'entendis retentir pour la première fois dans les nuits du Glandier aura-t-elle fini de nous annoncer qu'il y a autour de nous une victime nouvelle ? que l'un de nous vient d'être frappé par le crime, subitement et sournoisement et mystérieusement, comme par la peste ? Certes ! la marche de l'épidémie est moins invisible que cette main qui tue ! Et nous sommes là, tous quatre, frissonnants, les yeux grands d'épouvante, interrogeant la profondeur de la lumière toute vibrante encore du cri de la mort ! Qui donc est mort ? Ou qui donc va mourir ? Quelle bouche expirante laisse maintenant échapper ce gémissement suprême ? Comment nous diriger dans la lumière ? On dirait que c'est la clarté du jour elle-même qui se plaint et soupire.

Le plus effrayé est Rouletabille. Je l'ai vu dans les circonstances les plus inattendues garder un sang-froid au-dessus des forces humaines ; je l'ai vu, à cet appel du cri de la mort, se ruer dans le danger obscur et se jeter comme un sauveur héroïque dans la mer des ténèbres ; pourquoi aujourd'hui tremble-t-il ainsi dans la splendeur du jour ? Le voilà, devant nous, pusillanime comme un enfant qu'il est, lui qui prétendait agir comme le maître de l'heure. Il n'avait donc point prévu cette minute-là ? cette minute où quelqu'un expire dans la lumière de midi ? Mattoni, qui passait à ce moment dans la baille, et qui a entendu, lui aussi, est accouru. Un geste de Rouletabille le cloue sur place, sous la poterne, en immuable sentinelle ; et le jeune homme, maintenant, s'avance vers la plainte, ou plutôt marche vers le centre de la plainte, car la plainte nous entoure, fait des cercles autour de nous, dans l'espace embrasé. Et nous allons derrière lui, retenant notre respiration et les bras étendus, comme on fait quand on va à tâtons dans le noir, et que l'on craint de se heurter à quelque chose que l'on ne voit pas. Ah ! nous approchons du spasme, et quand nous avons dépassé l'ombre de l'eucalyptus, nous trouvons le spasme au bout de l'ombre. Il secoue un corps à l'agonie. Ce corps, nous l'avons reconnu. C'est Bernier ! c'est Bernier qui râle, qui essaye de se soulever, qui n'y parvient pas, qui étouffe, Bernier dont la poitrine laisse échapper un flot de sang, Bernier sur qui nous nous penchons, et qui, avant de mourir, a encore la force de nous jeter ces deux mots : *Frédéric Larsan !*

Et sa tête retombe. Frédéric Larsan ! Frédéric Larsan ! Lui partout et nulle part ! Toujours lui, nulle part ! Voilà encore sa marque ! Un cadavre et personne, *raisonnablement*, autour de ce cadavre !... Car la seule issue de ces lieux où l'on a assassiné, c'est cette poterne où nous nous tenions tous les quatre.

Et nous nous sommes retournés, d'un seul mouvement, tous les quatre, aussitôt le cri de la mort, si vite, si vite, que nous aurions dû voir le geste de la mort ! Et nous n'avons rien vu que de la lumière !... Nous pénétrons, mus, il me semble, par le même sentiment, dans la Tour Carrée, dont la porte est restée ouverte ; nous entrons sans hésitation dans les appartements du vieux Bob, dans le salon vide ; nous ouvrons la porte de la chambre. Le vieux Bob est tranquillement étendu sur son lit, avec son chapeau haut de forme sur la tête, et près de lui, veille une femme : la mère Bernier ! En vérité ! comme ils sont calmes ! Mais la femme du malheureux a vu nos figures et elle jette un cri d'effroi dans le pressentiment immédiat de quelque catastrophe ! Elle n'a rien entendu ! elle ne sait rien !... Mais elle veut sortir, elle veut voir, elle veut savoir, on ne sait quoi ! Nous tentons de la retenir !... C'est en vain.

Elle sort de la tour, elle aperçoit le cadavre. Et c'est elle, maintenant, qui gémit atrocement, dans l'ardeur terrible de midi, sur le cadavre qui saigne ! Nous arrachons la chemise de l'homme étendu là et nous découvrons une plaie au-dessous du cœur. Rouletabille se relève avec cet air que je lui ai connu quand il venait au Glandier d'examiner la plaie du cadavre incroyable.

« On dirait, fit-il, que c'est le même coup de couteau ! C'est la même mesure ! Mais où est le couteau ? »

Et nous cherchons le couteau partout sans le trouver. L'homme qui a frappé l'aura emporté. Où est l'homme ? Quel homme ? Si nous ne savons rien, Bernier, lui, a su avant de mourir et il est peut-être mort de ce qu'il a su !... *Frédéric Larsan !* Nous répétons en tremblant les deux mots du mort.

Tout à coup, sur le seuil de la poterne, nous voyons apparaître le prince Galitch, un journal à la main. Le prince Galitch vient à nous en lisant le journal. Il a un air goguenard. Mais Mrs. Edith court à lui, lui arrache le journal des mains, lui montre le cadavre et lui dit :

« Voilà un homme que l'on vient d'assassiner. Allez chercher la police. »

Le prince Galitch regarde le cadavre, nous regarde, ne prononce pas un mot, et s'éloigne en hâte ; il va chercher la police. La mère Bernier continue à pousser des gémissements. Rouletabille s'assied sur le puits. Il paraît avoir perdu toutes ses forces. Il dit à mi-voix à Mrs. Edith :

« Que la police vienne donc, madame !... C'est vous qui l'aurez voulu ! »

Mais Mrs. Edith le foudroie d'un éclair de ses yeux noirs. Et je sais ce qu'elle pense. Elle pense qu'elle hait Rouletabille qui a pu un instant la faire douter du vieux Bob. Pendant qu'on assassinait Bernier, est-ce que le vieux Bob n'était pas dans sa chambre, veillé par la mère Bernier elle-même ?

Rouletabille, qui vient d'examiner avec lassitude la fermeture du puits, fermeture restée intacte, s'allonge sur la margelle de ce puits, comme sur un lit où il voudrait enfin goûter quelque repos et il dit encore, plus bas :

« Et qu'est-ce que vous lui direz, à la police ?

– Tout ! »

Mrs. Edith a prononcé ce mot-là, les dents serrées, rageusement. Rouletabille secoue la tête désespérément, et puis il ferme les yeux. Il me paraît écrasé, vaincu. M. Robert Darzac vient toucher Rouletabille à l'épaule. M. Robert Darzac veut fouiller la Tour Carrée, la Tour du Téméraire, le Château Neuf, toutes les dépendances de cette cour dont personne n'a pu s'échapper et où, logiquement, l'assassin doit se trouver encore. Le reporter, tristement, l'en dissuade. Est-ce que nous cherchons quelque chose, Rouletabille et moi ? Est-ce que nous avons cherché au Glandier, après le phénomène de la dissociation de la matière, l'homme qui avait disparu de la galerie inexplicable ? Non !

non ! je sais maintenant *qu'il ne faut plus chercher Larsan avec ses yeux !* Un homme vient d'être tué derrière nous. Nous l'entendons crier sous le coup qui le frappe. Nous nous retournons et nous ne voyons rien que de la lumière ! Pour voir, il faut fermer les yeux, comme Rouletabille fait en ce moment. Mais justement ne voilà-t-il pas qu'il les rouvre ? Une énergie nouvelle le redresse. Il est debout. Il lève vers le ciel son poing fermé.

« Ça n'est pas possible, s'écria-t-il, ou il n'y a plus de bon bout de la raison ! »

Et il se jette par terre, et le revoilà à quatre pattes, le nez sur le sol, flairant chaque caillou, tournant autour du cadavre et de la mère Bernier qu'on a tenté en vain d'éloigner du corps de son mari, tournant autour du puits, autour de chacun de nous. Ah ! c'est le cas de le dire : le revoilà tel qu'un porc cherchant sa nourriture dans la fange, et nous sommes restés à le regarder curieusement, bêtement, sinistrement. À un moment, il s'est relevé, a pris un peu de poussière et l'a jetée en l'air avec un cri de triomphe comme s'il allait faire naître de cette cendre l'image introuvable de Larsan. Quelle victoire nouvelle le jeune homme vient-il de remporter sur le mystère ?... Qui lui fait, à l'instant, le regard si assuré ? Qui lui a rendu *le son de sa voix ?* Oui, le voilà revenu à l'ordinaire diapason quand il dit à M. Robert Darzac :

« Rassurez-vous, monsieur, *rien n'est changé !* »

Et, tourné vers Mrs. Edith :

« Nous n'avons plus, madame, qu'à attendre la police. J'espère qu'elle ne tardera pas ! »

La malheureuse tressaille. Cet enfant, de nouveau, lui fait peur.

« Ah ! oui, qu'elle vienne ! Et qu'elle se charge de tout ! Qu'elle pense pour nous ! Tant pis ! tant pis ! Quoi qu'il arrive ! » fait Mrs. Edith en me prenant le bras.

Et soudain, sous la poterne, nous voyons arriver le père Jacques, suivi de trois gendarmes. C'est le brigadier de La Mortola et deux de ses hommes qui, avertis par le prince Galitch, accourent sur le lieu du crime.

« Les gendarmes ! les gendarmes ! ils disent qu'il y a eu un crime ! s'exclame le père Jacques qui ne sait rien encore.

– Du calme, père Jacques ! » lui crie Rouletabille, et, quand le portier, essoufflé, se trouve auprès du reporter, celui-ci lui dit à voix basse :

« *Rien n'est changé*, père Jacques. »

Mais le père Jacques a vu le cadavre de Bernier.

« Rien qu'un cadavre de plus, soupire-t-il ; c'est Larsan !

– C'est la fatalité », réplique Rouletabille. Larsan, la fatalité, c'est tout un. Mais que signifie ce *rien n'est changé* de Rouletabille, sinon que, autour de nous, *malgré le cadavre incidentel de Bernier*, tout continue de ce que nous redoutons, de ce dont nous frissonnons, Mrs. Edith et moi, et que nous ne savons pas ?

Les gendarmes sont affairés et baragouinent autour du corps un jargon incompréhensible. Le brigadier nous annonce qu'on a téléphoné à deux pas de là à l'auberge Garibaldi où déjeune justement le *delegato* ou commissaire spécial de la gare de Vintimille. Celui-ci va pouvoir commencer l'enquête que continuera le juge d'instruction également averti.

Et le *delegato* arrive. Il est enchanté, malgré qu'il n'ait point pris le temps de finir de déjeuner. Un crime ! un vrai crime ! dans le château d'Hercule ! Il rayonne ! ses yeux brillent. Il est déjà tout affairé, tout « important ». Il ordonne au brigadier de mettre un de ses hommes à la porte du château avec la consigne de ne laisser sortir personne. Et puis il s'agenouille auprès du cadavre. Un gendarme entraîne la mère Bernier, qui gémit plus fort que jamais dans la Tour Carrée. Le *delegato* examine la plaie. Il dit en très bon français : « Voilà un fameux coup de couteau ! » Cet homme est enchanté. S'il tenait l'assassin sous la main, certes, il lui ferait ses compliments. Il nous regarde. Il nous dévisage. Il cherche peut-être parmi nous l'auteur du crime, pour lui signifier toute son admiration. Il se relève.

« Et comment cela est-il arrivé ? fait-il, encourageant et goûtant déjà au plaisir d'avoir une bonne histoire bien criminelle. C'est incroyable ! ajouta-t-il, incroyable !... Depuis cinq ans que je suis *delegato*, on n'a assassiné personne ! M. le juge d'instruction... »

Ici il s'arrête, mais nous finissons la phrase :

« M. le juge d'instruction va être bien content ! » Il brosse de la main la poussière blanche qui couvre ses genoux, il s'éponge le front, il répète : « C'est incroyable ! » avec un accent du Midi qui double son allégresse. Mais il reconnaît, dans un nouveau personnage qui entre dans la cour, un docteur de Menton qui arrive justement pour continuer ses soins au vieux Bob.

« Ah ! docteur ! vous arrivez bien ! Examinez-moi cette blessure-là et dites-moi ce que vous pensez d'un pareil coup de couteau ! Surtout, autant que possible, ne changez pas le cadavre de place avant l'arrivée de M. le juge d'instruction. »

Le docteur sonde la plaie et nous donne tous les détails techniques que nous pouvions désirer. Il n'y a point de doute. C'est là le beau coup de couteau qui pénètre de bas en haut, dans la région cardiaque et dont la pointe a déchiré certainement un ventricule.

Pendant ce colloque entre le *delegato* et le docteur, Rouletabille n'a point cessé de regarder Mrs. Edith, qui a pris décidément mon bras, cherchant auprès de moi un refuge. Ses yeux fuient les yeux de Rouletabille qui l'hypnotisent, *qui lui ordonnent de se taire*. Or, je sais qu'elle est toute tremblante de la volonté de parler.

Sur la prière du *delegato*, nous sommes entrés tous dans la Tour Carrée. Nous nous sommes installés dans le salon du vieux Bob où va commencer l'enquête et où nous racontons chacun à tour de rôle ce que nous avons vu et entendu.

La mère Bernier est interrogée la première. Mais on n'en tire rien. Elle déclare ne rien savoir. Elle était enfermée dans la chambre du vieux Bob, veillant le blessé, quand nous sommes entrés comme des fous. Elle était là depuis plus d'une heure, ayant laissé son mari dans la loge de la Tour Carrée, en train de travailler à tresser une corde ! Chose curieuse, je m'intéresse en ce moment moins à ce qui se passe sous mes yeux et à ce qui se dit qu'à ce que je ne vois pas *et que j'attends*... Mrs. Edith va-t-elle parler ?... Elle regarde obstinément par la fenêtre ouverte.

Un gendarme est resté auprès de ce cadavre sur la figure duquel on a posé un mouchoir. Mrs. Edith, comme moi, ne prête qu'une médiocre attention à ce qui se passe dans le salon devant le *delegato*. Son regard continue à faire le tour du cadavre.

Les exclamations du *delegato* nous font mal aux oreilles. Au fur et à mesure que nous nous expliquons, l'étonnement du commissaire italien grandit dans des proportions inquiétantes et il trouve naturellement le crime de plus en plus incroyable. Il est sur le point de le trouver impossible, quand c'est le tour de Mrs. Edith d'être interrogée.

On l'interroge... Elle a déjà la bouche ouverte pour répondre, quand on entend la voix tranquille de Rouletabille :

« *Regardez au bout de l'ombre de l'eucalyptus.*

– Qu'est-ce qu'il y a au bout de l'ombre de l'eucalyptus ? demande le *delegato*.

– L'arme du crime ! » réplique Rouletabille.

Il saute par la fenêtre, dans la cour, et ramasse parmi d'autres cailloux ensanglantés, un caillou brillant et aigu. Il le brandit à nos yeux.

Nous le reconnaissons : c'est *le plus vieux grattoir de l'humanité* !

XIX

Rouletabille fait fermer les portes de fer.

L'arme du crime appartenait au prince Galitch, mais il ne faisait de doute pour personne que celle-ci lui avait été volée par le vieux Bob, et nous ne pouvions oublier qu'avant d'expirer, Bernier avait accusé Larsan d'être son assassin. Jamais l'image du vieux Bob et celle de Larsan ne s'étaient encore si bien mêlées dans nos esprits inquiets que depuis que Rouletabille avait ramassé dans le sang de Bernier le plus vieux grattoir de l'humanité. Mrs. Edith avait compris immédiatement que le sort du vieux Bob était désormais entre les mains de Rouletabille. Celui-ci n'avait que quelques mots à dire au *delegato*, relativement aux singuliers incidents qui avaient accompagné la chute du vieux Bob dans la grotte de Roméo et Juliette, à énumérer les raisons que l'on avait de craindre que le vieux Bob et Larsan fussent le même personnage, à répéter enfin l'accusation de la dernière victime de Larsan, pour que tous les soupçons de la justice se portassent sur la tête à perruque du géologue. Or, Mrs. Edith, qui n'avait point cessé de croire, tout dans le fond de son âme de nièce, que le vieux Bob présent était bien son oncle, mais s'imaginant comprendre tout à coup, grâce au grattoir meurtrier, que l'invisible Larsan accumulait autour du vieux Bob tous les éléments de sa perte, dans le dessein sans doute de lui faire porter le châtiment de ses crimes *et aussi le poids dangereux de sa personnalité*, – Mrs. Edith trembla pour le vieux Bob, pour elle-même ; elle trembla d'épouvante au centre de cette trame comme un insecte au milieu de la toile où il vient de se prendre, toile mystérieuse tissée par Larsan, aux fils invisibles accrochés aux vieux murs du château d'Hercule. Elle eut la sensation que si elle faisait un mouvement – un mouvement des lèvres – ils étaient perdus tous deux, et que l'immonde bête de proie n'attendait que ce mouvement-là pour les dévorer. Alors, elle qui avait décidé de parler se tut, et ce fut à son tour de redouter que Rouletabille parlât. Elle me raconta plus tard l'état de son esprit à ce moment du drame, et elle m'avoua qu'elle eut alors la terreur de Larsan à un point que nous n'avions peut-être, nous-mêmes, jamais ressenti. Ce loup-garou, dont elle avait entendu parler avec un effroi qui l'avait d'abord fait sourire, l'avait ensuite intéressée lors de l'épisode de *La Chambre Jaune*, à cause de l'impossibilité où la justice avait été d'expliquer sa sortie ; puis il l'avait passionnée lorsqu'elle avait appris le drame de la Tour Carrée, à cause de l'impossibilité où l'on était d'expliquer son entrée ; mais là, là, dans le soleil de midi, Larsan avait tué, sous leurs yeux, dans un espace où il n'y avait qu'elle, Robert Darzac, Rouletabille, Sainclair, le vieux Bob et la mère Bernier, les uns et les autres assez loin du cadavre pour qu'ils n'eussent pu avoir frappé Bernier. Et Bernier avait accusé Larsan ! Où Larsan ? *Dans le corps de qui ?* pour raisonner comme je le lui avais enseigné moi-même en lui racontant la « galerie inexplicable ! » Elle était sous la voûte entre Darzac et moi, Rouletabille se tenant devant nous, quand le cri de la mort avait retenti au bout de l'ombre de l'eucalyptus, c'est-à-dire à moins de sept mètres de là ! Quant au vieux Bob et à la mère Bernier, ils ne s'étaient point quittés, celle-ci surveillant celui-là ! Si elle les écartait de son argument, il ne lui restait plus personne pour tuer Bernier. Non seulement cette fois on ignorait comment *il* était parti, comment il était arrivé, *mais encore comment il avait été présent.* Ah ! elle comprit, elle comprit qu'il y avait des moments où, en songeant à Larsan, on pouvait trembler jusque dans les moelles.

Rien ! Rien autour de ce cadavre que ce couteau de pierre qui avait été volé par le vieux Bob. C'était affreux, et c'était suffisant pour nous permettre de tout penser, de tout imaginer...

Elle lisait la certitude de cette conviction dans les yeux et dans l'attitude de Rouletabille et de M. Robert Darzac. Elle comprit cependant, aux premiers mots de Rouletabille, que celui-ci n'avait, présentement, d'autre but que de sauver le vieux Bob des soupçons de la justice.

Rouletabille se trouvait alors entre le *delegato* et le juge d'instruction qui venait d'arriver, et il raisonnait, le plus vieux grattoir de l'humanité à la main. Il semblait définitivement établi qu'il ne pouvait y avoir d'autres coupables, autour du mort, que les vivants dont j'ai fait quelques lignes plus haut l'énumération, quand Rouletabille prouva avec une rapidité de logique qui combla d'aise le juge d'instruction et désespéra le *delegato* que le véritable coupable, le seul coupable, était le mort lui-même.

Les quatre vivants de la poterne et les deux vivants de la chambre du vieux Bob s'étant surveillés les uns les autres et ne s'étant pas perdus de vue, pendant qu'*on* tuait Bernier à quelques pas de là, il devenait nécessaire que ce *on* fût Bernier lui-même.

À quoi le juge d'instruction, très intéressé, répliqua en nous demandant si quelqu'un de nous soupçonnait les raisons d'un suicide probable de Bernier ; à quoi Rouletabille répondit que, pour mourir, on pouvait se passer du crime et du suicide et que l'accident suffisait pour cela. L'arme du crime, comme il appelait par ironie le plus vieux grattoir du monde, attestait par sa seule présence l'accident. Rouletabille ne voyait point un assassin préméditant son forfait avec le secours de cette vieille pierre. Encore moins eût-on compris que Bernier, s'il avait décidé son suicide, n'eût point trouvé d'autre arme pour son trépas que le couteau des troglodytes. Que si, au contraire, cette pierre, qui avait pu attirer son attention par sa forme étrange, avait été ramassée par le père Bernier, que si elle s'était trouvée dans sa main au moment d'une chute, le drame alors s'expliquait, et combien simplement. Le père Bernier était tombé si malheureusement sur ce caillou effroyablement triangulaire qu'il s'en était percé le cœur. Sur quoi le médecin fut appelé à nouveau, la plaie redécouverte et confrontée avec l'objet fatal, d'où une conclusion scientifique s'imposa, celle de la blessure faite par l'objet. De là à l'accident, après l'argumentation de Rouletabille, il n'y avait qu'un pas. Les juges mirent six heures à le franchir. Six heures pendant lesquelles ils nous interrogèrent sans lassitude et sans résultat.

Quant à Mrs. Edith et à votre serviteur, après quelques tracas inutiles et vaines inquisitions, pendant que les médecins soignaient le vieux Bob, nous nous assîmes dans le salon qui précédait sa chambre et d'où venaient de partir les magistrats. La porte de ce salon qui donnait sur le couloir de la Tour Carrée était restée ouverte. Par là, nous entendions les gémissements de la mère Bernier qui veillait le corps de son mari que l'on avait transporté dans la loge. Entre ce cadavre et ce blessé aussi *inexplicables*, ma foi, l'un que l'autre, en dépit des efforts de Rouletabille, notre situation, à Mrs. Edith et à moi, était, il faut l'avouer, des plus pénibles, et tout l'effroi de ce que nous avions vu se doublait dans le tréfonds de nous-mêmes de l'épouvante de ce qui nous restait à voir. Mrs. Edith me saisit tout à coup la main :

« Ne me quittez pas ! ne me quittez pas ! fit-elle, je n'ai plus que vous. Je ne sais où est le prince Galitch, et je n'ai point de nouvelles de mon mari. C'est cela qui est horrible ! Il m'a laissé un mot me disant qu'il était allé à la recherche de Tullio. Mr Rance ne sait même pas, à l'heure actuelle, que l'on a assassiné Bernier. A-t-il vu le Bourreau de la mer ? C'est du Bourreau de la mer, c'est de Tullio seulement que j'attends maintenant la vérité ! Et pas une dépêche !... C'est atroce !... »

À partir de cette minute où elle me prit la main avec tant de confiance et où elle la garda un instant dans les siennes, je fus à Mrs. Edith de toute mon âme, et je ne lui cachai point qu'elle pouvait compter sur mon entier dévouement. Nous échangeâmes ces quelques propos inoubliables à voix basse, pendant que passaient et repassaient dans la cour les ombres rapides des gens de justice, tantôt précédés, tantôt suivis de Rouletabille et de M. Darzac. Rouletabille ne manquait point de jeter un coup d'œil de notre côté chaque fois qu'il en avait l'occasion. La fenêtre était restée ouverte.

« Oh ! il nous surveille ! fit Mrs. Edith. À merveille ! Il est probable que nous le gênons, lui et M. Darzac, en restant ici. Mais c'est une place que nous ne quitterons point, quoi qu'il arrive, n'est-ce pas, Monsieur Sainclair ?

— Il faut être reconnaissant à Rouletabille, osai-je dire, de son intervention et de son silence relativement au plus vieux grattoir de l'humanité. Si les juges apprenaient que ce poignard de pierre appartient à votre oncle vieux Bob, qui pourrait prévoir où tout cela s'arrêterait !... S'ils savaient également que Bernier, en mourant, a accusé Larsan, *l'histoire de l'accident deviendrait plus difficile !* »

Et j'appuyais sur ces derniers mots.

« Oh ! répliqua-t-elle avec violence. Votre ami a autant de bonnes raisons de se taire que moi ! Et je ne redoute qu'une chose, voyez-vous !... Oui, oui, je ne redoute qu'une chose...

— Quoi ? Quoi ?... »

Elle s'était levée, fébrile...

« Je redoute qu'il n'ait sauvé mon oncle de la justice que pour mieux le perdre !...

— Pouvez-vous bien croire cela ? interrogeai-je sans conviction.

— Eh ! j'ai bien cru lire cela tout à l'heure dans les yeux de vos amis... Si j'étais sûre de ne m'être point trompée, j'aimerais encore mieux avoir affaire à la justice !... »

Elle se calma un peu, parut rejeter une stupide hypothèse, et puis me dit :

« Enfin, il faut toujours être prêt à tout, et je saurai le défendre jusqu'à la mort !... »

Sur quoi, elle me montra un petit revolver qu'elle cachait sous sa robe.

« Ah ! s'écria-t-elle, pourquoi le prince Galitch n'est-il point là ?

— Encore ! m'exclamai-je avec colère.

— Est-il vrai que vous soyez prêt à me défendre, moi ? me demanda-t-elle en plongeant dans mes yeux son regard troublant.

– J'y suis prêt.

– Contre tout le monde ? »

J'hésitai. Elle répéta :

« Contre tout le monde ?

– Oui.

– Contre votre ami ?

– S'il le faut ! » fis-je en soupirant, et je passai ma main sur mon front en sueur.

« C'est bien ! Je vous crois, fit-elle. En ce cas, je vous laisse ici quelques minutes. Vous surveillerez cette porte, *pour moi !* »

Et elle me montrait la porte derrière laquelle reposait le vieux Bob. Puis elle s'enfuit. Où allait-elle ? Elle me l'avoua plus tard ! Elle courait à la recherche du prince Galitch ! Ah ! femme ! femme !...

Elle n'eut point plutôt disparu sous la poterne que je vis Rouletabille et M. Darzac entrer dans le salon. Ils avaient tout entendu. Rouletabille s'avança vers moi et ne me cacha point qu'il était au courant de ma trahison.

« Voilà un bien gros mot, fis-je, Rouletabille. Vous savez que je n'ai point pour habitude de trahir personne... Mrs. Edith est réellement à plaindre et vous ne la plaignez pas assez, mon ami...

– Et vous, vous la plaignez trop !... »

Je rougis jusqu'au bout des oreilles. J'étais prêt à quelque éclat. Mais Rouletabille me coupa la parole d'un geste sec :

« Je ne vous demande plus qu'une chose, qu'une seule, vous entendez ! c'est que, quoi qu'il arrive... *quoi qu'il arrive... Vous ne nous adressiez plus la parole, à M. Darzac et à moi !...*

– Ce sera une chose facile ! » répliquai-je, sottement irrité, et je lui tournai le dos.

Il me sembla qu'il eut alors un mouvement pour rattraper les mots de sa colère.

Mais, dans ce moment même, les juges, sortant du Château Neuf, nous appelèrent. L'enquête était terminée. L'accident, à leurs yeux, après la déclaration du médecin, n'était plus douteux, et telle fut la conclusion qu'ils donnèrent à cette affaire. Ils quittaient donc le château. M. Darzac et Rouletabille sortirent pour les accompagner. Et comme j'étais resté accoudé à la fenêtre qui donnait sur la Cour du Téméraire, assailli de mille sinistres pressentiments et attendant avec une angoisse croissante le retour de Mrs. Edith, cependant qu'à quelques pas de moi, dans sa loge où elle avait allumé deux bougies mortuaires, la mère Bernier continuait à psalmodier en gémissant auprès du cadavre de son mari la prière des trépassés, j'entendis tout à coup passer dans l'air du soir, au-dessus de ma tête, comme un coup de gong formidable, quelque chose comme une clameur de bronze ; et je compris que c'était Rouletabille qui faisait fermer les portes de fer !

Une minute ne s'était pas écoulée, que je voyais accourir, dans un effarement désordonné, Mrs. Edith qui se précipitait vers moi comme vers son seul refuge...

... Puis je vis apparaître M. Darzac...

... Puis Rouletabille, qui avait à son bras la Dame en noir...

XX

Démonstration corporelle de la possibilité du « corps de trop » !

Rouletabille et la Dame en noir pénétrèrent dans la Tour Carrée. Jamais la démarche de Rouletabille n'avait été aussi solennelle. Et elle eût pu faire sourire si, en vérité, dans ce moment tragique, elle ne nous eût tout à fait inquiétés. Jamais magistrat ou procureur, traînant la pourpre ou l'hermine, n'était entré dans le prétoire, où l'accusé l'attendait, avec plus de menaçante et tranquille majesté. Mais je crois bien aussi que jamais juge n'avait été aussi pâle.

Quant à la Dame en noir, il était visible qu'elle faisait un effort inouï pour dissimuler le sentiment d'effroi qui perçait, malgré tout, dans son regard troublé, pour nous cacher l'émotion qui lui faisait fébrilement serrer le bras de son jeune compagnon. Robert Darzac, lui aussi, avait la mine sombre et tout à fait résolue d'un justicier. Mais ce qui, pardessus tout, ajouta à notre émoi, fut l'apparition du père Jacques, de Walter et de Mattoni dans la Cour du Téméraire. Ils étaient tous trois armés de fusils et vinrent se placer en silence devant la porte d'entrée de la Tour Carrée où ils reçurent, de la bouche de Rouletabille, avec une passivité toute militaire, la consigne de ne laisser *sortir* personne du Vieux Château. Mrs. Edith, au comble de la terreur, demanda à Mattoni et à Walter, qui lui étaient particulièrement fidèles, ce que pouvait bien signifier une pareille manœuvre, et qui elle menaçait ; mais, à mon grand étonnement, ils ne lui répondirent pas. Alors, elle s'en fut se placer héroïquement au travers de la porte qui donnait accès dans le salon du vieux Bob, et, les deux bras étendus comme pour barrer le passage, elle s'écria d'une voix rauque :

« Qu'est-ce que vous allez faire ? Vous n'allez pourtant pas *le* tuer ?...

– Non, madame, répliqua sourdement Rouletabille. Nous allons *le* juger... Et pour être plus sûrs que les juges ne seront point des bourreaux, nous allons jurer sur le cadavre du père Bernier, après avoir déposé nos armes, que nous n'en gardons aucune sur nous. »

Et il nous entraîna dans la chambre mortuaire où la mère Bernier continuait de gémir au chevet de son époux qu'avait tué le plus vieux grattoir de l'humanité. Là, nous nous débarrassâmes tous de nos revolvers et nous fîmes le serment qu'exigeait Rouletabille. Mrs. Edith, seule, fit des difficultés pour se défaire de l'arme que Rouletabille n'ignorait point qu'elle cachait sous ses vêtements. Mais, sur les instances du reporter qui lui fit entendre que ce désarmement général ne pouvait que la tranquilliser, elle finit par y consentir.

Rouletabille, reprenant alors le bras de la Dame en noir, revint, suivi de nous tous, dans le corridor ; mais, au lieu de se diriger vers l'appartement du vieux Bob, comme nous nous y attendions, il alla tout droit à la porte qui donnait accès dans *la chambre du corps de trop*. Et, tirant la petite clef spéciale dont j'ai déjà parlé, il ouvrit cette porte.

Nous fûmes très étonnés, en pénétrant dans l'ancien appartement de M. et de Mme Darzac, de voir, sur la table-bureau de M. Darzac, la planche à dessin, le lavis auquel celui-ci avait travaillé, aux côtés du vieux Bob, dans son cabinet de la Cour du Téméraire, et aussi le petit godet plein de peinture rouge, et, y trempant, le petit pinceau.

Enfin, au milieu du bureau, se tenait, fort convenablement, reposant sur sa mâchoire ensanglantée, le plus vieux crâne de l'humanité.

Rouletabille ferma la porte aux verrous et nous dit, assez ému, pendant que nous le considérions avec stupeur :

« Asseyez-vous, mesdames et messieurs, je vous en prie. »

Des chaises étaient disposées autour de la table et nous y prîmes place, en proie à un malaise grandissant, je dirais même à une extrême défiance. Un secret pressentiment nous avertissait que tous ces objets familiers aux dessinateurs pouvaient cacher sous leur tranquille banalité apparente, les raisons foudroyantes du plus redoutable des drames. Et puis, le crâne semblait rire comme le vieux Bob.

« Vous constaterez, fit Rouletabille, qu'il y a ici, auprès de cette table, une chaise de trop et, par conséquent, un corps de moins, celui de Mr Arthur Rance, que nous ne pouvons attendre plus longtemps.

– Il possède peut-être, en ce moment, la preuve de l'innocence du vieux Bob ! fit observer Mrs. Edith que tous ces préparatifs avaient troublée plus que personne. Je demande à Madame Darzac de se joindre à moi pour supplier ces messieurs de ne rien faire avant le retour de mon mari !... »

La Dame en noir n'eut pas à intervenir, car Mrs. Edith parlait encore que nous entendîmes derrière la porte du corridor un grand bruit ; et des coups furent frappés, pendant que la voix d'Arthur Rance nous suppliait de « lui ouvrir » tout de suite. Il criait :

« J'apporte *la petite épingle à tête de rubis !* »

Rouletabille ouvrit la porte :

« Arthur Rance ! dit-il, vous voilà donc enfin !... »

Le mari de Mrs. Edith semblait désespéré :

« Qu'est-ce que j'apprends ? Qu'y a-t-il ?... Un nouveau malheur ?... Ah ! j'ai bien cru que j'arriverais trop tard quand j'ai vu les portes de fer fermées et que j'ai entendu dans la tour la prière des morts. Oui, j'ai cru que vous aviez *exécuté* le vieux Bob ! »

Pendant ce temps, Rouletabille avait, derrière Arthur Rance, refermé la porte aux verrous.

« Le vieux Bob est vivant, et le père Bernier est mort ! Asseyez-vous donc, monsieur, » fit poliment Rouletabille.

Arthur Rance, considérant, à son tour, avec étonnement, la planche à dessin, le godet pour la peinture, et le crâne ensanglanté, demanda :

« Qui l'a tué ? »

Il daigna alors s'apercevoir que sa femme était là et il lui serra la main, mais en regardant la Dame en noir.

« Avant de mourir, Bernier a accusé Frédéric Larsan ! répondit M. Darzac.

– Voulez-vous dire par là, interrompit vivement Mr Arthur Rance, qu'il a accusé le vieux Bob ? Je ne le souffrirai plus ! Moi aussi j'ai pu douter de la personnalité de notre bien-aimé oncle, mais je vous répète que je vous rapporte *la petite épingle à tête de rubis !* »

Que voulait-il dire, avec sa petite épingle à tête de rubis ? Je me rappelais que Mrs. Edith nous avait raconté que le vieux Bob la lui avait prise des mains, alors qu'elle s'amusait à l'en piquer, le soir du drame du « corps de trop ». Mais quelle relation pouvait-il y avoir entre cette épingle et l'aventure du vieux Bob ? Arthur Rance

412

n'attendit point que nous le lui demandions, et il nous apprit que cette petite épingle avait disparu en même temps que le vieux Bob, et qu'il venait de la retrouver entre les mains du Bourreau de la mer, reliant une liasse de bank-notes dont l'oncle avait payé, cette nuit-là, la complicité et le silence de Tullio qui l'avait conduit dans sa barque devant la grotte de Roméo et Juliette et qui s'en était éloigné à l'aurore, fort inquiet de n'avoir pas vu revenir son passager.

Et Arthur Rance conclut, triomphant :

« Un homme qui donne à un autre homme, dans une barque, une épingle à tête de rubis ne peut pas être, à la même heure, enfermé dans un sac de pommes de terre, au fond de la Tour Carrée ! »

Sur quoi, Mrs. Edith :

« Et comment avez-vous eu l'idée d'aller à San Remo. Vous saviez donc que Tullio s'y trouvait ?

– J'avais reçu une lettre anonyme m'avisant de son adresse, là-bas...

– C'est moi qui vous l'ai envoyée », fit tranquillement Rouletabille...

Et il ajouta, sur un ton glacial :

« Messieurs, je me félicite du prompt retour de Mr Arthur Rance. De cette façon, voilà réunis autour de cette table, tous les hôtes du château d'Hercule... pour lesquels *ma démonstration corporelle de la possibilité du corps de trop* peut avoir quelque intérêt. Je vous demande toute votre attention ! »

Mais Arthur Rance l'arrêta encore :

« Qu'entendez-vous par ces mots : *Voilà réunis autour de cette table tous les hôtes pour lesquels la démonstration corporelle de la possibilité du corps de trop peut avoir quelque intérêt ?*

– J'entends, déclara Rouletabille, tous ceux parmi lesquels nous pouvons trouver Larsan ! » La Dame en noir, qui n'avait encore rien dit, se leva, toute tremblante :

« Comment ! gémit-elle dans un souffle... Larsan est donc parmi nous ?...

– *J'en suis sûr !* » dit Rouletabille...

Il y eut un silence affreux pendant lequel *nous n'osions pas nous regarder.*

Le reporter reprit de son ton glacé :

« J'en suis sûr... Et c'est une idée qui ne doit pas vous surprendre, madame, car elle ne vous a jamais quittée !... Quant à nous, n'est-ce pas, messieurs, que la pensée nous en est arrivée tout à fait précise, le jour du déjeuner des binocles noirs sur la terrasse du Téméraire ? Si j'en excepte Mrs. Edith, quel est celui de nous qui, à cette minute-là, n'a pas senti la présence de Larsan ?

– C'est une question que l'on pourrait aussi bien poser au professeur Stangerson lui-même, répliqua aussitôt Arthur Rance. Car, du moment que nous commençons à raisonner de la sorte, je ne vois pas pourquoi le professeur, qui était de ce déjeuner, ne se trouve point à cette petite réunion...

– Mr Rance !... s'écria la Dame en noir.

– Oui, je vous demande pardon, reprit un peu honteusement le mari de Mrs. Edith... Mais Rouletabille a eu tort de généraliser et de dire : tous les hôtes du château d'Hercule...

– Le professeur Stangerson est si loin de nous par l'esprit, prononça avec sa belle solennité enfantine Rouletabille, que je n'ai point besoin de son corps... Bien que le professeur Stangerson, au château d'Hercule, ait vécu à nos côtés, il n'a jamais été *avec nous*. Larsan, lui, ne nous a pas quittés ! »

Cette fois, nous nous regardâmes à la dérobée, et l'idée que Larsan pouvait être réellement parmi nous me parut tellement folle qu'oubliant que je ne devais plus adresser la parole à Rouletabille :

« Mais, à ce déjeuner des binocles noirs, osai-je dire, il y avait encore un personnage que je ne vois pas ici... »

Rouletabille grogna en me jetant un mauvais coup d'œil :

« Encore le prince Galitch ! Je vous ai déjà dit, Sainclair, à quelle besogne le prince est occupé sur cette frontière... Et je vous jure bien que ce ne sont point les malheurs de la fille du professeur Stangerson qui l'intéressent ! Laissez le prince Galitch à sa besogne humanitaire...

– Tout cela, fis-je observer assez méchamment, tout cela n'est point du raisonnement :

– Justement, Sainclair, vos bavardages m'empêchent de raisonner. »

Mais j'étais sottement lancé, et, oubliant que j'avais promis à Mrs. Edith de défendre le vieux Bob, je me repris à l'attaquer pour le plaisir de trouver Rouletabille en faute ; du reste, Mrs. Edith m'en a longtemps gardé rancune.

« Le vieux Bob, prononçai-je avec clarté et assurance, en était aussi, du déjeuner des binocles noirs, et vous l'écartez d'emblée de vos raisonnements à cause de la petite épingle à tête de rubis. Mais cette petite épingle qui est là pour nous prouver que le vieux Bob a rejoint Tullio, qui se trouvait avec sa barque à l'orifice d'une galerie faisant communiquer la mer avec le puits, s'il faut en croire le vieux Bob, cette petite épingle ne nous explique pas comment le vieux Bob a pu, comme il le dit, prendre le chemin du puits, puisque nous avons retrouvé le puits *extérieurement* fermé !

– *Vous !* fit Rouletabille, en me fixant avec une sévérité qui me gêna étrangement. C'est *vous* qui l'avez retrouvé ainsi ! mais *moi*, j'ai trouvé le puits ouvert ! Je vous avais envoyé aux nouvelles auprès de Mattoni et du père Jacques. Quand vous êtes revenu, vous m'avez trouvé à la même place, dans la Tour du Téméraire, mais j'avais eu le temps de courir au puits et de constater qu'il était ouvert...

– Et de le refermer ! m'écriai-je. Et pourquoi l'avez-vous refermé ? Qui vouliez-vous donc tromper ?

– *Vous ! monsieur !* »

Il prononça ces deux mots avec un mépris si écrasant que le rouge m'en monta au visage. Je me levai. Tous les yeux étaient maintenant tournés de mon côté et, dans le même moment que je me rappelais la brutalité avec laquelle Rouletabille m'avait traité tout à l'heure devant M. Darzac, j'eus l'horrible sensation que tous les yeux qui étaient là me soupçonnaient, m'accusaient ! *Oui, je me suis senti enveloppé de l'atroce pensée générale que je pouvais être Larsan !*

Moi ! Larsan !

Je les regardais à tour de rôle. Rouletabille, lui-même, ne baissa pas les yeux quand les miens lui eurent dit la farouche protestation de tout mon être et mon indignation furibonde. La colère galopait dans mes veines en feu.

« Ah çà ! m'écriai-je... Il faut en finir. Si le vieux Bob est écarté, si le prince Galitch est écarté, si le professeur Stangerson est écarté, il ne reste plus que nous, qui sommes enfermés dans cette salle, et si Larsan est parmi nous, montre-le donc, Rouletabille ! »

Et je répétai avec rage, car ce jeune homme, avec ses yeux qui me perçaient, me mettait hors de moi et de toute bonne éducation :

« Montre-le donc ! Nomme-le donc ! Te voilà aussi lent qu'à la cour d'assises !...

– N'avais-je point des raisons, à la cour d'assises, pour être aussi lent que cela ? répondit-il sans s'émouvoir.

– Tu veux donc encore lui permettre de s'échapper ?...

– Non, je *te* jure que cette fois, il ne s'échappera pas ! »

Pourquoi, en me parlant, son ton continuait-il d'être aussi menaçant ? Est-ce que vraiment, vraiment, *il croyait que Larsan était en moi ?* Mes yeux rencontrèrent alors ceux de la Dame en noir. Elle me considérait avec effroi !

« Rouletabille, fis-je, la voix étranglée, tu ne penses pas... tu ne soupçonnes pas !... »

À ce moment un coup de fusil retentit au dehors, tout près de la Tour Carrée, et nous sursautâmes tous, nous rappelant la consigne donnée par le reporter aux trois hommes d'avoir à tirer sur quiconque essayerait de sortir de la Tour Carrée. Mrs. Edith poussa un cri et voulut s'élancer, mais Rouletabille qui n'avait pas fait un geste, l'apaisa d'une phrase.

« Si l'on avait tiré sur *lui*, dit-il, les trois hommes eussent tiré ! Et ce coup de feu n'est qu'un signal, celui qui me dit de « commencer ! »

Et, tourné vers moi :

« Monsieur Sainclair, vous devriez savoir que je ne soupçonne jamais rien ni personne, sans m'être appuyé préalablement sur le « bon bout de la raison » ! C'est un bâton solide qui ne m'a jamais failli en chemin et sur lequel je vous invite tous ici à vous appuyer avec moi !... Larsan est ici, parmi nous, et le bon bout de la raison va vous le montrer : rasseyez-vous donc tous, je vous prie, et ne me quittez pas des yeux, car je vais commencer sur ce papier *la démonstration corporelle de la possibilité du corps de trop !* »

* * * * *

Auparavant, il s'en fut encore constater que, derrière lui, les verrous de la porte étaient bien tirés, puis, revenant à la table, il prit un compas.

« J'ai voulu faire ma démonstration, dit-il, sur les lieux mêmes *où le corps de trop s'est produit*. Elle n'en sera que plus irréfutable. »

Et, de son compas, il prit, sur le dessin de M. Darzac, la mesure du rayon du cercle qui figurait l'espace occupé par la Tour du Téméraire, ce qui lui permit de retracer immédiatement ce même cercle sur un morceau de papier blanc immaculé, qu'il avait fixé avec des punaises de cuivre sur la planche à dessin.

Quand ce cercle fut tracé, Rouletabille, déposant son compas, s'empara du godet à la peinture rouge et demanda à M. Darzac s'il reconnaissait là sa peinture. M. Darzac, qui, visiblement, pas plus que nous, ne comprenait rien aux faits et gestes du jeune homme, répondit qu'en effet c'était lui qui avait fabriqué cette peinture-là pour son lavis.

Une bonne moitié de la peinture s'était desséchée au fond du godet, mais, de l'avis de M. Darzac, la moitié qui restait devait, sur le papier, donner à peu de chose près la même teinte que celle dont il avait *lavé* le plan de la presqu'île d'Hercule.

« On n'y a pas touché ! reprit avec une grande gravité Rouletabille, et cette peinture n'a été allongée que d'une larme. Du reste, vous verrez qu'une larme de plus ou de moins dans ce godet ne nuirait en rien à ma démonstration. »

Ce disant, il trempa le pinceau dans la peinture et se mit en mesure de « laver » tout l'espace occupé par le cercle qu'il avait préalablement tracé. Il le fit avec ce soin méticuleux qui m'avait déjà étonné, lorsque, dans la Tour du Téméraire, pour ma plus grande stupéfaction, il ne pensait qu'à dessiner pendant qu'on s'assassinait !...

Quand il eut fini, il regarda l'heure à son énorme oignon et il dit :

« Vous voyez, mesdames et messieurs, que la couche de peinture qui recouvre mon cercle, n'est ni plus ni moins épaisse que celle qui colore le cercle de M. Darzac. C'est, à peu de chose près, la même teinte.

— Sans doute, répondit M. Darzac, mais qu'est-ce que tout cela signifie ?

— Attendez ! répliqua le reporter. Il est bien entendu que ce plan, que cette peinture, c'est vous qui en êtes l'auteur !

— Dame ! j'ai été assez mécontent de les retrouver en fâcheux état en rentrant avec vous dans le cabinet du vieux Bob, à notre sortie de la Tour Carrée. Le vieux Bob avait sali tout mon dessin en y faisant rouler son crâne !

— Nous y sommes !... » ponctua Rouletabille.

Et il prit, sur le bureau, le plus vieux crâne de l'humanité. Il le renversa et, en montrant la mâchoire toute rouge à M. Robert Darzac, il lui demanda encore :

« C'est bien votre idée que le rouge qui se trouve sur cette mâchoire n'est autre que le rouge qui a été enlevé à votre plan.

— Dame ! il ne saurait y avoir de doute ! Le crâne était encore sens dessus dessous sur mon plan quand nous entrâmes dans la Tour du Téméraire...

— Nous continuons donc à être tout à fait du même avis ! » appuya le reporter.

Alors il se leva, gardant le crâne dans le creux de son bras, et il pénétra dans cette ouverture de la muraille, éclairée par une vaste croisée, garnie de barreaux, qui avait été une meurtrière pour canons autrefois et dont M. Darzac avait fait son cabinet de toilette. Là, il craqua une allumette et alluma sur une petite table une lampe à esprit de vin. Sur cette lampe, il disposa une casserole préalablement remplie d'eau. Le crâne n'avait pas quitté le creux de son bras.

Pendant toute cette bizarre cuisine, nous ne le quittions pas des yeux. Jamais l'attitude de Rouletabille ne nous avait paru aussi incompréhensible, ni aussi fermée, ni aussi inquiétante. Plus il nous donnait d'explications et plus il agissait, moins nous le comprenions. Et nous avions peur, parce que nous sentions que quelqu'un autour de nous, quelqu'un de nous avait peur ! peur, plus qu'aucun de nous ! Qui donc était celui-là ? Peut-être le plus calme !

Le plus calme, c'est Rouletabille, entre son crâne et sa casserole.

Mais quoi ! Pourquoi reculons-nous tous soudain d'un même mouvement ? Pourquoi M. Darzac, les yeux agrandis par un effroi nouveau, pourquoi la Dame en noir, pourquoi Mr Arthur Rance, pourquoi moi-même, commençons-nous un cri... un nom qui expire sur nos lèvres : Larsan !... Où l'avons-nous donc vu ?

Où l'avons-nous découvert, cette fois, nous qui regardons Rouletabille ? Ah ! ce profil, dans l'ombre rouge de la nuit commençante, ce front au fond de l'embrasure que vient ensanglanter le crépuscule comme au matin du crime est venue rougir ces murs la sanglante aurore ! Oh ! cette mâchoire dure et volontaire qui s'arrondissait tout à l'heure, douce, un peu amère, mais charmante dans la lumière du jour et qui, maintenant, se découpe sur l'écran du soir, mauvaise et menaçante ! Comme Rouletabille ressemble à Larsan ! Comme, dans ce moment, il ressemble à son père ! c'est Larsan !

Autre émoi : au gémissement de sa mère, Rouletabille sort de ce cadre funèbre où il nous est apparu avec une figure de bandit et il vient à nous et il redevient Rouletabille. Nous en tremblons encore. Mrs. Edith, qui n'a jamais vu Larsan, ne peut pas comprendre. Elle me demande : « Que s'est-il passé ? »

Rouletabille est là, devant nous, avec son eau chaude dans sa casserole, une serviette et son crâne. Et il nettoie son crâne.

C'est vite fait. La peinture a disparu. Il nous le fait constater. Alors, se plaçant devant le bureau, il reste en muette contemplation devant son propre lavis. Cela avait bien pris dix minutes, pendant lesquelles il nous avait ordonné, d'un signe, de garder le silence... dix minutes fort impressionnantes... Qu'attend-il donc ?... Soudain, il saisit le crâne de la main droite et, avec le geste familier aux joueurs de boules, il le fait rouler à plusieurs reprises, sur son lavis ; puis il nous montre le crâne et nous invite à constater qu'il ne porte la trace d'aucune peinture rouge. Rouletabille tire à nouveau sa montre.

« *La peinture est sèche sur le plan*, fait-il. *Elle a mis un quart d'heure à sécher*. Dans la journée du 11, nous avons vu entrer dans la

Tour Carrée, À cinq heures, *venant du dehors*, M. Darzac. Or, M. Darzac, après être entré dans la Tour Carrée, et après avoir refermé derrière lui les verrous de sa chambre, nous a-t-il dit, n'en est ressorti que lorsque nous sommes venus l'y chercher *passé six heures*. Quant au vieux Bob, nous l'avons vu entrer dans la Tour Ronde À six heures, avec son crâne vierge de peinture !

« *Comment cette peinture qui met seulement un quart d'heure à sécher est-elle, ce jour-là, encore assez fraîche, – plus d'une heure après que M. Darzac l'a quittée, – pour teindre le crâne du vieux Bob que celui-ci, d'un geste de colère, fait rouler sur le lavis en entrant dans la Tour Ronde ?* Il n'y a qu'une explication à cela et je vous défie d'en trouver une autre, *c'est que le M. Darzac qui est entré dans la Tour Carrée À CINQ HEURES, et que nul n'a vu ressortir, n'est pas le même que celui qui venait de peindre dans la Tour Ronde avant l'arrivée du vieux Bob À SIX HEURES, que nous avons trouvé dans la chambre de la Tour Carrée sans l'y avoir vu entrer et avec qui nous sommes ressortis... En un mot : qu'il n'est pas le même que le M. Darzac ici présent devant nous !* LE BON BOUT DE LA RAISON NOUS INDIQUE QU'IL Y A DEUX MANIFESTATIONS DARZAC ! »

Et Rouletabille regarda M. Darzac.

Celui-ci, comme nous tous, était sous le coup de la lumineuse démonstration du jeune reporter. Nous étions tous partagés entre une épouvante nouvelle et une admiration sans bornes. Comme tout ce que disait Rouletabille était clair ! *clair et effrayant !* Encore là nous retrouvions la marque de sa prodigieuse et logique et mathématique intelligence.

M. Darzac s'écria :

« C'est donc comme cela qu'*il* a pu entrer dans la Tour Carrée avec un déguisement qui lui donnait, sans doute, toutes mes apparences, et qu'il a pu se cacher dans le placard, de telle sorte que je ne l'ai pas vu, moi, quand je suis venu ensuite faire ici ma correspondance en quittant la Tour du Téméraire où je laissais mon lavis. Mais comment le père Bernier lui a-t-il ouvert !...

– Dame ! répliqua Rouletabille qui avait pris la main de la Dame en noir entre les siennes, comme s'il eût voulu lui donner du courage... Dame ! c'est qu'il a bien cru avoir affaire à vous !

– C'est donc cela qui explique que, lorsque je suis arrivé à ma porte, je n'avais qu'à la pousser. Le père Bernier me croyait chez moi.

– Très juste ! puissamment raisonné ! obtempéra Rouletabille. Et le père Bernier, qui avait ouvert à la première manifestation Darzac, n'a pas eu à s'occuper de la seconde, puisque, pas plus que nous, il ne l'a vue. Vous êtes certainement arrivé à la Tour Carrée dans le moment qu'avec le père Bernier nous nous trouvions sur le parapet, en train d'examiner les gesticulations étranges du vieux Bob parlant, sur le seuil de la Barma Grande, à Mrs. Edith et au prince Galitch...

– Mais, fit encore M. Darzac, comment la mère Bernier, elle, qui était entrée dans sa loge, ne m'a-t-elle point vu et ne s'est-elle point étonnée de voir entrer une seconde fois M. Darzac alors qu'elle ne l'avait pas vu ressortir ?

– Imaginez, reprit le reporter avec un triste sourire, imaginez, Monsieur Darzac, que la mère Bernier, dans ce moment-là – au moment où vous passiez... c'est-à-dire : où la seconde manifestation Darzac passait – ramassait les pommes de terre d'un sac que j'avais vidé sur son plancher... et vous imaginez la vérité.

– Eh bien, je puis me féliciter de me trouver encore de ce monde !...

– Félicitez-vous, monsieur Darzac, félicitez-vous !...

– Quand je songe *qu'aussitôt rentré chez moi j'ai fermé les verrous comme je vous l'ai dit*, que je me suis mis au travail et que j'avais ce bandit dans le dos ! Ah ! il eût pu me tuer sans résistance !...»

Rouletabille s'avança vers M. Darzac.

« Pourquoi ne l'a-t-il pas fait ? lui demanda-t-il, les yeux dans les yeux.

– Vous savez bien qu'il attendait quelqu'un ! »

Et M. Darzac tourna sa face douloureuse du côté de la Dame en noir.

Rouletabille était maintenant tout contre M. Darzac. Il lui mit les deux mains aux épaules :

« Monsieur Darzac, fit-il, de sa voix redevenue claire et pleine de bravoure, il faut que je vous fasse un aveu ! Quand j'eus compris comment s'était introduit le « corps de trop », et que j'eus constaté que vous ne faisiez rien pour nous détromper sur l'heure de cinq heures à laquelle nous avions cru, à laquelle tout le monde, excepté moi, croyait que vous étiez entré dans la Tour Carrée, je me trouvai en droit de soupçonner que le bandit n'était point celui qui, à cinq heures, était entré dans la Tour Carrée sous le déguisement Darzac ! *J'ai pensé, au contraire, que ce Darzac-là pouvait bien être le vrai Darzac et que le faux, c'était vous !* Ah ! mon cher monsieur Darzac, comme je vous ai soupçonné !...

– C'est de la folie ! s'écria M. Darzac. Si je n'ai point dit l'heure exacte à laquelle j'étais entré dans la Tour Carrée, c'est que cette heure restait vague dans mon esprit et que je n'y attachais aucune importance !

– De telle sorte, Monsieur Darzac, continua Rouletabille, sans s'occuper des interruptions de son interlocuteur, de l'émoi de la Dame en noir et de notre attitude plus que jamais effarée à tous, de telle sorte que le vrai Darzac venu du dehors pour reprendre sa place que vous lui auriez volée – dans mon imagination, Monsieur Darzac, dans mon imagination, rassurez-vous !... – aurait été, par vos soins obscurs et avec l'aide trop fidèle de la Dame en noir, mis en parfait état de ne plus nuire à votre audacieuse entreprise !... de telle sorte, Monsieur Darzac, que j'ai pu penser que, *vous étant Larsan, l'homme qui fut mis dans le sac était Darzac !*... Ah ! la belle imagination que j'avais là !... Et l'inouï soupçon !...

– Bah ! répondit sourdement le mari de Mathilde... Nous nous sommes tous soupçonnés ici !... »

Rouletabille tourna le dos à M. Darzac, mit ses mains dans ses poches et dit, s'adressant à Mathilde, qui semblait prête à s'évanouir devant l'horreur de l'imagination de Rouletabille :

« Encore un peu de courage, madame ! »

Et, cette fois, de sa voix *perchée* que je lui connaissais bien, de sa voix de professeur de mathématiques exposant ou résolvant un théorème :

« Voyez-vous, Monsieur Darzac, il y avait deux manifestations Darzac... Pour savoir quelle était la vraie et quelle était celle qui cachait Larsan... Mon devoir, Monsieur Darzac, celui que me montrait le bon bout de ma raison, était d'examiner sans peur ni reproche, à tour de rôle, ces deux manifestations-là... *en toute impartialité !* Alors, j'ai commencé par vous... Monsieur Darzac. »

M. Darzac répondit à Rouletabille :

« En voilà assez, puisque vous ne me soupçonnez plus ! Vous allez me dire tout de suite qui est Larsan !... Je le veux ! je l'exige !...

– Nous le voulons tous !... et tout de suite ! » nous écriâmes-nous en les entourant tous deux.

Mathilde s'était précipitée sur son enfant et le couvrait de son corps comme s'il eût été déjà menacé. Mais cette scène avait déjà trop duré et nous exaspérait.

« Puisqu'il le sait ! qu'il le dise !... qu'on en finisse ! » s'écriait Arthur Rance...

Et, soudain, comme je me rappelais que j'avais entendu les mêmes cris d'impatience à la cour d'assises, un nouveau coup de feu retentit à la porte de la Tour Carrée, et nous en fûmes tous si bien « saisis » que notre colère en tomba du coup et que nous nous mîmes à prier, poliment, ma foi, Rouletabille de mettre fin le plus tôt possible à une situation intolérable. Dans ce moment, en vérité, c'était à qui le supplierait davantage, comme si nous comptions là-dessus pour prouver aux autres, et peut-être à nous-mêmes, que nous n'étions pas Larsan !

Rouletabille, aussitôt qu'il avait entendu le second coup de feu, avait changé de physionomie. Tout son visage s'était transformé, tout son être semblait vibrer d'une énergie farouche. Quittant le ton goguenard avec lequel il parlait à M. Darzac et qui nous avait tous particulièrement froissés, il écarta doucement la Dame en noir qui s'obstinait à le vouloir protéger ; il s'adossa à la porte, il croisa les bras, et dit :

« Dans une affaire comme celle-là, voyez-vous, il ne faut rien négliger. Deux manifestations Darzac *entrantes* et deux manifestations Darzac *sortantes*, dont l'une de celles-ci *dans le sac !* Il y a de quoi s'y perdre ! Et *maintenant encore* je voudrais bien ne pas dire de bêtises !... Que M. Darzac, ici, présent, me permette de lui dire : j'avais cent excuses pour le soupçonner !... »

Alors, je pensai : « Quel malheur qu'il ne m'en ait pas parlé ! Je lui aurais évité de la besogne et je lui aurais fait *découvrir l'Australie !* »

M. Darzac s'était planté devant le reporter et répétait maintenant, avec une rage insistante : « Quelles excuses ?... Quelles excuses ?... »

– Vous allez me comprendre, mon ami, fit le reporter avec un calme suprême. La première chose que je me suis dite, quand j'ai examiné les conditions de *votre manifestation Darzac à vous*, est celle-ci : « Bah ! si c'était Larsan ! la fille du professeur Stangerson s'en serait bien aperçue ! » Évidemment, n'est-ce pas ?... Évidemment !... Or, en examinant l'attitude de celle qui est devenue, à votre bras, Mme Darzac, j'ai acquis la certitude, monsieur, qu'elle vous soupçonnait tout le temps d'être Larsan. »

Mathilde, qui était retombée sur une chaise, trouva la force de se soulever et de protester d'un grand geste épeuré.

Quant à M. Darzac, son visage semblait plus que jamais ravagé par la souffrance. Il s'assit, en disant à mi-voix :

« Se peut-il que vous ayez pensé cela, Mathilde ?... »

Mathilde baissa la tête et ne répondit pas.

Rouletabille, avec une cruauté implacable, et que, pour ma part, je ne pouvais excuser, continuait :

« Quand je me rappelle tous les gestes de Mme Darzac, depuis votre retour de San Remo, je vois maintenant dans chacun d'eux l'expression de la terreur qu'elle avait de laisser échapper le secret de sa peur, de sa perpétuelle angoisse... Ah ! laissez-moi parler, Monsieur Darzac... Il faut que je m'explique ici, il le faut pour que tout le monde s'explique ici !... Nous sommes en train de *nettoyer la situation* !... Rien, alors, n'était naturel dans les façons d'être de Mlle Stangerson. La précipitation même qu'elle a mise à accéder à votre désir de hâter la cérémonie nuptiale prouvait le désir qu'elle avait de chasser définitivement le tourment de son esprit. Ses yeux, dont je me souviens, disaient alors, combien clairement : « *Est-il possible que je continue à voir Larsan partout, même dans celui qui est à mes côtés, qui me conduit à l'autel, qui m'emporte avec lui !* »

« À ce qu'il paraît qu'à la gare, monsieur, elle a jeté un adieu tout à fait déchirant ! Elle criait déjà : « Au secours ! » au secours contre elle, *contre sa pensée !...* et peut-être contre vous ?... Mais elle n'osait exposer sa pensée à personne, parce qu'elle redoutait certainement qu'on lui dît... »

Et Rouletabille se pencha tranquillement à l'oreille de M. Darzac et lui dit tout bas, pas si bas que je ne l'entendisse, assez bas pour que Mathilde ne soupçonnât point les mots qui sortaient de sa bouche : « Est-ce que vous redevenez folle ? »

Et, se reculant un peu :

« Alors, vous devez maintenant tout comprendre, mon cher Monsieur Darzac !... Et cette étrange froideur avec laquelle vous fûtes, par la suite, traité ; et aussi, quelquefois, les remords qui, dans son hésitation incessante, poussaient Mme Darzac à vous entourer, par instants, des plus délicates attentions !... Enfin, permettez-moi de vous dire que je vous ai vu moi-même parfois si sombre, que j'ai pu penser que vous aviez découvert que Mme Darzac avait toujours au fond d'elle-même, en vous regardant, en vous parlant, en se taisant, la pensée de Larsan !... Par conséquent, entendons-nous bien... Ce n'est point cette idée « que la fille du professeur Stangerson s'en serait bien aperçu » qui pouvait chasser mes soupçons, puisque, malgré elle, elle s'en apercevait tout le temps ! Non ! Non !... Mes soupçons ont été chassés par autre chose !...

– Ils auraient pu l'être, s'écria, ironique, et désespéré, M. Darzac... ils auraient pu l'être par ce simple raisonnement que, si j'avais été Larsan, possédant Mlle Stangerson, devenue ma femme, j'avais tout intérêt à continuer à faire croire à la mort de Larsan ! Et je ne *me* serais point ressuscité !... N'est-ce point du jour où Larsan est revenu au monde, que j'ai perdu Mathilde ?...

– Pardon ! monsieur, pardon ! répliqua cette fois Rouletabille, qui était devenu plus blanc qu'un linge... Vous abandonnez encore une fois, si j'ose dire, le bon bout de la raison !... Car celui-ci nous montre tout le contraire de ce que vous croyez apercevoir !... Moi, j'aperçois ceci : c'est que, lorsqu'on a une femme qui croit ou qui est très près de croire que vous êtes Larsan, on a tout intérêt *à lui montrer que Larsan existe en dehors de vous !* »

En entendant cela, la Dame en noir se glissa contre la muraille, arriva haletante jusqu'aux côtés de Rouletabille, et dévora du regard la face de M. Darzac, qui était devenue effroyablement dure.

Quant à nous, nous étions tous tellement frappés de la nouveauté et de l'irréfutabilité du commencement de raisonnement de Rouletabille que nous n'avions plus que l'ardent désir d'en connaître la suite, et nous nous gardâmes de l'interrompre, nous demandant jusqu'où pourrait aller une aussi formidable hypothèse ! Le jeune homme, imperturbable, continuait...

« Mais si vous aviez intérêt à lui montrer que Larsan existait en dehors de vous, il est un cas où cet intérêt se transformait en une nécessité immédiate. Imaginez... je dis imaginez, mon cher Monsieur Darzac, que vous ayez réellement ressuscité Larsan, une fois, une seule, *malgré vous, chez vous*, aux yeux de la fille du professeur Stangerson, et vous voilà, je dis bien, dans la nécessité de le ressusciter encore, toujours, *en dehors de vous*... pour prouver à votre femme que ce Larsan ressuscité *n'est pas en vous !* Ah ! calmez-vous, mon cher Monsieur Darzac !... je vous en supplie... Puisque je vous ai dit que mes soupçons ont été chassés, définitivement chassés !... C'est bien le moins que nous nous amusions à raisonner un peu, après de pareilles angoisses où il semblait qu'il n'y eût point de place pour aucun raisonnement...

Voyez donc où je suis obligé d'en venir, en considérant comme réalisée l'hypothèse (ce sont là procédés de mathématiques que vous connaissez mieux que moi, vous qui êtes un savant), en considérant, dis-je, comme réalisée l'hypothèse de la manifestation Darzac, qui est *vous* cachant Larsan. Donc, dans mon raisonnement, vous êtes Larsan ! Et je me demande ce qui a bien pu arriver en gare de Bourg pour que vous apparaissiez à l'état de Larsan aux yeux de votre femme. Le fait de la résurrection est indéniable. Il existe. Il ne peut s'expliquer à ce moment par votre volonté d'être Larsan !... »

M. Darzac n'interrompait plus.

« Comme vous dites, Monsieur Darzac, poursuivait Rouletabille, c'est à cause de cette résurrection-là que le bonheur vous échappe... Donc, si cette résurrection ne peut être volontaire, elle n'a plus qu'une façon d'être... c'est d'être *accidentelle !*... Et voyez comme toute l'affaire est éclaircie... Oh ! j'ai beaucoup étudié l'incident de Bourg... je continue à raisonner... ne vous épouvantez pas... Vous êtes à Bourg, dans le buffet... Vous croyez que votre femme, ainsi qu'elle vous l'a annoncé, vous attend hors de la gare... Ayant terminé votre correspondance, vous éprouvez le besoin d'aller dans votre compartiment, faire un peu de toilette... jeter le coup d'œil du maître ès camouflage sur votre déguisement. Vous pensez : encore quelques heures de cette comédie, et, passé la frontière, dans un endroit où elle sera bien à moi, définitivement à moi, je mettrai bas le masque... Car ce masque, tout de même, il vous fatigue... et si bien vous fatigue-t-il, ma foi, que, arrivé dans le compartiment, vous vous accordez quelques minutes de repos... Vous l'enlevez donc !... Vous vous soulagez de cette barbe menteuse et de vos lunettes, et, juste dans le même moment, la porte du compartiment s'ouvre... Votre femme, épouvantée, ne prend que le temps de voir cette face sans barbe dans la glace, la face de Larsan, et de s'enfuir, en poussant une clameur épouvantée... Ah ! vous avez compris le danger !... Vous êtes perdu si, immédiatement, votre femme, *ailleurs*, ne voit pas Darzac, son mari. Le masque est vite remis, vous descendez à contre-voie par la glace du coupé et vous arrivez au buffet avant votre femme qui accourt vous y chercher !... Elle vous trouve debout... Vous n'avez pas même eu le temps de vous rasseoir... Tout est-il sauvé ? Hélas ! non... Votre malheur ne fait que commencer... Car l'atroce pensée que vous êtes peut-être *ensemble* Darzac et Larsan ne la quitte plus. Sur le quai de la gare, en passant sous un bec de gaz, elle vous regarde, vous lâche la main et se jette comme une folle dans le bureau du chef de gare... Ah ! vous avez encore compris ! Il faut chasser l'abominable pensée tout de suite... Vous sortez du bureau et vous refermez précipitamment la porte, et, vous aussi, vous prétendez que vous venez de voir Larsan ! Pour la tranquilliser, et pour nous tromper aussi, dans le cas où elle oserait nous dévoiler sa pensée... vous êtes le premier à m'avertir... à m'envoyer une dépêche !... Hein ? comme, éclairée de ce jour, toute votre conduite devient nette ! Vous ne pouvez lui refuser d'aller rejoindre son père... Elle irait sans vous !... Et, comme rien n'est encore perdu, vous avez l'espoir de tout rattraper... Au cours du voyage, votre femme continue à avoir des alternatives de foi et de terreur. Elle vous donne son revolver, dans une sorte de délire de son imagination, qui pourrait se résumer dans cette phrase : « Si c'est Darzac, qu'il me défende ! et, si c'est Larsan, qu'il me tue !... Mais que je cesse de ne plus savoir ! » Aux Rochers Rouges, vous la sentez à nouveau si éloignée de vous que, pour la rapprocher, vous lui remontrez Larsan !... Voyez-vous, mon cher Monsieur Darzac ! Tout cela s'arrangeait très bien dans ma pensée... et il n'y avait point jusqu'à votre apparition de Larsan, à Menton, pendant votre voyage de Darzac à Cannes, pendant que vous vîntes au-devant de nous, qui ne pouvait le plus bêtement du monde s'expliquer. Vous auriez pris le train devant vos amis à Menton-Garavan, mais vous en seriez descendu à la station suivante qui est celle de Menton et, là, après un court séjour nécessaire dans votre vestiaire urbain, vous apparaissiez à l'état de Larsan à vos mêmes amis venus en promenade à Menton. Le train suivant vous remportait vers Cannes, où nous nous rencontrâmes. Seulement, comme vous eûtes, ce jour-là, le désagrément d'entendre, de la bouche même d'Arthur Rance qui était, lui aussi, venu au-devant de nous à Nice, que Mme Darzac n'avait pas vu cette fois Larsan et que votre exhibition du matin n'avait servi de rien, vous vous obligeâtes, le soir même, à lui montrer Larsan, sous les fenêtres mêmes de la Tour Carrée, devant lesquelles passait la barque de Tullio !... Et voyez, mon cher Monsieur Darzac, comme les choses, en apparence, les plus compliquées, devenaient tout à coup simples et logiquement explicables si, par hasard, mes soupçons devaient être confirmés ! »

À ces mots, moi-même qui avais cependant vu et touché l'*Australie*, je ne pus m'empêcher de frissonner en regardant presque avec apitoiement Robert Darzac, comme on regarde un pauvre homme sur le point de devenir la victime de quelque effroyable erreur judiciaire. Et tous les autres, autour de moi, frissonnèrent également pour lui ou à cause de lui, car les arguments de Rouletabille devenaient si terriblement *possibles* que chacun se demandait comment, après avoir si bien établi la possibilité de la culpabilité, il allait pouvoir conclure à l'innocence. Quant à Robert Darzac, après avoir monté la plus sombre agitation, il s'était à peu près calmé, écoutant le jeune homme, et il me sembla qu'il ouvrait ces yeux étonnants, extravagants, au regard affolé, mais *très intéressé*, qu'ont les accusés au banc d'assises quand ils entendent M. le procureur général prononcer un de ces admirables réquisitoires qui les convainquent eux-mêmes d'un crime que, quelquefois, ils n'ont pas commis ! La voix avec laquelle il parvint à prononcer les mots suivants n'était plus une voix de colère, mais de curieux effroi, la voix d'un homme qui se dit : « Mon Dieu ! à quel danger, sans le savoir, ai-je bien pu échapper ! »

« Mais, puisque vous n'avez plus ces soupçons, monsieur, fit-il, retombé à un calme singulier, je voudrais bien savoir, après tout ce que vous venez de me dire, ce qui a bien pu les chasser ?...

– Pour les chasser, monsieur, il me fallait une certitude ! Une preuve simple, mais absolue, qui me montrât d'une façon éclatante laquelle était Larsan des deux manifestations Darzac ! Cette preuve m'a été fournie heureusement par vous, monsieur, à l'heure même où vous avez *fermé le cercle*, le cercle dans lequel s'était trouvé « le corps de trop ! » le jour où, ayant affirmé – ce qui était la vérité – que vous aviez tiré les verrous de votre appartement aussitôt rentré dans votre chambre, *vous nous avez menti en ne nous dévoilant pas que vous étiez entré dans cette chambre vers six heures et non point, comme le père Bernier le disait et comme nous avions pu le constater nous-mêmes, à cinq heures ! Vous étiez alors le seul avec moi à savoir que le Darzac de cinq heures, dont nous vous parlions comme de vous-même n'était point vous-même ! Et vous n'avez rien dit ! Et ne prétendez pas que vous n'attachiez aucune importance à cette heure de cinq heures, puisqu'elle vous expliquait tout, à vous, puisqu'elle vous apprenait qu'un autre Darzac que vous était venu dans la Tour Carrée à cette heure-là, le vrai ! Aussi, après vos faux étonnements,* comme vous vous taisez ! *Votre silence nous a menti ! Et quel intérêt le véritable Darzac aurait-il eu à cacher qu'un autre Darzac, qui pouvait être Larsan, était venu avant vous se cacher dans la Tour Carrée ? Seul, Larsan avait intérêt à nous cacher qu'il y avait un autre Darzac que lui !* DES DEUX MANIFESTATIONS DARZAC LA FAUSSE ÉTAIT NÉCESSAIREMENT CELLE QUI MENTAIT ! Ainsi mes soupçons ont-ils été chassés par la certitude ! LARSAN C'ÉTAIT VOUS ! ET L'HOMME QUI ÉTAIT DANS LE PLACARD, C'ÉTAIT DARZAC !

– Vous mentez ! » hurla en bondissant sur Rouletabille celui que je ne pouvais croire être Larsan.

Mais nous nous étions interposés et Rouletabille, qui n'avait rien perdu de son calme, étendit le bras et dit :

« *Il y est encore !...* »

Scène indescriptible ! Minute inoubliable ! Au geste de Rouletabille, la porte du placard avait été poussée par une main invisible, comme il arriva le terrible soir qui avait vu le mystère du « corps de trop »...

Et le « corps de trop » lui-même apparut ! Des clameurs de surprise, d'enthousiasme et d'effroi remplirent la Tour Carrée. La Dame en noir poussa un cri déchirant :

« Robert !... Robert !... Robert ! »

Et c'était un cri de joie. Deux Darzac étaient devant nous, si semblables que toute autre que la Dame en noir aurait pu s'y tromper... Mais son cœur ne la trompa point, en admettant que sa raison, après l'argumentation triomphante de Rouletabille, eût pu hésiter encore. Les bras tendus, elle allait vers la seconde manifestation Darzac qui descendait du fatal placard... Le visage de Mathilde rayonnait d'une vie nouvelle ; ses yeux, ses tristes yeux dont j'avais vu si souvent le regard égaré autour de *l'autre*, fixaient celui-ci avec une joie magnifique, mais tranquille et *sûre*. C'était lui ! C'était celui qu'elle croyait perdu, et qu'elle avait osé chercher sur le visage de l'autre, et qu'elle n'avait pas retrouvé sur le visage de l'autre, ce dont elle avait accusé, pendant des jours et des nuits, sa pauvre folie !

Quant à celui que, jusqu'à la dernière minute, je n'avais pu croire coupable, quant à l'homme farouche qui, dévoilé et traqué, voyait soudain se dresser en face de lui la preuve vivante de son crime, il tenta encore un de ces gestes qui, si souvent, l'avaient sauvé. Entouré de toutes parts, il osa la fuite. Alors nous comprîmes la comédie audacieuse que, depuis quelques minutes, il nous donnait. N'ayant plus aucun doute sur l'issue de la discussion qu'il soutenait avec Rouletabille, il avait eu cette incroyable puissance sur lui-même de n'en laisser rien paraître, et aussi cette habileté dernière de prolonger la dispute et de permettre à Rouletabille de dérouler à loisir une argumentation au bout de laquelle il savait qu'il trouverait sa perte, mais pendant laquelle il découvrirait, peut-être, les moyens de sa fuite. C'est ainsi qu'il manœuvra si bien que, dans le moment que nous avancions vers l'autre Darzac, nous ne pûmes l'empêcher de se jeter d'un bond dans la pièce qui avait servi de chambre à Mme Darzac et d'en refermer violemment la porte avec une rapidité foudroyante ! Nous nous aperçûmes qu'il avait disparu lorsqu'il était trop tard pour déjouer sa ruse. Rouletabille, pendant la scène précédente, n'avait songé qu'à garder la porte du corridor et il n'avait point pris garde que chaque mouvement que faisait le faux Darzac, au fur et à mesure qu'il était convaincu d'imposture, le rapprochait de la chambre de Mme Darzac. Le reporter n'attachait aucune importance à ces mouvements-là, sachant que cette chambre n'offrait à la fuite de Larsan aucune issue. Et cependant, quand le bandit fut derrière cette porte, qui fermait son dernier refuge, notre confusion augmenta dans des proportions importantes. On eût dit que, tout à coup, nous étions devenus forcenés. Nous frappions ! Nous criions ! Nous pensions à tous les coups de génie de ses inexplicables évasions !

« Il va s'échapper !... Il va encore nous échapper !... »

Arthur Rance était le plus enragé. Mrs. Edith, de son poignet nerveux, me broyait le bras, tant la scène l'impressionnait. Nul ne faisait attention à la Dame en noir et à Robert Darzac qui, au milieu de cette tempête, semblaient avoir tout oublié, même le bruit que l'on menait autour d'eux. Ils n'avaient pas une parole, mais ils se regardaient comme s'ils découvraient un monde nouveau, celui où l'on s'aime. Or, ils venaient simplement de le retrouver, grâce à Rouletabille.

Celui-ci avait ouvert la porte du corridor et appelé à la rescousse les trois domestiques. Ils arrivèrent avec leurs fusils. Mais c'étaient des haches qu'il fallait. La porte était solide et barricadée d'épais verrous. Le père Jacques alla chercher une poutre qui nous servit de bélier. Nous nous y mîmes tous, et, enfin, nous vîmes la porte céder. Notre anxiété était au comble. En vain nous répétions-nous que nous allions entrer dans une chambre où il n'y avait que des murs et des barreaux... nous nous attendions à tout, ou plutôt à rien, car c'était surtout la pensée de la disparition, de l'envolement, de la dissociation de la matière de Larsan qui nous hantait et nous rendait plus fous.

Quand la porte eut commencé de céder, Rouletabille ordonna aux domestiques de reprendre leurs fusils, avec la consigne, cependant, de ne s'en servir que s'il était impossible de s'emparer de *lui*, vivant. Puis, il donna un dernier coup d'épaule et, la porte étant enfin tombée, il entra le premier dans la pièce.

Nous le suivions. Et, derrière lui, sur le seuil, nous nous arrêtâmes tous, tant ce que nous vîmes nous remplit de stupéfaction. D'abord, Larsan était là ! Oh ! il était visible ! Et il était reconnaissable ! Il avait arraché sa fausse barbe ; il avait mis bas son masque de Darzac ; il avait repris sa face rase et pâle du Frédéric Larsan du château du Glandier. Et on ne voyait que lui dans la chambre. Il était tranquillement assis dans un fauteuil, au milieu de la pièce, et nous regardait de ses grands yeux calmes et fixes. Ses bras s'allongeaient aux bras du fauteuil. Sa tête s'appuyait au dossier. On eût dit qu'il nous donnait audience et qu'il attendait que nous lui exposions nos revendications. Je crus même discerner un léger sourire sur sa lèvre ironique.

Rouletabille s'avança encore :

« Larsan, fit-il... Larsan, vous rendez-vous ?... »

Mais Larsan ne répondit pas.

Alors Rouletabille le toucha à la main et au visage, et nous nous aperçûmes que Larsan était mort.

Rouletabille nous montra à son doigt le chaton d'une bague qui était ouvert et qui avait dû contenir un poison foudroyant.

Arthur Rance écouta les battements du cœur et déclara que tout était fini.

Sur quoi, Rouletabille nous pria de quitter tous la Tour Carrée et d'oublier le mort.

« Je me charge de tout, fit-il gravement. *C'est un corps de trop, nul ne s'apercevra de sa disparition !* »

Et il donna à Walter un ordre qui fut traduit par Arthur Rance :

« Walter, vous m'apporterez tout de suite « le sac du corps de trop ! »

Puis, il fit un geste auquel nous obéîmes tous. Et nous le laissâmes seul en face du cadavre de son père.

* * * * *

Aussitôt, nous eûmes à transporter M. Darzac, qui se trouvait mal, dans le salon du vieux Bob. Mais ce n'était qu'une faiblesse passagère et, dès qu'il eut rouvert les yeux, il sourit à Mathilde qui penchait sur lui son beau visage où se lisait l'épouvante de perdre un époux chéri dans le moment même qu'elle venait, par un concours de circonstances qui restait encore mystérieux, de le retrouver. Il sut la convaincre qu'il ne courait aucun danger et il la pria de s'éloigner ainsi que Mrs. Edith.

Quand les deux femmes nous eurent quittés, Mr Arthur Rance et moi lui donnâmes des soins qui nous renseignèrent tout d'abord sur son curieux état de santé. Car, enfin, comment un homme que chacun de nous avait pu croire mort et que l'on avait enfermé, râlant, dans un sac, avait-il pu surgir, ainsi vivant, du fatal placard ? Quand nous eûmes ouvert ses vêtements et défait, pour le refaire, le bandage qui cachait la blessure qu'il portait à la poitrine, nous connûmes au moins que cette blessure, par un hasard qui n'est point si rare qu'on le pourrait croire, après avoir déterminé un coma presque immédiat, ne présentait aucune gravité. La balle qui avait frappé Darzac, au milieu de la lutte farouche qu'il avait eu à soutenir contre Larsan, s'était aplatie sur le sternum, causant une forte hémorragie externe et secouant douloureusement tout l'organisme, mais ne suspendant en rien aucune des fonctions vitales...

On avait vu des blessés de cet ordre se promener parmi les vivants quelques heures après que ceux-ci avaient cru assister à leurs derniers moments. Et moi-même, je me rappelai – ce qui acheva de me rassurer – l'aventure d'un de mes bons amis, le journaliste L..., qui, venant de se battre en duel avec le musicien V..., se désespérait sur le terrain d'avoir tué son adversaire d'une balle en pleine poitrine, sans que celui-ci ait eu même le temps de tirer.

Soudain le mort se souleva et logea dans la cuisse de mon ami une balle qui faillit entraîner l'amputation et qui le retint de longs mois au lit. Quant au musicien qui était retombé dans son coma, il en sortit le lendemain pour aller faire un tour sur le boulevard. Lui aussi, comme Darzac, avait été frappé au sternum.

Comme nous finissions de panser Darzac, le père Jacques vint fermer sur nous la porte du salon qui était restée entrouverte et je me demandais la raison qui avait bien pu pousser le bonhomme à prendre cette précaution, quand nous entendîmes des pas dans le corridor et un bruit singulier comme celui d'un corps que l'on traînerait sur un plancher...

Et je pensai à Larsan, et au sac du « corps de trop », et à Rouletabille !

Laissant Arthur Rance aux côtés de M. Darzac, je courus à la fenêtre. Je ne m'étais pas trompé et je vis apparaître dans la cour le sinistre cortège.

Il faisait alors presque nuit. Une obscurité propice entourait toute chose. Je distinguai cependant Walter que l'on avait mis en sentinelle sous la poterne du jardinier.

Il regardait du côté de la baille, prêt, évidemment, à barrer le passage à qui éprouverait alors le besoin de pénétrer dans la Cour du Téméraire...

... Se dirigeant vers le puits, je vis Rouletabille et le père Jacques... deux ombres courbées sur une autre ombre... une ombre que je connaissais bien et qui, une nuit d'horreur, avait contenu un autre corps. Le sac semblait lourd. Ils le soulevèrent jusqu'à la margelle du puits. Alors je pus voir encore que le puits était ouvert... oui, le plateau de bois qui le fermait d'ordinaire avait été rejeté sur le côté.

Rouletabille sauta sur la margelle, et puis entra dans le puits... Il y pénétrait sans hésitation... il semblait connaître ce chemin. Peu après il s'enfonça et sa tête disparut. Alors le père Jacques poussa le sac dans le puits et il se pencha sur la margelle, soutenant encore le sac que je ne voyais plus. Puis il se redressa et referma le puits, remettant soigneusement le plateau et assujettissant les ferrures, et celles-ci firent un bruit que je me rappelai soudain, le bruit qui m'avait tant intrigué le soir où, avant la découverte de l'*Australie*, je m'étais rué sur une ombre qui avait soudain disparu et où je m'étais heurté le nez contre la porte close du Château Neuf...

Je veux voir... jusqu'à la dernière minute, je veux voir, je veux savoir... Trop de choses inexpliquées m'inquiètent encore !... Je n'ai que la parcelle la plus importante de la vérité, mais je n'ai pas la vérité tout entière ou plutôt il me manque *quelque chose qui expliquerait la vérité*...

J'ai quitté la Tour Carrée, j'ai regagné ma chambre du Château Neuf, je me suis mis à ma fenêtre et mon regard s'est enfoncé profondément dans les ombres qui couvraient la mer. Nuit épaisse, ténèbres jalouses. Rien. Alors, je me suis efforcé d'entendre, mais je n'ai même point perçu le bruit des rames sur les eaux...

Tout à coup... loin... très loin... en tout cas, il me semble que ceci se passait très loin sur la mer, tout là-haut à l'horizon... Ou plutôt en face de l'horizon, je veux dire dans l'étroite bande rouge qui décorait la nuit, le seul souvenir qui nous restait du soleil...

... Dans cette étroite bande rouge quelque chose entra, de sombre et de petit ; mais, comme je ne voyais que cette chose, elle me parut à moi énorme, formidable. C'était une ombre de barque qui glissait d'un mouvement quasi automatique sur les eaux, puis elle s'arrêta, et je vis se dresser, debout, l'ombre de Rouletabille. Je le distinguais je le reconnaissais comme s'il avait été à dix mètres de moi... Ses moindres gestes se découpaient avec une précision fantastique sur la bande rouge... Oh ! ce ne fut pas long ! Il se pencha et se releva aussitôt en soulevant un fardeau qui se confondit avec lui... Et puis le fardeau glissa dans le noir et la petite ombre de l'homme réapparut toute seule, se pencha encore, se courba, resta ainsi un instant immobile, et puis s'affaissa dans la barque qui reprit son glissement automatique jusqu'à ce qu'elle fût sortie complètement de la bande rouge... Et la bande rouge disparut à son tour...

Rouletabille venait de confier au flot d'Hercule le cadavre de Larsan.

Épilogue

Nice... Cannes... Saint-Raphaël... Toulon !... Je regarde sans regret défiler sous mes yeux toutes ces étapes de mon voyage de retour... Au lendemain de tant d'horreurs, j'ai hâte de quitter le Midi, de retrouver Paris, de me replonger dans mes affaires... et aussi... et surtout, j'ai hâte de me retrouver en tête à tête avec Rouletabille qui est enfermé là, à deux pas de moi, avec la Dame en noir. Jusqu'à la dernière minute, c'est-à-dire jusqu'à Marseille où ils se sépareront, je ne veux pas troubler leurs douces, tendres ou désespérées confidences, leurs projets d'avenir, leurs derniers adieux... Malgré toutes les prières de Mathilde, Rouletabille a voulu partir, reprendre le chemin de Paris et de son journal. Il a cet héroïsme suprême de s'effacer devant l'époux. La Dame en noir ne peut pas résister à Rouletabille ; il a dicté ses conditions... Il veut que *M. et Mme Darzac continuent leur voyage de noces* comme s'il ne s'était rien passé d'extraordinaire aux Rochers Rouges. Ce n'est pas le même Darzac qui l'a commencé, c'est un autre Darzac qui le finira, cet heureux voyage, mais pour tout le monde Darzac *aura été le même sans solution de continuité*. M. et Mme Darzac sont mariés. La loi civile les unit. Quant à la loi religieuse, il est avec le pape, comme dit Rouletabille, des accommodements, et ils trouveront tous deux à Rome les moyens de régulariser leur situation s'il est prouvé qu'elle en a besoin et d'apaiser les scrupules de leur conscience. Que M. et Mme Darzac soient heureux, définitivement heureux : ils l'ont bien gagné !...

Et personne n'aurait peut-être soupçonné jamais l'horrible tragédie *du sac du corps de trop* si nous ne nous trouvions aujourd'hui où j'écris ces lignes, après des années qui nous ont acquis du reste la prescription et débarrassé de tous les aléas d'un procès scandaleux, dans la nécessité de faire connaître au public tout le mystère des Rochers Rouges, comme j'ai dû autrefois soulever les voiles qui recouvraient les secrets du Glandier. La faute en est à cet abominable Brignolles qui est au courant de bien des choses et qui, du fond de l'Amérique où il s'est réfugié, veut nous faire « chanter ». Il nous menace d'un affreux libelle, et comme maintenant le professeur Stangerson est descendu à ce néant où d'après sa théorie, tout, chaque jour, va se perdre, mais qui, chaque jour, crée tout, nous avons pensé qu'il était préférable de « prendre les devants » et de raconter toute la vérité.

Brignolles ! quel jeu avait donc été le sien dans cette seconde et terrible affaire ? À l'heure où je me trouvais – c'était le lendemain du drame final – dans le train qui me ramenait à Paris, à deux pas de la Dame en noir et de Rouletabille qui s'embrassaient en pleurant, je me le demandais encore ! Que de questions je me posais en appuyant mon front à la vitre du couloir de mon sleeping-car... Un mot, une phrase de Rouletabille m'eussent évidemment tout expliqué... mais il ne pensait guère à moi depuis la veille... Depuis la veille, la Dame en noir et lui ne s'étaient pas quittés...

On avait dit adieu, à la Louve même, au professeur Stangerson... Robert Darzac était parti tout de suite pour Bordighera où Mathilde devait le rejoindre... Arthur Rance et Mrs. Edith nous avaient accompagnés à la gare. Mrs. Edith, contrairement à ce que j'espérais, ne montra aucune tristesse de mon départ. J'attribuai cette indifférence à ce que le prince Galitch était venu nous rejoindre sur le quai. Elle lui avait donné des nouvelles du vieux Bob, qui étaient excellentes, et ne s'était plus occupée de moi. J'en avais conçu une peine réelle. Et, ici, il est temps, je crois bien, de faire un aveu au lecteur. Jamais je ne lui eusse laissé deviner les sentiments que je ressentais pour Mrs. Edith si, quelques années plus tard, après la mort d'Arthur Rance, qui fut suivie de véritables tragédies, dont j'aurai peut-être à parler un jour, je n'avais pas épousé la blonde et mélancolique et terrible Edith.

Nous approchons de Marseille...

Marseille !...

Les adieux furent déchirants. La Dame en noir et Rouletabille ne se dirent rien.

Et, quand le train se fut ébranlé, elle resta sur le quai, sans un geste, les bras ballants, debout dans ses voiles sombres, comme une statue de deuil et de douleur.

Devant moi, les épaules de Rouletabille sanglotaient.

* * * * *

Lyon !... Nous ne pouvons dormir... nous sommes descendus sur le quai... nous nous rappelons notre passage ici... Il y a quelques jours... quand nous courions au secours de la malheureuse... Nous sommes replongés dans le drame... Rouletabille maintenant parle... parle...

évidemment il essaye de s'étourdir, de ne plus penser à sa peine qui l'a fait pleurer comme un tout petit enfant pendant des heures...

« Mon vieux, ce Brignolles était un saligaud ! » me dit-il sur un ton de reproche qui eût presque réussi à me faire croire que j'avais toujours considéré ce bandit comme un honnête homme...

Et alors il m'apprend tout, toute la chose énorme qui tient en si peu de lignes. Larsan avait eu besoin d'un parent de Darzac pour faire enfermer celui-ci dans une maison de fous ! Et il avait découvert Brignolles ! Il ne pouvait tomber mieux. Les deux hommes se comprirent tout de suite. On sait combien il est simple, encore aujourd'hui, de faire enfermer un être, quel qu'il soit, entre les quatre murs d'un cabanon. La volonté d'un parent et la signature d'un médecin suffisent encore en France, si invraisemblable que la chose paraisse, à cette sinistre et rapide besogne. Une signature n'a jamais embarrassé Larsan. Il fit un faux et Brignolles, largement payé, se chargea de tout. Quand Brignolles vint à Paris, il faisait déjà partie de la combinaison. Larsan avait son plan : prendre la place de Darzac avant le mariage. L'accident des yeux avait été, comme je l'avais du reste pensé moi-même, des moins naturels. Brignolles avait mission de s'arranger de telle sorte que les yeux de Darzac fussent le plus tôt possible suffisamment endommagés pour que Larsan qui le remplacerait pût avoir cet atout formidable dans son jeu : les binocles noirs ! et, à défaut de binocles, que l'on ne peut porter toujours, *le droit à l'ombre !*

Le départ de Darzac pour le Midi devait étrangement faciliter le dessein des deux bandits. Ce n'est qu'à la fin de son séjour à San Remo que Darzac avait été, par les soins de Larsan, qui n'avait pas cessé de le surveiller, véritablement *emballé* pour la maison de fous. Il avait été aidé naturellement dans cette circonstance par cette police spéciale, qui n'a rien à faire avec la police officielle, et qui se met à la disposition des familles dans les cas les plus désagréables, lesquels demandent autant de discrétion que de rapidité dans l'exécution...

Un jour qu'il faisait une promenade à pied dans la montagne... La maison de fous se trouvait justement dans la montagne, à deux pas de la frontière italienne... tout était préparé depuis longtemps pour recevoir le malheureux. Brignolles, avant de partir pour Paris, s'était entendu avec le directeur et avait présenté son fondé de pouvoir, Larsan... Il y a des directeurs de maison de fous qui ne demandent point trop d'explications, pourvu qu'ils soient en règle avec la loi... et qu'on les paye bien... et ce fut vite fait... et ce sont des choses qui arrivent tous les jours...

« Mais comment avez-vous appris tout cela ? demandai-je à Rouletabille.

– Vous vous rappelez, mon ami, me répondit le reporter, ce petit morceau de papier que vous me rapportâtes au Château d'Hercule, le jour où, sans m'avertir d'aucune sorte, vous prîtes sur vous-même de suivre à la piste cet excellent Brignolles qui venait faire un petit tour dans le Midi. Ce bout de papier qui portait l'entête de la Sorbonne et les deux syllabes *bonnet*... devait m'être du plus utile secours. D'abord les circonstances dans lesquelles vous l'aviez découvert, puisque vous l'aviez ramassé après le passage de Larsan et de Brignolles, me l'avaient rendu précieux. Et puis, l'endroit où on l'avait jeté fut presque pour moi une révélation lorsque je me mis à la recherche du véritable Darzac, après que j'eus acquis la certitude que c'était lui, « le corps de trop » que l'on avait mis et emporté dans le sac !... »

Et Rouletabille, de la façon la plus nette, me fit passer par les différentes phases de *sa* compréhension du mystère qui devait jusqu'au bout rester incompréhensible pour nous. ç'avait été d'abord la révélation brutale qui lui était venue du séchage de la peinture, et puis cette autre révélation formidable qui lui était venue du mensonge de l'une des deux manifestations Darzac ! Bernier, dans l'interrogatoire que Rouletabille lui a fait subir avant le retour de l'homme qui a emporté le sac, a rapporté *les paroles du mensonge* de celui que tout le monde prend pour Darzac ! Celui-là s'est étonné devant Bernier. Celui-là n'a point dit à Bernier que le Darzac auquel Bernier a ouvert la porte à cinq heures *n'était point lui !* Il cache déjà cette contre-manifestation Darzac et il ne peut avoir d'intérêt à la cacher que si cette manifestation est la vraie ! Il veut dissimuler qu'il y a ou qu'il y a eu de par le monde un autre Darzac qui est le vrai ! Cela est clair comme la lumière du jour ! Rouletabille en est ébloui ; il en chancelle... . il s'en trouverait mal... il en claque des dents !... Mais peut-être... espère-t-il... peut-être Bernier s'est-il trompé... peut-être a-t-il mal compris les paroles et les étonnements de M. Darzac... Rouletabille questionnera lui-même M. Darzac et il verra bien !... Ah ! qu'il revienne vite !... C'est à M. Darzac lui-même *à fermer le cercle !*... Comme il l'attend avec impatience !... Et, quand il revient, comme il s'accroche au plus faible espoir... « Avez-vous regardé la figure de l'homme ? » demande-t-il, et quand ce Darzac lui répond : « Non !... je ne l'ai pas regardée... » Rouletabille ne dissimule pas sa joie... Il eût été si facile à Larsan de répondre : « Je l'ai vue ! c'était bien la figure de Larsan ! »... Et le jeune homme n'avait pas compris que c'était là une dernière malice du bandit, une négligence voulue et qui entrait si bien dans son rôle : le vrai Darzac n'eût pas agi autrement ! Il se serait débarrassé de l'affreuse dépouille sans la vouloir regarder encore... Mais que pouvaient tous les artifices d'un Larsan contre les raisonnements, un seul raisonnement de Rouletabille ?... Le faux Darzac, sur l'interrogation très nette de Rouletabille, *ferme le cercle*. Il ment !... Rouletabille, maintenant, sait !... Du reste, ses yeux, qui voient toujours *derrière* sa raison, voient maintenant !...

Mais que va-t-il faire ?... Dévoiler tout de suite Larsan, qui, peut-être, va lui échapper ? Apprendre du même coup à sa mère qu'elle est remariée à Larsan et qu'elle a aidé à tuer Darzac ? Non ! Non ! Il a besoin de réfléchir, de savoir, de combiner !... Il veut agir à coup sûr ! Il demande vingt-quatre heures !... Il assure la sécurité de la Dame en noir en la faisant habiter l'appartement de M. Stangerson et en lui faisant jurer en secret qu'elle ne sortira pas du château. Il trompe Larsan en lui faisant entendre qu'il croit *dur comme fer* à la culpabilité du vieux Bob. Et, comme Walter rentre au château avec le sac vide... Il lui reste un espoir... Celui que peut-être Darzac n'est pas mort !... Enfin, mort ou vivant, il court à sa recherche... De Darzac, il possède un revolver, celui qu'il a trouvé dans la Tour Carrée... revolver tout neuf, dont il a déjà remarqué le type chez un armurier de Menton... Il va chez cet armurier... il montre le revolver... il apprend que cette arme a été achetée la veille au matin par un homme dont on lui donne le signalement : chapeau mou, pardessus gris ample et flottant, grande barbe en collier... Et puis il perd tout de suite cette piste... Mais il ne s'y attarde pas !... Il remonte une autre piste, ou plutôt il en reprend une autre qui avait conduit Walter au puits de Castillon. Là, il fait ce que n'a point fait Walter. Celui-ci, une fois qu'il eut retrouvé le sac, ne s'était plus occupé de rien et était redescendu au fort d'Hercule. Or, Rouletabille, lui, continua de suivre la piste... Et il s'aperçut que cette piste (constituée par l'écartement exceptionnel de la marque des deux roues de la petite charrette anglaise) au lieu de redescendre vers Menton, après avoir touché au puits de Castillon, redescendait de l'autre côté du versant de la montagne vers Sospel. Sospel ! Est-ce que Brignolles n'était pas signalé comme descendu à Sospel ? Brignolles !... Rouletabille se rappela mon expédition... Qu'est-ce que Brignolles venait faire dans ces parages !... Sa présence devait être étroitement liée au drame. D'un autre côté, la disparition et la réapparition du véritable Darzac attestaient qu'il y avait eu séquestration... Mais où... Brignolles, qui avait partie liée avec Larsan, ne devait pas avoir fait le voyage de Paris pour rien ! Peut-être était-il venu, dans ce moment dangereux, pour veiller sur cette séquestration-là !... Songeant ainsi et poursuivant sa pensée logique, Rouletabille avait interrogé le patron de l'auberge du tunnel de Castillon qui lui avoua qu'il avait été fort intrigué la veille par le passage d'un homme qui répondait singulièrement au signalement du client de l'armurier. Cet homme était entré boire chez lui ; il paraissait très altéré et il avait des manières si étranges qu'on eût pu le prendre pour un échappé de la maison de santé... Rouletabille eut la sensation qu'il *brûlait*, et, d'une voix indifférente : « Vous avez donc par ici une maison de santé ? » « Mais oui, répondit le patron de l'auberge, la maison de santé du mont Barbonnet ! » C'est ici que les deux fameuses syllabes *bonnet* prenaient toute leur signification... Désormais, il ne faisait plus de doute pour Rouletabille que le vrai Darzac avait été enfermé par le faux comme fou dans la maison de santé du mont Barbonnet. Il sauta dans sa voiture et se fit conduire à Sospel qui est au pied du mont. Ne courait-il point la chance de rencontrer là Brignolles ?... Mais il ne le vit point et immédiatement prit le chemin du mont Barbonnet et de la maison de santé. Il était résolu à tout savoir, à tout oser. Fort de sa qualité de reporter au journal *L'Époque*, il saurait faire parler le directeur de cette maison de fous pour professeurs en Sorbonne !... Et peut-être... peut-être... allait-il apprendre ce qu'il était advenu *définitivement* de Robert Darzac... car, du moment qu'on avait retrouvé le sac sans le cadavre... du moment que la piste de la petite voiture descendait à Sospel où, d'ailleurs, elle se perdait... du moment que Larsan n'avait point jugé utile de se débarrasser auparavant de Darzac par la mort, en le précipitant, dans le sac, au fond du puits de Castillon, peut-être avait-il été de son intérêt de reconduire Darzac, vivant encore, dans la maison de santé ! Et Rouletabille pensait ainsi des choses tout à fait raisonnables, Darzac vivant était en effet beaucoup plus utile à Larsan que Darzac mort !... Quel otage pour le jour où Mathilde s'apercevrait de son imposture !... Cet otage le faisait le maître de tous les traités qui pouvaient s'ensuivre entre la malheureuse femme et le bandit. Darzac mort, Mathilde tuait Larsan de ses mains ou le livrait à la justice !

Et Rouletabille avait bien tout deviné. À la porte de la maison de santé, il se heurta à Brignolles. Alors, sans ménagement, il lui sauta à la gorge et le menaça de son revolver. Brignolles était lâche. Il cria à Rouletabille de l'épargner, que Darzac était vivant ! Un quart d'heure après, Rouletabille savait tout. Mais le revolver n'avait point suffi, car Brignolles, qui détestait la mort, aimait la vie et tout ce qui rendait la vie aimable, en particulier l'argent. Rouletabille n'eut point de peine à le convaincre qu'il était perdu s'il ne trahissait Larsan, mais qu'il aurait beaucoup à gagner s'il aidait la famille Darzac à sortir de ce drame, sans scandale. Ils s'entendirent et tous deux rentrèrent dans la maison de santé où le directeur les reçut et écouta leurs discours avec une certaine stupeur qui se transforma bientôt en effroi, puis en une immense amabilité, laquelle se traduisait par la mise en liberté immédiate de Robert Darzac. Darzac, par une chance miraculeuse que j'ai déjà expliquée, souffrait à peine d'une blessure qui aurait pu être mortelle. Rouletabille, dans une joie folle, s'en *empara* et le ramena sur-le-champ à Menton. Je passe sur les effusions. On avait « semé » le Brignolles en lui donnant rendez-vous à Paris pour le règlement des comptes. En route, Rouletabille apprenait de la bouche de Darzac que celui-ci, dans sa prison, était tombé quelques jours auparavant sur un journal du pays qui relatait le passage au fort d'Hercule de M. et de Mme Darzac, dont on venait de célébrer le mariage à Paris ! Il ne lui en avait pas fallu davantage pour comprendre d'où venaient tous ses malheurs et pour deviner qui avait eu l'audace fantastique de prendre sa place auprès d'une malheureuse femme dont l'esprit encore chancelant faisait possible la plus folle entreprise. Cette découverte lui avait donné des forces inconnues. Après avoir volé le pardessus du directeur pour cacher son uniforme d'aliéné et s'être emparé dans la bourse de celui-ci d'une centaine de francs, il était parvenu, au risque de se casser le cou, à escalader un mur qui, en toute autre circonstance, lui eût paru infranchissable. Et il était descendu à Menton ; et il avait couru au fort d'Hercule ; et il avait vu, de ses yeux vu, Darzac ! Il s'était vu lui-même !... Il s'était donné quelques heures pour ressembler si bien à lui-même que l'autre Darzac lui-même s'y serait trompé !... Son plan était simple. Pénétrer dans le fort d'Hercule *comme chez lui*, entrer dans l'appartement de Mathilde et se montrer à l'autre, pour le confondre, devant Mathilde !... Il avait interrogé des gens de la côte et appris où le ménage logeait : au fond de la Tour Carrée... Le ménage !... Tout ce que Darzac avait souffert jusqu'alors n'était rien à côté de ce que ces deux mots : leur ménage... Le faisait souffrir !... Cette souffrance-là ne devait cesser que de la minute où il avait revu, lors de la démonstration corporelle de la possibilité de corps de trop, la Dame en noir !... Alors il avait compris !... jamais elle n'eût osé le regarder ainsi... Jamais elle n'eût poussé un pareil cri de joie, jamais elle ne l'eût si victorieusement reconnu, si, une seconde, en corps et en esprit, elle avait, victime des maléfices de l'autre, été la femme de l'autre !... Ils avaient été séparés... mais jamais ils ne s'étaient perdus !

Avant de mettre son projet à exécution, il était allé acheter un revolver à Menton, s'était débarrassé ensuite de son pardessus qui eût pu le perdre, pour peu que l'on fût à sa recherche, avait fait l'acquisition d'un veston qui, par la couleur et par la coupe, pouvait rappeler le costume de l'autre Darzac, et avait attendu jusqu'à cinq heures le moment d'agir. Il s'était dissimulé derrière la villa Lucie, tout en haut du boulevard de Garavan, au sommet d'un petit tertre d'où il apercevait tout ce qui se passait dans le château. À cinq heures, il s'était risqué, sachant que Darzac était dans la Tour du Téméraire, et étant sûr par conséquent qu'il ne le trouverait point, dans le moment, au fond de la Tour Carrée qui était son but. Quand il était passé auprès de nous et qu'il nous avait aperçus tous deux, il avait eu une forte envie de nous crier qui il était, mais il était parvenu tout de même à se retenir, voulant être uniquement reconnu par la Dame en noir ! Cette espérance seulement soutenait ses pas. Cela seulement valait la peine de vivre, et, une heure plus tard, quand il avait eu à sa disposition la vie de Larsan qui, dans la même chambre, lui tournant le dos, faisait sa correspondance, il n'avait même pas été tenté par la vengeance. Après tant d'épreuves, il n'y avait pas encore place dans son cœur pour la haine de Larsan, tant il était plein pour toujours de l'amour de la Dame en noir ! Pauvre cher pitoyable M. Darzac !...

On sait le reste de l'aventure. Ce que je ne savais pas, c'était la façon dont le vrai M. Darzac avait pénétré une seconde fois dans le fort d'Hercule, et était parvenu une seconde fois jusque dans le placard. Et c'est alors que j'appris que la nuit même qu'il ramena M. Darzac à Menton, Rouletabille qui avait appris par la fuite du vieux Bob qu'il existait une issue au château par le puits, avait, à l'aide d'une barque, fait rentrer dans le château M. Darzac, par le chemin qui avait vu sortir le vieux Bob ! Rouletabille voulait être le maître de l'heure à laquelle il allait confondre et frapper Larsan. Cette nuit-là, il était trop tard pour agir, mais il comptait bien en terminer avec Larsan la nuit suivante. Le tout était de cacher, un jour, M. Darzac dans la presqu'île. Aidé de Bernier, il lui avait trouvé un petit coin abandonné et tranquille dans le Château Neuf.

À ce passage, je ne pus m'empêcher d'interrompre Rouletabille par un cri qui eut le don de le faire partir d'un franc éclat de rire.

« C'était donc cela ! m'écriai-je.

– Mais oui, fit-il... c'était cela.

– Voilà donc pourquoi j'ai découvert ce soir-là l'*Australie !* Ce soir-là, c'était le vrai Darzac que j'avais en face de moi !... Et moi qui ne comprenais rien à cela !... Car enfin, il n'y avait pas que l'*Australie !*... Il y avait encore la barbe ! Et elle tenait !... elle tenait !... Oh ! je comprends tout, maintenant !

– Vous y avez mis le temps... répliqua, placide, Rouletabille... Cette nuit-là, mon ami, vous nous avez bien gênés. Quand vous apparûtes dans la Cour du Téméraire, M. Darzac venait de me reconduire à mon puits. Je n'ai eu que le temps de faire retomber sur moi le plateau de bois pendant que M. Darzac se sauvait dans le Château Neuf... Mais quand vous fûtes couché, après votre expérience de la barbe, il revint me voir et nous étions assez embarrassés. Si, par hasard, vous parliez de cette aventure, le lendemain matin, à l'autre M. Darzac, croyant avoir affaire au Darzac du Château Neuf, c'était une catastrophe. Et, cependant, je ne voulus point céder aux prières de M. Darzac qui voulait aller vous dire toute la vérité. J'avais peur que, la sachant, vous ne pussiez assez la dissimuler pendant le jour suivant. Vous avez une nature un peu impulsive, Sainclair, et la vue d'un méchant vous cause, à l'ordinaire, une louable irritation qui, dans le moment, eût pu nous nuire. Et puis, l'autre Darzac était si malin !... Je résolus donc de risquer le coup sans rien vous dire. Je devais rentrer le lendemain ostensiblement au château dans la matinée... Il fallait s'arranger, d'ici là, pour que vous ne rencontriez pas Darzac. C'est pourquoi, dès la première heure, je vous envoyai pêcher des palourdes !

– Oh ! je comprends !...

– Vous finissez toujours par comprendre, Sainclair ! J'espère que vous ne m'en voulez point de cette pêche-là qui vous a valu une heure charmante de Mrs. Edith...

– À propos de Mrs. Edith, pourquoi prîtes-vous le malin plaisir de me mettre dans une sotte colère ?... demandai-je.

– Pour avoir le droit de déchaîner la mienne et de vous défendre de nous adresser, désormais, la parole, à moi *et à M. Darzac !*... Je vous répète que je ne voulais point qu'après votre aventure de la nuit, vous parlassiez à M. Darzac !... Il faudrait pourtant continuer à comprendre, Sainclair.

– Je continue, mon ami...

– Mes compliments...

– Et cependant, m'écriai-je, il y a encore une chose que je ne comprends pas !... La mort du père Bernier !... Qui est-ce qui a tué Bernier ?

– C'est la canne ! dit Rouletabille d'un air sombre... C'est cette maudite canne...

441

– Je croyais que c'était le plus vieux grattoir...

– Ils étaient deux : la canne et le plus vieux grattoir... Mais c'est la canne qui a décidé la mort... Le plus vieux grattoir n'a fait qu'exécuter... »

Je regardai Rouletabille, me demandant si, cette fois, je n'assistai point à la fin de cette belle intelligence.

« Vous n'avez jamais compris, Sainclair – entre autres choses – pourquoi, le lendemain du jour où j'avais tout compris, moi, je laissais tomber la canne à bec-de-corbin d'Arthur Rance devant M. et Mme Darzac. C'est que j'espérais que M. Darzac la ramasserait. Vous rappelez-vous, Sainclair, la canne à bec-de-corbin de Larsan, et le geste que faisait Larsan avec sa canne, au Glandier !... Il avait une façon de tenir sa canne bien à lui... je voulais voir... voir ce Darzac-là tenir une canne à bec-de-corbin comme Larsan !... Mon raisonnement était sûr !... Mais je voulais voir, de mes yeux, Darzac avec le geste de Larsan... Et cette idée fixe me poursuivit jusqu'au lendemain, même après ma visite à la maison des fous !... même quand j'eus serré dans mes bras le vrai Darzac, j'ai encore voulu voir le faux avec les gestes de Larsan !... Ah ! le voir tout à coup brandir sa canne comme le bandit... *oublier le déguisement de sa taille, une seconde !...* redresser ses épaules faussement courbées... Tapez donc ! Tapez donc sur le blason des Mortola !... à grands coups de canne, cher, cher Monsieur Darzac !... Et il a tapé !... et j'ai vu toute sa taille !... toute !... Et un autre aussi l'a vue qui en est mort... C'est ce pauvre Bernier, qui en fut tellement saisi qu'il en chancela et tomba si malheureusement sur le plus vieux grattoir, qu'il en est mort !... Il est mort d'avoir ramassé le grattoir tombé sans doute de la redingote du vieux Bob et qu'il devait porter alors dans le bureau du professeur, à la Tour Ronde... Il est mort d'avoir revu, dans le même moment, la canne de Larsan !... il est mort d'avoir revu, avec toute sa taille et tout son geste, Larsan !... Toutes les batailles, Sainclair, ont leurs victimes innocentes... »

Nous nous tûmes un instant. Et puis je ne pus m'empêcher de lui dire la rancœur que je lui gardais qu'il ait eu si peu de confiance en moi. Je ne lui pardonnais pas d'avoir voulu me tromper avec tout le monde sur le compte de son vieux Bob.

Il sourit.

« En voilà un qui ne m'occupait pas !... J'étais bien sûr que ce n'était pas lui qui était dans le sac... Cependant, la nuit qui a précédé son repêchage, dès que j'eus casé le vrai Darzac, sous l'égide de Bernier, dans le Château Neuf, et que j'eus quitté la galerie du puits après y avoir laissé pour mes projets du lendemain, ma barque à moi... une barque que j'avais eue de Paolo le pêcheur, un ami du Bourreau de la mer, je regagnai le rivage à la nage. Je m'étais naturellement dévêtu et je portais mes vêtements en paquet sur ma tête. Comme j'accostais, je tombai dans l'ombre sur le Paolo, qui s'étonna de me voir prendre un bain à cette heure, et qui m'invita à venir pêcher la pieuvre avec lui. L'événement me permettait de tourner toute la nuit autour du château d'Hercule et de le surveiller. J'acceptai. Et alors j'appris que la barque qui m'avait servi était celle de Tullio. Le Bourreau de la mer était devenu soudainement riche et avait annoncé à tout le monde qu'il se retirait dans son pays natal. Il avait vendu très cher, racontait-il, de précieux coquillages au vieux savant, et, de fait, depuis plusieurs jours, on l'avait vu avec le vieux savant tous les jours. Paolo savait qu'avant d'aller à Venise Tullio s'arrêterait à San Remo. Pour moi, l'aventure du vieux Bob se précisait : il lui avait fallu une barque pour quitter le château, et cette barque était justement celle du Bourreau de la mer. Je demandai l'adresse de Tullio à San Remo et y envoyai, par le truchement d'une lettre anonyme, Arthur Rance, persuadé que Tullio pouvait nous renseigner sur le sort du vieux Bob. En effet, le vieux Bob avait payé Tullio pour qu'il l'accompagnât cette nuit-là à la grotte et qu'il disparût ensuite... C'est par pitié pour le vieux professeur que je me décidai à avertir ainsi Arthur Rance ; il pouvait, en effet, être arrivé quelque accident à son parent. Quant à moi, je ne demandais au contraire qu'une chose, c'est que cet exquis vieillard ne revînt pas avant que j'en eusse fini avec Larsan, désirant toujours faire croire au faux Darzac que le vieux Bob me préoccupait par-dessus tout. Aussi, quand j'appris qu'on venait de le retrouver, je n'en fus qu'à moitié réjoui, mais j'avouerai que la nouvelle de sa blessure à la poitrine, à cause de la blessure à la poitrine de *l'homme au sac*, ne me causa aucune peine. Grâce à elle, je pouvais espérer, encore quelques heures, continuer mon jeu.

— Et pourquoi ne le cessiez-vous pas tout de suite ?

— Ne comprenez-vous donc point qu'il m'était impossible de faire disparaître *le corps de trop de Larsan* en plein jour ? Il me fallait tout le jour pour préparer sa disparition dans la nuit ! Mais quel jour nous avons eu là avec la mort de Bernier ! L'arrivée des gendarmes n'était point faite pour simplifier les choses. J'ai attendu pour agir qu'ils eussent disparu ! Le premier coup de fusil que vous avez entendu quand nous étions dans la Tour Carrée fut pour m'avertir que le dernier gendarme venait de quitter l'auberge des Albo, à la pointe de Garibaldi, le second que les douaniers, rentrés dans leurs cabanes, soupaient *et que la mer était libre !...*

– Dites donc, Rouletabille, fis-je en le regardant bien dans ses yeux clairs, quand vous avez laissé, *pour vos projets,* la barque de Tullio au bout de la galerie du puits, *vous saviez déjà ce que cette barque remporterait le lendemain ?* »

Rouletabille baissa la tête :

« Non... fit-il sourdement... et lentement... non... ne croyez pas cela, Sainclair... Je ne croyais pas qu'elle remporterait un cadavre... après tout, c'était mon père !... *Je croyais qu'elle remporterait un corps de trop pour la maison des fous !...* Voyez-vous, Sainclair, je ne l'avais condamné qu'à la prison... pour toujours... Mais il s'est tué... C'est Dieu qui l'a voulu !... que Dieu lui pardonne !... »

Nous ne dîmes plus un mot de la nuit.

À Laroche, je voulus lui faire prendre quelque chose de chaud, mais il me refusa ce déjeuner avec fièvre. Il acheta tous les journaux du matin et se précipita, tête baissée, dans les événements du jour. Les feuilles étaient pleines des nouvelles de Russie. On venait de découvrir, à Pétersbourg, une vaste conspiration contre le tsar. Les faits relatés étaient si stupéfiants qu'on avait peine à y ajouter foi.

Je déployai *L'Époque* et je lus en grosses lettres majuscules en première colonne de la première page :

DEPART DE JOSEPH ROULETABILLE POUR LA RUSSIE.

et, au-dessous :

LE TSAR LE RECLAME !

Je passai le journal à Rouletabille qui haussa les épaules, et fit :

« Bah !... Sans me demander mon avis !... Qu'est-ce que monsieur mon directeur veut que j'aille faire là-bas ?... Il ne m'intéresse pas, moi, le tsar... avec les révolutionnaires... c'est son affaire !... ce n'est pas la mienne !... En Russie ?... je vais demander un congé, oui !... j'ai besoin de me reposer, moi !... Sainclair, mon ami, voulez-vous ?... Nous irons nous reposer ensemble quelque part !...

– Non ! Non ! m'écriai-je avec une certaine précipitation, je vous remercie !... j'en ai assez de me reposer avec vous !... j'ai une envie folle de travailler...

– Comme vous voudrez, mon ami ! Moi, je ne force pas les gens... »

Et, comme nous approchions de Paris, il fit un brin de toilette, vida ses poches et fut surpris tout à coup de trouver dans l'une d'elles une enveloppe toute rouge qui était venue là sans qu'il pût s'expliquer comment.

« Ah ! bah ! » fit-il, et il la décacheta.

Et il partit d'un vaste éclat de rire. Je retrouvais mon gai Rouletabille, je voulus connaître la cause de cette merveilleuse hilarité.

« Mais je pars ! mon vieux ! me fit-il. Mais je pars !... Ah ! du moment que c'est comme ça !... Je pars !... Je prends le train, ce soir...

– Pour où ?...

– Pour Saint-Pétersbourg !... »

Et il me tendit la lettre où je lus :

« Nous savons, monsieur, que votre journal a décidé de vous envoyer en Russie, à la suite des incidents qui bouleversent en ce moment la cour de Tsarkoïé-Selo... *Nous sommes obligés de vous avertir que vous n'arriverez pas à Pétersbourg vivant.*

« *Signé* : LE COMITÉ CENTRAL RÉVOLUTIONNAIRE. »

Je regardais Rouletabille dont la joie débordait de plus en plus : « Le prince Galitch était à la gare, » fis-je simplement.

Il me comprit, haussa les épaules avec indifférence, et repartit : « Ah ! bien, mon vieux ! on va s'amuser ! »

Et c'est tout ce que je pus en tirer malgré mes protestations. Le soir, quand, à la gare du Nord, je le serrai dans mes bras en le suppliant de ne point nous quitter et en pleurant mes larmes désespérées d'ami... Il riait encore, il répétait encore : « Ah ! bien, on va s'amuser !... »

Et ce fut son dernier salut.

Le lendemain, je repris le cours de mes affaires au Palais. Les premiers confrères que je rencontrai furent maîtres Henri Robert et André Hesse.

« Tu as pris de bonnes vacances ? me demandèrent-ils.

– Ah ! excellentes ! » répondis-je.

Mais j'avais si mauvaise mine qu'ils m'entraînèrent tous deux à la buvette.

Retrouvez un autre chef-d'œuvre de Gaston Leroux
en édition brochée chez l'éditeur Atlantic Editions :

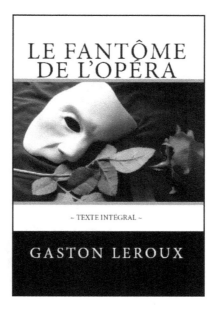

ISBN 978-1984009487

CPSIA information can be obtained
at www.ICGtesting.com
Printed in the USA
LVHW030548290320
651533LV00009B/377